Werner Kellner

Die Witwe und der Wolf im Odenwald

Band 1 der Serie:
„Mordskrimigeschichten aus dem Odenwald(1)“

Revidierte Auflage vom 15. 03. 2022.

Für Lucia.

Frauen werden nicht frei sein,
solange ihre Unterwerfung als sexy gilt.

Sheila Jeffreys, geboren.
1948 in Melbourne.

Die handelnden Personen und die Schauplätze des Romans sind, abgesehen von einzelnen an die Geschichte angepassten historischen oder realen Geschehnissen, Erklärungen und Chronikzitaten frei erfunden.

Prolog: Im Namen der Ehre

Morde im Namen der ‚Ehre' sind weit verbreitet in Afghanistan.

Amnesty International Report, 9.10.2014, und Tagespost im Februar 2020

Laut eines UN-Berichts werden jedes Jahr rund 5000 Mädchen und Frauen im Namen der "Ehre" in Afghanistan ermordet. Das afghanische Gesetz lässt für diese Morde mildernde Umstände gelten, das Strafmaß beträgt höchstens zwei Jahre. Die betroffenen Mädchen und Frauen befinden sich auch dann in größter Gefahr, wenn sie nach der Tat zu ihrer Familie zurückgebracht werden. Eine vergewaltigte Frau muss ihren einstigen Vergewaltiger heiraten. Ehrenmorde sind nicht prinzipiell islamisch ihrem Wesen nach, sie kommen in verschiedenen Kulturkreisen vor und sind älter als der Islam, in dessen Recht sie auch nicht vorgesehen oder gerechtfertigt sind. Sie kommen jedoch besonders häufig in islamischem Milieu vor, werden dort von sehr traditionalistischen Grundeinstellungen gefördert, finden im islamischen Gesellschafts- und Frauenbild und in einer archaischen Sexualmoral einen fruchtbaren Nährboden. So ist es kein Wunder, dass Ehrenmorde nach Schätzungen zu 90 Prozent in islamischem Umfeld geschehen. Schwerpunkt sind der Nahe Osten und Nordafrika. Nach einer UN-Studie geschehen jährlich 5 000 Ehrenmorde weltweit – von einer erheblichen Dunkelziffer ist auszugehen. Ehrenmorde haben in islamischen Gesellschaften eine hohe Akzeptanz. In Jordanien lehnte das Parlament ein Gesetzesvorhaben ab, das härtere Strafen für Ehrenmorde vorsah (2003). In vielen muslimischen Ländern werden Ehrenmörder von Gerichten mit Milde behandelt. Gerne wird behauptet, Ehrenmorde seien ein Unterschichtproblem, das besonders bildungsferne Schichten betreffe. Dem widerspricht eine Studie, nach der in der Türkei circa 30 Prozent der Studenten Ehrenmorde für akzeptabel halten.

Buch 1 Der geplatzte Prozess

(...vor 11 Jahren in Frankfurt/Main...)

'Darmstädter Echo', in memoriam Heiner Mummert, von G. Jährling am 5.9.2006.

Einer der renommiertesten Investigativreporter der deutschen Medienlandschaft, Heiner Mummert, starb gestern nach seiner Einlieferung in die Frankfurter Unfallklinik an den Folgen eines Mordanschlages. Die Polizei geht davon aus, dass der Mord im Zusammenhang mit einem aufwändigen Drogenprozess um einen der größten Heroinfunde in der Frankfurter Geschichte und der Enttarnung führender Mitglieder der Drogenmafia „Wory w Sakone"[1] durch die Enthüllungen einer Kronzeugin steht. Heiner Mummert trug eine Menge zur Aufklärung der Machenschaften der russischen Drogenmafia und deren Verbindung zu afghanischen Drogenhändlern bei. Wir werden Heiner Mummert ein ehrendes Andenken bewahren.

---

1 **Wory w Sakone** - ist jenes Unterweltsyndikat, das in Europa als **russische Mafia** bekannt war. Ein **„Wory"** ist ein Mitglied des Syndikats.

Kapitel 1

Maxim Mutsonow, *geboren 27.2.1963 in Puschkin. Eltern 1990 eingewanderte Wolgadeutsche. Ledig, 1995 Jura Studium in Dresden, danach Wohnsitzwechsel nach Dieburg, agierte als Buchhalter und Sammler von Schutzgeldern, seine Rechtsanwaltskanzlei vertritt die ‚Bratwa', deren Syndikus er seit 2001 ist, Nummer 2 der ‚Gesellschaft'*[1]*, kaufmännischer Leiter der Seniorenoase ‚Jungbrunnen'.*

Landgericht Frankfurt, 4. Strafsenat, Mittwoch 14.10.2009, Sitzungssaal 203, 12:15 Uhr

In der Ferne verklang das Mittagsgeläut der Glocken des Frankfurter Doms, als der Vorsitzende Richter des 4. Strafsenats am Landgericht Frankfurt die vorletzte Sitzung vor der Urteilsverkündung im Namen des Volkes schloss.

Der Verteidiger der Angeklagten vertrat vor dem Landgericht Frankfurt sechs Mitglieder der zweiten und dritten Führungsebene des international agierenden Drogenkartells. Die Männer waren wegen bandenmäßigen Verstoßes gegen das Betäubungsmittelgesetz angeklagt.

Er war mit seinem Schlussplädoyer rundum zufrieden und gleichzeitig gespannt, wie die Anklage ihren Strafantrag am letzten Sitzungstag begründen würde, angesichts des drohenden Verlustes der Kronzeugin.

---

1 ‚Gesellschaft' ist der deutsche Ableger der‚Bratwa'.

Er hatte im gesamten Prozessverlauf und insbesondere heute am Tag seines Schlussplädoyers nochmals alle Register gezogen. Er hatte versucht, die Kronzeugin des Falles als Junkie, völlig unglaubwürdig und unausgeglichen darzustellen.
Er behauptete, die Zeugin wolle nur von ihrem eigenen Fehlverhalten ablenken und sämtliche ihrer Aussagen wären Lügen.
Sie wären von der Anklagebehörde durch keine belastbaren Beweise hinterlegt.
Die Angeklagten würden Zeugin nicht kennen, und es gäbe keinerlei Verbindung zwischen ihnen.
Der Verteidiger hatte seinerseits die gegenteiligen Äußerungen und Hinweise des Vorsitzenden Richters während der letzten Sitzungen verstanden.
Er war darauf eingestellt, dass das Gericht alle Einlassungen der Verteidigung abweisen würde, falls die Staatsanwaltschaft ihre Zeugin bei der Stange halten könnte.
Das Gericht ließ in seinen bisherigen Ausführungen keinen Zweifel daran, die Angeklagten des sehr schweren und mehrfachen Verstoßes gegen das Betäubungsmittelgesetz für schuldig zu erkennen.
Ebenso neigte es dazu, dem revidierten Antrag der Staatsanwaltschaft zu folgen, der für das Strafmaß den maximalen Rahmen mit mindestens zehn Jahren vorsah.
Einfach um in der Drogenszene ein Exempel zu statuieren.

Der Verteidiger war darauf vorbereitet, um das Urteil vor dem BGH wegen unkorrekter Beweiswürdigung der Kronzeugin anzufechten.
Aber auch dort war die Aussicht auf eine Revision des Urteils zugunsten der Angeklagten unwahrscheinlich.
Alles hing von der Beweiskraft der Aussage der Kronzeugin und dem Schlussplädoyer der Anklage ab.
Das Hauptverfahren betraf einige alte Bekannte der Kripo aus der mittleren Führungsebene der lokalen Drogenszene. Sie waren in der Folge der Entdeckung eines Drogentransportes im Frühjahr 2003 aufgeflogen.
Ein Transporter war damals kurz nach Mitternacht mit mehr als 700 kg Heroin und reinem Opium aus afghanischen Beständen an einem Autohof an der B 43a in Klein-Auheim nach einem wochenlangen Überwachungsprogramm gestellt worden.
Der Fahrer des Drogentransporters, der eine ungeplante Pinkelpause für seine nach der langen Fahrt müde Beifahrerin eingelegt hatte, war ahnungslos ins Tankstellencafé marschiert.
Er kam mit zwei Kaffeebechern in der Hand zurück und war dabei, wieder in den Transporter einzusteigen, als auch seine Kollegin ihre innere Harmonie in der Tankstellentoilette wieder hergestellt hatte und ebenfalls auf ihren Sitz kletterte.

In dem Moment, als er ihr den dampfenden Becher des schwarzen Gebräues weiterreichte, schaltete die Polizei die Scheinwerfer ein, und das SEK forderte ihn per Lautsprecher auf, mit erhobenen Händen auszusteigen und aufzugeben. Er ließ den Kaffeebecher fallen und hob eine Hand, während er mit der anderen die Fahrertür öffnete. Dann griff er unter den Sitz und versuchte aus der Deckung der offenen Fahrertür, mit einer Kalaschnikow die Scheinwerfer der Polizei auszulöschen. Er wurde bei dem folgenden Schusswechsel erschossen. Seine Beifahrerin wurde durch einen Treffer aus der Waffe eines Polizisten leicht verletzt, dessen Kugel die rechte Seitentür durchschlug und in ihrem rechten Oberarm stecken blieb.

Die auf den ersten Blick nur leichtverletzte Drogenkurierin wurde in die Universitätsklinik Frankfurt gebracht.

Sie lag nach ihrer Schussverletzung jedoch länger als erwartet auf der Intensivstation der Uniklinik, und ein Oberarzt der Unfallchirurgie rettete ihr das Leben, nachdem Komplikationen aufgetreten waren.

Die Kugel hatte die rechte Oberarmarterie in der inneren Bizepsfurche leicht angekratzt, und nur durch Zufall war das im Verlauf von nur wenigen Tagen entstandene Aneurysma entdeckt und chirurgisch entfernt worden. In den Wochen ihres Klinikaufenthaltes wurde sie rund um die Uhr bewacht.

Das Verfahren gegen die Hauptangeklagten zog sich unverhältnismäßig in die Länge.
Die ermittelnden Behörden hatten es dank des aufopferungsvollen Einsatzes insbesondere eines einzelnen Personenschützers zwar relativ schnell geschafft, die Drogenkurierin mit umfangreichen Zusagen bezüglich Straffreiheit zu einer Aussage gegen die 'Gesellschaft' zu bewegen.
Dabei hatte sich die Staatsanwaltschaft zu Beginn des Verfahrens lange gegen eine Kronzeugenregelung gesträubt. Sie stimmte nur oder erst auf nachdrückliches Ersuchen der Ermittler zu, da sie nach offizieller Lesart bezweifelte, dass ihre Enthüllungen den Aufwand wert waren.
Die junge Frau war schon seit längerer Zeit wegen des Verdachtes der Zugehörigkeit zur russischen Drogenmafia observiert worden. Sie war ebenso wie die geschmuggelten Drogen afghanischer Abstammung und laut Ermittlungsakte und aufgrund von Recherchen eines bekannten Investigativjournalisten vermutlich ein hochrangiges Mitglied einer kriminellen Mafiaorganisation, die vorwiegend illegale Drogen in den europäischen Markt schmuggelte.
Bis sich aus den Angaben der Zeugin gerichtsfeste Beweise für die Machenschaften der Bande finden ließen, vergingen mehrere Monate. Dazwischen und danach gab es von der Verteidigung jeden denkbar möglichen Einspruch zu den einzelnen

Prozessschritten bis zum wiederholten Antrag auf Befangenheit des 4. Strafsenats.
Sechs Monate nachdem der Senat bestätigt worden war, wurde das Verfahren für die Kronzeugin vom Hauptverfahren abgekoppelt. Der Verteidigung und den Hintermännern der 'Gesellschaft', die sich als russische Bruderschaft der ‚Diebe im Gesetz' auch ‚Bratwa' nannte, wäre der Zugang zur Kronzeugin zu erschweren.
Die Hoffnung der Verteidigung, dass der Vorsitzende Richter, der zum Prozessauftakt kurz vor der Pensionierung stand, vor Prozessende aus dem Verfahren ausscheiden und seinen wohlverdienten Ruhestand antreten möge, erfüllte sich. Damit feierte der Prozess wegen Überlänge seinen dritten Geburtstag. Nach einjähriger Einarbeitungszeit eines neuen Vorsitzenden wurde das Verfahren fortgesetzt.
Als Zeugin konnte oder wollte die kaum deutschsprechende Drogenkurierin keine weiteren Angaben zur Führungsstruktur des deutschen Ablegers der russischen Bruderschaft machen, und der eigentliche Anführer der Bande blieb während der gesamten Prozessdauer im Dunkeln.
Während der langen Zeit auf der Isolierstation der Uniklinik und danach eingesperrt in eine sichere Wohnung, hatte die Zeugin trotz der Sprachbarriere zu einem der Personenschützer der Polizei ein immer stärker werdendes Vertrauens- und später sogar ein Liebesverhältnis entwickelt. Die Liebe überwand

damit gleichzeitig ihren Wunsch nach Sicherheit durch Isolation und Aussageverweigerung.
Die Kommunikation der beiden war schwierig aber nicht unmöglich, denn der junge Personenschützer sprach weder Russisch noch Paschto, und die junge Frau, war kaum der deutschen Sprache mächtig. Aber ihre Körpersprache und ihre Neugier auf eine Beziehung, die durch Respekt und Anerkennung gekennzeichnet war, förderten ihre Gefühle füreinander und überwanden kulturelle Gegensätze.
Alles, was die junge Frau bisher erfahren und erlebt hatte, musste sie in einer Vormundschaft oder unter dem Zwang eines Mannes über sich ergehen lassen, der sie in ihrem Wesen nicht respektierte, sondern benutzte. Und mit diesem jungen Personenschützer war es zum ersten Mal in ihrem Leben ganz anders. Sie fühlte sich wie ein gleichwertiger Mensch behandelt und anerkannt. Ihr wurde zugehört, und sie wurde mit und ohne Worte verstanden. Sie fühlte sich wohl und war es leid, sich ständig behaupten zu müssen. Es fiel ihr einfach leicht, sich in diese neue Beziehung fallen zu lassen und einzufügen.
Nach der Entlassung der Zeugin aus dem Krankenhaus bezog der Bodyguard mit der jungen Frau mit den unergründlichen nachtschwarzen Augen, den weichen Gesichtszügen unter einem dichten, schwarzen Lockenkopf und einer knabenhaften und trotzdem durchtrainierten Figur eine sichere Wohnung. Kurz nach der Hochzeit am

1. September 2003 wurde die Zeugin einige Wochen später von einer Tochter entbunden, und ab sofort wurde der Personenschutz auf die kleine Familie ausgedehnt. Die Mutter sprach mit ihrer Tochter Paschto aus dem Wunsch heraus, ihre Wurzeln nicht verkümmern zu lassen, und Deutsch lernte sie von ihrem Vater.

Die Angeklagten im Hauptverfahren waren schon mehrfach ins Visier der Ermittler geraten. In der Vergangenheit mussten die Gerichte sie aber immer mangels Beweisen freisprechen. Dies war auch der Vorwand, weshalb sich der öffentliche Ankläger zu Beginn des Prozesses extrem zurückgehalten hatte, und gegen die Hintermänner, insbesondere wegen deren bislang unauffälligen und vorstrafenfreien Verhaltens, auf ein minder schweres Vergehen plädierte. Der Ankläger hatte, ganz im Sinne der 'Gesellschaft', das niedrigstmögliche Strafmaß in Höhe von zwei Jahren auf Bewährung für angemessen gehalten und beantragt.

Keiner der Ermittler, die den erfolgreichen Zugriff so mühsam vorbereitet hatten, verstand die Beweggründe der Staatsanwaltschaft, die den Anschein erweckte, dass es sich um eine geringfügige Straftat handelte, und die den Ermittlern eine mangelhafte Beweislage vorwarf.

Die Hintergründe dafür kannten allerdings nur der Verteidiger und natürlich der Anführer in Kaliningrad umso besser. Wie sich erst nach dem

Tod des Oberstaatsanwaltes herausstellen sollte, stand der schon lange auf der Gehaltsliste der 'Gesellschaft'. Er war in einer Vielzahl von Verfahren nicht nur als ‚Maulwurf' aktiv, sondern auch als ‚Knipser' bekannt, der Strafverfahren gerne wegen Geringfügigkeit oder Mangel an Beweisen einstellen ließ.

Unmittelbar nach ihrer Verhaftung, hatte es auf Drängen des Bosses den ersten von verschiedenen erfolglosen Versuchen gegeben, die unliebsame Zeugin, durch einen ‚Wolf'[1] der 'Gesellschaft' aus dem Verkehr zu ziehen. Denn für die 'Gesellschaft' stand viel mehr auf dem Spiel, als nur die Verurteilung von sechs Männern aus dem Mittelmanagement zu verhindern. Die sechs waren zwar nicht einfach zu ersetzen, aber ihr Wissen und dasjenige von weiteren untergetauchten Mitgliedern der Bande stellte ein erhebliches Risiko für das gesamte Geschäft der Mafiosi dar, und außerdem drohte die Enttarnung des verdeckt arbeitenden Maulwurfs.

Der 'Gesellschaft' hatte es bisher wenig genutzt, dass sie ein Leck in die Reihen der Staatsanwaltschaft eingeschleust hatte. Der Maulwurf hatte während des gesamten Verfahrens die Bandenführung über den Umweg der Verteidigung direkt und mehr schlecht als recht mit Informationen zu Aufenthaltsort und Personenschutz

---

1 Auftragsmörder der *Bratwa*

der Zeugin versorgt. Leider waren die Koordinaten fehlerhaft, besser gesagt bewusst falsch, wie sich später herausstellte. Der Verteidiger, der jetzt im Gerichtssaal saß, lächelte bitter, und er gestand sich ein, dass alle bisherigen Versuche der ‘Gesellschaft’, die Kronzeugin zu eliminieren, gescheitert waren.

Kapitel 2

Karl Miltner, geboren 4.7.1965 in Karl-Marx-Stadt. Verheiratet, ein Sohn, Jura Studium in Dresden. Seit 1990 Oberstaatsanwalt in Frankfurt am Main, verdeckter Informant der ‚Bratwa'. Vertreter der Anklage im Drogenprozess von Frankfurt.

Staatsanwaltschaft Frankfurt, Mittwoch 14.10.2009, 12:30 Uhr

Müde, den Kopf in die Hände gestützt, saß ein leicht ergrauter Mann, die Brille hatte er abgesetzt, an seinem Schreibtisch im Büro der Frankfurter Staatsanwaltschaft, in der Konrad-Adenauer-Straße. Seine Gedanken kreisten ebenfalls um den größten Drogenprozess in Frankfurt, seit er im Amt war.

Er war unmittelbar, nachdem der Vorsitzende Richter die Sitzung im Anschluss an das Schlussplädoyer der Verteidigung geschlossen und den Termin für den Schlussvortrag der Anklage festgelegt hatte, in sein Büro gefahren.

Karl Miltner, seines Zeichens Oberstaatsanwalt und zuständig für Drogendelikte, hatte sein Mobiltelefon mit der anonymisierten prepaid Simkarte in der Hand, mit dem er ausschließlich mit seinem direkten Kontaktmann der 'Gesellschaft' kommunizierte. Er zögerte den Anruf hinaus, mit dem er seinen Ärger auszudrücken gedachte, aber dieses Mal wollte er seine Position und seine Forderung unmissverständlich übermitteln. Zu hohes Risiko

hatte sich angesammelt und zu viel stand für ihn auf dem Spiel. Er hatte sich weit aus dem Fenster gelehnt, um dieses Risiko zu eliminieren, und war nicht länger bereit, unter dem Damoklesschwert der latenten Enttarnung zu leben.
Sein Alleingang, mit dem er sich selbst aus der Schusslinie bringen wollte, um die Kronzeugin im letzten Moment vor der Urteilsverkündung in einem nicht-dokumentierten Vieraugengespräch aus dem Verfahren zu entfernen, war fehlgeschlagen. Obwohl er die Sache äußerst diskret angepackt hatte.
Der Gedanke zu diesem Versuch, die Zeugin lautlos aus dem Verfahren zu entfernen, war die Folge eines Anrufs eines afghanischen Verwandten der Zeugin. Der junge Mann hatte sich bei ihm direkt gemeldet, weil er im Auftrag der Familie eine ‚informelle' und schnelle Auslieferung der Kronzeugin vor einer Verurteilung erreichen wollte. Er berief sich auf seinen Vater, der ein hochrangiger Berater der afghanischen Regierung wäre, wobei er selber als offizieller Übersetzer im Auftrag der Bundeswehr in Afghanistan tätig sei. Er bat den Oberstaatsanwalt, um eine Gelegenheit mit der Zeugin unter vier Augen zu reden, denn ihre Zustimmung für eine straffreie Rückkehr in ihre Heimat würde das Unterfangen erleichtern.
Der Oberstaatsanwalt hatte das Angebot spontan als Chance gedeutet, die sein Problem lösen könnte. Kurz entschlossen organisierte er das Gespräch mit

der Zeugin und lud den Dolmetscher mit Diplomatenstatus dazu ein. Der Anklagevertreter wollte der Zeugin unter dem Vorwand, ihr eine unkomplizierte Rückkehr in ihre Heimat zu ermöglichen, einen ‚besseren' Deal, als die ungeliebte Kronzeugenregelung anbieten. Für den Fall, dass sie im Kronzeugenstatus bliebe, wollte er die Drohung im Raum stehen lassen, dass er ihr die Aussetzung einer Gefängnisstrafe zur Bewährung leider nicht garantieren könne. Er bot ihr stattdessen eine geordnete Rückführung in ihre Heimat und einen ordentlichen Geldbetrag obendrauf an, wenn sie unverzüglich aus dem Kronzeugenprogramm aussteigen und alle ihre Aussagen zurückziehen würde. Er würde im Gegenzug die Anklage gegen sie aussetzen, um ihr so straffrei die Rückkehr in ihre Heimat und zu ihrer Familie zu ermöglichen.

Der junge Mann, der sich sosehr um eine Rückreise seiner Schwester nach Afghanistan bemühte, hatte während des Gesprächs intensiv auf die Kronzeugin eingeredet und nach Ansicht des Oberstaatsanwaltes nicht nur übersetzt, sondern das Ganze vermutlich noch drastisch ausgeschmückt. Karl Miltner hatte den jungen Mann, während der auf die Zeugin einredete, intensiv beobachtet. Menschen zu lesen war sein Metier. Nach dem Goldschmuck zu urteilen, den er trug, stammte er aus reichem Haus. Die unübersehbar arrogante und unfreundliche Haltung des Mannes der jungen Frau gegenüber ließ

auf einen höheren Rang im Clan oder der Familie schließen. Er hatte feine, fast aristokratische Züge und wenn man genauer hinsah, konnte man sogar so etwas wie eine Ähnlichkeit zur Zeugin erkennen. Miltner wunderte sich, wieso der junge Mann mit Diplomatenstatus als Übersetzer tätig war, aber er hätte nie vermutet, dass die Zeugin und der Dolmetscher Geschwister waren.
Das lag zum Teil daran, weil er nicht alles mitbekam, was zwischen den beiden gesprochen wurde. Er konnte aber an der Reaktion der Zeugin ablesen, dass sie offensichtlich schwer unter Druck geriet. Er bat den Dolmetscher, nicht zu viele Drohungen in seine Übersetzung einzubauen, es wäre besser, die Vorteile einer straffreien Zukunft in ihrer Heimat zu betonen, und der Übersetzer nickte und fuhr fort.
Der Dolmetscher warf nach dem zweistündigen Gespräch bedauernd das Handtuch und teilte dem Oberstaatsanwalt mit, dass die Zeugin trotz seiner Anstrengungen das Angebot für eine Rückführung in den Schoß der Familie vorerst abgelehnt hatte. Er sagte, die Zeugin hätte darum gebeten, seinen Vorschlag zu überschlafen. Ein zweites Gespräch wäre notwendig, was der Oberstaatsanwalt akzeptierte.
Nachdem der junge Mann aus Afghanistan das Büro des Oberstaatsanwaltes verlassen hatte, verabredet er sich nachträglich mit der Zeugin für ein

Vier-Augen-Gespräch.
Fünf Minuten später betrat der Staatsanwalt den Biergarten im gegenüberliegenden Restaurant zu einem kleinen Imbiss und sah die beiden dort abgeschirmt in einer Ecke bei einer Tasse Tee sitzen. Es kam ihm so vor, als ob der Dolmetscher mit der jungen Frau Telefonnummern austauschen würde.
Der Oberstaatsanwalt beendete seine Grübelei, vor allem versuchte er nicht mehr, an mögliche Konsequenzen von Seiten des Bosses zu denken. Der hätte ihm vermutlich diesen waghalsigen Versuch, die Kronzeugin auf seine Art zum Schweigen zu bringen, strikt verboten. Dem Anklagevertreter war bekannt, dass der Boss ‚Eigentümerrechte' auf die junge Frau beanspruchte.
Rückblickend gestand er sich ein, dass sich der Prozess für ihn zum Albtraum entwickelt hatte, denn der Boss ließ nicht locker und seine Anmahnungen zur Beseitigung der Kronzeugin wurden drängender, ohne dass er eine Chance hatte, diese Forderungen zu erfüllen. Der Anführer erklärte ihn zum Versager und drohte ihm und seiner Familie mit Konsequenzen. Er schüttelte den Kopf, wenn er daran dachte, dass ihn seine Frau schon seit Jahren zum Ausstieg aus der Bruderschaft zu bewegen versuchte. Er winkte jedes Mal ab, wenn sie wieder davon anfing, und erklärte, wie schwierig eine Abkehr aus der ‚Gesellschaft' wäre.
Schier unmöglich.

Hatte man einmal den Eid auf die ‚Gesellschaft' geschworen, so bedeutete das, für immer dabei zu sein. Seiner Frau schwebte ein neues Leben, ein Kaltstart im Ausland vor, und sie bettelte ihn an, er möge an den gemeinsamen Sohn denken. Eben darum erklärte er ihr, ginge es nicht. Die Drohung der Sippenhaft hinge über allen.
Und das gefiel Karl Miltner überhaupt nicht.
Er hatte die ganze Zeit darauf vertraut, dass der Boss die Kronzeugin des Prozesses unauffällig und sauber beseitigen würde. Er hatte jede Art von Anstrengung unternommen und persönlich die Daten ihres sicheren Aufenthalts, und das mehrfach, an seinen Kontakt durchgesteckt. Mit jedem gescheiterten Anschlag auf die Zeugin war es für ihn schwieriger geworden, die neuen Daten aus dem System zu fischen. Das zuständige Landeskriminalamt arbeitete nicht nur zuverlässig, sondern effizient, was die Geheimhaltung vertraulicher Daten aus dem Zeugenschutz anbelangte. Zähneknirschend sah er machtlos zu, dass sich die kleine Familie in sicheren Wohnungen bewegte.
Seine Angst von der 'Gesellschaft' wegen Obstruktion bestraft zu werden, wurde zusätzlich belastet von unangenehmen Signalen, die er aus seiner eigenen Behörde empfing.
Immer deutlicher wurde ihm signalisiert, dass man innerhalb der Staatsanwaltschaft und bei den zuständigen Ermittlern Verdacht schöpfte, denn

einige der von ihm weitergeleiteten Daten waren nach dem ersten gescheiterten Entführungsversuch falsch und einmal wurde der Bande eine Falle gestellt.
Er argwöhnte zudem, dass eine interne Ermittlung gegen ihn im Gange war. Seit ihm der Fall zwar nicht direkt entzogen worden war, man hatte ihn zum Supervisor ernannt, war sein Zugriff in die Steuerung des Prozesses massiv eingeschränkt.
Verzweifelt arbeitete er daran, um sich der Verdachtsmomente wegen Amtsmissbrauchs zu entledigen und seine Spuren zu verwischen.
Das Schlussplädoyer der Anklage, in dem es massiv auf die Aussagen der Kronzeugin ankam, lag nunmehr in den Händen seines Mitarbeiters, der den Antrag für das Strafmaß deutlich gegenüber seinen Anträgen zu Beginn des Verfahrens erhöht hatte. Zwei Wochen standen ihm noch zur Verfügung, um das zu ändern.
Eine ungewohnte Angst hatte von ihm Besitz ergriffen, und von Woche zu Woche steigerte sich seine innere Unruhe. Echte Ruhe würde erst einkehren, wenn die Zeugin außer Landes oder besser noch tot wäre.
Er seufzte. Seine Geduld war erschöpft.
Aus Angst aufzufliegen, wollte er jetzt und sofort von seinem Kontaktmann die klare Zusage, dass dieses Risiko ein Ende haben sollte. Dass die Zeugin endgültig zum Schweigen gebracht würde. Der Boss

hatte zwar während des ganzen Prozesses gedroht, er würde hart durchgreifen, aber tatsächlich schreckte er vor dem harten und finalen Schritt der Tötung der Kronzeugin zurück und versuchte es mehrmals mit Entführungen, die allesamt kläglich scheiterten. So brutal er sonst gegen Gefährder der 'Gesellschaft' vorging, so zurückhaltend handelte er, wenn es um die Frau ging, die seine Geliebte war, und die dennoch den Laden verpfiffen hatte.
Die Beweggründe der Zeugin, warum sie sich mit diesem Windhund von Ermittler einließ und sich von ihm ein Kind machen ließ, waren ihm völlig egal. Nicht egal war ihm das Risiko, dass für einen Maulwurf sein Schicksal als Staatsanwalt in ihren Händen lag.
Wenn er seinem Bauchgefühl gefolgt wäre, hätte er sie längst töten lassen, so wie er es mit diesem Heiner Mummert arrangiert hatte. Damals hatte er den Boss so lange mit Informationen gefüttert, bis der beschloss, diesen Dreckskerl von einem Investigativ-Journalisten abzuknallen, der ihnen allen zu nahe gekommen war.
Er hatte seinen Teil der Aufgabe, den der Boss jetzt von ihm konkret erwartete, nach seiner Ansicht mehr als nur erledigt. Er hatte sämtliche geforderten Daten zum aktuellen sicheren Wohnort gestern beschafft, obwohl er das Risiko kannte, wenn er im Datenbereich des LKA unberechtigterweise recherchieren würde. Und er hatte überdies die

Information geliefert, wann der Übertritt in das offizielle Kronzeugenprogramm angesetzt war.
Glücklicherweise konnte er sich diesen Zutritt in einem letzten verzweifelten Ansatz einfacher verschaffen, als er hoffte, und er musste noch nicht einmal seine immer noch gültigen Administratorenrechte einsetzen, was eventuell nachvollziehbar gewesen wäre. Netterweise hatte sich die Kronzeugenbeauftragte des LKA morgens eingeloggt und danach aus reiner Bequemlichkeit das Zugangskonto offengelassen, sodass sich jeder von ihrem PC aus in der Datenbank frei bewegen konnte. Diese Art von Dateneinsicht wurde vom System weder als Vorgang noch als Verstoß registriert, und die Daten waren zu diesem Zeitpunkt im IT-System der Staatsanwaltschaft auch nicht mit einem separaten Passwort gesichert. Er war unbehelligt in der Mittagspause in ihr Büro in Frankfurt spaziert und hatte sich die Daten, die er brauchte, aus dem System geholt. Dann war er wieder verschwunden.
Vor wenigen Minuten hatte er seinem Kontakt die gewünschten Angaben zum aktuellen Zufluchtsort der Kronzeugen per SMS durchgegeben und zusätzlich den Zeitpunkt, zu dem der Übertritt der Familie in die neue Identität stattfinden sollte. Der für den Boss wichtige Teil der Aufgabe war erledigt, der für ihn kritische Teil stand ihm noch bevor.
Er atmete durch, drückte entschlossen die Kurzwahl,

und sein Kontakt nahm seinen Anruf sofort entgegen.
Anders als erhofft, ließ sich sein Gesprächspartner trotz seiner Gefährdungslage und seines persönlichen Risikos nicht in seiner Haltung beirren. Er lehnte seine Forderung glatt ab, die Zeugin final zu beseitigen. Er teilte ihm stattdessen lakonisch mit, der Boss hätte unbeirrt seinen Plan bekräftigt, die junge Frau mit Tochter so unauffällig und schnell wie möglich außer Landes zu bringen. Seine Rache galt ausschließlich dem Dieb seiner Geliebten und nicht der Geliebten selbst. Er wollte gegenüber dem Personenschützer und Dieb seines Eigentums ein Exempel statuieren, und ihn mit der Geiselnahme seiner Familie bestrafen. Er sollte unter dem Eindruck leiden, dass man den beiden unvorstellbare Schmerzen zufügen würde.
Der Oberstaatsanwalt kapierte, dass seine Hoffnungen zu hoch gegriffen waren. Es war sein Fehler, dies zu erwarten. Karl Miltner war enttäuscht und beendete das Gespräch. Danach zögerte er keine Sekunde, bevor er eine zweite SMS losschickte.
Von Rechts wegen handelte es sich bei dem, was er vorhatte, um eine lupenreine Erpressung, die er jedoch als Deal bezeichnen würde mit jemandem, der ihm noch einen Gefallen aus einem früheren Strafprozess schuldig war. Dieser Jemand war ein hochrangiges Bandenmitglied derselben ehrenwerten ‘Gesellschaft’, welches vor längerer Zeit von einem

Opfer wegen Vergewaltigung angezeigt wurde. Als das Opfer einige Tage nach der Anzeige durch einen merkwürdigen Haushaltsunfall zu Tode kam, hatte der damalige Staatsanwalt Miltner, auf Druck der ‚Gesellschaft', das Verfahren gegen den Verdächtigen wegen Mangels an Beweisen und Selbstmord des Opfers eingestellt. An diesen Jemand leitete Karl Miltner in diesem Moment ebenfalls die Anschrift der Zeugin weiter, allerdings mit einer kleinen Korrektur. Er datierte das geplante Fluchtdatum der Familie um einen Tag vor und bat ihn, pünktlich zu sein.
In der SMS an seinen Killer fügte er neben den Angaben zum Aufenthaltsort die schlichte Bitte hinzu, die Kronzeugin zuverlässig auszuschalten, damit sie nie mehr gegen ihn und die ‚Gesellschaft' aussagen könnte. Seiner Einschätzung nach hatte der Empfänger der SMS ebenfalls ein natürliches Interesse daran, der Zeugin den Mund zu stopfen. Er wusste, dass er sie indirekt für den Tod seines Sohnes verantwortlich machte, der durch die Kugeln der Polizei bei der gewaltsamen Beendigung des Drogentransportes starb.
Als Back-up blieb ihm immer noch die Chance, dass der Spezialist, den der Boss schicken würde, die Zeugin zuverlässig entführen würde. Das wäre dann nach seiner Einschätzung nicht die sichere Variante, die er sich wünschte, aber immerhin wäre die junge Frau dann für absehbare Zeit keine Belastungszeugin

mehr sowohl gegen die ‚Gesellschaft‘ wie gegen ihn.

Er war sicher das Richtige getan zu haben, um wieder angstfrei leben zu können.
Und er dachte auch an eine Zukunft, in welcher dieser Jemand im künftigen Machtkampf um die Führung der ‚Gesellschaft‘ bessere Karten haben würde als der aktuelle Anführer. Dann säße er endlich am längeren Hebel.

Kapitel 3

Symbole haben für die Mitglieder der ***‚Bratwa'*** *immer eine tiefere Bedeutung. So kennzeichnet ein umrahmter Diamant je nach Verzierung einen Offiziersgrad. Die Bratwa ist straff hierarchisch gegliedert, wobei dem Boss oder Anführer, ein Unterboss oder stellvertretende Anführer zur Seite steht. Sie führen die "Kapitäne", und die wiederum die „Soldaten". Alle „Mitglieder" der ‚Bratwa' bilden die* ***'Gesellschaft'*** *und sie wählen ihren Anführer.*

Landgericht Frankfurt, Mittwoch 14.10.2009, 13:30 Uhr

Der Verteidiger im großen Drogenprozess hatte mittlerweile den Gerichtssaal verlassen und saß nachdenklich in seinem dunklen Mercedes der S-Klasse auf dem Parkplatz vor dem Landgericht.

Der Boss wusste seit kurzem, dass die Kronzeugin eine Tochter geboren hatte. Deren Vater vermochte ebenso gut er wie dieser verdammte ‚Ehebrecher' sein, der sich so schamlos an seinem Eigentum vergriffen hatte. Ab jetzt dürstete er weniger seine Geliebte, deren Vergehen er immer noch für eine Notlüge und entschuldbar hielt, dafür aber umso strenger den Ehemann mit seiner Rache überziehen.

Er rief den Boss an, um ihm den versprochenen Bericht zu erstatten und seine Befehle entgegen zu nehmen.

Der Boss informierte ihn knapp und prägnant, dass er die Sache jetzt selbst in die Hand nehmen würde.

Er hatte verstanden, dass in der kurzen Übergangsphase zwischen dem 24/7–Personenschutz-Programm, und dem Übergang in das eigentliche Kronzeugenprogramm mit neuen Identitäten, einem neuen Umfeld und Wohnort, die Zeugin relativ ungeschützt war. Diese Zeitspanne wollte der Boss jetzt nutzen, um die Kronzeugin zwar spät, aber noch immer rechtzeitig und endgültig aus dem Verfahren zu entfernen, um damit der Staatsanwaltschaft die Basis für die Verurteilung zu entziehen. Jedem war klar, dass ohne ihre Aussage, die Anklage auf extrem wackligen Beinen stand.
Er forderte diesmal mit Nachdruck, einschließlich der Androhung von Konsequenzen an seine Führungsmannschaft vor Ort, die aktuellen Koordinaten ihres Wohnortes an. Er ließ verlauten, dass er die Kronzeugin und deren Tochter jetzt und sofort, das hieß noch vor dem Urteil, zu entführen und nach Russland zu bringen gedachte.
Dann würde er sich mit seinen Rachefantasien um den Personenschützer kümmern, der ihm das alles eingebrockt hatte, und ihn fertig machen.
Damit wäre ein Schlussstrich unter dieses unerfreuliche Verfahren gezogen, und die einträglichen Geschäfte und vor allem der künftige Umbau der Organisation in einen quasi-legalen Wirtschaftsbereich konnten ungestört weiter vorangetrieben werden.

Der Verteidiger glaubte an dieser Stelle dem Boss dieses zahnlose Vorgehen einer Verräterin gegenüber nicht. Er sah die Todesstrafe für sie als Konsequenz der brutalen Regeln der ‚Gesellschaft' schon als verhängt an. Der Boss würde die Zeugin zur Strafe so lange benutzen, bis er ihrer endgültig überdrüssig war. Nach den ungeschriebenen Regeln dieser ‚Gesellschaft' gehörte sie ihm bis an ihr Lebensende, und ihr Leben lag in seiner Macht.
Außer ihr verzeihen, das gaben die Regeln der Bratwa nicht her. Und das Verhalten ihres Anführers beobachteten die Mitglieder dieses Unterweltsyndikats sehr sorgfältig.
Dem Verteidiger war in diesem Moment nur wichtig, dass dieser Entführungsauftrag nicht bei ihm landete, denn er wollte nicht noch mehr Minuspunkte beim Boss sammeln. Disziplin war das A und O in der ‚Gesellschaft'. Und das war dem Boss wichtiger als die Höhe des Profits, wenn man von Ausnahmen absah.
Danach drehte sich das Telefongespräch hauptsächlich um seine Rolle als Syndikus, konkret um den Abschluss der Markteinführung von Opioiden in der rezeptfreien Anwendung sowie der Gründung einer Stiftung zur Verwaltung von Immobilien und der Vermögenssicherung für die Unternehmensnachfolge. Als Wirtschaftsanwalt hatte der Syndikus gemeinsam mit dem Statthalter die notwendigen legalen Strukturen aufgebaut.

Es hatte harter Überzeugungsarbeit bedurft, um das risikoreiche und gewalttätige Drogengeschäft in ein quasi-legales Geschäftsmodell umzubauen. Allerdings war die 'Gesellschaft' immer noch dabei, die Vermarktung, um weitere Kundensegmente zu erweitern, um sich auf dem entwickelnden europäischen Opioid Markt eine Monopolstellung zu sichern. Mithilfe der Opioide für den rezeptpflichtigen und den rezeptfreien Schmerzmittelsektor sollte Europa massiv überflutet werden.

Der Boss, dessen Erfahrung aus den Anfängen des Unterweltsyndikats stammten, war „Mafia" Old School und weder vertraut mit pharmazeutischen Absatzmärkten noch mit Online Marketing, dafür sicherte er das bestehende Drogennetz mit einem perfekt arbeitenden Sicherheitsdienst ab, der alles, was sich dem Netzwerk in den Weg stellte, brutal und gezielt beseitigte.

Die größte Sorge des Bosses war deshalb nicht, dass seine Geliebte, die er sowieso schon abgeschrieben hatte, ein paar der führenden Köpfe der lokalen Szene für ein paar Jährchen hinter Gitter bringen würde. Das würden die auf einer Arschbacke absitzen. Hingegen musste der Betrieb seines Geschäftsmodells leise und unauffällig weiterlaufen. Er akzeptierte kein zusätzliches Risiko mehr.

Der Mann hinter dem Lenkrad seines S-Klasse-Wagens atmete tief durch. Er war

erleichtert, dass der Versuch die Kronzeugin zu beseitigen, der in all den Jahren des Prozesses gegen die Frankfurter Zelle des russischen Drogenkartells kläglich gescheitert war, kurz vor Prozessende wieder Fahrt aufnahm.
Er akzeptiert, dass der Boss damit drohenden Schaden von der 'Gesellschaft' abwenden wollte. Diese Organisation, in die er hineingeboren worden war, hatte ihn zur Ausbildung und Studium nach Deutschland geschickt und langsam aufgebaut. Er war dankbar und loyal über seine Karriere und die erreichte Position in der ‚Bratwa'. Künftig würde er auch in der Stiftung eine wichtige Rolle spielen, die er sich mühsam erkämpft hatte.
Er war der Kontaktmann zum Maulwurf und hatte genug Druck auf ihren Mann in der Justiz ausgeübt, damit er diesmal die richtigen Koordinaten rechtzeitig herausrückte. Nach dem Empfang einer kurzen SMS, die er an den Boss weiterleiten musste, würde der ‚Wolf' seinen Job abschließen. Keine Zeugin, kein Urteil.
Das war das Ziel.
Auf dem Weg zurück ins Büro kündigte der kurze Piepton seines Handys den Eingang der erwarteten SMS des Maulwurfs an, die er direkt weiterleitete. Minuten später erhielt er die Bestätigungsantwort vom Boss. Aktion ‚Rückführung' war angelaufen.

Kapitel 4

***Morde im Namen der "Ehre"** sind weit verbreitet in Afghanistan. Die eigenen Verwandten werfen vergewaltigten Mädchen und Frauen vor, Schande über die Familie gebracht zu haben - so werden sie von Opfern zu Täterinnen gebrandmarkt. Dabei gilt auch einvernehmlicher Geschlechtsverkehr der unverheirateten Frau mit einem Mann als Vergewaltigung.*

Wiesbaden, Donnerstag 15.10.2009, 19:00 Uhr

Die eindrucksvollen braunen Augen und der Dreitagebart des sportlichen jungen Mannes, ließen die Schmetterlinge im Bauch der Kronzeugenbeauftragten flattern wie jedes Mal, wenn sie ihn traf. Auch dieses Mal fühlte sie, wie ihre Knie weich wurden. Am liebsten wäre sie selbst mit ihm ins Kronzeugenprogramm geflüchtet, aber der Zug war abgefahren. Sie blieb cool und ließ sich, so gut sie es vermochte, nichts anmerken und wickelte die Dokumentenübergabe für sein neues Leben so kühl wie möglich ab.

Der junge Mann, dem eine gewisse Leichtigkeit im Leben, insbesondere dem weiblichen Geschlecht gegenüber, nicht fremd war, empfing sehr wohl die Signale der niedlichen Kronzeugenbeauftragten, die sich jetzt schon jahrelang um die Zeugin und ihre Tochter gekümmert hatte. Er war ehrlich genug sich einzugestehen, dass ein Versprechen trotzdem ein Versprechen war und dass Treue mindestens genauso wichtig war wie sexuelle Freiheit, und weil er dasselbe von seiner Partnerin erwartete, zwang er sich, aufkeimende Triebe jeder Art zu unterdrücken. Außerdem rüttelte ihn sein Gewissen seit seinem letzten Bruch eines Treueversprechens gegenüber seiner Sandkastenliebe ständig wach, sich ordentlich zu verhalten. Obwohl diese letzte gebrochene Versprechen gar kein richtiges Versprechen war. Nach seinem Empfinden war es eine mehr als angenehme Gewohnheit.

Als frischgebackener Ehemann kümmerte er sich liebevoll und vorrangig um die Sicherheit seiner kleinen Familie. Mit einem entschuldigenden Blick grinste er die Versuchung weg und nahm genauso cool, wie sie sich gab, die Dokumente und das Briefing entgegen. Er drückte sie zum Abschied ohne den erwarteten Kuss auf die Wange. Er würde sie in diesem Leben nicht mehr wiedersehen.

Wegen seiner schlaksigen und manchmal unbeholfenen Art wurde er leicht unterschätzt. Aber er konnte, wenn er wollte, seine Ziele sehr hartnäckig verfolgen. Als geborener Optimist gab es für ihn nichts Unmögliches. Das wiederum hatte ihm die ganze Mühsal ihrer ständigen Flucht zu ertragen geholfen, denn er sah immer das Licht am Ende des Tunnels. Hier und heute sah er das strahlende Licht des Tunnelendes vor sich und den Anfang einer lebenswerten Zukunft mit einer schönen und intelligenten Frau an seiner Seite, die dennoch seine

Hilfe brauchte, um ihre Vergangenheit abzuschütteln.
Er gab sich keiner Illusion hin, dass dies ein Prozess war, der Jahre dauern konnte, aber Geduld war nicht nur eine leere Worthülse für ihn. Er lebte danach.
Der Übergabetermin war wie eine geheime Staatsaktion abgelaufen, um nur ja keine Spur zu hinterlassen. Er hatte auch darauf bestanden, den ursprünglichen Termin um zwei Wochen vorzuziehen, damit nicht durch eine Leckstelle, die er seit längerem bei der Staatsanwaltschaft vermutete, das Programm scheitern könnte. Es gab zu viele Vorfälle in der Vergangenheit, seine Frau aus dem Verfahren zu entfernen, die glücklicherweise alle gescheitert waren.
Das kleine Mädchen mit den samtschwarzen Locken und den großen, wasserblauen Augen, das seiner Mutter bis auf die Augenfarbe so sehr ähnelte, saß die ganze Zeit, während er beschäftigt war, auf der Besucher Couch und spielte mit einer Puppe. Er verließ das Haus mit dem Kind auf dem Arm direkt über die Tiefgarage und lief, den Kopf gesenkt, zu seinem, auf dem Besucherparkplatz abgestellten Minivan, packte die Kleine in den Kindersitz und klemmte sich hinter das Lenkrad.
Bevor er auf die A3 in Richtung Wiesbaden einbog, sah er im Rückspiegel, dass die Kleine immer noch mit der Puppe beschäftigt war, atmete tief durch und schloss die Augen.

Die letzten Monate waren alles andere als stressfrei, wenn er an die Vielzahl der Hürden dachte, die es bis zur Entgegennahme der Papiere vor fünfzehn Minuten zu überwinden galt. Obwohl alles akribisch dazu vorbereitet war, fühlte er sich immer noch wie ein Fallschirmspringer, der vor der offenen Flugzeugluke stand und vor einem nächtlichen Absprung über unbekanntem Terrain ins Dunkle starrte.
Nein, widersprach er sich selbst, er wollte in eine sonnendurchflutete Zukunft springen, und die dunklen Schatten hinter sich lassen.
Er hatte unter dem Zeugenschutzprogramm, welches das hessische Landeskriminalamt für ihn organisiert hatte, gemeinsam mit den beiden eine neue Identität mit erfundenem Lebenslauf erhalten.
Für ihren künftigen Lebensmittelpunkt empfahl sich Hamburg. Einen Arbeitsvertrag als Angestellter eines bekannten Haftpflichtversicherers hatte er unterschrieben. Für seine Frau, die mit einem Informatikstudium glänzte, welches sie an einer russischen Hochschule erworben hatte, wäre es ein leichtes, an ihrem neuen Wohnort einen Job zu finden. Er strahlte beim Gedanken an seine Frau, die sich so unvorhersehbar nach der gewaltsamen Festnahme und Verletzung in seine Fürsorge und mehr begeben hatte.
Sie hatte spontan seine Liebe erwidert, obwohl es für beide echt schwierig war, sich wegen ihrer

gegenseitigen Sprachdefizite zu unterhalten.
Eine Liebe, die keine Worte brauchte, war bei beiden so rasch aufgeblüht, dass er selbst nicht verstand, was da ablief. Er löste seine Verlobung mit seiner ewigen Sandkastenfreundin und wollte sich nicht eingestehen, dass er ziemlich unfair ihr gegenüber war.
Kurze Zeit, nachdem die Zeugin aus dem Krankenhaus entlassen worden war, in dem sie mit ihrer schweren Schussverletzung behandelt worden war, heirateten die beiden. Bei der Geburt ihrer Tochter durfte er dabei sein, und seine neue Verantwortung für seine kleine Familie verschaffte ihm ein starkes Glücksgefühl. Die Tochter war ihrer Mutter wie aus dem Gesicht geschnitten. Von da an durfte er sich um zwei schöne Frauen kümmern, die ab sofort sein Leben bestimmen würden, wie er es scherzend nannte.
Aber es sollte alles anders kommen.
Als er kurz nach 14:00 Uhr die sichere Wohnung in Wiesbaden verlassen hatte, wollte er für maximal zwei Stunden wegbleiben, um mit Emina seine Dokumente vom Amt abzuholen. Ursprünglich sollten sie zu dritt die Unterlagen abholen, aber seiner Frau ging es die letzten Tage nicht so gut.
Die komplette Lebensumstellung, ein diffuses Heimweh nach ihrem fernen Zuhause und die Gewissheit, ihre Familie in Afghanistan nie mehr zu sehen, hatten ihr offensichtlich schwerer zugesetzt,

als er dachte. Sie hatte während des ganzen Prozesses nur sehr zurückhaltend mit der Staatsanwaltschaft kooperiert und keine Details über ihre Familie und die eigentliche Führungsmannschaft der ‚Bratwa' kundgetan. All das hatte sie nur getan, um zu überleben.

Sie war so bedrückt, wie er sie lange nicht gesehen hatte, und er fühlte sehr wohl, dass sie ihm irgendetwas verheimlichte. Etwas, womit sie versuchte, alleine klar zu kommen. Und er wollte nicht zu sehr in sie dringen in dieser Zeit so kurz vor der neuen Identität und Zukunft. Es musste sich um etwas tief in ihrem Inneren verborgenes und weit zurückliegendes handeln, vielleicht sogar aus ihrer Jugendzeit, von der er so gut wie gar nichts wusste. Andererseits hatte sie zu niemandem Kontakt, sie verließ kaum mehr die Wohnung und wenn sie telefoniert hätte, wüsste er das.

Und hier irrte der Personenschützer.

Von der Befürchtung, dass ihr patriarchalischer, afghanischer Vater auch hinter ihr her war, um die Schande zu tilgen, die sie über die Familie gebracht hatte, erzählte sie ihrem Ehemann nichts. Dass der junge Mann, den sie beim Staatsanwalt getroffen hatte, ihr Bruder war, erzählte sie ihm auch nicht. Sie erklärte das Treffen damit, dass der Staatsanwalt einen Dolmetscher für ein unsittliches Angebot an sie engagiert hatte, das sie aber abgelehnt hatte. Sie redete sich ein, dass sie ihn damit nicht beunruhigen

wollte.
Um sie zu schonen, hatte er deshalb auch nur ihre fünfjährige Tochter auf den Behördengang mitgenommen, um die Dokumente persönlich zu übernehmen. Der gesamte Prozess auf dem Amt hatte dann, wegen eines unvorhergesehenen Staus auf der Friedberger Landstraße sowie der strengen Geheimhaltungsanforderungen deutlich länger gedauert als geplant.
Es war schon so gegen 19:30 Uhr, als er den Minivan zurück in die Tiefgarage der Wiesbadener Wohnanlage steuerte.
Er hatte mit seiner Frau besprochen, dass sie unmittelbar nach seiner Rückkehr ihr Gepäck ins Fahrzeug laden würden, um direkt loszufahren. Er wollte kein Risiko eingehen. Mit neuem Namen, neuen Papieren und einem Konto mit einem Grundstock, das sie in dieses neue Leben starten ließ. All die Tage zuvor hatte er versucht, sie aufzuheitern, was nicht so recht gelingen wollte. Wenn sie schwermütig war, wollte sie in Ruhe gelassen werden. Aber das war so schwer.
Als Erstes fiel ihm der dunkle Van am Eingang der Tiefgarage auf, den er hier noch nie gesehen hatte, und der ein Kennzeichen des Odenwaldkreises trug. Sein Misstrauen war geweckt, und er schwankte einen Moment, was er mit seiner auf dem Rücksitz eingekuschelten Tochter tun sollte.
Sie war auf der Rückbank eingeschlafen, und so ließ

er sie wie üblich im Auto, wenn er nach Hause kam, um als Erstes zu prüfen, ob der Weg in die Wohnung sicher wäre. Schon beim Betreten des Apartments beschlich ihn ein ungutes Gefühl. Alles war dunkel und niemand reagierte auf sein, „hallo Schatz, wir sind wieder zurück", als er sich in Richtung Schlafzimmer bewegte, in der Annahme, dass seine Frau sich hingelegt hatte. Das Zimmer war ebenfalls dunkel. Er fand sie im Schlafzimmer im Bett seltsam ausgestreckt unter der Decke und in völlig ungewohnter Weise auf seiner Bettseite liegend vor. Ihr Gesicht war ihm abgewandt und sie blickte auf ihre Bettseite.

Er schüttelte sie zärtlich, aber sie reagierte immer noch nicht und fühlte sich kalt und steif an. Er knipste die Nachttischlampe an und konnte keinen Puls fühlen. Dafür sah er ein Einmal-Injektionsbesteck auf dem Nachttisch, und als er die Decke zurückschlug, sah er den abgebundenen Arm und die Einstichstelle in der Armbeuge.

Sie war tot und in der Wohnung war es totenstill.

Er betrachtete sie lange und eine unsagbare Trauer ergriff ihn. Ihr wunderschönes Gesicht war entstellt von dem starr geöffneten Mund, ihren schreckhaft geweiteten Augen und die Pupillen groß und schwarz starrten durch seinen Blick hindurch ins Leere. Als er versuchte, den Kopf zu sich drehen, merkte er, dass die Totenstarre schon eingesetzt

hatte.
Es dauerte eine Weile bis er bemerkte, dass ihre Halskette abgerissen war und der Anhänger fehlte. Aus den Kratzspuren am Hals schloss er, dass ihr das russische Kreuz mit Gewalt entrissen worden war. Beim genaueren Hinsehen sah er minimal ausgeprägte Druckspuren eines Daumenpaares an ihrem Hals. Der Mörder musste den Anhänger mitgenommen haben, denn dass es sich um keinen Selbstmord handelte, war ihm als Ex-Ermittler der Polizei sofort klar.
Die Totenstarre hatte bis auf die äußeren Extremitäten fast vollständig eingesetzt, was bei der herrschenden Raumtemperatur auf einen frühesten Todeszeitpunkt von etwa 15:00 Uhr schließen ließ. Der Täter musste unmittelbar nach seinem Verlassen der Wohnung erschienen sein. Vermutlich hatte der sogar gewartet, bis er ging, weil er wusste, was er vorhatte. Und wenn er wegen des Unwohlseins seiner Frau nicht seine Tochter ins Büro der Staatsanwaltschaft zur Dokumentenübergabe mitgenommen hätte, dann wäre sie jetzt auch tot.
Es tat ihm so weh, dass er seine Frau untersuchen musste, wo er ihr am liebsten nur die Augen geschlossen hätte, um zu trauern. Er fühlte den Schmerz über den Verlust fast körperlich und nicht nur das. Die Angst vor dem langen Arm der Mafia kam dazu. Diese Angst war verbunden mit dem Drang seine Tochter zu retten und vor einer

permanenten Bedrohung zu fliehen, die nicht enden wollte. Der Zwiespalt, sich entscheiden zu müssen, zwischen der sofortigen Flucht und der Notwendigkeit kühl zu bleiben und die Situation zu analysieren, zerriss ihn fast. Als Ex-Polizist war er es gewohnt, Tatorte zu untersuchen, und sein Schlafzimmer war ein Tatort, da gab es keine Zweifel. Er erstarrte, als er die Decke vollständig zurückschlug und die Vergewaltigungsspuren sah. Er zwang sich dazu, mehrere Fotos von seiner toten Frau auf dem Bett zu schießen und die Tat zu dokumentieren.
Der Hinweis mit dem fehlenden Anhänger und die offensichtliche Vergewaltigung war ein zu eindeutiges Zeichen eines Auftragsmörders der Mafia. Von jemandem, dessen Ehre so tief verletzt war, dass er einen Mordauftrag der schlimmsten Art befahl. Dabei wurden absichtlich keine Spuren verwischt, um einen Rachemord an einer Verräterin zu demonstrieren.
Der Auftrag war eindeutig, um seiner Frau den Status einer ‚Wory' abzuerkennen, den sie sowieso abgelegt hatte. Und der Mörder war noch nicht fertig, warum hätte er sonst das Familien-Foto vom Nachttisch mitgehen lassen. Das Familienfoto, das sein Töchterchen auf dem Schoß der Mutter und ihn dahinter stehend zeigte, und das eingerahmt am Nachttisch stand, war verschwunden.
Er musste ausschließen, dass der Täter noch in der

Wohnung war, und durchsuchte sie sorgfältig. Die Glock entsichert, schlich er von Zimmer zu Zimmer. Fehlanzeige. Es fanden sich keinerlei Spuren eines Kampfes oder der Anwesenheit eines Fremden.
Dann fiel ihm siedend heiß der Van mit den abgedunkelten Scheiben und dem Kfz-Kennzeichen des Odenwaldkreises ein, der an der Ausfahrt der Tiefgarage parkte, und den er hier noch nie gesehen hatte.
Verstört lief er in die Garage, um nach seiner Tochter zu schauen. Der Van stand noch immer an der Ausfahrt, und er meinte auf der Fahrerseite einen Schatten zu sehen. Die Glock mit Schalldämpfer im Anschlag schlich er von hinten an den Van und versuchte, außerhalb des Sichtwinkels der Rückspiegel zu bleiben.
Er war nur noch wenige Meter vom Heck des Wagens entfernt, als der Motor aufheulte, und der Van mit quietschenden Reifen und ohne die Scheinwerfer einzuschalten, die Ausfahrt hoch raste. Ohne groß zu überlegen, schoss er eine Serie durch die Heckscheibe, die zersplitterte, aber die Schüsse brachten den Wagen nicht zum Stehen. Der schwere Wagen schlingerte leicht und verschwand um die Ecke.
Er speicherte das Kennzeichen ab und lief zu seinem Minivan, in dem die fest schlafende Tochter lag. Er nahm sie vorsichtig aus dem Auto, brachte sie direkt ins Kinderzimmer und machte ihr etwas zu essen.

Als er das Zimmer verließ, war sie schon eingeschlafen. Er war hellwach und in einem Zustand der Hypersensibilität.
Er setzte sich vor seinen Laptop und scannte die Videos, welche die Kamera mit Bewegungsmelder in der Tiefgarage aufgezeichnet hatte. Im fraglichen Zeitraum ab 14:00 Uhr bis jetzt sah er einige bekannte Gesichter von Nachbarn, die er nur vom Sehen kannte, kommen und gehen und nur eine Handvoll Personen waren unbekannt. Auf zwei junge Kerle mit Hoody und schlecht erkennbaren Gesichtszügen folgte ein eng umschlungenes Pärchen, aber beide Gesichter waren abgewandt und nicht zu erkennen. Ein paar Teenager trabten an der Kamera vorbei, die mit einem Fußball unterwegs waren, und dann kam ein Jogginganzug-Träger mit Kapuze, der zu einem schlecht auszumachenden jungen Mann mit dunklem Teint und ein paar dunklen Locken gehörte. Dann entstand eine längere Pause, bis eine junge Frau mit einem Kinderwagen durch das Bild rollte. Darauf folgte ein Anzugträger mit Krawatte, der Figur nach ein Bodybuilder mit Kinnbart und einem Tattoo am Hals. Zum Schluss sah er noch einen Jogginganzug-Träger mit Kapuze und bis zur Nase hochgezogenem Kragen, der wieder umdrehte, weil er etwas in seinem Auto vergessen hatte. Er konnte niemanden identifizieren, sicherte die Datei und ging in die Küche, um ein Glas Wasser zu trinken. Der Typ mit den

Tätowierungen passte zu seiner Vorstellung eines Auftragsmörders, aber da er ihn nicht kannte, nützte ihm die Erkenntnis wenig.
Das Loch, das sich jetzt vor ihm auftat, es hätte schwärzer nicht sein können. Alles, was er so mühsam vorbereitet hatte, war mit einem Schlag wie weggewischt.
Dumpf vor sich hinbrütend saß er eine Stunde lang auf der Couch und versuchte den Zorn, der in ihm hochkochte, zu unterdrücken. Um 20:30 Uhr hatte er sich zu einem Entschluss durchgerungen.
Zuerst müsste die Leiche verschwinden, um die Auftraggeber des Auftragsmordes zu irritieren, und danach würde er eine Vermisstenmeldung an die Polizei abgeben und sich mit Emina endgültig absetzen. Danach würde er weitersehen, wieweit eine Zusammenarbeit mit den Ermittlern noch zweckmäßig und sinnvoll war. Der Prozess war erstmal geplatzt, und er und Emina waren als Zeugen eine Fehlanzeige. Er würde die neuen Identitäten dennoch benutzen, aber anders als vom Programm vorhergeplant.
Er rief mit heiserer Stimme seinen Vater an, den er getreu seinem Auftrag aus dem Zeugenschutz bisher vollkommen aus der Sache herausgehalten hatte, und fragte ihn, ob er Alina würdig aber ohne Aufsehen und am besten klammheimlich begraben könnte. Er sagte weder, was passiert war, noch gab er Einzelheiten preis, nur so viel, dass er seine Frau

verschwinden lassen und ihren Tod verheimlichen wollte.
Was für eine Frage an den eigenen Vater, noch dazu wenn es um die Ehefrau ging, die er nur so kurz lieben gelernt hatte, und wegen der sein Leben jetzt kopfstand. Er war ziemlich sicher, dass er das Zeugenschutzprogramm für seine Tochter und sich selbst angesichts der Umstände vergessen könnte. Sie waren, was ihre Sicherheit anbelangte, ab jetzt auf sich allein gestellt. Immerhin hatten sie alles, was zum Aufbau einer neuen Identität notwendig war.
Es war unglaublich, und so hatte er ihn noch nie erlebt, wie einfühlsam sein Vater mit dem Thema umging. Der junge Mann hatte in seiner Bemühung, den Tod seiner Frau zu vertuschen, seine Mutter komplett außer Acht gelassen. Dass sie heute nicht zu Hause war, wusste er vorher nicht, aber es half ihm, seine geplante Aktion mit seinem Vater ohne große Aufregung durchzuziehen.
Und obwohl sein Vater vermutlich ahnte, worum es ging, fragte er nicht groß nach, und so wie es sein erster Gedanke war, hielt auch sein Vater den Ruheforst im südlichen Odenwald für den bestmöglichen Begräbnisort. Er musste es einfach riskieren, sie noch heute nach Erbach ins Beerdigungsinstitut seines Vaters zu bringen, wenn er den Zug morgen früh erreichen wollte.
Seine Tochter schlief immer noch tief und fest. Er

trug zuerst seine auch im Tod noch so wunderschöne junge Frau in die Tiefgarage, setzte sie auf den Beifahrersitz und schnallte sie fest. Dann holte er die Kleine, die nicht wach wurde, als er sie auf dem Rücksitz zum Weiterschlafen hinlegte.
Fünfzig Minuten später fuhr er bei seinem Vater in den Hof, und gemeinsam brachten sie die Tote in den Vorbereitungsraum, legten Sie in einen Sarg, den sein Vater bereits für eine Feuerbestattung vorbereitet hatte. Morgen würde er sie, ausgestattet mit einem Totenschein seines Hausarztes, verbrennen lassen. Beim Begräbnis könnte er natürlich nicht dabei sein, aber klammheimlicher ging es einfach nicht.
Kurz nach Mitternacht, wieder zurück in Wiesbaden, begann er wahllos Klamotten zusammenzusuchen, seinen Laptop, seine Fotoausrüstung, aber auf jeden Fall nichts, was ihn sonst noch in der neu gewählten Wirklichkeit an die Vergangenheit erinnern könnte. Er stopfte alles in einen großen Koffer und bestellte das Taxi für 04:45 Uhr. Nach zwei Stunden Schlaf stand er mit einer schlaftrunkenen Fünfjährigen im Arm am Straßenrand, um auf das Taxi zu warten.
Im Taxi begann sie zu weinen, weil ihre Mama nicht da war, und er ihr keinen Trost spenden konnte und keine Erklärung, warum sie ohne Mama fortlaufen mussten.
Er schluckte schwer, denn die Fragen würden nicht aufhören und er wollte und konnte seiner kleinen

Tochter nicht die Wahrheit erzählen.
Nicht jetzt und vermutlich noch lange nicht.
Im Auto schickte er eine offizielle SMS an die Notrufnummer der Polizei, wobei er sich als Personenschützer der Kronzeugin auswies, um einen Überfall und die Vergewaltigung seiner Frau zu melden, offensichtlich eine Racheaktion der Mafia an der Kronzeugin.
Er fügte ein Foto seiner Frau auf dem zerwühlten Bett bei, so wie er sie schwerverletzt nach seiner Rückkehr vorgefunden hätte. Der Vollständigkeit halber beschrieb er das vermutete Fluchtfahrzeug des Täters mit dem Kennzeichen des Odenwaldkreises und gab an, dass er die Heckscheibe zerschossen hatte. Ob er den Fahrer getroffen hatte, konnte er nicht sagen. Der Wagen hatte geschleudert, aber seine Fahrt fortgesetzt.
Er bat die Kollegen abschließend, alle verfügbaren DNA Spuren auf dem zerwühlten Laken zu sichern und mit dem Register in der Kriminaldatei zu vergleichen.
Als Letztes fügte er an, er wäre auf dem Weg in eine Privatklinik, um seine Frau unter voller Geheimhaltung ihres Aufenthaltsortes behandeln und hoffentlich retten zu lassen.
Er wollte für die Organisation gezielt falsche Spuren hinterlassen, und den Tod seiner Frau ebenso verheimlichen wie seinen künftigen Wohnort, der von ihm sorgfältig geplant und deutlich vom

Zeugenschutzprogramm abwich.
Er sah eine schwere Zeit auf sich zukommen, und er sollte Recht behalten.
Im Taxi zum Hauptbahnhof passte der Song von Sia ‚Never Give Up' wie eine Faust aufs Auge:

I've battled demons that won't let me sleep
Called to the sea but she abandoned me
But I won't never give up, no, never give up, no, no
No, I won't never give up, no, never give up, no, no
And I won't let you get me down
I'll keep gettin' up when I hit the ground
Oh, never give up, no, never give up no, no, oh

Am Bahnhof kaufte er zwei erste Klasse Tickets nach Genf und erwischte den ICE 991 über Mannheim und Basel nach Genf um 05:26 Uhr gerade noch, denn der war diesmal ausnahmsweise pünktlich.
Er war sicher, mit diesem Schritt die Vergangenheit und seine Verfolger solange abschütteln zu können, bis die Angelegenheit aus den Schlagzeilen verschwunden wäre. Und er mit seiner Tochter ein Leben führen könnte, das frei war von ständiger Bedrohung, wo er sich nicht ständig umsehen und Rücksicht auf irgendwelche Ehrenkodices nehmen müsste.
Ab sofort hatte die Sicherheit seiner Tochter vor ihren Verfolgern oberste Priorität. Er schwor sich,

alles zu tun, dass sie künftig auf sich allein aufpassen konnte. Sie sollte als Frau und wegen ihrer afghanischen Gene nicht ständig gezwungen sein, die zweite Geige zu spielen. In der Schweiz hatten die Frauen auch erst seit den 90er Jahren volles Wahlrecht und in den Köpfen der Menschen seiner Heimatgemeinde im Odenwald war das Meinungsbild nur geringfügig anders. Eine spätere Rückkehr in seine Heimat nach einem Jahrzehnt im Untergrund, um seine Verfolger abzuschütteln, wollte er a priori jedenfalls nicht ausschließen.
Er wollte außerdem die Suche nach dem Mörder seiner Frau nicht komplett aber zumindest für die nächste Zeit einstellen. Er kannte das Spiel, und jede Suche seinerseits nach dem Mörder würde unübersehbare Spuren hinterlassen und eine Gegenreaktion auslösen, die er definitiv nicht wollte. Sein Wunsch nach einem unbeschwerten Leben, wäre schwierig genug zu realisieren. Aber der Wunsch war da, und es war ihm wichtig, seine Tochter behutsam und in erträglichen Dosen über das Geschehene aufzuklären. Ganz allmählich wollte er ihr ermöglichen, Lebensfreude und Stärke als Schutz gegen eine nicht immer freundliche Welt aufzubauen. In der Toleranz und gegenseitiger Respekt ein hohes, aber seltenes Gut waren.
Er hatte sich eine Geschichte zurechtgelegt, in der ihre Mama ganz plötzlich verschwunden war und niemand wusste, was geschah. Sie war einfach nicht

mehr da, aber er würde sie suchen und finden. Er hatte nicht den Mut, ihr zu sagen, dass ihre Mama tot war, und hoffte, die Erklärung, dass sie spurlos verschwand, wäre leichter zu ertragen.

Kapitel 5

Odenwald Journal, *dpa vom 16.10.2009.*

Gestern wurden der ehemalige Oberstaatsanwalt, ***Karl Miltner,*** *der zu Beginn des Prozesses gegen die Drogenmafia der Frankfurter Szene die Anklage vertreten hatte, sowie seine Ehefrau tot in ihrem Haus aufgefunden. Die Polizei prüft, ob die Todesfälle durch Fremdeinwirken zustande kamen. Gestern überraschte die Polizei im Rahmen einer Pressekonferenz mit der Meldung, dass die Kronzeugin desselben Drogenprozesses, in dem der Oberstaatsanwalt Karl Miltner die Anklage leitete, offenbar vor Überführung in das Zeugenschutzprogramm spurlos verschwunden ist. Zu den am Tatort gefundenen Spuren, welche auf eine Entführung hinweisen, wollte sich die Polizei nicht weiter äußern. Die Möglichkeit, dass es zwischen den beiden Ereignissen einen direkten Zusammenhang gibt, wurde nicht ausgeschlossen.*

Wiesbaden, Freitag, 16.10.2009, 18:30 Uhr

Der Mann, den sie Andrei riefen, landete um 17:45 Uhr nach pünktlicher Ankunft seines Fluges mit Aeroflot aus Moskau. Er wartete am Ausgang am Gate B 21 des Frankfurter Flughafens in der Schlange der Passkontrolle, hatte kurzgeschorene Haare, eisblaue Augen und einen harten Mund in einem Durchschnittsgesicht. Keiner der ihn ansah, war hinterher in der Lage seine Visage im Detail zu beschreiben. Sein muskulöser Körper steckte in

einem zu engen dunkelgrauen Anzug, und er hatte nur einen schlanken Aktenkoffer dabei, der ihn als Business Traveller auswies.
Der Bundespolizist, der seinen Ausweis prüfte, sah ihm nur kurz ins Gesicht und winkte ihn durch. Er war ein ‚Wolf' oder Spezialist für Entführungen und Auftragsmorde im Auftrag der Bruderschaft, und sein heutiger Auftrag lautete auf eine perfekte Entführung einer jungen Frau und ihrer Tochter. Wenn notwendig durfte er Gewalt anwenden, hatte der Boss ihm mit auf den Weg gegeben, aber er wollte die Opfer lebend in Empfang nehmen.
Er ging in die Ankunftshalle an den Schalter einer Mietwagenfirma und holte sich die Schlüssel für einen Transporter, mit dunklen Fensterscheiben, denn der Rückweg würde nicht per Flugzeug, sondern mit dem Auto erfolgen. Der ‚Wolf' ging entspannt zu den Gepäckschließfächern, entnahm den Rucksack mit seiner Standardausrüstung für solche Fälle, warf ihn über die Schulter und ging zum Mietauto Parkplatz am Ende der Halle mit den Serviceschaltern. Bevor er losfuhr, zog er sich auf einer Toilette um, und trug ab sofort die Uniform eines Hauptwachtmeisters der Frankfurter Stadtpolizei.
Der Boss hatte angeordnet, diesmal kein Fahrzeug aus dem Fuhrpark der 'Gesellschaft' zu benutzen, sondern einen Mietwagen zu nehmen.
Dann verließ der Mann den Flughafen in Richtung

Kelsterbach und fuhr auf die A3 nach Wiesbaden. Er war frühzeitig vor Ort und drehte ein paar Runden um das Zielobjekt, um den Fluchtweg abzusichern.
Er versorgte sich an einem Kiosk mit einer Ration Energy Drinks, Proviant und Getränken für zwei Tage und besorgte sich an einer Tankstelle zwei 20-Liter-Kanister, die er mit Benzin volltankte.
Um 19:00 Uhr stellte er den Transporter nahe der Einfahrt zur Tiefgarage des Zielobjektes ab, um das Gebäude durch die Tiefgarage und über die Brandschutztür zu betreten, welche zum Keller und den Aufzügen führte. Von der Straße aus sah er in der Tiefgarage die blauen Blinklichter der Polizei leuchten.
Der Entführer entschloss sich, den Haupteingang zu benutzen, wo er mit einem Tippen des Zeigefingers an den Mützenschirm den Kollegen grüßte, der den Eingang bewachte. Der Polizist erwiderte lässig seinen Gruß, und der Entführer stieg die Treppe hoch. Im Flur des dritten Stocks sah er schon, dass das Interesse der Polizei der Wohnung der Zeugin galt. Die Eingangstür zur Wohnung stand weit offen und bei den Personen, die die Szene bevölkerten, dominierte die weiße Schutzkleidung der Kriminaltechnik.
Er baute sich neben dem Aufzug auf und aus den Gesprächen, die er belauschte, ging klar hervor, dass eine Frau vergewaltigt und schwerverletzt worden sei. Ein KTU-Mitarbeiter tütet ein Einmalbesteck

ein, und die Rede ist von einem goldenen Schuss, den man der Frau zusätzlich verpasst hat. Die Frau sei von ihrem Mann, sofort nachdem er sie gefunden hatte, in eine Privatklinik gefahren worden. Über den Verbleib der Tochter bekam er nichts mit.
Trotz seiner Überraschung reagierte er professionell und ruhig. Etwas an dem Gedanken störte ihn, dass ihm jemand aus der Organisation zuvorgekommen sein könnte. Dass jemand auf eigene Faust operierte, hielt er für extrem unwahrscheinlich, und der Boss hätte niemals eine Vergewaltigung seiner verräterischen Frau angeordnet, das hätte er sich höchstens selber vorbehalten. Auch die Summe der Gewalteinwirkung überrascht ihn, da hat sich jemand ausgetobt, denkt er, das war keine professionelle Tat, wie sie von einem Auftragskiller der ‚Bratwa' ausgeführt worden wäre.
Er wartete noch eine Weile, bis er sicher war, dass es sich tatsächlich um die Frau handelte, die er hätte entführen sollen. Als er sicher war, verschwand er so, wie er gekommen war. Seit seiner Ankunft waren höchstens zwanzig Minuten vergangen.
Um 19:15 Uhr rief er den Boss an und erstattete Bericht. Der Boss, der einen tief betroffenen Eindruck auf ihn machte und energisch verneinte, jemand anderes mit der Erledigung beauftragt zu haben, wies ihn schroff an, sofort nach S. Petersburg zurückzufliegen.
Vorher sollte er aber noch beim Maulwurf

vorbeischauen, und ihm Gelegenheit zu einer Beichte zu geben. Denn der war der Einzige, der außer ihrem Beschützer die Wohnung und den Aufenthaltsort kannte.
Die Stimme vom Boss klang jetzt nicht mehr betroffen, sondern war kalt. Der ‚Wolf' war natürlich mit den Feinheiten moderner Foltermethoden vertraut, um selbst hartgesottene Typen zum Singen zu bringen. Er benötigte nur die Zugangsdaten zum Domizil des Oberstaatsanwaltes. Er bestätigte den Auftrag und würde mit einem kleinen Umweg über Frankfurt zum Flughafen zurückfahren.
Er verließ die Tiefgarage und achtete bei der Rückfahrt darauf, nicht verfolgt zu werden. Er überlegte, dass für die Aktion die Polizeiuniform, die er trug, sogar hilfreich wäre, falls ihn jemand am Haus sah. Der Oberstaatsanwalt würde bei seinem Anblick verblüfft sein.
Da er bis zu seinem Besuch in der Villa des Maulwurfes in Sachsenhausen noch einige Stunden Zeit hatte, steuerte er den Van auf einen Parkplatz am Henninger Turm und gönnte sich für fünf Stunden lang einen Entspannungsschlaf. Bis ihn sein Weckalarm in die Realität zurückholte.
Er betrat kurz nach 02:00 Uhr nachts die Villa durch die Terrassentür, die er lautlos öffnete. Obwohl er das Haus nie betreten hatte, war er mit allen Details bestens vertraut. Er ging zielstrebig in das Schlafzimmer der Ehefrau, betäubte sie nicht nur mit

Chloroform, sondern zusätzlich mit 3ml Midazolam intravenös. Die hatte er eigentlich für sein nicht mehr vorhandenes Entführungsopfer vorgesehen, aber hier konnte er das Mittel auch gut gebrauchen.
Als er das Schlafzimmer des getrennt von seiner Frau schlafenden Maulwurfs betrat, fixierte er diesen und behandelte ihn mit den Nettigkeiten seiner Folterkammer, um ihn zum Reden zu bewegen. Als Erstes verlangte er die Herausgabe seiner Dienstwaffe, einer Sig-Sauer-225, wie sie die hessische Polizei standardmäßig verwendet. Die Waffe lag, noch nicht einmal eingeschlossen, griffbereit in der Nachttischschublade.
Leider regte sich der Maulwurf so darüber auf, dass der ‚Wolf' begann sich Sorgen um die Gesundheit des Maulwurfs zu machen. Er stritt vehement ab, einen eigenen Auftragskiller mit der Beseitigung der Zeugin beauftragt zu haben. Er hätte mit der ganzen Sache nichts zu tun und er wusste auch nicht, dass und wohin das Opfer verschwunden war. Der ‚Wolf' stellte frustriert fest, dass er aus ihm nichts über den Aufenthaltsort seines Entführungsopfers herausbekommen würde. Er steckte ihm den Lauf seiner Dienstwaffe in den Mund und jagte ihm eine Kugel durch den Kopf. Dann ging er ins Schlafzimmer seiner Ehefrau und erschoss sie ebenfalls. Dann löste er die Fesselung des Maulwurfs und deponierte die Waffe auf dem Boden unter dem schlaff herabhängenden Arm des toten

Oberstaatsanwaltes, nachdem er ihm die Waffe in die Hand gedrückt hatte.
Er loggte sich mit dem Zeigefinger des Toten in dessen Handy ein und checkte die letzten Nachrichten.
Er fand einige SMS, die der Oberstaatsanwalt mit einem Foto der lebenden Verräterin und ihren Koordinaten an zwei Adressaten verschickt hatte, von denen er nur den ersten kannte. Das war die Nummer vom Syndikus, der sie an den Boss weitergeleitet hatte. Die zweite mobile Nummer stammte von einem Provider für Prepaid-Karten und würde sich vermutlich nur schwer rückverfolgen lassen.
Eine SMS von dieser Telefonnummer hatte der Oberstaatsanwalt erhalten mit einer sehr kurzen Textnachricht.
„Alles erledigt." Der Zeitstempel der SMS lautete 15.10.2009, 18:17 Uhr.
Der ‚Wolf' setzte seinerseits eine SMS ab und leitete alle SMSen auf dem Handy des Maulwurfs an seinen Auftraggeber weiter.
Der Empfänger der SMS schäumte vor Wut. Er verfluchte alle, die er mit dem Verschwinden seiner Frau in Verbindung brachte. Angefangen von dem dämlichen Fahrer des Transporters, der wegen einer Pinkelpause seiner Geliebten den Halt an der Tankstelle eingelegt hatte, an der es zu dem Schusswechsel mit der Polizei kam. Er schwor, er

würde keine Ruhe geben, bis er die Hauptschuldigen gefunden und alle bei lebendigem Leib begraben hätte.
Der ‚Wolf', auf dessen erfolgreiche Umsetzung seiner Befehle der Anführer so gehofft hatte, war im Begriff das Objekt des Oberstaatsanwalts zu verlassen, nachdem er noch die übrigen Räume durchsucht hatte.
Der Sohn des Maulwurfes war nicht in der Wohnung, und so fuhr er direkt zum Flughafen. Dort gab er den gemieteten Transporter zurück und druckte sich am Online-Ticket Counter das Flugticket und die Bordkarte für den Rückflug nach St. Petersburg aus, den der Buchhalter der 'Gesellschaft' für ihn gebucht hatte. Im Flieger machte sich der Überbringer der schlechten Nachricht Sorgen, ob er wohl trotzdem sein Honorar bekäme.

Buch 2 Das Heilbrünnlein

Odenwald Chronik …[1]
Angeblich hatte eine Einsiedlerin um das Jahr 300 nach Christi die Heilbrünnlein entdeckt. Lange Zeit war die Quelle in Vergessenheit geraten, bis findige Heiler im Mittelalter das Wissen wiederentdeckten und die Quelle zu einem Ort ausbauten, zu dem viele Leute kamen, um sich die ewige Jugend und Lebensfreude zurückzuholen. Die Agilität der Senioren im Odenwald und ihr fröhliches Leben lassen den Schluss zu, dass von dem Wasser auch heutzutage noch reger Gebrauch gemacht wird. Und dass das Wasser tatsächlich über Kräfte verfügt, die heilen, zur Lebenslust anregen und jung erhalten.

Die Seniorenoase Jungbrunnen, *wird von einer Stiftung gleichen Namens betrieben und liegt mitten im Odenwald, am Marbachstausee, in landschaftlich wunderschöner Lage. Diese Einrichtung bietet vor allem Seniorinnen und Senioren, welche allein sind und sich Geselligkeit und gemeinsam erlebte Lebensfreude wünschen, die optimalen Bedingungen ein Wiedererwachen ihrer Lebenslust zu erleben. Sie fühlen sich jung und fit und gesund. Mit Heilwasser und unserem liebevollen Service erwecken*

[1] Zitat: entlehnt von der Website ‚Sagen im Odenwald'.

wir ein nachhaltiges Frühlingserwachen auch für nicht mehr so fitte Personen des dritten Lebensabschnittes bis hin zu denen, welche auf eine umfangreiche Rund-um-die-Uhr-Pflege angewiesen sind. Ausschnitt aus der Web-Seite: ***Seniorenoase Jungbrunnen.***

Kapitel 6

Vitali Klimachow, *geboren 18.10.1947 in Podolsk, ledig, seit 1965 Mitglied der ‚Bratwa', Jura Studium in Moskau, Straflager in Wologodski Pjatak wegen Mordes, Spionagedienst der ‚Bratwa' in St. Petersburg. Seit 1990 Nummer 1 und Anführer der ‚Bratwa' mit dem Rufnamen ‚Boss' agiert seit 2000 von der Operationsbasis in Kaliningrad. Stifter der Stiftung Jungbrunnen, welche offiziell diverse Seniorenheime und Rehaeinrichtungen für Atemwegserkrankungen und inoffiziell Drogen- und Menschenhandel und Bordelle betreibt.*

Videokonferenz, Freitag, 7.8.2020

Versteckt unter dem Mantel einer Stiftung, die als ‚Jungbrunnen' im Stiftungsregister am Standort Dieburg eingetragen ist, betreibt seit Jahren die ‚Gesellschaft' ihre illegalen Aktivitäten. Diese ‚Gesellschaft', welche als Bruderschaft genannt ‚Bratwa' aus dem Unterweltsyndikat der ‚Wory' oder ‚Diebe im Gesetz' hervorgegangen war, hat sich im Zuge der Zeit massiv gewandelt.

Es handelt sich dabei um eine nicht sehr feine Versammlung krimineller Mitglieder, die ihr operatives Geschäftsfeld über den Stiftungsansatz legalisiert und sauber gewaschen haben. Die Stiftung ‚Jungbrunnen' ist handelsrechtlich unter der Bezeichnung ‚Jungbrunnen GmbH & Co. KG' im

Handelsregister eingetragen.
Coronabedingt und auf Antrag des Geschäftsführers findet die Gesellschaftersitzung in diesem Jahr als Video Konferenz statt. Sehr zum Missfallen des Hauptgesellschafters mit Wohnsitz in Kaliningrad, der das Treffen gerne verschoben hätte, bis die diversen Reise-Einschränkungen nach Deutschland vorbei wären.
Von den zwei Kapitänen des Anführers ist Frank Koch Vitalis ausgefuchster Statthalter der lokalen ‚Bratwa' Organisation und rücksichtsloser Chef des Drogenhandels vor Ort. Er ist auch eingetragener Geschäftsführer der Stiftung. Neben ihm tritt der langjährige Syndikus der 'Gesellschaft' Maxim Mutsonow auf. Beide bezweifelten, dass es zu einer baldigen Lockerung der pandemiebedingten Einschränkungen käme. Weshalb sie auf einer Beibehaltung des Termins im Format der Videokonferenz gedrängt hatten.
Die beiden hatten das dringende Bedürfnis ein paar Brandherde im geschäftlichen Umfeld ihrer Senioren- und Pflegeheime auszutreten, bevor sie sich zum Flächenbrand entwickeln und ihre Geschäfte ernsthaft schädigen würden. Sie spielten allerdings gegenüber ihren Anführern die Bedrohung etwas herunter, um nicht direkt als unfähig eingestuft zu werden. Sie bemühten sich, zu erklären, dass sie ihre Geschäfte im Griff hätten, die buchhalterisch über die Pflegeheime abgewickelt

wurden.
Insgesamt hatte sich seit dem Ausbruch der Pandemie das Einkommen der 'Gesellschaft' aus den Geschäftsfeldern Drogenhandel, der Prostitution und der Geldwäsche ständig verschlechtert.
Parallel dazu nahm der öffentliche Druck, insbesondere durch die täglich erscheinende ‚Odenwald Zeitung' oder das ‚Odenwälder Journal', seit Wochen in einem nicht mehr akzeptablen Maße zu. Dabei lag die Hemmschwelle der Chefs, ab der sie öffentliche Klagen oder behördliche Aufsicht als nicht mehr beherrschbar empfanden, dank umfangreicher Bestechung, Erpressung und Korruption von Amtsträgern ziemlich hoch. Sie hatten sich über lange Jahre in der Region eingenistet und ließen sich von Behörden weder beeindrucken noch maßregeln.
Inzwischen hatte sich die Lage aber dramatisch verschärft, und es drohten sogar zivilrechtliche Anzeigen durch die hessische Heimaufsicht in Darmstadt und potenzielle Strafanzeigen des Gesundheitsamtes in Erbach. Die beiden lokalen Führungsoffiziere der 'Gesellschaft' waren einhellig der Meinung, konsequent dagegenhalten zu müssen, um nicht am Ende sogar den Status der Gemeinnützigkeit und damit den Steuervorteil zu verlieren.
Vitali Klimachow hatte als Anführer der ‚Bratwa' und Hauptkommanditist einen Großteil seines in

Europa verdienten Geldes zur Nachfolgeregelung in die Stiftung Jungbrunnen GmbH & CoKG eingebracht. Genauso wie sein Minderheitspartner, ein gewisser Leonid Demchokovsky. Beide saßen vor den Bildschirmen ihrer Computer und nahmen aus ihren Büros in Kaliningrad an der Online-Besprechung teil.
In Groß-Umstadt hatte sich Frank Koch in seiner Luxusvilla, und in der Seniorenoase ‚Jungbrunnen' der Maxim Mutsonow eingeloggt. Maxim moderierte die Videokonferenz.
Der Statthalter, Frank Koch, als die aktuelle Nummer 1 der lokalen Organisation war als junger Mann von der Welle der Öffnung der innerdeutschen Grenze im Jahre 1991 aus Karl-Marx-Stadt nach „hessisch" Sibirien gespült worden. Mit Brutalität und Schläue hatte er sich zum Betreiber einer gut geschmierten Geldwaschmaschine in Form einer Drogenküche hochgearbeitet. Diese Drogenwerkstatt für die Massenproduktion von ‚medizinischen' Opium Derivaten war in Darmstadt angesiedelt.
Maxim Mutsonow, der als die Nummer 2 der lokalen Organisation auftrat, war neben seiner Tätigkeit als kaufmännischer Heimleiter der drei Pflegeheime noch als Seniorpartner einer Anwaltssozietät in Frankfurt tätig. In diesem Rahmen war er für die vertraglichen Belange von Leiharbeiterverträgen für die Sparte Menschenhandel zuständig. Die Sozietät arbeitete im Wesentlichen mit Werkverträgen und

betreute den Handel mit Menschen vorzugsweise Sexarbeiterinnen aus arbeitsrechtlicher Sicht. Sie rekrutierte junge Frauen und Mädchen quer durch Osteuropa, die dann mit gefälschten Zeit-Arbeitsverträgen in Pflegeheimen als Pflegekräfte oder Servicekraft angestellt waren. Maxim Mutsonow hatte den Status des ‚Wory' von seinen Eltern geerbt und war stolz darauf.

Der Logistiker, Oliver Wolff, nahm an der Videokonferenz nicht teil und ließ sich wegen eines wichtigen Geschäftstermins entschuldigen. Tatsächlich steckte er mitten in den Vorbereitungen für einen Überfall auf einen Geldautomaten in einer kleinen Odenwaldgemeinde. Als Nummer 3 geführt, betreute er über die gesellschaftseigene Transportfirma, die wiederum im Handelsregister als Gebrauchtwagenhandel eingetragen war, die illegalen Drogentransporte und den Menschhandel der Bande.

Vitali beobachtete entspannt, wie sich die beiden anstrengten, um die Geschäfte der ‚Gesellschaft' voranzutreiben, und er war auf ihre Vorschläge gespannt.

Maxim hatte auf Bitten von Leonid, die gefährlichsten Angriffe auf das Pflegeheim zusammengestellt, bei deren Berücksichtigung die öffentliche Hand die Seniorenheime drastisch sanktionieren könnte. Vor allem hatte er eine Liste derjenigen Personen und deren Umfeld erstellt,

welche hinter den Beschwerden und Anzeigen standen, und die es auszuschalten galt, und die er jetzt den Anführern einzeln vorstellte.
Maxim begann mit der staatlichen Heimaufsicht, „da gibt es einen gewissen Martin Silbermann, der als Gutachter bisher für die Inspektion der Seniorenheime zuständig war. Er ist 63 Jahre alt, geschieden, allein lebend und hat aktuell keine Beziehung. Dafür hat er ziemlich hohe Spielschulden und steht auf unserer Liste für Bestechungsgelder. Er hat das Heim bisher zweimal inspiziert und jedes Mal für ‚im Wesentlichen' mängelfrei erklärt. Aber er nähert sich dem Rentenalter, und wir haben keine Ahnung, wer ihm nachfolgt, wenn er zum Jahresende die wohlverdiente Pension antritt. Das Problem aktuell ist, dass die Heimaufsicht, als die zuständige Behörde, jetzt zum zweiten Mal innerhalb des laufenden Geschäftsjahres auf der Basis unterschiedlicher Anzeigen von Angehörigen eine komplette Inspektion der Seniorenoase angekündigt hat. Und wir wissen nicht, wen sie schicken werden."
Maxim machte eine kurze Pause und wartete auf eine Reaktion, aber die blieb aus.
Er erläuterte danach, warum er Georg Jährling für gefährlich hielt und stellte den freiberuflich arbeitenden Investigativ-Journalisten vor.
„Der nächste Fall ist unser Hauptproblem, denn der

Georg Jährling ist ein ernstzunehmender Störenfried, der keine Ruhe gibt, wenn er sich einmal in einen Fall verbissen hat. Er ist dreiundvierzig Jahre alt, Witwer mit einer fünfzehnjährigen Tochter, welche die Realschule in Fürth besucht, und bei ihrer Großmutter mütterlicherseits wohnt. Georg Jährling ist einfach ein anderes Kaliber. Er hat die Organisation schon zu Zeiten des florierenden Drogenhandels vor zehn Jahren unangenehm begleitet, als er daran arbeitete, die einzelnen Stationen der Transportrouten des Opiums zurück zu den Drogenbaronen in Afghanistan zu eruieren. Nach dem Tod seines Kollegen Mummert hat er sich auf andere Gebiete der Recherche verlegt. Er war zweimal als Kriegsberichterstatter in der deutschen Zone in Afghanistan im Einsatz und musste seinen Aufenthalt wegen einer Verletzung nach einem Taliban-Überfall abbrechen."
Er trank einen Schluck Wasser, bevor er fortfuhr.
„Vor einigen Jahren hat er sich dann aus den Nachforschungen zum Rauschgiftschmuggel zurückgezogen. Er hat sich auf weniger aufregende Themen wie den Sozialbetrug spezialisiert, und damit rührt er wieder Schmutz in unserem Revier auf. Wir haben einmal versucht, ihn zu kaufen, aber der Versuch scheiterte."
Last but not least berichtete er über eine gewisse Steffi Schwaiger, 35 Jahre alt, rothaariger Typus „widerspenstige" Hexe und ihres Zeichen

Beauftragte des Gesundheitsamtes Michelstadt. Sie repräsentierte den schrillen Typus einer modernen jungen Frau, die sich absolut resistent gegen jeden Versuch, sie zu beeinflussen, gezeigt hatte. Sie war alleinstehend, hatte bereits mehrfach im Auftrag ihrer Behörde die Seniorenoase ‚Jungbrunnen' besucht und mit harter Kritik massive Missstände angeprangert. Erschwerend kam dazu, dass sie nebenberuflich als Hilfsermittlerin für einen Bestatter arbeitete, der wiederum im Nebenjob als Privatermittler in der Schmutzwäsche seiner Klienten wühlte.
„Was in ihrem Fall noch wichtig ist, wenn wir überlegen, wie wir uns vor ihren Ermittlungen schützen, betrifft die Tatsache, dass vor kurzem der Sohn des Ermittler-Bestatters mit seiner Tochter bei ihr eingezogen ist", ergänzte der Syndikus. Er hatte seine Spürhunde schon auf die drei angesetzt, um die Möglichkeiten für eine Einschüchterung auszuspähen. Das Ganze klang ausbaufähig, wie er schmunzelnd hinzufügte.
Zusammengefasst erklärte der Syndikus das Risiko für nicht unerheblich, dass umfassende behördliche Strafmaßnahmen gegen die Seniorenoase und deren Geschäftsverantwortliche sowie das Aufheben der Steuerbefreiung oder im härtesten Fall die Schließung der Heime verhängt werden könnten. Das würde naturgemäß auf die operativen Geschäftsfelder der ‚Gesellschaft' durchschlagen,

wie den Vertrieb von Opium Derivaten genauso wie die Edel-Prostitution mit sehr jungen Damen. Und es beträfe den großflächigen Menschhandel ganz allgemein, mit dem sie Asylsucher und billige Saisonarbeiter aus den osteuropäischen Staaten für die Spargel- und Apfelernte oder das Baugewerbe ausbeuteten.
Vitali, der Boss der 'Gesellschaft', nahm den Bericht aufmerksam zur Kenntnis und richtete an die beiden hinter den hessischen Bildschirmen die Frage, „ich habe eure Bedenken verstanden, was schlagt ihr jetzt konkret vor, um das Risiko aus der Welt zu schaffen".
Außerdem ließ er sich zu einem knappen Statement bezüglich seines Streits mit Oliver Wolff und über dessen ungenehmigte Nebentätigkeit hinreißen, „bis zu meinem nächsten Besuch im Stiftungsheim Jungbrunnen möchte ich ein Ende dieser dämlichen und plump inszenierten Einbruchserie sehen, die unser aller Existenz gefährdet".
Der Syndikus versprach, sich mit Oliver kurzzuschließen, und sich umgehend zurückmelden. Vitali knurrte ein Okay und warnte davor, er würde höchstpersönlich seinen Sicherheitsdienst losschicken, um reinen Tisch zu machen.
Konkret gefragt, wie er die Gefährder der Stiftung ausschalten wollte, schlug der Syndikus vor, mit Entführungen und Gewaltandrohungen zu arbeiten. Die beiden Mädels, das heißt Georg Jährlings

Tochter und Steffi Schwaiger, wären optimale Entführungsopfer, und es sollte ein Leichtes sein, die Hauptakteure mit einigen unfeinen Drohungen auf ihr familiäres Umfeld gefügig und mundtot zu machen.

Vitali waren Warnungen allein zu wirkungslos, „ihr wisst, ich bin ein Freund von effektiven Maßnahmen. Das setzt voraus, dass die Störenfriede entweder massive physische Schmerzen am eigenen Leib erlitten oder um Leib und Leben ihrer entführten Liebsten fürchten sollten. Diese Kerle werdet ihr nur durch hartes Vorgehen zum Schweigen bringen“.

Leonid, der bisher geschwiegen hatte, meldete sich zu Wort und seine Handbewegung unterstrich, dass er immer noch immer einen sauberen Auftragsmord als alternativlose Lösung ansah.

„Leonid, die Zeiten, den beiden eine Kugel in den Kopf zu jagen, sind vorbei und außerdem ist es dafür schon zu spät“, wandte sich der Syndikus an den Boss.

Der knurrte nur und sagte, dass die Drohungen schon extrem sein müssten, um das gewünschte Ergebnis sicherzustellen. „Wie wäre es, wenn ihr diesen Journalisten in einen gut gemachten Selbstmord treibt? Der wäre dann an den Spätfolgen seines Afghanistantraumas gestorben, wenn man es nur richtig anpackt. Den Übrigen auf eurer Gefährderliste könnte man ja gezielt Warnungen als

Abschreckung zukommen lassen?“
Maxim widersprach, denn bei unklaren Todesfällen von Investigativ-Reportern wäre für die Polizei nichts naheliegender als deren letzte Ermittlungen oder Veröffentlichungen zu untersuchen und die notwendigen Schlüsse zu ziehen. Er wies darauf hin, dass Behörden hierzulande eher in geringem Umfang bestechlich und erpressbar wären. Deshalb wäre das keine so gute Idee, und die Heimleitung hätte in einem solchen Fall sofort die Kripo am Hals.
Hier vor Ort, verteidigte Maxim seine Linie, müsste man die beiden Letzteren sicherlich sehr hart einschüchtern, um eine Wirkung zu erzielen. Und mit dem richtigen Hebel könnte man die Einschüchterung beliebig lang aufrechterhalten. Die Opfer wären dann immer unter Kontrolle, das sollte also auch kein Problem sein.
„Meine Freunde, es gibt da, was Frauen anbelangt, noch einen anderen Weg, der außerdem Spaß macht, um ein unbefriedigtes Weib als Bedrohung für unser Geschäft zu eliminieren. Ich brauche maximal vier Wochen und das Problem ist erledigt“, prahlte Frank Koch mit seiner Erfahrung als ausgebuffter Womanizer.
Der Vorschlag kam in der Tat weniger gut an. Franks Anspruch, nicht nur ein Frauenversteher, sondern darüber hinaus auch ein Frauenzähmer zu sein, disqualifizierte ihn in den Augen der Mitbrüder. Die schätzten vielmehr die Disziplin, Härte und

Brutalität, anstelle weicher Verhandler, die auf emotionale Druckmittel setzten. Frank hingegen konnte es nicht sein lassen und war sogar stolz auf seine Referenzliste an Opfern, die er mit sanfter Gewalt gefügig machte.
Vitali war extrem unzufrieden und würde im Nachgang zur Videokonferenz mit seinem Syndikus ein ernstes Wort reden, um Frank Koch auf die Finger zu schauen.
Nach einer Denkpause und einer leisen Unterhaltung mit Leonid stimmte Vitali letztlich dem Entführungsvorschlag unter der Bedingung zu, dass sich das Problem innerhalb von ein paar Wochen lösen ließe. Ansonsten wäre ein härteres Vorgehen angezeigt. Leonid nickte bloß.
Damit wandten sie sich der finanziellen Situation des Heimes zu, sowie den übrigen Geschäften, und die Bilanz fiel ziemlich ernüchternd aus. Vitali forderte mit harschen Worten ein kurzfristiges Programm an, und er war der Meinung, gerade die allgemeine Unruhe im Zusammenhang mit Corona sollte ihnen auch die Gelegenheit geben, spezielle Geschäftsfelder expandieren zu lassen. Seine beiden Gesprächspartner bestätigten, dass sie dabei wären, neue Einnahmequellen zu erschließen, und sie würden bei seinem nächsten Besuch, sicherlich schon Erfolge vorweisen können.
Damit endete die Videokonferenz.

Kapitel 7

__Der Herzbube,__ geboren 30.6.1975 in Groß-Umstadt, alias Frank Koch betreibt eine eigene Webseite. Er rühmte sich als diskreter Gentlemen-Begleiter für alle Wünsche von Damen mit Niveau und einem Bedürfnis nach einer starken Schulter und gehobener lusterfüllter Unterhaltung. Seine Rolle passte er einfühlsam der Persönlichkeit der Kundin, dem Anlass sowie ihren expliziten Wünschen an. Unter dem Motto: was auch immer ‚ihre' Fantasie beflügelt, ‚ihr' Selbstwertgefühl stärkt oder was „sie" sich noch nie getraut haben auszusprechen, der „Herzbube" versprach unvergessliche Momente.

Michelstadt, Samstag, 8.8.2020, 20:00 Uhr

Frank Koch war ein Bild von einem Mann, und man sah ihm wirklich nicht an, wie biestig er sein konnte. Körperlich imposant und beeindruckend war er nicht nur von seiner Manneskraft überzeugt, sondern auch von seiner mentalen Fähigkeit Macht und Kontrolle über Frauen auszuüben.

Seinem Profil aus einer gefährlichen Kombination von Charme, Machomanier und narzisstischer Brutalität lagen mehr Frauen zu Füßen, als er je abarbeiten konnte. Diese Einstellung und seine beachtliche Erfolgsquote und nicht zuletzt sein überbordendes Ego zwangen ihn geradezu im Nachgang zu der Videokonferenz mit seinem Boss und seinen Geschäftspartnern, seine Fähigkeiten als unbezwingbarer Beherrscher und Manipulator der

weiblichen Seele zu beweisen.
Dieses Ego ließ nicht zu, dass sie über sein Angebot noch nicht einmal bereit waren zu diskutieren. Er würde ihnen zeigen, mit welch einfachen Mitteln er imstande war, die Bedrohung durch diese unbedeutende Steffi Schwaiger auszuschalten, ohne gleich eine gewalttätige Entführung oder gar die gezielte Tötung einer unliebsamen Person zu planen. Dass er Steffi Schwaiger ganz gut kannte, hatte er seinen Partnern nicht mitgeteilt, damit er seinen Triumph im Erfolgsfall besser verkaufen konnte.
Dabei war ihm die gezielte Gewaltanwendung gegen unliebsame Begegnungen, egal ob mit oder ohne persönlichen Grund, keineswegs fremd. Es war nur nicht seine bevorzugte Methode, um seinen Willen durchzusetzen. Er war zeitlebens, als er bei der ‚Bratwa' Karriere machte und sich vom einfachen Drogenkoch zum gefürchteten Kapitän hochgearbeitet hatte, der mittlerweile für das europäische Drogengeschäft in Reinform und von Derivaten im medizinischen Bereich zuständig war, ein Mann der Tat. Und normalerweise überlegte er auch nicht lange, wenn es um die Durchsetzung seiner Ziele ging. Aber die erste Wahl in seiner Maßnahmenpalette war eben die ‚sanfte Gewalt' mit keineswegs minder schmerzhaftem Druck auf seine Opfer.
Zu seinem Anführer in der ‚Bratwa' hatte er ein eher differenziertes Verhältnis, denn er machte ihn

seinerseits für den Umsatzeinbruch mitverantwortlich, weil die austrocknende Versorgung an Rohopium zeigte, dass der Boss seine Nachschubwege immer weniger sichern konnte. Noch hielt er sich zurück, aber er sah die Zeit näher kommen, wenn es zum Machtkampf käme.

In der Odenwaldregion hatte er inzwischen einen exzellenten Ruf als Womanizer erlangt, denn interessanterweise lobten ihn die meisten seiner Damen, selbst wenn sie ausgemustert waren, weil sie sich schämten zuzugeben, einem Betrüger aufgesessen zu sein.

Er schaffte es, seine Potenz und seinen Sextrieb zu einem Verkaufsschlager und einer einträglichen Nebentätigkeit zu machen.

Seine Masche lief darauf hinaus, seine exklusiven Kundinnen, die er über das Internet und seine eigene Web-Seite einfing, durch seine Ausstrahlung und die elegante Villa zu beeindrucken. Er lotste sie in sein Domizil, das am Ortsrand von Groß-Umstadt gelegen, mit allen Schikanen eines Lusttempels ausgestattet war.

Er suchte Damen jeden Alters, die unter Minderwertigkeitskomplexen litten. Zu Beginn ihrer Beziehung und dank der ihm eigenen Leichtigkeit vermittelte er diesen Frauen schnell den Eindruck, dass sie selbst es waren, die zu einem deutlich gesteigerten Selbstwertgefühl zurückfanden.

Sein Service war in der Region einzigartig, und

offensichtlich deckte er damit eine Marktlücke ab, denn die Nachfrage war groß. Mit einem exorbitanten Honorar ließ er sich jedoch im Grunde nur die Befriedigung seines Hormonhaushaltes bezahlen. Dennoch schaffte er es jedes Mal, den Mutter Theresa-Komplex der Damen anzuzapfen, und sie in eine klare Abhängigkeitsrolle zu bugsieren, in der er sie um ihre Ersparnisse brachte, bevor sie noch richtig merkten, was mit ihnen geschah.

Und da er mit seinen Fähigkeiten im Bett ein ordentliches Pfund zu bieten hatte, nahmen die niveauvollen Wünsche der Damen nach Selbstverwirklichung und Entwicklung ihrer Persönlichkeit schnell ab. Und dies geschah umso öfter, er ihnen mit seiner Ausdauer und Standhaftigkeit zu einer Serie von Höhepunkten verhalf und die Beziehung sich letztlich auf reine Lustbefriedigung reduzierte.

Manchmal kam es zu Tragödien, wenn die Damen merkten, dass sie benutzt und ausgenutzt wurden, und Frank weinte denjenigen, die sich seinetwegen vom Hetzbacher Viadukt der Odenwaldbahn schon in den Tod gestürzt hatten, keine Träne nach. Im Gegenteil wuchs sein Ego umso kräftiger, sobald er wieder seine Stärke demonstriert hatte.

Bei Steffi Schwaiger hingegen nagte die Erkenntnis an seinem Ego, dass es ihm eben noch nicht gelungen war, die Oberhand über ihre Willensstärke

zu gewinnen. Sie kam mit ihm in Kontakt, weil sie einen Seelentröster suchte, denn ihre vorherigen Bemühungen, eine ernsthafte Dauerbeziehung mit einem netten Mann aus der Region einzugehen, scheiterten an ihrer Willenskraft und ihrem Selbstbewusstsein.
Steffi verfügte über einen ausgeprägten Gerechtigkeitssinn und jede Menge an Energie, die sie dazu brachten, sich mit Hinz und Kunz anzulegen, wenn sie das Gefühl hatte, Zeuge eines Unrechts zu sein. Diese Stärke und die Erwartung gleichwertig behandelt und respektiert zu werden, führte nur allzu oft dazu, dass Steffis männliche Zielobjekte nach kurzem Beschnuppern aussortiert wurden, bevor sie in den Genuss ihrer Zärtlichkeit kamen. Die Sicht des anderen Geschlechts, dass Frauen an den Herd gehörten und sich dem Mann unterzuordnen haben, war im Odenwald auch in der modernen Zeit latent vorhanden, und zwar öfter als Steffi es vertrug. Sie war sehr streng in der Analyse ihrer Partnerprofile.
Wer sie nicht respektierte, der hatte verloren.
Frank wusste nur zu gut, dass seine Ausstrahlung und seine Fähigkeit zuzuhören eine größere Bedeutung für Steffi hatten als seine Potenz. Er würde eine Menge Geduld, Einfühlungsvermögen und sehr sanfte Gewalt brauchen, um aus einer Bedrohung für die Organisation eine willige und ihm hörige Geliebte zu machen.

Steffi, ihrerseits ließ sich zwar in ihren Depri-Phasen nicht ungern von seiner Lust anregen, wobei sie dann auch jedes Mal volles Rohr auf ihn einschwätzte. Eigentlich wollte sie niemanden, der ihr den Kopf rumdrehte, geistig gesprochen, sondern jemanden, der ihr, ohne sie zu unterbrechen, zuhört. Selbst auf die Gefahr hin, alles Gehörte in fünf Minuten wieder vergessen zu haben.
Für Frank war es gerade jetzt wichtig, sich und seinen Kumpanen zu beweisen, dass er imstande wäre, diese Hexe von der Seniorenoase abzulenken. Sie dazu bringen, sich anderweitig mit ihrer unbezähmbaren Neugier abzuarbeiten. Gleichzeitig würde sie auch sein Egoproblem lösen.
Er kannte ihr Leben dank ihres natürlichen Redeflusses in- und auswendig, wusste genau, was ihr der Job im Gesundheitsamt bedeutete, und wie viel Spaß sie hatte, wenn sie Willy Hamplmaier bei seinen Seitensprung Ermittlungen helfen konnte. Sie scheute auch nicht davor zurück, ihm detailreich und mit allen Einzelheiten zu erzählen, was ihr die jeweiligen Betthupferl an seelischen Grausamkeiten angetan hatten. Insbesondere litt sie immer noch darunter, dass ihre Jugendliebe aus Sandkastenzeiten sie vor Jahren wegen einer ‚Kriminellen', wie sie es ausdrückte, verlassen hatte.
Rückblickend stellte er fest, dass er schon eine ganze Weile nichts mehr von Steffi gehört hatte, die er in regelmäßigen Abständen von ein paar Monaten

aufbauen durfte, weil sie wieder von einer ihrer flüchtigen Bekanntschaften versetzt worden war. Die Video Konferenz nahm er zum Anlass, um den Kontakt aufleben zu lassen und sie an seine Fähigkeiten zu erinnern. Ausgestattet mit seinem ungebrochenen Bezwinger Bewusstsein schickte er eine SMS an sie.
„Hallo Traumfrau", schrieb er, „hast du wieder einmal das Bedürfnis nach starken und zuverlässigen Armen, die wissen, wie sie dich auffangen, wenn es dir schlecht geht?"
Steffi, die gerade offline war, schrieb eine halbe Stunde später zurück, ‚es wäre grad nicht so toll, denn sie wäre im Augenblick in einer eher zwiespältigen Phase.'Das interpretierte er so, dass Ihr Bedürfnis, sich ordentlich auszusprechen, gewachsen war.
„Ich glaube, ich habe vorerst keinen Bedarf an einem Fangnetz starker Arme", schrieb sie und machte wieder einen Schritt zurück.
Das gefiel nun Frank wiederum nicht, und er setzte mit einem Gefährdungsszenario nach.
„Tut mir leid, zu hören, dass es dir schlecht geht. Ich hab so das Gefühl, dass es diesmal um etwas sehr Unangenehmes geht, was dich belastet. Ich möchte einfach nicht, dass man dir wehtut. Und du weißt ja, den seelischen Mülleimer für deine Probleme zu spielen, das fixt mich mehr an als deine umwerfende Akrobatik im Bett", schrieb er und lachte in sich

hinein.
Frank ging davon aus, dass sie insbesondere wegen der Unannehmlichkeiten, die das Gesundheitsamt den Normalbürgern wegen der Corona Pandemie aufbürdete, auch ohne sein Zutun schon jede Menge Ärger im Job haben würde. Querdenker und Ideologien überschütteten die Mitarbeiter der Gesundheitsbehörden mit Drohungen und Hass-E-Mails, nur weil sie ihren Job machten und Quarantäne verordneten und kontrollierten. Er dachte, wenn er ihr anbieten würde, aus dem Teufelskreis von ‚Hässlich-angemacht-Werden' und aggressivem Stalking zu entkommen, würde sie vielleicht sogar zu ihm ziehen, was seine Kontrolle über sie wesentlich vereinfachen würde.
‚Sobald ich sie aus dem Dunstkreis des Gesundheitsamtes heraus bekomme, ist sie Wachs in meinen Händen, ' dachte er. Frank war schon immer einer, der sich Dinge schönredete, aber wenn es nicht so lief, wie es ihm vorschwebte, dann kam auch seine gewalttätige Seite ganz schnell zum Vorschein.
Frank wurde ungeduldig. Er schrieb mit etwas mehr Nachdruck.
„Ich kann mir gut vorstellen, wie man sich fühlt, wenn man sich vor Hass-Mails nicht retten kann. Und die nächste Stufe könnte richtig gefährlich werden. Ich möchte nicht, dass du Angst hast, und das Ganze in einer Katastrophe endet?"

An ihrer unmittelbar folgenden Reaktion merkte er, dass er zu weit gegangen war. Sein Handy klingelt, und sie fährt ihn schroff an.
„Sag mal, wie kommst du darauf, dass meine Arbeit gefährlich für mich sein könnte?“
„Na ja, wenn du in dieser blöden Pandemie gezwungen bist, alle möglichen Anstalten anzuzeigen, dann gibt es sicher einige darunter, die sich das nicht ohne Gegenwehr gefallen lassen”, versuchte er eine lahme Ausrede, aber sie ließ nicht locker.
„Das musst du mir schon genauer erklären. Mit dämlichen Hass-Mails kann ich gut umgehen, aber wenn mir mein Seelentröster droht, dann ist das schon etwas anderes.“
Er hörte sie am Telefon schnauben, und jeder weitere Versuch sie zu beruhigen, ging schief. Sie wollte wissen, was er mit den Anzeigen des Gesundheitsamtes an die Pflegeheime zu tun habe, denn etwas Anderes hätte sie im Moment nicht auf dem Schreibtisch. Sie wurde immer erregter, je mehr sie sich in das Thema hineindachte und forderte ihn unmissverständlich auf Ross und Reiter zu nennen, und nicht so nebulös herum zu schwafeln. Mit der Art von Gefahr würde sie locker fertig, da sollte er sich mal keine Sorgen machen.
Er steckte zurück und brach das Gespräch ab, um sich nicht weiter zu exponieren.
„Sorry, meine Liebe, aber das ist heute offensichtlich

der falsche Zeitpunkt für eine offene Unterhaltung, und ich denke, es ist besser, wenn du unser ganzes Gespräch wieder vergisst", versuchte er sich zu retten.
Steffi legte auf und grübelte eine Weile über diesem so seltsamen Anruf und noch mehr darüber, was in dem Gespräch von Frank nicht gesagt wurde.

Kapitel 8

Odenwälder Zeitung, Artikel vom 10.8.2020.
Wie wir aus zuverlässiger Quelle erfahren, lässt die Senioren- und Pflegeoase „Jungbrunnen“, über deren skandalöse Zustände wir hier von Zeit zu Zeit berichten, wieder einmal nichts aus, was die Gesundheit der Heimbewohner gerade in der Zeit einer Höchstbelastung durch die Coronapandemie gefährdet. Bis Ende November sind von 142 Heimbewohnern, 86 an einer Coronainfektion erkrankt und davon sind 27 gestorben. Nicht oder schlecht qualifiziertes Personal tun ein Übriges. Man darf gespannt sein, wie lange es noch dauert, bis die Behörden reagieren.
G. J., Fürth

Fürth, Donnerstag, 13.8.2020, 06:00 Uhr

Als Georg Jährling den Briefkasten öffnete, um wie jeden Morgen sehr früh die Zeitung zu holen, die er beim Frühstück zu lesen gewohnt war, fiel ihm auch ein neutraler weißer Briefumschlag in die Hände. Nur sein Name war aufgedruckt.
Keine Briefmarke und keine Adresse, also war das Kuvert persönlich eingeworfen worden. Und da er seine gestrige Post erst abends, nachdem er aus der Redaktion nach Hause zurückgekommen war, entnommen hatte, musste der Brief irgendwann nachts eingeworfen worden sein.
Das war jetzt schon das zweite Schreiben, das zumindest äußerlich demjenigen ähnelte, den er vor

einer Woche in den Papiermüll entsorgt hatte, nachdem er den Inhalt überflogen hatte und damit nichts anfangen konnte.
„Stopp sofort deine Fake News, du Lügner!“
Das war eine selten dämliche Aufforderung.
Seine Überwachungskamera war über der Haustür als Eingangslicht mit Bewegungsmelder getarnt, aber er hatte vergessen den Bewegungsmelder auf ‚Alarm-ein‘ zu schalten. Die Kamera lief deshalb nur im ‚Aufnahmespeichern‘ Modus.
Also entnahm er den Mikrochip aus der Kamera und sah sich auf seinem PC im Büro die letzten Aufnahmen an. Um 05:15 Uhr näherte sich eine Gestalt im Jogginganzug mit tief ins Gesicht gezogenem Hoody und warf ein Kuvert in den Briefkasten. Damit stand der Zeitpunkt fest, obwohl die Person, die den Brief einwarf, unerkannt blieb.
Er nahm sich den Brief vor.
Der Umschlag enthielt ein weißes Blatt Papier und darauf mittig platziert und in der Schriftart ‚Arial Black‘ die Botschaft **„Wer nicht hören will, muss fühlen!“**.
Er brauchte noch nicht einmal seine Lesebrille aufzusetzen, um den Text zu lesen und zu verstehen. Obwohl der Text so prägnant formuliert war, ließ er doch einigen Interpretationsspielraum, was wirklich gemeint war. Georg war in seiner journalistischen Investigativtätigkeit eher breit aufgestellt, und berichtete über Einbruchserien, Pflegeheimskandale

ebenso wie über Corona Auswüchse und zugehörige politische Botschaften sowie die Gegenreaktionen aufgebrachter Querdenker.
Der knappe Text enthielt keinerlei Hinweise auf den Absender und dessen vermeintliches Thema. Der Text war mit einem Laserdrucker auf einem handelsüblichen DIN-A4-Multifunktionspapier mit 80g/m^2 Papiergewicht gedruckt. Er hielt die Seite gegen das Licht wegen eines Wasserzeichens.
Fehlanzeige.
Da er nichts Besseres fand, bestäubte er Kuvert und Papier mit 550er Weizenmehl, blies es über Spüle vorsichtig weg und stellte fest, dass es keine Fingerabdrücke aufwies. Jedenfalls sah er keine. Er überlegte kurz, ob er den Beschwerdebrief aufheben sollte, aber er entschied sich für die Rundablage in seinem Büro. Dann setzte er sich an den Küchentisch, um sein Frühstücksei mit Käsebrötchen und Kaffee zu genießen, und hatte den Brief nach der Lektüre des ersten Artikels in der Odenwälder Zeitung vergessen. Bis ihm auf Seite drei ein ganzseitiges Inserat der Seniorenoase Jungbrunnen in die Augen sprang, in dem das Heim in den hellsten Farben beschrieben und gelobt wurde.
Er ging nun doch im Geist seine letzten kritischen Berichte durch, und in den letzten zwei Wochen dominierte tatsächlich das Thema Corona, und dort hatte er sich insbesondere mit diesen funktionellen Analphabeten aus der Querdenkerszene, wie er sie

nannte, auseinandergesetzt. Diesem Mob traute er sehr wohl Drohungen jedweder Art zu.
Und dann war da noch sein letzter Artikel, erschienen am 10. August, gegen diese skandalöse Seniorenoase Jungbrunnen, mit diesem irreführenden Motto im Namen, zu dem der dort praktizierte Pflegealltag überhaupt nicht passte. Als drittes Thema hatte er über diese Einbruchserie berichtet, bei der seit Monaten Geldautomaten aufgebrochen wurden. Zu keinem einzigen Einbruch fand bisher weder die Polizei noch sein Kumpel Willy Hamplmaier, der im Auftrag betroffener Banken in dem Fall privat ermittelte, eine Spur, die zu Serientätern führen könnte. Er hatte gelegentlich auch darüber berichtet oder besser gesagt, die Ineffektivität der Polizei angeprangert.
Er holte den Brief wieder aus dem Papierkorb und schob ihn in seine Schreibtischschublade. Um 07:30 Uhr verließ er das Haus, um in die Redaktion zu fahren, lange bevor Mia aufstand, denn der online Unterricht seiner Tochter begann erst um 09:00 Uhr und seine Schwiegermutter schlief sowieso länger.
Er trat auf den Bürgersteig und lief zum Auto, das er neben der Einfahrt geparkt hatte, als ihm sein Gefühl sagte, dass etwas nicht in Ordnung wäre. Bevor er noch den Gedanken zu Ende denken konnte, sah er sich zwei Maskierten gegenüber, die dem großgewachsenen Georg zwar nur bis zur Schulter reichten, aber muskulös und athletisch gebaut einen

gut trainierten Eindruck als Kampfsportler machten. Demjenigen, der von vorne kam, riss er zwar die Gesichtsmaske herunter, aber der von hinten schlug ihn brutal nieder. Als er am Boden lag, traten sie ihn beide herzhaft in die Rippen und gegen die Beine, denn die beiden Schläger wollten ihm offensichtlich nichts außer Schmerzen zufügen. Der Schmerz wurde so stark, dass er fast das Bewusstsein verlor, und er krümmte sich zusammen und hielt die Hände vor den Kopf, um sich zu schützen.
Der einzige Schutz, den er sich gönnte und immer bei sich trug, war seine Trillerpfeife. Er versprach sich davon eine stärkere Wirkung im Vergleich zur Anwendung von Pfefferspray. Man erreichte damit in einem Umkreis von einigen hundert Metern jede Menschenseele, auch die Schwerhörigen.
Mit höchster Anstrengung und zusammengebissenen Zähnen gelang es ihm, die Pfeife aus der Brusttasche zu ziehen, und nach den ersten durchdringenden Pfiffen ließen die beiden prompt von ihm ab. Er hatte die Trillerpfeife vorher noch nicht oft benutzen müssen, aber die Wirkung war immer wieder phänomenal.
Die beiden Schläger flüchteten zu Fuß in Richtung Marktplatz, wo sie ihr Auto abgestellt hatten. Die paar Minuten während die Schläger auf ihn eingeprügelt hatten, reichten jedenfalls aus, um ihn daran zu hindern, problemlos auf die Beine zu kommen. Er probierte es, als der erste Schmerz

nachließ, aber der Schmerz war überall und so vehement, dass ihm die Tränen aus den Augen liefen, und er stöhnend zurücksank.

Mittlerweile war er von einigen Menschen umringt, die seine Trillerpfeife alarmiert hatte, und Mia und seine Schwiegermutter im Schlafrock standen wie erstarrt in der Hauseinfahrt. Es dauerte dann noch eine Weile, bis jemand seinen Schreck überwand, und die Polizei und den Rettungsdienst verständigte. Als die Polizei eintraf, und er im Krankenwagen sitzend seine Aussage zu Protokoll gab, war erst eine dreiviertel Stunde vergangen, und er ließ sich dazu überreden, seinen geschundenen Körper im Krankenhaus unters MRT für einen Ganzkörperscan zu legen. Drei gebrochene und zwei angebrochene Rippen, eine gebrochene Elle und angeknackste Gelenke vom Knie bis zum Knöchel verdankte er den gezielten Fußtritten seiner professionellen Schläger. KHK[1] Dingeldein von der Polizeidirektion Erbach, hatte alles aufgenommen, auch die relativ präzise Beschreibung von zumindest einem der Täter, den er unmittelbar zur Fahndung ausschrieb. Er nahm den Brief, den Georg heute Morgen erhalten hatte, samt dem Foto-Chip, das den ‚Briefträger' von 05:15 Uhr zeigte, mit aufs Kommissariat zur kriminaltechnischen Untersuchung. Über Georgs Methode der Spurensuche mittels feingemahlenen Weizenmehls

[1] Kriminalhauptkommissar

konnte er nur müde lächeln.
Seine Mitarbeiter befragten die Nachbarn, ob ihnen etwas Wichtiges aufgefallen wäre.
Ebenfalls Fehlanzeige.
Georg wurde für den Rest der Woche krankgeschrieben und nach der ambulanten Behandlung mit einem Gips Arm und bandagiertem Brustkorb in häusliche Pflege entlassen.

Kapitel 9

__Othmar Scheuermann__, geboren 2.4.1951 in Michelstadt, verwitwet, pensionierter Lehrer am Gymnasium Michelstadt. Leichte Anzeichen von Demenz (Pflegegrad 4), lebt seit einem Jahr im Seniorenheim „Jungbrunnen“. Eine Tochter Ottilie, geboren am 30.9.1990, in Erbach, die am Gymnasium in Michelstadt Sport und Englisch unterrichtet.

Marbach Stausee, Mittwoch, 20.8.2020, 14:00 Uhr

Es war ein ruhiger Hochsommertag, die Sonne erwärmte die Luft vor dem offenen Fenster der Pflegeoase, das wegen der Lüftungsvorschrift im Nachklang zur ersten Corona Welle stündlich für zehn Minuten geöffnet wurde, auf milde 28 Grad Celsius – im Schatten wohlgemerkt.

Othmar hatte nach einem wie immer dürftigen Mittagessen ein kleines Schläfchen praktiziert und musste im Bett bleiben, solange die rumänische Putzfrau das Zimmer schrubbte. Daniela war eine Hübsche und noch dazu ein bisschen schüchtern, das wusste Othmar genau, auch wenn er wegen der FFP2-Gesichtsmaske ihr Gesicht nicht sehen konnte. Ihre weiblichen Kurven und ihr knackiger Hintern gefielen ihm ganz gut. Immerhin mussten die Damen vom Reinigungsdienst keinen Vollschutz mehr tragen, sodass er verstohlen ‚Porno‘ gucken konnte, wie er schmunzelnd seinem Kumpel Markus schon erzählt hatte. Er vertraute darauf, dass sie seine Versuche, sie zu tätscheln, tolerieren würde. Er war zu lange ein Egoist und zu alt und sehschwach dazu, als dass er die Angst in ihren Augen erkennen würde, die er für Schüchternheit hielt. Tatsächlich konnte Daniela jederzeit aus der Reichweite seiner zittrigen Finger entfliehen, was sie auch tat, und viel mehr als Tätscheln ging bei ihm sowieso kaum mehr. Als Nastasia Korolja ihren Kopf zur Tür herein streckte, zog er schnell die Hand zurück, die sich unter Danielas Rock verirrt hatte, und Othmar wurde ziemlich rot. Eigentlich wurde er sehr rot, denn er lief an wie ein Puter und schaute schuldbewusst. Nastasia Korolja klopfte ihm auf die Finger und sagte „Herr Othmar, so geht das nicht, wir sind hier nicht im Puff. Sie sollten sich was schämen".

Nastasia Korolja war eine eindrucksvolle Frau, ungefähr fünfzig Jahre alt, die man ihr bei weitem nicht ansah, mittelgroß, dunkelblond und mit einer tollen Figur unter dem knappen weißen Kittel der Pflegedienstleitung der Seniorenoase. So wie sie sich gab, zog sie Männerblicke magisch an, aber bei ihr traut Othmar sich das nicht mit dem Tätscheln und so.

Othmar schämte sich wegen Nastasias Ermahnung aber nur kurz und trotzig meinte er, „Daniela mag das, und ich darf das", worauf zur Abwechslung die eingeschüchterte Daniela rot anlief und den Kopf schüttelnd aus dem Zimmer rannte.

Nastasia Korolja, die Pflegedienstleitung höchstpersönlich, hatte deutsch-russische Wurzeln so wie Maxim, ihr kaufmännischer Kollege in der Heimleitung. Als Vitalis Stiftung im Jahre 2007 die gleichnamige Seniorenoase ‚Jungbrunnen' im Odenwald eröffnete, übernahm sie die Pflegedienstleitung und die Familie zog südlich von Frankfurt nach Groß-Umstadt. Dort besorgte ihnen die Nummer 1 der ‚Gesellschaft', eine gewisser Frank Koch, eine Wohnung und Nastasia pendelte von hier zu ihrem Arbeitsplatz nach Marbach, wo sie für Notfälle auch eine Dienstwohnung hatte.

Ihre Familie und sie hatten, solange sie in Russland waren, nichts mit der ‚Bratwa' am Hut. Erst als sie Vitali vor fünfundzwanzig Jahren im Krankenhaus des Straflagers in *Wologodski Pjatak* kennenlernte, kam sie mit den ‚Dieben im Gesetz' in Kontakt, wie sich die Bande stolz nannte, und er ernannte sie zu einem Mitglied der Bruderschaft.

Das war ihre beste Zeit.

Sie entdeckte Gefühle und was ihr an kalt kalkulierter Härte geholfen hatte, um sich in einer brutalen Männerwelt zu behaupten, das verschwand in der Schublade von Emotionen und Gefühlsausbrüchen. Es passierte jedes Mal, wenn Vitali auftauchte und sich nahm, was er meinte, dass ihm zustünde. Sie gehörte ihm und war sich dessen bewusst, dass sie ihre Fähigkeit Männern Paroli zu bieten, ihm gegenüber aufzugeben gezwungen war.

Das ging so lange gut, bis ihn diese Schlampe bezirzte. Kaum war Alina in seinem Gesichtsfeld aufgetaucht, behandelte er Nastasia als abgehalfterte Nebenfrau. Sie musste ihm zwar immer noch zu Willen sein, wenn ihm danach war, aber die erste Geige spielte fortan Alina.

Am schlimmsten traf sie damals, dass Vitali ihr das russische Kreuz wieder abnahm, welches er ihr nach der Behandlung auf der Krankenstation schenkte, und sie damit zur Lieblingsfrau dekorierte, und es vor ihren Augen Alina schenkte. Sie platzte fast vor Eifersucht und wollte ihm ihren Zorn ins Gesicht schreien, was denn die Gravur *‚navsegda moi'* auf[1] der Rückseite des Kreuzes noch wert wäre. Alina, ihrerseits weigerte sich lange, es ständig zu tragen, bis es Vitali zu dumm wurde, und er sie grob daran erinnerte, dass es nicht ihre Entscheidung sei, es zu tragen, sondern er damit seine Herrschaftsansprüche markierte. Von da an trug sie trotzig den Anhänger unsichtbar an einer langen Kette, und mit der Zeit vergaß sie ihn.

Seine Einstellung ihr gegenüber änderte sich auch nicht nach dem plötzlichen Verschwinden von Alina, und sie freute sich klammheimlich, dass ihn der Verlust von Alina so beschäftigte.

Seit dieser Zeit war ihr Verhältnis ein anderes. Während Vitali immer noch, wenn er von Zeit zu Zeit die Seniorenoase inspizierte, ihre Nähe als seine Geliebte beanspruchte, war er für sie ein Partner, der sie betrogen hatte. Sie legte keinen Wert mehr darauf

---

[1] Russisch= für immer mein.

ihre alte Position als ‚Lieblingsfrau' zurückzuerobern, sondern malte sich gelegentlich Racheszenarien aus. Sie könnte ihn ja vielleicht so ‚behandeln', dass er von ihrer ‚Pflege' abhängig wurde.
Sie blickte Othmar lange an, der auch so ein sexueller Pflegefall war, und sah die Beule unter seinem Nachthemd.
Ihre spöttische Bemerkung „Sie sind ja noch ganz schön fit im Schritt, Sie alter Zausel", freute Othmar sichtlich und seine Gesichtsfarbe wechselte in ein frisches Rosa.
„Also, wenn Sie brav sind, und es nicht weitererzählen, dann schicke ich Ihnen mal ein süßes Mädel, das sehr gut mit ihrem kleinen Mann umgehen kann. Wäre das etwas für Sie?".
Othmars Gesichtsfarbe wanderte wieder in Richtung dunkleres Rot.
„Aber das wird nicht billig, das müssen sie wissen. Das ist pflegetechnisch eine IGeL-Leistung, denn die Krankenkasse bezahlt keine Spezialmassagen von dieser Qualität?", grinste sie und bot ihm gleichzeitig eine plausible Ausrede an, falls jemand nachfragen sollte.
Geduldig wartete sie auf eine Reaktion von Othmar, und sie konnte deutlich sehen, wie seine Triebe mit seiner Vernunft kämpften. Sie wusste natürlich, dass auch bei Herren seines Alters die Schwanzsteuerung noch über die Ratio siegen würde, insbesondere

wenn diese durch den Schleier der leichten Demenz getrübt wurde.
Die Bezahlung war dagegen eine echte Barriere, denn sie kannte die Höhe seines Taschengeldes, das ihm seine Tochter genehmigt hatte. Er war immerhin auch noch fit genug, um am Geldautomaten in der Lobby der Pflegeoase Bargeld direkt abzuheben. Die vierstellige PIN hatte er auf einem Zettel notiert, falls sie ihm entfallen sollte.
Es wäre doch gelacht, wenn sie dem alten Herren nicht zu einem ordentlichen Schuss Lebensfreude verhelfen könnte, die er sich schon irgendwie würde leisten können.
Der erste Versuchsballon mit der Kindfrau Marja, die im letzten Jahr als Pflege Azubi ihr praktisches Jahr absolvierte, war ein durchschlagender Erfolg, was das Entspannungsbedürfnis der sexuell noch aktiven Herrschaften in der Pflegeoase anbelangte.
Als nächsten Schritt hatte sie sich vorgenommen, einen Mädels-Pool aufzubauen, der sich zu einer Goldgrube entwickeln könnte. So ein Pool passte perfekt in das neue Geschäftsmodell, welches sich Maxim zusammen mit Oliver Wolff ausgedacht hatte, seit die Coronaeinschränkungen die Kosten des Heims hochtrieben und die monatliche Überweisung an die Zentrale schrumpfte. Oliver hatte einen Kanal für die Beschaffung von jungem ‚Pflegepersonal' osteuropäischer Provenienz aufgetan, und seit sie genügend Nachwuchs hatte,

lief das Geschäft mit dem Spezialservice prima an. Außerdem ließ er sich problemlos über das Heim hinaus erweitern. Sogar Hausbesuche waren vorstellbar, und die Mädels würden ja begleitet, wenn sie ihre Kunden abklapperten. Mit dem Heilwasser aus dem Heilbrünnlein, das nach der Legende wie ein Aphrodisiakum wirken sollte, warb die Seniorenoase schon lange, auch wenn sie bei den Patienten, die das Wirkmittel dann tatsächlich zweckgebunden benutzten, ab und zu mit kleinen Drogendosen nachhalfen.

Sie hatten erst vor fünf Jahren den Wellnessflügel zur Seniorenoase fertiggestellt, der ausschließlich der Erweiterung der erotischen Geschäftsmodelle diente. Das ging vom blauen Wohlfühlbereich und den solehaltigen Thermal-Entspannungsbädern für Senioren bis zum dahinterliegenden Neubau der rosaroten WELLNESS Oase, einem öffentlichen Edel-Puff, der auch Nicht-Heimbewohnern offenstand. Das galt natürlich für Normalzeiten, aber nicht während einer Corona Pandemie, wenn praktisch das ganze Haus je nach Inzidenzgrad des Landkreises unter Quarantäne in verschiedenen Härtestufen stand. Die WELLNESS Oase war jedoch komplett geschlossen (außer für Stammkunden, die sich separat anmelden konnten).

Nastasia wusste zu gut, dass ein unzufriedener Anführer nichts war, was man sich als gut bezahltes Mitglied der ‚Gesellschaft' wünschte. Und aktuell war der Boss nicht gut drauf, und vor allem nicht gut auf das Heim und die Heimleitung zu sprechen. Vitali war innerhalb der Organisation seit je her für drakonische Strafen bekannt, mit denen er seine Leute disziplinierte. Und zwar unabhängig davon, wie nahe sie ihm standen, abgesehen von einer Ausnahme, und das war wieder diese Schlampe Alina.

Und sie wollte nicht darauf wetten, dass er ihretwegen die Regeln der ‚Bratwa' aussetzen würde.

Sie kämpfte seit Beginn der Corona Krise damit, die monatlichen Gewinnvorgaben zu erfüllen, welche ihr kaufmännischer Partner in der Heimleitung dann entweder in Übersee Steueroasen auf die diversen Konten der ‚Bratwa' oder auf die Treuhandkonten der Stiftung verschob.

Die Heimleitung der Senioren- und Pflegeoase „Jungbrunnen" hatte seit langem alle Aktivitäten des Heims auf massiven Leistungsbetrug zur Gewinnmaximierung umgestellt, die teilweise sehr deutlich außerhalb der Legalität lagen. Die Pflegefälle waren, soweit es sich irgendwie darstellen ließ, in höherpreisige Pflegegrade gegenüber dem Kriterienkatalog des Bundesgesetzes für Pflegeoase hochgestuft worden.

Bisher war es ihr und ihrem Kollegen auch nahezu perfekt gelungen, alle Überprüfungsversuche der Heimaufsicht zur Situation im Heim abzuwenden.

Leider hatte es in der jüngeren Vergangenheit diverse Anzeigen gegen das Heim gegeben, und mit regelmäßiger Schönheit erschienen Presseberichte im „Odenwälder Boten“ mit Negativschlagzeilen ihr Heim betreffend, welche sie rasend machten. Und obwohl Maxim ihr versprochen hatte, den Autor dieses Geschreibsels zu stoppen, war nach dem vorletzten Artikel Mitte August, gestern schon wieder einer erschienen, der nochmal mehr auf ihrer Pflegeleistung herumhackte. Maxim musste endlich etwas tun, so ging das nicht mehr weiter.
Aufgeschreckt durch die Negativschlagzeilen der Presse hatte die Heimaufsicht aus Darmstadt vor einem halben Jahr nachgefragt und einen Inspektionstermin vereinbaren wollen. Durch Vorlage gefälschter interner Auditberichte und natürlich auch durch ein paar nette Schmiergeld Zahlungen an die richtigen Adressen waren bisher alle Versuche im Sande verlaufen. Und jetzt, in diesen herrlichen Coronazeiten hätte man sich entspannt zurücklehnen können, weil die überforderten Behörden andere Sorgen hatten.
Sollte man meinen.
Exakt in diese Zeit platzte die Fortsetzung dieser unverschämten Artikelserie, die sich vor allem auf die Aussagen der Tochter des sexhungrigen Othmar, dieser Krawallschachtel[1], stützte. Einige renitente Heimbewohner, die sich regelmäßig über

---

[1] Mundartlich = weiblicher Unruhestifter.

ungenießbares Essen, kleine Portionen und den Mangel an qualifizierter Pflege ihrer so pflegebedürftigen Angehörigen beschwerten. Der Autor der Artikel, der sich Investigativjournalist schimpfte, behauptete sogar, dass man in der Einrichtung überhaupt nicht von Pflege sprechen konnte. Was dieses Personal praktizierte, das verdiente den Begriff Pflege nicht, außerdem sprachen die meisten sogenannten Pflegerinnen kaum Deutsch und rumänisch verstünden die Heimbewohner nicht.
Dafür wuchsen die Mehrausgaben zur Einhaltung der Corona Beschränkungen im Heim täglich, und in der Tat hatte die Heimleitung alle Möglichkeiten, die Ausgabenseite zu entspannen, schon ausgeschöpft. Das monatliche Pflegegeld für alle Heimbewohner lag schon so weit über dem Kostendeckungsbetrag, dass eine weitere Steigerung über die jährliche Inflationsanpassung hinaus nicht mehr durchsetzbar war. Verpflegung und Betreuung waren auf ein seniorengerechtes Minimum und darunter reduziert worden, und zur Pflege hatte man ausschließlich osteuropäisches Saisonpersonal engagiert, das weit unter dem hiesigen Mindestlohn tätig war. Doch diese Maßnahmen waren ausgereizt, und die Zahl der zahlungskräftigen Pflegeoase-Insassen schwand nicht zuletzt durch einen unvorhergesehenen Coronaausbruch im April dieses Jahres. Das hatte zwar den Umsatz des örtlichen Bestatters gesteigert,

aber dem Heim mehr als finanziell geschadet.
Seit Anfang Juni waren die Einschränkungen wegen Corona Schritt für Schritt gelockert worden, und so kam der Heimleitung der potenzielle Einsatz des jüngeren weiblichen Pflegepersonals für die Entspannung der männlichen Kundschaft gerade recht und rechtzeitig.
Während das alles Nastasia Korolja durch den Kopf ging, wartete sie geduldig auf Othmars Zustimmung. Und siehe da, nach einer längeren Pause, in der er die ersehnten Wohlfühleffekte gegen mögliche Risiken und Konflikte mit seiner Tochter abgewogen hatte, war er bereit, eine Probebehandlung „Kuschelsex mit junger Haut" gegen Cash zu buchen.
Nastasia war zufrieden und kündigte an, mal zu schauen, was sie ihm in nächster Zeit so anbieten könnte. Es gäbe da ein paar junge Damen, die sich ganz besonders liebevoll um ihn kümmern würden.
Othmar nickte erfreut, wobei ihm leichte Zweifel bezüglich seiner Leistungsfähigkeit erst in den Sinn kamen, als Nastasia Korolja schon das Zimmer verlassen hatte. Eine Stunde später hatte er seine Bedenken wieder vergessen.

Kapitel 10

Steffi Schwaiger, *geboren 20.6.1986 in Erbach, ledig, flippig und selbstbewusst, Hundenärrin mit Wolfsspitz Django. Abitur in Michelstadt, Ausbildung zur kaufmännischen Angestellten im Gesundheitswesen, Sachbearbeiterin im Gesundheitsamt Michelstadt, beherrscht alle IT-Anwendungen und ihren Computer perfekt, wenig Glück mit Männern, aber unverzagte Optimistin.*

Erbach, Donnerstag, 27.8.2020, 17:30 Uhr

Steffi winkte überrascht vom Balkon aus Hans und Emma zu. Sie war dabei, die Geranien in ihren Blumenkästen zu gießen, als sie die beiden in dem neu erworbenen Cabriolet vorfahren sah. Freudig bellend stürzte ihr Wolfsspitz ‚Django' aus dem Haus und begrüßte ebenfalls schwanzwedelnd die Ankömmlinge.

In Zeichen des Klimaschutzes war es zwar völlig uncool und out ein Cabrio mit Dieselmotor zu fahren, aber E-Cabrios gab es bei ‚Schrotti' nicht. Oliver Wolff, der prollige Autohändler, vertrieb vor allem Gebrauchte und eine Autoverschrottung, die ihm den Spitznamen eingebracht hatte. Dennoch bot er seinen Kunden eine ansprechende Modellpalette, und so war Hans mit der ‚Wenn-es-den-sein-Muss' Zustimmung von Emma mit dem Händler handelseinig geworden. Sein Hauptaugenmerk war

darauf gerichtet, dass er von dem „Ourewäller“[1] Hallodri nicht über den Tisch gezogen zu werden.
Mundgeschützt und die Nase bedeckt sowie die Hände desinfiziert waren sie über das Ausstellungsgelände geschlendert. Emma nahm sehr verwundert den mit einer langen Goldkette, einem kleinen goldenen Ohrring mit einem Diamanten und klobigen Goldringen auf dicken tätowierten Wurstfingern protzig daherkommenden Autohändler wahr. Er hatte sie auch angestarrt, als ob er sie mit den Augen ausziehen wollte. Der Kerl war ihr sofort unheimlich, und unangenehm berührt wandte sie sich brüsk von ihm ab. Das sollte Papa mal schön alleine regeln. Sie würde ihm unauffällig zublinzeln, wenn sie das von ihm ausgesuchte Modell mochte.
Und so kam es dann auch, und das Auto gefiel ihr schon allein wegen der knalligen Farbe in Magentarot. Es hätte als Werbeträger für die Telekom durchgehen können.
Emma marschierte in ihrer üblichen coolen Art, die man für pubertär überspannt halten konnte, die Zufahrt zum Haus hoch und begrüßte Steffi wie immer etwas reserviert. Das Mädchen war mit seinen sechzehn Jahren bereits eine richtig Hübsche, die Steffi immer an das Märchen aus Tausend-und-eine-Nacht erinnerten. Sie hatte Emma sofort mit „Scheherezade“ assoziiert, mit ihren hohen, weich geformten Backenknochen, perfekter

[1] Odenwälder

Nase und einem vollen Mund, eingerahmt von pechschwarzem schulterlangen Haar, die kein afghanisches Mädchen so offen tragen würde wie sie.
Es war gut möglich, dass Steffi die Reserviertheit unbewusst auf ihre wasserblauen Augen zurückführte, die den arabischen Eindruck des Gesichtes etwas kühler wirken ließ. Steffi hatte sich vorgenommen ihre Distanziertheit als eine Bitte nach mehr Eingewöhnungszeit in der neuen Umgebung hinzunehmen, obwohl sie ihre Neugier, sie besser kennenzulernen, kaum zügeln konnte.
Emma wiederum hatte sofort realisiert, als Steffi und Hans vor präzise sechs Wochen einander sehr verhalten begrüßten, dass ihren Papa und Steffi etwas verband, das er bisher vor ihr geheim gehalten hatte. Und es wurde ihr mit jedem Tag in der neuen Umgebung mehr bewusst, dass ihr Papa überhaupt alles, was ihn mit diesem Ort und den Menschen hier verband, vor ihr geheim gehalten hatte. So wie er auch vor ihrer Ankunft, als sie noch in der Schweiz lebten, vieles vor ihr geheim gehalten hatte. Und das fand sie gar nicht lustig und beschloss leicht verschnupft, nicht mehr länger abzuwarten, bis sich einer der beiden offenbaren würde. Sie würde schon herausfinden, was mit den beiden los war.
Nach den vielen Jahren im schweizerischen Wallis, in denen sie schon mehrfach darauf bestehen musste, dass ihr Papa sie nicht wie ein unmündiges Kind

behandeln möge, denn ihr wäre ihre Vergangenheit sehr wichtig.
Nur auf intensives Hinterfragen lüftete er dann wieder ein kleines Zipfelchen der Decke, die er über die Vergangenheit ihrer Mama gebreitet hatte. Er nannte ihre Mutter nie beim Vornamen, er sprach immer nur von ihrer Mama, und was sie für ihn bedeutete, wobei Emmas Erinnerung an ihre Mama immer mehr verblasste. Er war immer besorgt um sie, und hörte nicht auf ihr zu sagen, dass sie im Umgang mit Fremden vorsichtig und zurückhaltend sein müsste. Papa legte Wert darauf, dass sie sich selbst verteidigen konnte, einen Jiu-Jitsu-Kurs besuchte. Er kannte alle ihre Freunde und schirmte sie gegen Unbekannte sehr rigoros ab. Einmal wurde sie Zeuge, wie er einen Kurierdienstfahrer fast vermöbelte, weil der sie kurz drückte, als sie ein Paket für den Nachbarn annahm.
Seit ihrem Umzug in den Odenwald und seit Steffi auf der Bildfläche erschienen war, löcherte Emma ihren Papa, wie gut er Steffi kennen würde. Als er auch durch gezieltes Nachfragen nicht bereit war, Licht ins Dunkel seiner Beziehungen aus einer Zeit vor ihrer Geburt zu bringen, hatte sie ihrerseits beschlossen, Steffi auszuhorchen. Die vertröstete sie zwar anfangs auch, gab aber nach und nach zu, weil Emma sie mit bohrenden Fragen zermürbte, dass Steffi einmal mit ihrem Papa liiert war.
Hans stapfte mit Einkaufstüten schwer beladen

hinter Emma her, bekam von Steffi einen Kuss auf die Wange und wurde kurz gedrückt, bevor sie das Haus betraten.
Dieses Haus.
Steffi hatte den von ihren Eltern komplett renovierten Bauernhof im hintersten Winkel auf der Sophienhöhe geerbt. Ihre Eltern waren früh verstorben, und sie bewohnte das große Haus am Westring seit Jahren allein mit ihrem Hund Django, unentschlossen, was sie mit dem großen Anwesen tun sollte. Sie hatte die Wirtschaftsgebäude an ein Ehepaar verpachtet, das den landwirtschaftlichen Betrieb in einen gutgehenden Reiterhof umwandelte, und bewohnte nur noch das Erdgeschoß des schönen Fachwerkbaus. Ihre Vorfahren hatten den Bau um 1820 errichtet und seither behielt er seine bauliche Ausgestaltung mit vielen nicht zu großen Räumen, kleinen Fenstern und schräg verlaufenden Holzdecken. Steffi liebte das Haus trotz der Einschränkungen im Vergleich zu einer modernen Wohnung. Sie sah sich gelegentlich nach einem Häuschen oder Ähnlichem um, hatte aber bisher weder den notwendigen Antrieb noch die Zeit, um sich ernsthaft darum zu kümmern. Sie wohnte gerne hier und als geborene Frohnatur war sie mit ihrem Leben fast immer zufrieden, wenn nicht ab und zu der Liebesentzug schmerzen würde. Was Steffis Liebesleben anbelangte, stand sie kurz vor einer Art Torschlusspanik, was sie sich jedoch niemals

eingestanden hätte. Es kostete sie in regelmäßigen Abständen, die leider immer kürzer wurden, Energie und Nerven, um dieses Gefühl durch gute Laune und natürliche Lebensfreude zu kaschieren.

Als ihr ‚Minijob Chef', wie sie Willy Hamplmaier nannte, ankündigte, dass sein Sohn es sich nach zehn Jahren nun doch noch überlegte hatte, in den ‚Ourewall'[1] zu ziehen, zögerte sie nicht. Es war ihre Idee, angesichts des akuten Wohnraummangels in der Region Hans und Emma das ungenutzte Obergeschoß des Hauses auf der Sophienhöhe anzubieten.

Dabei kam ihr nicht ungelegen, dass in Willys kleinem Einfamilienhaus zu wenig Platz für eine weitere Familie vorhanden war. Willys Bestattungsunternehmen war im Erdgeschoss und dem ausgebauten Keller seines Hauses in Michelstadt untergebracht und sein Ermittlerbüro lag im Obergeschoss, wo er auch wohnte. Da gab es kein freies Fleckchen mehr für den Junior im Haus.

Es war ja nur fürs erste und vorübergehend als Bleibe für ihn und seine Tochter gedacht. Als sie Willy nach Hans' Gründen für seine Rückkehr nach vierzehn Jahren absoluter Funkstille befragte, hatte Willy nur undeutlich gebrummelt. Dass seinem Sohn das Jobangebot eines Schadensermittlers bei dem Rückversicherer Re-Assekuranz in Genf zwar finanziell gut gefallen hätte, aber dafür hätte er seine

---

[1] Odenwald

Freiheit und die Chance selbständig zu arbeiten, aufgeben müssen. Und da er, Willy, sowieso vorhatte, demnächst sein Büro aufzugeben, nahm Hans schließlich das seit Jahren bestehende Angebot seines Seniors an, in das väterliche Geschäft einzusteigen, um es Schritt für Schritt in eine Wirtschaftsdetektei zur Verfolgung von Wirtschaftskriminalität auszubauen. Hans hatte nach seinem Drogenprozess immer noch die Verfolgung dieser Bandenkriminalität im Visier und der aktuelle Vorgang der Serieneinbrüche auf Geldautomaten, ließ den Verdacht auf bandenmäßige Kriminalität zu.

Nach Steffi Schwaigers kühlem Kalkül könnte die räumliche Nähe zu den beiden Heimkehrern ein doppelter Glücksfall werden. Sie sah endlich das ersehnte Ende Ihres Singlelebens am Horizont auftauchen, und zweitens noch dazu mit einem Mann, den sie zeitlebens nie aus dem Sinn verloren hatte, obwohl sie immer noch stinksauer auf ihn war. Sie redete sich ein, alles unternommen zu haben, um ihre Gefühle für ihn loszuwerden und einen passenden Partner in der Region zu finden, in der sie geboren war, und aus der sie nicht wegwollte. Aber diese ‚Ourewäller Labbeduddel‘ [10.2], wie sie die lange Reihe der aussortierten regionalen Verehrer abqualifizierte, hielten keine selbstbewusste Frau aus. Die wollten das Heimchen am Herd, mit fünf Kindern an der Kittelschürze aber keine Partnerin,

die flippige Frisuren und Klamotten liebte und im Beruf ihren Mann – sorry, ihre Frau – stand.
Hans war zwar kein ‚Labbeduddel‘[1], aber sie unterstellte ihm immer noch, dass er nichts anbrennen ließ, wenn es etwas zu naschen gab. Er sah immer noch verdammt gut aus, er hatte sich gut gemacht über die Jahre und sie wusste, dass ihr Widerstand gegen einen Neubeginn nicht von langer Dauer sein würde. Sie hatte versucht, ihn aus ihrem Bewusstsein zu verbannen, nachdem er sie vor zehn Jahren, so mir nichts dir nichts abserviert hatte. Das war nicht die feine englische Art und naiv, wie sie war, gab sie damals der Neuen die Schuld daran. Wegen dieser ‚Kriminellen‘, wie sie sie nannte, hatte Hans sie verlassen. Sie war damals todsicher, dass sie ihm das nie verzeihen würde, bis er eben wieder aufgetaucht war.
Hans hatte seinerseits ein paar Tage des In-sich-Gehens benötigt, auch um mit seinen Schuldgefühlen fertig zu werden, ehe er ihren Vorschlag für eine temporäre Unterkunft pragmatisch genug fand, um angenommen zu werden. Emma, die sich auf dem Land gleich wohlgefühlt hatte, leistete ihren Überredungsbeitrag, so dass er Mitte Juni mit Sack und Pack ins Obergeschoß zügelte. So nannte er den Einzug in gutem Schwyzer Dütsch, nachdem er zum Halbjahresende seinen alten Job in der Schweiz

[1] *Mundartlich für wenig intelligent*

gekündigt hatte. Dass er die alten Baustellen aufarbeiten musste, war ihm klar, und er wollte sich auch nicht davor drücken.
Was die Tätigkeit als Ermittler im väterlichen Büro anbelangte, so hatte sich Hans seither peu-á-peu in die laufenden Aktivitäten des Ermittlungsbüros Hamplmaier eingeklinkt. Nicht zuletzt dank Steffis Hilfe fiel ihm das leicht, denn die assistierte dem Senior, wie Willy ab jetzt hieß, schon seit der Junior sich vor Jahren durch seine Flucht ihrem Zugriff entzog. Vielleicht war es eine Fügung des Schicksals, um da zu sein, wenn er sie bräuchte. Sie war im Herzen schon immer so eine Mutter Theresa.
Der Junior hatte ihr zugegebenermaßen schon bei ihrer ersten Begegnung nach seiner Rückkehr in den Odenwald echte Reue und sein schlechtes Gewissen gezeigt. Er wusste sehr wohl, wie unfair er war, als er Steffi in einer Nacht und Nebel Aktion hatte sitzen lassen, als ihn die große Liebe gepackt hatte, die nur so kurze Zeit überlebte.
Nach vielen Jahren, in denen er aus Angst vor Entdeckung den Kontakt mit seinen Freunden und seiner Familie auf nahezu null reduzierte.
Um nur ja keine Spuren zu hinterlassen.
Umso mehr war er seltsam berührt von den freundlichen Gesten, die er nicht nur von Steffi, sondern auch von seinen alten Freunden aus dem Ort erhielt. Und was Steffi anbelangt, so hätte er mit allem gerechnet, aber nicht damit, dass sie ihn trotz

der vor der Brust gekreuzten Arme und blitzenden Augen ohne böse Worte begrüßt hatte, fast so, als ob nichts gewesen wäre.
Steffi zeigte es nur nicht, aber sie hatte daran richtig zu knabbern, an seinem „Liebes-Egoismus", vor allem jetzt, wo er so unerwartet wieder aufgetaucht war. Andrerseits war er halt immer noch eine Augenweide und kein bisschen alt, alles andere wäre schrecklich für sie gewesen. Später würde sie mit ihm schon noch einige Wörtchen wechseln, wenn der richtige Zeitpunkt gekommen wäre. Jetzt wollte sie einfach wie früher von ihm in die Arme genommen werden.
Falls er das auch wollte.
Im Moment war sie glücklich, an fast verloren geglaubte Gefühle anknüpfen und dem Junior und Emma bei der Rückkehr behilflich sein zu können. Wolfsspitz Django erleichterte Emma die Eingewöhnung ungemein, sie bot sich freiwillig an ihn Gassi zu führen, und freute sich über die Anhänglichkeit mit der ihr der smarte Rüde auf Schritt und Tritt folgte.
Emma war zwischenzeitlich im Gymnasium Michelstadt angemeldet, und da sie immer noch davon träumte später Medizin zu studieren, lag die Wohnung ganz praktisch, mit der Uniklinik in Heidelberg quasi vor der Tür. Verkehrstechnisch war der Ort insgesamt gut eingebunden und selbst mit dem öffentlichen Nahverkehr war es einfach nach

Darmstadt, Dieburg, Frankfurt oder Hanau zu gelangen.
Für Emma bedeutete der Schulbesuch dank Corona einen Wechsel zwischen Präsenz- und Onlineunterricht. Da sie überwiegend zu Hause lernte, dauerte es eine Weile, bis sie ihre Klassenkameradinnen und Kameraden persönlich kennenlernte. Ihr trotz Pubertät recht ausgeglichenes Wesen half ihr gut durch diese Zeit und so wurden, weil sie so einfühlsam war, schneller als gedacht aus vielen Schulkameradinnen auch einige beste Freundinnen.
Ihr Verhältnis zu Steffi hätte perfekt sein können, denn Steffi drängte sich nicht auf, sie war einfach da. Emma hatte all die Jahre ohne Mama auskommen müssen, und da Steffi nicht den Anschein erweckte als Ersatzmama aufzutreten, fiel es Emma wiederum viel leichter, sie als Freundin zu akzeptieren. Emma schüttelte schließlich ihre Reserviertheit ab und freute sich, hier zu sein.
Vor allem Django erleichterte Emma den Einstieg in die schönen Seiten des Odenwaldes. Jedes Mal wenn Steffi ihr vorschlug, eine Runde über die Sophienhöhe bis zum Silberbrünnchen und retour zu laufen, war sie begeistert dabei. Und manchmal lief sie auch alleine los, wenn ihr danach war. Django sagte niemals nein.
Und als Steffi Emma kürzlich den Vorschlag machte, in den Ferien im Gesundheitsamt als

Ferienpraktikantin bei der Onlineregistrierung von Coronainfektionen auszuhelfen, war Emma Feuer und Flamme. Sie freute sich darauf, dass es bald losgehen würde, da die Ferien dieses Jahr wegen des zeitlich aufwändigeren Coronaunterrichts später als geplant angesetzt waren. Und Emma war selbstbewusst genug, um sicher zu sein, dass sie am PC fixer wäre, als die altgedienten Mitarbeiter im Amt, für die ein Computer immer noch schwierig zu handhaben war.

Hans beobachtete die Entwicklung nicht unzufrieden. Es war zwar richtig, dass er plötzlich die zweite Geige spielte, andererseits war er froh, die alltäglichen Pubertätskonflikte nicht allein stemmen zu müssen. Und er ließ Emma die Freiheit, sich mit jemand Neutralem zu kabbeln.

Steffi war sauer auf Covid-19 und vermisste die diversen gemütlichen Events in Erbach und Umgebung genauso wie die zurzeit so massiv eingeschränkten Bar- und Restaurantbesuche. Es fehlten die Gelegenheiten, bei denen man sich bei einem Bembel Äppelwoi[1] oder einem Obstler und einem netten Odenwälder Essen wieder Schritt für Schritt näher kam. Was ihr jetzt noch fehlte zu einem ‚Rimdidim'[2] Wohlfühlpaket, das wäre ein Gegengewicht, das fugengenau in ihre Schwachstellen passte.

---

1 Apfelwein

2 Rundherum

Mit Hans, den sie gefühlt ihr ganzes Leben kannte, was aber auch eine Illusion war, wie sich noch herausstellen sollte, könnte das korrekt zusammengefügte Puzzle schon ein nettes Bild ergeben. Also plante sie kurz entschlossen ein Picknick. Das war zwar in der heutigen Zeit schon etwas aus der Mode gefallen, dafür erlaubte es einem, sich zwanglos und entspannt trotz Abstand und Mundschutz zusammensetzen, zu essen und zu trinken und ausführlich zu quatschen und an alte Zeiten anzuknüpfen. Und dabei schwebte ihr ein gut gefüllter Fresskorb mit einer appetitlichen Auswahl an Fingerfood und ausreichend ‚Äppelwoi‘[1] vor. Ausgebreitet auf einer weichen Decke zum Sitzen, um in eine sanfte Stimmung versetzt zu werden, wäre das die Wiederaufbauhilfe für beschädigte Gefühle.

Als Ort hatte sie sich die Burg Frankenstein überlegt, denn sie wollte Emma mit etwas Gruseligem beeindrucken. Die Burg war bekannt als Gruselburg, die auch Mary Shelley zur Gruselgeschichte *Frankenstein* angeregt haben soll. Als Überraschung konnte sich Steffi auch eine Teilnahme am Halloween Festival im Oktober vorstellen. Mal sehen, ob Corona das zulassen würde.

„Kommst du mit?“, rief sie Emma zu. Sie hatte Django schon angeleint, der heftig schwänzelnd

---

1 Apfelwein

anzeigte, dass es Zeit für die Nachmittagsrunde war. Dann könnte sie ja Emma auf den Zahn fühlen, ob ein Picknick etwas für junge Leute wäre.
„Claro. Ich ziehe mir nur noch schnell meine Laufschuhe an“, kam es von Emma zurück und eine Minute später stürmt sie wieder in den Hof und schon hüpfte sie die Leine in der Hand los, wobei Django die ersten hundert Meter vor lauter Schnuffeln nicht nach Losrennen zumute war. Als sie den Waldrand erreichten, und das Städtchen Erbach mit dem Schloss in der Mitte zu ihren Füssen liegt, hält Emma es nicht mehr aus.
„Liebst du meinen Papa immer noch, obwohl er dich damals versetzt hat?“ Emma will nicht mehr wissen, was früher war, sondern wie es weitergeht. „Du bist ganz schön neugierig, kleines Fräulein“, sagt Steffi, wird aber doch ein bisschen rot und Emma lacht laut los. „Haha, du brauchst nichts mehr sagen. Ich weiß Bescheid“, sagt sie und Steffi knufft sie in die Rippen.

Kapitel 11

Odenwälder Bote, Artikel vom 27.8.2020,
G. J., Fürth
Die Seniorenoase Jungbrunnen entwickelt ich zum Corona Hotspot und aufgrund der grottenschlechten Pflegequalität stellt sie ein echtes Gesundheitsrisiko für sämtliche Heimbewohner dar. Man fragte sich immer öfter, was noch passieren muss, bis die Behörden die Bewohner erlösen und das Heim schließen oder das Heim in kompetente Führung geben.

Lautertal, Freitag, 28.8.2020, 07:00 Uhr

Wolfgang Wolff verdrehte die Augen, als er aus dem Büro des Chefs des Wachschutzes kam. Andrei war auf dem Papier zwar nur ‚stellvertretender Leiter' des Wachpersonals und Jannis war der Chef. In der Realität war jedoch Andrei als oberster Sicherheitsoffizier der ‚Bratwa' Jannis' Vorgesetzter, der von Zeit zu Zeit im Heim vorbeikam und nach dem Rechten sah. Andrei führte schon lange keine *Aufträge* mehr aus, sondern sorgte für deren reibungslose Umsetzung.
Den heutigen Auftrag hatte Andrei von ganz oben bekommen. Es ging um die Entführung der Tochter eines neugierigen Journalisten, der damit mundtot gemacht werden sollte. Er hatte Wolfgang Wolff noch vor dem Frühstück in sein Büro zitiert, um die operativen Einzelheiten mit ihm durchzusprechen. Wolfgang war nicht der hellste, und es erforderte einiges an Fingerspitzengefühl, um die Sache

reibungslos abzuwickeln.
Nachdem die Prügelaktion vor zwei Wochen offenbar wirkungslos verpufft war, denn dieser Schmierenschreiber hatte nicht einmal zehn Tage nach seinem vorletzten Hassartikel auf die Seniorenoase den nächsten Schmähartikel veröffentlicht, ging es jetzt um eine höhere Eskalationsstufe.
Der Chef kochte vor Zorn und meinte, jetzt würden Nägel mit Köpfen gemacht.
Wolfgang Wolff atmete nach der Instruktion tief durch und sah einen sehr langen Tag vor sich. Der neue Auftrag, den sie für Andrei erledigen sollten, war anspruchsvoll und musste bis Mittag unauffällig erledigt sein, sonst könnten sie die Geldautomaten Aktion, mit der sie Oliver routinemäßig beauftragt hatte, in der Nacht zum Samstag vergessen.
Behäbigen Schrittes stapfte der bullige Mann mit dem raspelkurzen Haarschnitt, kalten blau-grünen Augen und einem sauber gestutzten Kinnbart mit seinem Kollegen, der vom Körperbau her sein eineiiger Zwilling hätte sein können zum Auto. Er klärte Mike Wiegand dabei über ihren neuen Auftrag auf. Er zeigte seinem Kumpel das Foto des Mädchens, um das es ging, und Mike Wiegand nickte kurz.
Ihr Zielort war die Thalstraße am Ortsrand in Fürth, wo das Einfamilienhaus, in dem der Journalist mit seiner Schwiegermutter und Tochter wohnte, an

weite Streuobstwiesen grenzte. Sie würden circa 20 Minuten brauchen, bis sie vor Ort waren. Die Lage des Einfamilienhauses war für Ihr Vorhaben bestens geeignet, und sie würden direkt an einem schmalen Wiesenweg an der Rückseite des Hauses parken können, ohne aufzufallen. Die coronabedingte Schulschließung war im Landkreis für die Abschlussklassen der Realschulen aufgehoben und nach dem Ferienende durch Wechselunterricht ersetzt worden. Mia, die fünfzehnjährige Tochter des neugierigen Schreiberlings, war von der Schulleitung in der Frühschicht für den Online-Unterricht zu Hause eingeteilt. Es hatte Maxim, der sich als Mitarbeiter des Gesundheitsamtes ausgegeben hatte, nur ein kurzes Telefonat mit dem Rektor gekostet, um herauszufinden, wo sich Mia aufhielt, als er ankündigte, dass er für die ganze Familie einen Quarantänebescheid zustellen musste.
Wolfgang Wolff parkte so unauffällig wie möglich in besagtem schmalem Wiesenweg hinter einer Lorbeerhecke, die die Sicht zur Straße und anderen Nachbarn verdeckte.
Es war kein Problem von der Rückseite, unerkannt ins Haus zu gelangen, und Mias Großmutter saß mit Kopfhörern über den Ohren vor dem Fernseher und guckte „Volle Kanne“. Mit einem Spritzer Chloroform auf Mund und Nase schnaubte sie nur kurz auf, bevor ihr Kopf zur Seite rollte, und sie

trotz offener Augen das Fernsehbild nicht mehr in sich aufnahm.

Wolfgang Wolff schlich die Treppe nach oben, wo aus dem Mädchenzimmer die Stimme von Mia zu hören war, die gerade auf eine Frage der Online-Lehrerin antwortete. Wolfgang Wolff wartete geduldig, bis die Onlineunterrichtsstunde fertig war, bevor er leise das Zimmer betreten konnte, ohne die Schule zu alarmieren. Insgesamt musste er fast eine halbe Stunde warten, bis er sich hinter Mia schleichen konnte, die erleichtert darüber, dass die Stunde vorbei war, ihr Unterrichtsprogramm herunterfuhr. Mike Wiegand hielt unterdessen im Erdgeschoss die Oma im Dauerschlaf. Mia hatte sich ausgeloggt und saß mit dem Rücken zur Tür. Wolfgang Wolff drückte ihr das präparierte Baumwolltuch auf Mund und Nase, und sie sank nach kurzem Einatmen von Chloroform in sich zusammen. Wolfgang Wolff überlegte kurz, ob er irgendetwas mitnehmen sollte, aber er hatte klare Anweisung nur das Mädchen abzuholen. Er suchte dennoch ein paar Klamotten zusammen, denn der Chef rechnete mit ein paar Tagen, welche das Mädchen außer Haus verbringen würde.

Auf den Schreibtisch legte er noch das vorbereitete Erpresserschreiben an Georg Jährling, mit der Drohung seiner Tochter unvorstellbar Schlimmes anzutun, sollte er die Polizei einschalten, und dass man sich melden würde. Er fuhr den Laptop

herunter, um die Verbindung zur Schule zu unterbrechen, und suchte nach einer geeigneten Stelle, um eine batteriegetriebene Wlan-SpyCam mit Bewegungsmelder zu installieren, denn der Chef wollte sichergehen, dass Georg die Polizei nicht einschaltete. Er fand die Stelle an einer Hängelampe im Treppenhaus mit Blick zur Eingangstür und sogar die vom Flur abgehenden Türen in die Küche und ins Wohnzimmer wurden erfasst.
Dann sandte er eine SMS an den Chef und wartete, bis der die Live-Übertragung bestätigte. Er warf sich die leichtgewichtige Mia einfach über die Schulter, Mike Wiegand verpasste der Oma noch eine Chloroform-Auffrischung und beide liefen gebückt zum Wagen. Die Kleine lag auf der Rückbank, während sie zurückfuhren, um Mia im Wohnheim der Pflegeoase in Quarantäne zu nehmen.
Den Brief vom Chef, dass sein Leben und das seiner Tochter akut in Gefahr seien, hatten sie diesem Hetzer von Schreiberling im Haus hinterlassen. Er würde sie nur wiedersehen, wenn er seine journalistischen Aufgaben etwas ernster nehmen würde. Für eine erste Richtigstellung seiner verleumderischen Ergüsse sollte ihm eine Frist von einer Woche ausreichen, andernfalls wäre sein Töchterlein auf dem Weg in ein türkisches Bordell in Istanbul. Es würde aber eher eine komplette Artikelserie mit einem nicht zu aufdringlichen Lobgesang auf die Seniorenoase Jungbrunnen

erfordern, um wieder in ein ungetrübtes Leben, allerdings und natürlich unter künftiger Beobachtung zurückzukehren.
Als sie im Heim ankamen, war Mia immer noch nicht wach. Wolfgang Wolff steuerte den Wagen in die Tiefgarage unter den Seitenflügel „Entspannung und Gesundheit“ des Heims, von dem man auch Zugang zum ‚Panikraum‘ hatte, falls man einmal eine Razzia aussitzen musste, sowie zur gleich nebenan untergebrachten WELLNESS Oase. Zu den diversen von der Organisation im Untergeschoss benutzten Räumlichkeiten hatte nur der innerste Kreis Zutritt, zu dem Wolfgang Wolff nicht zählte. Man musste schon hart arbeiten, um in den Offiziersrang aufzusteigen. Als einfaches Mitglied der ‚Gesellschaft‘ bedurfte es zudem strikter Loyalität zum Chef, wobei Wolfgangs Problem war, dass er zwei Chefs hatte. Zum einen seinen Vater, bei dem er offiziell über dessen Autohaus angestellt war, sowie Jannis, der als Chef des Wachschutzes in der Seniorenoase sein inoffizieller, aber eigentlicher Vorgesetzter der ‘Gesellschaft’ war.
Wolfgang Wolff vergewisserte sich, dass niemand hier unten war, bevor er das Mädchen aus dem Wagen hob. Er trug die Kleine einen schmalen Flur entlang vorbei an der Wäscherei des Heims und den allgemeinen Lagerräumen, bis er über eine schmale Treppe ins Erdgeschoß zu den neu eingerichteten Apartments der Mädels kam. Er öffnete mit dem

Ellbogen eine Tür und betrat eine noch unbenutzte Wohnung, wo ihn Nastasia Korolja schon erwartete. Sie übernahm die Kleine, gab ihr umgehend ein starkes Beruhigungsmittel, legte sie aufs Bett und überlegte, ob sie sie fixieren sollte. Sie hielt es für hilfreich, damit Mia nach dem Erwachen aus dem Narkoserausch gleich merkte, dass sie hier nicht freiwillig war. Am Beistelltisch hinterließ sie eine Wasserflasche, dann verschloss sie die Tür und ließ sie allein.

Wolfgang Wolff und Mike Wiegand erstatteten Andrei einen kurzen Bericht, der in seinem Büro die Live-Bilder der Web Cam aus dem Elternhaus von Mia auf seinem PC kontrollierte. Man sah das leere Zimmer von Mia und aus dem Erdgeschoß hörte man den Fernseher auf voller Dröhnung laufen, vor dem vermutlich die zwischenzeitlich aufgewachte Oma saß, die nichts mitbekommen hatte.

Andrei hob den Daumen und winkte die beiden aus seinem Büro. Sie gingen in die Kantine und begnügten sich mit einem Sandwich, weil die Küche schon geschlossen hatte, und legten sich noch ein Stündchen hin, bevor sie am späten Nachmittag zu ihrem Einsatzort fahren wollten.

*

Seit der Drogenkonsum wegen Corona weggebrochen war, musste Oliver Wolff die Transporte vom und zum Depot im Auftrag der

Organisation wegen fehlenden Bedarfs und wegen der verschiedenen Reisebeschränkungen in Europa stark reduzieren. Er hatte keine Skrupel seine Leute, die inoffiziell in Andreis „Wachschutz“ Truppe der Seniorenoase integriert waren, mit einer Serie von Geldautomatenaufbrüchen zu beauftragen, um seine Einkommenssituation zu verbessern.
Es juckte ihn nicht, dass diese Aktionen nicht im Interesse der 'Gesellschaft' waren.
Oliver, das Sparbrötchen, nutzte die Ausrüstung des Wachschutzes der Seniorenoase. Die Ausrüstung für die Sprengung der Automaten ließ sich problemlos als Gebrauchsmaterial für das Pflegeheim beschaffen und war für die Polizei schlecht nachverfolgbar. Propangas- und Sauerstoffflaschen zum Beispiel kaufte das Heim ‚en gros‘ ein, und den Vorteil nahm Oliver einfach mit. Er selbst stellte nur das Personal und seine Leute benutzten die Fahrzeuge seines eigenen Fuhrparks, der auch für die falschen Kennzeichen sorgte.
Die beiden Männer zogen sich kurz um und trugen jetzt schwarze Arbeitskleidung mit dem Aufdruck „Wachschutz“ und FFP2-Gesichtsmasken. Die Sturmhauben, die sie später überziehen würden, lagen griffbereit. Gleich nachdem sie in ihrem ‚Dienstfahrzeug‘ einem unauffälligen dunkelgrauen Transporter koreanischen Fabrikats ihren Zielort erreicht hatten, bezogen sie Position in unmittelbarer Nähe der Lieferantenzufahrt neben dem Objekt in

der Ortschaft Lautern.
Sie saßen im Auto und spielten mit ihren Handys.
„Ich bin mal gespannt, was wir heute abräumen“, übte sich Wolfgang Wolff in düsterer Vorahnung.
Für die Besucher des Einkaufszentrums schienen sie zum erweiterten Personal zu gehören. Sie hatten Ihr Auto außerhalb des Sichtfeldes der Fernsehkameras auf dem Parkplatz hinter dem Supermarkt vorsorglich so geparkt, dass sie auch nicht gesehen werden konnten, wenn das Personal den Markt nach Feierabend durch den Seitenausgang verließ. Während der letzten zwei Wochen nutzten sie in wechselnden Autos und Outfit die Gelegenheit, sich mit dem routinemäßigen Verhalten der Marktmitarbeiter vertraut zu machen.
Ab und zu verließen sie ihr Auto, als ob sie einen Kontrollgang machen müssten, auch das fiel keinem der Marktbesucher auf, und erlaubte später keine verwertbaren Zeugenaussagen. Sie warteten geduldig, bis der Sicherheitsdienst des Marktes nach dem Schließen der Ein- und Ausgänge seine Inspektionsrunden durchgeführt und freigestempelt hatte. Um 01:30 Uhr nachts fuhren sie den Wagen an die dem Haupteingang abgewandte Seite und betraten maskiert den Vorraum mit dem Geldautomaten der örtlichen Sparkasse, der in Erwartung des Kaufwochenendes zum Monatsersten gut gefüllt sein sollte.
Sie platzierten die Propangas- und die

Sauerstoffflasche hinter dem Automaten, führten das Zündkabel für den elektronischen, zeitverzögerten Zündschalter in die Kartenöffnung und fixierten die Schläuche mit Magnethalterung ebenfalls an der Kartenöffnung. Die Vorbereitung der Geldautomatensprengung dauerte keine zwei Minuten und die beiden öffneten die Gasventile, bevor sie sich in Ihren Wagen zurückzogen, um den Parkplatz zu überwachen, falls sich ein Unbeteiligter nähern sollte. Alles blieb ruhig, und um diese Zeit würde ohnehin niemand auf die Idee kommen, sich in einem Einkaufszentrum mit Bargeld zu versorgen. Sie warteten, bis die Explosion ausgelöst wurde, und stürmten mit einem Feuerlöscher bewaffnet in den von seinen Glasscheiben befreiten Vorraum. Der Geldautomat mit total demoliertem Oberteil und nahezu unbeschädigter Unterseite widerstand allen Versuchen, an das besonders geschützte Geldmagazin zu gelangen. Sie hatten nicht mehr als zehn Minuten, bis die alarmierte Polizei auftauchen würde, und die Zeit reichte einfach nicht, den Geldschatz zu heben.

Fluchend ließen sie die Sprengausrüstung und den Feuerlöscher zurück und liefen zu ihrem Fahrzeug, um diesmal über die B 47 zu Ihrem Ausgangspunkt in Bad-König zurückzukehren.

Es war ein langer Tag mit jeder Menge Stress für Wolfgang Wolff gewesen, und deshalb war es auch keine Überraschung, dass der elektronische Co-Pilot seines Transporters Wolfgang mehrfach aufforderte, eine Kaffeepause einzulegen. Müde drückte er die Anzeige der Kaffeetasse im Display immer wieder weg, bis er fast mit einem entgegenkommenden Fahrzeug kollidierte. Zumindest war er jetzt wieder hellwach, und fünfzehn Minuten später bog er in den Autoabstellplatz für Gebrauchtfahrzeuge ihres Auftraggebers in Bad-König ein.

Sie montierten die falschen Kennzeichen ab und warfen sie in den Briefkasten zur Schlüsselrückgabe. Dann stiegen sie in ihren Wagen des mobilen Pflegedienstes um, denn das Heim bot auch mobile Pflege und insbesondere spezielle Dienste an.

Sie nahmen ihre Gesichtsmasken ab und steckten sich eine Zigarette an, bevor sie sich auf den Rückweg in ihr Wohnheim machten.

Kapitel 12

__Katra Romanescu,__ geboren am Sonntag 27.11.2004 in Rescita, ledig. Ihr Vater Konstantin war ein arbeitsloser Trinker, die Mutter Valentina arbeitete als Putzfrau. Katra war vor der mittleren Reife von der Realschule in Rescita abgegangen, träumt von einer Modelkarriere in Deutschland, wird von der Mafia in der Seniorenoase als Sexsklavin gehalten.

Marbach Stausee, Montag 31.8.2020, 08:00 Uhr

Maxim saß in seinem Büro im Erdgeschoß der Pflegeoase „Jungbrunnen“ und unterschrieb gerade drei neue Werkverträge für ‚Reinigungskräfte‘ im Heim, nachdem er die Beschreibung der Mädchen geprüft hatte, die sein rumänischer Vermittler über seinen Sicherheitschef der Seniorenoase angeboten und geliefert hatte. Der Agent erfüllte Maxims Spezifikation, was Alter, Aussehen und den familiären Hintergrund der Mädchen anbelangte wie immer perfekt.

Die gutaussehenden Mädchen waren wie gewünscht sehr jung und stammten durchweg aus desolaten Familien. Die Eltern der Mädchen waren froh, dass wenigstens ein Familienmitglied Geld verdiente. Er hatte wie immer die Altersangaben der jungen Dinger im Werkvertrag für die Aufsichtsbehörde und das Einwohner Meldeamt passend gemacht. Den üblichen Eignungstest für den Spezialservice des Hauses mit der hübschesten von allen,

der sechszehnjährigen Katra, hätte er direkt auf seiner Besuchercouch erledigt, wenn ihm sein Boss aus Kaliningrad sein Lieblingsprogramm nicht über den Haufen geworfen hätte.
Das Telefonat mit seinem Boss vor drei Tagen war diesmal anders gelaufen als üblich. Vitali hatte erstmal über die Disziplinlosigkeit seiner Leute getobt, und mit Konsequenzen gedroht und vor allem seinen Besuch in der Seniorenoase mit entsprechend rauem Unterton angekündigt.
Was hatte sich dieser Idiot von Oliver bloß dabei gedacht. Einen derart unprofessionellen Schlägertrupp auf diesen Investigativreporter zu hetzen, um ihn mundtot zu machen. Das wäre eine Stümperei sondergleichen gewesen und komplett an seiner Anweisung vorbei. Jetzt fehlten gerade noch der Steckbrief der beiden und eine Hausdurchsuchung beim Wachschutz des Heims.
‚Ob es stimmen würde‘, wollte er wissen, ‚dass einer der beiden Schläger sogar erkannt worden wäre?‘
Dass Oliver ständig in seine eigenen Taschen wirtschaftete, das war eine Sache, die dem Boss seit langem ein Dorn im Auge war. Aber dass Oliver leichtfertig die Sicherheit der ‘Gesellschaft’ mit seinen schlampig geplanten und ausgeführten Einbrüchen und jetzt mit dieser Schlägerei aufs Spiel setzte, das war zu viel des Guten. Maxim ließ den Boss reden und dachte, dass er das gefälligst selber regeln sollte. Beim nächsten Besuch kündigte Vitali

jedenfalls ein Vieraugengespräch mit Oliver als letzte Warnung an.
Maxim wollte nicht widersprechen, um den alten Mann nicht weiter aufzuregen. Vitali wäre ihm fast an den Hals gegangen, wenn nicht die Onlinesprachverbindung dies unmöglich gemacht hätte, und Vitali kam dann auch sofort auf sein Hauptanliegen zu sprechen, nämlich darauf, wie schlecht sich das Geschäft unter lokaler Führung entwickeln würde.
Nach Maxims Ansicht war daran eindeutig und noch immer Corona schuld.
Die Entwicklung auf dem Drogenmarkt für harte Drogen hatte sich seit dem Corona Ausbruch rapide verschlechtert, obwohl es mehr Drogentote als im Vorjahr gab. Aber der Trend zu Drogen hatte sich tendenziell weg von Heroin zu Kokain und den chemischen Modedrogen entwickelt. Insbesondere seit die Methadonzentren geschlossen waren und vielleicht auch wegen der Häufung coronabedingter, sozialer Abstürze quer durch die Gesellschaft steigerte sich zwar der Drogenkonsum wieder langsam, aber davon konnte die Opiummafia wenig profitieren.
Die übrigen Geschäftsfelder der Organisation warfen ebenfalls coronabedingt weniger ab, und Maxim musste eingestehen, dass die weiteren Aussichten noch schlechter waren, als sie bei der Videokonferenz vorausgesehen hatten. Und das,

obwohl sie alle Register für Abhilfemaßnahmen gezogen hatten.
Maxim betonte mehrmals, dass er momentan seine ganze Energie immer noch darauf verwenden müsste, um das Heim im Odenwald aus dem Fadenkreuz der ‚Lügen Presse' zu holen, welche ausländische Investoren und deren miserable Pflegeleistung zu überhöhten Kosten anprangerte. Er griff dann gerne auf die in Querdenkerkreisen so populär gewordenen Begriffe wie ‚Fake News' und ‚Lügen Presse' zurück, wenn es um die Suche nach einem Sündenbock ging. Diese Pressekampagne musste sofort beendet werden, denn eine Stilllegung des Heims wäre eine Katastrophe, vor allem für Maxim, der ja persönlich dafür haften würde.
Vitali erinnerte Maxim eindringlich an die Beschlüsse der Videokonferenz vor wenigen Wochen. Man konnte die Spannung, die sich zwischen den beiden aufbaute, knistern hören.
Maxim wechselte mehrmals im Gespräch die Gesichtsfarbe und blieb so ruhig, wie er konnte.
Nach Ansicht des Bosses lief vor allem der Ausbau des Opioidgeschäftes wegen ungenügender Produktivität und Vermarktung nicht schnell genug. Er wollte Aktionen sehen und keine Scheißzahlen, wie er sich ausdrückte.
Das Depot mit Rohopium sei voll, warf er Maxim vor, und er hätte die Anlieferung neuer Ware bereits zum zweiten Mal stoppen müssen.

Maxim sah das als Versuch des Anführers, von seinem eignen Versagen abzulenken.
Der zwischenzeitlich „graue" Anführer der Organisation wollte ein Austrocknen seiner Geldquellen um jeden Preis verhindern und deutete an, dass er sich direkt und vor Ort um die Produktivität kümmern werde, wenn nicht bald ein Erfolgssignal von Frank käme. Maxim beobachtete kühl, dass der Anführer nicht mehr die Kraft von früher hatte, wenn es um die Durchsetzung von Disziplin ging. Seine Zähne wurden stumpf und sein Gebell lauter.
Bisher waren Maxims Pläne, die er gemeinsam mit Frank Koch entwickelt hatte, und die er unabhängig von Corona eingeleitet hatte, um das Drogengeschäft in ein quasi-legales Geschäftsmodell umzubauen, sauber und erfolgreich umgesetzt worden.
Sie hatten Anfang des Jahres mit einer gezielten Übernahme eine Produktionsstätte gefunden und zum Laufen gebracht. Vitali hatte ihm sogar einen Spezialisten aufgezwungen, der Erfahrung in der Opium-Veredlung hatte. Der hatte die Infrastruktur des ausgewählten Start-ups, das der Chef der Drogenküche Frank Koch als Basis für die geplante Produktion aufgekauft hatte, auf Eignung geprüft und für gut befunden.
Die junge Mannschaft des Start-ups wollte ursprünglich mit ihrer eigenen Entwicklung eines synthetischen Medikaments in das

Schmerzmittelgeschäft einsteigen und hatte bereits eine Prototyp-Produktionslinie aufgebaut. Der eigentliche Vorteil lag in dem Knowhow des Start-ups, was die Anforderungen für die Zulassung von Medikamenten bei den zuständigen Behörden anbelangte. Dazu zählten auch die Hygiene und Sauberkeitsanforderungen in der Produktion mit ‚Reinraumcharakter'. Nach dem Erwerb des Start-ups und der Übernahme des Knowhows erfolgte sofort der Umstieg auf die Opium-Veredelung, und die Start-up Gründer wurden aus der Firma gedrängt, die jetzt als ‚Pharmatecc – GmbH & Co. KG' als Tochtergesellschaft der Stiftung ‚Jungbrunnen' in Darmstadt ins Handelsregister eingetragen wurde.
Mit dem Übergang in die industrielle Massenproduktion war das dann schon eine andere Nummer. Es ging um die Hochskalierung der Produktionsprozesse, und Vitali behauptete, dass sie wieder seine Unterstützung bräuchten. Klar, wenn die Produktivität sowie die verfügbare Rohopiummenge höher wäre, könnten sie massenhaft das Rauschgift auf den Schmerzmittelmarkt werfen.
Ein kleines Problem, aus dem der Boss jedoch ein großes machte, betraf den bisherigen schlechten Marktzugang für rezeptfreie Opioide, weil die Zulassungsbehörde das bisher verhindert hatte, aber sie arbeiteten daran. In den USA explodierte der

Markt geradezu, und hier hinkten sie hinterher. Sie arbeiteten sogar daran, ihre Produkte in die USA direkt zu liefern, aber die regulären Lieferwege waren zu kompliziert, zu aufwändig und zu teuer. Es bliebe wieder nur Drogenschmuggel, der zwar lukrativ, aber auch sehr risikoreich war.
Vitali hatte seinen Besuch gemeinsam mit zwei Spezialisten für die Massenproduktion für den Nachmittag angekündigt.
Ein Blick auf seine Armbanduhr genügte, um ihn daran zu erinnern, dass seine Gäste in fünfundvierzig Minuten mit einer Aeroflotmaschine von Kaliningrad über St. Petersburg kommend auf dem Rhein-Main-Flughafen in Frankfurt landen würden, von wo er sie direkt nach Darmstadt zu der Besichtigung der Anlage unter Frank Kochs Leitung bringen würde. Er versprach sich sehr viel von der Inspektion und steuerte seinen protzigen SUV auf die B 45 in Richtung Frankfurt.
Den Eignungstest mit Katra würde er in den nächsten Tagen nachholen.
Der lief ihm nicht weg.

Kapitel 13

Odenwälder Journal,
G. J., Fürth.
In der Nacht vom 30. zum 31.8.2020 kam es erneut zu einem Überfall aus der Serie der Geldautomaten Räuber. Diesmal schlugen sie nachts in einem Supermarkt in Ortsteil Lautern zu, wobei es ihnen nicht gelang, den nicht unerheblichen Bargeldbestand aus der Geldkassette des Automaten zu entwenden....

Michelstadt, Montag 31.8.2020, 09:00 Uhr

Die Sonne stand schon relativ hoch am Himmel über Michelstadt an einem Tag, der sommerlich warm zu werden versprach, als Willy Hamplmaier zu seinem Stammcafé „Frühstücksträume“ schlenderte, am alten Rathaus und dem auf Elfenbeinarbeiten spezialisierten Souvenirladen vorbei in Richtung Obere Pfarrgasse.

Er setzte sich an sein gewohntes Tischchen neben dem Eingang, erwiderte die freundliche Begrüßung, die ihm als Frühstücksstammgast zustand, und bestellte das übliche Landfrühstück. Mit dem Kaffeekännchen kam auch die Zeitung und er überflog gelassen die regionalen Neuigkeiten, die das Leben im Odenwald so abwechslungsreich gestalteten. Bis er unter der Rubrik „Lautertal“ tatsächlich etwas Aufregendes entdeckte.

„Heiliges Kanonenrohr“, fluchte Willy. Sein

Frühstücksbrötchen kauend las er den Beitrag im „Odenwälder Boten" über einen erneuten Versuch, einen Geldautomaten im Ortsteil Lautern auszurauben. Diesmal betraf es den Automaten in einem Einkaufszentrum, welcher von den Einbrechern erfolglos gesprengt worden war. Erfolglos deshalb, weil es den Tätern zwar gelungen war, den oberen Teil des Automaten völlig zu zerstören, aber sie hatten es nicht geschafft an die Geldkassette im unteren Teil des Gerätes zu gelangen. Sie wussten jedenfalls, dass die Kasse an den Wochenenden zu Monatsbeginn voller gefüllt war, um die dann übliche Einkaufswelle mit Bargeld zu versorgen. Im Odenwald war ‚Bares-ist-Wahres' die bessere Alternative zu Kreditkarten und Plastikgeld, wie es abfällig genannt wurde. Und gerade in Coronazeiten waren die Einkaufszentren trotz Abstandsregeln und Maskenpflicht gut besucht, weil die übrigen Geschäfte geschlossen blieben. Wie üblich fehlte von den Tätern jede Spur, und es gab keine Zeugen, die den Überfall um 04:00 Uhr früh bemerkt hatten. Ein Fluchtfahrzeug war ebenfalls nicht zu ermitteln.

Der Zeitungsbericht passte perfekt in den Auftrag, den ihm zwei regionale Banken gegeben hatten, weil die Polizei trotz intensiver Nachforschung zu den vier erfolgreichen Überfällen in abgelegenen Bankfilialen in den letzten sechs Monaten noch immer keine heiße Spur hatte. Allerdings musste

sich Willy eingestehen, dass auch seine Bemühungen bisher ergebnislos verlaufen waren.
Er nahm einen ordentlichen Schluck Kaffee und las den Artikel in Ruhe nochmals durch, dann frühstückte er seelenruhig zu Ende, bevor er auf dem Handy seinen Freund Manfred Dingeldein anrief, um ihn nach eventuellen Hinweisen zu fragen. Der KHK im Segment Gewaltverbrechen und Einbrüche und war seit seinem Eintritt bei der Polizei in der Polizeidirektion Erbach tätig. Willy hatte sein freundschaftliches Verhältnis zu Manfred seit der Schulzeit bewahrt. Er war wie Manfred nach der mittleren Reife in den Polizeidienst eingetreten, wobei er sich immer schon für die Drogenkriminalität interessierte, weshalb es ihn auch nach Frankfurt zum Drogendezernat der dortigen Kripo verschlug. Vor nunmehr fast dreizehn Jahren quittierte er den Dienst, ungern wie er später zugab, um das elterliche Bestattungsunternehmen zu übernehmen. Ab und zu tauschten Willy und Manfred hilfreiche Informationen aus, ohne ihren Berufskodex zu arg zu strapazieren. Der Stammtisch „Lebensfreude“ hielt die beiden Witwer zusammen.
Das Unternehmen, das er ungefragt und ungewollt von seinen Eltern geerbt hatte, plätscherte so dahin, und es lief erst besser, seit die Corona Pandemie ihre Opfer in den umliegenden Pflegeheimen fand und bei ihm ablud.
Profitabel war das Bestatter Geschäft trotzdem nur

bedingt, also hatte er aus der Not eine Tugend gemacht und kümmerte sich um die beliebten ‚Flannerts‘[1]. Jeder ordentliche ‚Ourewäller‘ organisierte sein ‚Flannerts‘ rechtzeitig für seinen Tod, um seinen Angehörigen und Freunden in feuchtfröhlicher Trauerstimmung die Gelegenheit zu geben, sich nachhaltig von ihm zu verabschieden und ihn zu würdigen. Diese ‚Flannerts‘ waren so ganz nebenbei auch wichtige Elemente der lokalen Gerüchteküche und fütterten wegen der Missachtung aller AHA-Regeln durch die Trauernden gleichzeitig auch die gerade hochlaufende Corona Welle, was wiederum Willys Bestatter Geschäft ankurbelte.
Neben dieser semi-besinnlichen Tätigkeit hatte er sich über die Jahre und ausgelöst durch ein paar ungeklärte Todesfälle, die bei ihm zur Einäscherung gelandet waren, einen Namen als privater Ermittler aufgebaut. Es war ihm bereits mehrfach gelungen, wohlmeinenden Totenscheinen die Erkenntnis einer Fremdeinwirkung entgegenzustellen, was ihm den Respekt seines Kumpels und dessen Kollegen von der Polizeidirektion Erbach einbrachte. Er nahm nicht jeden Fall an und leistete sich den Luxus, wählerisch zu sein. Er nahm nur Fälle an, die zu ihm passten. Sie durften nicht zu langweilig und sollten ausgewogen spannend sein, ohne eine übermäßige Adrenalinausschüttung hervorzurufen. Meistens handelte es sich um Einbruchsdiebstähle, und ab und

---

1 Leichenschmaus

zu wurde es interessant, wenn er untreuen Ehepartnern hinterherspionieren durfte. Das waren dann später Geschichten, die man gerne bei den Flannerts zum Besten gab.
Aktuell war die Ermittlung in Sachen Geldautomat-Einbrüche im südhessischen Raum mit dem Schwerpunkt Reichelsheim und Fürth sein größter Auftrag, und der war fast schon wieder zu komplex für ihn. Und sein Unterhaltungswert ließ auch zu wünschen übrig. Deshalb war Willy richtig dankbar, dass sich sein Sohn nach langem Zureden nun doch entschieden hatte, ihn als privater Ermittler bei den trockenen Fällen zu unterstützen. Dem Junior schwebte vor, sich auf Versicherungsfälle zu spezialisieren, denn dort fühlte er sich kompetent aufgestellt, und da passte der Auftrag gut in sein Profil, denn die Sparkassen waren alle gegen Einbruchsdiebstahle hoch versichert.
Willy hatte seinen Sohn vor Jahren über seine Beziehungen, sprich seinen Polizeikollegen bei der Drogenfahndung in Frankfurt eingeführt, und er hatte auch gelegentlich mit ihm Fälle bearbeitet. Nach einem traumatischen Erlebnis im Zusammenhang mit einem großen Drogenfund und den damit verbundenen Ermittlungen im Milieu des Rauschgiftschmuggels, hatte der Sohn hingeschmissen. Als Selbständiger für große Versicherungen in der Schweiz hatte sich Hans Hämmerle, wie er sich nach seiner Flucht nannte, bei

der Aufdeckung diverser Versicherungsbetrügereien einen Namen gemacht.
Willy trank den letzten Schluck seines Frühstückskaffees und wählte die bekannte Nummer im Kommissariat. Wie er schon befürchtet hatte, brachte ihn das Telefonat keinen Millimeter weiter, da sein Freund Manfred und seine Mannen im vertrauten Dunkel tappten.
Er bezahlte sein Frühstück und machte sich auf den Weg in sein Büro in der Erbacher Straße gerade gegenüber dem Gymnasium von Michelstadt, und grüßte die Leute, die er traf und fast alle kannte.
Es würde ihm nichts anderes übrig bleiben, als sich selbst auf den Weg zu machen, um wieder einmal die Videokameras von Tankstellen, Supermärkten und öffentlichen Plätzen der näheren und weiteren Umgebung zu checken. Er nahm sich ebenfalls vor, Georg Jährling anzurufen. Er musste sich sowieso erkundigen, wie es dem Freund nach seinem Überfall durch zwei bisher nicht identifizierte Schläger ging.
Wie die meisten hier kannte er Georg seit vielen Jahren, der zufällig mit seinem Sohn Hans die Schulbank gedrückt hatte, als einen freiberuflichen Journalisten, der sich nach einigen heftigen Erlebnissen eher vorsichtig investigativ im kriminellen Milieu bewegte. Kriminalfälle waren sein Lebenselixier, das er als Investigativreporter kompetent und mit einer guten Spürnase ausfüllte.

Vielleicht hatte Georg ein paar Erkenntnisse zu dem Einbruch für ihn, die ihm nutzen konnten. Er würde ihn im Gegenzug über Themen informieren, die von öffentlichem Interesse waren.
Davor rief er Steffi Schwaiger an, seine junge, wilde Assistentin 2.0, die ihm gelegentlich bei Recherchen aushalf, und die so unübertroffen fix war, wenn es um Computer und Online-Recherche ging. Sie war ein bisschen flippig, aber ihr offenes Wesen basierte auf einer inneren Stärke und Ausgewogenheit, die ihm ebenso gut gefielen, wie ihre Energie, mit der sie sich in seine Aufträge stürzte.
Sie hatte dem Junior und seiner Tochter eine vorübergehende Bleibe in ihrem für sie allein viel zu großen Haus in Erbach angeboten, und der Junior hatte die Offerte zögernd angenommen. Er schmunzelte bei dem Gedanken wie sich der Junior wohl entscheiden würde, wenn er erstmal die Vergangenheit mit seiner Sandkastenliebe aufgearbeitet und in eine neue Form gebracht hätte.
Online-Recherche war noch immer nicht sein Ding, und er vertraute seiner Assistentin 2.0 blind, wenn es darum ging an Steuerauskünfte, Melde- und Zulassungsdaten zu kommen oder irgendwelche Datenbanken nach seinen Vorgaben zu durchforsten. Steffi Schwaiger war für diese Art von Hilfestellung immer sofort zu begeistern, und er musste zugeben, dass ihre Trefferquote einen nicht unerheblichen Anteil an seinem Ermittlererfolg hatte. Sie

verabredeten sich nach ihrer Mittagspause, sobald sie ihren Vormittagsjob im Gesundheitsamt der Stadt Michelstadt beendet hatte, in seinem Büro.
Willy schnaufte wie immer ein bisschen, als er über die steile Holztreppe zu seinem im 1. Stock des Hauses gelegene Büro hoch stapfte. Hans saß schon an dem Schreibtisch, den sie sich provisorisch teilten, und Willy sah, wie Hans einige Bilder in Willys unterster Schreibtischschublade betrachtete. Entweder hatte er etwas gesucht, oder er wollte ein paar persönliche Büroartikel dort ablegen und war dabei zufällig auf die Fotos gestoßen, die ihm Hans vor Jahren und vor seiner überstürzten Flucht anvertraut hatte. Er weigerte sich sie wegzuwerfen und mitzunehmen wagte er nicht. In Gedanken versunken hielt er gerade die Aufnahme in der Hand, auf der Alina die fünfjährige Emma auf dem Schoß sitzen hatte. Hans hatte ihm das Foto mit anderen sehr persönlichen Gegenständen übergeben, als er Alinas Leiche vorbeibrachte, die Willy heimlich und ohne Aufsehen zu erwecken bestatten sollte, bevor er sich mit unbekanntem Ziel in die Schweiz abgesetzt hatte.
„Ei guude Morsche“[1], sollte Hans auf andere Gedanken bringen und Hans gab Willy das Bild und murmelte, „irgendetwas klickt in mir, wenn ich das Bild anschaue. Aber ich fasse es nicht!“, sagte Hans. Willy betrachtete seinerseits das Foto, welches er,

---

1 Guten Morgen

wie die anderen Bilder auch, immer unter Verschluss gehalten hatte. Eine strahlende Alina, in einem hübschen, hellroten Sommerkleid mit Spaghetti Trägern und tiefem Ausschnitt, das so perfekt zu ihrem dunklen Teint und den schwarzen Haaren kontrastierte. Um den Hals trug sie das einzige Schmuckstück aus ihrer Zeit vor Hans und das goldene Kreuz leuchtete auf der dunklen Haut. Emma lachte ebenfalls fröhlich in die Kamera und zu Hans dem Mann am Auslöser.
„Ich würde das Bild gerne später mitnehmen“ sagte Hans mit rauer Kehle und Willy nickte.
„Ich habe es ja nur für dich aufbewahrt.“
Hans stellt das Bild auf den Schreibtisch zurück, denn jetzt muss er es nicht mehr verstecken.
Dann fragte Willy, was er tun könnte, um bei diesen dämlichen Geldautomateneinbrüchen endlich einmal weiterzukommen?
Sie standen grübelnd vor Willys Wanderkarte für den Odenwald, auf der er alle bisherigen Überfälle mit Datum und Uhrzeit und Ausführungsdetails mit schwarzem Filzstift erfasst hatte. Man konnte kein Schema erkennen, außer dass die bekannten Fälle alle in Südhessen stattfanden und mit schöner Regelmäßigkeit zum Ultimo, wenn die Bargeldbestände hoch waren. Das Arbeitsmuster war immer gleich, und bis auf den letzten Überfall war die Bande bei ihrer Einbruchserie absolut effektiv und erfolgreich unterwegs.

Sie grübelten eine Weile, was bei der Suche nach den Fluchtautos der Bande weiterhelfen würde, und Willy bezweifelte, dass es sich um simple Privatfahrzeuge handeln könnte.
„Ich denke, das muss jemand sein, der frei über Autos verfügen und sie wahrscheinlich nach der Tat gleich wieder entsorgen kann. Niemand wäre so verrückt, Privatautos einzusetzen und mehrfach zu nutzen. Gestohlen gemeldet wurde nichts zur fraglichen Zeit. Abgesehen davon, hätte die Bande das entwendete Fahrzeug sicherlich sofort nach der Tat irgendwo stehen gelassen oder abgefackelt, um Spuren zu vernichten", sinnierte Willy und Hans nickte.
„Vielleicht sollten wir Autoverleiher oder Autohändler mal unter die Lupe nehmen", rätselte Hans, ohne davon überzeugt zu sein.
„Ich werde mir dann halt zum wiederholten Mal die Überwachungskameras der Umgebung vornehmen", erklärte Willy, und machte er sich auf den Weg, um so schnell wie möglich die Videos an Tankstellen und im betroffenen Markt auszuwerten.
Aber es war so verhext wie bei den früheren Fällen. Sie checkten im fraglichen Zeitraum der Flucht alle verfügbaren Videoaufzeichnungen mit Schwerpunkt bei Tankstellen, die unglücklicherweise im ländlichen Bereich nachts geschlossen und unbesetzt waren. Weder dort noch bei dem betroffenen Einkaufsmarkt oder anderen im Umfeld verfügbaren

Überwachungskameras ließen sich geringste Hinweise auf ein Fluchtfahrzeug oder eine Ähnlichkeit mit früheren Vorgängen erkennen. Er bat im Markt um Kopien der Aufzeichnungen über den gesamten Tag und die Wochen davor. Sie hofften auf irgendeine Auffälligkeit, ein verdächtiges Auto, das den Parkplatz mehrfach angefahren hatte oder Ähnliches.

Gegen 16:00 Uhr kam er mit leeren Händen in sein Büro zurück und kurz danach hörte man helles Lachen die Treppe herauf hüpfen, und Steffi und Emma haben ihre etwas verlängerte Vormittagsschicht im Gesundheitsamt hinter sich.

Sie wollen den Chefs bei den Ermittlungen helfen und Steffi entdeckt natürlich als Erstes das Foto auf Willys Schreibtisch.

„Ach wie süß, das muss Emma sein, als sie noch klein war. Und das ist ihre Mama?“, ruft Steffi erschrocken und neugierig zugleich, denn sie hat die Dame, die ihr den Hans ausgespannt hat, ja bisher niemals zu Gesicht bekommen.

„Oh mein Gott“, sagt Emma und ist sprachlos, denn Papa hatte in der Schweiz weder Familienfotos noch sonst irgendwelche Erinnerungen. Er müsste sehr vorsichtig sein nach dem Verschwinden ihrer Mama, hatte er immer betont, und ihr zwar jede Menge erzählt, aber ein Bild ihrer Mama sah sie jetzt zum ersten Mal. Sie betrachtete es lange und nachdenklich.

„Mama lacht auf dem Bild, aber es ist ein freudloses Lächeln“, stellte sie fest und Hans bewundert ihre Beobachtungsgabe. Er sieht im Geiste das Bild vor sich und wie angespannt Alina war, als er den Selbstauslöser des Fotoapparates für das Vater-Mutter-Tochter-Bild betätigte.

„Das Foto habe ich geschossen, wenige Wochen bevor sie so plötzlich verschwand, aber darüber werde ich euch mehr in einer ruhigen Minute erzählen. Das wird uns beide viel Kraft kosten“, tröstet Hans seine Tochter und Steffi lenkt sie ab, indem sie erzählt, was sie den Tag über alles erlebt haben.

Obwohl sich Steffi fast die Zunge abbeißen musste, um nicht herauszuschreien, dass es auch sie viel Kraft kosten würde, wenn Hans sie miteinbeziehen würde in diesen für beide so wichtigen Lebensabschnitt.

Kapitel 14

Menschenhandel in Deutschland
Menschenhandel ist eine extreme Form der Ausbeutung, die es auch in Deutschland gibt. Die Opfer werden oft in die Prostitution gezwungen oder müssen in Schlachthöfen arbeiten, in der Landwirtschaft, der Gastronomie oder auf dem Bau.

Marbach Stausee, Mittwoch, 2.9.2020, 14:00 Uhr

Das hübsche Mädchen saß schüchtern vor der verschlossen Bürotür in einer Art Besucherlounge. Dabei war Katra von Natur aus überhaupt nicht scheu. Sie war eine lustige Kindfrau und sah reifer aus, als sie mit ihren sechzehn Jahren war. Trotz ihrer schwierigen Kindheit war Katra im Grunde ein fröhliches Mädchen. Sie saß auch nicht schüchtern, sondern ruhiggestellt und eher lethargisch in der Besucherlounge.

Jannis, der sie hierher begleitete, kannte sie noch aus Rumänien, und er war es auch, der sie nach Hessen gebracht hatte. Er war der Leiter der Wachschutztruppe der Seniorenoase und als Verbindungsmann für Menschenhandel in der Organisation zuständig. Er hatte sie nicht nur nach Deutschland geholt und ihr eine goldene Zukunft versprochen, er hatte sie nach dem Mittagessen dringend gebeten, alles zu tun, was man von ihr verlangen würde. Sie würde sich schnell daran gewöhnen, zärtlich zu ihren Kunden zu sein, die alleingelassen oder ehefrustriert unter sexuellen Entbehrungen litten. Und dieser Spezialservice wäre zehnmal so lukrativ wie ihr mickriges Ausbildungstaschengeld als Pflegekraft. Sie verstand nicht alles, was er schnell herunterleierte und den jungen Dingern jedes Mal vorbeten musste, wenn wieder eine neue Lieferung minderjähriger Mädchen aus seiner Heimat angeliefert wurde. Sie leerte nach dem Essen gehorsam das Glas Cola mit dem bitteren Nachgeschmack, worauf sie ein bisschen müde wurde.

Sie hörte ihn sagen, dass sie den versprochenen Job, sie träumte von einer Laufbahn als Model, nur bekommen würde, wenn sie den Eignungstest beim Chef widerspruchsfrei und ordentlich bestehen würde. Er sprach davon, dass sie sich voll einbringen und wenn möglich Begeisterung zeigen sollte, und sie hörte die Worte wie durch eine Wand aus Watte. Wagte es aber nicht nachzufragen. Dann zeigte er ihr einen Pornofilm und sie verstand.

Maxim Mutsonow saß unterdessen wartend in seinem Büro. Er hatte zwei schwierige Wochen hinter sich, denn die Sache mit der Produktionserweiterung, um die er sich mit Frank Koch kümmern musste, entwickelte sich nach Vitalis Besuch schneller als erwartet.

Es waren zwei Wochen, in denen er kaum seinen Aufgaben im Pflegeheim nachging, aber die Pflegedienstleitung lag bei Nastasia in kraftvollen

und kompetenten Händen, da brauchte er sich um nichts zu kümmern.
Vitali Klimachows Spezialisten hatten ganze Arbeit geleistet und vor allem die technische Spezifikation zur Bestellung der notwendigen Apparaturen zum Vorbereiten, Abmischen bis zur Abfüllung war enorm hilfreich. Diese Anlagentechnik würde die Massenproduktion von opiumhaltigen Arzneimitteln wie beispielsweise Opiumtinkturen oder Arzneimittel aus Opiumalkaloiden ermöglichen.
Vitali hatte den Produktionsstandort mit Dollarzeichen in den Augen verlassen. Mit den vereinbarten Lieferzeiten des Anlagenherstellers war ein Hochfahren der Produktion bis Ende November möglich. Der nächste Schritt war der Abschluss der Rahmenverträge mit dem Pharmahandel. Als zusätzliche Option hatte man laufende Studien des Gamalechow-Institutes über den Einsatz von Opiaten in den Covid-19-Therapien zur Entzündungshemmung während der heißen Phase der Infektion in Vorbereitung, das wäre dann der richtige Durchbruch. Der mühsame und schwer erkämpfte Fortschritt hinterließ ein Gefühl der Zufriedenheit bei allen Beteiligten, allen voran bei Vitali, dessen Anspannung deutlich nachgelassen hatte.
Mit diesem Erfolgserlebnis im Rücken freute er sich umso mehr auf den anstehenden *Eignungstest* des Nachwuchspersonals, den er wegen des Drucks, den

der Boss auf ihn ausübte, zurückgestellt hatte. Sein Hormonspiegel war am oberen Anschlag, und brauchte dringend ein Ventil zur Erleichterung.
Ihm gegenüber saß ein breitschultriger, athletischer Mann, mit harten Gesichtszügen, eisblauen Augen und im undercut-geschnittenen, dunklen Haaren mit einem selbstgefälligen Lächeln im Gesicht.
„Da hast du nochmals Glück gehabt, dass du mir rechtzeitig Bescheid gesagt hast. Schließlich reden wir von meinem Personal", freute sich Oliver Wolff auf die Vorbereitung einer der Neuankömmlinge in der WELLNESS Oase. Das Bordell war zwar offiziell geschlossen, aber private Hausbesuche, die Spezialbehandlung von Bewohnern im nahegelegenen Seniorenheim Jungbrunnen oder telefonisch vereinbarte Termine in den Apartments der Mädchen waren üblich. Dies verstieß zwar massiv gegen die hessischen Coronaregeln, aber so blühte das Geschäft heimlich und vorzugsweise mit Stammkunden weiter. Maxim, der Katras väterlichen Freund gab, würde ihr Oliver als den Chef dieses privaten Edelpuffs und somit als ersten Kunden vorstellen, damit sie schnell und pragmatisch lernen würde, was alles in ihrem Spezialservice enthalten sei.
Bevor Maxim, der als der offizielle Arbeitgeber auftrat, sie hereinbitten würde, holte er Jannis, um das Mädchen schon durch seine Anwesenheit gefügig zu machen, und ließ ihn an dem kleinen

Besprechungstisch vor der Fensterfront Platz nehmen. Dann ging er mit federnden Schritten zu der schweren Bürotür, öffnete sie und winkte die wartende ‚Auszubildende' lässig in sein Büro.
Das Mädchen trat zögernd ein und war beeindruckt von dem Blick aus dem Fenster.
Von hier aus konnte man den kleinen Park gut übersehen, in welchem sich die noch gehfähigen Heimbewohner mit und ohne Rollator bewegten.
Sie liefen alle mit Gesichtsmaske und gehörigem Abstand auf den Asphaltwegen im Kreis um einen kleinen Springbrunnen herum oder den gewundenen Bachlauf entlang. Manche saßen auf bunt gestrichenen Holzbänken und genossen, den Kopf zurückgelehnt, die wärmende Nachmittagssonne.
Sie dachte traurig an ihre Eltern, die sie sich in so einer Umgebung überhaupt nicht vorstellen konnte.
Ihren ständig betrunkenen Vater, der die meiste Zeit arbeitslos war, nachdem die Stahlwerke der Stadt Reşiţa in der Zeit nach Nicolae Ceausescu privatisiert und praktisch heruntergefahren wurden.
Der jahrzehntelang als rumänisches Paradestahlwerk geführte Betrieb ging auf eine Gründung der k.k. privilegierten österreichischen Eisenbahngesellschaft des Jahres 1855 zurück.
Er war in der Sowjetzeit für die Herstellung von Kernkraftwerken tätig, überlebte aber die rumänische Revolution Anfang der 90er Jahre mehr schlecht als recht.

Sie fürchtete ihren Vater, einen Loser der Revolution, der sie entweder schlug oder sich an ihr vergriff, und der nur darauf aus war, dass sie Geld nach Hause schickte. Und ob ihre Mutter sich auf einer Parkbank sitzend das müde Gesicht sonnen lassen würde, bezweifelte sie auch.
Ihre Mutter rackerte sich rund um die Uhr an Ihren Putzstellen ab und hatte nicht mal Zeit, für ihre Kinder richtig zu kochen. Sie war es, die sofort zustimmte, als sie das Jobangebot für ihre jüngste Tochter in Deutschland erhielt.
Die beachtlichen 200 € im Monat bei freiem Logis für einen Job als Reinigungskraft überzeugten widerspruchslos.
Katra war sicher, dass ihre Mutter dem Handel zugestimmt auch deshalb hatte, damit sie außerhalb der Reichweite des übergriffigen Vaters wäre. Wie hätte sie dem von Jannis an ihre Eltern in bar bezahltem Handgeld von 1500 € in ihrer schwierigen Lage auch widerstehen können? Die Vision einer erfolgreichen Tochter ließ keine Angst über eine mögliche Ausbeutung zu.
„Setz dich mal locker auf die Couch", riss Maxim sie aus ihren Gedanken und deutete auf die breite Sitzgruppe in der Ecke gegenüber dem Fenster. Er musterte das Mädchen entspannt und die Vorfreude auf den Eignungstest war unübersehbar. Oliver hatte das Personal für seine WELLNESS Oase noch nie allein nach der Beschreibung ihrer Personalakte

ausgewählt. So war es auch heute, und er ließ es sich nicht nehmen, die Fähigkeit des Mädchens für ihre künftigen Spezial Pflegedienstleistungen höchstpersönlich zu testen. Die Kleine versprach einiges, sie sah gut aus, war knabenhaft gebaut, mit langen fast schwarzen Haaren und dunklem Teint, zu dem ihre blauen Augen kontrastierten. Ihre sedierte Trägheit war durchaus geeignet, die gewünschte Wirkung einer lässigen erotischen Ausstrahlung zu erzielen, um dafür empfängliche Männer schon beim Anblick der Kleinen geil werden zu lassen.
Sie folgte seiner Aufforderung zögernd und saß sehr aufrecht da, die Beine nebeneinander und die Hände leicht verkrampft in ihrem Schoß.
„Also du bist die Katra", sagte er übertrieben freundlich, während sie stocksteif auf der Couch saß. „Mädel, jetzt hab dich doch nicht so. Wie willst du denn so deine Kunden beeindrucken", lachte er, und sie saß noch ein bisschen aufrechter.
„Welche Kunden?", fragte sie in der Hoffnung, dass der Porno nur eine Drohung war, und nichts mit ihrer Tätigkeit als Putzfrau im Pflegeheim zu tun hatte.
„Also du bist doch kein Kind mehr und für das, was du deinem Vater umsonst gegeben hast, wirst du hier fürstlich bezahlt. Und dein Kunde ist nun wirklich ein erfahrener Liebhaber. Du wirst sehen, es geht um Lebensfreude pur und gefällt dir bestimmt auch", aufmunternder als Maxim mit seiner Forderung,

seinem Mafiakumpel Oliver Wolff ein bisschen Lebensfreude zu vermitteln, konnte man wirklich nicht sein.
„Jetzt entspann dich erst mal", wechselte er in einen väterlichen Ton, „du wirst sehen, es macht nicht nur uns Spaß.“
Sie hatte solche Situationen zu Hause schon mehrfach über sich ergehen lassen müssen, wenn ihr Vater sie als Ersatz für die Mutter benutzte, die ihm nicht gefällig sein wollte oder konnte. Mit ihrer Methode, in eine Fantasiewelt zu entfliehen, gelang es ihr mit dieser so schrecklichen Situation umzugehen und trotzdem sie selbst zu bleiben. Sie stellte sich vor, ein Prinz auf einem weißen Pferd hätte sie auf sein Schloss entführt und liebte sie. Und sie würde ihn heiraten und viele Kinder haben und glücklich sein. Hier, auf der Couch ihres Chefs, dauerte es trotz der Drogen, die sie erhalten hatte, eine Weile, bis sie in ihre Fantasiewelt flüchten konnte. In einen Traum, der ihr half, den Albtraum mit diesem alten Sack auszuhalten.
„Ich glaube, sie hat es jetzt verstanden“, sagte Jannis erfreut, dass alles so reibungslos ablief.
„Du wirst dich wundern, wie schnell du das Geld zusammen bekommst, damit wir dich in die Model Branche weitervermitteln können", rief ihr Oliver nach, als sie schon fast aus der Tür war.
Er dachte wirklich, dass sie sich darüber freuen würde.

Jannis brachte Katra in ihr Zimmer im Wohnheim zurück, wo sie sich die Hände vor das Gesicht gepresst, weinend in eine Ecke kauerte. Ungerührt und zufrieden mit seiner Leistung marschierte ein fröhlich pfeifender Oliver aus dem Büro von Maxim, wo ihn Nastasia schon erwartete und bat, auf einen Sprung bei ihr vorbeizukommen.
Sie zog ihn in ihr Büro, und schloss die Tür hinter ihm.
„Na, habt ihr die Kleine erfolgreich angelernt?“, fragte sie Oliver, der zustimmend nickte, und meinte, die Kleine hätte echt Potenzial, es weit zu bringen.
„Klasse, dann kann sie ja morgen schon mal ihren ersten Einsatz absolvieren. Ich habe auch schon einen Kunden für sie“, sagte Nastasia und Oliver freute sich, dass der Spezialservice so gut anlief.

Kapitel 15

Stellenanzeige in der Odenwälder Zeitung
Servicekräfte zur Nachverfolgung von Corona Infektionen im Gesundheitsamt dringend gesucht. Kenntnisse der Datenverarbeitung erwünscht…….
Daueranzeige im Sommer 2020.

Erbach, Donnerstag, 3.9.2020, 06:00 Uhr

Emma war vor dem Arbeitsbeginn ihres Ferienjobs im Gesundheitsamt in Erbach noch schnell eine Runde mit Steffis Django durch den Wald gelaufen, der mit Frühsport im Gegensatz zu ihr kein Problem hatte. Seit sie hier war, nutzte sie jede Gelegenheit, um mit Django die Waldwege entlang und über die angrenzenden Streuobstwiesen zu joggen. Sie fühlte sich schon wie zu Hause.

In ihrem Ferienjob war das Frühaufstehen eine eingespielte Routine. Seit dem Ausbruch der Corona Pandemie hatte sich ihr Praktikumsalltag vom Aktenabstauben in eine wichtige und anspruchsvolle Tätigkeit verwandelt, denn sie half mit bei der Erfassung von eventuellen Infektionsfällen. Ihre Sachbearbeiterin, Steffi Schwaiger, der sie zugeordnet war, ließ sie Listen ausfüllen und sie durfte sogar telefonisch bei Betroffenen nachfragen, um Infektionsketten aufzudecken.

Vorzugsweise bei Migranten, wenn Paschto Kenntnisse mit Afghanen gefragt waren, denn damit konnte Emma auch glänzen. Die Paschtokenntnisse ihrer Kindheit durfte sie an der internationalen

Schule in Genf weiterlernen, denn Papa dachte wohl, dass das ihre Erinnerung an ihre Mama wachhielte. In der viersprachigen Schweiz war Sprachausbildung sowieso kein Thema.
Trotz des langen Arbeitstages war der Job für die Sechzehnjährige ein positives Erlebnis. Nach Ihrem Umzug mit ihrem Vater nach Erbach zu Ostern dieses Jahres hatte sie in der Schule schnell Anschluss gefunden, denn sie war nicht nur ernsthaft, sondern auch hilfsbereit. Sie war eine kleine Nachhilfe Fee im Freundeskreis, wenn es um Sprachen ging. Gerade im Odenwald, wo ähnlich dem Deutschschweizer Dialekt das ‚Ourewällerisch'[1] den Zugang zu Hochdeutsch schon für so manchen schwierig gestaltete.
Erst kürzlich meldete sie sich freiwillig als Nachhilfelehrerin für afghanische Migranten aus dem Hauptschulbereich. Im Gegensatz zu ihren gleichaltrigen Freundinnen hatte Emma kein Interesse daran, sich mit Jungs in den sowieso spärlich gesäten Discos der Region die Nächte, um die Ohren zu schlagen. Dabei war sie mit ihren langen schwarzen Haaren, eindrucksvollen großen Augen und schmal geschnittenem Gesicht mit weich geformten Backenknochen die Hübscheste von allen.

Dass sie den Ferienjob erhalten hatte, verdankte sie Steffi Schwaiger, die mehr als die Hälfte ihrer

[1] Odenwälderisch.

Freizeit bei ihrem Opa aushalf. Und zwar nicht im großelterlichen und alteingesessenen Bestattungsunternehmen Hamplmaier, sondern als Assistentin in dessen Büro als Privatermittler. Opa hasste das Wort Detektiv, und er fühlte sich nach seinem Ausstieg als Drogenermittler eben vertrauter mit dieser Berufsbezeichnung. Seinem bezahlten Hobby, wie er es nannte. Und Emma fand es toll, jetzt einen richtigen Opa zu haben, noch dazu einen, der sie mit seiner ruhigen Art wie eine Erwachsene behandelte und sie sofort in sein großes Herz geschlossen hatte.

Für Steffi bedeutete Corona eine massive Änderung in ihrem Arbeitsalltag, denn seit es galt, die Infektionsherde nachzuvollziehen, von den anderen Aufgaben des Gesundheitsamtes ganz zu schweigen, war sie fast zwölf Stunden täglich im Einsatz. Sie arbeitete jetzt nicht nur hinter dem PC, sondern auch vor Ort, um Betroffene zu befragen und den Quarantänestatus zu überprüfen.

Steffi war an diesem Morgen als erste im Büro und hatte auch kaum den Computer hochgefahren, als der erste Anruf einging, und sie in eine KITA in Michelstadt beorderte.

Sie fuhr mit Emma und dem Bundeswehr-Fahrer vom Bereitschaftsdienst kurz vor acht Uhr los. Angekommen beruhigte sie zwei aufgeregte Kita-Mitarbeiterinnen und nahm von allen direkt die PCR-Testproben, die Emma fein säuberlich mit ihrer

besten Schulschrift markierte, und in ihrem Online-System registrierte, damit der Fahrer sie nach Erbach ins Testlabor bringen konnte.
Kaum war sie damit fertig, als ihre Chefin vom Gesundheitsamt anrief und Steffi in die am Marbachstausee in idyllischer Lage betriebene Seniorenoase „Jungbrunnen“ beorderte, weil sich die Heimleitung über den mehrfach vom Amt angemahnten Coronanotfallplan abstimmen wollte. Bei der letzten Inspektion im Seniorenheim im Juni hatte sie als Sachbearbeiterin des Gesundheitsamtes im Nachgang zur Klärung einiger Todesfälle, die angeblich nicht coronaspezifisch waren, die Heimleitung verwarnt. Die Heimleiterin hatte die Vorgaben zur Pandemiebekämpfung komplett ignoriert.
Im Frühjahr gab es im Heim einige Todesfälle, welche der zu spät hinzu gerufene Amtsarzt als natürliche Todesfälle bestätigt hatte. Offiziell waren im April nur ganz wenige Corona Verdachtsfälle aufgetaucht, und Steffi hatte bezweifelt, dass die Meldung vollständig war. Die Heimleitung war ohnehin für eine schlechte Qualität und Intransparenz bei der Betreuung bekannt und das Verhältnis zum Gesundheitsamt eher angespannt.
Die Leitung des Amtes hatte der Seniorenoase eine Frist bis Ende Juli gesetzt, um die Pandemiemaßnahmen umzusetzen. Wegen ständiger Arbeitsüberlastung im Amt hatte die Chefin erst vor

wenigen Tagen den Maßnahmenkatalog und insbesondere den Notfallplan erneut angemahnt und mit der Schließung des Pflegeheims gedroht.
Der Bundeswehrfahrer setzte Steffi und Emma im Heim Jungbrunnen ab und fuhr dann unmittelbar weiter ins Testlabor für die Auswertung der KITA-Proben.
Steffi und Emma zogen ihre Latexhandschuhe über und setzten ihren Mund- und Nasenschutz auf, bevor sie die Lobby der Seniorenoase betraten. Die Warnhinweise und die Beschilderung von Verhaltensregeln zur Eindämmung der Corona Pandemie waren ordnungsgemäß angebracht und sichtbar.
Das Briefing zum Notfallplan durch die Pflegeleiterin, Nastasia Korolja, war wenig konstruktiv, es handelte sich offensichtlich mehr um eine Alibihandlung der Heimleitung, um proaktives Verhalten zu signalisieren.
In der Tat stammte die Idee für diese Vernebelungstaktik von Maxim Mutsonow, dem kaufmännischen Heimleiter. Er hatte Nastasia mit harten Worten angewiesen, diese Mitarbeiterin vom Gesundheitsamt abzuwimmeln, um so von den diversen Betrügereien abzulenken, mit denen die 'Gesellschaft' Kasse machte.
Dass er es dabei nicht bei einer simplen Anweisung beließ, war bekannt unter den Mitgliedern der 'Gesellschaft', und Strafen und Sanktionen

gegenüber ‚Familienmitgliedern' waren üblich und machten auch nicht vor Nastasias Rang in der Hierarchie halt.
Steffi Schwaiger ging unbeirrt und in Unkenntnis der Situation von Nastasia, mit der Pflegeleiterin die Liste der Bewohner und der Mitarbeiter durch. Emma verglich die Angaben mit der Liste, die beim Gesundheitsamt vorlag, wobei Nastasia Korolja die Werkverträgler geflissentlich übersah. Steffi bestand auf der Einsicht in die Werkverträge, bei denen es sich fast ausschließlich um osteuropäische Personen handelte.
„Wir wollen doch mal sehen, wer hier überhaupt so an qualifiziertem Personal herumspringt", sagte Steffi und ergänzte, „können die Servicekräfte wenigstens genug Deutsch für eine kurze Befragung, ob sie die Corona Einweisung zum Arbeitsschutz verstanden haben?"
„Sie brauchen sich gar nicht über unser Personal lustig machen", keifte Nastasia los, und mit einem Blick auf die verblüffte Emma, „jetzt taucht das Gesundheitsamt schon mit Asylanten hier auf".
Trotz Emmas FFP2-Gesichtsmaske hatte Nastasia die afghanischen Gesichtszüge, den dunkleren Teint und die nachtschwarze Haarpracht von Emma nicht dem Odenwald und seinen Bewohnern zugeordnet, und frech von ihren Themen abgelenkt.
Steffi funkelte sie nur an und sagte, wenn sie, also Nastasia, trotz ihrer unüberhörbar russischen

Klangfarbe und Wurzeln mit einem deutschen Pass eine ‚deutsche' Staatsbürgerin wäre, dann gelte das für Emma mit ihrer afghanischen Abstammung allemal. Sie hätte schließlich nicht nur einen deutschen Pass, sondern sei auch hier geboren.
Sie schließt die Belehrung mit der Aufforderung, Nastasia möge sich bitte auf Ihre Fragen konzentrieren.
Nastasia Korolja wollte offensichtlich nur den Notfallplan besprechen und war nicht erpicht darauf, dass die beiden das komplette Programm der Pandemie Maßnahmen und insbesondere eine Begehung des Heims samt zugehörigem Wohnbereich und einer Befragung aller Angestellten durchführen wollten. Dennoch bestand Steffi auf einem kurzen Inspektionsgang. Nastasia Korolja jammerte etwas von *‚keine Zeit dafür zu haben'*, und stellte schließlich leicht gereizt einen Mitarbeiter vom Wachschutz dafür ab, der übrigens auch nicht auf der Mitarbeiterliste stand.
Steffi kümmerte sich nicht darum, und der Security Mitarbeiter ging voraus und öffnete die Türen. Es war kurz nach 15:00 Uhr und die meisten der Heimbewohner machten ihr nachmittägliches Nickerchen und waren nicht ansprechbar. Steffi prüfte die Maskenpflicht, die Markierungen für den Mindestabstand ebenso wie den Füllstand der Desinfektionsspender. Sie wechselte, soweit dies möglich, war mit allen ein paar Worte, denn sie war

immer der Meinung, nur durch eigene Wahrnehmung sich ein zuverlässiges Bild schaffen zu können. Etwas irritiert war sie, als im zweiten Stock der Herrenabteilung aus einem der Zimmer ein Wachschutz Mitarbeiter trat und eine Kindfrau in der blauen Kittelschürze des Reinigungsdienstes vor sich herschob. Die junge Frau sah erst Steffi gleichmütig an, dann freundlicher und irgendwie auch verängstigt die etwa gleichaltrige Emma, als wollte sie etwas sagen, aber der kräftige Mann schubste sie unsanft weiter.

„Ei Guude, wie?“[1], hielt ihn Steffi auf und fragte, mit der Mitarbeiterliste in der Hand, eher freundlich, „wie heißen wir denn?“

„Katra”, antwortete ihr Begleiter „warum?“

„Bist du mit dem Covid-Notfallplan vertraut und kennen wir alle Regeln, die man einhalten muss?“, sie sah Katra eindringlich an.

Beide waren ohne Mundschutz unterwegs und unter der Kittelschürze der jungen Frau blitzte so etwas wie ein dunkelroter Spitzen-BH hervor. Handschuhe waren ebenfalls Fehlanzeige.

„Natürlich”, wieder antwortete der Begleiter und Steffi wurde allmählich ungeduldig.

„Sie halten jetzt mal ihren ‚Rappel‘[2], sie kommen gleich dran”, wies sie ihn zurecht und an Katra gewandt, wollte sie jetzt doch ihren Nachnamen und

---

1 Wie geht es?

2 Mund.

Einsatzbereich wissen.
„Romanescu", sagte Katra, und dass sie zur Ausbildung hier wäre.
„Also, wenn ich dich nochmals ohne Mundschutz und Handschuhe hier antreffe, gibt es eine Abmahnung. Für sie auch", herrschte Steffi die Security an und wartete, bis der so Angepflaumte zwei FFP2-Masken aus seiner Hosentasche kramte und eine davon Katra gab.
„'tschuldigung", murmelnd wandte er sich zum Gehen. Als Steffi den Namen der beiden auf der Werkvertragsliste fand, rief sie ihnen nach „ wir sehen uns dann später nochmal."
Sie drehte sich um und betrat das Zimmer, aus dem Katra gerade gekommen war.
Der ältere Herr, der mit rotem Kopf und leuchtenden Ohren und einem bunten Mundschutz unter der Nase im Bett lag und entspannt lächelnd sein Handy im Schoß hielt, hatte offensichtlich soeben ein Erlebnis der dritten Art gehabt. Die Videofunktion seines Handys war eingeschaltet, denn er hatte vergessen, die Stopptaste zu betätigen. Steffi hatte schon immer ein Gespür für aufregende Situationen, und sie lag mit ihrer Einschätzung auch diesmal richtig, denn als sie die Bettdecke kurz anhob, war das für sein Alter immer noch prächtige Stück ganz schön erregt.
„Ei Guude, wie? Sie machen ja Sachen. War es denn schön mit der kleinen Maus?", Othmar schwebte immer noch im siebten Himmel, schämte sich kein

bisschen und nickte nur.
Steffi nahm trotz des Protestes ihres Begleiters Othmars Handy und leitete besagtes Video auf ihr iPhone weiter. Der Security Mann ging einen Schritt zurück, als ihn Steffi anfunkelte.
„Denken sie nicht mal dran, am besten warten sie vor der Tür.“
Als Othmar wieder ansprechbar war, ging sie mit ihm in Ruhe seine Daten durch und erwähnte den Vorfall nicht mehr, bis sie das Zimmer verließ und sich umdrehte.
„Was hat denn der Spaß gekostet”, wollte sie wissen und Othmar wurde plötzlich ganz kleinlaut und still. Es dauerte ein paar Minuten, bis er sie bat, seiner Tochter nicht zu sagen, dass er dafür ganz schön viel Geld hingeblättert hatte. Den genauen Betrag hatte er schon wieder vergessen. Steffi grinste und wünschte ihm einen schönen Restnachmittag.
Die restliche Inspektion verlief unauffällig, und sie konnten auch keine großen Abweichungen vom Notfallplan mehr feststellen. Auffallend war, dass viele der Bewohner einen ruhigen, fast sedierten Eindruck machten, aber das lag wohl an dem Nachmittagsschläfchen.
Schwieriger wurde es, als sie das Wohnheim inspizieren wollten, und Steffi musste ihrem Begleiter Konsequenzen androhen, wenn er nicht den Weg frei machen würde. Denn gerade als sie eines der Mädchen, die mehr als jung aussahen,

befragen wollte, ging der Security Mann auf unangenehme Art dazwischen und wollte sie aus dem Zimmer schubsen.
Da kam er bei Steffi, aber an die Richtige.
Sie blaffte ihn kalt an, wenn der ‚Labbeduddel' nicht sofort aus dem Zimmer verschwinden würde, hätte sie keine Wahl als die Polizei zu holen und das Heim schließen. Und seine Quarantäne Zelle wäre dann wohl in der JVA-Erbach. Der Mann setzte eine drohende Miene auf und trat trotzig einen kleinen Schritt zurück.
Die Vorsorgemaßnahmen im Wohnheim waren kurz vor desaströs.
Die Frauen liefen ohne Mundschutz und Handschuhe, teilweise mit den blauen Arbeitskitteln bekleidet, herum, aber drunter und in einigen offenen Wandschränken war eindeutig Reizwäsche zu erkennen. Einen glücklichen Eindruck machte keine von Ihnen, und als Steffi sich nach den Arbeitsbedingungen erkundigte, und wie sie im Notfallplan unterwiesen worden waren, stieß sie auf Unverständnis und gesammeltes Schweigen. Das lag nicht zuletzt an den fehlenden Sprachkenntnissen der jungen Frauen, die teilweise erst vor kurzem hier eingetroffen waren und offenbar deutlich unter Minimallohn bezahlt wurden.
Klarer Fall für die Heimaufsicht. Sie waren in Kleinstwohnungen mit bis zu 6 Personen untergebracht und von Abstand konnte keine Rede

sein. Als sie im Nebenzimmer Katra wiedertrafen, wollte die junge Frau gleich auf die Toilette verschwinden. Steffi sah die Angst in ihren Augen und beließ es bei mahnenden Worten. Katra blickte immer wieder ängstlich zum Securitymann, der Steffi und Emma, lässig gegen den Türstock gelehnt zusah. Steffi steckte ihr ein Kärtchen vom Gesundheitsamt in die Tasche der Kittelschürze.

„Und sie verschwinden jetzt mal vor die Tür", fauchte sie den Securitymann an. Der knirschte mit den Zähnen und holte sein Handy heraus, um vom Flur aus Nastasia Korolja zu informieren. Steffi knallte die Tür hinter ihm zu und wandte sich dem zitternden Mädchen zu, das sich aber nur auf die Lippen biss und schwieg.

„Hab keine Angst. Ruf mich an, wenn du was brauchst", flüsterte sie, als der Typ draußen war, „Also, wenn du Hilfe brauchst, dann werden wir dir ganz schnell hier helfen. Versprochen!"

So einfühlsam Steffi es auch versuchte, es blieb ihr nur die Möglichkeit der Kleinen ihre Telefonnummer hier zu lassen, falls sie reden wollte oder Hilfe brauchte. Denn das sah ein Blinder mit Krückstock, dass mit dem jungen Mädchen etwas nicht stimmte.

Als Nastasia Korolja zur Tür hereinstürmte, informierte Steffi sie kurz und knapp, dass sie jetzt ins Amt zurückkehren würden, um einen schriftlichen Bericht anzufertigen. Und der würde nicht nur im Gesundheitsamt an ihre Chefin

weitergeleitet, sondern auch an die Heimaufsichtsbehörde in Darmstadt. Die Amtsleitung würde sich gegebenenfalls mit ihr in Verbindung setzen.
Sie sollte sich schon mal auf eine letztmalige Abmahnung einstellen und auf einen erneuten Besuch in spätestens drei Wochen. Sollten die Zustände bis dahin nicht abgestellt sein, dann würde das Heim provisorisch dichtgemacht.
Basta.
Nastasia, die einen guten Kopf größer war als Steffi, wurde blass und baute sich vor Steffi drohend auf „Wag es bloß, du Schlampe, du hast keine Ahnung, was Ihr euch da an Problemen anlacht", drohte Nastasia und meinte tatsächlich sie und Emma.
Steffi fiel ganz spontan der seltsame Anruf ihres Toyboys ein, und sie nahm sich fest vor, Willy und Hans darüber zu informieren. Sie hatte schon genug Hass-Mails erhalten, und hatte keine Lust sich in dem Job, den sie liebte, noch irgendwelchen Gefahren auszusetzen. Die Erinnerung an den Schlägertrupp, der sich Georg Jährling vorgenommen hatte, war noch frisch in ihrem Gedächtnis.
„Sie sollten ganz, ganz vorsichtig sein mit solchen Aussagen", blaffte eine nur für einen Moment erschrockene Steffi zurück. „Ich habe meinen eigenen Schutzdienst und einen Hund, da soll sich bloß niemand einbilden, ich lasse mir Angst

einjagen. Und von Ihnen schon gar nicht. Aber seien sie versichert, auch ihr blöder Spruch wird in meinem Bericht landen. Was denken sie denn! Und Zeugen dafür habe ich in weiser Voraussicht mitgebracht."

Wenigstens hatte sie Emma als Zeugin dabei, und die beiden hatten genügend Zeit auf dem Rückweg, das Gehörte aufzuarbeiten.

Damit drehte sie sich auf dem Absatz um, zog Emma, die nur staunte, hinter sich her und eine grimmig schauende Heimleitung begleitete sie zum Ausgang, denn sie wollte sicher sein, dass die beiden tatsächlich das Haus verließen. In der Schleuse am Haupteingang nahm eine wütende Steffi Schwaiger ihre Gesichtsmaske ab und drehte sich nochmals zu Nastasia um, die mit in die Hüften gestemmten Händen hinter der geschlossenen Glastür stand und sie beobachtete.

Die beiden fixierten einander kurz und dann fiel Nastasias Blick auf Emma, die wie Steffi die Gesichtsmaske abgenommen hatte und sie erstarrte. Steffi hatte keine Ahnung, warum Nastasia so plötzlich blass wurde, je länger sie regungslos auf Emma starrte, die den harten Blick von Nastasia ebenso wahrnahm, ihn aber auch nicht deuten konnte.

Nastasia sah in der Tat nicht Emma vor sich, sondern dieselbe Schlampe, die ihren Vitali so sehr in den Bann gezogen hatte, dass sie auf dem Abstellgleis

der Beziehung landete. Sie konnte es nicht fassen, aber es war kein Zweifel möglich. Dieselben femininen Züge, dieselbe Figur, Haarfarbe und sogar die Gesichtsform und der Schnitt der Augen waren identisch. Außer der Augenfarbe, denn Alina hatte fast nachtschwarze Augen und dieses Mädchen wasserblaue. Nastasia wusste genug über die Vererbungstheorie, um den möglichen gentechnischen Einfluss von Vitalis Spermien zu erkennen, der sich offensichtlich als minimalistische Offenbarung in der Augenfarbe seiner Tochter äußerte. Alinas Gesicht hatte sich bei der Konkurrentin um Vitalis Gunst fest eingebrannt, selbst nach so vielen Jahren, in denen sie die andere nicht mehr gesehen hat.
Nastasia schluckte und brauchte Zeit, um zu verdauen, was da nach so langer Zeit wieder aufbrach.

*

Steffi und Emma fuhren von der Seniorenoase geradewegs zu Willy ins Büro und erzählten ihm und Hans immer noch ziemlich aufgeregt und brühwarm ihre Geschichte. Steffi vergaß auch den Anruf von ihrem Hormonsenker nicht, dem im ganzen Kreis bekannten , Herzbuben‘. Naiv wie sie manchmal war, hatte sie dessen Hinweis, zur Sicherheit ihren

Job zu wechseln, als unhaltbare Drohung abgetan. Aber jetzt war manches klarer.
Außerdem vergisst sie als fix und fertige Hilfsermittlerin nicht Nastasias seltsame Reaktion beim Anblick von Emma zu erwähnen, aber damit können Willy und Hans erstmal nicht viel anfangen.
„Okay. Das heißt, wir müssen umgehend einen Schutz für Steffi organisieren, denn sie ist da offensichtlich in etwas Größeres hineingeraten", sagte Hans, für den es ein Déjà-vu war, sich nach dreizehn Jahren für eine geliebte Frau erneut als Personenschützer zu engagieren. Sie hatten in dem Thema einen kleinen Vorsprung, und den durften sie nicht verspielen.
Später, als Willy seinen Junior darum bat, diesen ‚Herzbuben' im Internet zu recherchieren, denn so ganz hat er Steffis Erklärung nicht verstanden, lachte der sich zuerst kaputt, als er die Gebrauchsanleitung auf dessen Webseite las. Als er dann auf der Seite nach unten scrollte, stieß er auf den Namen Frank Koch, aber beim Versuch den Namen zu hinterfragen, scheiterte er, weil er keinen Zugang zum Melderegister hatte, und über die Adressabfrage kam er nicht weiter.
Er würde Steffi erneut um Hilfe bitten müssen, diesmal in eigener Sache zu recherchieren, wobei er ihre Begeisterung dazu nicht einschätzen konnte, so wie sie eben reagiert hatte. Steffi Schwaiger war im Moment und wegen der notwendigen finalen

Abmahnung in Gedanken mehr bei Ihrem Inspektionsbericht an ihre Chefin im Gesundheitsamt, und sie wollte den Bericht unverzüglich abgeben.

Kapitel 16

Ottilie Scheuermann, *geboren am 30.9.1990, in Erbach, Tochter von Othmar. Lehrerin am Gymnasium in Michelstadt für Sport und Englisch, Klassenlehrerin von Emina Hämmerle, Mitglied des Odenwald-Wanderklubs und vermisst ihre Mädels Abende.*

Heim Jungbrunnen, Samstag, 5.9.2020, 16:00 Uhr

Ottilie kontrollierte - völlig verfangen im Lehrerinnen-Modus analog zu den Klassenarbeiten ihrer Schüler - am Wochenende die Kontoauszüge ihres Papas, der mit beginnender Demenz trotz seiner neunundsechzig Jahre immer noch ein lebenslustiger Hallodri und körperlich recht rüstig war. Wegen seiner gelegentlichen leichten Verwirrtheit, die ihn selbst am meisten belastete, war er ein „leichter" Pflegefall, den der Pflegedienst der Seniorenoase aber abrechnungstechnisch gleich vom Pflegegrad drei nach vier hochgejubelt hatte.

Sie wurde stutzig, als sie diesmal einen Kontoauszug entdeckte, nach dem er vor einer Woche einen unüblich großen Geldbetrag in der Pflegeoase in bar abhob. 400 € das war schon etwas, da musste eine Oma schon lange dafür stricken. Da bekam man schon ein Wochenende in einem Wellnesshotel all-inklusive.

Sie besuchte sofort das Heim, und es kostete sie einiges an Überredungskraft, denn Nastasia Korolja wollte sie ohne vorherige Terminvereinbarung nicht

in das Besucherzimmer lassen, welches aktuell leider besetzt sei. Im Übrigen hatte die scheinheilige Tussi angeblich auch keinen Schimmer, wozu der lebenslustige Papa so viel Geld benötigen könnte.
Ottilie hatte zur Pflegedienstleitung sowieso ein seit Monaten angespanntes Verhältnis, denn ihr lebenslustiger Papa beschwerte sich bei jedem ihrer Besuche abwechselnd über das miese Essen, dann wieder über die schlechte Behandlung. Stundenlang würde es dauern, bis endlich jemand käme, wenn er klingelte.
Ottilie wusste sehr wohl, dass ihr alter Herr auch ein echter Stinkstiefel sein konnte, wenn etwas nicht nach seinem Kopf ging, der Gott sei Dank manchmal auch wieder vergessen hatte, warum er sich eigentlich geärgert hatte. Etwas wäre an seinen Reklamationen schon dran, gestand sie ihm zu und gab diese knallhart an die Pflegedienstleitung weiter. Die reagierte jedes Mal schroffer und behauptete, der alte Herr wäre halt schwierig und nicht mehr ganz richtig im Kopf, was die Glaubhaftigkeit seiner Behauptungen anbelangte.
Ottilie, ihrerseits hatte mit der Weiterleitung der Beschwerden an die Heimaufsicht gedroht, und tatsächlich hatte sie sich vor einige Zeit an den Journalisten Georg Jährling gewandt, der für die ‚Odenwald Zeitung‘ sowie das ‚Odenwälder Journal‘ gelegentlich Reportagen schrieb. Und der hatte nicht lange gefackelt und ihre Beschwerden umgehend,

und ohne die Quelle zu nennen, kolportiert. Das war dann endgültig der Bruch zwischen Ottilie und Nastasia, die ihr anbot, ihren senilen Papa einzupacken und mitzunehmen.
Das verdächtige Verhalten der Pflegedienstleitung fiel ihr auch diesmal sofort auf, als sie den Geldbetrag erwähnte, und Ottilie war ziemlich sicher, dass die Gute den Vorgang kannte. Dass die Qualität im Heim mies war, wusste sie ja, aber dass die Heimleitung auch noch die Hand für was auch immer aufhielt, das ging zu weit.
Nachdem sie den Zerberus überwunden hatte, traf sie diesmal einen Papa an, der unvorbereitet und komplett durch den Wind erschien. Sie bekam trotz heftiger Vorwürfe und Nachfragen aber nichts aus ihm heraus und zog, nicht ohne heftige Vorhaltungen und Anweisungen an den alten Herrn, in Zukunft vorsichtiger zu sein, wieder ab.
Ihr Vertrauen an die Einsicht ihres Papas war nicht allzu groß, weshalb sie als Erstes und wieder zu Hause den maximalen Betrag für Barabhebungen am Automaten auf 50 € begrenzte. Sie nahm sich vor, ihren Vater beim nächsten Besuch noch einmal in die Mangel zu nehmen. Zur Not wollte sie sogar den Pfarrer mitnehmen, denn auch wenn Othmar schon lange aus der Kirche ausgetreten war, hatte er dennoch einen großen Respekt vor Pfarrer Rother, der sonntags im Heim die Messe las. Da ging ihr Vater zwar nicht hin, aber das wäre doch gelacht,

wenn sie nicht herausfinden würde, wofür der Alte so viel Geld brauchte.
Am nächsten Tag, einem wunderschönen spätsommerlichen Sonntag, und im Beisein des Pfarrers fragt sie ihn geradeheraus über seine heimlichen Hobbys. Er wird bockig, und trotzig meint er, ihr gegenüber keine Rechenschaft geben zu müssen und eine Beichte dem Pfarrer erst recht nicht. Das hätte er zeitlebens nicht gebraucht und bräuchte er jetzt erst recht nicht. Dann verplapperte er sich aber doch noch, weil er in Rage geriet, als er meinte, er dürfte auch mal Spaß in seinem Alter haben. Es wäre wie im Märchen gewesen, und von so einer Prinzessin hätte er immer geträumt. Und er schwadronierte von einem Lichtblick in seinem Leben, das schwierig genug sei, und das ginge sie überhaupt nichts an.
So in der Tour keifte er herum, bis ihr der Kragen platzt und sie ihm sagt, dass sie ihm jetzt den Geldhahn zudrehen wird. Und über die Heimleitung würde sie sich auch beschweren, einem alten dementen Zausel Geld abzuluchsen, denn im Zimmer fand sich nichts mehr von dem abgehobenen Betrag, so sehr sie auch suchte.
Sie knöpfte sich Nastasia noch einmal vor, die gerade mit dem Stammtischkumpel ihres Papas, dem schmierigen Oliver Wolff, in der Cafeteria sitzt und ein Käffchen schlürft. Nastasia lässt sie kalt abblitzen und verweist die wütende Ottilie als

vorlaute Krawallschachtel des Hauses.
Ottilie verlässt kochend vor Zorn das Haus, und wieder daheim genehmigt sie sich ein Schnäpschen zum Herunterkommen. Dann ruft sie Papas besten Kumpel Markus an, ob der ihm nicht mal auf den Zahn fühlen könnte. Markus verspricht treuherzig, ihn zu besuchen, er muss ihn sowieso noch über die letzten Stammtischneuigkeiten aufklären. Da Markus und ihr Papa Brüder im Geiste sind, traut sie dem einen so wenig über den Weg wie dem anderen, aber vielleicht würde Markus sich ja verplappern. Wenn nicht bei ihr, dann beim Stammtisch, denn da hatten die schwanzgesteuerten Herren sowieso nur ein Thema.
Sie überlegt, wen sie noch um Rat fragen könnte, da fällt ihr ein, dass ihre neue Schülerin, Emma Hämmerle, schon ein paar Mal von Steffi Schwaiger abgeholt wurde, die ja auf dem Gesundheitsamt arbeitet. Das wäre vielleicht noch jemand, der über den Dienstweg des Gesundheitsamtes diesen Sumpf von Seniorenoase durchleuchten könnte. Gesagt getan, ruft sie Steffi an, die ihr wiederum verspricht Willy als alten Stammtischbruder der beiden auf das Thema anzusetzen. Ottilie möchte noch wissen, da Steffi ja auf dem Gesundheitsamt arbeitet, ob das Ganze nicht sogar einen Covidverstoß oder sonst was Böses darstellen könnte oder so ähnlich?
Steffi weiß sehr wohl, dass der alte Zausel, den sie, nachdem Katra sein Zimmer verlassen hatte, mit

dem roten Kopf und dem lebhaften kleinen Mann unter der Decke vorfand, der Papa von Ottilie ist. Sie meinte, da gäbe es vielleicht etwas, das sie ihr zeigen müsste, aber nicht am Telefon,‘ und sie verabreden sich für ein Treffen in der Weinstube „Zur Woistubb“[1] am Marktplatz in Erbach.

*

„Weshalb wolltest du mich denn so dringend sprechen“, kommt Oliver auf Nastasias geheimnisvolles Getue zurück, während er die leere Tasse Kaffee auf den kleinen Tisch zurückstellt.
Nastasia beugt sich zu Oliver und fährt leiser werdend fort.
„Du wirst nicht glauben, was mir vorgestern, passiert ist?“ Sie macht es spannend und er wartet.
„Ich habe Alina gesehen!“, platzte es aus ihr heraus. „Stell dir vor, vorgestern war doch diese Tussi vom Gesundheitsamt bei uns im Heim, weil ich blöderweise meinen Coronanotfallplan wegen diverser Reklamationen beim ersten Mal noch einmal checken lassen musste.“
Nastasia, die sich nicht kurzfassen konnte, holte weiter aus. „Also da kommt diese Steffi Schwaiger hereingeschneit, die kennst du bestimmt, das ist doch die Tochter vom Bügelservice Schwaiger in der Hauptstraße in Erbach. Bei dem lassen wir unsere

1 Weinstube.

Bettwäsche waschen und bügeln, hochnäsig und besserwisserisch wie die vom Amt halt so sind, und sie hat dieses Mädel im Schlepptau. Ich habe die Praktikantin zuerst für eine Asylantin gehalten, frech war sie auch noch, aber ohne Maske beim Rausgehen, dachte ich, mir bleibt das Herz stehen."
Nastasia holte tief Luft und fuhr fort, „ich dachte zuerst, Alina ist wieder auferstanden, so wie dieses Mädel vor mir steht! Wenn das nicht ihre Tochter ist, dann weiß ich auch nicht. Das ist ein und dasselbe Gesicht bis auf diese wasserblauen Augen", sie stockte und hätte fast ‚wie von Vitali' ergänzt, verschluckte den Satz aber.
Oliver lachte lauthals. „Bist du sicher, dass du da nicht etwas übertreibst und zu viel hineindeutest?", fragte er zurück und überlegte, ob Nastasia tatsächlich Alinas Tochter gesehen haben könnte.
„Wenn du so sicher bist, ihre Tochter gesehen zu haben, dann lass mich in Ruhe überlegen. Die müsste jetzt sechzehn Jahre alt sein, wenn mich mein Gedächtnis nicht trügt, denn Alina hat das Kind ja ziemlich am Anfang des Verfahrens bekommen", grübelte Oliver.
Er lehnte sich lässig zurück und spielte mit seinem Anhänger, den er an einer protzigen Halskette trägt, während er seine Stirn in heftige Denkfalten legte. Denken ist nicht unbedingt Olivers Stärke. Er war immer der Bauernschlaue in der Offiziersriege der ‚Gesellschaft', ausgestattet mit einem unheimlichen

Instinkt für gute Geschäfte und aalglatte Deals, und er roch sofort, wenn Gefahr im Verzug war.
Nastasia schaute ihm zu, wie er so mit seinen Wurstfingern den Anhänger streichelte, und es ist ihr bisher noch nie bewusst aufgefallen, dass er Alinas russisches Kreuz behalten hat, das ursprünglich einmal ihr gehörte. Und er trug es sogar ohne Scheu, zwar verdeckt, aber er hat es behalten. Sie erinnerte sich noch genau an seinen hässlichen Gesichtsausdruck, als er Alina das zierliche Schmuckstück vom Hals riss. Sie selbst hätte das Ding nicht mehr angefasst, geschweige denn angelegt, selbst wenn ihr Vitali dafür Geld geboten hätte, nach der tödlichen Schmach, die er ihr damit angetan hat, dass er das russische Kreuz, ein hochwertiges ‚Bratwa'-Symbol, Alina schenkte. Aber so war Vitali, Gefühle anderer interessierten ihn überhaupt nicht, Hauptsache er hatte, was er wollte.
„Das kommt gut hin, so alt ungefähr war diese Praktikantin, die mir erst auffiel, als sie die Maske abnahm", bestätigte Nastasia das Alter von Emina.
„Und wenn es sich bei deiner Begegnung tatsächlich um Alinas Tochter handelt, dann kann ihr Vater nicht weit sein. Den wollte der Chef doch höchstpersönlich dafür bestrafen, dass er sich an seinem Eigentum vergriffen hat. Wir müssen sicher sein, dass es sich tatsächlich um Alinas Tochter handelt, bevor wir uns überlegen, wie wir mit dieser

Neuigkeit umgehen“, fluchte Oliver los.
Er dachte an die Kugeln, die ihn und Nastasia nur knapp verfehlt haben, als sie in der Tiefgarage auf den unbekannten Ehemann warteten. Sie hatten dummerweise nicht mitbekommen, als er abends zurückkam, sonst wären sie ihm direkt in die Wohnung gefolgt. Aber so hatte er sie verfolgt, nachdem er die tote Alina entdeckt hatte. Die Vergeltungsmaßnahme für die Kugeln, die der Ehemann auf ihn abgefeuert hatte, als sie aus der Tiefgarage flüchteten, war eine Angelegenheit, die nur ihn und Alinas Ehemann etwas anginge. Das sollte definitiv keine Chefsache werden, sonst hätte er noch ein Problem.
„Erzähl mal im Detail, was da gestern los war“, forderte Oliver sie auf, und Nastasia erzählte es ihm.
Sie wusste zwar auch nicht, wie die Praktikantin und noch weniger ihr Vater heißen, aber das lässt sich ja über das Gesundheitsamt erfahren, wen sie da zur Unterstützung von Frau Schwaiger mitgeschickt haben.
Nastasia wusste jetzt vor allem eines. Sie musste umsichtig und ohne Emotionen vorgehen. Rücksichtslosigkeit und konsequentes Handeln waren ihr nicht fremd, wenn es um einen hohen Einsatz ging.
Die Tatsache, dass Alinas und Vitalis Tochter lebte und noch dazu im Umfeld der Seniorenoase, war für sie extrem ungünstig, wenn es darum geht, an das

Vermögen ihres selbstverliebten Herrn und Gebieters zu kommen. Sie wollte sich nicht ausmalen, was passieren würde, wenn Vitali mitbekäme, dass sich seine Tochter in seiner Nähe aufhält, wenn er die Seniorenoase alle paar Monate besucht.
Oliver und Nastasia vereinbarten Stillschweigen über den Vorfall, denn Vitali würde mit seinem Racheschwur von damals vor ihnen nicht Halt machen, wenn er entdecken würde, was sie unter den Teppich gekehrt hatten.
Sie musste jetzt konzentriert und wohlüberlegt vorgehen, durfte sich keine Fehler erlauben, und sie muss Oliver im Auge behalten, so dumm-bräsig wie der manchmal auftritt.
Sie hatte Zeit, wenn auch nicht viel, sich einen Plan zurechtzulegen, und sie wollte nichts übers Knie brechen.

Kapitel 17

__Georg Jährling,__ geboren 30.6.1977 in Darmstadt, verwitwet, eine Tochter Mia (geboren am Sonntag 6.8.1995 in Fürth). Studium der Journalistik, freiberuflicher Investigativjournalist für Odenwälder Zeitungen, begleitete die Bundeswehr auf Afghanistan Einsätze. Stammtischbruder der „Lebensfreude".

Michelstadt, Gasthof „Zum Hinkel", Sonntag 6.9.2020, 11:00 Uhr

Im Biergarten des Gasthofes „Zum Hinkel", am Ortsrand von Michelstadt gelegen, saßen einander zwei Männer gegenüber, dunkle Miene aus Angst der eine und drohend mit boshafter Arroganz der andere.

Man traf sich auf neutralem Boden und der ‚Ängstliche' hatte absolute Vertraulichkeit zugesichert, damit seine elterlichen Sorgen nicht unnötig eskalieren würden. Der andere hatte bei seiner knappen telefonischen Einladung zu dem Treffen ohne Skrupel zu erkennen gegeben, dass es um seine Tochter Mia ginge. Dabei hatte er verlangt, die Polizei aus dem Fall herauszuhalten.

Er deutete unmissverständlich an, dass man Georg, bis er die Forderungen erfüllt hätte, weiterhin überwachen würde. Dank Corona trugen beide vollständige Gesichtsmasken und hielten ordentlich Abstand. Georg, der seine Angst nur schlecht verbarg, hatte einen Arm immer noch im Gips und

den Brustkorb wegen der Rippenbrüche nach der Schlägerei straff bandagiert. Um die Schmerzen im Zaun zu halten vermied er lautes Lachen, aber danach war ihm ohnehin nicht zumute.
Georg konnte sein Gegenüber nichtidentifizieren.
Zum unfreiwilligen Begrüßungszeremoniell gehörte, dass der Syndikus der ‚Gesellschaft', der sich ungeniert als Repräsentant eines Fördervereins von Seniorenheimen vorstellte, Georg sorgfältig nach Geräten durchsuchte und abklopfte, die zum Mitschneiden des Gespräches hätten dienen können. Die Handys der beiden lagen mit dem Display nach oben und ausgeschaltet auf dem Tisch.
Der Syndikus, der wie gewohnt herrisch und arrogant auftrat, ohne jede Scham oder schlechtes Gewissen, hatte die Entführung von Georgs Tochter durch seine Leute vom Wachdienst veranlasst. Lässig in seinem Stuhl fläzend machte er Georg eben ein, wie er meinte, unwiderstehliches Angebot. Es wäre schon ein positives Zeichen, falls er zur Abwechslung mal etwas Nettes über das Heim schreiben würde, ohne sein ewiges Gemecker und diese haltlosen Reklamationen.
„Berichte doch bloß, wie gut es den älteren Herrschaften in der Seniorenoase Jungbrunnen geht, wie wohl sie sich fühlen und wie toll sie verwöhnt werden. Damit ist allen gedient und der Ruf der Einrichtung ist wiederhergestellt. Und als Sahnehäubchen oben drauf bekommst du dein

Honorar in Naturalien zurück, und alle sind wieder glücklich und zufrieden“, ergänzte der Entführer selbstzufrieden.
Mit ‚alle‘ waren Georg, der verwitwete Alleinerzieher und seine Tochter Mia gemeint, aber mit diesem Kauderwelsch konnte sein nebenan lauschender Freund Willy nichts anfangen, und es war zu früh, die Polizei einzuschalten. Willy Hamplmaier saß mit dem Rücken zu Ihnen und den Mundschutz unterm Kinn hängend vor seinem Bembel mit Äppelwoi. Und in der Tat wäre eine solche Polizeiaktion auch mehr als kontraproduktiv. Dass ihm der Entführer nicht bekannt war, erleichterte die Situation ebenfalls nicht.
„Und was geschieht, wenn das nicht so passiert, wie sich der Herr das wünscht? “, muckte Georg auf.
„Also, da fallen mir spontan ein paar schmerzhafte Maßnahmen ein, die verdeutlichen, was dann passieren kann. Diese Referenzen liegen zwar schon eine Weile zurück, aber als tüchtiger Investigativreporter wirst du ganz schnell herausfinden, wovon ich rede“, der Entführer legte eine lange Pause ein, die ihre Wirkung auf Georg nicht verfehlte.
„Also, da wäre als Erstes ein zu neugieriger Journalist von derselben Zeitung, für die du schreibst, der seinen Kopfschuss nicht überlebte, als er seine Nase zu tief in unsere Angelegenheiten steckte. Und dann gab es da eine Kronzeugin, die

uns ebenfalls zu nahe auf die Pelle gerückt ist, und von deren Abgang du vielleicht auch gehört hast“, sagte Georgs Gegenüber ruhig und sehr nachdrücklich. „Aber dich zu töten, das würde ja nicht das Problem lösen, weil du dann dein Geschreibsel nicht wieder gutmachen könntest. Und das ist genau das, was wir bezwecken, eine nette und wohlmeinende Gegendarstellung zu deinen bisherigen *Fake News*“.
Georg schüttelte nur stumm den Kopf, denn an die genannten Beispiele ausgelebter Bandenbrutalität konnte er sich in seiner akuten Stresssituation trotz aller Anstrengungen nur bedingt erinnern.
Trocken ergänzte Georgs Gegenüber, „du kannst ja mal im Archiv blättern, dann wirst du sehen, was ich meine. Wie gesagt, es ist schon ein paar Tage her.“
Er sah ihm mit kalter Härte in die Augen, „du denkst wohl, das Ganze ist bloß ein aufregendes Spiel mein Freund. Aber da irrst du gewaltig.“
Er lachte dunkel, „uns ist es todernst damit, obwohl es für uns auch eine Spaßkomponente hat, wenn an dem niedlichen Puzzlestück aus deinem Familienpuzzle von ein paar geübten Profis ordentlich herumgeschraubt wird. Und es könnten schon ein paar schmerzhafte Erfahrungen bei unserem Pfand haften bleiben, bevor du es zurückbekommst.“
Der Entführer legte wieder eine seiner dunklen Pausen ein und murmelte drohend, „falls du das

fehlende *Pfand* erhältst. Wenn es gar nicht funktioniert mit deiner wahrheitsgemäßen Berichterstattung, dann haben wir durchaus die Mittel, sie an einen netten Ort zu vermitteln, in dem sie so lange herumgereicht wird, bis sie nicht mehr weiß, wo oben und unten ist. Aber das ist weiter nicht schlimm. Wenn sie erst einmal eingewöhnt ist, wird es ihr in einem türkischen Hamam so gefallen, dass sie nicht mehr nach Hause will", und er grinste immer dreckiger.

Georg ballte die Fäuste, um an sich zu halten und ihm nicht ins Gesicht zu springen. Aber der spöttisch grinsende Erpresser hielt die Trümpfe in der Hand.

Er war nicht einmal sicher, ob es eine gute Idee wäre, die Polizei einzuschalten, selbst wenn Mia wieder zu Hause und in Sicherheit wäre.

Die Beweislage wäre zu dünn und die Drohung hinge wie ein Damoklesschwert über ihm.

Wie üblich in solchen Fällen.

Er biss sich auf die Lippen und schluckte schwer.

„Frühestens nächste Woche erscheint der Artikel. Wie gewünscht. Und wie geht es dann weiter?"

„Das hängt von der Zauberkraft deines Geschreibsels ab. Je besser es gelingt, desto früher kannst du das fehlende Puzzlestück zurückbekommen."

Damit stand der Syndikus auf und verließ den Biergarten.

*

Georg wartete ein paar Minuten, bevor er sich umdrehte und zu Willy an den Tisch setzte.
Er hatte lange überlegt, wie er an das Gespräch mit dem Entführer von Mia herangehen sollte, der ihn so völlig unverblümt und schamlos transparent erpresste. Schließlich hatte er sich dazu durchgerungen, Willy alles zu erzählen und um seinen Rat zu fragen. Er erzählte ihm auch, dass er einen Hintergrundcheck zur Seniorenoase durchgeführt hatte, wobei er auf eine Stiftung als Eigentümerin und Betreiberin einer ganzen Serie von Pflegeheimen gestoßen war. Leider konnte er keine Namen der Eigentümer oder Geschäftsführer ermitteln, und das Impressum der Web-Seite war sehr knapp gehalten.
Willy hatte ihm sofort angeboten, als stiller Lauscher an dem Gespräch teilzunehmen, was Georg immerhin einen gewissen Halt gab. Es war ein langes Gespräch geworden, denn Georg, bockbeinig wie er nun mal war, wollte auf gar keinen Fall nachgeben, er wusste aber auch nicht, wie er die Bedrohung, der Mia ausgesetzt war, ohne nachzugeben beseitigen konnte.
„Du hast den Saukerl ja heute erlebt, und ich bin davon überzeugt, der macht seine Drohung wahr. Ich möchte gar nicht wissen, was er mit den Mädels anstellt, die sich diese alten Säcke schamlos zu Gemüte führen”, stöhnt Georg, „ich könnte das Schwein umbringen!“

Willy, der sich nicht sicher war, ob er den Entführer nicht von irgendwoher kannte, wollte erst nach der Identität des Mannes forschen, bevor sie weitere Schritte unternahmen. Er warnte Georg davor, an Rache zu denken und ergänzte, sie müssten sich eine smarte Strategie überlegen. Smart wäre es zum Beispiel, den Hintergrund der Entführer zu eruieren, auf deren Argumente eingehen, und erst alles auffliegen zu lassen, wenn die Chance auf einen langen Knastaufenthalt der Bande aussichtsreich wäre. Noch effektiver wäre es, wenn man die alten Mordfälle, die der Entführer so nebulös zitierte, mit dem Seniorenheim in einen Zusammenhang bringen könnte. Damit ließen sich – eine spätere Verurteilung vorausgesetzt – unter Berücksichtigung der besonderen Schwere der Vergehen deutlich längere Verweilzeiten der Bande im Knast erzielen.
Georg sprang sofort auf den Gedanken an, den er damals, als er in dem Frankfurter Drogenprozess ermittelte, ängstlich weggedrückt hatte. Er erinnerte sich noch sehr gut an seinen Kollegen Heiner Mummert, der wie er im Hinterhof der Drogenszene recherchierte. Und der nicht nur per Kopfschuss hingerichtet worden war, sondern vor seinem Tod schlimm gefoltert wurde, um seine Quellen aufzudecken, zu denen auch er gehörte. Heiners eisernes Schweigen ließ Georg damals ungeschoren davonkommen, aber er hatte trotzdem eine Menge Todesdrohungen erhalten.

Sein Nachruf auf Heiner, den er sich nicht verkneifen konnte, hatte Gott sei Dank keine Folgen. Georg hatte die Drohungen ignoriert, denn er hatte in seiner beruflichen Laufbahn genügend davon eingeheimst und trotzdem überlebt. Das war schlicht und einfach sein persönliches Risiko. Er war dann in der Folgezeit deutlich vorsichtiger und zurückhaltender mit weiteren Veröffentlichungen, solange er keine hundertprozentig gerichtsfesten Belege hatte. Er musste schließlich auch an seine Familie denken, und Mia war damals vier Jahre alt. Seine Frau hatte ihre erste Diagnose auf eine langwierige Blutkrebserkrankung erhalten, und er war so gut wie nie zu Hause. Seine nachträgliche Einsicht, dass sein unstetes Leben daran schuld war, nützte dann nichts mehr. Mit dem Wissen und der Abgeklärtheit späterer Jahre hätte er anders gelebt, wäre öfter für seine Familie dagewesen, wenn sie ihn brauchte, anstatt sie allen möglichen Gefahren auszusetzen.

Eine seiner Zielpersonen war damals der Oberstaatsanwalt in dem Drogenprozess des Jahrhunderts. Aber bevor er die fehlenden Belege zu dessen Beteiligung an kriminellen Machenschaften zusammenkratzen konnte, hauchte der sein Leben mit einem aufgesetzten Kopfschuss aus seiner eigenen Dienstwaffe aus. Die Staatsanwaltschaft war in extremer Sorge und um ihren makellosen Ruf besorgt, weshalb man damals den Selbstmord im

Ruckzuckverfahren bestätigte, und damit den Sohn um den Genuss der Lebensversicherung seines Vaters brachte. Der Oberstaatsanwalt hatte zuvor angeblich seine Ehefrau erschossen, ohne jedoch einen Abschiedsbrief zu hinterlassen. Der Fall stank geradezu nach Fremdverschulden.

Der zweite Hinweis des Entführers auf den ‚Abgang' einer Kronzeugin weckte Erinnerungen an den Gerichtsprozess, die lange verschüttet waren. Auf seine Frage, ob Willy sich daran erinnern könnte, schüttelte der nur langsam den Kopf. Georg entging nicht, dass Willy einen Tick zu lange überlegte, und als er schweigend wartete, ob da noch etwas nachkommt, zögerte Willy.

Nachdenklich meinte er, „ich bin mir nicht sicher, denn Hans erzählte damals nicht viel über den Fall. Aber ich weiß, dass sich die junge Frau, die er später heiratete, als Kronzeugin der Staatsanwaltschaft zur Verfügung gestellt hatte. Ich weiß nur, dass sie an einer Überdosis Heroin starb. Hans glaubt heute noch, dass Alina die tödliche Dosis von einem ihrer Ex-Mafiafreunde gespritzt wurde. Ich wette, dass unser unbekannter Entführer in dieser alten Geschichte mit drin hängt."

Georg versprach sofort die Zeitungsarchive der ersten zehn Jahre des neuen Millenniums zu durchzuforsten. Willy versicherte Georg seinerseits, dass er sich die Seniorenoase genauer anschauen wollte, und sie verabredeten sich für die nächsten

Tage, sobald sie fündig geworden wären. Dass er sich außerdem mit Hans über den toten Staatsanwalt und seine tote Ehefrau unterhalten wollte, verschwieg er ihm.
Aus langer Erfahrung war er kein Freund von ungelegten Eiern.
Er klopfte seinem Kumpel tröstend auf die Schulter, sagte ihm das übliche „bleib gesund“, und dass er sich wieder melden würde.
Der nickte traurig. Die Gesundheit war aktuell nicht sein größtes Problem.
Georg gestand sich ein, dass er sein Leben lang irgendwelchen aufregenden Themen hinterhergerannt war, und dabei seine Familie sträflich vernachlässigt hatte. Er hatte den Tod seiner Ehefrau wegen seiner vielen Auslandseinsätze kaum mitbekommen und seine Tochter war fast ohne seine Anwesenheit und sein Zutun erwachsen geworden. Seine Schwiegermutter hatte diese Lücke an Liebe und Zuneigung ausfüllte, ohne große Worte darüber zu verlieren.
Sein Stammtisch war ihm so oft wichtiger als die Familie gewesen, und er schwor sich, dass sich das ab sofort ändern würde. Beklommen betrat er sein Haus, das ohne Mia so leer und freudlos war.

Kapitel 18

Martin Köberl, geboren 1970, in Darmstadt, alleinstehend, Jurist, Chef der Heimaufsichtsbehörde in Darmstadt und zuständig für die Überwachung von Pflegeheimen in Südhessen.

Darmstadt, Montag, 7.9.2020, 09:30 Uhr

In seinem etwas altmodisch eingerichteten Büro in der Darmstädter Innenstadt gelegen, saß Martin Köberl, der Leiter der Heimaufsichtsbehörde in Darmstadt und wartete auf die beiden Sachverständigen, die für den südlichen Odenwald zuständig waren.

In der Wochenendausgabe der „Odenwälder Zeitung“ gab es wieder einmal und diesmal sehr konkrete und massive Anschuldigungen gegen die Heimleitung der Pflegeoase Jungbrunnen am Marbachstausee. Der Leiter der Heimaufsicht hatte eben ein längeres Telefonat mit dem zuständigen Redakteur geführt, und der hatte ihn umfassend gefüttert mit den im Bericht weggelassenen Details und Hintergrundinformation. Sein Gesprächspartner nannte aus Datenschutzgründen keine Quellen.

Außerdem hatte Martin Köberl einen Inspektionsbericht auf dem Tisch liegen, den eine Steffi Schwaiger vom Gesundheitsamt in Erbach im Zusammenhang mit der Überprüfung des Notfallplanes des besagten Heimes angefertigt hatte, und der hatte es auch in sich.

Martin Köberl wollte also Maria Bitsch, die gerade ihre Sachverständigen Prüfung abgelegt und ihre Zulassung erhalten hatte, zusammen mit dem eigentlich zuständigen Gutachter, Martin Silbermann, der nächstes Jahr in Pension gehen würde, gemeinsam auf den Fall ansetzen.
Aber Maria Bitsch erschien allein. Sie zuckte nur die Schultern, als Martin Köberl nach dem Verbleib von Silbermann fragte, der sich kurzfristig krank gemeldet hatte.
„Hoffentlich hat er nicht ‚s'Corona‘[1], er ist ja nicht mehr der Jüngste und übergewichtig wie er ist, wäre er ein erheblicher Risikofall“, übte sich Martin Köberl in einem unpassenden Scherz, ohne zu ahnen, wie sehr er Recht haben sollte.
„Na egal, dann fangen wir schon mal an, denn ich schätze den Fall als dringend ein”, begann er.
Das gefällt mir gar nicht, dachte Maria, wenn ein besonnener Mann wie er, sie offensichtlich überhastet in eine kritische Überprüfungssituation schicken würde. Denn die Gesprächseinladung lautete „Komplettprüfung der Pflegeoase *Jungbrunnen*“.
Und obwohl besonnen, war Martin Köberl auch für entschiedenes Handeln bekannt, gerade in Zeiten wie diesen, wenn ein Heim nach dem anderen durch eine strenge Quarantäne von der Außenwelt abgeriegelt werden musste, weil die coronabedingten

1 Covid-19-Erkrankung mundartlich.

Todeszahlen in die Höhe schnellten.
Martin Köberl ging mit Maria Bitsch sämtliche Details durch, die sie prüfen und hinterfragen sollte. Er erklärte ihr die vorgefertigten Checklisten, mit denen insbesondere der Status und die Qualifikation des Pflegepersonals, die Pflegegrade und der Pflegezustand der Patienten sowie die Qualität der allgemeinen Versorgung der Heimbewohner erfasst werden konnten. Diese Auditunterlagen gab der hessische Landesverband der Pflegekassen, der auch für die Zulassung der Heime zuständig war, heraus. Maria Bitsch hatte eine schnelle Auffassungsgabe und war als engagierte Mitarbeiterin bekannt, die sich nicht so ohne weiteres vorführen lassen ließ.
Sie hatte alle Angaben des Heims über deren Bewohner und zur Abrechnung der Pflegeleistungen, welche ihr Vorgänger dokumentiert hatte, auf ihrem Laptop. Martin Köberl bot ihr die Unterstützung durch einen erfahrenen Mitarbeiter des ‚Medizinischen Dienstes' an, der in der Vergangenheit mit Martin Silbermann gemeinsam unterwegs war. Wenigstens an drei Tagen wäre er ein hilfreicher Begleiter und Zeuge.
Maria war froh über die kompetente Unterstützung und vor allem, dass sie nicht allein das Heim auditieren musste, das in der Presse entgegen den Auditberichten ihres Vorgängers einen eher negativen Ruf hatte.
Tobias Klein war zudem ein knackiges Kerlchen, mit

dem man nicht nur Pferde stehlen konnte. Das gefiel ihr und sie nahm das Angebot gerne an. Ihre fünfjährige Tochter Julia würde zwischenzeitlich von ihrer Mama betreut werden, denn ihr Ehemann Karsten war wieder einmal auf einer längeren Geschäftsreise im Nahen Osten unterwegs, wo er im persischen Golf eine Ölplattform in Betrieb nahm. Sie skypten regelmäßig, aber das half ihr wenig, ihr Lustgefühl zu befriedigen, eher war das Gegenteil der Fall. Maria Bitsch hatte hart gearbeitet, um als Gutachterin zugelassen zu werden. Sie war eine lebensfrohe junge Frau, und die Mutterrolle allein füllte sie nicht aus. Es war ihr nicht leichtgefallen neben Familie und dank der regelmäßigen Auslandseinsätze ihres Göttergatten ihre Berufsausbildung in vernünftiger Zeit abzuschließen. Viel Freizeit mit ihren Freunden blieb da nicht übrig, und ihre berufstätige Mutter hatte auch nicht jedes Wochenende Zeit, ihr die Kleine abzunehmen, damit sie ausgehen und Spaß haben konnte.

Deshalb kam ihr die mehrtägige Dienstreise, noch dazu in angenehmer männlicher Begleitung, nicht ungelegen.

Nach der Besprechung ging Martin Köberl in sein Büro und informierte Tobias Klein über die Prüfaktion, damit der seinen Einsatzplan anpassen konnte. Dann kündigte er dem Heim per Fax eine Überprüfung in den nächsten zwei Wochen an.

Maria beschloss, auf dem Nachhauseweg bei Martin Silbermann vorbeizuschauen, um zu sehen, wie es ihm ging, und ein paar Fragen zum Audit lagen ihr zudem auf der Seele. Sie klingelte bei ‚Silbermann', der in Kranichstein, in der Gruberstaße wohnte. Es dauerte fast zehn Minuten, bis sich eine schwer atmende Stimme an der Sprechanlage meldete.
„Hallo Herr Silbermann, ich bin's Maria Bitsch, kann ich kurz reinkommen? Ich habe da ein paar Fragen wegen der Inspektion der Seniorenoase ‚Jungbrunnen'?"
Ein unterdrückter Husten und ein Gemurmeltes, „aber nicht lange", waren zu hören.
Dann summte der Türöffner.
Martin Silbermann öffnete die Tür einen Spalt breit, mit fiebrigen Augen und ständigem Hustenreiz kämpfend, bat er sie in die Wohnung. Er hielt nichts davon in die Armbeuge zu husten und behauptete steif und fest, das sei eine kleine Sommergrippe, die habe er jedes Jahr. Maria konnte die Aerosole fast mit bloßem Auge sehen. Bloß nichts von Corona zugeben, dachte Maria und hielt von da an deutlich Abstand und setzte ihre Maske auf.
Das Gespräch selbst dauerte nicht lange und half ihr nicht wirklich weiter. Silbermann erklärte, das Heim sei kein einfacher Fall, es gab zwar hin und wieder einzelne Hinweise, die sich vor Ort aber in Luft aufgelöst hätten. Die Menge und Intensität der angeblichen Missstände hätte zugenommen, jedoch

wäre die Heimleitung immer und stets bemüht gewesen, die Situation im Heim zu korrigieren. Beim letzten Mal, d.h. voriges Jahr, wäre die Heimleitung so gerade eben an einer Abmahnung vorbeigeschrammt, weil die Einstufung von Patienten sehr differenziert erfolgt sei. Das wäre schon grenzwertig gewesen.
Ob er das dokumentiert hätte, wollte sie wissen, und Silbermann verneinte, weil damit schon die Abmahnung ausgelöst worden wäre.
Und er sei ehrlich, er wollte der Heimleitung die Chance zur Korrektur nicht vermasseln. Maria bedankte sich und fuhr nach Hause, wo ihre Mama schon das Abendessen für sie und ihre kleine Tochter vorbereitet hatte.
Als sie abends wieder über Skype telefonierten, war ihr Mann dann wenig begeistert, als er von der Dienstreise über eine ganze Woche erfuhr, noch dazu in männlicher Begleitung.
Maria lachte ihn aus und sagte, sie hoffe, er hätte sich zwischenzeitlich keinen Harem zugelegt, worauf er das Thema wechselte.

Kapitel 19

Markus Schmucker, geboren 2.1.1954, alleinstehend mit stressbedingten Herzproblemen aus seiner aktiven Lehrerzeit, Schwager von Othmar Scheuermann, Onkel von Ottilie, frisch pensionierter Lehrer und ebenfalls Stammtischbruder beim Verein „Lebensfreude“, aktiver Nichtraucher, gelegentliche Bordellbesuche.

Seniorenoase Jungbrunnen, Freitag, 11.9.2020, kurz nach Mittag

Ordentlich angemeldet und mit Mundschutz, den er wie immer lässig unter der Nase trug, erschien Markus zum Besuchstermin bei Othmar in der Seniorenoase, und sie saßen in einer stillen Ecke des Gemeinschaftsraumes, der zur Besucherecke umfunktioniert worden war.

Freitags besuchte Markus Schmucker seinen Schwager ab und zu vor dem Stammtisch, um ihn über neue Gerüchte im Dorf auf dem Laufenden zu halten. Markus kam dann normalerweise morgens ins Heim zu Othmar, um gemeinsam mit ihm zu frühstücken, denn allzu viele Kontakte hatte Othmar nicht, und seit er in der Seniorenoase war, fielen seine Stammtischbesuche bedauerlicherweise aus.

Heute hatte sich Markus jedoch wegen eines Arzttermins verspätet, denn sein Hausarzt drängte ihn schon seit einiger Zeit, einen Kardiologen aufzusuchen, um seine Herzrhythmusstörungen und

gelegentlichen Schmerzen in der linken Brustseite genauer unter die Lupe zu nehmen. Deshalb hatte er seinen obligatorischen Besuch im Heim auf den frühen Nachmittag verlegt. Der Kardiologe ließ ihn erstmal dreißig Minuten bei einem Belastungs-EKG mit stufenweise gesteigerter Leistung strampeln, bevor er per Ultraschall die Versorgung der Herzkranzgefäße, den Durchfluss durch die große und kleine Herzkammer und die Herzaktivitäten insgesamt kontrollierte. Er entdeckte einen länger zurückliegenden und vernarbten Hinterwandinfarkt leichterer Natur und riet Markus zu mehr Vorsicht und Abbau von Stress, den er auf seine Belastung als Realschullehrer zurückführte, zu weniger oder besser keinem Alkohol. Nichtraucher war er ohnehin.
Markus schnaufte und versprach, sich brav an die Anweisungen des Arztes zu halten, und kreuzte im Geiste die Finger, denn er würde höchstens versuchen sich langsam an die Vorgaben heranzuarbeiten. Jede schnelle Änderung würde ihm mehr schaden, als seinem Herzen nützen.
Markus war gespannt, was Othmar an Neuigkeiten zu bieten hatte, nachdem Ottilie ihn, Markus, letzten Sonntag ziemlich aufgeregt angerufen hatte, denn offensichtlich hatte Othmar irgendein teures Hobby entdeckt und die Spendierhosen an. Das ließ die ohnehin misstrauische Ottilie noch skeptischer werden. Markus drückte seinen Zweifel aus, ob

Othmar ihm brühwarm weitererzählen würde, welchem Hobby er neuerdings frönte.
Aber Othmar war richtig aufgedreht und musste einiges loswerden.
„Du glaubst es nett, aber genauso war‘s”, wiederholte Othmar zum x-ten Mal, seine Geschichte von den wohltuenden Handreichungen und sonstigen Fertigkeiten, mit denen diese Prinzessin ihn verwöhnt hatte, bis er kam. So etwas hatte er seit Jahren nicht mehr erlebt, und obwohl seine beginnende Demenz das Erinnerungsvermögen seines Kurzzeitgedächtnisses zerstörte, so waren ihm die entspannenden Lustzustände, in die sie ihn versetzte bestens gegenwärtig. Und wie unschuldig und jung sie war. Er bekam beim Erzählen schon wieder einen Steifen und Markus, der staunend vor ihm saß, fühlte, dass seine Hose vom bloßen Zuhören spannte, und sein kleiner Mann zu Leben erwachte.
Strahlend berichtete Othmar, dass er sogar einen Videoclip darüber hätte.
„Du hast ja Nerven, lässt dich verwöhnen und denkst sogar daran, dass dich dein Kurzzeitspeicher im Stich lassen könnte. Herrlich. Lass mal sehen“, lachte Markus und wollte den Clip sehen.
Othmar der seinem Freund freudestrahlend und unter dem Siegel strengster Verschwiegenheit von seinem Sexerlebnis berichtete und das Video zeigte, musste allerdings auch zugeben, dass der Genuss seinen

Preis hatte.
Nicht nur in Euro. Er hatte die ganze Nacht nicht geschlafen, so aufgeregt lag er im Bett, und war am nächsten Morgen wie gerädert, bis sein Hormonspiegel wieder ungefährliche Werte erreichte.
„Na, wenn es weiter nichts ist”, fand Markus durchaus Gefallen an seiner Geschichte. Bevor er ihn verdächtigte, sich das alles nur ausgedacht und ihn auf den Arm genommen zu haben, wollte er noch nur so aus reiner Neugier wissen, wie denn der Kontakt zustande kam. Woher wusste denn die Kleine, dass er so dringend Lebensfreude brauchte?
„Also, das hat sich so ergeben,“ druckste Othmar herum, aber schließlich platzte er doch damit heraus, dass die hauseigene Pflegedienstleitung das Wort Pflege nicht so eng auslegte wie die Krankenkasse, denn die hatte ihn gleich gewarnt, dass das eine IGeL-Leistung wäre.
„Du bist ja vielleicht eine Kartoffel”, stöhnte Markus, dem zeitlebens Lebensfreude nicht fremd war, „du wolltest pimpern glatt über die Kasse abrechnen. Das ist stark“, meinte er bewundernd.
„Und jetzt kommt mein Problem”, bedrängte Othmar jetzt deutlich verlegener seinen Schwager, „kannst Du mir vielleicht demnächst mal mit etwas Kleingeld aushelfen. Ich muss das nochmal probieren, sonst glaub ich, dass ich das alles nur geträumt habe. Das sollte dir der Tipp schon wert

sein", ergänzte er, in der Hoffnung, Markus würde dann eher etwas springen lassen."
„Mal schauen", knurrte der, „nur, wenn es das Geld wert ist. Und dazu muss ich es selber probieren, das ist doch klar. Wie heißt denn deine Prinzessin, damit ich sie mal testen kann? "
„Ich bin mir nicht sicher, ob sie mir ihren Namen gesagt hat. Aber sie war wunderschön. Hundertprozentig ist sie das wert. Hast ja das Video selbst gesehen. Am besten fragst du unsere Nasty, die hilft dir bestimmt weiter. Und du wirst es sehen, wie gut sich das anfühlt."
„Das will ich jetzt wissen", sagte Markus und winkte Nastasia Korolja, die Pflegedienstleitung mit den sehr weiblichen Formen herbei, die sich zuerst dumm stellte. Als sie merkte, wie ernst es ihm war, fragte sie ihn über seine Vorlieben und überhaupt sein persönliches Umfeld, seine Hobbys und seinen Beruf aus. Sie schien mit den Antworten zufrieden zu sein und forderte ihn auf, ihr zu folgen.
„Wie wäre es mit einem kleinen Schnupperkurs für den Anfang? Wenn du dann noch mehr brauchst, rufst du mich einfach wegen eines Termins an. Ist das ok für dich?" Sie sah ihn fragend an, und er nickte unsicher, denn jetzt gab es kein Zurück mehr.
Sie führte ihn zu dem Anbau hinter dem „Wellness"-Seitenflügel des Heims, der eigentlich nicht zur Seniorenoase gehörte, sondern laut Nastasia dem öffentlichen ‚Verkehr' gewidmet war.

Das heißt einem treuen Stammkundenkreis, der ebenfalls die Lebensfreude zum Lebensinhalt erkoren hatte.
Nasty öffnete die Tür zu einem Zimmer, dessen Inneneinrichtung das Thema bestimmte, mit einer kleinen Waschecke und einem pompösen Boxspringbett, dezent beleuchtet und in mattem Rotton gehalten. Sie bat ihn, zu warten, kassierte und sagte, er könne sich schon mal ausziehen, Katra käme gleich.
„Und was ist mit dem Mundschutz", platzte es aus ihm heraus.
„Kannste haben", beruhigte ihn Nasty, „sie wird ihn nur zum Blasen absetzen."
Dann verließ sie grinsend das Zimmer.
Genauso war es und fünfzehn Minuten später fühlte sich Markus wie auf Wolke sieben, und hatte seinen Herzschmerz vergessen.
Das wird ein Fressen für den Stammtisch am Freitag, dachte er, bevor er sich in einen für seine Verhältnisse ordentlichen Erguss steigerte.
Dass er nachher leichte Sehschwierigkeiten hatte und erneut Schmerzen im linken Brustbereich schrieb er weniger dem exorbitanten Erlebnis, sondern mehr dem morgendlichen Belastungs-EKG zu, das ihn an seine Grenzen gebracht hatte. Die Gleichgewichtsstörungen waren verschwunden, kaum dass er sich wieder angezogen und fröhlich pfeifend das Heim verlassen hatte.

Buch 3 Die Bratwa

Wie bei vielen anderen Geheimorganisationen auch, spielen ***Tattoos und Insignien bei der ‚Bratwa'*** *eine große Rolle. Körper-Tätowierungen eines Wory stellen quasi seinen Lebenslauf und seine Familiengeschichte dar. Seine Hände sind eher so etwas wie seine Visitenkarte. Die Tattoos auf den Fingergliedern und am Handrücken bilden eine kurze Liste der wichtigsten Charakteristika, die man über ihn wissen muss: Beruf, Position in der Organisation, Haftstrafen, Name, Religion, Politik und Familie. Der Handrücken ist oft mit einem Autoritätsabzeichen dekoriert. Der Name der Freundin ist oftmals oberhalb der Fingerknöchel verewigt, um zu zeigen, wer ihm gehört. Das russische Wort für „Wolf" steht im Wesentlichen für einen Auftragsmörder, der für seinen Herren Leute zur Strecke bringt. Auf Fingern und Fingergliedern werden oftmals Buchstaben und kleine Symbole eintätowiert. Sollte ein „Wory" seines Amtes oder der Stellung enthoben werden, wird ihm im günstigsten Fall der Finger abgetrennt. Falls er zur Bestrafung exekutiert wird, dann erfolgt die Bestattung durch Verbrennen in einem geheimen Ritual, wobei die Urne an einer nicht ausgewiesenen Begräbnisstätte am Ort seines Wirkens anonym beigesetzt wird.*

Kapitel 20

Willy Hamplmaier, *geboren 30.1.1955 in Erbach, seit 2 Jahren verwitwet, er hat einen Sohn, Hans, und ist ein Ex-Drogenpolizist, der über gute Kontakte zur Kripo in Erbach verfügt. Er hat das Bestattungsunternehmen des Vaters übernommen, ist nebenberuflich ein gut vernetzter und umtriebiger Privatermittler in Michelstadt, Stammtischbruder und Gründungsmitglied im Verein „Lebensfreude" und richtet gerne ‚Flannerts' aus.*

Bad-König, Freitag, 11.9.2020, 19:30 Uhr

In der Kneipe „Zur rostigen Gabel", am Ortsrand von Bad-König gelegen, ging es hoch her. Um den Stammtisch „Lebensfreude" saßen vier stämmige Figuren, die sich im besten Ourewällerisch unterhielten und sich vor Begeisterung auf die Schenkel klopften.

Äppelwoi und Kochkäse mit Musik oder die beliebte Odenwälder Lasagne, bei der sich der italienische Erfinder wegen der fehlenden Tomaten und des untypischen Schmelzzwiebel-Toppings im Grab umgedreht hätte, feuerte die Stimmung weiter an. Sie hatten den lokalen Tratsch und die obligatorischen Herrenwitze durch, bis Markus an der Reihe war detailreich erzählte, was es mit dem „Spezialservice" auf sich hatte, der so effektiv seinen Juckreiz zwischen seinen stämmigen Schenkeln entspannt hatte.

Markus, der eher kein Freund von Äppelwoi war, sah ein bisschen abgekämpft aus, als er eingetrudelt war, und hatte einen ordentlichen Schluck Hefeweizen gebraucht, bevor er so richtig loslegen konnte.
Kein Wort hätte er seinem Schwager geglaubt, schade war nur, dass man heftig bezahlen musste, wenn man nicht im richtigen Pflegegrad war. Er erzählte ein bisschen konfus, und die Freunde dachten schon, er hätte einen zu großen Schluck auf nüchternen Magen genommen. Er erzählte dann zum wiederholten Male, wie toll es war, und natürlich ließ er die Gleichgewichtsstörungen und Sehproblemen weg, an die er sich kaum noch erinnern konnte.
Wieder wieherndes Gelächter seiner Kumpane, mit denen er sonst um die Lufthoheit der Stammtischpolitik kämpfte. Die anderen am Tisch wollten Markus, einem vor den Sommerferien pensionierten Lehrerkollegen, der sich auch sonst gerne in lebenslustigen Erzählungen erging, die Geschichte nicht gleich abnehmen.
Und das war noch nicht alles, wusste Markus. Das Mädel, das seine Enkelin hätte sein können, hatte alles was man sich, als Mann so wünscht, das war schon etwas Besonderes. Und er kam ins Schwärmen, als er auf ihr Alter und ihre samtweiche junge Haut zu sprechen kam.
„Ich wäre ja niemals auf so eine Idee gekommen,

wenn nicht der Othmar, mir brühwarm erzählte, was dieses Mädel so alles drauf hat", ergänzte er und schaut in die ungläubigen Gesichter der Stammtischbrüder.
„Dummes Geschwätz", warf Willy ein, „du glaubst doch nicht echt, dass die vom Heim die Alten derart bescheißen. Die machen sich doch strafbar, und gerade jetzt in Corona Zeiten. Da entziehen sie denen auf eins zwei drei die Lizenz. Das können sich die Herrschaften ja gar nicht leisten, und dann noch der Blödsinn von wegen IGeL-Leistungen und das bezahlt die Krankenkasse nicht. Du bist schon so ein Labbeduddel!"
„Willy hat vollkommen Recht. Da hat dir Othmar einen ganz schönen Bären aufgebunden. Das gib es ja im Leben nicht. Die riskieren doch für ein paar Lappen nicht ihre Lizenz?" Oliver mischte sich ein, der „Schrotti" der Runde, wie der mit allen Wassern gewaschene Schrott- und Autohändler mit seinem Spitznamen genannt wurde.
Die Gerüchteküche wusste es mit Sicherheit, und die Stammtischfreunde zweifelten nicht daran, dass Schrotti am Puff WELLNESSOASE in unmittelbarer Nachbarschaft beteiligt war. Schrotti für seinen Teil fürchtete weniger die Gerüchte an sich, er sorgte sich mehr um die negativen Auswirkungen auf seine Geschäftsanteile an der Seniorenoase, an der er über die Stiftung stiller Teilhaber war. Seine Angst vor wirtschaftlichen Einbußen, falls

Missbrauchsvorwürfe öffentlich würden, war größer als die Sorge um das wegen Corona zurzeit geschlossene Puff.
Der Einwand von Oliver ging ohnehin im Gegröle der Stammtischrunde unter, und jeder ergänzte die Geschichte noch um etwas, was man sich halt so als Entspannungsservice erträumt, und die Ehefrau üblicherweise nicht in ihrem Serviceangebot hat.
Willy erkundigte sich bei Markus in einer ruhigen Minute, als die laufend mit Äppelwoi nachgefüllten Bembel [20.4)] wieder einmal für einen tiefen Schluck zu den Mündern der Stammtischbrüder wanderten, intensiv nach den Details seines Erlebnisses in der Seniorenoase. Das fiel sogar Oliver auf. Oliver ließ zu dem Zeitpunkt zwar deutliche Anzeichen der Alkoholwirkung erkennen, aber er war nüchtern genug, um mehr als freundschaftliche Sorge in Willys Interesse zu wahrzunehmen.
„Hört doch mit dem Blödsinn auf", versuchte er abzublocken.
„Warum interessierst du dich denn seit Neuestem für das Heim? Willst du dort einziehen?", spottete er.
„Ach was, wo denkst du hin", wiegelt Willy ab, „aber ich bin da an etwas dran, das lässt mir keine Ruhe. Und Markus' Geschichte, passt dazu."
„Pass bloß auf, dass du es nicht zu weit treibst, mit deinem Herumstochern. Die vom Heim mögen das überhaupt nicht, wenn man denen in die Suppe spuckt. Und grad scheinen sich einige Leute

geradezu enorm für das Heim zu interessieren und es schlecht zu reden. Ich hoffe, du gehörst nicht zu dieser Truppe."
„Ich kann noch gar nichts sagen", wehrte Willy ab. „Wir haben ja erst angefangen, uns mit der Sache zu beschäftigen, nachdem Steffi mir so einiges angedeutet hat", versuchte er das Gespräch in die Länge zu ziehen.
Aber Oliver blockte ab. Er nahm einen kräftigen Schluck und lenkte das Gespräch in eine andere Richtung.
„Du hast jetzt Verstärkung im Geschäft bekommen, hört man?", so fing er unschuldig an.
„Stimmt", gab sich Willy nicht unbedingt gesprächig, wenn es um seine Familie ging.
„Wohnt der Junior bei dir, und stimmt es, dass er seine große Tochter mitgebracht hat?", bohrte Oliver weiter und Willy meinte nur, ‚nein, der Junior sei erstmal temporär bei einer Kollegin untergekommen, aber eine Wohnung suche er noch.' Jetzt suchte Willy seinerseits das Gespräch beenden, aber Oliver ließ nicht locker, „das heißt deine Assistentin, die kleine Hexe, macht sich grad an deinen Junior heran?"
Jetzt wurde es Willy zu bunt, und er sagte ihm, er sollte das den Hans selber fragen.
Willy und Oliver schwiegen sich wieder an, und Oliver überlegte, wie er seinen Sohn Wolfgang auf Hans Hämmerle ansetzen sollte. Georg Jährling, der

nur jeden zweiten Freitag Zeit für den Stammtisch hatte, saß tief in Gedanken versunken am Tisch und hörte die Stimmen der fröhlichen Runde wie aus weiter Ferne. Es dauerte eine Weile, bis die Geschichte von Markus Sexabenteuer in sein Bewusstsein eindrang.
Ganz langsam verdunkelte Zornesröte sein Gesicht, wenn er daran dachte, dass es gerade mal eine Woche her war, dass seine kleine Mia im Zusammenhang mit seiner kritischen Reportage über Unregelmäßigkeiten im Heim Jungbrunnen entführt worden war.
Seit er eine Verbindung zwischen der Seniorenoase und der russischen Mafia vermutete, schlief er nicht mehr richtig, und er hatte nur eines im Sinn.
Er musste Mia da rausholen, koste es, was es wollte, und die Vorstellung, dass seine minderjährige Tochter in einem türkischen Bordell landen könnte, zeigte ihm das volle Ausmaß dieser dekadenten und lächerlichen Stammtischdiskussion.
„Genug ist genug", brüllte er in einem Anfall von blindem Zorn, der ihn wie aus dem Nichts überkommt, und schlug mit der Faust auf den Tisch. Das war nicht so gut, denn er hatte erst vor zwei Tagen seinen Gips abgenommen bekommen, und so spürte er den Schmerz doppelt.
„Dass alte Säcke Kinder ficken, das ist das Letzte, was ich heute brauche", schrie er die Runde an.
Seine Kumpels, die bis zu diesem Augenblick alles

für einen Mordsspaß hielten, verstanden Georg überhaupt nicht. Willy bemühte sich, schlichtend einzugreifen, dabei geriet Georg mit den Kumpels richtig in Streit und alle brüllten zurück, bis sie sich fast prügelten.
Wütend verließ Georg das Wirtshaus, und Willy schnappte sich seine Schiebermütze und lief ihm nach.
„Ich kann den Scheiß nicht mehr hören, Willy", stammelte er, „ich möchte nur noch Mia gesund zurückhaben."
Willy nickte verständnisvoll und legte ihm beruhigend die Hand auf die Schulter, während Georg fast in Tränen ausbrach.
„Ich ruf dich an", war alles, was er sagen konnte.
Georg wandte sich ab und ging mit gesenktem Kopf, die Straße zu seinem Auto und fuhr zurück nach Fürth.

Kapitel 21

Mia Jährling, geboren am Sonntag 6.8.1995, in Fürth, Tochter des freiberuflichen Journalisten Georg Jährling. Ihre Mutter verstarb vor einigen Jahren, sie besucht das Gymnasium in Fürth und lebt bei ihrer Oma, weil ihr Vater ständig unterwegs ist.

Fürth, Sonntag 13.9.2020, 05:00 Uhr

Vierzehn Tage waren seit Georgs Gespräch mit Maxim vergangen, bei dem es um die Freilassung seiner Tochter Mia ging, die am 28. August 2020 entführt worden war. Eine schier unendliche Zeit, in der Georg zwischen Wut, Angst und Verzweiflung schwankte und mit seinen Ethikvorstellungen kämpfte, was das Anprangern von Missständen im Pflegesektor anbelangte, was er sich auf die Fahne geschrieben hatte.

Natürlich hat seine Sorge darüber, was diese Bande seiner Tochter antun könnte, über die Veröffentlichung der Wahrheit gesiegt. Zwischenzeitlich hatte er einen langen Artikel veröffentlicht, in dem er, so wie es die Entführer von Mia gewünscht hatten, seine frühere Darstellung korrigierte. Er berichtete, ohne allzu dick aufzutragen, wie wohlbehütet die älteren Herrschaften in der von ihm früher so gerügten Seniorenoase tatsächlich wären, nachdem er sich einen umfassenden Eindruck vor Ort verschaffen konnte. Er hätte erlebte, wie wohl sich die

Heimbewohner dort fühlten, und wie sie verwöhnt und umsorgt wurden. Von Spezialbehandlungen mit Blutauffrischung, Stammzellentherapien und therapeutischen Entspannungsübungen einschließlich Ayurveda ganz zu schweigen. Und das alles zu Pflegekosten, die weit unter dem ortsüblichen Tarif lagen.

Mit einem Wort, besser könnte es den alten Herrschaften gar nicht gehen, und er würde sich öffentlich für seine fehlerhafte Einschätzung von früher entschuldigen. Demnächst hätte er noch Gelegenheit, mit der zuständigen Heimaufsicht ein Interview zu führen, und diese Darstellung sollte dann in der nächsten Ausgabe des Odenwald Journal das Bild zum Gesamtzustand des Heimes abrunden.

Der Artikel war am Samstag in der Wochenendausgabe erschienen, und er hatte noch am selben Tag telefonisch die befreiende Nachricht bekommen, wo und wie er Mia am Sonntag einsammeln könnte.

Die Entführer hatten Wort gehalten, und Mia war an diesem Sonntag freigelassen worden. Er hatte sie, die zitternd wie Espenlaub und mit verbundenen Augen und Kopfhörern im Ohr an einer Bushaltestelle in Krumbach saß, um 05:00 Uhr früh abgeholt und nach Hause gebracht.

Ihre erste Frage war, wie es Oma gehen würde, und er beruhigte sie, denn die Oma hatte von der Entführung überhaupt nichts mitbekommen. Sie war

am Morgen dieses 28. August eine längere aber unbestimmte Zeit benommen und neben der Spur. Irgendwann war der Fernsehlärm so laut, dass sie sich gewundert hat, wieso sie ohne Ohrstöpsel in ihrem Fernsehsessel saß. Sie drehte den Ton zurück, sah, dass es schon ein Uhr vorbei war, und rief nach Mia, die aber nicht mehr antwortete.
Die Oma wunderte sich ein bisschen und dachte, dass sie wohl im nachmittäglichen Wechselunterricht in der Schule sei. Und aus diesem Grund steigerte sich ihre Besorgtheit, und bis Georg nach Hause kam, war sie extrem aufgeregt, weil Mia immer noch fehlte.
Georg hatte Oma daraufhin etwas von einer Klassenfahrt mit einer darin eingeschlossenen vierzehntägigen Quarantäne erzählt, denn die Nachricht der Erpressung wollte er ihr nicht zumuten.
Oma saß fertig angezogen am Frühstückstisch und freute sich so richtig mit Freudentränen in den Augen auf die Rückkehrerin.
„Mein Gott, du Arme, das ist ja schrecklich, statt einer fröhlichen Klassenfahrt zwei Wochen in einer tristen Jugendherberge auf Sylt in Quarantäne, das stelle ich mir ja schrecklich vor", sagte Oma und drückte das Mädchen, das sie um Kopfes Länge überragte.
„Na ja, so schlimm war es gar nicht, außer, dass das Essen schrecklich war, immer nur Fisch in allen

Varianten, und ich mag doch Fisch gar nicht", versuchte Mia die Sorgen der Oma zu zerstreuen. Dann stürzte sie sich mit einem Wolfshunger auf das leckere Frühstück mit einem weichen Ei und einem knusprigen Körnerbrötchen dick mit Käse belegt. Und wie sie den sylter Strandtee liebte, den es sinnigerweise im Landschulheim im Mövenberg nicht gab, den ihr die Oma aber jetzt in der dampfenden Tasse hinstellte.

Sie aß schweigend und überlegte, wie sie den fragenden Blick ihres Papas, der sich bisher mit allzu vielen Fragen extrem zurückhielt, beantworten sollte.

„Ich glaube, ich gehe hoch. Ich lege mich ein bisschen hin", seufzte Mia und sah ihren Papa vielsagend an.

Georg wartete ein paar Minuten, und folgte Mia dann in ihr Zimmer, wo er sie weinend vorfand, und lange in den Arm nahm.

„Wie hast du die Zeit bei den Entführern verbracht, mein Schatz? Und was haben sie mit dir angestellt", wollte Georg wissen.

„Also, sie haben mich ab dem Zeitpunkt, wo ich in einem fensterlosen Zimmer wach wurde, nicht angerührt. Am Anfang war ich noch an das Bett gefesselt, aber ich hätte auch nicht die Energie gefunden, auszubrechen oder sowas in der Art. der Raum hatte eine massive Tür, die immer geschlossen war. Es gab eine Waschstelle, ein WC und sogar eine

Dusche in dem Raum, und ich bin ziemlich sicher, dass dort professioneller Sex praktiziert wurde. Es waren auch sehr eindeutige Fotos an der Wand. Und es war ja alles in diesem Puffrot gehalten", sie errötete, „hab ich mal im Kino gesehen", ergänzte sie entschuldigend.
„Die Frau, die mich ‚betreute' hat auch schon mal etwas in der Art gesagt, dass mir das sicherlich Spaß machen würde, als ich diese Pornobilder an der Wand angestarrt habe", sagt Mia und zitiert die Nastasia, ‚wenn dein Papa nicht mitspielt, dann darfst du auch mal sowas probieren. Ich werde schon etwas Passendes für dich auftreiben.'
„Keine Ahnung, was sie damit gemeint hat", Mia zuckte mit den Schultern und fährt fort, „das Essen war genießbar. Aber das Schlimmste war, dass ich meistens allein war. Da half auch der Fernseher nicht, der von der Decke hing, und ich bin sicher, dass in dem Raum eine Überwachungskamera mitlief."
Mia schaute ihren Papa fragend an, „Ich habe immer noch keine Ahnung, warum die mich überhaupt weggesperrt haben. Ich weiß auch nicht, wo ich war. Diese Frau, die mit einem fremden Akzent deutsch sprach, erging sich in Andeutungen, dass alles von dir abhängt, weil du so gemein zu ihr warst?"
„Ja, sie haben mich wegen meiner Artikelserie vom letzten Monat gegen das Seniorenheim Jungbrunnen erpresst, und dich entführt, damit ich meine Kritik

zurücknehme und widerrufe. Es ist unfassbar, dass sowas heutzutage überhaupt stattfinden kann", Georg war ehrlich verzweifelt, „es tut mir so leid für dich, dass du das ausbaden musst, was diese Gauner mir antun wollten."
Mia schluchzte, „ich war so allein die ganze Zeit. Und ich habe mich so schwach und schutzlos gefühlt. Mein starker Papa war weit weg, und ich hatte keine Möglichkeit, um Hilfe zu rufen."
Georg hörte stumm der Anklage seiner Tochter zu, die zum ersten Mal mit ihm darüber redet, wie oft sie sich alleingelassen fühlte.
„Du warst ja auch sonst nie so richtig für mich da", das klang anklagend und Mia legte nach, „was nützt mir denn, dass du ein starker Beschützer bist, wenn du nie da bist. Egal, ob ich den Verlust von Mama oder das Mobbing in der Schule überstehen musste, du warst einfach zu oft weg. Das ist mir in dieser Zeit erst so richtig aufgefallen." Georg zögerte, was er sagen sollte. Es stimmte, und er wusste es.
„Ich werde ab jetzt für dich da sein, ich verspreche es", er hoffte, dass er seine Zusicherung halten wird, und sie ihm glaubt.
„Kannst du dich an irgendetwas Konkretes erinnern, oder warst du nur in diesem einen Raum", fragte Georg nach, um vielleicht doch noch einen brauchbaren Hinweis auf die Entführer aus ihrem Gedächtnis zu locken.
„Nein, sorry. Ich war in dem Raum, seit ich wach

wurde, und sie haben mir beim Weggehen heute Morgen die Augen verbunden und diese Kopfhörer zu meinem Handy aufgesetzt. Ich habe nichts gehört und gesehen, außer dass ich in ein Auto verfrachtet wurde. Sie haben mich irgendwann ausgeladen und mit den Kopfhörern und verbunden Augen auf eine Bank gesetzt, wo du mich gefunden hast. Ich durfte sie nicht abnehmen, und ich wagte es nicht, bis du kamst."
Sie weinte wieder.
Dann schnäuzte sie sich und schaute aus geröteten Augen Georg an, „aber ich habe ein Mädchen kennengelernt".
Georg schüttelte ungläubig den Kopf und Mia fuhr fort, „zuerst habe ich nur hie und da Stimmen gehört, als ob gelegentlich mehrere Mädchen an dem Zimmer vorbeiliefen. Ich habe gegen die Tür getrommelt und gerufen, aber da kam nichts. Es wurde nur still, und sie liefen wohl weg."
„Aber eines Abends hörte ich eine Stimme genau hinter der Tür, und eine Mädchenstimme fragte, wer ich sei. Ich rief meinen Namen, und dass ich hier eingesperrt sei. Die Stimme sagte, sie hieße Katra und wäre auch eingeschlossen, zwar nicht in einem Zimmer, aber in dem Haus und dass Nasty sie nicht aus den Augen ließ. Ich fragte, wer Nasty sei, und es scheint dieselbe Frau gewesen zu sein, die auch mich ‚betreute'." Atemlos hielt Mia mit ihrer Geschichte inne.

Georg fragte, „hat sie gesagt, wie sie dorthin kam?“
„Das habe ich sie auch gefragt, und sie sagte, sie käme aus Rumänien und wollte fliehen, wenn sie gewusst hätte wie. Am heftigsten fand ich ihre Bemerkung, dass sie es leid wäre, diese alten Säcke zu poppen, das wäre das Schlimmste von allem.“
„Das heißt aber doch, dass du tatsächlich in einem Bordell warst. Mein Gott, ich darf gar nicht daran denken, was die dir und mir alles angedroht hatten”, stöhnte Georg auf, „was weißt du sonst noch?“
„Nicht viel, denn wir hatten nur ein paar Minuten die Chance zu sprechen, und dabei rief sie mir das zu, aber mehr weiß ich wirklich nicht.“
„Das ist mehr, als ich zu hoffen wagte”, sagte Georg und dachte an sein Versprechen seinen Bestatterfreund anzurufen.
„Ich muss mit meinem Freund Willy das alles durchsprechen, um es richtig einordnen zu können. Im Moment weiß ich grad nicht weiter.“
„Glaubst du, dass du das alles in der nächsten Zeit für dich behalten kannst, um weiter zu Schule zu gehen, als ob nichts wäre? Auch Oma sollten wir nicht beunruhigen”, wollte Georg wissen. Sie nickte unter Tränen und er drückte sie lange, bevor er sie allein ließ.

Kapitel 22

Frank Koch, *geboren 11.7.1960 in Michelstadt, ledig, Chemiker, Teilhaber und eingetragener Geschäftsführer der Stiftung Jungbrunnen. Personalchef der Seniorenoase. Statthalter und Nummer 1 des deutschen Ablegers der ‚Bratwa' und verantwortlich für den Drogenhandel der ‚Gesellschaft'. Bietet als Womanizer mit eigener Webseite seine Fähigkeiten für liebebedürftige Damen jeden Alters an.*

Michelstadt, Mittwoch, 16.9.2020, 16:30 Uhr

Martin Köberl, der Willy beauftragt hatte, ihm bei der Aufklärung von Ungereimtheiten in der Seniorenoase Jungbrunnen zu helfen, rief kurz an, und machte die Sache dringend. Er bat ihn, das Gutachterteam bezüglich einer Recherche über den Träger des Pflegeheims zu unterstützen, außerdem ging es um die Arbeitsverträge des Pflegepersonals und anderer Dienstleistungen. Da Pflegeheime, abgesehen von „nicht eng verbundenen Umsätzen" z.B. die Lieferungen von Speisen, Getränken oder Medikamenten an Besucher, sowie die Leistungen von Zentralwäschereien und Apotheken, umsatz- und gewerbesteuerbefreit waren, bewegte die Heimaufsicht auch die Frage, ob es Hinweise zu Steuerhinterziehung gäbe. Je nach Erkenntnis wollte er dann direkt eine Steuerprüfung lostreten.

Der Auftrag, die Seniorenoase Jungbrunnen genauer unter die Lupe zu nehmen, hatte das Potenzial zu

einem größeren Umsatzschub für die neue Wirtschaftsdetektei, die Hans gegründet hatte. Willy gab den Auftrag denn auch gleich an den Junior weiter, und Hans freute sich, seinen Beitrag zum Firmenbudget beizusteuern. Dann würde es seinem alten Herren leichter fallen, den Weg zur Nachfolge frei zu machen.
Willy selber hatte freilich kein Problem damit seinem Junior den Weg frei zu machen. Er war gut ausgelastet mit dem kürzlich hereingenommenen Auftrag zur Klärung der Einbruchserie. Allerdings war der Auftrag mit einem Bonus im Erfolgsfall verknüpft, mit der Konsequenz, zum Erfolg verdammt zu sein. Banker ließen sich halt das Geld nicht einfach aus der Nase ziehen. Und die üppigste Spesenabrechnung leistete keinen Deckungsbetrag für das Büro. Es war wie immer ein Seiltanz, und er drückte dem Junior alle Daumen zur erfolgreichen Abwicklung.
Seine eigentliche Tätigkeit als Bestatter ließ ihm aufgrund der gestiegenen Todeszahlen mit Covid ohnehin kaum mehr Zeit für seine Ermittlertätigkeit, die er als gutbezahltes Hobby bezeichnete. Mit Bestattungen allein konnte man schon lange keine großen Sprünge mehr machen, noch dazu, wenn die Hinterbliebenen Leute waren, die nicht mit silbernen Löffeln aßen.
Covid hatte nicht nur den Vorteil die Rentenkassen zu entlasten, es gab den Bestattern zumindest einen

kleinen Schub in Richtung profitables Geschäft. Also hütete er sich auch in den allgemeinen Jammer über die Pandemie miteinzustimmen, denn jede Einäscherung bedeutete einen bescheidenen Gewinn. Ein nicht zu unterschätzender Vorteil in einer Zeit, in der das unterhaltende Gewerbe auf Eis gelegt war. Hauptursache für die rapide gestiegenen Todesfälle im zweiten Quartal waren Coronaausbrüche in den Pflegeheimen, und die Seniorenoase Jungbrunnen hatte einen kleinen Peak im Frühjahr.

Willy untersuchte die bei ihm abgelieferten Toten absolut sorgfältig, desinfizierte sie doppelt und bei einigen fiel ihm neulich auf, dass die Leichen aus der Seniorenoase geringe oder keine Symptome von Covid-19 aufwiesen. Dafür hinterließen sie aber einen aufgetauten Eindruck, denn die Kerntemperatur bei einigen, die ihm verdächtig vorkamen, lag knapp unter null Grad, und das war selbst für gekühlte Leichen verdammt wenig. Er hatte noch keine Zeit gehabt, sich diesen Fällen genauer zu widmen, aber er hatte die Namen vorsorglich an Steffi Schwaiger weitergeleitet und Hans parallel informiert. Es könnte ja sein, dass die Heimleitung von einigen Heimbewohnern die Sterbeurkunde verzögert anfertigen ließ, um die Pflegesätze länger abzurechnen. Das wäre ganz schön lukrativ bei gleichzeitig entfallenden Pflegekosten.

Die Beweislage wäre schwierig bis unmöglich, denn

falls es sich um Bewohner ohne Angehörige handelte, fehlte jede Anzeige von deren Seite. Dazu kam, dass wieder einmal wegen Corona, der gesamte Besuchsverkehr zu null reduziert worden war, und die Bewohner praktisch ihre Zimmer oder Wohnungen nicht verlassen durften. Nettes Geschäftsmodell, dachte Willy, der sich durchaus vorstellen konnte, dass die Heimleitung die Totenschein-Ausstellung zu manipulieren imstande war.

Dass er nicht so viel Zeit in den Ermittlerjob investieren konnte, wie es brauchte, um sorgfältig zu recherchieren, frustrierte ihn ungemein. Er hatte mehr und mehr das Gefühl, dass ihm das Ermitteln über den Kopf wuchs. Das war auch der Grund, warum er Hans bedrängt hatte als privater Ermittler in seinem kleinen Unternehmen einzusteigen, nachdem er lange Jahre überhaupt keinen Kontakt zu ihm hatte.

Eine Übernahme des bisher in der Familie weitergegebenen Bestattungsunternehmens stand sowieso nie zur Disposition. Sein Sohn wollte seit dem Tod seiner Frau absolut nichts mit Geschäften mit Toten zu tun haben. Das war nur allzu verständlich nach dem schrecklichen Vorfall mit seiner Frau, der den Junior dazu getrieben hatte, alle Zelte hinter sich abzubrechen und in der Schweiz einen Neuanfang zu starten.

Alles, was Hans bisher beruflich aufgebaut hatte,

würde perfekt in das Arbeitsgebiet einer Wirtschaftsdetektei passen, und das Aufstöbern von Versicherungsbetrug war auch ein deutlich einträglicheres Geschäft als sein Geschäftsmodell, das sich hauptsächlich um Einbrüche und eheliche Treueprobleme rankte.
In der Corona Zeit war sein Butter- und Brot-Geschäft mit untreuen Ehepartnern massiv eingebrochen, weil sogar die kreativsten unter den Eheleuten gemeinsam zu Hause im Home-Office waren und ein mehrmonatiges Besuchsverbot sie wieder einander näher brachte. Damit stieg zwar die Gewalt in vielen Ehen an, aber die Streitigkeiten eskalierten selten bis zu einem Todesfall oder einem Seitensprung.
Hans, hingegen hatte seit seinem vor vielen Jahren ins Wallis verlegten Lebensmittelpunkt Schritt für Schritt dieses Geschäftsfeld aufgebaut mit dem Schwerpunkt Kfz-Versicherungsbetrug.
Er hatte es geschafft, einen Stammkundenkreis von international tätigen Versicherern zu etablieren, und der Wechsel in die Rhein-Main-Neckar-Region, wie er den Odenwald gerne höherwertig einstufte, hatte bisher reibungslos funktioniert.
Folgerichtig hatte Hans in den ersten Wochen nach seinem Umzug nach Michelstadt die Versicherungslandschaft von Frankfurt bis Heidelberg und Miltenberg abgeklappert, um seine Ermittlerkompetenz anzubieten. Im südlichen

Hessen schälte sich, vermutlich getrieben durch die Corona Pandemie, ein Ermittlerschwerpunkt zur Betreuung der Kranken- und Pflegekassen heraus. Hans nahm es, wie es kam, wichtig war ihm nur, eine Art solide Basis aufzubauen mit einem zuverlässigen Kundenstamm.

Willy und Hans wühlten sich nach dem Telefonat mit Martin Köberl durch das Onlinedickicht der Pflegeheimlandschaft, von denen die Seniorenoase Jungbrunnen im Odenwald nur eine von vielen war, die von einer Stiftung mit dem gleichlautenden Namen betrieben wurde.

Nach dem dunklen Hinweis von Georgs Erpresser zu den Todesfällen im Drogenmilieu vor zehn Jahren, waren sie auf der Suche nach Querverbindungen zu besagter Seniorenoase, deren Schwachstellen Georg seit Monaten der Öffentlichkeit präsentierte.

Es gelang ihnen zwar, eine Menge Details herauszufinden, aber die Recherche war mühsamer, als erwartet, und Hans wurde immer ungeduldiger, was bei ihm kein gutes Zeichen war.

Steffi steckte den Kopf zur Tür herein, weil die beiden Herren Chef Ermittler ihre speziellen Fähigkeiten zur Datenrecherche angefordert hatten. Sie bereicherte die biedere Männerrunde gewöhnlich mit ihrer guten Stimmung und dem bunten Outfit. Heute hatte sie Emma im Schlepptau und Hans benötigte ein paar Minuten, um sich emotional zu sammeln.

„Also, das haben wir bis jetzt herausgefunden:", versuchte Hans eine kurze Zusammenfassung.
„Es gibt mindestens drei über Hessen verteilte Pflegeheime mit dem Markennamen Jungbrunnen, die von einer gemeinsamen Stiftung mit Sitz in Dieburg verwaltet werden. Da die Stiftung die Rechtsform einer ‚Stiftung GmbH & Co. KG' gewählt hat, ist der Träger verpflichtet sie im Handelsregister einzutragen, aber da haben wir keinen Zugriff. Außerdem müssten die Kommanditisten, d.h. die Stifter, im ‚Hessischen Stiftungsverzeichnis' und seit 2017 im Transparenzregister eingetragen sein. Auch dort haben wir keinen Zugriff."
„Ja, was habt ihr denn den ganzen Nachmittag über so getrieben", spottete Steffi und sagte, „lasst mich mal ran."
Steffi nutzte ihre Zugriffsmöglichkeiten, die sie von Amts wegen hatte und der Eintrag im Handelsregister in Dieburg war nach einigen Klicks und Eingaben gefunden. Das Ergebnis war zwar erstaunlich, es brachte aber nichts Erhellendes bezüglich der gesuchten Querverbindung zu einer kriminellen Organisation.
Der einzige Eintrag zur besagten Stiftung erfolgte zum Zeitpunkt der Gründung im Jahre 2002 und wies als Geschäftsführer einen Herrn Frank Koch aus, geboren am 11. Juli 1960. Im Jahr 2008 hatte dann das erste Pflegeheim, die Seniorenoase, seinen

Betrieb aufgenommen. Alle Unternehmungen firmierten unter dem logo ‚Jungbrunnen'.
Steffi versteifte sichtlich bei der Erwähnung des Namens des Geschäftsführers.
Frank Kochs gab es zwar bundesweit wie Sand am Meer, und sogar im Odenwald war das ein nicht ungebräuchlicher Name. Steffi saß so aufrecht, als hätte sie einen Besen geschluckt, seit der Name aufgepoppt war. Sie prüfte flugs im Melderegister das Geburtsdatum eines der genannten Frank Kochs, wohnhaft in Groß-Umstadt am Herrnberg. „Bingo, Volltreffer", freute sich Steffi, um sich sogleich endgültig erschrocken die Hand vor den Mund zu halten.
„Mein Gott, das darf doch nicht wahr sein. Schon wieder dieser Labbeduddel. Das ist doch tatsächlich ein und dieselbe Person, dieser ‚Herzbube' und dieser Geschäftsführer von der Stiftung Jungbrunnen", stöhnte sie auf.
Willy und Hans sahen einander verblüfft an, aber Steffi sagte nur, „das hat nichts mit euch und dem Fall zu tun. Mir ist grad richtig schlecht." Und sie rannte, die Hand vor den Mund gepresst aus dem Raum.
Nach Ansicht von Hans war es ein eher mageres Ergebnis, was sie bisher ans Licht brachten. Es fanden sich keine Hinweise zur Drogenszene, und wegen potenzieller Steuerhinterziehung zu ermitteln hätte des Zugriffs auf die Steuerakten der Stiftung

im Finanzamt Michelstadt bedurft. Und dafür war Steffi zuständig, die jetzt vor der Tür mit einer Zigarette ihre Übelkeit bekämpfte und einige Minuten brauchte, um den Hinweis auf Frank zu verdauen. Ihren Frank, den sie von Zeit zu Zeit als Hormonsenker und Frauenversteher gebucht hatte, und der sie kürzlich kontaktierte, sie wie aus heiterem Himmel bedrohte und ihr die Kündigung beim Gesundheitsamt nahegelegt hatte. Als sie sich wieder gefangen hatte, setzte sie sich an den Computer, aber Willy und Hans hatten Klärungsbedarf.

„Steffi, wir hören dir jetzt aufmerksam zu. Erzähl, was dich bedrückt, am besten der Reihe nach."

„Der Herzbube, was bedeutet der denn für dich? Du hast doch so einen Kerl, der mit Frauen nur Schindluder treibt, gar nicht nötig?", fragte Willy pikiert.

„Na ja, er hat mir ein paar Mal aus einer schwierigen Phase geholfen", druckste Steffi herum und ging nicht weiter auf Willys Frage ein. Hierzu musste sie erst mit sich selber ins Reine kommen.

Ihr brummte der Kopf, und sie bat Willy um Bedenkzeit bis zu ihrem nächsten Arbeitstreffen. Insgeheim nahm sie sich vor, offen mit Hans darüber zu reden, das würde ihr helfen, den dicken Brocken zu verdauen.

Emma war bisher im Hintergrund geblieben und hatte nur mitbekommen, dass ihr Papa und Steffi

versuchten, eine Verbindung zwischen dem Heim und einer obskuren Mafia-Organisation herzustellen. Aus der Miene von Hans war offenkundig, wie besorgt er war, obwohl er sich größte Mühe gab, es zu verbergen.
Emma hörte dem Frage-Antwort-Spiel mit Steffi mit halbem Ohr zu und brachte ihrerseits aus dem Gedächtnis ein paar Bilder zu den aktuellen Vorgängen in einen neuen Zusammenhang. Einzelne Szenen, die sie als Fünfjährige erlebt hatte, spülte ihr Langzeitspeicher aber erst mit dieser konkreten Fragestellung in ihr Bewusstsein.
Da war ihre Mama, mit der sie vorwiegend Paschto und gelegentlich Russisch gesprochen hatte, ohne sich der Bedeutung dieser Tatsache jemals bewusst gewesen zu sein. Da war dieses ständige und manchmal nervige Versteckspiel. Selbst wenn es ihr in ihrer Kindheit gefiel, mit Sack und Pack von einem Ort zum Nächsten zu ziehen, die Flucht begleitete sie ständig.
Und dann kam dieser so überhastete Aufbruch mitten in der Nacht, den sie von da an mit dem Verlust ihrer geliebten Mama verband, ohne dass sie je erfuhr, warum das alles passierte. Danach rief ihr Papa sie mit einem Namen, der nur mehr so ähnlich klang wie ihr Taufname. All das hatte sie längst vergessen, weil es niemals mehr erwähnt oder angesprochen wurde. Sowohl ihre Mama als auch ihr Papa hatten etwas vor ihr verborgen, was mit Mamas

Herkunft und Leben verknüpft war. Sie waren, solange sie sich an ihre Kindheit erinnerte, immer auf der Flucht vor irgendetwas. Gefährliche Männer waren hinter ihnen her, hatte ihr Papa damals die Sache wenig konkret aus ihrem Blickfeld verbannt. Die Tante in Frankfurt, die sie mehrmals mit Papa besucht hatte, kurz bevor Mama verschwand, sagte etwas, das in ihrem Gedächtnis haften geblieben war.

„Jetzt habt ihr endlich Ruhe vor diesem russischen Pack, jetzt dürft ihr unbeschwert neu anfangen und das Versteckspiel hat ein Ende." Ab und zu hatte ihr das Spiel schon gefallen, aber als sie diesen kurzen Satz unterbewusst aufnahm, fühlte sie sich erleichtert.

Emma sagte die ganze Zeit kein Wort, bis sie sich ein Herz fasste.

„Da ist noch etwas", sagte sie leise. „Diese Nastasia ist nach dem Briefing in das Büro nebenan gerannt, und ich habe ein paar Brocken eines kurzen, aber heftigen Gesprächs mit einem Maxim mitbekommen. In Russisch", sagte sie zu dem überraschten Ermittlerteam. „Ich kann zwar nur ein paar Brocken, aber ich habe Maxim klar sagen hören: ‚Wenn diese … keine Ruhe gibt, dann … wir … zum Schweigen'. Oder so ähnlich, ein paar Worte kannte ich nicht. Hat das etwas zu bedeuten?"

Willy und Hans sahen einander an, und bevor Willy noch den Mund zu einer Bemerkung öffnete, erklärte

Hans, dass es doch zu etwas gut war, dass Alina mit ihrer Tochter ab und zu russisch gesprochen hat. Und das, obwohl sie sich nicht nur von ihrem Ex, sondern auch von der Sprache trennen wollte.
„Krass", merkte Hans im Jugendjargon an, „die haben russisch gesprochen? Das hört man ja nicht alle Tage und noch dazu in dieser Diktion. Das passt ja zu Steffis Erzählung, nach der wir die Sache mit dem Personenschutz überlegt haben."
Willy meinte, „dieses Gespräch bedeutet nur, dass wir die Heimleitung intensiver checken müssen, denn als Beweis taugt es ja nicht." Und er wandte sich an Hans und Steffi.
„Wie kommen wir an dieses Transparenzregister, das muss doch öffentlich einsehbar sein, so wie der Name klingt?", fragte Willy, und ab sofort tobte Steffi durch das Internet, um den Zugang zu erhalten, und um mit den Finanztransaktions- und Aufsichtsbehörden diese Register einzusehen.
„Na Spitze!", sagte Willy an Hans gewandt, „ruf doch gleich den Köberl von der Heimaufsicht an, um dir den Zugang zu ermöglichen. Oder am besten wäre es, wenn er die Zugangsdaten direkt an uns weiterleitet, dann schaust du dir alles an, die Vermögensgeber, die Gesellschafter und Bevollmächtigten sowie die Begünstigten."
Hans erledigte das Telefonat sofort, wobei Martin Köberl ihn gleich darüber informierte, dass er Maria Bitsch als Gutachterin nächste Woche in die

Seniorenoase schicken würde, um dort mal nach dem Rechten zu sehen.
Er hielt sein Versprechen, denn keine zehn Minuten später poppte die E-Mail hoch, welche die Zugangsdaten enthielt und die Bitte um Feedback, falls dabei etwas Auffälliges zu berichten wäre. Der bisherige Gutachter der Heimaufsicht hätte in der Vergangenheit immer „ohne Befund“ gemeldet.

Kapitel 23

***Stammtisch „Lebensfreude“**, tagt seit 20 Jahren, freitags, im Gasthof „Zur rostigen Gabel“ in Bad-König, gegründet von den Gründervätern Willy Hamplmaier, Oliver Wolff, Georg Jährling und Markus Schmucker. Die Herrenrunde öffnet sich nur zögernd dem weiblichen Geschlecht, weil man dann keine schmutzigen Witze erzählen kann.*

Bad-König, Freitag 18.9.2020, 18:00 Uhr

Der Tag war noch lang, und Willy überlegte, ob er nochmal ins Büro gehen sollte, aber dann entschied er sich doch für den Stammtisch, auch wenn es noch ein bisschen früh dafür war. Sie saßen normalerweise, so lange es das Wetter zuließ, draußen im Biergarten. In Zeiten wie diesen mussten sie aber coronabedingt im Freien bleiben und das mit Abstand und Mundschutz dazu. Da konnte es im September abends schon ein bisschen kühl werden. Der Stammtisch lag noch dazu in einer beschatteten Ecke des Biergartens, und die flach einfallende Abendsonne sandte ihre letzten Strahlen in die Stammtischecke. Seine Kehle sagte ihm, ein frischer Bembel Äppelwoi wäre jetzt nicht verkehrt.
Er fuhr das kurze Stück nach Bad-König zu seiner Stammkneipe in gerade Mal einer Viertelstunde.
Der Kies knirschte unter seinen Füßen, als er um die Ecke zum Stammtisch der „Lebensfreude“ bog. Und siehe da, Schrotti, das Hemd bis zum Nabel

aufgeknöpft, sonnte er seine behaarte Brust und die schimmernde Goldkette. Sein Weizenbier Glas war sicher schon halb leer, als sich Willy zu ihm setzte. Seine warme Jacke behielt er an und begrüßte ihn herzlich mit „Na du Mordskartoffel[1], was gibt es Neues in deinem Schrottladen?“

Das war nicht unbedingt Oliver Wolffs Lieblingseröffnung, noch dazu wo ihn gerade seine Frau Bettina an die frische Luft gesetzt hatte, das heißt, seine Frau war aus der gemeinsamen Wohnung ausgezogen, um sich bei ihrer Mutter Trost zu holen. Sie reagierte nicht deshalb so sauer, weil er letzte Nacht eine kleine Maus aus seiner WELLNESS Oase gebumst hatte. Der eigentliche Grund dafür war, dass er seiner üppigen Rezeptionistin im Autohaus, ritzerote Naturlocken, 21 Jahre und Körbchengröße 85D, gerade ein Ferrari-Cabrio in ihrer Haarfarbe geschenkt hatte. Das ging selbst seiner Gattin zu weit, die ansonsten entspannt hinnahm, wenn er wieder einmal auf fremdem Territorium seinen Hormonstau abbaute.

„Geht so”, brummte er, und Willy drang nicht weiter in ihn ein. Sie tranken schweigend vom leckeren Äppelwoi und Oliver bestellte ein zweites Weizenbier, bis Oliver das Schweigen nicht mehr aushielt.

„Hat sich dein Sohnemann schon mal geäußert, ob er mit seinem C-Klasse-Cabrio zufrieden ist, das er

---

1 Ein hohes Lob.

sich vor drei Wochen abgeholt hat?“, fragte er ihn.
Und Willy, der sich an keinen Kommentar erinnern kann, sagte, „geschimpft hat er jedenfalls noch nicht. Hast du ihm ein Schrottpaket angedreht, weil du so fragst? “
„Im Leben nicht. Ich werde mich trauen, dem Junior eine alte Mühle zu verkaufen”, erwidert der Attackierte gezwungen lachend. „Das ist ein Schmuckstück, das ich da schweren Herzens abgegeben habe.“
Bei dem Wort Schmuckstück fällt Willys Blick auf den Anhänger, der an der Kette auf Olivers Brust über dem untersten Hemdknopf inmitten von Olivers krausem Brustpelz in der Sonne blitzt. Willy möchte etwas einordnen, das ihm sein Unterbewusstsein meldet, aber er schafft es nicht.
Er wischte den Gedanken beiseite, und hörte mit halbem Ohr Oliver weiterreden.
„Aber eingelebt hat sich der Junior schon ganz gut, wie man hört, und seine Tochter treibt die Nackenhaare der Heimleitung in der Seniorenoase in die Höhe, wie man so hört“, stänkerte Oliver weiter, in der Hoffnung, dass Willy ein paar Familieninterna preisgibt.
„Du bist ein Dummschwätzer“, blockte Willy aber wie immer, wenn ihm jemand zu nahe kommt, und ein Oliver Wolff ist zwar ein langjähriger Stammtischkumpel, aber von einem Freund ist er meilenweit entfernt.

Willy schwieg, und Oliver redete sich weiter seinen Seniorenoasenfrust von der Seele.
„Ich muss mit Georg mal ein ernstes Wort reden", schimpfte er nach einigen weiteren Schlucken seines Weizenbiers los.
„Der mit seinen scheinheiligen Verdächtigungen, geht mir allmählich auf die Eier."
„Bist du wieder beim Thema der Seniorenoase?", fragte Willy ein wenig stoffelig, wie es seine Art war, und deutete auf den Artikel der ‚Odenwald Zeitung', den Oliver bei seiner Ankunft las. „Wieso regt dich das denn auf, wenn er über Missmanagement in diesem Pflegeheim herzieht", fragt er unschuldig.
„Ach im Moment läuft grade alles grottenschlecht", murrte Oliver.
„Dieses Scheißcorona", fluchte er, „der Gebrauchthandel ist eingebrochen, die Oase mussten wir dicht machen. Gott sei Dank, sind die Damen pflegerisch ausgebildet, aber wenn jetzt der Heimumsatz auch noch wegbricht, dann wird es schwierig."
In Willys Augen leuchteten Fragezeichen auf.
„Wo du auch überall deine Finger drinnen hast", witzelte Willy ablenkend, um mehr zu erfahren, und verkniff sich das Adjektiv ‚schmierig'. Es war zwar lange bekannt, dass der Schrotti an dem kleinen Puff der OASE beteiligt war, aber dass er sich sogar an einem Pflegeheim beteiligte, das wäre Willy nie in

den Sinn gekommen. Oliver hatte irgendwann einmal erwähnt, dass ihm ein Frankfurter Stammkunde diese Beteiligung angeboten hatte, wobei er zu erwähnen vergaß, dass dieser Kunde aus dem Rotlichtmilieu stammte.
Konkret hatte ihm besagter Stammkunde eine Beteiligung in dem Puff als Gegenleistung für eine Partnerschaft über sein Autohaus angeboten, das ‚der Gesellschaft' gehörte. Seither liefen seine Autoverkäufe über besagten Stammkunden in den osteuropäischen Markt, der gute wie schlechte Gebrauchte aufsaugte wie ein Schwamm. Ein typischer Wachstumsmarkt, wenn es sich um Lieferfahrzeuge oder Transporter handelte.
Willy war jetzt hellwach, denn bei dem Fluchtfahrzeugtyp, den die Täter bei den Geldautomateneinbrüchen benutzt hatten, handelte es sich wegen der erforderlichen Ladekapazität an Sprengmitteln mit hoher Wahrscheinlichkeit um einen größeren Transporter.
Mit dieser Annahme hatte Willy die darauf spezialisierten Gebrauchtwagenhändler auf seine Liste der möglichen Geldautomatenknacker gesetzt.
Das Gespräch stockte und suchte nach etwas Neuem.
Willy hätte es gewundert, wenn Georg nach seinem letzten Streitgespräch mit seinen Stammtischkumpels heute überhaupt auftauchen würde. Er hatte sich bei seinem Telefonat heute Morgen mit Georg die Frage, ob er zum Stammtisch

kommen würde, gerade noch verkniffen. Er war so froh zu hören, dass Mia nach dieser schrecklichen Entführung wieder gesund und munter aufgetaucht war. Als Georg über weitere Details berichtete, hatten sie sich für Montagnachmittag in Willys Büro verabredet.
Pünktlich um 19:30 Uhr füllte sich die Stammtischrunde, und wie er es vorhergesehen hatte, musste Oliver heute ohne seinen Sparringpartner Georg auskommen, der durch Abwesenheit glänzte.
Sofort war die gesamte Runde wieder beim Thema Sex mit den Mädels aus dem Seniorenheim, und es war schon seltsam, dass es bei keinem klickte, was die Verbindung zum benachbarten Puff angeht. Markus erwähnt lachend, dass Othmars Tochter ihm knallhart den Geldhahn zugedreht hat, weil der Spaß mit so einem Mädel eben doch etwas teurer war, als der mit einer normalen Nutte. Daraufhin schluckten ein paar andere Neugierige die Frage, ob das etwa noch mehr kosten könnte als Geld.
Willy brachte das Ganze auf den Punkt, als er meinte, eine Strafe für Sex mit Minderjährigen würde etwas schwerer wiegen als ein Punkt in Flensburg für ein grobes ‚Verkehrsvergehen.
„Da muss man schon mit ein paar Jährchen hinter schwedischen Gardinen rechnen."
Und plötzlich waren sie alle brave Väter und Großväter, die sich um die Mädchen echt sorgten.
Oliver hielt sich wieder mit Kommentaren zurück,

und Willy ahnte teilweise warum, denn er sahnte vom Ergebnis der WELLNESS Oase nicht zu knapp ab.
Willy hatte keinen blassen Schimmer davon, dass er für die Organisation das Frischfleisch aus Osteuropa oder der Migrantenszene herbeikarrte, das in seinem Edelpuff dem horizontalen Gewerbe nachging.
Er ahnte genau so wenig, dass sein Transportgeschäft von Drogen und die Weiterverteilung der Endprodukte, welche die Organisation in eigenen Chemieküchen für den europäischen Markt herstellte, nicht so lief, wie Oliver es sich wünschte. Und nicht, dass diese jämmerlichen Geldautomateneinbrüche seit Wochen nicht das Ergebnis ablieferten, das Oliver für seinen exklusiven Lebenswandel brauchte. Wenn Willy nur geahnt hätte, dass Oliver überlegte, wie er sich an seinem Sohn Hans rächen könnte, wäre Willy wahrscheinlich nicht mehr am Stammtisch erschienen.
Und aus dieser miesen Stimmungslage heraus hatte Oliver nicht die geringste Lust sich an der schwatzhaften Lebensfreude dieser Pensionisten Runde zu beteiligen, deren Alter mehrheitlich im coronagefährdeten Lebensabschnitt lag. Nicht einmal das mittlerweile dritte Glas hefetrüben Weizenbieres konnte seine Stimmung heben.
Der Wortführer der laufenden Diskussion, Markus, war von der Wendung der Gesprächsrichtung

sichtlich überrascht und wurde abwechselnd rot und blass. Trotzig biss er sich auf die Lippen, weil er den nächsten Termin als Hausbesuch schon vereinbart hatte, und diesen Termin auf keinen Fall aufzugeben bereit war. Er lenkte das Gespräch kurzerhand auf die Einbruchserie der Geldautomaten, und prompt schwenkte die Unterhaltung in eine weniger konfliktträchtige Ebene, wie Markus meinte.
Während das neue Thema aus allen möglichen Blickwinkeln durchleuchtet wurde, ohne zu einem befriedigenden Ende zu kommen, süffelte oliver missmutig an seinem vierten Weizenbier, und Willy beobachtete aufmerksam jede seiner Reaktionen. Er wurde immer dann hellhörig, wenn einer der Kumpel, sich in das tiefe Wasser von Neuigkeiten aus dem kriminellen Milieu bewegte. Dabei betraf das ehrlicherweise mehr Oliver als die übrigen Stammtischfreunde, die er schon jahrzehntelang als *ehrliche* Schlitzohren kannte. Bei den anderen betraf die ausufernde ‚Lebensfreude' höchstens mal Seitensprünge oder Kurzzeitausflüge außerhalb ihrer Ehegemeinschaft, so sie denn verheiratet waren. Wenn ja, dann galt in diesen Kreisen, dass man sich in fremden Betten schon mal Appetit holte, aber gegessen wurde immer noch zu Hause.
Unauffällig beobachtete er den schweigenden Schrotti aufmerksam, und ab und zu entlockte diesem das Gespräch um die Geldautomateneinbrüche eine Reaktion. Er hatte den

Eindruck, sein Gegenüber wollte etwas sagen, überlegte es sich wieder und schluckte seinen Kommentar.
Direkt gefragt, was er davon hielte, sagte er, „gar nichts. Das geht mich nichts an und ist mir sowas von wurscht."
Nicht nur wegen dieser Reaktion zählte Oliver ‚Schrotti' ab sofort auf Willys Liste zum Kreis der Verdächtigen der Geldautomat-Einbruchserie.
In die zweite Liste, die etwas mit der Entführung Mias zu tun haben könnten, hatte er Oliver schon vor längerer Zeit eingetragen. Er war sicher, dass Oliver in den Vorgang entweder indirekt oder selber involviert war. Der Zusammenhang mit dem Vorwurf einer ungerechtfertigten Kritik an der Seniorenoase war unüberhörbar. Was leider fehlte, waren wie so oft Beweise.
Und Willy wurde einmal mehr bewusst, dass Hans und er, sich mehr um ihrer aller Sicherheit kümmern mussten, denn es sah nicht so aus, als ob sich die Dinge zum Besseren entwickeln würden. Sobald sich die Einbruchserie aufklären würde, nahm er sich vor, die schnuckeligen Überwachungskameras mit Bewegungsmelder und Datenübertragung rund um Steffis Haus zu installieren, damit er wieder besser schlafen konnte.
Ein nüchtern gebliebener und nachdenklich gewordener Willy Hamplmaier hätte sich schon längst aus der Stammtischrunde verabschiedet, die

ihm immer fremder wurde. Er hielt aber aus, weil er auf Markus warten wollte, denn die Gelegenheit sich in die Hintergründe des so hochgelobten Spezialservice einzuklinken, wollte er sich nicht entgehen lassen. Die Aktion, die er vorhatte, war nicht mit seinem Team abgesprochen, aber er war sicher, wenn er an die Organisatoren des Mädelsservice herankäme, wäre das ein Sprung nach vorne in seiner Ermittlertätigkeit. Er harrte bis zum bitteren Ende aus, und nippte nur mehr gelegentlich an seinem leeren Bembel, und Markus verfügte als eingefleischter Junggeselle über ein ausgeprägtes Sitzfleisch, denn ihn zog nichts nach Hause.

Die Sperrstunde, in Corona Zeiten ohnehin auf 21:00 Uhr vorverlegt, war lange verstrichen, und die Nacht kühlte trotz des viel zu warmen Septembers, in dem man abends immer noch gut draußen sitzen konnte, allmählich ab. Endlich erhob sich Markus und zählte in mehreren Versuchen die Striche auf dem Bembeluntersatz, um seine Rechnung zu bezahlen.

Willy hakte den leicht schwankenden Markus unter und bot ihm auch an, ihn nach Hause zu fahren, denn Markus war definitiv nicht mehr fahrtüchtig.

Im Auto konnte er endlich die Fragen loswerden, die ihm so wichtig waren.

„Horsch ämol[1] [23.1)], ich wollte dich da drinnen nicht löchern, aber ich hätte auch wieder einmal Lust auf eine weiche Mädchenhaut in meinem Bett“, fing

---

1 Hör einmal.

Willy leutselig und rückte am Ende mit der Frage heraus, mit wem er dann so einen Spezialtermin ausmachen könnte.
Markus, froh endlich jemand gefunden zu haben, der ihn nicht ausschimpfte, weil er Spaß mit jungen Dingern hatte, rückte ohne Umstände Nastys Telefonnummer heraus, über die er selber die Termine mit Katra vereinbart hatte.

Kapitel 24

***Hafizullah Modschadd**, geboren 1958 in Kabul, verheiratet. Zwei Söhne Dawoud und Omid, geboren am 4.11.1979 und am 8.6.1986 sowie eine Tochter, Alina, geboren am 17.4.1981, die 2002 mit seinem Geschäftspartner Vitali Klimachow durchbrannte, weil sie der Strenge und dem Ehrenkodex einer islamisch-konservativen Erziehung entfliehen wollte. Kriegsherr seit der russischen Intervention in Afghanistan und Stammesfürst in der Region Masar-i-Sharif, seit 2009 Mitglied im Nationalen Rat der Ältesten mit langjährigen Kontakten zur Regierung.*

Darmstadt, Sonntag, 20.9.2020, 23:00 Uhr

Georg Jährling saß seit Tagen im Keller des 'Darmstädter Echos', und wühlte sich durch tausende von Mikrofiches, was ohne Schlagwortsuche das Durchblättern Hunderter Seiten nach Datum erforderte.

Am liebsten hätte er hier übernachtet, so intensiv durchforstete er das Zeitungsarchiv.

Er hatte sich die Periode von 2000 bis 2010 für die Suche festgelegt. Das 'Darmstädter Echo' verfügte seit 2003 über ein Archiv, in dem die Exemplare als Softcopy abgelegt waren, sodass erst ab diesem Zeitpunkt eine Schlagwortsuche möglich war.

Georg hatte mit der Auswahl der Schlagworte *Alina,*

Drogen, Mafia, russisch und Kronzeugin angefangen, und jetzt hatte er einen auf März 2004 datierten ersten Hinweis gefunden, dass eine gefasste Drogenkurierin als Kronzeugin im Drogenprozess auftreten sollte.
Sie war ein Jahr zuvor auf einem Transport aufgeflogen, bei dem der Fahrer tödlich verletzt wurde. Es sollte der einzige Artikel bleiben, in dem der Name der Kurierin mit Alina erwähnt war, bevor offensichtlich der Zeugenschutz die Veröffentlichung personenbezogener Daten stoppte. Er fand aber keinerlei Hinweis darauf, dass die Kronzeugin getötet wurde. Es gab nach dieser ersten Meldung auch keine weitere Notiz mehr, in der eine Alina namentlich erwähnt wurde. Es gab jede Menge Berichte über den Prozessverlauf und die Urteile dazu. Und dann fand er doch noch etwas. Im Zusammenhang mit dem Todesfall des damaligen Oberstaatsanwaltes wurde über eine angebliche Entführung der Kronzeugin, allerdings ohne Namensnennung, berichtet.
Er kopierte die betreffenden Zeitungsartikel und wollte sie später mit Willy auswerten.
Was ihm aber noch wichtiger erschien, war der deutlich früher publizierte kurze Hinweis, in einem aus dem Jahr 2002 stammenden Artikel und gespeichert als Mikrofiche, die er tagelang mit entzündeten Augen quergecheckt hatte. Bereits im August 2002 wurde demnach bei einer

Fahrzeugkontrolle ein verdächtiger Transporter im Raum Frankfurt am Main ergebnislos auf Rauschgift überprüft. Der auf der A5 im Raum Reiskirchen vermutlich in Richtung Berlin oder Polen fahrende Wagen mit einem Kfz-Kennzeichen des Odenwaldkreises war mit zwei Personen besetzt, die mit ordnungsgemäß ausgestellten Reisepässen ausgestattet waren.
Das Kennzeichen des Transporters war schon einmal als auffällig im System hinterlegt, aber es gab keinen Grund, das Fahrzeug zu konfiszieren, weil es leer war. Ein Drogenhund schlug zwar an, aber das Fahrzeug durfte seinen Weg nach Freilassung der beiden Fahrer aus dem 24-stündigen Polizeigewahrsam und intensiver, aber ergebnisloser Befragung fortsetzen.
Eine Personenrecherche des Investigativjournalisten Heiner Mummert - Georg dachte immer noch dankbar an seinen großen Mentor - ergab, dass die junge Frau mit dem russischem Namen Alina Modschowa laut Pass afghanische Wurzeln hatte, denn als Geburtsort war Faizābād eingetragen. Sie wohnte in Kaliningrad bei einem mutmaßlichen russischen Drogenpaten, mit dem sie angeblich liiert war. In dem Artikel äußerte Heiner Mummert die Vermutung, dass die junge Frau in irgendeiner wichtigen Beziehung zu einem afghanischen Drogenhändler stehen musste, den Mummert nicht eruieren konnte. Eine zufällige Namensgleichheit

mit der zwei Jahre später festgenommenen Drogenkurierin schloss Georg Jährling aus.
Der Gedanke an Mummert erinnerte ihn an seinen Nachruf an seinen ermordeten Kollegen im September 2006. Der Mord fand kurze Zeit nach Mummerts Rückkehr aus Kabul statt, und er hatte sich mit Georg lange über Beweise, Vermutungen und vermutete Zusammenhänge bezüglich der Verantwortlichen im Drogenschmuggel ausgetauscht. Ausgehend von Afghanistan überschwemmte er ganz Europa mit harten Drogen.
Der Mord an Mummert hatte Georg veranlasst, zum ersten Mal nach Afghanistan als Kriegsreporter mit Sonderaufgabe zu gehen. Er erinnerte sich an das offene Interesse einiger Clan Mitglieder, die er im Zuge seiner Recherche über den in Frankfurt laufenden Prozess befragte. Dort ging es um eine russisch-deutsche Prozessbeteiligte mit afghanischen Wurzeln. Gerichtsreporter war damals nicht sein Metier, deshalb verfolgte er den Prozess eher unbeteiligt.
Der Dolmetscher, der ihm von der dafür zuständigen Bundeswehreinheit zugewiesen wurde, inhalierte alle Artikel aus den vor Ort verfügbaren deutschen Zeitungen, die meist mit vier Wochen Verzögerung in der Kommandantur zur öffentlichen Benutzung ausgelegt wurden.
Georg hatte das Interesse als berufsbedingt gewertet, auf ein darüberhinausgehendes Eigeninteresse hätte

er niemals gewettet.

*

Georg wühlte sich im Archiv im Rückwärtsgang durch die Jahre beginnend mit 2009 und zurück bis 2005. Es gelang ihm nach wie vor nicht, das fehlende Bindeglied zwischen der ‚Bratwa' einschließlich deren nach Deutschland verlängertem Arm und der afghanischen Drogenszene herzustellen. Dass die ‚Bratwa' über die nördliche Route[1] früher durch die Sowjetunion und später durch die Russische Föderation einen eingespielten Opiumtransport von Afghanistan organisiert hatte, war ausreichend dokumentiert. Was ihm fehlte, das war der individuelle Bezug zur zitierten Kronzeugin, obwohl sich die Indizien allmählich verdichteten.
Georg rieb sich die Augen. Es war ihm schon vorher klar, dass es schwierig wäre, herauszufinden, ob die Kronzeugin alias Alina aus dem Drogenprozess dieselbe Person wie die junge Frau mit russischem Pass und afghanischen Wurzeln aus dem Artikel vom August 2002 war.
Nach reiflicher Überlegung beschloss Georg Jährling, seine lokalen Kontakte anzuzapfen, die er als Kriegsberichterstatter der Bundeswehr bei seinem zweiten Afghanistaneinsatz zwischen 2012

---

1 *UNODC, 2017, MARKET ANALYSIS OF PLANT-BASED DRUGS Opiates, cocaine, cannabis/ Booklet 3,*

und 2013 geknüpft hatte. Er war zwar zuversichtlich, dass seine Paschto-Kenntnisse, die er sich dank seines ersten mehrmonatigen Aufenthaltes in der Region Masar-i-Sharif relativ schnell angeeignet hatte, nicht zu sehr eingetrocknet waren. Sicherheitshalber würde er trotzdem versuchen, diese Kontakte über seinen früheren Dolmetscher zu aktivieren. Im ungünstigsten Fall würde er die Wahrheit über die Verbindung zum Drogenhandel nur vor Ort finden.
Das wäre dann sein dritter Einsatz, aber gerade jetzt wollte er Mia nicht wieder allein lassen. Mias Vorwurf, dass er nie für sie da sei, wenn sie brauchte, weil er ständig hinter irgendwelchen aufregenden Themen herjagte, brannte in seinem Gedächtnis. Er würde morgen früh gleich telefonieren, sagte er sich und verließ immerhin mit einigen hilfreichen Kopien das Archiv.
Zu Hause angekommen waren Mia und seine Schwiegermutter schon lange im Bett verschwunden. Er setzte sich, ohne das Licht einzuschalten, auf die Couch im Wohnzimmer und nippte an einem doppelten Whiskey mit Eis. Den Kopf zurückgelehnt starrte er an die Decke und ließ sich von den Erinnerungsbildern seines Afghanistaneinsatzes leiten. Im Winter 2012 und in den sechs Monaten seines Aufenthaltes führte ihn die Berichterstattung in die entlegenen Regionen von Masar-i-Sharif. Sein Unterbewusstsein sagte ihm, dass er bisher etwas

übersehen hatte. Eine Information, die ihm damals unterkam, und die er erst jetzt mit dem Puzzle seiner Recherche in Zusammenhang bringen konnte.

*

Als er damals in Masar-i-Sharif angekommen war, dauerte der Einsatz der Bundeswehr bereits zehn Jahre. Und das war die vorläufige, bittere Bilanz. Es herrschte ein „strategisches Patt“[1] zwischen den Taliban und den Drogenhändlern auf der einen und der afghanischen Regierungsarmee sowie den Amerikanern und deren Alliierten auf der anderen Seite; die Lokalfürsten schlugen sich mal hierhin, mal dorthin.

Man hatte den Eindruck, dass an den Bewohnern dieses kargen Landes alle Befreiungsversuche an dem verkrusteten Panzer einer archaischen Gesellschaft abprallten. Hier wollte keiner aus dem Sumpf von Ehrbegriffen, der Unterdrückung von Frauen, korrupten Stammesfürsten und überlieferten Zwängen befreit werden.

Georg erinnerte sich, wie er so auf seiner Wohnzimmercouch saß, an die Ursache dieses vergessenen Einsatzes, der im September 2001 mit dem Anschlag auf das World Trade Center begann. Von 2002 bis heute dauerte das militärisch ‚robuste‘ Isaf-Mandat.

---

[1] *Zitat aus dem Bericht des ‚Tagesspiegel‘ vom 28.6.2019*

Ab 2015 hieß das Mandat dann „Resolute Support", was eine glatte Übertreibung darstellt. ‚Resolut' war ganz im Gegenteil zur Namensgebung nicht. Die etwa 1100 deutschen Soldaten im Camp Marmal bei Masar-i-Sharif bildeten als Teil einer multinationalen Truppe von landesweit rund 16.000 Soldaten die afghanische Armee. Selber gegen Taliban zu kämpfen war den Deutschen untersagt. Das übernahmen die Amerikaner mit ihren Spezialkräften, Drohnen und Bombern. In der Nacht knattern Hubschrauberrotoren über Camp Marmal.

Aufbauen, ausbilden, kämpfen – „das alles gleichzeitig zu leisten, wäre für niemanden leicht", sagt der deutsche Ausbilder. „Afghanische Mentalität" steht auf der Liste der Problempunkte an erster Stelle.

Der offizielle Auftrag an die Truppe hieß „Beratung, Ausbildung und Unterstützung". Die Realität – ein Notbehelf. Die etwa 120 deutschen Trainer flogen stundenweise in afghanische Camps ein, unterrichteten unter scharfem Personenschutz in abgesicherten Räumen. Man redete, malte Sachen auf, trank Tee, redete. Deutschen Schulabgängern könnte man so vielleicht etwas beibringen. Afghanistan war aber Mittelalter mit Smartphone.

Die Bundeswehr hatte am Hindukusch Demut gelernt in diesen zwei Jahrzehnten. Von Brunnenbohren und Mädchenschulen redete keiner mehr. Demokratie nach westlichem Vorbild,

„Staatenbildung“, „Herzen und Köpfe gewinnen“ – so viele freundliche Irrtümer lagen unter dem braungrauen Staub begraben.
Er, Georg, hatte enorm viel gelernt in diesen sechs Monaten über die archaische Rolle des Patriarchen und der Frauen in der Familie. Über das verkrustete Ehrgefühl von Familien, von Clans und Stämmen, das die Menschen mehr prägte, als der konservative Islam es vermochte. Er sah die soziale Situation mit anderen Augen als früher, denn nicht zuletzt das fehlende soziale Netz im Land, die blühende Korruption und als Konsequenz daraus, ein florierender Drogenhandel, waren wichtige Einflussfaktoren, die Land und Leute beeinflussten.
Großhändler und Schmuggelkartelle hielten Opiate in geheimen Lagern zurück, um das Angebot künstlich zu verknappen. Und obwohl die Taliban im Jahre 2000 unter ihrer Schreckensherrschaft den Opiumanbau verboten hatten, profitierten sie in den Folgejahren von den Abgaben, die sie von den Mohnbauern zur Finanzierung ihrer Operationen erpressten.

*

Georg hatte es sich vor seiner Ankunft in Masar-i-Sharif deutlich schwieriger vorgestellt, Zugang zu den Kriegsherren und Landesfürsten zu erhalten. Die allesamt zurückhaltend mit den

Alliierten der NATO kooperierten, obwohl fast alle in das schmutzige Drogengeschäft verwickelt waren. Das war der Hauptgrund, weshalb er überhaupt dieses gefährliche Unterfangen angenommen hatte, nachdem sein Freund und Kollege Heiner Mummert, die Spuren des Drogenhandels unter Führung der kriminellen Organisation mit deren damaligem Sitz in St. Petersburg unter dem verdächtigen Anführer Vitali Klimachow bis hierher zurückverfolgt hatte.
Das eigentlich Spannende für ihn war, wenn er mit seinem persönlichen Dolmetscher Dawoud, den er wegen seiner mittelmäßigen Paschtokenntnis brauchte, um sich angemessen mit seinen Interviewpartnern unterhalten zu können, Afghanen zu Hause besuchen und sprechen konnte. Dawoud, der einem angesehenen regionalen Stamm angehörte, hatte sich frühzeitig der Bundeswehr als Übersetzer und ‚Kontakt-Anbahner' oder ‚Facilitator' auf Neudeutsch angedient, und er hatte einen untadeligen Leumund. Insbesondere seiner Herkunft und seiner engen Kontakte wegen nahm Georg sein Angebot, für ihn zu arbeiten, gerne an.
Mit der Hilfe dieses schlanken, fast schon zierlich gebauten jungen Mannes, mit der krausen tiefschwarzen Matte auf seinem prägnant geformten Schädel und einem unbehandelten Vollbart bekam er relativ schnell einen direkten Zugang zu hochrangigen Landesfürsten in und um Kundus. Er lernte sie als extrem gastfreundlich trotz ihrer

manchmal kritischen Haltung zu den ISAF-Leuten kennen und schätzen. Über ihre Wertvorstellungen wusste er wenig, ihr Charakter blieb ihm verschlossen und ob die Freundlichkeit bloße Fassade war, das konnte er nicht sagen.
Aber Tee trinken und durch Gespräche zu dem Punkt zu kommen, der für ihn als Journalist informativ war, erforderte eine endlose Geduld. Und erst, lange nachdem alle lokalen Gerüchte und Themen durchgehechelt waren, und die große Politik durchgekaut war, kam man auf die nach außen unsichtbare Seite familiärer Situationen zu sprechen, auf die Not des täglichen Lebens und die Aussichten des Landes. Und das klappte nicht immer. Es war eine Frage des gegenseitigen Vertrauens, wie offen seine Begegnungen ihm gegenübertraten.
Und wenn sie die Tür zu ihrer inneren Einstellung einen Spalt weit öffneten, dann taten sich zumeist Abgründe auf, die nach westlichem Ermessen nicht nachvollziehbar waren. Völlig asymmetrische Reaktionen wurden sichtbar, wenn es um den Schutz und die Ausbildung der Kinder ging. Insbesondere ein Landesfürst hatte ihn mehrfach mit seiner Ansicht über Mädchen und deren schulische Erziehung abgeschreckt. Dieser Landesfürst und Warlord Hafizullah Modschadd betrachtete im Einklang mit der Mehrheit seiner Gesprächspartner Frauen als den Männern unterlegen, und verweigerte ihnen generell jeden Anspruch auf eine solide

Ausbildung und eigene Meinung.
Dieser Kriegsherr hatte in den 80er Jahren, bis zum Abzug der sowjetischen Interventionstruppen gemeinsam mit den Russen gegen die Taliban gekämpft, und danach im Bürgerkrieg ab und zu die Seiten gewechselt. In dieser Zeit war er auch in den Drogenhandel eingestiegen, und ließ die Kontakte zu führenden Ex-Militärs aus der sowjetischen Interventionszeit wieder aufleben, die den Drogenschmuggel ebenfalls als lukrativere Einnahmequelle als den Sold der Sowjetarmee entdeckten.
Das Drogengeschäft sah er als Waffe gegen den Westen an, und er war fest davon überzeugt, dass für ein künftiges Afghanistan eine islamisch-konservative Erziehung der Jugend notwendig war. Vor allem deshalb, um die westliche Dekadenz zu überwinden, die er im Wesentlichen aus seiner Sicht auf die sowjetische Kultur bezog.
Er war in Georgs Augen einer der am wenigsten fortschrittlichen Menschen, die er dort antraf, die sich aber wenigstens und entgegen der üblichen Mentalität der Zukunft des Landes widmeten. Vermutlich deshalb war er ein Mitglied des nationalen Rates und beriet die Regierung. Und besagter Landesfürst und Warlord Hafizullah Modschadd war so weit gegangen, seiner Tochter eine militärische Ausbildung als Volksmudschaheddin angedeihen zu lassen. Was er

weniger als Ausbildung mehr als disziplinfördernde Maßnahme eines patriarchalischen Unterwerfungsrituals ansah, denn zu melden hatte sie als Milizionärin nichts oder nicht viel. Sie durfte froh sein, nicht angefasst zu werden, solange sie sich unterordnete.
Es bedurfte einer ganzen Reihe weiterer Begegnungen mit diesem Landesfürsten, bis er Georg gegenüber seine Sorgen über den Verbleib seiner Tochter äußerte, ohne dafür ins Detail zu gehen. Er sprach von ihr, dass sie gefallen sei, und Georg hatte dies mit ‚im Kampf gestorben' übersetzt, bis er merkte, dass er das *gefallene* Mädchen als Schandfleck für die Familie ansah, das die Familienehre besudelt hatte.
Er war zu dem Zeitpunkt, als Georg mit ihm sprach, offenbar erstmalig bereit über seinen Frust seiner Tochter gegenüber mit einem Fremden zu reden. So tief hatte ihn seine Tochter in seiner Ehre verletzt, welche zu Beginn des neuen Millenniums mit einem seiner Drogenkontakte durchgebrannt war. Er sei zwar schon über den Verlust hinweg, wie er sagte, aber jedes seiner Worte drückte einen gewaltigen Zorn auf alles Weibliche und insbesondere seine Tochter aus, die seine Familie dermaßen mit Schande überzogen hatte. Georg konnte sich des Eindrucks nicht erwehren, dass seine Redseligkeit und seine hasserfüllten Tiraden nur verbergen sollten, dass er ihn aushorchen wollte.

Je länger er hier in dem dunklen Zimmer seiner Fürther Wohnung sitzend darüber nachgrübelte, umso wahrscheinlicher erschien es ihm, dass Modschadd mehr von ihm wollte, als sich auszuweinen. Georg konnte die Gedanken nicht zu Ende denken, denn er schlief übermüdet auf der Couch ein. Nach einer kurzen Nacht gelang es ihm, am nächsten Morgen seinen Freund Dawoud per Smartphone zu sprechen, und der versprach ihm sofort, sich darum zu kümmern und zurückzurufen.
Dawoud seinerseits bat Georg, ihn bei seinem Asylantrag zu unterstützen, denn Dawoud ließ ihn wissen, dass er mit den abziehenden Bundeswehrsoldaten nach Deutschland zurückkehren wollte. Afghanistan würde für ihn immer mehr zu einem lebensbedrohenden heißen Pflaster, und Georg sagte ihm seine Hilfe zu.
Am nächsten Tag rief Dawoud zurück und bestätigte ihm, was er vermutete. Hafizullah Modschadd hatte über seine Spitzel herausbekommen, dass seine Tochter Aliyah mit einem Vitali Klimachow durchgebrannt war. Seine Kanäle hatten ihn darüber informiert, dass Vitali seine Tochter sowohl als Kämpferin für die Mafia ausgebildet hatte, sie als Sexobjekt missbrauchte und ihren ererbten Namen als geborene Aliyah Bin-Modschadd als Alina Modschowa russifiziert hatte. Er behauptete, dass Vitali diese Aliyah geschwängert hatte und auf Geschäftsreisen nach Frankfurt als Führungsoffizier

seiner Organisation zur Überwachung von Drogentransporten einsetzte.
Georg hörte erstaunt, dass der Kriegsherr sogar den ersten Artikel von Heiner Mummert über Alina im 'Darmstädter Echo' kannte. Die Zeitung wurde regelmäßig nach Kabul ins deutsche Militärlager geliefert. Exakt der Artikel, den Georg bei seiner Recherche mit einem Bildbeitrag über die Kronzeugin mit afghanischen Wurzeln ausgegraben hatte, war auch dem Kriegsherrn aufgefallen. Und Dawoud unterschlug bei seinem Telefonat die Tatsache, dass besagter Hafizullah, zwischenzeitlich als Unterstaatssekretär im Außenministerium in Kabul alle Hebel in Bewegung gesetzt hatte, um seine Tochter beziehungsweise seine Enkelin zurückzuholen. Klares Ziel war, die Schande zu tilgen, die sie über die Familie gebracht hatte.

Kapitel 25

Martin Silbermann, *geboren 30.7.1957 in Pfungstadt, geschieden, keine aktuelle Beziehung. Abitur in Darmstadt, Ausbildung zum Pflegemanagement, Gutachter der ‚hessischen Heimaufsichtsbehörde' in Darmstadt. Er besucht häufig Spielkasinos und Ende des Jahres geht er in Pension. Er versucht seine Spielschulden durch Nebeneinkünfte zu kompensieren, er ist Covid positiv und infiziert Maria Bitsch mit dem Sars-2-Virus.*

Seniorenoase Jungbrunnen, Montag, 21.9.2020, 14:00 Uhr

Im Büro der Pflegedienstleitung der Seniorenoase saßen einander trotz des freundlichen Sommertages, eine missmutige Nastasia Korolja und ein grimmig blickender Maxim Mutsonow auf der einen Seite und zwei angespannt wirkende Prüfer der Heimaufsicht gegenüber. Der Sommertag brachte alle Teilnehmer angesichts der Mittagshitze und einer nicht funktionierenden Klimaanlage im Büro zum Schwitzen.

Maria Bitsch sollte für die Heimaufsicht die Situation in der Pflegeoase untersuchen. Für die Prüfung der korrekten Einstufung von Patienten zeichnete Tobias Klein vom medizinischen Dienst in Darmstadt verantwortlich.

Nastasia war stinksauer in die Besprechung gekommen, und man konnte ihre Stimmung von ihrem Gesicht ablesen wie von einem Prompter eines

Nachrichtensprechers im Fernsehen.
Maxim hatte sie vor dem Treffen eingenordet, wie er es völlig uncharmant ausdrückte. Es wäre ihr Job, die Vorwürfe, die gegen die Seniorenoase im Raum stünden zu entkräften, und er drohte seiner Pflegedienstleitung massive Disziplinarmaßnahmen an, sollte sie versagen. Und sie wüsste schon, was damit gemeint wäre. Er kündigte an, sofort Martin Silbermann zu kontaktieren, der ja offensichtlich diesmal kein Teilnehmer der Inspektion war. Bestechung und Korruption waren seine Aufgaben in der internen Arbeitsteilung der beiden, und den eigentlichen Pflegebetrug in all seinen Facetten betreute Nastasia.
Maria Bitsch hatte zur Einleitung den Prüfauftrag der Heimaufsicht vorgelesen, als sie schon unterbrochen wurde. Maxim Mutsonow wollte wissen, warum Martin Silbermann nicht erschienen sei, der wäre doch mit dem Heim und seinen Besonderheiten bestens vertraut. Und jetzt müsste man alles noch mal durchkauen, nur weil die Behörde die eingefahrenen Wege verließen. Nastasia stimmte streitlustig in die Eröffnungstirade von Maxim mit ein. Schließlich wäre es ihre Zeit und ihr Geld, das man mit dieser unnötigen Prüfung verschwenden würde. Und mit Corona wäre man gerade intensiv genug ausgelastet. Es wäre besser, wenn Pflegekassen die Pflegesätze erhöhten, anstatt Geld für wertlose Arbeit in unnötige Audits zu

versenken.
Sie hatte sich in Rage geredet, und Maria drehte sie kalt ab. „Schluss jetzt mit dem Blabla. Ich möchte ohne Zeitverzug die Unterlagen einsehen, um die ich sie gebeten habe, und danach werden wir uns ihre allgemeinen Einrichtungen wie die Küche, den Speisesaal sowie die Pflegeausstattung und der Reihe nach die zugehörigen Heimbewohner und Patienten anschauen."
„Wie wär es zuerst mit einer Tasse Kaffee", fragte Maxim, der umschwenkte und versuchte, die Spannung aus dem Treffen zu nehmen. Er zog Nastasia, als die beiden Gutachter nickten, mit auf den Flur.
„Halte sie mal zur Abwechslung ein bisschen bei Laune, bevor wir andere Saiten aufziehen, vielleicht hilft ja ein ordentlicher Kaffee mit Schuss", und er zwinkerte.
„Ich telefoniere mal kurz", kündigte Maxim an und verschwand in seinem Büro.
Er wählte die Handynummer von Martin Silbermann, und der meldete sich nach fünfmaligem Klingeln, und er klang gar nicht gut.
„Na, mein Guuder, wie geht es", begann Maxim das Gespräch in leutseligem Ton und Silbermann bestätigte, dass es ihm grad nicht so überragend ginge.
„Du wirst doch nicht Corona haben, dein Husten klingt ja schrecklich", bemitleidete ihn Maxim, um

damit auf den Punkt zu kommen. Martin Silbermann unterdrückt eine Antwort.
„Wen habt ihr uns denn da auf den Hals gehetzt? Diese Maria Bitsch ist ja eine echte Gefahr für Pflegeheime, die aktuell unter einer unmöglichen Bürokratie schwer leiden? Außerdem erkenne ich den Tobias Klein überhaupt nicht wieder. Der tut grad so, als ob das alles neu für ihn wäre, dabei hat er doch gemeinsam mit dir alles abgesegnet? Du hast ihn hoffentlich an deinem Bonus beteiligt“, ging er geradewegs auf ihn los.
Aber Silbermann winkte ab, denn er kannte die Kollegin nicht, die am Montagabend kurz bei ihm vorbeigeschaut hatte. Sie wäre neu, und er hätte keine Gelegenheit gehabt, sie in die notwendigen Details einzuführen, weil er seit einer Woche krankgeschrieben und zu Hause wäre. Weshalb sein Chef zwangsläufig eine Vertretung beauftragt hätte. Sein Husten war kurz und trocken, und es gelang ihm kaum, den Hustenreiz zu unterdrücken.
„Ach du dickes Ei", murmelte Maxim. „Du weißt also nicht, ob man mit ihr vernünftig reden kann?“
Mit Martin Silbermann konnte man immer vernünftig reden, und es gab nie Probleme. Maxim überwies regelmäßig beträchtliche Beträge auf sein Konto in der Schweiz, dafür hielt er die Weste des Heims weiß wie persil-gewaschen.
„Tut mir leid, keine Ahnung, aber probieren geht über Studieren. Fragst sie halt, dann merkst du

schon, wo ihre Überredungsschwelle liegt. Wenn sie mitspielt, dann wird auch Tobias einlenken, das ist klar. Da Tobias eingeweiht ist, wird er sicher versuchen, euch zu helfen", beruhigte Martin Silbermann den wütenden Maxim.
„Okay, wir probieren das. Bleib gesund oder besser gesagt werde gesund", er lachte hart und Silbermann hustete in seine Armbeuge, wie er es in einem Youtube-Video des Robert-Koch-Instituts gesehen hat.
Das Gespräch war aus Maxims Sicht wenig hilfreich, aber einen Versuch war es wert gewesen.
Zurück im Büro von Nastasia und nachdem der Kaffee schweigend geschlürft war, bat Maxim Maria, auf einen Sprung in sein Büro zu kommen.
„Kommen sie doch mal mit, dann zeig ich ihnen etwas", und zu Tobias Klein gewandt, sagte er, „sie können gerne so lange hierbleiben, wir sind gleich zurück."
Maria Bitsch folgte ihm ins Nebenzimmer, und sie war gespannt, was er ihr zeigen würde.
Maxim zog die Tür hinter sich zu, ging zu seinem Safe und nahm ein Bündel Geldscheine heraus, die er vor ihr auf den Tisch legte. Was folgte, war ein frecher Bestechungsversuch, so wie er ihn offensichtlich mit dem Vorgänger gewohnt war.
„Für 5.000 € bar auf die Hand sollte es doch möglich sein, die Aufzeichnungen und Abrechnungen des Heims in den gewohnt rosigen Farben zu malen?",

fragte er unverblümt, und Maria, die so etwas noch nie erlebt hatte, stand reglos und mit offenem Mund vor dem unschuldig lächelnden Maxim Mutsonow.
Sie war sprachlos, und das passierte ihr selten. Sie sah ihn abwägend an, während sein Grinsen langsam aus seinem Gesicht verschwand, und schüttelte nur den Kopf. Ohne eine Erwiderung, denn es fiel ihr absolut nichts Passendes ein, drehte sie sich um und ging ins Büro nebenan zurück.
Tobias sah sie fragend an, und sie deutet mit ihren Augen ein ‚später' an. Dann wandte sie sich mit entschlossener Miene an Nastasia Korolja und fragte sie in höflichem Ton, ob sie selber bei der Prüfung dabei sein möchte. Sie wäre bereit, eine kompetente Pflegekraft für den Rest der Woche zu akzeptieren.
Nastasia Korolja stöhnte auf, aber den Schuh zog sie sich schon selber an.
„Wo wollen wir anfangen", fragte sie und Maria sagte, sie würde gerne mit den Personalunterlagen beginnen und sich danach den Aufzeichnungen über die Heimbewohner zuwenden, und wenn möglich gleichzeitig die betroffenen Personen anschauen.
Nastasia nickte und ging vor ins Sekretariat zu den Stahlschränken mit den Personalunterlagen.
„Bedienen sie sich", sagte sie aufreizend und setzte sich auf den Besucherstuhl, während Maria den Schreibtisch der Sekretärin okkupierte.
Einmal im Arbeitsmodus verglichen Maria und Tobias die Unterlagen mit der bei der Heimaufsicht

vorhandenen Dokumentation, und stellten dabei schon jede Menge Abweichungen bezüglich der Qualifikation des Pflegepersonals fest. Vorsorglich hatte Maria den letzten offiziellen Auditbericht von Martin Silbermann auf ihren Laptop hochgeladen, der schon zwei Jahre zurücklag. Der Bericht, der aus einer kurzen Zusammenfassung und einer endlos langen Liste von unkommentierten Anlagen bestand, offenbarte als Prüfbericht gravierende Lücken, und es fehlten die üblichen Checklisten mit Mängelpunkten.

Nastasia saß, mit vor der Brust verschränkten Armen, und stocksteif auf ihrem Stuhl und beobachtete missvergnügt, das abwechselnde Kopfschütteln von Maria und Tobias. Die beiden kritzelten Notizen in Ihre Prüfblätter, steckten die Köpfe zusammen, wenn sie eine größere Ungereimtheit entdeckten. Nastasia wurde dann schon mal direkt gefragt, und egal, ob es sich um den Ausbildungsstand, die Sprachkenntnisse oder das Vertragsverhältnis der einzelnen Pflegekräfte handelte, ihre Klarstellungen schienen nicht auf fruchtbaren Boden zu fallen, denn Maria notierte unentwegt.

Nach einer kurzen Mittagspause, in der sie gleich die miese Qualität des Mittagessens bewerten konnten, ging es am Nachmittag weiter, und sie beschäftigten sich mit den Pflegeunterlagen der Heimbewohner. Das Heim schien sich auf schwerstbehinderte

Patienten konzentriert zu haben, denn es gab fast nur die Pflegegrade 4 und 5 unter den Bewohnern, und das war keine typische Verteilung in ländlichen Pflegeheimen.
Das versprach eine unangenehme Beurteilung im Einzelfall. Insbesondere, ob man bei den Einstufungen ein betrügerisches und sogar vorsätzliches Muster erkennen konnte. Auf jeden Fall waren Maria und Tobias alarmiert, vor allem weil diese Einstufungsmethode in den vorliegenden Auditberichten immer pauschal und regelkonform bewertet war.
Da mit dem Pflegestärkungsgesetz von 2017 die ursprünglich drei Pflegestufen in fünf Pflegegrade neu definiert wurden, war Maria auf die Erklärung der Pflegedienstleitung nach der individuellen Überprüfung des betroffenen Personenkreises gespannt. Tobias rutschte unruhig auf seinem Sessel hin und her, schließlich war er der Mitarbeiter des Medizinischen Dienstes, kurz MD genannt, den Martin Silbermann zu seinen Audits mitgenommen hatte. Es lag in seiner Verantwortung, die Einstufungsanträge zu prüfen und freizugeben.
Nach einer kleinen Kaffeepause und später einem kalten Abendessen, wieder aus der Küche des Heims, arbeitete Maria mit Tobias noch allein weiter, weil Nastasia dermaßen auffällig ihre Armbanduhr konsultierte, dass sie sie wegschickten.
Die Bestandsaufnahme könnten sie allein

weitermachen.
Nastasia nickte erschöpft, verschwand in ihrem Büro und schenkte sich ein großes Glas mit Wodka voll, um sich von dem Frust der Inspektion, der unfairen Behandlung von Maxim und derjenigen durch ihren Herrn und Meisters Vitali zu befreien.
Sie hatte die Beine hochgelegt und war vor allem darüber sauer, dass die beiden Herren sie allein für den Schaden, der aus der Inspektion der Seniorenoase resultieren könnte, haftbar machen wollten. Insbesondere Vitalis Verhalten ihr gegenüber hatte sich in den letzten Jahren mehr als grenzwertig entwickelt. Früher wäre ihr das vermutlich überhaupt nicht aufgefallen, dass ihr sein brutales und rücksichtloses Verhalten einschließlich seiner Einforderung von sexuellem Gehorsam ‚normal' erschienen waren. So war das Leben in der ‚Bratwa', in die sie sich ja freiwillig eingliedern ließ. Aber seit sie hier wohnte und lebte, wurde ihr mehr und mehr klar, dass es auch eine andere Art des Umganges zwischen einem Liebhaber und seiner Partnerin gab.
Dabei hatte sie Vitalis Leben mehr als einmal gerettet, und Dankbarkeit war das Mindeste, was sie erwartete. Aber Vitali wertschätzte alle, die ihm einmal das Leben retteten nur bedingt, wahrscheinlich weil er die Abhängigkeit fürchtete. So war es bei Alina, die ihm auch das Leben gerettet hatte, und die er danach aber nicht deshalb zu seiner

Lieblingsfrau ernannte. Ungeachtet dessen unterdrückte er sie aber genauso oder mehr noch als andere brutal, und ließ ihr keine Luft zum Atmen.
Es war nicht so, dass sie deshalb mit Alina Mitleid verspürt hätte, mit dieser Schlampe, die ihr Vitali wegnahm. Sie berief sich auf ältere Rechte auf ihn, zumindest, was die Rettung seines Lebens anbelangte.
Nastasia erinnerte sich noch sehr genau an den Tag, an dem Vitali, das Unfallopfer, auf die Station kam. Sein Hauptkonkurrent im Straflager hatte bei ihr den Auftragsmord an ihm bestellt. Nastasia hatte sich auf der Krankenstation des berüchtigten Lagers in *Wologodski Pjatak* einen Ruf als Todesengel erarbeitet.
Sie hatte sich ihr persönliches Renommee und einen beträchtlichen Nebenverdienst geschaffen, und wer dafür entsprechend bezahlte, der ließ bei ihr einen in Misskredit gefallenen Mitsträfling zu Tode spritzen. Er musste nur dafür sorgen, dass er das Opfer nach einer Prügel- oder Messerattacke in ihre ‚Obhut' gelangen ließ. Sie arbeitete damals auf eigene Rechnung und gehörte keiner der verschiedenen Gruppierungen im Lager an.
Da Vitali ihren Ruf kannte und ein paarmal selber diskret ihre Dienste in Anspruche genommen hatte, bot er ihr zu ihrem und seinem Schutz die Mitgliedschaft in der 'Gesellschaft' an. Sie nahm an und an seiner Stelle starb kurz darauf Vitalis

Konkurrent, den er dafür krankenhausreif geprügelt hatte. Dann machte er sie zu seiner Geliebten und beförderte sie in der ‚Bratwa' in den Status eines ‚Wolfs'. Sie stand zwar seit damals unter seinem persönlichen Schutz und musste sich nicht mehr auf ihren Instinkt der Selbstverteidigung verlassen, aber sein tyrannischer Umgang ihr gegenüber änderte sich nicht. Er nahm sich, was er wollte, und er servierte sie ab, wie es ihm beliebte.
Sie nahm einen großen Schluck Wodka und verfiel wieder in die Träume ihrer Vergeltungsszenarien.

Kapitel 26

***Hans Hämmerle,** geboren 11.12.1979 in Michelstadt, Vater Willy Hamplmaier, Bestatter in Erbach im Odenwald, heiratet am 1.9.2003 Alina. Vater einer Tochter Emma (geboren am Sonntag 23.10.2003 in Frankfurt), kaufmännisches Abitur in Beerfelden. Von 2001 bis 2006 im mittleren Polizeidienst studierte er danach an der Berufsakademie Betriebswirtschaft in Frankfurt, den Dienst quittierte er Ende 2008. 2009 erhielt er eine neue Identität (und behielt sie bei, weil Hamplmaier zu rustikal klingt), arbeitete als Schadensermittler für Versicherungsfälle in der Schweiz, gestaltet das Privatermittlerbüro in eine Wirtschaftsdetektei zum Schutz vor Wirtschaftskriminalität um, ist offen für eine neue Beziehung.*

Michelstadt, Dienstag, 22.9.2020, 14:00 Uhr

Im Besprechungszimmer des Privatermittlers Willy Hamplmaier hatte sich das Team um den runden Tisch versammelt, der früher einmal einem chinesischen Restaurant um die Ecke gehörte, das dem Nachfragedruck nach Odenwälder Essgewohnheiten nicht standgehalten hatte. Willy hatte ihn für einen ‚Appel un en Ei‘ [1] erstanden, weil er so praktisch war und sich drehen ließ.

Es galt die Erkenntnisse der letzten zwei Wochen aufzuarbeiten und die nächsten Schritte zur dringend

---

[1] *Apfel und ein Ei*

notwendigen Aufklärung der Geldautomaten-Einbruchserie zu planen.
Außerdem hatte Hans zum wiederholten Mal einen dringenden Anruf von Martin Köberl von der Heimaufsicht in Darmstadt erhalten, der wissen wollte, ob er sich bereits die Trägerschaft der Seniorenoase Jungbrunnen angeschaut hätte. Er ließ eine gewisse Dringlichkeit anklingen, wegen der Häufung von Unregelmäßigkeiten, wie er sich vorsichtig ausdrückte.
Willy und Hans hatten sich nach einer kurzen Mittagspause mit Kaffee aus der Espresso Maschine versorgt, als Steffi ins Büro stürzte und erstmal verschnaufen musste. Willy schlürfte genüsslich seinen Kaffee und fasste dann seine Auswertung diverser Videokameras zusammen, welche kurz ausfiel, weil er absolut nichts an brauchbaren Erkenntnissen aufweisen konnte.
Die Einbrecher waren im Bereich des Geldautomaten zwar einmal kurz zu sehen, aber sie trugen dunkle Overalls mit Hoody und einer unauffälligen Rückenaufschrift ‚Wachschutz' und Latexhandschuhe. Sie hatten einen normalen Mund- und Nasenschutz über das Gesicht gezogen, sodass sie nicht zu identifizieren waren. Die coronaspezifischen AHA-Regeln hielten sie perfekt ein. Ein athletischer Körperbau, beide hatten die gleiche Statur und Größe, war ebenfalls wenig aufschlussreich. Es gab keine herausragenden

Merkmale wie Uhren, Halsketten oder Tattoos.
Kein Fluchtauto. Kein Kennzeichen. Keine Zeugen.
Es gab nichts Verwertbares.
Steffi hatte in mühsamer Arbeit versucht herauszufinden, ob es Mehrfachbesuche verdächtiger Fahrzeuge auf dem Parkplatz des Einkaufsmarktes gab. Tatsächlich waren verschiedene Transporter auf ihrer Liste, deren Kennzeichen nicht oder nur teilweise leserlich waren oder es waren Lieferfahrzeuge, die Waren zulieferten. Die Abklärung der Autokennzeichen zur Identifikation der Halter war an die Kripo in Erbach weitergeleitet worden.
Die Vergleiche von Handys, die um diese Uhrzeit in unmittelbarer Nähe der jeweiligen Funkmasten eingeloggt waren, ergaben ebenfalls keine eindeutigen Hinweise. Vermutlich hatten die Täter ihre Mobiltelefone vorsichtshalber ausgeschaltet.
Die bisherigen Tatorte lagen buntverstreut im Odenwaldkreis zwischen Amorbach, Beerfelden, Reichelsheim und Groß-Umstadt.
Steffi kam eine Idee und sie platzte fast vor Aufregung. Und wenn sie einmal in Fahrt war, gab es kein Halten mehr. Die beiden Herren waren ziemlich beeindruckt, als sie vorschlug, „warum bauen wir nicht selbst ein paar GPS-Fotofallen zur ‚Wildbeobachtung‘ an passenden Verkehrsknotenpunkten auf. Der vorwiegend für die Überfälle genutzte Freitag, welche genau alle vier

Wochen zum Monatsultimo stattfanden, scheint ja ein Markenzeichen der Bande zu sein?“ Steffi schaute gespannt in die Runde.

„Passt auf!“, sagte Steffi, die in Mathe eine Einserschülerin war, und zog mit dem Finger einen Kreis auf der Karte.

„Wenn man den Flächenschwerpunkt der Tatorte bestimmt, dann liegt der im Umkreis von vielleicht 20 km rund um Bad-König, das wäre zumindest mal ein Startpunkt. Und wenn wir die B 47 und B 45 schwerpunktmäßig mit dem Zeitfenster von Mitternacht bis, sagen wir, 04:00 Uhr früh überwachen könnten, dann sehe ich eine reale Chance von wenigstens 50 %, um fündig zu werden?“

Willy schnaubte, wenn er an die Kosten dachte. Dennoch versprach er, die Banker als seine Auftraggeber zu fragen, ob sie die Spesenkasse dafür öffnen würden. Die Gruppe diskutierte noch eine Weile über die Frage einer optimalen Standortwahl für solche Fotofallen, um den Kostenrahmen ordentlich abzuschätzen. Da der nächste Einbruch schon in der zweiten Julihälfte möglich schien, wurde Steffi direkt beauftragt, zusammen mit Hans die Liefersituation für vorerst fünf Geräte zu klären, um sie rechtzeitig und strategisch klug aufbauen und scharf schalten zu können. Es war zwar nicht ganz legal, was sie da vorhatten, aber vor Gericht waren Dash-Cams ja auch als Beweismittel für Unfälle

zugelassen. Wichtig war nur, die Speicherzeit zu limitieren. Schließlich beobachteten sie ja Wildbewegungen und die Fahrzeuge wurden dabei rein zufällig erfasst.
Danach sprachen sie ihren zweiten „Großauftrag“ durch.
Willy hatte nicht vergessen, was Georg ihm vor zwei Wochen bezüglich seiner Recherche zum Heim und über die Trägerschaft in Form einer Stiftung mitgegeben hat. Sie hatten zum Teil, dieselben Ergebnisse produziert. So viel war sicher. Sie waren nicht tief genug in die Materie eingedrungen.
Als Georg eine Viertelstunde später klingelte, bat Willy ihn herein und stellte ihn Hans vor, Steffi nickte ihm freundlich zu und Georg legte gleich los.
Alle waren erschüttert von der Kaltschnäuzigkeit, mit der dieser ‚Freund der Pflegeheime‘ aufgetreten war, nachdem er Georgs Tochter Mia entführt und fast zwei Wochen gefangen gehalten hatte.
Mia konnte relativ wenig zu dem Aufenthaltsort sagen, an dem sie eingesperrt war. Sie konnte keinen der beiden Entführer beschreiben, denn sie war entweder betäubt oder mit verbunden Augen transportiert worden, und die Frau, die sie in der Gefangenschaft betreute, war ebenfalls maskiert. Es handelte sich dabei um eine relativ große, schlanke und dunkelblonde Frau, die ständig eine Gesichtsmaske trug, und deshalb konnte sie nur die Haare und die Augenfarbe als ein helles Blau

beschreiben. Allein der Name, Katra, den eine unbekannte Mädchenstimme ihr zurief, und der zu einem jungen Mädchen gehörte, das auf Flucht sann, versetzte zuerst Steffi, und nachdem diese wiederum ihr Wissen weitergab, das ganze Team in Aufregung.

„Katra? Das ist doch hier ein total ungebräuchlicher Name. Und jetzt taucht er zweimal auf und gehört jedes Mal zu einem jungen Mädchen. Vermutlich rumänischer Abstammung. Ich glaube es nicht“, empörte sich Steffi und fügte hinzu, „und da die Katra, die ich in der Seniorenoase kennengelernt habe, definitiv ‚mit Sex zu tun hat‘, liegt es nahe, dass sie mit der Katra identisch ist, die Mia in einer bordellähnlichen Umgebung ansprach.“ Steffi sah nach Zustimmung heischend in die Runde, und Willy und Hans nickten sofort.
„Das müssen wir schnellstens abzuklären versuchen”, sagte Hans und Georgs Miene hellte sich auf. „Aber es wird keine Polizei eingeschaltet, wir sind noch lange nicht aus dem Gefahrenbereich dieser Bande.“ Willy beruhigt Georg und schickt ihn nach Hause, „wir melden uns bei dir, wenn wir wissen, wie wir das angehen.“
Hans hatte sich zwischenzeitlich vor seinen Desktop Computer gesetzt und mit den Zugangsdaten von Martin Köberl einen erweiterten Onlinecheck gestartet, war aber beim Träger der Pflegeoase auf Steffis Hilfe angewiesen. Gemeinsam wurden sie im

Transparenzregister fündig, wo als alleiniger Stifter ein Vitali Klimachow, russischer Staatsbürger mit Wohnsitz in Kaliningrad eingetragen war. Immerhin zeichnete sich zumindest dem Namen nach ein Bindeglied zur russischen Mafia ab, das abzusichern wäre der nächste Schritt.
Hans wollte sicherheitshalber versuchen, über KHK Dingeldein an die Prozessakten zum Drogenprozess heranzukommen, ob dort nicht doch irgendwo der Name des Stifters aus Kaliningrad dokumentiert wäre, er selbst konnte sich nicht mehr daran erinnern.
Sie stellten fest, dass sämtlicher Geldtransfer vom und auf das Treuhandkonto der Stiftung von einer Kanzlei für Wirtschafts- und Steuerrecht getätigt wurden, und zwar von einer Sozietät, deren Partnerschaft wenigstens drei Fachanwälte umfasste. Als Hans die Namen vorlas, klickte nicht nur etwas in seinem Kopf, er wurde geradezu von einer ganzen Flut von Emotionen überrannt. Seine Betroffenheit war unübersehbar, und er musste lachen, als Steffi unbekümmert fragte, ob der gesuchte Syndikus der Organisation mit dem kaufmännischen Leiter der Seniorenoase namensgleich wäre.
„Um es auf den Punkt zu bringen, der Verteidiger im Drogenprozess, der Syndikus der Stiftung und der kaufmännische Leiter der Seniorenoase, den Steffi identifiziert hatte, waren namensgleich“, konstatierte Hans und führ fort ,es wäre von Vorteil

herauszufinden, ob es sich dabei um den Erpresser von Georg handeln könnte?‘

Was für ein Zufall.

Alle stimmten überein, das war ein Zufall zu viel.

Noch aufregender war die Erkenntnis, dass seit der Gründung der Stiftung die Begünstigte auf den Namen Alina Modschowa im Stiftungsregister eingetragen war. Hans war sofort klar, was das bedeutete. Offenbar wusste der Stifter zum Zeitpunkt des Eintrages im Jahre 2002 nicht, dass Alina ein Jahr danach geheiratet und dabei ihren Passnamen abgelegt hatte.

Hans fragte sich, ob der Stifter ebenso wenig wusste, dass Alina seit 2009 tot war, oder ob er nur übersehen hatte, den Eintrag zu löschen. Steffi hatte Gott sei Dank nichts von Hans‘ emotionalem Ausbruch bemerkt und Willy schwieg betroffen. Der hatte seine Erregung sehr wohl mitbekommen und kannte den Grund dafür.

„Hm, das gefällt mir gar nicht. Es erklärt zwar einiges, aber jetzt fange ich an, Angst zu bekommen, denn da tut sich ein Hornissennest an illegalen Aktivitäten auf, die allesamt mit dieser Seniorenoase verbandelt sind. Und das sieht verdammt gefährlich aus“, stellte Willy fest.

Hans nickte dumpf und sagte, er würde sofort morgen bei Willys Freund einen Waffenschein beantragen und Steffi bei ihrem nächsten Besuch des Heimes wegen der anstehenden Folgeinspektion des

Gesundheitsamtes begleiten. Emma sollte ihre Ferienpraxis besser im Büro ableisten und keinen Außendienst mehr machen.
Er war wahnsinnig froh, dass Emma heute zufällig nicht dabei war, denn sonst hätte er eine Menge erklären müssen.
Emma gab immer dienstags alle zwei Wochen einigen ‚unbegleiteten minderjährigen Asylbewerbern' aus Afghanistan Nachhilfeunterricht in ihrer Landessprache. Da waren ein paar nette Jungs dabei und Hans war sicher, dass er bald ein bisschen auf seine Tochter achtgeben musste. Kontaktfreudig wie sie war, pflegte sie schon in der Schweiz mit ihren Freunden einen offenen und vertrauensvollen Umgangston, was dort klar auf Gegenseitigkeit beruhte.
Das musste sich hier erst herausstellen. Für sie war die Rückkehr in den Odenwald vorweg nicht einfach, das wusste Hans natürlich. Auch wenn die Ourewäller ‚brave' Leute voll sympathischer Lebensfreude waren, so schätzte er sie doch von der multikulturellen Akzeptanz oder der Einstellung Frauen gegenüber für die absehbare Zukunft als deutlich entwicklungsfähig ein.
Steffi konnte ein Lied davon singen.

Kapitel 27

Maria Bitsch, *geboren 30.7.1989 in Pfungstadt, verheiratet, eine Tochter Julia (geboren am Sonntag 6.7.2015). Abitur, Ausbildung zum Pflegemanagement, integre Gutachterin der Hessischen Heimaufsichtsbehörde in Darmstadt, die Inspektion der Seniorenoase ist ihre erste Außenprüfung, Ermüdungserscheinung vom Ehealltag, weil ihr Ehemann beruflich ständig unterwegs. Sie wurde mit dem Sars-2-Virus infiziert und steckte weitere Personen an.*

Seniorenoase Jungbrunnen, Donnerstag, 24.9.2020, 20:00 Uhr

Maria Bitsch und Tobias Klein waren im Laufe des Tages einmal durch mit der Prüfung der Aufzeichnungen, und es gab ernüchternde Erkenntnisse zu den parallel durchgeführten, vorerst stichprobenartigen Einstufungsprüfungen der pflegebedürftigen Heimbewohner. Es herrschte eine gespannte Unruhe im Heim, trotz der alles dämpfenden Coronamaßnahmen.

Sie hatten ein Mammutprogramm vor sich und eine Menge bereits abgearbeitet. Nach den ersten Stichproben zeichneten sich massive Abweichungen bei fast allen Prüfungen ab.

Also beschlossen sie, von der stichprobeweisen Prüfung auf eine Komplettprüfung überzugehen. Angesichts der scharfen Coronavorschriften war das gar nicht so einfach. Es war extrem zeitaufwändig,

jeden Patienten einzeln zu interviewen und auf Übereinstimmung mit den Abrechnungsstufen zu checken. Deshalb fingen sie mit den auf dem Papier schwierigsten Fällen des Pflegegrads 5 an, die zu der am meisten durch Corona gefährdeten Personengruppe gehörte. Danach arbeiteten sie sich zu den niedrigeren Pflegegraden durch.
Die Prozedur war unter den Auflagen, die im Heim herrschten, schwierig genug abzuarbeiten. Sie mussten jedes Interview mit einem Bewohner anmelden, den sie sehen und beurteilen wollten, bevor der oder die Betreffende in die Besucherecke geführt wurde, was angesichts der Behinderung der gehunfähigen Personen, doppelt schwierig war. Die bettlägerigen Patienten wurden natürlich in deren Zimmer bewertet. Es führte kein Weg daran vorbei, sie durchliefen alle Desinfektionsroutinen, und bei der Befragung war immer eine Pflegerin im Hintergrund dabei, um bei der Klärung von Fragen mitzuhelfen, die der Patient nicht beantworten konnte.
Sie stellten bei der Einzelprüfung der Pflegegrade in knapp 90 % aller Fälle eine fehlerhafte und meist überhöhte Einstufung fest, wobei sie besonders krasse Fälle separat dokumentierten. Interessanterweise gab es auch Fälle, von ‚abwesenden' Personen, deren Abwesenheit durch die Bank mit einem temporären Aufenthalt in einer getrennt von der Seniorenoase betriebenen

Reha-Einrichtung zur Behandlung von Atemwegserkrankungen in Wald-Michelbach erklärt wurde. Diese Einrichtung wurde bisher noch niemals inspiziert, weil es sich ja nur um Tagesaufenthalte einiger weniger Patienten handelte.
Zufälligerweise entdeckten sie auch Ungereimtheiten zwischen den gemeldeten Todesfallzahlen im zweiten Quartal, welche sich nicht mit den Eintragungen in Krankenakten deckten. Darauf hin schauten sie sich auch die jüngsten Todesfälle im Heim und insbesondere diejenigen an, bei denen der hinzugerufene Arzt jeweils einen natürlichen und nicht Corona spezifischen Tod attestierte.
Aus den Krankenblättern selbst ließen sich keine Auffälligkeiten ableiten, und da alle Toten von einem Erbacher Bestatter zur Einäscherung ins Krematorium Birkengrund in Obertshausen verbracht wurden, war eine nachträgliche Obduktion unmöglich. Maria machte einen Vermerk, dass sie den Bestatter kontaktieren wollte, ob ihm irgendwelche Ungereimtheiten aufgefallen wären. Manchmal sahen die ja mehr als der den Totenschein ausstellende Arzt.
Sie wählte die Festnetznummer des Bestatters, eines gewissen Willy Hamplmaier, aber es ging nur der Anrufbeantworter dran, und sie legte wieder auf. Sie wollte die Fragen lieber persönlich stellen, als den Anrufgrund einer anonymen Maschine zu erklären,

und so hinterließ sie nur ihre Mobiltelefonnummer und bat um Rückruf.
An diesem dritten Tag hatten sie die Einzelprüfungen erst zu einem Drittel abgeschlossen und die Abweichungen festgehalten. Es war schon verdammt spät, sie würgten anstelle des Abendessens ein paar belegte Brote hinunter, welche sie sich aus der Kantine besorgt hatten, und brüteten über ihren Ergebnissen, die einen alarmierenden Gesamtzustand des Heims offenbart hatten.
Maria Bitsch hatte den Prüfungsumfang ihres ersten offiziellen Prüfungsauftrages massiv unterschätzt, und der Wust an zu prüfenden Unterlagen war so groß, dass an entspannte Stunden am Abend und nach getaner Arbeit nicht zu denken war. Die Seniorenoase lag außerdem am ‚Arsch der Welt' und die nächstgelegene vernünftige Bar wäre in Erbach oder Michelstadt gewesen, und das war ihr zu weit. Tobias machte auch einen leicht angeschlagenen Eindruck, und so hatte Maria ihre Erwartungen an ein bisschen Abwechslung am Feierabend zumindest für den heutigen Abend aufgegeben.
Bevor sie an den Abschlussbericht gingen, wollte Maria nach Durchführung der restlichen Prüfungen eine gemeinsame Basis für die Vorabinfo an die Heimleitung erarbeiten.
War ursprünglich geplant, das Briefing heute Abend durchzuführen, so zeigte sich bald, dass das unrealistisch war. Angesichts des hohen

Prüfungsaufwandes hatten sie der Heimleitung eine Ausweichlösung vorgeschlagen, und die Vorabinfo auf Freitagnachmittag verlegt.
Damit hätte die Heimleitung übers Wochenende Zeit, Stellung zu nehmen, bevor sie den Abschlussbericht erstellte.
Deshalb hatte Maria entgegen dem ursprünglichen Plan und wegen der Fülle der Fälle darauf bestanden, ihren Aufenthalt um einen weiteren Tag zu verlängern, was Tobias wiederum nicht in den Kram passte. Die anfänglichen Flirtversuche, die er von Maria wahrnahm, waren zuerst im Arbeitswust erstickt. Am ersten Tag hatten sie sich unbeschwert in die Prüfung gestürzt und gehofft, abends noch ein bisschen ‚private' Zeit füreinander abzuknapsen. Je länger sie prüften, ums misstrauischer wurde Maria ihm gegenüber.
Sie hatte ein paar Mal nachgefragt, wer diese Anträge geprüft und freigegeben hätte. Er hatte den gesamten Tag über verzweifelt nach einem Ausweg gesucht, denn die Offenlegung seiner permanenten Mitwirkung an der falschen Einstufung wäre sein Karriereende, und er konnte nicht alles auf Martin Silbermann schieben.
Bisher hatte Maria in den Akten noch keinen Hinweis gefunden, die sein Mitwirken offenlegten, denn im Heim bewahrten sie nur die Antragsunterlagen zur Einstufung auf. Die Freigaben hatten Silbermann und er immer per E-Mail

geschickt, und die würde Nastasia bestimmt an Maria weiterleiten, wenn sie die Einstufung bezweifeln würde.
Wenn es dazu käme, wollte er weit weg sein.
Deshalb hatte Tobias bei Maria darauf gedrungen, am Samstag früh abzureisen, und folglich hatten sie sich für diese abendliche Zusammenfassung entschlossen, um den Freitagvormittag für die abschließende Prüfung zu nutzen. Der Rest des Freitags wäre dann für die Fertigstellung des Vorabberichtes für die Heimleitung verfügbar.
Es war kurz nach 21:00 Uhr, als Willy Hamplmaier bei Maria Bitsch zurückrief und sie fragte, wo er helfen könnte.
Maria erklärte ihr Problem mit den unklaren Todesursachen, und Willy bestätigte ihr, dass auch er ein ungutes Gefühl bei einigen Leichen hatte. Willy erzählte ihr nur, dass ihm am Zustand der Leichen, die er von der Seniorenoase abgeholt hatte, aufgefallen war, dass sie sehr kalt waren. Fast wie aufgetaut, was natürlich auch keinen Rückschluss auf den Todeszeitpunkt zuließ. Aber ganz mit rechten Dingen sei es dabei nicht zugegangen. Er hätte die Leichen dennoch zur Einäscherung gebracht, denn ohne konkrete Erkenntnis waren ihm die Hände gebunden. Diejenigen Toten, welche ohne Angehörige waren, seien im Erbacher Ruheforst in einem Sammelgrab mit dem sinnigen Namen 'Jungbrunnen' beigesetzt worden. Deshalb wäre eine

nachträgliche gentechnische Untersuchung der Leichen leider nicht mehr möglich.
Maria bedankte sich und legte seufzend auf.
Sie war echt müde und gähnte, und Tobias schien nicht mehr der Frischeste zu sein.
Wenn sie sich zwischendurch unbewusst auf so etwas wie gemeinsame Entspannung am Abend und vielleicht auf mehr gefreut hatte, so versanken diese Wünsche in einem starken Bedürfnis, sich auszuschlafen. Nicht einmal auf das übliche Glas Rotwein zum Ausklang des Tages konnte sie sich freuen, denn überraschenderweise schmeckte ihr der Wein nicht mehr. Besser gesagt, jeder Schluck des Dornfelders fühlte sich sowohl auf der Zunge als auch am Gaumen nach überhaupt nichts an. Der Geschmack war wie weggewischt. Sie schob es auf Überarbeitung und ihre Müdigkeit, die sie aufforderte, früh zu Bett zu gehen.

Kapitel 28

__Leonid Demchokovsky,__ geboren 6.1.1953 in Moskau, ledig, Straflager in Wologodski Pjatak wegen Mordes, Mitglied des KGB, Jura Studium in Moskau, seit 1968 Offizier der ‚Bratwa', seit 1998 Nummer 2 als stellvertretender Anführer in Kaliningrad.

Seniorenoase Jungbrunnen, Freitag, 25.9.2020, 12:00 Uhr

Maxim Mutsonow hatte ein saftiges Steak, knackigen Salat und eine Flasche trockenen Spätburgunder in sein Büro bringen lassen. Vitali Klimachow, sein Boss, war erst am späten Vormittag zur monatlichen Inspektionstour eingetroffen, gerade als sie die Katastrophensitzung mit diesen sturen Böcken der Heimaufsicht beendet hatten. Jetzt saßen sie einander gegenüber, Vitali im Rollstuhl, den er seit kurzem zur Entlastung seiner nachlassenden Beinmuskulatur benutzte, und Maxim auf seinem gepolsterten Chefsessel. Beide genossen das schmackhafte Essen, das in krassem Gegensatz zur Speisekarte für die Heimbewohner in der Seniorenoase stand.

Vitali hatte um ein leichtes Mittagessen gebeten und wirkte entspannt. Bereits bei seinem letzten Besuch zum Ausbau der Opioidproduktion deutete Vitali gegenüber einem leicht erstaunten Maxim an, dass er sich gut vorstellen könnte, demnächst seine Nachfolgeregelung in der Organisation zu vollziehen. Er wäre nicht abgeneigt, danach seinen

Lebensabend hier vor Ort zu verbringen. Er hatte seinen Kapitänen ein paar anspruchsvolle Sonderaufgaben gestellt, deren erfolgreiche Umsetzung ihm die Entscheidung bei der Nachfolge erleichtern sollte.
‚Er sei nicht mehr so gut zu Fuß und nachlassende körperliche Kräfte seien in seiner Position eher von Nachteil', meinte er und seine Mundwinkel zeigten nach unten.
Maxim vermutete hinter dieser Bemerkung Überlegungen des Bosses, in einem letzten Anlauf seine Nachfolge in seinem Sinn zu regeln, und es war nicht schwer zu erraten, dass sich Vitalis ewiger Machtkampf mit Leonid allmählich zuspitzte.
Leonid stand gesundheitlich auch nicht viel besser da als Vitali, obwohl er sechs Jahre jünger war. Übermäßiger Wodkakonsum und ein extrem ungesunder Lebensstil, kennzeichnete beide. Seit sie ihre sportlich geprägte Karriere beim KGB gegen den täglichen Stress der Führung ihres Drogenimperiums aufgegeben hatten, wurden sie erkennbar schwächer. Eine leicht gelbliche Gesichtsfarbe ließen bei der Nummer 1 genauso wie bei der Nummer 2 der ‚Bratwa' eine massive Leberschädigung erkennen. Kräftemäßig war Leonid besser beisammen als Vitali, aber keiner seiner Untergebenen erwartete, dass Leonid jemals über die Position des Stellvertreters hinauskommen würde. Das Spiel war also offen und Maxim sah deutlich,

wie seine Mitkonkurrenten um die Position des Anführers mit den Hufen scharrten.
Vitali merkte an, er sei jetzt dreiundsiebzig Jahre alt, und allmählich merke er, dass er kürzer treten müsse und dass es ihm schwerer fiele, wenn es um harte Eingriffe in seinem Imperium ging.
Sie kamen wieder auf das Lieblingsthema des Alten zu sprechen, wie man gemeinsam das Geschäft ankurbeln könnte, das immer noch schlecht lief. Dazu kamen, wie Vitali zugeben musste, klimabedingte Lieferengpässe infolge von Ernteausfällen im Herkunftsland Afghanistan und zunehmender Konkurrenzdruck tschetschenischer Banden. Über die Schwierigkeiten, die Drogenlieferkette aufrechtzuerhalten, schwieg sich Vitali Maxim gegenüber aber aus. Seine afghanischen Lieferanten hatten ihm jedes Jahr größere Zugeständnisse abgerungen, nicht zuletzt weil seine Fähigkeiten, um hart durchzuregieren, beschränkt waren.
Er konnte in diese Region nicht einfach seine Aufräumtruppe hinschicken, um für ein bisschen mehr Verständnis und Disziplin ihm gegenüber zu sorgen. Die würden in Afghanistan keinen Fuß auf den Boden bekommen.
Viel mehr noch sorgte er sich darum, dass er in jüngster Zeit persönlich das Ziel von Anschlägen tschetschenischer Banden war, mit denen er um die Marktanteile auf der Opium Nordroute kämpfte. Für

diese Gangster war körperliche Gewalt immer noch stärker als die von Maxim und seinen lokalen Häuptlingen bevorzugte subtile Macht des Marktes. Und obwohl er und Leonid mit Brutalität und gewaltbasierten Methoden groß geworden waren, merkten sie jetzt, dass sie nicht mehr die Kräfte hatten, um mit den jüngeren Konkurrenten mitzuhalten.

Vitali hatte seine afghanischen Geschäftspartner seit langem im Verdacht, ihm gegenüber ein doppeltes Spiel zu spielen. Er konnte auch nicht ausschließen, dass intime familiäre Gründe und ein archaischer Ehrenkodex eine Rolle spielten, wenn es um ihn und sein Privatleben ging.

Den Intimbereich seines Lebens hatte er immer massiv nach außen hin abgeschottet, und die Ungewissheit über den Tod und Verbleib von Alina hatte er noch lange nicht abgehakt.

Alina hatte ihn als junges Mädchen vor einem Mordanschlag bewahrt, als sie noch Aliyah hieß und lange bevor er ihr einen neuen Namen gab. Das war zu einer Zeit, als die Taliban in Afghanistan noch das Sagen hatten, und Drogenanbau und Schmuggel bei Todesstrafe verboten war. Sie hatte von dem tödlichen Hinterhalt auf Umwegen und zufällig erfahren, den die Taliban gegen die Drogenschmuggler eingerichtet hatten, und weil sie ihn davor warnte, stand er den Rest seines Lebens in ihrer Schuld. Er dankte ihr das dadurch, dass er sie

zu seiner Geliebten machte, als sie, dem Mädchenalter entwachsen, zu ihm nach St. Petersburg geflüchtet war.
Sie war lange Jahre seine Mädchen für alles, das er insgeheim und langfristig als seine Nachfolgerin aufbauen wollte. Unabhängig davon betrachtete er sie als sein Eigentum, und er setzte sie so ein, wie er es wollte. Dass er sie unabsichtlich geschwängert hatte, offenbarte sich ihm aber erst spät und ebenso, dass es kein Sohn war, den er gezeugt hatte. Zum Zeitpunkt der Geburt des Mädchens war er von fast allen Informationen abgeschnitten, die die Kronzeugin betrafen.
Als er das Geburtsdatum kannte und zurückrechnen konnte, hatte er dem Dieb seiner Liebe zwar unendliche Rache geschworen, aber außer den Schwüren und Flüchen seither fast nichts erreicht. Nach seiner Meinung war der eigentliche Schuldige dieser Personenschützer, während er sich einredete, dass Alina ihn nicht verraten hatte, sondern nur einen unproblematischen Ausweg aus der Situation und einen günstigen Zeitpunkt für eine direkte Rückkehr an seine Seite suchte.
Natürlich hätte er sie danach offiziell ordentlich in die Mangel genommen, aber die Regel, dass die ‚Bratwa‘ nicht verzeiht und Vergeltung über allem steht, sah er in ihrem Fall als nicht anwendbar an.
Für ihn stand der Schuldige von Anfang fest.
Der und nur der musste büßen. Er sollte machtlos

zusehen und in Albträumen leiden, wenn er das Monster gegenüber seiner Familie spielte.
In der ‚Gesellschaft' musste er zwangsläufig sehr vorsichtig agieren, denn die Regeln der ‚Bratwa' waren ehern und unumstößlich.
Verrat war Verrat, auch wenn er einem höheren Ziel und der inneren Sicherheit diente. Eine Befehlsverweigerung wurde immer geahndet, selbst wenn sie ein positives Ergebnis hätte. Zuversichtlich redete er sich ein, dass sie nach ihrer straflosen Freilassung sofort zu ihm zurückgekehrt wäre, und sich nur zum Schein und Schutz ihrer Familie, zu der er sich auch rechnete, auf das Angebot des Zeugenschutzes eingelassen hatte.
Die Entscheidung an seiner Frau und Tochter ein Exempel statuieren zu müssen, war ihm Gott sei Dank abgenommen worden. Falls er sich geweigert hätte, wäre er spontan als Anführer von der Gesellschaft verstoßen worden. So begnügte er sich mit der Trauer und bislang nutzlosen Racheschwüren.
Der aktuelle Jäger, den er darauf angesetzt, sorgfältig instruiert und nach Deutschland geschickt hatte, um das Problem der Zeugenaussage in der Berufung durch eine blitzsaubere Entführung zu eliminieren, war zu spät gekommen.
Der Wolf war vergeblich am Tatort, aber er konnte nur vermuten und nicht schlüssig belegen, dass Alina einem Anschlag zum Opfer gefallen war. Der

Maulwurf, der die Sache hätte aufklären können, musste sterben, weil er sich weigerte, ein Geständnis abzulegen.
Nicht erkennbar für sein Umfeld, war er innerlich fast zusammengebrochen, als Andrei ihm die SMS mit den mageren Informationen geschickt hatte. Flüche halfen ihm nicht, und nur der Gedanke an Rache hielt ihn hoch.
Er wusste bis heute nicht, ob Hafizullah Modschadd den Anschlag auf Alina mitbekommen hatte, oder ob er nicht sogar, weil Alina die Familie entehrt hatte, selbst in die Sache verwickelt war.
Und so tappte er bis heute im Dunkeln, wer hinter dem Tod und Verschwinden von Alina steckte.
Vitali war es im Gegensatz zu Hans Hämmerle bei der Suche nach dem Verantwortlichen für den Verlust seiner Geliebten nie um Gerechtigkeit gegangen, sondern nur und ausschließlich um blutige und schmerzhafte Rache. Alle, die er mit ihrem möglichen Tod in Verbindung bringen konnte, sollten leiden, wie sie noch nie gelitten hatten.
Er hatte zu lange sein Imperium mit Rachemaßnahmen sauber gehalten und unter der Blutrache seiner Gegner ein isoliertes Leben geführt, in dem man ständig auf der Hut sein musste. Und jetzt, da seine Kräfte erkennbar nachließen, hoffte er, mit seinem Ruhestand an diesem derart abgelegenen Standort den Fangarmen seiner Feinde zu entgehen. Er war es auch leid, ständig mit diesen

Aufmüpfigkeiten aus dem zweiten Glied der Organisation fertig zu werden, die er nicht mehr so hart zu ahnden vermochte, wie Maxim es von ihm gewohnt war.
Tatsächlich begeisterte den älter werdenden Anführer der ‚Bratwa' die Seniorenoase Jungbrunnen offenbar dermaßen, dass er sofort seinen Einzug plante. Die abgeschiedene Lage war phänomenal, und er hätte immer noch einen direkten Zugriff aufs Geschäft. Pflege und Wellness einschließlich sanfter Entspannung ab und zu. Was wollte er mehr, nach seinen Jahrzehnten als harter Boss, der über Leichen ging.
Dass er während all der Jahre unbeirrt nach seiner Frau und deren Tochter suchte, wusste jeder in der ‚Gesellschaft'. Die Spur war seit langem kalt, und er wollte die Suche von jetzt an selbst in die Hand nehmen.
Wiesbaden war der Ort, an dem sich seine Frau in Luft aufgelöst hatte, die ihm dieser verfickte Ehebrecher vor elf Jahren geklaut hatte. Ob der Ansatz richtig war, zu dem Punkt zurückgehen, der mit der Flucht von Alinas ehebrecherischem Ehemann und seiner Tochter und dem damit zusammenhängenden Ableben des damaligen Oberstaatsanwalts zu tun hatte, das bezweifelte er allmählich.
Oliver Wolff hatte ihm eingeflüstert, dass der einzige sinnvolle Ansatz einer Suche wäre, der Spur des

Maulwurfs zu folgen, denn der Ehebrecher hatte es geschafft, seine Spuren sehr professionell zu verwischen. Es hatte lange genug gedauert, bis er sich dazu durchrang, Oliver und seine Leute zu beauftragen, die Suche zu übernehmen. Mit jedem Jahr, in dem er von Oliver mit Fehlanzeigen und Nebenkriegsschauplätzen abgespeist wurde, wuchs sein Misstrauen gegenüber seinen eigenen Leuten.
Das betrachtete er als Olivers letzte Chance, die er ihm zugeteilt hatte, um seine Nachfolger-Qualifikation zu testen. Und Oliver war kurz davor wegen eklatanten Misserfolgs, aus dem Rennen auszuscheiden.
Oliver, seinerseits verspürte keinerlei Zeitdruck bei seiner vorgetäuschten Suche nach dem Ehemann und der Tochter der Kronzeugin und genoss es, seinen Boss ständig ohne jede sichtbare und nützliche Erkenntnis hinzuhalten. Als letzte angebliche ‚Positivmeldung' hatte Oliver den Sohn des Maulwurfs aufgespürt, der, wegen der üblen Gerüchte um den Tod des Vaters, das Land mit unbekanntem Ziel verlassen hatte.
Nach einer jahrelangen Recherche und unzähligen Bestechungsfällen war es ihm erst kürzlich gelungen, über die Rentenzahlung der Lebensversicherung des so tragisch verschiedenen Oberstaatsanwaltes zumindest an den Aufenthaltsort des Sohnes in der Schweiz zu gelangen.
Vitali bezweifelte, dass der Sohn ihm Hinweise zu

den Leuten geben konnte, mit denen sein Vater Kontakt hatte, oder ob er sonst irgendeinen Tipp hatte, der ihn zur Identität seiner Tochter führen könnte. Er hatte genug Geld in Aussicht gestellt, um ein intensives Nachdenken des Sohnemannes auszulösen. Im Falle einer Verweigerung der Mitarbeit stellte man ihm dasselbe Schicksal in Aussicht, wie es seinen Vater ereilt hatte. Jetzt hieß es warten, die Frist, die er ihm gesetzt hatte, lief in zwei Wochen ab.

Aber das war der nächste Schritt, zuerst musste hier aufgeräumt werden. Insbesondere der Spuk der Heimschließung wegen der drohenden Abqualifizierung durch diese arrogante Heimaufsichtsbehörde, die wie ein Damoklesschwert über allen hing, musste schnell ein Ende finden.

Und das war die Spezialaufgabe für Maxim Mutsonow. Er hatte uneingeschränkte Handlungsvollmacht und sollte die Geschäfte der Seniorenoase in unauffällige Bahnen lenken, um wieder ordentlich absahnen zu können.

Maxim setzte ihn zwischen zwei Bissen des Steaks ‚blue', exakt so wie es Vitali liebte, über den aktuellen Stand der Dinge im Heim in Kenntnis. Er hört sich alles ruhig an und berät mit ihm, wie man am unauffälligsten aus der Bredouille käme.

Maxim hielt definitiv nichts davon, die Gutachterin der Heimaufsicht auf die ‚sanfte' Tour zu überzeugen, einen positiven Bericht mit kleinen

Mängeln für die Heimaufsicht zu erstellen.
So wie es ihr Vorgänger immer gemacht hatte, der dann in einer Beamtenschublade verstauben könnte.
Sie würden sich die Dame heute Abend einmal richtig vornehmen, und ihr eine erweiterte ‚Gehirnmassage' zur Meinungsänderung verpassen, damit sie wieder klar sehen und gut von schlecht unterscheiden könnte.
Bei diesen Worten verzog er das Gesicht zu einem spöttischen Grinsen, in der Vorfreude auf die Massageübung.
Außerdem informierte Maxim ihn darüber, wie er den Journalisten, der ihnen die Heimaufsicht auf den Hals gehetzt hatte, mit der Entführung seiner Tochter Mia im Zaum hielt. Sie hätten ihn seither prima im Sack, und er zeigte keine Anzeichen von seiner neugefundenen und positiven Berichterstattung abzuweichen, nachdem seine Tochter wieder freigelassen worden war.
„Dafür gibt es jetzt eine neue Bedrohung, denn diese Tussi vom Gesundheitsamt, die erstmalig im Juni und dann nochmals Anfang September mit einer Praktikantin aus der Asylantenszene hereingeschneit kam, hat uns eine Kopie Ihres Statusberichtes geschickt. Der ist mindestens so katastrophal wie derjenige der Heimaufsicht. Wir haben die Sachbearbeiterin vorgewarnt, aber sie ist genauso stur, wie wir sie eingeschätzt haben."
„Am besten ist es immer noch, einer Frau auf die

harte Tour zu zeigen, dass sie einfach zu folgen und sich unterzuordnen hat. Eine kleine Erpressung und ein Hinweis auf das Schicksal der Familie obendrauf wirken Wunder", sagte der, der es wissen musste, und seine eisblauen Augen waren hart wie immer.
Vitali verzog verächtlich sein Gesicht als Maxim ergänzte, dass Oliver Wolff, der über seine Stammtischrunde ab und zu nützliche Informationen aufschnappte, und mit ihm teilte, einen konkreten Verdacht hatte. Und dass zwischenzeitlich ein lokales Ermittlerteam um einen Willy Hamplmaier gegen das Heim recherchierte. Er hatte diesen Willy Hamplmaier bisher nicht zu Gesicht bekommen. Das lag wohl daran, dass er ihn früher nur in seiner Tätigkeit als Bestatter beauftragt hatte, wenn ein Heiminsasse zur letztem Ruhe gebettet werden sollte.
Aber wenn das stimmen sollte, dass private Ermittlungen gegen das Heim am Werke wären, dann sollte man, nach Maxims Meinung, die Sache ernster nehmen. Entweder müsste man gezielt den Kreis derer erweitern, denen man physische Gewalt androhen müsste, oder diejenige Person herauspicken, mit der man den anderen den meisten Schmerz zufügen konnte, um die Schnüffelei im Keim zu ersticken. Viel Zeit bleibt da nicht mehr, fasst Maxim abschließend zusammen und sieht Vitali fragend an.
Vitali schüttelte erst zweifelnd den Kopf, weil er

Olivers Hinweisen von vorneherein misstraute, dann bequemte er sich, doch zuzustimmen.
Maxim sinnierte vor sich hin, dass es schwieriger wäre, diese Steffi Schwaiger und Willy Hamplmaier einzufangen, einfach weil zu viele voneinander unabhängige Personen in den Fall und die Untersuchungen gegen die Seniorenoase involviert wären.
Vielleicht war Olivers Hinweis brauchbarer, als er zuerst dachte, dass die Familie Hamplmaier nach der Rückkehr seines Sohnes aus der Schweiz seit kurzem auch um eine Enkelin angewachsen war. Und Oliver wusste angeblich auch, dass besagte Steffi mit dem Sohn Hans des Bestatters Hamplmaier liiert war. Da könnte man doch überlegen, ob es nicht wie bei Mia, auch bei dieser Tochter mit einer kleinen Entführung funktionieren könnte. Als Vitali immer noch nickt, ruft Maxim Andrei herein und gibt ihm den Auftrag innerhalb von achtundvierzig Stunden, einen Vorschlag für eine Entführung der Tochter von Hans Hämmerle auszuarbeiten.

Kapitel 29

Wolfgang Wolff und Mike Wiegand, *geboren 1990 und 1995 in Höchst beziehungsweise in Bad-König im Odenwald. Ledig, mittlere Reife und eingespielte mobile Einsatztruppe aus dem Wachschutz der Seniorenoase, Wolfgang ist der Sohn von Oliver Wolff, bei dem beide offiziell angestellt sind, ein brutales Duo, welches im Doppelpack auftritt, um Drogentransporte, Einbrüche und Entführungen durchzuführen.*

Fürth, Freitag, 25.9.2020, 21:00 Uhr

Die beiden Männer in der schwarzen Arbeitskleidung mit dem „Wachschutz"-Aufdruck waren in Vorbereitung des nächsten Einbruchscoups. Sie saßen in demselben unauffälligen dunkelgrauen Transporter mit einem gefälschten Heidelberger Kennzeichen wie vor drei Wochen, nur dass sie dieses Mal besser vorbereitet waren.

Wolfgangs Vater war es plötzlich effektiver vorgekommen, von dem Vier-Wochen-Rhythmus abzuweichen und diesmal eine Bank auszuwählen, die am Wochenende vor dem Ultimo eine gefüllte Bargeldkassette im Automaten laden würde.

Er hatte schon am Montag seine beiden Leistungsträger zu einem Vorbereitungsgespräch nach Bad-König bestellt und ging mit ihnen die Details für ihre nächste Aktion in Sachen Geldautomaten durch. Dass er seinen Sohn Wolfgang, der bestimmt nicht der hellste Stern am

Himmel war, zu den besten Leuten zählte, zeigte schon seinen Verlust an Realitätssinn. Andererseits hatte er niemand wirklich besseren und Mike Wiegand war keinen Deut effektiver als Wolfgang. Den letzten Überfall hatten sie komplett verbockt, weil sie sich mit dem Typ Geldautomat vorher nicht genügend vertraut gemacht hatten. Das durfte beim nächsten Mal nicht mehr passieren. Also ging er alle Details mit den beiden Schritt für Schritt durch, und es galt die Devise, ‚egal was passiert, ihr müsst einen Fluchtweg offen halten‘.

Er hatte bis Oktober noch drei Überfälle auf der Agenda, und dann war eine längere Pause oder eine Verlegung der Aktionen in den bayrischen Teil des Odenwalds geplant, um ihre Spuren zu verwischen. Nach einer knappen halben Stunde war er sicher, dass der Sohnemann und Mike Wiegand seine Forderungen verinnerlicht hatten. Einen zweiten Fehler würde er ihnen nicht durchgehen lassen.

Damit kam er zur zweiten noch delikateren Aufgabe für die beiden Grobmotoriker. Er wollte, dass sie den Tagesablauf von einem Privatschnüffler namens Hans Hämmerle, seiner Tochter Emma und seiner Vermieterin Steffi Schwaiger herausfinden, und zwar rund um die Uhr. Wann sie aus dem Haus gingen und zurückkehrten und wie sie den Tag verbrachten. Priorität, falls sie sich trennen müssten, sollten Steffi und Emma haben. Auch wann und wo sie Mittagessen gingen und ihr Lieblingsmenü plus

Getränke und natürlich, mit wem sie sich treffen würden. Sie sollten herausfinden, wie man am besten die Tochter oder diese Steffi Schwaiger oder beide entführen könnte.
Mit einem Foto konnte er nicht dienen, aber er nannte Steffi Schwaigers Wohnadresse in Erbach am Westring als Startpunkt für die Observierung. Nachts sollten sie einander abwechseln, aber dennoch an den dreien dran bleiben. Und das Ganze sollte unauffällig erfolgen, also dürften sie nicht in ihrem Wachschutz Outfit unterwegs sein, sondern so neutral wie möglich.
Sie hatten den Auftrag verinnerlicht und beschatteten das Ermittlerteam, so gut es ging. Sie mussten am ersten Tag nur einmal abreißen lassen, weil die drei sich schneller trennten als erwartet. Aber sie fanden problemlos einige wichtige Gewohnheiten heraus, nämlich dass Emma dienstags nach der Schule einigen Migranten Nachhilfeunterricht gab. Und dass Steffi nach ihrer Vormittagsarbeit im Gesundheitsamt die meiste Zeit im Büro des Privatermittlers Hamplmaier zubrachte, wo anscheinend auch dieser Hans Hämmerle arbeitete. Und dass sie mittags im Biergarten nebenan eine Kleinigkeit aßen.
Morgens und abends waren die beiden Mädels meist im Wald hinter der Sophienhöhe mit einem kleinen Wolfsspitz unterwegs. Das klang doch schon mal nach einem guten Ansatz für ein Kidnapping der

beiden. Wolfgang und Mike malten sich vergnügt aus, wie sie die beiden noch im Transporter gefügig machen würden.
Dass Andrei Wolkow ihnen gestern Abend denselben Auftrag erteilte wie Papa Wolff kam für beide überraschend, aber es war ihnen nicht merkwürdig erschienen. Sie gingen davon aus, dass die Chefs sich schon untereinander abgesprochen hätten. Im Gegenzug konnten sie Andrei schon über ihre Erkenntnisse der letzten Tage informieren, was nun wiederum Andrei sichtlich überraschte, und er wollte wissen, warum sie die drei schon die ganze Woche über observierten. Sie mussten passen und zuckten nur die Schultern. Er solle mal Wolfgangs Vater fragen. Damit war die Sache für die beiden erledigt, wohingegen Andrei Maxim informierte und der wiederum Vitali.
Wolfgang und Mike hatten ihre Observierung ab dem späten Nachmittag ausgesetzt und mit den Vorbereitungen für den am Abend geplanten Coup begonnen. Die Vereinsbank am Marktplatz in einer verwinkelten Seitengasse hinter dem alten Rathaus in Fürth, versprach nach Mitternacht einen minimalen Besucherverkehr und eine direkte Fluchtmöglichkeit über die B 460. Insoweit war alles gut geplant und vorbereitet, bis auf eine winzige Kleinigkeit, die der Boss nicht vorhergesehen hatte.
Coronabedingt nahm der Trend zu, an den

Supermärkten mit Kreditkarte zu bezahlen, und der Bargeldbedarf nahm gleichzeitig ab, sodass dementsprechend die Bargeldmenge, die man in den Geldautomaten deponierte, von Woche zu Woche geringer wurde.

Sie hatten Ihr Auto wieder sorgfältig außerhalb des Sichtfeldes der Fernsehkameras auf dem Parkplatz hinter der kleinen Vereinsbank Filiale geparkt. Und sie hatten sich ausgiebig mit dem routinemäßigen Verhalten der Marktmitarbeiter vertraut gemacht und warteten geduldig in der Hoffnung auf ein nettes Schnäppchen.

Exakt um 02:47 Uhr betraten sie maskiert den Vorraum mit dem Geldautomaten, von dem Oliver erwartete, dass er wie üblich wegen des anstehenden Kaufwochenendes zum Monatsersten gut gefüllt war. Vertraut mit dem Automatentypus platzierten sie routiniert die Propangas- und Sauerstoffflasche hinter dem Automaten, führten das Zündkabel für den elektronischen, zeitverzögerten Zündschalter in den Schlitz der Kartenöffnung und fixierten die Schläuche mit Magnethalterung neben der Kartenöffnung. Die lang geübte und gut eingespielte Vorbereitung der Geldautomatensprengung dauerte wiederum nur knapp zwei Minuten, und die beiden wollten just in dem Moment die Gasventile öffnen, um sich in Ihren Wagen zurückzuziehen, als die beiden eine plötzlich auftauchende Hundebesitzerin überraschte. Sie schlurfte mit ihrem Pudel mitten in

der Nacht die Straße vor der Filiale entlang, sodass sie eine knappe Viertelstunde warten mussten, bis sie wieder verschwunden war, um danach die Ventile der Gasflaschen zu öffnen.
Danach lösten sie die Explosion aus und stürmten mit einem Feuerlöscher bewaffnet in den von seinen Glasscheiben befreiten Vorraum. Diesmal gelang es ihnen problemlos, das komplette Geldmagazin aus dem Automatengehäuse herauszubrechen. Sie hatten diesmal minimal fünf Minuten Zeit, falls eine Polizeistreife in der Nähe wäre und wenigstens zwanzig Minuten Zeit, bis die alarmierte Polizei aus der Polizeidirektion in Erbach auftauchen würde. Die verfügbare Zeit sollte ausreichen, den erhofften Geldschatz zu heben.
Sie ließen die Sprengausrüstung und den Feuerlöscher zurück und liefen zu Ihrem Fahrzeug, um die Geldkassette in Sicherheit zu bringen und abzuhauen.
Die Frau mit dem Pudel war zwar mittlerweile aus dem direkten Sichtfeld der Einbrecher verschwunden, aber der kleine Sammy musste ordentlich kacken, kaum dass er um die Ecke trottete. Da vernahm die Hundebesitzerin den lauten Knall gerade, als sie sein Häufchen einsammelte und im mitgebrachten Plastiktütchen verstaut hatte.
Bei einem suchenden Blick zurück, sah sie einen Wagen mit quietschenden Reifen in Richtung B 460 in Richtung Reichelsheim einbiegen und merkte sich

aufgeregt das Kennzeichen. Sie hatte weder ihre Lesebrille noch etwas zu schreiben dabei, aber auf die Entfernung sah sie noch sehr gut. Sie sagte sich die Nummer so lange laut vor, bis sie aufgeregt und heftig atmend, weil sie zu schnell gelaufen war, zu Hause ankam und um 03:30 Uhr die Polizei anrief.
Die beiden Einbrecher parkten kurz danach auf dem um diese Zeit menschenleeren Parkplatz direkt am Marbach-Stausee, um die Kfz-Kennzeichen zu wechseln. Dann öffneten sie gespannt die Geldkassette, die jedoch anstelle der erwarteten 20.000 € diesmal nur knapp 5000 € enthielt.
Fluchend versenkte Wolfgang Wolff die Kassette mit einem gezielten Wurf im See, startete den Transporter und drückte im Zorn das Gaspedal ordentlich durch. Kaum zurück auf der B 460 und kurz vor der Dammbrücke über den Stausee, blinkte vor ihm die orange Lichterkette der Baustelle auf, die seit mehreren Wochen zur Absicherung der Bauarbeiten für eine barrierefreie Bushaltestelle diente. Und welche die B 460 auf eine Spur verengte.
Eine Wagenkolonne raste mit aufgeblendeten Scheinwerfern heran und beanspruchte Vorfahrt auf der einspurigen Gegenfahrbahn. Der wütende Wolfgang Wolff wurde kurzfristig abgelenkt, weil er den Sicherheitsgurt nicht eingeklinkt bekam. Als er den Kopf wieder hob, wurde er sekundenlang von den Scheinwerfern der mit Blaulicht in Richtung

Fürth fahrenden Polizeifahrzeuge geblendet, wodurch er endgültig die Kontrolle über das Fahrzeug verlor.
Wolfgang bremste abrupt und verriss das Steuer dermaßen, dass der schwere Wagen schleuderte, und mit niedrigem Tempo durch die mit rot-weiß gestreiften Bändern gesicherte Baustellenabsperrung brach. Auf dem unbefestigten Fahrbahnrand kippte er zur Seite und rollte sich überschlagend über die steile Böschung des parallel zur Straße verlaufenden Fahrradweg ungebremst in den Stausee. Nach der Geldkassette ließ Wolfgang Wolff auch den Transporter seines Vaters mitsamt gefälschtem Kennzeichen im See versinken.
Der Bremsvorgang war zwar heftig gewesen, aber nicht stoßartig genug, um die Airbags auszulösen, und die ganze Aktion lief verzögert ab wie in Zeitlupe. Wolfgangs Kopf schlug, weil er den Gurt nicht rechtzeitig eingeklinkt bekam, doch so heftig gegen die Windschutzscheibe, dass sein Körper nach einigen Schaukelbewegungen und nach dem Aufprall auf die Wasseroberfläche schlaff über dem Lenkrad zusammensackte. Vom Untergang des Wagens bekam Wolfgang Wolff schon nichts mehr mit. Auch Mike Wiegand kontaktierte die Seitenscheibe und bekam einen knackigen Schlag auf die Schläfe ab, der ihn einige Sekunden benommen dabei zusehen ließ, wie der Transporter mit der Motorhaube voraus im schwarzen Wasser

versank. In dem sich die Kegel der Scheinwerfer in der Tiefe des Stausees verloren.
Es dauerte nicht lange, bis das eindringende Wasser die Fahrerkabine füllte, und Panik stieg in Mike Wiegand auf. Mit letzter Kraft und nachdem er die Seitenscheibe etwas zum Druckausgleich heruntergekurbelt hatte, bekam er die leicht klemmende Tür auf der Beifahrerseite geöffnet. Er entriegelte den Sicherheitsgurt, stieß sich nach oben zur geisterhaft dämmrigen Wasseroberfläche ab und durchbrach sie prustend und schnaubend.
In dem herbstlich frischen Wasser erreichte Mike Wiegand, der immer schon ein schlechter Schwimmer war, bibbernd und außer Atem das Ufer. Er lag minutenlang flach auf dem Rücken, bis er wieder ordentlich Luft bekam und denken konnte. Die Wasseroberfläche lag still vor ihm und von Wolfgang Wolff war nichts zu sehen. Er meinte in der Tiefe das Licht der Scheinwerfer zu sehen und wartete noch eine Weile, aber sein Partner blieb unten. Mike Wiegand versuchte erst gar nicht, seinen Kollegen in dem mehrere Meter tiefen und samtschwarzen Wasser zu suchen oder gar zu bergen. Angesichts des Einsatzes, den sie gerade hinter sich hatten, verwarf er den Gedanken, die Polizei, die Feuerwehr oder den Rettungsdienst zu rufen, in dem Moment, als er sich aufdrängte.
Scheiße, Scheiße, Scheiße.
Fluchend stapfte er den kurzen Weg in Richtung

Wohnheim, das sich praktisch in Sichtweite hinter der schmalen Staumauerbrücke in dem kleinen dahinterliegenden Tal verbarg.
Den Wagen musste er wenigstens nicht mehr ins Depot nach Bad-König zurückbringen.
Und wahrscheinlich würde es einen verdammten Zufall brauchen, bevor jemand die Unfallstelle erkannte. Die schwachen Unfallspuren in der steilen grasbewachsenen Böschung, die geradewegs zu einer der tiefsten Stellen im See führten, waren von der Straße aus nicht sichtbar und der Fahrradweg war auch abgesperrt. Erst die Bauarbeiter könnten am Montag die schwachen Rutschspuren des in den See gestürzten Wagens entdecken. Falls sie auf so etwas achten würden.
Das Donnerwetter des Chefs würde er dann morgen aushalten müssen, denn nicht nur der Wagen, auch der Inhalt der Geldkassette befand sich im Handschuhfach des Wagens, auf dessen Fahrersitz die nicht angeschnallte Leiche von Wolfgang Wolff saß.
Sein Chef sollte sich besser auf das Hacken von Kreditkarten verlegen, coronabedingt war das Knacken von Geldautomaten sowieso kein lohnendes Geschäft. Das konnte man vom Schreibtisch aus oder sogar inkognito vom Online-Café aus machen, dachte sich der in IT-Themen nicht allzu gewiefte Mike.
Zurück in der Zentrale erstattete er Andrei Bericht

und dachte, der würde gleich ausrasten. Andrei herrschte ihn an, im Zimmer zu bleiben, ging vor die Tür und rief Maxim zurück, der ihm sagte, da gibt es nur einen Weg.
„Jetzt ist Schluss mit diesen ständigen Eigenmächtigkeiten dieser Wolff-Bande. Jetzt hat er sich und seine Leute endgültig ins Abseits manövriert“, fluchte Maxim und rekapitulierte im Geiste alles, was Oliver in der letzten Zeit so abgezogen hat, und was der ‘Gesellschaft’ nichts einbrachte außer die Polizei auf den Fersen.
Andrei wartete, bis der Chef konkret wurde.
„Es darf und wird keine Verbindung zwischen dem Unfall und der ‘Gesellschaft’ und der Seniorenoase geben. Wir werden es nicht schaffen, die Polizei ins Leere laufen zu lassen, denn auf die Spur in der Einbruchsserie werden sie ohnehin sofort stoßen. Und die führt Gott sei Dank weg von uns. Wolfgang Wolff ist zwar Mitglied des Wachschutzes vom Seniorenheim, aber angestellt ist er beim Oliver. Da das Auto auch Oliver gehört, hat der irre Labbeduddel erst einmal genug zu erklären. Bleibt noch Mike, den Dödel darfst du ausschalten, der ist ja sogar für den Wachschutz zu dämlich”, kalt und geschäftsmäßig prüft Maxim, ob bei dem Unfall etwas bei ihnen hängen bleiben könnte.
Er war sich Vitalis Rückendeckung sicher, insbesondere seit Oliver auf eigene Faust Geschäfte machte.

Andrei stürmte zurück in die Zentrale, befahl Mike Wiegand mitzukommen und ihm die Unfallstelle zu zeigen. Als Mike Wiegand immer noch pudelnass mit hängenden Armen am Ufer stehend auf das Wasser zeigte, betäubte Andrei den schlotternden Mike. Er drückte ihm die Kontakte seines Elektroschockers mit zwei Millionen Volt wenigstens fünf Sekunden lang hinter seinem Ohr in die blutende Wunde, die noch von Mikes Schlag gegen das Seitenfenster herrührte.
Dann rollte er den bewusstlosen Mann mit der Fußspitze in den Stausee, wo er mit dem Rücken nach oben regungslos im Wasser schaukelte. Danach versuchte er notdürftig die flachen Rutschpuren im Ufergras, die der schwere Wagen hinterlassen hatte, zu beseitigen.
Andrei wartete noch zehn Minuten, bis er sicher war, dass Mike Wiegand ertrunken und tot war. Dann ging er zurück und rief Maxim an, um das Ende der Aktion zu bestätigen.

Kapitel 30

COVID-19 (steht für Coronavirus Krankheit-2019), mit dem neuartigen Coronavirus SARS-CoV-2 und seinen Mutationen, die ein breites Symptomspektrum aufzeigt. Die Ansteckung durch Tröpfcheninfektion oder durch das Einatmen virusbehafteter Aerosole. Zur Vorbeugung werden deshalb räumliche Distanzierung , Abstand, Kontaktvermeidung und strenge Hygiene-Maßnahmen empfohlen. Die Inkubationszeit von COVID-19 beträgt durchschnittlich fünf Tage und erste Symptome treten innerhalb von 24 Stunden nach Ansteckung mit SARS-CoV-2 auf.

Seniorenoase Jungbrunnen, Freitag, 25.9.2020, 22:00

Der Freitag war ein fürchterlicher Tag für Maria Bitsch und ihren Assistenten vom Medizinischen Dienst, denn die Heimleitung versuchte mit allen Mitteln, sie zu einer Überarbeitung ihres Abschlussberichtes zu bewegen, was sie mehrmals und überdeutlich ablehnten. Maria, weil sie schockiert war von den katastrophalen Ergebnissen und der frechen Vorgehensweise der beiden Heimleiter, und Tobias, weil er nicht wusste, wie er aus der Bredouille herauskommen konnte, ohne sein Gesicht und seinen Job zu verlieren. Sie waren nach stundenlanger anstrengender Arbeit einmal durch mit der Prüfung der Aufzeichnungen und den parallel verlaufenden Einstufungsprüfungen der

pflegebedürftigen Heimbewohner. Was sie vorfanden, war dermaßen verstörend, dass sie das Abstimmungsgespräch mit der frustrierten Heimleitung ziemlich kurz gehalten hatten. Müde und ausgelaugt lehnte sich Maria gähnend gegen die Rückenlehne ihres Stuhles und kreuzte die Arme zur Entspannung im Nacken.
Sie hatte das Gefühl, dass ihr ein bisschen Trost und eine nette Rückenmassage jetzt guttun würden, um den Stress abzubauen, der sich in einem ziehenden Spannungskopfschmerz infolge verspannter Nackenmuskulatur äußerte. Sie saß an der Stirnseite des Besprechungszimmers, in dem sie die letzten Arbeitsstunden verbrachten, mit dem Rücken zur Tür und bat Tobias um seinen Eindruck bezüglich des Ergebnisses, das sie bisher gefunden hatten. Und um seine Meinung zu den stattgefundenen Gesprächen mit der Heimleitung.
Maria beugte sich nach vorne, die Ellbogen auf dem Tisch und das Kinn in die Hände gestützt, versucht, ihren Nacken zu entspannen, und wartete, wie Tobias reagieren würde.
Tobias lief wie ein gefangener Tiger im Käfig hin und her, schließlich zündete er sich schweigend eine Zigarette an und blies den Rauch aus dem offenen Fenster ins Freie. Er sah etwas blass und leidend in den dunklen Park der Anlage, die von einigen Bogenlampen nur dürftig beleuchtet war. Nach ein paar Zügen warf er die halbgerauchte Zigarette aus

dem Fenster. In der anderen Hand hielt er ein halbgeleertes Glas Rotwein, und man konnte ihm ansehen, wie er mit seinen Gefühlen kämpfte. Maria nahm ihr Glas, nippte daran und setzte sich auf die Tischkante, während sie ihn beobachtete, und drehte den Kopf hin und her, um die Nackenspannung zu lösen.

Er hatte die Frage von Maria nur halb gehört und aufgenommen, weil ihn sein Vieraugengespräch, das er heute Morgen mit Maxim hatte, ununterbrochen beschäftigte. Sein Problem war, dass Maxim ihn vorgewarnt hatte, dass sie Maria mit sexueller Gewalt zum Einlenken zwingen wollten. Konkret erwarteten sie seine aktive Mitwirkung dabei, denn schließlich und endlich wäre er ebenfalls betroffen, wenn Maria auspacken würde. Gemeinsam könnten sie diese Bitch so unter Druck setzen, dass die Gutachterin einlenken würde. Hässlich lachend boten sie Tobias an, dass er überdies ein bisschen Spaß haben könnte. Tobias hatte alles versucht, aus der Nummer herauszukommen, aber sie redeten seine Zweifel klein. Seine Mithilfe würde mithelfen, dass sie später keine Vergewaltigung anzeigen könnte. Sie hätten den Eindruck, sie wäre ganz schön scharf auf ihn, und je länger Maxim auf ihn einredete, umso ehr schmolz seine Widerstandskraft dahin.

Marias Rotwein Glas stand voll und unangetastet vor ihr. Sie hatte den ganzen Tag über Lust auf ein Glas

Wein, aber jetzt, nach dem ersten Schluck des samtigen Merlot, schmeckte die Flüssigkeit leer und schal, der Geruchssinn war tot, und die Lust war ihr vergangen. Ihr Nacken schmerzte, sie hatte Kopfweh und der permanente Hustenreiz nervte.
„Ich bin sowas von verspannt, das hatte ich schon lange nicht mehr“, sagte sie müde.
Tobias ging zu ihr, sah sie intensiv an und hob sein Glas.
„Lass uns mal für einen Moment den ganzen Mist hier vergessen. Ich habe jetzt einfach Lust auf ein paar Gläser. Der Merlot schmeckt echt beerig“, fing er an, sie anzumachen.
Maria reagierte nicht und verzog nur die Mundwinkel.
Als er sanft ihre Schultern und den Nacken massierte, spürte er, wie sie langsam weich und nachgiebig wurde. Er massierte mit beiden Händen ihre verspannte Muskulatur, und sie fand, dass er wesentlich mehr Gefühl in den Fingern und Händen hatte als Karsten, der ihr zwar gelegentlich auch den Rücken massierte, aber immer relativ schnell zur Sache kam.
Karsten war immer zu schnell beim Sex.
Sie hatte, was den Sex und das Gefühl ihr gegenüber anbelangte, schon öfter bedauert, Tobias vor Jahren gegen Karsten eingetauscht zu haben.
Karsten hatte seinen Höhepunkt im Blick und kümmerte sich wenig darum, ob sie einen Orgasmus

erreichte.
Raus, rein, fertig.
Erließ ihr keine Zeit, zum Höhepunkt zu kommen.
Es überraschte sie nicht, als Tobias sich zu ihr beugte und sie küsste, und er war sicher, die Einladung eines leicht geöffneten Mundes und ihrer Zungenspitze zu spüren.
Sein hoher Hormonspiegel hinderte, ihn wahrzunehmen, dass sie sich innerlich versteifte, als er mit seiner Hand ihr Kleid über ihre Schenkel hochschob. Allein die Tatsache, dass sie ihr Glas abstellte, signalisierte ihm ihr Einvernehmen, und dass sie bereit genug für ihn war. Tobias drängte sich zwischen ihre Schenkel, verstand ihre zurückhaltenden Abwehrversuche als Zustimmung und bevor sie reagieren konnte, hatte er schon ihre Strumpfhose zerrissen und poppte sie, bis er ungeschützt in ihr kam, weil er nicht an die Folgen dachte.
„Ist das nicht ein geiles Paar. Sex im Prüfungszimmer. Ist doch einmal etwas anderes!", wurde Maria von einer harten Stimme, die sie nicht zuordnen konnte, aus ihren Gedanken gerissen.
Frank Koch ließ es sich diesmal nicht nehmen, diese Art von Strafaktion durch seine praktischen Fähigkeiten zu bereichern. Diesmal ging es nicht um die ‚sanfte' Gewalt, der sich der ‚Herzbube' für gewöhnlich bediente, diesmal sollte es hart zur Sache gehen. Vorteilhaft war, dass Maria ihn im

Gegensatz zu Maxim Mutsonow nicht kannte, wobei er ein mindestens so ein vitales Interesse wie Maxim an der Vermeidung einer Heimschließung durch die Heimaufsicht hatte. Jannis Popescu war der Dritte im Bunde, ein ausgewiesener Experte in Sachen Vergewaltigung.

Erschrocken starrte sie die drei Eindringlinge über Tobias Schulter an, die Strumpfmasken und dunkle Jogginganzüge trugen. Tobias sprang genauso erschrocken vom Tisch zurück und ließ Maria ziemlich wehrlos zurück.

Von den dreien sprach nur einer, und dessen Stimme konnte sie nicht zuordnen. Eine dumpfe Angst ergriff von ihr Besitz, als die drei sich drohend vor ihr aufbauten.

„Na dann wollen wir mal sehen, wie weit es her ist, mit der untadeligen Gutachterin, die sich in unserem schönen Besprechungszimmer ungezügeltem Sex hingibt und ansonsten keine Skrupel hat, unseren guten Ruf so in den Dreck zu ziehen."

„Am einfachsten wäre es für uns und dich meine Liebe, wenn du uns verbindlich versprichst, deinen provisorischen Abschlussbericht einzustampfen. Du bestätigst pauschal und nach der Praxis des guten Martin Silbermann, dass die Seniorenoase in allen Prüfpunkten die Prüfung sehr mängelfrei bestanden hat. Und ich betone nochmals, wir sind auch bereit, dafür ein hübsches Honorar zu bezahlen, wie wir es seit Jahren an euren geldgierigen Martin Silbermann

und deinen Kumpel hier transferieren. In Cash natürlich, damit es nicht auffällt“ sagte drohend die unbekannte Stimme.
„Das geht doch nicht”, stammelte Maria, welche angesichts ihrer Müdigkeit, der auf sie einprasselnden Drohungen und der korrupten Verlockung unfähig ist, einen klaren Gedanken zu fassen.
„Ich habe das doch schon einmal abgelehnt. Was ist so schwer zu verstehen, wenn ich nein sage. Ich kann das nicht! Wie oft soll ich das noch sagen?“
„Nochmals zur Güte, junge Frau“, sagte wieder die unbekannte Stimme. „Es liegt doch völlig in deiner Hand, wie du den Bericht abfasst. Und dein Kollege, wird alles abnicken, was du positiv bestätigst, ohne Schwierigkeiten zu machen. Nicht wahr mein Freund?” Er spricht Tobias direkt an und versuchte Maria doch noch zu überzeugen.
Maria bricht prompt in Panik aus und versteht immer weniger, aber ihren Kopf schüttelt sie automatisch verneinend.
„Na gut, dann schauen wir mal, ob wir dich nicht anders überzeugen können”, freute sich Frank auf seinen Auftritt.
Sorgfältig wie sie alles geplant haben, zieht er sich ein Kondom über und dann fielen sie abwechselnd über Maria her wie die Tiere, und fragten sie dazwischen immer wieder, ob sie sich schon einen positiven Abschlussbericht vorstellen könnten. Und

sie hätten noch einen Trumpf, den sie, ohne zu zögern, auszuspielen gedachten.
Als Maria noch immer nicht nickte, ging die Tortur weiter, bis sie nicht mehr anders konnte und fix und fertig unter Tränen die Zustimmung zu einer Überarbeitung ihres Berichtes signalisierte. Das, was hier eben geschah, war unvorstellbar für sie. Niemals im Leben hätte sie damit gerechnet, dass ihr in der heutigen Zeit so etwas passieren würde. Sie wollte nur noch, dass die Qual ein Ende hatte.
„Na endlich", grinste der mit der unbekannten Stimme hinter seiner Maske, „das hättest du auch einfacher haben können. Aber Martin Silbermann hatte schon recht mit seiner Einschätzung, dass du nicht leicht zu überzeugen sein wirst. Oder wollest du es bis zum Schluss auskosten?", spottete er unter dem Gelächter der beiden anderen.
So hatten das Ganze zwar perfekt geplant, aber in Sachen Infektionsverhütung waren sie völlig blank.
Sie dachten, es wäre völlig ausreichend, die eigenen Spuren ihrer Vergewaltigung auf und in Maria zu verhindern.
Dabei übersahen sie völlig, dass sie über Marias stoßweisen und heftigen Atem bei der Behandlung die netten Covid-19-Viren in Massen einatmeten. Von Aerosolen und den negativen Auswirkungen einer Pandemie hatten sie keine Ahnung und eine Strumpfmaske verdeckte zwar ihre Gesichtszüge, konnte aber nicht mit der Schutzwirkung einer

FFP2-Maske mithalten. Manche Fehler bestraft der liebe Gott sofort, und das war einer davon.
Die Möglichkeit, dass sich Tobias bei der Mitmachaktion, aber sehr wahrscheinlich sogar schon vorher, ebenfalls angesteckt hatte, war leider nicht auszuschließen.
„Und halt ja den Mund. Wir haben ja auch noch den geilen Videoclip mit dir und deinem Toy Boy hier, der ist sofort im Netz hochgeladen, wenn du auch nur den kleinsten Fehler bei deinem Bericht begehst. Dein Mann wird eine heiße Nacht mit so einem Jungspund", er deutete auf Tobias, der in der Ecke stand und nicht wusste, wohin er schauen sollte, „nicht als sehr förderlich für eure Beziehung ansehen. Und bevor ich's vergesse, du hast ja auch noch eine süße Tochter", fügte er eine abstoßende Bemerkung hinzu, die sie innerlich zusammenzucken ließ, bevor alle drei zufrieden mit ihrem Werk das Zimmer verließen.
Tobias hatte sich abgewandt, schaute mit leerem Blick durchs Fenster in den Park und wusste vor Scham nicht, was er tun sollte. Er konnte Maria nicht in die Augen schauen und wollte sich am liebsten irgendwohin verkriechen. Er war doppelt schuldig an dem ganzen Drama, weil er jahrelang korrupt in dem kriminellen Spiel mitagiert hatte, ohne Maria zu warnen, und weil er ein solcher Waschlappen war, der sich noch nicht gegen diese brutalen Machos aufzulehnen wagte. Er stammelte,

dass es ihm so leidtäte, während Maria unter geschlossenen Augenlidern einige Tränen über die Wangen liefen. Tobias stand leise auf und schlich in sein Zimmer.
Maria nahm ihn überhaupt nicht wahr und flüchtete nach einer langen Pause, in der sie unbeweglich und unfähig aufzustehen auf dem Stuhl des Besprechungszimmers zusammengesunken war, in ihr Zimmer. Dort stand sie eine halbe Stunde lang unter der kochend heißen Dusche und weinte.
Am Morgen lag sie eingerollt wie ein Embryo mit geröteten Augen so im Bett, wie sie sich abends hingelegt hatte.
Sie war völlig fertig und hatte kaum ein Auge zugemacht.

Kapitel 31

Oliver Wolff, *geboren 6.10.1965 in Bad-König, verheiratet mit Bettina. Zwei Söhne, Wolfgang geboren am 1.6.1990 und Kenny geboren am 23.3.1987(† am 26.3.2003), Gebrauchtwagen und Schrotthandel. Als Schleuser transportiert er Arbeitssklaven und Drogen, die Nummer 3 des deutschen Ablegers der ‚Bratwa' ist zuständig für Prostitution und körpernahe Dienstleistungen, Mitglied am Stammtisch „Lebensfreude", Spitzname ‚Schrotti'.*

Fürth, Samstag, 26.9.2020, 04:00 Uhr

Als die Kriminalpolizei in Person des KHK Dingeldein, alarmiert vom Anruf der Rentnerin, vor der überfallenen Bankfiliale in Fürth eintraf, war der Platz fast menschenleer, abgesehen von einer kleinen Gruppe schaulustiger Frühaufsteher. Gesehen und gehört hatte von dem Einbruch außer der Anruferin niemand etwas.

Dafür wusste die Pudelbesitzerin umso mehr, denn die alte Dame war voll wach, als sie die beiden Verdächtigen in ihrem Wagen beobachtet hatte, und das Kennzeichen und das Aussehen der beiden abspeicherte. Dafür wusste sie weder Fabrikat noch die Farbe des Wagens, weil es doch nachts und dunkel war. Die Videoaufzeichnung gab wie immer auch nicht viel her, und so war die KTU[1] gefragt, ob es verwertbare Fingerabdrücke und DNA-Spuren

---
1 Kriminaltechnische Untersuchungseinheit

gab. Und tatsächlich bot der Tatort eine Menge davon, aber leider war damit nichts anzufangen, weil es zu viele und ausschließlich nicht registrierte Spuren waren.
Die alte Dame hinterließ schon mal Namen und Anschrift, falls eine Prämie ihren Einsatz belohnen sollte.
Georg Jährling, den der Polizeifunk alarmiert hatte, war als erster Journalist vor Ort, unterhielt sich mit der alten Dame, machte ein paar Aufnahmen. Er ließ es sich nicht nehmen, die Zeugin und ihren Pudel auf die Titelseite der ‚Odenwald Zeitung' für die Montagsausgabe zu bringen. Dazu war die Story zu wichtig für die Leser des Blättchens in einer Welt, in der sich alle Nachrichten ausschließlich um die wieder durchstartende Corona-Pandemie drehten. Da war so ein kleiner Banküberfall, noch dazu, wenn er für die Täter erfolglos ausging, eine nette Abwechslung. Und dann kam sogar das ‚Odenwald Radio' mit seinem Radioteam und Live Übertragung zum Interview vorbei. Die alte Dame prahlte stolz mit ihrem Gedächtnis, und dass sie eine wichtige Zeugin mit ihren Angaben sei, welche direkt zum Ergreifen der Täter führen würden.
Georg schickte einen Artikel an die Redaktion, als er aufhorchte, weil das Frühstücksmagazin des ‚Odenwald Radio' ein Interview mit der Zeugin brachte. Er dachte noch bei sich, dass die alte Dame ganz schön mutig mit ihren öffentlichen Erklärungen

sei. Dabei lag die Verantwortung bei der Redaktion von ‚Odenwald Radio', denn die behandelte bei der Livesendung den Datenschutz relativ freizügig.
Sie nannten sogar den Namen der Zeugin und schlugen sie für das Bundesverdienstkreuz vor. Er wandte sich wieder seinem eigenen Artikel zu diesem Thema zu, neutralisierte die Zeugendaten, aber ein Foto musste auch hier eingefügt werden.

*

In Bad-König hörte zur selben Zeit ein weit weniger begeisterter Oliver Wolff ebenfalls das Frühstücksmagazin des ‚Odenwald Radio'. Die Sendung lief im Hintergrund mit, während er in seinem Autohaus gerade einem Kunden einen Jahreswagen zu einem überhöhten ‚Freundschaftspreis' andrehte.
Unauffällig notierte er den Namen der Zeugin.
Irgendetwas musste gestern Nacht schief gelaufen sein, denn Wolfgang und Mike hatten den Transporter nicht zurückgebracht. Er bemerkte das Fehlen erst nach dem Frühstück, als er die Autoschlüssel aus dem Rückgabe-Briefkasten nehmen wollte, dieser aber leer war. Ein Anruf auf Wolfgangs Handy blieb erfolglos, da ging nur die Mailbox dran. Oliver vermutete irgendwelche Probleme auf der Flucht. Vielleicht waren sie in der Pflegeoase abgetaucht oder standen auf einem

Waldparkplatz und warteten den Morgen ab.
Er war sauer, weil sie sich nicht gemeldet hatten, und beunruhigt gleichermaßen.
Er hörte den Polizeifunk ab, negativ.
Er wollte nicht schon wieder für Negativschlagzeilen sorgen, denn über seine Mafiafreunde aus dem Führungsstab der ‚Gesellschaft' gab es genügend Anzeichen, dass der *Big Boss* aus Kaliningrad kurz vor einer Strafaktion gegen ihn stand.
Seine in der Organisation relativ neue Geschäftsidee der Geldautomateneinbrüche fanden nicht alle Mitglieder der Bruderschaft annähernd so faszinierend wie er selbst, und insbesondere der Boss meckerte bei jeder sich bietenden Gelegenheit über das so riskante und wenig einträgliche Geschäft. Das Kosten- / Nutzenverhältnis war im kriminellen Gewerbe ein nicht zu unterschätzender Entscheidungsfaktor, wenn man sich neben den anderen Geschäftsbereichen durchsetzen musste.
De facto wurde wegen der Pandemie in den Geldautomaten weniger Bargeld gebunkert, was unter anderem seinen Gewinn drastisch reduzierte. Jeder reduzierte in der Pandemie sein Risiko, und vermutlich waren es die Versicherungen, die den Banken drohten die Einbruchsprämien zu erhöhen, wenn sie den Bargeldumlauf nicht einschränkten.
Die im Gegenzug gewaltig angestiegenen Kartenumsätze halfen ihm überhaupt nicht.
Auf der Habenseite konnte er mit dem profitablen

Ausbau der Kinderprostitution punkten, welche er mit dem Sicherheitschef der Seniorenoase Jannis als Vermittler und mit Maxim, der den arbeitsrechtlichen Bereich abdeckte, ganz schön vorangetrieben hatte. Nach seiner Meinung.
Und seine Meinung stand auch hier in krassem Gegensatz zu der seines Anführers, denn Vitali meinte, ‚normale' Prostitution wäre einträglich genug, und mit Minderjährigen würde man sich nur Risiken und Probleme einhandeln. Der Alte war halt antiquiert und allem Neuen gegenüber kritisch eingestellt.
Oliver war immer schon ein ehrgeiziger Mann gewesen, der sein Leben lang hart dafür kämpfen musste, anerkannt zu werden. Ausgestattet mit einer stattlichen Portion Jähzorn und nicht unbedingt der hellste in der Schule, waren Bauernschläue und vor allem eine kompromisslose Härte die Erfolgsgarantie auf seinem Weg nach oben bis zum Führungsoffizier in der ‚Bratwa'. Er hatte nicht nur hart gekämpft, er musste auch schon einiges hinnehmen.
Was ihn an Bauernschläue auszeichnete, fehlte ihm komplett, wenn es um Risikomanagement ging. So unterschätzte er massiv sein persönliches Risiko, das er mit seiner Lieblingstat vor elf Jahren eingegangen war. Einer Tat zu deren Enthüllung er noch den richtigen Zeitpunkt abwarten musste, und die auf die Übernahme der Führungsposition in der ‚Bratwa' gerichtet war.

Der Mord betraf die Geliebte des Anführers, die er als Verräterin und Kronzeugin eliminiert hatte. Er packte die einmalige Gelegenheit, die ihm der Maulwurf der ‚Gesellschaft‘ damals bot, beim Schopf und wollte von Anfang an ein klares Zeichen setzen. Die Drohung war an den Anführer adressiert, um seine Ansprüche auf den Thron kundzutun.
Die Geliebte des Anführers hatte damals nicht nur die Bruderschaft verraten, sondern auch den Anführer so angefixt, dass dieser die elementarsten Regeln der ‚Bratwa‘ ignorierte und sie sogar weiterleben lassen wollte. Ihre Beseitigung hatte doppelt Spaß gemacht, weil er sie nicht nur umbrachte, sondern es ihr vorher noch ordentlich besorgte, damit sie wusste, was es bedeutete, die Bruderschaft so schnöde zu verraten. Er hatte sich auch nicht bemüht, seine Spuren zu verwischen. Im Gegenteil, er wollte eine für alle sichtbare Warnung hinterlassen, als er ihr persönliches Abzeichen, das russische ‚Bratwa‘-Kreuz, von der Halskette abriss, so wie es Verräter verdienten. Entgegen jeder Vernunft entsorgte er den Anhänger jedoch nicht, sondern trug ihn seither als Trophäe an seiner goldenen Gliederhalskette.
An der Tat bedauerte er nur, dass ihm Alinas Ehemann damals durch die Lappen ging, denn er wollte diesen Kerl, der Alina zu dem Verrat überredet hatte, und ihre Tochter gleich miterledigen. Er saß mit Nastasia nach dem Mord

noch stundenlang im Auto und verpasste trotzdem den unbekannten Ehemann. Nastasia wollte unbedingt an der Vergeltungsmaßnahme teilnehmen, als er ihr davon erzählte. Er nahm nicht ganz unbegründet an, dass ihre unverhohlene Eifersucht sie antreiben würde, dabei mitzumachen. Mehr noch, sie bestand darauf, Alina den goldenen Schuss höchstpersönlich zu setzen, bevor Oliver das Werk vollenden sollte.

Oliver schnaufte tief durch und hoffte, dass Wolfgang nichts Schlimmes passiert wäre. Ein Scheitern der Operation wäre gerade jetzt wenig hilfreich, was seinen latenten Führungsanspruch anbelangte.

Dennoch musste er etwas tun, sich kümmern, denn diese Zeugin, hatte eben im Radio nicht nur das Kfz-Kennzeichen seines fehlenden Transporters durchgegeben. Der Moderator ergänzte auch, dass es eigentlich das Verdienst ihres Pudels war, den sie täglich noch spätabends bei ihrem üblichen Rundgang über den Fürther Marktplatz lotste.

Er überlegte nicht lange, bevor er den Ausweg fand, wie er die Zeugin kurz und schmerzlos stoppen würde. Dann würde er heute Abend mit seinem Pitbull zur Abwechslung mal in Fürth eine Gassi-Runde drehen. Und so nebenbei eine Zeugin davon überzeugen, dass Schweigen Gold ist. Er würde sie zufällig treffen, und möglicherweise verstanden sich die Hunde nicht so gut, dass ein

Unfall unvermeidbar wäre.

*

Während die alte Dame noch ihre Erfolgsstory an die breite Zuhörerschaft in der Region verbreitete, war die KTU mit dem Abschluss der Spurenauswertung beschäftigt, und ein frustrierter KHK Manfred Dingeldein fasste die mageren Ergebnisse zusammen, die sie bisher einsammeln konnten.
Es gab weder brauchbare Videoaufzeichnungen von den Überwachungskameras im Vorraum und vor der Bank, die nur zwei Kapuzenmänner mit ordentlich aufgesetzten Corona-FFP2-Masken und Handschuhen zeigten, noch markante Hinweise wie Tattoos, Schmuck oder sonstige Merkmale des Gaunerduos. Es ließ sich kein Hinweis auf das Fluchtfahrzeug finden, aber immerhin ein vermutlich präzises Kennzeichen. Die Zeugenaussage einer alten Frau, mit Sehschwäche in der Dunkelheit, aber wachem Geist. Sie würden wieder Radarfallen und die Überwachungskameras in der näheren Umgebung mit vorhersehbar zweifelhaften Erfolgsaussichten checken.
Keine verwertbaren DNA-Spuren und wenige Fingerabdrücke, denn die hohen Temperaturen als Folge der Gasexplosion hatten so ziemlich alles verbrannt.

Also rückte die Polizei am späten Vormittag wieder ab, und man lud eine nicht unwichtige alte Dame ein, am Montag um 10:00 Uhr in der Polizeidirektion Erbach ihre Aussage zu protokollieren.

*

Um 13:00 Uhr saß Georg Jährling an seinem PC im Homeoffice und arbeitete an seiner Recherche zum Thema „Stiftung Jungbrunnen“. Vor fünf Minuten hatte seine Schwiegermutter gerufen, dass das Mittagessen fertig sei, und jetzt signalisierte sein iPhone piepsend den Eingang einer SMS.

Erstaunt las er, dass er von der Heimleitung der Seniorenoase sehr herzlich und dringend eingeladen wurde, um 14:00 Uhr an einer kurzfristig angesetzten Presseerklärung teilzunehmen. Dabei ergäbe sich auch die Möglichkeit, Fragen an die Heimleitung zu stellen, die interessiert daran wäre, das Ergebnis der jährlichen Routineinspektion durch die Heimaufsicht einer breiten Öffentlichkeit vorzustellen. Der in der SMS ergänzte Hinweis, dass sein Erscheinen hilfreich wäre, um weitere Komplikationen in seinem familiären Umfeld zu vermeiden, ließ seine Zornesader anschwellen, und gleichzeitig war er zutiefst beunruhigt.

Georg konnte sich nicht vorstellen, wie ein ausgebufftes Expertenteam die endlose Mängelliste der Seniorenoase übersehen oder gar billigen konnte.

Sein letzter Artikel zur Beschönigung des Themas Seniorenoase war druckfrisch und offensichtlich nicht ausreichend, wenn dieses Schwein von Rechtsanwalt gleich noch einen draufsetzen wollte.
Georg rief den Absender der SMS direkt zurück, denn er wollte zumindest wissen, wen die Heimleitung noch als Öffentlichkeit‘ eingeladen hatte.
Er solle sich überraschen lassen, hatte sein Gesprächspartner trocken ergänzt und weiter gesagt, „das gäbe ihm die einzigartige Möglichkeit durch eine Gegendarstellung auf der Basis einer neutral geprüften und zertifizierten Faktenlage seine voreilige, frühere Kritik geradezurücken.“
Es war kurz nach 13:30 Uhr, und obwohl er noch nichts gegessen hatte, war sein Hungergefühl jetzt verschwunden. Er packte seine Sachen zusammen und sagte Mia und seiner Schwiegermutter Bescheid, dass er kurz weg wäre.

Kapitel 32

Odenwald Zeitung, *G. J., Fürth, 26.9.2020. Auf einer spektakulären Pressekonferenz informierte heute die hessische Heimaufsicht nach intensiver Prüfung der Sachlage, dass die Seniorenoase Jungbrunnen alle Voraussetzungen eines nach höchstem Qualitätsstandard geführten Pflegeheims erfüllt. Es ist kaum nachzuvollziehen, mit welcher unvorstellbaren Leistung und welch hohem Aufwand es der Heimleitung gelungen ist, die frühere desolate Situation im Heim und die Mängel zu beseitigen und neue Qualitätsmaßstäbe für ein Pflegeheim zu setzen.*

Seniorenoase Jungbrunnen, Samstag, 26.9.2020, 07:00 Uhr

Auch Tobias schlief wenig in dieser Nacht und Samstag frühmorgens hatte Maria schon gepackt und ihn gebeten, sofort loszufahren. Sie wollte weder Nastasia noch Maxim sehen, und alle Gedanken an das traumatische Geschehen aus einem Wirrwarr von Schmach, Rachegelüsten und Verzweiflung wurden erstickt von dem Gefühl der Hilflosigkeit, wie sie es noch nie verspürt hatte.

Als sie vor dem Frühstück gemeinsam aufbrechen wollten, ohne sich zu verabschieden und ohne den Bericht noch einmal durchzusprechen, hielt Tobias es auf dem Weg zum Auto nicht mehr aus und fragte, was sie jetzt vorhabe.

Maria fühlte im Moment nichts und wollte nichts,

denn aus dem Wirrwarr an Gefühlen, in dem von Zorn bis Scham alles dabei war, spürte sie vor allem die Verzweiflung in ihr hochsteigen. Sie fühlte sich schuldig, weil sie Tobias nicht entschieden genug verweigert hatte, was ihr Anfang der Woche als eine nette Auffrischung ihrer lange zurückliegenden Beziehung mit dem soviel Jahre jüngeren Mann erschien. Und sie war verzweifelt, wenn sie über die Konsequenzen nachdachte, die eine Anzeige bei der Polizei nach sich ziehen würde.
Maria blickte ins Leere, ihr Kopf nickte vor und zurück, und dann flüsterte sie so leise, dass er es kaum wahrnahm, „ich werde mich, wenn ich wieder zu Hause bin, direkt krank melden, bis ich wieder geradeaus denken kann. Im Moment fühlt sich alles in mir wie tot an und so unaussprechlich," sie stockte, „so, wie es aussieht, haben sie mich in der Hand und diese Schweine sind zu allem fähig, das durfte ich ja dank deiner Unterstützung hautnah erfahren. Und ich werde ganz bestimmt nicht noch meine Familie gefährden."
Bevor sie einsteigen konnten, lief ihnen eine strahlende Nastasia hinterher und rief, „halt hiergeblieben, da ist noch etwas Wichtiges vor ihrer Abreise zu erledigen."
Sie führte sie wieder in ihr Büro und erklärte auf dem Weg dorthin, dass sie einen Pressetermin vereinbart hätte, den sie unbedingt wahrnehmen müssten, bevor beide das Heim verließen. Den

Abschlussbericht könnten sie später in Darmstadt fertigstellen, darüber bräuchte man ja jetzt nicht mehr reden. Jetzt wäre nur ein positives Signal an den ‚Odenwälder Boten' gefragt, ein Interview, das höchstens eine halbe Stunde dauern würde. Sie könnte damit viele Leben retten, fügte sie mit hartem Gesichtsausdruck hinzu.

*

Zu dem Interview von Georg mit Maria und nachfolgender Pressenotiz, die als Gegendarstellung zu Georgs Bericht vom Juni 2020 dienen sollte, hatte Maxim Mutsonow eingeladen. Der kaufmännische Geschäftsführer der Seniorenoase Jungbrunnen und Syndikus der Stiftung Jungbrunnen, welche als Träger des Seniorenheims firmierte, hatte die Presseveröffentlichung selbst in die Hand genommen.
Dieses Vorgehen von Maxim Mutsonow, der mit Georg genauso ungeniert über die Freilassung von Mia und seine ‚Lösegeldforderung' mit Georg verhandelt hatte, erforderte ein unzerstörbares Selbstbewusstsein und kriminelle Energie.
Georg saß kaum im Besprechungszimmer und hatte die beiden Vertreter der Heimaufsicht begrüßt und sich vorgestellt, als er merkte, dass hier etwas massiv faul war. Maria Bitsch war ihm unbekannt, denn er hatte als früheren Gutachter einen Martin

Silbermann einmal und das nur kurz getroffen. Die junge Frau saß gekrümmt auf ihrem Stuhl, und ihrer Miene war anzusehen, dass sie physische und psychische Schmerzen litt. Neben ihr saß ein unglücklich wirkender Tobias Klein vom Medizinischen Dienst der Krankenkassen, der sich sichtlich unwohl fühlte und am liebsten in irgendeinem Mauseloch verschwunden wäre.

Das kann ja heiter werden, dachte er, was exakt das Stimmungsbild widerspiegelte, das die beiden Einladenden der Heimleitung, ein Maxim Mutsonow und eine Nastasia Korolja, mit Mimik und Gesten wortreich verbreiteten. Er hielt das Auftreten dieses Maxim Mutsonow für dermaßen unerträglich, dass er die Zähne zusammenbeißen musste, um seinen Protest nicht herauszuschreien. Der Erpresser und Entführer von Mia trat öffentlich ohne jede Scheu und Scham auf, lachte ihn freundlich an und Georg biss die Zähne zusammen, dass es knirschte.

Nach der frohgemuten Eröffnung durch die Heimleitung breitete sich erstmal betretenes Schweigen aus, und Georg wusste nicht, wie sich die unbeschwert auftretende Heimleitung das Gespräch vorstellte.

Den Gedanken hätte er sich schenken können. Nastasia schwadronierte einfach drauflos und forderte Georg auf, ordentlich mitzuschreiben, als der immer noch unentschlossen da saß, und die bizarre Situation zu verstehen versuchte.

‚Ich freue mich, heute wiederzugeben, was ich endlich als erfreuliches Prüfergebnis von den beiden netten Prüfern bekommen habe. Sie haben damit das Ansehen unserer Einrichtung von all den negativen Schlagzeilen der letzten Zeit reingewaschen. Und so weiter und so fort ...‘, ließ sie sich nicht beirren in ihrer Lobhudelei, die Georg als Interview mit Maria und Tobias in seinen Bericht packen sollte.
„Vielleicht sollten wir Frau Bitsch auch einmal zu Wort kommen lassen“, probierte er vorsichtig das Gespräch unter Kontrolle zu bringen, worauf Nastasia honigsüß zu Maria gewandt fragte, ob sie denn irgendetwas falsch wiedergegeben hatte, worauf Maria nur unmerklich den Kopf schüttelte und weiter schwieg. Tobias sagte auch nichts und sah auf seine Schuhspitzen.
So ging das mit Nastasias Monolog noch eine Weile weiter, bis ihr Pflegeheim ihrer Meinung nach ausreichend positiv dargestellt war. Sie fragte Maria ironisch freundlich, ob sie etwas Wesentliches vergessen hätte. Maria nickte nur matt ab, was sie an Nettigkeiten über die Patientenversorgung, die Ausstattung des Heims, die Qualität der Verpflegung und die Freude der Heimbewohner, hier untergebracht zu sein, Georg in die Feder diktiert hatte.
Als sie fragte, ob sie nicht noch ein paar Patienten direkt befragen wollten, verneinten sie mit heftigem Kopfschütteln. Daraufhin bedankte sich die

versammelte Heimleitung umständlich bei Georg vorab für seinen Artikel und bei Maria Bitsch und Tobias Klein für die sachkundige und freundliche Prüfung.
Die beiden Gutachter packten schweigend zusammen und verließen grußlos den Raum. Georg folgte umgehend. Die Heimleitung sah zufrieden von der Stirnseite des Besprechungszimmers dem traurigen Abgang der drei Personen zu, die sich gedemütigt und vorgeführt vorkamen.
Maria Bitsch und Tobias Klein fuhren schweigend durch die spätsommerlich strahlende Odenwälder Landschaft, die sie keineswegs beruhigte, über Groß-Umstadt nach Darmstadt. Maria, die gefahren war, setzte Tobias ohne eine merkliche Abschiedsgeste bei ihm zu Hause ab. Dann fuhr sie von dort direkt nach Hause, wo sie Fieber maß und sich mit einer leicht erhöhten Temperatur und dem Gefühl eines beginnenden Schüttelfrostes sofort ins Bett legte.
Georg war so geplättet, dass er auf einem Parkplatz am Marbach Stausee Halt machte und sich die Füße in frischer Luft vertrat. Er wusste, dass er eine positive Darstellung bringen musste, aber alles in ihm sträubte sich. Er nahm sich fest vor, bevor er das Interview absetzte, sich mit Maria direkt in Verbindung zu setzen. Im Abstand von ein paar Tagen wäre es geschickter von ihr zu erfahren, was das für ein irres Schauspiel war, das da über die

Bühne gegangen war. Es war so eindeutig, dass man sie mit massivster Gewalt bearbeitet hatte, dass es schon wehtat, sie nur anzusehen. Offensichtlich konnte sie nicht einmal richtig sitzen, so wie sie sich bewegte und bei der kleinsten Bewegung stöhnte. Er kam sich wie ein Mitakteur vor, weil er so passiv geblieben war und nur an seine eigenen Probleme gedacht hatte.
Er fluchte innerlich, weil er mitspielen musste, was seinen nächsten Artikel anbelangte. Er spielte mit dem Gedanken mittels geschickter Textgestaltung und Wortwahl zu erreichen, dass ein aufgeklärtes Publikum den Artikel als eine ironisch angelegte Beschreibung des Heims einordnen könnte.
Nach einer halben Stunde hatte er genug gegrübelt. Er ließ den Motor seines Wagens an, drehte um und fuhr nach Michelstadt. Als er bei Willy Hamplmaier an dessen Bürotür klingelt, öffnet ihm ein verknittert aussehender und übernächtiger Willy, der sich mit einer langen Recherchenacht rechtfertigt, als Georg eine freche Bemerkung fallen lässt.
Georg wird aber sofort wieder ernst, als er Willy über seine Ergebnisse im Archiv des Odenwald Journal, seinem Telefonat mit Dawoud und brühwarm über dieses aufgesetzte Quasi-Interview berichtete, als eine Selbstbeweihräucherungsaktion der Seniorenoase sondergleichen und orchestriert durch die Heimleitung. Er konnte es immer noch nicht fassen, wie gequält seine angeblichen

Interviewpartner gewirkt hatten.
„Die saßen da wie geprügelte Hunde", sagte er, seltsam berührt vom Gesamteindruck der beiden Gutachter der Heimaufsicht.
„Das wird dem Martin Köberl aber gar nicht gefallen", resümierte Willy und Georg fuhr fort.
Er zählte auf, wen er jetzt eindeutig identifiziert habe, nämlich den Rechtsanwalt und Syndikus, alias Entführer seiner Tochter und kaufmännischer Heimleiter Maxim Mutsonow samt seiner Pflegedienstleitung, dieser Nastasia Korolja. „Vielleicht findest du ja einen Hebel, wie wir diese Entführung und Erpressung strafrechtlich verfolgen lassen können, ohne Mia und ihre Oma erneut zu gefährden", lässt er die Frage im Raum stehen, auf die er keine Antwort erwartet.
Viel wichtiger und berichtenswert erschien Georg ein Ergebnis seiner Suche im Zeitungsarchiv. Sein früherer Mentor, Heiner Mummert, hatte im Jahr 2002 einen Artikel über eine junge Frau mit afghanischen Wurzeln verfasst, die damals mit einem russischen Drogenpaten liiert war. In diesem Artikel war die Vermutung geäußert worden, dass die junge Frau, deren vollständiger Name in ihrem russischen Pass mit Alina Modschowa angegeben war, eine Tochter eines berüchtigten Stammesfürsten und Warlord sei. Diesen Warlord verortete Mummert damals als einen afghanischen Drogenpaten in einer nördlichen Region Afghanistans. Und diesen

vermuteten Beweis einer Verbindung zu der Kronzeugin konnte er nun selber bestätigen. Damals, bei seinem Afghanistanaufenthalt als Begleiter der Bundeswehr in Kundus, war ihm diese Übereinstimmung überhaupt nicht aufgefallen. Aber nach Dawouds gestrigem Telefonat nahm er an, dass Hafizullah Modschadd zumindest einen Kontaktmann über die Asylantenbewegung in Deutschland eingeschleust hatte, um Aliyah zu suchen und zu finden.
Willy drückte die Stopptaste bei Georg und schlug ihm vor, alles was ihm jetzt so durch den Kopf ging in Ruhe in eine saubere Analyse zu formulieren. Er würde dasselbe tun, denn dass Gefahr im Verzug war, das lag auf der Hand. Insbesondere sah er eine direkte Bedrohung auf Steffi und Emma zurollen, die ja auch eine Frontlinie gegenüber der Heimleitung wegen ihrer Zustandsprüfung der Quarantäne Bedingungen im Auftrag des Gesundheitsamtes eröffnet hatten.
Da war eine sauber durchdachte Strategie und Vorgehensweise gefragt, und kein Aktionismus, der nach hinten losging.
Georg nickte, und sie verabredeten sich für Montagnachmittag wegen Steffis Vormittagsjob im Gesundheitsamt.
Aufgewühlt durch die Ereignisse der letzten Stunde hatte Georg sein Interview mit der alten Dame in Fürth schon wieder vergessen, deren Zustimmung

für die Veröffentlichung einzuholen war.
Er versuchte sie aus dem Auto und auf dem Rückweg nach Fürth anzurufen. Die alte Dame ging leider nicht ans Telefon.
Die Zeugin gönnte sich wegen des aufregenden Tagesablaufes ein paar Stunden Ruhe und schlief wie immer vor dem Fernseher bei der Tagesschau ein und verpasste so den Anruf und alle Folgesendungen. Erst das Bellen ihres Pudels, der es gewohnt war, spätabends sein Geschäft an den Bäumen rund um den Marktplatz zu verrichten, weckte sie. Sie zog sich ihre festen Schuhe an, weil es nach Regen aussah, nahm den Schirm mit und ging nach draußen.
Es war schon ein arger Schlag des Schicksals, dass die alte Dame bei ihrem Gassigang mit ihrem Pudel zu mitternächtlicher Stunde ohnmächtig vor Schreck wurde, weil ein Kampfhund ihren kleinen Pudel totbiss. Sie stürzte hart und mit dem ungeschützten Kopf aufs Steinpflaster des Fürther Marktplatzes, und blieb leblos liegen.
Der Kampfhundebesitzer tastete nach dem Puls der bewusstlos auf dem Pflaster liegenden alten Dame, was ihm nicht gelang, weil er mit seinen Wurstfingern an dem schrumpeligen Hals der Zeugin die Halsschlagader nicht fand. Weil er nichts fühlte, befand er sie für ausreichend tot, um den Schauplatz zufrieden verlassen zu können, und ließ seinen Pitbull wieder auf die Ladefläche seines Pick-ups

springen.

Dann stieg er ein und fuhr mit ausgeschalteten Scheinwerfern bis zur B 460, wo er das Abblendlicht einschaltete und nach Bad-König zurückfuhr.

Kapitel 33

Der Marbachstausee *ist ein Stausee im Odenwald. Er liegt am Marbach im hessischen Odenwaldkreis. Er wurde von 1978 bis 1982 vom Wasserverband Mümling, welcher der Betreiber der Stauanlage ist, ursprünglich zum Hochwasserschutz erbaut, dient aber offiziell seit 1986 der Erholung.*

Marbach Stausee, Sonntag, 27.9.2020, 06:00

Der frühe Spaziergänger, der seinen Hund am Sonntagmorgen Gassi führte, war der Auslöser eines größeren Einsatzes von Feuerwehr und Polizei im Tal. Der Rottweiler war entgegen aller Vorschrift freilaufend unterwegs und schnüffelte abseits vom Wanderweg, der rund um den Marbachstausee führte, im Gras und prüfte sämtliche Hundemarkierungen und Wildlosungen. Er reagierte mutig auf Feldmäuse, die mit ihren Paarungsrufen sein Interesse weckten. Schnüffelnd folgte er den Schleuder- und Rutschspuren des im Stausee versunkenen Wagens bis diese am Ufer des Sees endeten. Danach war es die im Wasser treibende Leiche des Unbekannten, die den aufgeregten Hund dazu veranlasste, Laut zu geben und ohne Unterlass zu bellen. Er bellte so lange, bis sich sein Herrchen, das den Toten vom Straßenrand aus wegen der hohen Uferböschung nicht sehen konnte und langsam weitergelaufen war, umdrehte und zum Ufer lief, um zu schauen, was sein Hund gefunden hatte.

Dort erblickte der Hundebesitzer den dunklen Jogginganzug, den offensichtlich jemand ausfüllte, der schon länger im Wasser trieb. Er hatte sein Handy dabei, vor allem wegen der Corona, um sich über gefährliche Begegnungen mit Infizierten warnen zu lassen, und rief umgehend die Notrufzentrale an, die den Anruf an die zuständigen Stellen weiterleitete.
So erreichte der Anruf nicht nur die beiden Polizisten, welche zur Unfallaufnahme als erste vor Ort waren, sondern um 06:21 Uhr den Erbacher KHK Dingeldein, der für unklare Todesfälle und Schwerkriminalität zuständig war. Er wollte heute an einem fast freien Wochenende mit Hintergrunddienst endlich einmal ausschlafen, was gründlich daneben ging.
Fluchend zwängte er sich in seine Jeans und bedauerte, dass er seine Diät zu früh abgebrochen hatte, da die Hose immer noch über den Oberschenkeln spannte und der Gürtel sich kaum schließen ließ. Er rasierte sich, während der Kaffee aus der Espressomaschine in die Tasse tropfte, denn ohne Kaffee war er so früh morgens zu nichts zu gebrauchen.
Als er die Unfallstelle erreichte, hatte man die Leiche, die der Hund entdeckt hatte, schon aus dem Wasser gezogen und neben der Straße auf dem Randstreifen auf eine Plastikfolie gelegt. Der Tote sei ungefähr seit dreißig Stunden tot im relativ

kalten Wasser des Stausees gelegen, bestätigt der untersuchende Notarzt, und seine erste Einschätzung lautete auf Tod durch Ertrinken. Aber für einen gesunden jungen Mann ohne erkennbare weitere Verletzungen, abgesehen von ein paar Prellungen und Schürfwunden am Kopf, war das eine unbefriedigende Erkenntnis. Da die Rutschspuren auf einen Unfall mit einem größeren Gefährt hindeuteten, lag es nahe, auf einen Tod durch Ertrinken als Unfallfolge zu schließen. Dennoch gab der Arzt seinem Zweifel nach und kreuzte ‚unklare' Todesursache im Totenschein an. Inzwischen war ein erster Taucher der Feuerwehr ins Wasser gestiegen und die Blasenspur an der Oberfläche verriet seinen Weg ins tiefere Wasser, bis sie an einer Stelle verharrten. Der Feuerwehrmann tauchte wieder auf und meldete, dass ein Kranwagen nötig sei, das Auto aus dem See zu hieven. Im Wagen befände sich eine weitere Leiche auf der Fahrerseite, wobei die Fahrertür im Gegensatz zur offenen Beifahrertür geschlossen sei.
KHK Dingeldein befragte den Hundebesitzer, aber es kamen keine neuen oder nennenswerten Erkenntnisse zu Tage. Das Kennzeichen des Autos wurde vor Ort überprüft. Ebenfalls kein Treffer, vermutlich gefälscht. Es war auch nicht als gestohlen gemeldet. Die KTU sollte sich das Auto nach der Bergung vornehmen und der bestellte Pannendienst das Auto in der Polizeidirektion Erbach zu einer

genaueren Untersuchung abliefern. Missmutig stapfte der KHK zu seinem Fahrzeug, als neben ihm, gerade als er einsteigen wollte, sein Freund Willy Hamplmaier anhielt, der wohl zu morgendlich früher Stunde am Sonntag nichts Besseres zu tun hatte, als den Polizeifunk abzuhören.
„Guude Morsche, Manfred", begrüßte ihn Willy. „Eigentlich bin ich grad auf dem Weg nach Fürth, dort hat gestern eine alte Dame einen Hinweis auf die Geldautomateneinbrecher gegeben, und jetzt ist sie angeblich tödlich beim Gassigehen verunglückt. Da sehe ich Euch hier schon frühmorgens bei der Arbeit. Sag Bescheid, dann lasse ich die beiden Toten von meinem Mitarbeiter abholen. Das sieht ja mal geschäftsmäßig richtig gut für einen Bestatter aus. Hab ich mir gedacht, bleibst mal stehen, vielleicht fällt ein Krümel an Info für mich ab, aber eine Leiche ist natürlich besser."
„Alter Schnüffler, das glaubst du bloß. Und um korrekt zu sein, es handelt sich um zwei Tote. Allerdings muss die Staatsanwaltschaft erst entscheiden, ob wegen der unklaren Todesursache eine Obduktion in der Rechtsmedizin erforderlich ist, bevor du da deine Finger rein bekommst," erwiderte der KHK noch immer missmutig und hakt nach, „du bist ganz schön früh aus dem Bett gefallen?"
Willy lachte breit, „ja leider, du weißt ja, für uns beide gilt dasselbe. Der Tod hält sich an keine

Öffnungszeiten. Zwei Tote sind für mein Geschäft natürlich noch besser, und in die Rechtsmedizin bringe ich dir die beiden selbstverständlich auch, wenn ihr mich damit beauftragt. Bist du sicher, dass das kein simpler Unfall ist?"
„Herrgott, verschrei es halt", darauf der KHK, „auf den ersten Blick ist es ein ‚normaler' Unfall, auf den zweiten sieht das vielleicht anders aus."
Manfred Dingeldein hat sich wieder dem Tatort zugewandt, und Willy grübelte nachdenklich über einen möglichen zeitlichen Zusammenhang zwischen dem ergebnislosen Geldautomateneinbruch und dem Unfall mit zwei Toten, die ohne Ausweis unterwegs waren.
Willy war Realist und glaubte nicht an Zufälle. Schon gar nicht, wenn die zeitliche Nähe ein Ausschlusskriterium war. Immer noch nachdenklich fuhr er weiter, um die Leiche der alten Dame abzuholen.
Dingeldein hatte den möglichen Tatort schon verlassen, als der Kranwagen den tropfenden Transporter auf den Abschleppwagen gehievt hatte. Den verwunderten Polizeibeamten, die den Wageninhalt überprüft hatten, fallen diverse Sätze von gefälschten Kfz-Kennzeichen und 5000 € in kleinen Scheinen in die Hände. Ein Satz der Kfz-Kennzeichen aus dem Handschuhfach sorgte dann doch noch für Aufregung, denn es stimmte exakt mit den Angaben der alten Dame überein, die

gestern in Fürth ihre Zeugenaussage gemacht hatte.
Als Willy eine Viertelstunde später zum Tatort kam, um die ‚tote' Zeugin des gestrigen Überfalls am Geldautomaten abzuholen, sah er vor dem Haus einen kleinen Menschenauflauf, und der Notarzt war dabei, seine Sachen zusammenzupacken. Er drückte Willy sein Bedauern aus, dass er umsonst gekommen sei, denn die alte Dame, die er notversorgt hatte, hatte überlebt.
Sie wurde soeben in den Krankenwagen umgelagert, und der brachte die schwerverletzte Dame mit Blaulicht ins Kreiskrankenhaus in Erbach.
Auf dem Gehsteig blieb ein abgedeckter Körper zurück, ein totgebissener Pudel. Den toten Pudel packte Willy ein und wollte ihn zu einem Tierarzt zur Entsorgung zu bringen. Vielleicht lohnt sich sogar ein DNA-Abgleich des Übeltäters, der die kleine Pudeldame auf dem Gewissen hatte.
Er nahm sich vor, die alte Dame, wenn sie wieder ansprechbar wäre, im Krankenhaus zu besuchen und über den Unfall zu befragen. Einen Unfall der rüstigen Dame durch einen zufälligen Sturz wollte er nicht wahrhaben, das sah zu einfach für ihn aus.
Auf dem Rückweg nach Michelstadt fuhr Willy wieder an der Unfallstelle vorbei, aber sowohl der Transporter als auch die Leichen waren nicht mehr vor Ort. Er hatte seinen Mitarbeiter informiert, und der war sicherlich schon hier, um die beiden Leichen abzuholen.

Er rief seinen Freund Manfred an und staunte nicht schlecht, als der ihm bestätigte, dass ein Kfz-Kennzeichen, welches man im Handschuhfach des Transporters, neben verschiedenen anderen, gefunden hatte, die Buchstaben-Ziffern-Kombination des Fluchtfahrzeuges trug. Es war dieselbe, die sich die alte Dame in Fürth gemerkt und der Polizei gemeldet hatte. Hauptkommissar Dingeldein war vor allem über den plötzlichen und schweren Unfall beunruhigt, den die alte Dame nur knapp überlebt hatte. Das Ganze roch nach einem missglückten Anschlag.
Also hatte er doch Recht, schoss es Willy durch den Kopf, als ihm das Ganze verdächtig nach einem Zusammenhang mit dem gestrigen Geldautomateneinbruch erschien. Manfred Dingeldein gab ihm noch die Fahrzeugdetails durch, damit Hans in seinem Versicherungsauftrag weiter recherchieren konnte.
Dann schickte der KHK die KTU zur Spurensuche nach Fürth, denn wegen des simplen Sturzes mit schweren Kopfverletzungen war bisher niemand auf die Idee gekommen, die Polizei zu alarmieren und Meldung zu erstatten.
Georg Jährling rief später noch einmal bei der alten Dame an, um ihre Zustimmung für die Veröffentlichung ihres Fotos einzuholen.
Die alte Dame nahm ihr Telefon nicht ab, und Georg, der den Tag über in der Redaktion verbrachte

hatte, um seinen Bericht zu redigieren, gab die Druckversion des Artikels frei.

Buch 4 Das russische Kreuz

Das russische Kreuz

Beim russischen Kreuz handelt es sich um eine spezielle Ausführung des orthodoxen Kreuzes, das aufgrund einiger symbolischer Elemente einzigartig ist.
Es kann eingeteilt werden in eine vertikale Linie, die durch drei Balken durchgequert wird. Der unterste Balken, welcher in der russischen Ikonographie diagonal und in der griechischen gerade verläuft, ist die Fußstütze. Im russischen Kreuz verbergen sich unzählige Symbole. Es dient als unverfängliches Erkennungszeichen für einen ‚Wory'.

Kapitel 34

***Odenwald Chronik…** Die Sage erzählt von einem Mädchen, das in der Nähe eines Heilbrünnleins lebte, und eines schönen Tages vermisst wurde. Voller Angst suchte man die junge Frau und fand sie nach vielen Tagen und Nächten vor sich hin träumend am Rande eines Heilbrünnleins, aus dem sie wohl getrunken hatte. „Wo bist du gewesen?“, riefen die Leute, die sie gesucht hatten, „Komm schnell nach Hause“. Doch das Mädchen schien unendlich weit entrückt von dieser Welt und wollte den Platz nicht verlassen. „Seht ihr nicht den goldenen Wagen und den schönen Prinzen, der für mich bereitsteht“, rief sie. Aber niemand konnte verstehen, was die Ursache dafür war, dass das Heilbrünnlein einem **Sonntagskind** eine zauberhafte Illusion vorgaukelte….*

Erbach, Weinstube „Zur Woistubb“[1], Sonntag, 27.9.2020, 12:30

Fast hatte Steffi ihr Versprechen, das sie Ottilie gab, schon vergessen. Sie wollte ihr ja unbedingt etwas sehr Diskretes von ihrem Papa Othmar zeigen, aber der Job und ihre Ermittlertätigkeit bei Willy und Hans, was die Hintergründe und Zusammenhänge der Seniorenoase mit illegalen Geschäften anbelangte, ließen ihr kaum Luft zum Atmen.
Als Georg dann am vergangenen Montag den Namen

---
[1] Weinstube

Katra erwähnte, fiel ihr siedend heiß ihr Erlebnis bei der letzten Inspektion des Seniorenpflegeheims wieder ein, und sie rief Ottilie an, um ihr zu zeigen, was sie ihr angekündigt hatte.
Der letzte Sonntag im September ließ noch einmal seine spätsommerlichen Muskeln spielen und tauchte den Marktplatz in Erbach in goldene Farben. Die beiden Mädels beglückwünschten sich zu ihrer Entscheidung und genossen das Ambiente des neobarocken aus rotem Sandstein errichten Schlosses mit seinem berühmten Rittersaal und spätgotischen Schöllenbacher Altar. Ihrem Alter entsprechend berauschten sie sich allerdings mehr an den äußeren Formen und Farben des Schlosses aus dem 18. Jahrhundert, als an der natur-, jagd- und waffenkundlichen Sammlung im Innern des Schlosses.
Die beiden Mädels knufften einander coronakonform mit den Ellbogen zur Begrüßung an und jammerten, kaum dass die Bedienung ihnen in einer ruhigen Ecke im Gartenbereich der Weinstube einen Platz zugewiesen hatte, über die Einschränkungen, die die Pandemie mit sich brachte. Ottilie erzählte, dass sie ihren runden Geburtstag ursprünglich groß zu feiern plante, aber angesichts der aktuellen Beschränkungen hatte sie sich wohl oder übel auf eine zehnköpfige Gästeliste ihrer Mädels Gruppe eingelassen. Steffi wäre herzlich gern eingeladen, als Teilnehmerin 10b, und beide lachten herzlich über

die Idee.
Als ‚guude Ourewäller Mädsche‘[1] liebten beide Äppelwoi, der in der ‚Woistubb‘ nicht unbedingt das am meisten ausgeschenkte Weingetränk war, und Kochkäse mit Musik. Kaum stand das Getränk auf dem Tisch und sie hatten den ersten kühlen Schluck genippt, da kam Ottilie gleich zur Sache.
„Stell dir vor, mir hat der Zausel nix verraten, obwohl ich ihm den Pfarrer Rother auf den Hals gehetzt habe. Stur und bockig wie ein pubertierender Teenager hat er auf seinem Recht nach ein bisschen Lebensfreude bestanden”, grummelt Ottilie.
„Und dann schwätzt er dauernd von einer zauberhaften Prinzessin, mit sanftweicher Haut, und die er immer noch vor sich sehen würde. So ein Schwachsinn”, lässt Ottilie ihrem Groll ungebremst freien Lauf.
„Man könnte fast ***ihn*** für das Sonntagskind halten, aus dem Märchen, das er mir als Kind erzählt hat. Sieht so aus, als hätte ihn jemand unter Drogen gesetzt und er fantasiert im Rausch”, findet sie wieder zu ihrem Humor zurück. „So ein Zausel.“
Sie fragte sich, ob er das tolle Erlebnis, das ihn immerhin 400 € gekostet haben muss, in einem Demenzanflug aus dem Kurzzeitspeicher gestrichen hatte, oder ob er nicht wollte, dass sie sein kleines schmutziges Geheimnis erfahren würde.
„Und das war bestimmt etwas Anrüchiges trotz

[1] Gute Odenwälder Mädchen

seines Prinzessinnengeschwafels", brach es aus Ottilie heraus, „bockig und schuldbewusst wie der geguckt hat. Dabei ist er beim Abstreiten überhaupt nicht rot geworden."
Steffi prustet los und unter Lachanfällen erzählt sie, wie sie zu dem kurzen Video Clip kam, den sie Ottilies Papa, entgegen allen Datenschutzbestimmungen von dessen auf ihr iPhone kopiert hatte. Dabei war es ihr mehr darum gegangen, herauszufinden, ob es sich seitens des Heims um eine Straftat handelte, denn sie hatte Othmar und die Kleine fast in flagranti erwischt. Und als sie Othmar angesprochen hätte, wobei er eigentlich im Nachglühen noch nicht richtig ansprechbar war, lief die Aufnahme seines Smartphones noch. Sie hatte die Filmaufnahme gestoppt und sich das Video auf ihr iPhone geschickt.
Im Übrigen sei er auch bei ihr nicht rot geworden.
Er war es von Anfang an.
„Puterrot bis über die Ohren, aber nicht vor Scham, sondern weil er noch ordentlich erregt war", erinnerte sie sich und wischte sich die Lachtränen aus den Augen.
Jetzt unterdrückte Ottilie einen Lachanfall. Als sie wieder Luft bekam, sagte sie, „grundsätzlich müsste ich mich ja schämen für ihn. Anderseits ist das ja ein echter Aufheller für seine eher depressive Grundstimmung in letzter Zeit", sagte sie

nachdenklich.
„Wie alt sagst du, war das Mädchen?“, fragte sie dann Steffi.
„Na schau dir die Kleine in Ruhe an, die ist doch höchstens fünfzehn Jahre alt”, meinte Steffi.
„Meinst du, die hat freiwillig gepoppt?”, entrüstet sich Ottilie.
„So sah das nicht aus. Der Typ, der sie aus dem Zimmer geschubst hat, sah eher wie ein Zuhälter als ein Wachmann aus. Ich habe ihn schon überprüft. Es liegt nichts gegen ihn vor. Noch nicht jedenfalls. Der Typ wohnt im Heim, aber er reist viel und auffallend oft nach Rumänien. Vermutlich nicht nur, weil er Rumäne ist, und seine Familie besucht. Ich habe ihn im Verdacht, dass er die Mädels hier einschleust.“
Sie trinkt einen Schluck, bevor sie weiter erzählt.
Ein gewisser Jannis Popescu, der leitet den Wachschutz in der Seniorenoase”, fügte sie grimmig hinzu, „ich glaube, sie wurde entweder mit Gewalt dazu gezwungen, weil sie einen ziemlich eingeschüchterten oder gleichgültigen Eindruck machte, als ich sie traf. Vielleicht wurde sie auch nur sediert oder mit Drogen gefügig gemacht. In jedem Fall ist Sex mit Minderjährigen eine schwere Straftat, auch wenn sich die Senioren, will heißen, Othmar war sicher nicht der Erste und Einzige, dabei pudelwohl fühlen.“
„Und es bleibt eine Straftat, selbst wenn Othmar sich nicht mehr daran erinnert. So eine leichte Demenz

ist auch eine nette Ausrede“, bestätigt Ottilie, „das hat er schon öfter praktiziert.“
„Ich glaube, er hat das Ganze nur deshalb per Video aufgenommen, weil er wusste, dass er sich bald nicht mehr daran erinnern kann. Aber so war es jederzeit abrufbar!”, besänftigte Steffi Ottilie.
Aber Ottilie war viel zu aufgewühlt, als dass sie sich so einfach hätte beruhigen lassen.
Sie stürzte ihren Äppelwoi in einem Zug hinunter und wurde danach etwas müde, weil sie heute ihr Mittagessen gestrichen hatte. Und obwohl sie jetzt den Kochkäse hinterher schob, war ihr der Alkohol schon zu Kopf gestiegen, und sie war nur noch in der Lage über Alltagskram zu tratschen. Das schwere Thema Sex im Alter und dann noch ihr Papa mit einer Minderjährigen, musste sie in Ruhe verarbeiten, wenn sie einmal darüber geschlafen hätte.
„Wie kommst du eigentlich mit Emina klar“, wechselt Ottilie das Thema, denn sie hat sich beim letzten Elternsprechtag intensiv mit Hans Hämmerle über seine Tochter unterhalten, die mitten im alten Schuljahr im Gymnasium in Michelstadt eingestiegen ist und sich bisher sehr gut integriert hat. Bei diesem Gespräch hatte Hans beiläufig erwähnt, dass er mit seiner Tochter als Übergangslösung bei Steffi untergekommen wäre.
Hans Hämmerle, das wäre schon ein Mann nach Ottilies Geschmack, hatte sie sich eingestanden, und

sie dachte, Emma wäre ein netter Katalysator für eine lockere Beziehung, aus der vielleicht mehr werden könnte. Sie fand, dass er ein richtig sympathischer Typ war, der einfühlsam reagierte und seine Stärke unter einem jungenhaften Lachen kaschierte. Flirten war nicht gerade Ottilies starke Seite, aber sie hatte ihm schon ein paar aufmunternde Signale übermittelt.

Bloß hat sie dabei Steffi übersehen, die plötzlich runde Augen macht, als sie Ottilies Interesse für Hans sofort registriert. Dafür hat sie eine feine Antenne, und Steffi, die ihr Herz immer auf der Zunge trägt, stellte bei aller Freundschaft etwas klar. Dass Hans nicht nur bei ihr eingezogen ist, sondern wieder den Platz eingenommen hat, den der verliebte Gockel vor ein paar Jahren leichtfertig aufgegeben hatte.

Ottilie war zwar enttäuscht, aber sie lachte und schwur Steffi feierlich, ihre Annäherungsversuche aufzugeben. Trotzdem blieb Emina ihr Gesprächsthema, denn die junge Dame erschien ihr in letzter Zeit eher durch den Wind zu sein, und mit den Gedanken überall nur nicht in der Schule. Steffi seufzte und klärte Ottilie auf, die ja den ganzen Hintergrund von Eminas Vorgeschichte nicht kannte. Ottilie war beeindruckt, was sich da auftut, und ihre Bewunderung dafür, wie Emina ihr Leben meistert, stieg mit jedem Wort von Steffi.

Sie sagte, „danke, dass wir darüber gesprochen

haben. Dann weiß ich jetzt, wie ich mit ihr umgehen muss, und wie ich helfen kann."
Danach plätscherte das Gespräch der beiden leicht angesäuselten jungen Damen in leichtem Wasser dahin, denn auch Steffi hatte sich zwischenzeitlich den zweiten Bembel einverleibt, und das Gelächter wurde lauter. Sie sprachen jetzt nicht mehr nacheinander, sondern ohne große Pausen aufeinander ein, bis es kühl wurde und dunkle Wolken aufzogen.
„Wie wäre es, wenn wir das öfters machen. Ich vermisse meine Mädels Abende, nachdem meine drei besten Freundinnen von ihren Ehemännern weggezogen wurden, weil es denen hier zu eng war", schlug Ottilie vor und Steffi war begeistert.
„Klar das machen wir. Hier kann man auch sehr nett sitzen, und die ‚Woistubb' liegt so günstig. Ich frage mal ein bisschen herum, wer noch Lust hat, dann könnten wir uns ja vielleicht so alle zwei Wochen treffen?", baute Steffi den Vorschlag aus, und die beiden waren noch eine Weile damit beschäftigt zu klären, wen sie mit dabei haben wollten und wen nicht, denn es sollte ja eine fröhliche Runde werden.
Steffi sagte Ottilie beim Abschied zu, den Vorfall wegen des Verdachts auf Sex mit Minderjährigen weiterzugeben. Ihre beiden Ermittlerchefs wären ohnehin grade dabei, die Seniorenoase auf Herz und Nieren zu prüfen, da würden sich vielleicht noch weitere Aspekte ergeben.

Sie knufften einander wieder am Ellenbogen und gingen beschwingt nach Hause.

Kapitel 35

Hinrichtungen sind im Odenwald nichts Neues, *sie gehen bis ins Mittelalter zurück, wobei einer der besterhaltenen Galgen Deutschlands aus dem 16. Jahrhundert stammt und im südlichen Odenwald aus drei riesigen Rotsteinsäulen errichtet wurde. Unter der Herrschaft des Grafen von Erbach ausgesprochene Todesurteile wurden hier vollstreckt. Die letzte Hinrichtung soll vor mehr als 100 Jahren stattgefunden haben, als eine Frau wegen eines Diebstahls von Lebensmitteln gehenkt wurde.*

Marbachstausee, Sonntag, 27.9.2020, 19:00

Diesmal saß kein schüchternes Mädchen vor der geschlossenen Bürotür des Heimleiters der Seniorenoase, sondern ein besorgter Oliver Wolff, den der große Boss selbst zu einer persönlichen Aussprache zitierte. Oliver wurde von den Ereignissen der letzten Tage ziemlich überrollt, und er wurde mit jeder Stunde ungeduldiger und nervöser, in der sich seine zwei Einbruchspezialisten nicht zurückmelden. Es roch nach einem weiteren Versagen der beiden, und das konnte er sich nicht mehr leisten.

Seit der verpassten Videokonferenz, nach der ihm der Syndikus unverblümt und im Klartext eine mehr als deutliche Warnung aussprach, falls er sein organisationsschädigendes Verhalten nicht umgehend einstellen würde, überlegte er krampfhaft,

welche Disziplinarmaßnahme sein Boss aushecken würde. Seine kriminellen Extratouren seien kurz davor, den Geduldsfaden von Vitali Klimachow zu zerreißen, hatte Maxim Mutsonow gedroht. Wenn er wenigstens lautlos und unauffällig zu Werke gehen würde, wäre es ja noch tolerierbar, aber so hinterließen seine Leute permanent Spuren, die unnötig Verdacht erregten. Und dass Vitali es leid wäre, ständig hinter ihm Spuren zu beseitigen.
Die 'Gesellschaft' war gegen jede Art von öffentlichem Interesse allergisch.
Seit dieser Videokonferenz war in der Tat einiges schief gelaufen mit seiner glorreichen Idee, sich die Geldautomaten der Umgebung mit seinem an den Wachschutz der Seniorenoase abgestelltem Personal vorzunehmen. Er hatte zwei Versuche zur Bargeldbeschaffung in den Sand gesetzt, und es waren immer seine Leute, die sich wie Elefanten im Porzellanladen verhielten.
Und jetzt noch das Fiasko mit dem vermissten Auto aus seinem Gebrauchtwagen Vorrat. Er wollte sich gar nicht vorstellen, was passieren würde, wenn die Polizei den Transporter vor ihm finden würde. Er konnte auch nicht ausschließen, dass Spuren der Drogen gefunden wurden, zu deren Abholung vom polnischen Container Hafen in Gdansk seine Fahrzeugflotte benutzt wurden.
Andererseits war er es echt leid, sich ständig gegen die Vorwürfe Vitalis wegen seiner Einbruchstouren

wehren zu müssen, und redete sich ein, seine Position wäre stark genug, um den Spieß umzudrehen. Er wusste zu viel von seinen beiden Anführern, als dass Vitali ihn so, Mir-nichts-dir-Nichts auf das Abstellgleis schieben konnte. Außerdem verortete er sein Logistikunternehmen für die 'Gesellschaft' als viel zu wertvoll. Vitali würde spontan keine Alternative aus dem Boden stampfen können.
Dabei übersah Oliver leider, dass Frank Koch als der Chef der neuen Produkte wie Opioide und Opiate, welche völlig legal und in unauffälligen Verpackungseinheiten auf den Markt geworfen wurden, sehr wohl eine Alternative hatte. Jeder Paketdienst wäre heute in der Lage, diese Dienstleistung preiswerter zu erbringen.
Mehr noch als die Aussprache mit Vitali, den er mittlerweile als zahnlosen Anführer einschätzte, beunruhigte ihn, dass Willy Hamplmaier so penetrant hinter ihm her schnüffelte. Willy hatte ihm schon mehrmals unmissverständlich zu verstehen gegeben, dass er ihn mit diversen unsauberen Aktivitäten der Seniorenoase in Verbindung brachte.
Er hatte Maxim schon des öfteren gewarnt, dass Willy gefährlicher sei als diese Steffi Schwaiger, wenn der über die Gefahr durch das Gesundheitsamt lamentierte. Er war leider nicht sicher, ob Maxim seine Einschätzung teilte und bereit war, Willy so zu behandeln, wie sie den Saukerl Georg Jährling

eingeschüchtert hatten.
Für den Boss sollte sein Angebot, Emina zu entführen, um die Ermittlertruppe in Schach zu halten, noch wichtiger sein, als für ihn, weil sie die 'Gesellschaft' direkt bedrohten. Für ihn ging es nur um eine Vorsorgemaßnahme, um seine Pläne für die nächsten Geldautomatenüberfälle nicht zu gefährden.
Er hatte alle Details für eine Entführung von Emina Hämmerle oder Steffi Schwaiger dank der sauberen Observierung durch seine Leute gesammelt, und konnte jederzeit zuschlagen. Am effektivsten schien ihm die Entführung der Tochter von Hans Hämmerle, denn die war das schwächste Glied in der Kette und gleichzeitig der stärkste Hebel, um Hans gefügig zu machen. Und seinen Stammtischkumpel Willy würde er damit indirekt an die Leine legen können, wie das Beispiel von Mia und diesem Journalisten zeigte.
Gott sei Dank hatte keiner von den Ermittlern eine Ahnung, mit wem sie sich da gerade anlegten. Aber er musste cool bleiben. Emotionen wären da höchstens hinderlich.
Oliver ärgerte sich über die Wartezeit im Vorzimmer des Syndikus, er hielt sie für respektlos und spielte auf seinem iPhone, um die Zeit totzuschlagen.
Vitali saß derweilen mit Maxim hinter besagter Bürotür und ließ sich von Maxim und seinem langjährigen Wachhund Andrei Wolkow nochmals

die Details des Überfalls von Freitag Nacht vorbeten. Sie berichteten vom vergeigten Einbruch und einer halbleeren Geldautomatenkassette, deren mickrigen Inhalt Olivers Leute dann noch in dem versenkten Fahrzeug ließen, bis zur missglückten Beseitigung der Zeugin des Überfalls, hinter der sie wieder einmal ihren ‚Bruder' Oliver vermuteten. Details zu dem versenkten Auto plus totem Fahrer und Beifahrer, einschließlich der darauffolgenden Polizeiaktionen, hatten sie über den Polizeifunk mitgehört.
Vitali hatte dem Gespräch eigentlich nur mit halbem Ohr zugehört, denn das Gespräch leistete keinen Beitrag mehr zu der Entscheidung, die schon gefallen war. Heute stand die Abrechnung mit Oliver auf dem Programm, über den er letzte Nacht endgültig den Stab gebrochen hatte, nachdem was ihm Nastasia zugeflüstert hatte. Wenn es um Loyalität ging, dann hielt er die Frauen in der ‚Gesellschaft' trotz Eifersucht untereinander für relativ zuverlässig ihm gegenüber. Der männlichen Führungsriege, die sich in den üblichen Machtkämpfen um die Nachfolge aufrieb, misstraute er hingegen zutiefst und vermutlich deshalb, weil auch er sich mit Gewalt an die Spitze der Gesellschaft geputscht hatte.
So hatte er es mit Alina gehalten, die er trotz der Kronzeugenregelung für loyal und smart genug hielt, einen Deal zum Schein einzugehen. Und so war es

mit Nastasia, von der er überzeugt war, dass sie sich eher die Zunge abbeißen würde, als ihn zu verraten. Ob sich Nastasia Alina gegenüber respektvoll verhielt, bezweifelte er, ob sie so weit gegangen wäre, ihr den Tod zu wünschen.
Nastasia, ihrerseits hatte lange einen Weg gesucht, wie sie Vitali einen Tipp zum Mord an seiner früheren Geliebten geben könnte, ohne allzu viel Wissen über den Mordanschlag weiterzugeben. Sie war ja selbst betroffen und profitierte vom Tod ihrer Konkurrentin, die sie damals ausgestochen hatte. Aber Alina war ja als Konkurrentin schon lange ausgeschaltet. Und so hatte sie Vitali, der nach dem Sex mit ihr immer etwas außer Atem war, ins Ohr geraunt, er solle sich doch einmal Olivers Halskette genauer anschauen, dann würde ihm vielleicht einiges klar.
Und weil sich Vitali mit dieser Bemerkung auf Olivers Hinrichtung festgelegt hatte, achtete er jetzt mehr auf das Äußere seiner beiden Vertrauten als auf den Gesprächsinhalt. Schon als er die beiden vor einer Stunde begrüßte, fiel Vitali auf, dass mit den beiden irgendetwas nicht stimmte. Je länger das Gespräch mit seinen beiden Kapitänen dauerte, umso mehr beunruhigte ihn ihr Aussehen.
Beide saßen ihm mit geröteten Wangen, glasigen Augen und gelegentlichem trockenen Husten gegenüber. Sie schienen sogar leichtes Fieber zu haben, aber sie erklärten sich beide unisono für fit

und symptomlos und verschwendeten keinen Gedanken an eine Covid-19-Infektion. Schon gar nicht kamen sie auf die Idee, dass ihre Symptome mit ihrer Gruppenvergewaltigung der jungen Gutachterin zusammenhängen könnten.
Vitalis Unruhe war nicht unbegründet, denn für die Umsetzung seine Pläne benötigte er beide im Vollbesitz ihrer Kräfte. Vitali, der Risiken hasste, zählte auch Viren dazu, vor denen er eine Heidenangst hatte. So, wie er normalerweise jeden Ansatz von Gefahr im Keim erstickte, gab er sich vorsichtig, war auf Abstand bedacht und Gesichtsmasken trugen sie sowieso.
Dann rief Maxim Oliver herein, um ihn anzuhören, bevor Vitali an Andrei den Befehl zum Vollzug des bereits gefällten Urteils geben würde. Vielleicht zog Oliver ja noch ein Kaninchen aus dem Hut, das sein Leben retten würde.
Die Jagdsaison für einen Reinigungsvorgang innerhalb der ‘Gesellschaft’ war eröffnet, und danach würde sich Vitali der externen Befreiung widmen. Die Begrüßung fiel kurz und frostig aus, und Vitali forderte Oliver auf, sich zu den Vorgängen rund um den Geldautomatenüberfall zu äußern. Es wäre in seinem Sinne, wenn er auch darlegen könnte, wie er die ‘Gesellschaft’ aus dem Fall herauszuhalten gedachte, um den angerichteten Schaden zu minimieren.
Allmählich dämmerte Oliver, dass die Aussprache

einen bedrohlicheren Hintergrund erwarten ließ, als er gedacht hatte. Er schwadronierte in seiner üblich hyperarroganten, mir-kannst-du-gar-nix' Art los, aber Vitali unterbrach ihn.
„Schwätz nicht saudumm herum, was wirst du tun, um die Karre aus dem Dreck zu ziehen. Und zwar so, dass auch nicht der kleinste Makel an uns hängenbleibt?", grobste er ihn an.
Oliver, leicht erblassend, stammelte, dass er die Sache im Griff habe, schließlich stünde die halbe Polizeidirektion auf seiner Gehaltsliste und in seiner Schuld als Empfänger kleinerer und größerer Bestechungsbeträge.
„Das wird dir, so eindeutig wie die Beweise inzwischen der Polizei vorliegen, nicht viel helfen," unterbricht ihn Vitali barsch, „mit anderen Worten, du hast keinen Plan"!
„Ich brauch keinen Plan, ich habe doch sofort reagiert, und die Zeugin, die das Auto in Fürth gesehen und bei der Polizei angezeigt hat, habe ich sofort und sauber beseitigt. Es gibt keine Zeugen und Spuren mehr. Was wollt ihr denn noch, ich spür sofort, wenn Gefahr im Verzug ist, und da ist nichts mehr, was uns gefährlich werden könnte", wehrte sich Oliver uneinsichtig, wie es seine Art ist.
„Du dummer Hund, du schaffst es ja noch nicht einmal, so ein altes Weib umzubringen. Du weißt schon, dass die Alte nicht tot ist, sondern im Krankenhaus liegt. Wenn sie nicht ihr Gedächtnis

verloren hat, dann bist du immer noch am Arsch. Wie dumm bist du denn", stöhnte Maxim auf, obwohl er klammheimlich froh gewesen wäre, wenn Oliver die Zeugin umgebracht hätte.
Andrei auf die Zeugin anzusetzen, wäre wie mit Kanonen auf Spatzen zu schießen, da wäre mit Olivers ‚Selbstmord' schon mehr erreicht, überlegte jetzt auch Maxim in die Richtung, die Vitali vorgeben würde.
Jedes geschäftsgefährdende Verdachtsmoment weniger war jetzt wichtig, und die wackeligste Spur zu ihrer Organisation saß gerade unbehaglich auf seinem Stuhl hin und her rutschend vor ihnen.
„Wo sind denn überhaupt deine zwei Spezialisten für Geldautomateneinbrüche? Hast du schon eine Spur von diesen beiden Clowns? Dein Sohn ist ja nicht weit weg von deinen Fähigkeiten", bedrängten sie den immer ängstlicher werdenden Oliver.
„Bevor du jetzt hier raus gehst, wäre es gut, wenn du mir erklären könntest, wieso du diesen Privatschnüffler und seine Tochter von deinen Leuten ohne Rücksprache beschatten lässt? Geht es um deine Einbrüche, oder gibt es da noch etwas, das ich wissen sollte", fragt Vitali unerbittlich, denn sein Instinkt, der ihn warnte, wenn er verraten wurde, hat den alten Fuchs noch nie betrogen. Und die Aktion von Oliver stank gewaltig.
Plötzlich stand der Alte auf und zog für Oliver unerwartet dessen Goldkette aus dem wie üblich

weit aufgeknöpften Hemd, und er nahm langsam den Anhänger in die Hand, während Oliver erstarrte. Er drehte und wendete das russische Kreuz aus Gold, aber ohne seine Lesebrille konnte er leider die Inschrift auf dem unteren Querbalken nicht lesen. Er sah Oliver nur einmal kurz an, bevor er das Kreuz zurück in Olivers Hemd stopfte, sich umdrehte und in seinen Stuhl sank.
Sein Zorn war in Wut umgeschlagen, sein Urteil stand fest.
Oliver glaubte immer noch an seine Überlegenheit und Stärke dem Chef gegenüber und hätte diesen Moment gern als Triumph ausgekostet, aber unter den gegebenen Umständen einer Strafpredigt durch Vitali war ihm nicht danach zumute. Beide schwiegen sich an, Vitali ist erleichtert, dass er seinen Rachefeldzug nach dem Mörder abbrechen kann, und Oliver weiß nicht, wie er aus dem Dilemma herauskommen soll.
Bis Oliver es nicht mehr aushielt und mutig in die Offensive ging.
„Was war das denn. Seit wann interessierst du dich für mein Abzeichen, das ich seit Jahr und Tag trage und das von dir höchstpersönlich stammt. Hast du das schon vergessen? Oder wolltest du nur schauen, ob es noch dran hängt, und ich noch auf deiner Seite stehe“, provoziert er Vitali im Vertrauen auf seine überlegene physische Stärke.
Seine Selbsteinschätzung hatte leider wenig mit der

Realität zu tun.
Er war während seiner Karriere in der 'Gesellschaft' nie durch die ganz harte Schule der ‚Bratwa' gegangen. Er war mitgeschwommen und hatte von ihrem Erfolg profitiert, aber wenn es darum ging, hart gegenüber Männern seiner Zunft zu reagieren, dann ließ er schon mal fünf gerade sein und steckte zurück. Bei Frauen war das anders, da konnte er seine Dominanz brutal und ohne Rücksicht ausleben. Seine Frau konnte ein Lied davon singen.
Oliver, der immer noch nicht merkte, dass ihm das Gespräch schon entglitten war, griff das Thema Gesundheitsamt auf. Stockend wiederholte er vor Vitali, was er Maxim schon früher empfohlen hatte, nämlich den Ermittler Willy Hamplmaier samt Sohn genauso wie den mit ein bisschen Druck vom Saulus zum Paulus gewordenen Zeitungsreporter zu behandeln. Und dass das der Grund für seine Bespitzelung von Willys Sohn wäre. Als Mitglied der ‚Bratwa', sei er genauso an einer störungsfreien Abwicklung ihres Geschäfts interessiert wie Vitali. Falls Vitali ihm den Auftrag zur Erledigung anvertrauen würde, er sei bereit, ihn anzunehmen.
Vitali winkte ab, denn er hatte schon längst die Bestrafung von Willy in zuverlässige Hände gelegt.
„Dein Stammtischbruder Willy beehrt, uns demnächst mit einem Antrag in die Pflegeoase aufgenommen zu werden", lässt Maxim die Katze aus dem Sack, und wir sind schon gespannt, wie er

sich dann präsentieren will. „Offiziell soll er ja leichte mentale Aussetzer haben, was auf eine beginnende Alzheimererkrankung hindeuten soll“, lacht Maxim. „Wenn das stimmt, dann würde das die Sache bedeutend vereinfachen, aber ich fürchte, dass das bloß ein Vorwand ist.“

Oliver wundert nichts mehr, denn Willy, diese Mordskartoffe[11], war schon immer für eine Überraschung gut.

„Kommt er allein? Ich könnte euer Interview beobachten, da fällt mir bestimmt etwas auf. Im Gegensatz zu euch kenne ich ihn ja“, sagte Oliver, immer noch darum bemüht, auf einen Nebenkriegsschauplatz auszuweichen, indem er seine Hilfe anbot.

„Nein danke, das bekommen wir schon hin“, sagte er und an Andrei gewandt, „Andrei, du fährst jetzt mit Oliver zu ihm nach Hause und checkst, ob die Polizei schon bei ihm vor der Tür steht oder ihm einen Besuch abstatten wird. Beim geringsten Verdacht, dass du beobachtet wirst, verschwindest du für eine Weile von der Bildfläche. Verstanden?”, ergänzt Vitali mehrdeutig mit Blick auf Oliver und schließt das Gespräch ab, ohne auf Olivers Vorschlag einzugehen.

Oliver möchte noch etwas sagen, aber Andrei schiebt ihn mit sanftem Druck hinunter auf den

---

[1] Drückt mundartlich ein hohes Lob/ Respekt für eine Person aus.

Parkplatz und nötigt ihn, in einem Pflegefahrzeug der Seniorenoase Platz zu nehmen. Dann fahren beide nach Bad-König zu Olivers Wohnung, die im Obergeschoß des Autohauses ein luxuriöses, aber auch protziges Wohnerlebnis liefert. Andrei fährt nach den Anweisungen von Oliver zur Rückseite des Grundstücks, um ungesehen ins Haus zu gelangen, falls die Polizei schon vor dem Haus in Warteposition wäre. Sie betreten das Haus über die Kellertür zum Autohaus und gehen durch den Eingangsbereich zum Treppenhaus, das ins Obergeschoss zur Wohnung führt. Andrei geht langsam hinter Oliver die Treppe hoch, und als sie das Wohnzimmer betreten, bittet er Oliver, ihm das Bad zu zeigen.

Oliver geht vor und demonstriert voll Stolz die Luxusausführung der Sanitärinstallationen in Gold und Platin und mattem Titan. Das Badezimmer mit den Dimensionen einer Tanzfläche und einem mitten im Raum platzierten Whirlpool für wenigstens vier Personen entlockt Andrei einen anerkennenden Pfiff, aber das hält ihn nicht von seiner eigentlichen Aufgabe ab.

Während Oliver noch großspurig die Preise der vergoldeten Armaturen aufzählt, zieht Andrei sein Lieblingswerkzeug, die Makarov mit Schalldämpfer aus dem Holster. Er erstickt erbarmungslos und unbeeindruckt von seinen leichten Covid-19-Symptomen Olivers Redeschwall durch

einen aufgesetzten Schuss durch das rechte Ohr.
Die Pistole mit herausgeschliffener Seriennummer aus serbokroatischen Armeebeständen drückt er dem Toten in die rechte Hand und verreibt mit seinem Handrücken Schmauchspuren auf Olivers Arm.
Dann schneidet er dem Verräter das Ohrläppchen mitsamt dem goldgefassten Diamanten ab, der dem ‚Bratwa' Offizier dank seines hohen Ranges zusteht, zückt sein Smartphone und schickt das Foto des Toten an seinen Boss.
Und so bekam Oliver wenigstens nicht mehr mit, dass und wie auch sein zweiter Sohn als ein Opfer seiner eigenen Dummheit gestorben war. Und dass Mike Wiegand sein zweitbester Mann sterben musste, weil die 'Gesellschaft' alle Spuren auf ihn und sein Autohaus lenken wollte.
Das Licht im Bad lässt Andrei an, und er verlässt das Haus auf demselben Weg, wie er gekommen ist.
Wenn nichts dazwischen kommt, dann findet ihn frühestens am Montag die Putzfrau, die einmal pro Woche kommt und aufräumt.

Kapitel 36

Emma Hämmerle, *geboren als Emina am Sonntag, den 23.10.2003 in Frankfurt. Vater Hans alleinerziehend, Gutachter für Schadensmeldungen von Versicherungen. Ihre Mutter Alina starb an einer Überdosis Heroin am 16.10.2009. Emma lebte elf Jahre mit ihrem Vater in der Schweiz unter neuer Identität. Selbstverteidigungskurs in Jiu Jitsu bis zum blauen Gürtel, seit dem Umzug in den Odenwald im Juni besuchte sie das Gymnasium in Michelstadt, arbeitet als Ferienpraktikantin im Gesundheitsamt Michelstadt und gibt Nachhilfe. Sie ist auf einem komplizierten Selbstfindungstrip unterwegs.*

Michelstadt, Montag, 28.9.2020, 07:00

Willy rief Steffi schon in aller Früh an, dass er heute Morgen dringend und am besten sofort ihre Unterstützung bräuchte.

Atemlos aufgedreht kam sie ins Büro, in ihrem gewohnt farblich perfekt unorthodox abgestimmten Outfit, noch ungeschminkt und ihre Frisur durch den Wind, weil sie so früh aufstand, damit sie auf jeden Fall noch ihre Morgenschicht im Gesundheitsamt pünktlich antreten konnte. Dort stapelte sich die Arbeit mit der Rückverfolgung der Coronainfizierten.

Willy hatte gestern schon seinen Ex-Kollegen, Manfred Dingeldein gebeten, dass Hans das Fahrzeug aus dem See im Rahmen seiner Gutachtertätigkeit für die

Standard-Kfz-Versicherung begutachten und zur Schadensregulierung relevante Daten aus dem Bordcomputer und dem Navi auslesen durfte.
Als offizieller Ermittler für die Regionalbanken im Falle der Geldautomatenüberfälle war Willy natürlich auch an Erkenntnissen interessiert, ob es sich bei dem Fahrzeug tatsächlich um das Fluchtfahrzeug handelte. Willy wollte selber die Seriennummern, der im Handschuhfach des Transporters gefundenen Banknoten, mit seinem Auftraggeber über dessen zuständige Bankfiliale auf Übereinstimmung mit dem fehlenden Bargeldbestand des Geldautomaten überprüfen.
Hans gab Steffi den USB-Stick, auf den er die GPS-Daten heruntergeladen hatte, und gleich darauf saß eine voll konzentriert und mit Adrenalin bis unter die Haarspitzen aufgeladene Steffi vor dem Bildschirm am Hamplmaierschen Schreibtisch. Hochkonzentriert scrollte sie durch die gespeicherten Fahrtrouten. Da das Kennzeichen gefälscht und nicht vergeben war, würde es eine Zeit dauern, bis die Polizei den Halter ermitteln konnte. Hans war darauf angewiesen, dass die polizeilichen Ermittlungen zur Halterfeststellung führen würde, damit er bei der Schadensermittlung weiterkäme.
Die Zielkoordinaten der angefahrenen Positionen waren im Moment aber das wichtigste Suchkriterium, was die Zuordnung des Fahrzeuges als Einbruchsfahrzeug anbelangte. Es dauerte auch

nicht lange, bis Steffi herausfilterte, dass es eine eindeutige Ausgangsposition gab, von der aus die verschiedenen Ziele immer einzeln und direkt angefahren wurden, und zu der sie wieder zurückkehrten. Und ‚Bingo', zwei der Ziel-Adressen deckten sich mit Standorten von zwei der kürzlich ausgeraubten Geldautomaten. Zumindest dort war dieses Fahrzeug eingesetzt, und das war ja schon eine nicht unerhebliche Erkenntnis.
Vom Ausgangsort ließen sich ebenfalls die GPS-Koordinaten auslesen, die wiederum, in die ‚Standort-Finder. App' eingegeben, ein eindeutiges Ergebnis lieferten.
„Warum wundert mich das jetzt überhaupt nicht?", fragte Willy ironisch, als er den Autohof seines Stammtischbruders ‚Schrotti' alias Oliver Wolff auf dem Kartenbild der ‚Standort-Finder. App' aufpoppen sah.
Er probierte direkt seinen Stammtischbruder telefonisch zu erreichen, aber es meldete sich nur dessen automatischer Anrufbeantworter, und Willy hinterließ die Frage, ob er einen Transporter vermisse.
Danach rief er den KHK Manfred Dingeldein an, um herauszufinden, ob es nicht besser wäre, wenn er den Schrotti von Amts wegen nach einem vermissten Auto fragen sollte. Vielleicht hatte er den Verlust des Fahrzeuges ja noch gar nicht bemerkt, wenn der unter freiem Himmel in einer hinteren Ecke seines

Gebrauchtwagenparks abgestellt war?
Dingeldein wollte das umgehend im Laufe des Tages überprüfen lassen.
Während Steffi mit den Navi-Daten herumspielte, checkte ein Mitarbeiter von Manfred Dingeldein nicht nur Neuzulassungen, sondern auch die Abmeldungen von Fahrzeugen in der Erbacher Zulassungsdatei. Und siehe da, ein Verkäufer mit Darmstädter Kennzeichen hatte den aus dem Marbachstausee gefischten anthrazitgrauen Transporter an den ‚Schrotti' verkauft, und der hatte das Fahrzeug ordnungsgemäß in Bad-König im Februar 2020 abgemeldet.
Und damit sollte sich der Wagen seither unbewegt auf seinem Autohof befinden.
Hat er aber nicht, und Steffi klatschte in die Hände, weil sie wieder etwas entdeckt hatte, was sie ein bisschen weiterbringen würde. Obwohl das Fahrzeug seit Februar nicht angemeldet war, wurde es regelmäßig und meistens nachts bewegt, wie das Routenprotokoll des Navis ausspuckte.
Und noch etwas fiel Steffi bei der Prüfung der Navi-Bewegungsdaten des Fahrzeugs auf. Sie rief Hans und Willy zu sich, um ihnen zu zeigen, worauf sie gestoßen war.
„Stellt euch vor, am 28. August, als der Transporter den ersten der beiden identifizierten Zielorte mit Geldautomatenüberfall angefahren hatte, wurde das Fahrzeug am selben Tag am Vormittag nach Fürth

bewegt. Um 8:30 Uhr ist er in Fürth angekommen und um 11:30 Uhr fuhr er nicht unmittelbar zurück nach Bad-König, sondern er hat einen Zwischenstopp am Marbachstausee eingelegt. Was wollte er dort? Wann war doch gleich die Entführung von Mia?" Steffi ist wieder in ihrem Element und hellwach.

Willy schluckt und bestätigt die exakte Übereinstimmung von Datum, Uhrzeit und Ort der Entführung so wie Georg Jährling es ihm mitgeteilt hatte.

Willy musste unbedingt Georg dazu drängen, endlich Anzeige zu erstatten, denn jetzt hätten sie endlich Beweise, dass die zwei Typen, die sie tot aus dem See gefischt hatten, im Auftrag der Heimleitung die eigentlichen Entführer von Mia waren.

Georg zögerte und war noch immer uneins mit sich selbst, ob er den Weg zur Polizei einschlagen sollte, aber Willy ließ ihm so lange keine Ruhe, bis er zustimmte.

Willy rief Manfred Dingeldein nochmal an, um ihm auch diese Info durchzustecken und Mias Entführungsfall anzuzeigen, der auch in den Komplex der Ermittlungen gegen die Seniorenoase fiel.

Das ganze Team des Privatermittlers Willy Hamplmaier war in heller Aufregung, als sich aus den aktuellen Erkenntnissen aus dem Geldautomatenüberfall vom Wochenende und den zugegeben mageren Beweisen aus früheren Einbrüchen ein klareres Bild abzuzeichnen begann. Die Detailermittlungen lagen jetzt in den Händen der Polizei, und man wartete gespannt, wie Oliver Wolff die Situation des Fahrzeuges und vor allem das Vorhandensein der Leichen erklären würde.

Außerdem war da noch die Identität der beiden Toten aus dem Stausee zu klären. Die toten Körper waren von der Staatsanwaltschaft in Darmstadt zur Obduktion in die Rechtsmedizin nach Frankfurt geordert worden, aber es lagen noch keine Obduktionsergebnisse vor.

Die männlichen Leichen, deren Namen, Herkunft und Alter Unbekannte in der Gleichung waren, waren offiziell noch nicht zur Bestattung freigegeben worden, obwohl die beiden über ihre Fingerabdrücke kriminaltechnisch nicht vorbelastet waren. Auch hierzu würde man Oliver Wolff befragen, ob es sich tatsächlich um ein von seinem Autohof gestohlenes Fahrzeug und dessen Diebe handelte oder ob Oliver Wolff zu den Toten in irgendeiner Beziehung stand.

Kurz nach Mittag standen Willy und Hans dennoch vor Olivers Haustür und klingelten. Sie wollten das Ergebnis der Polizei nicht abwarten und sich mit ihm schnellstmöglich über das Fluchtfahrzeug vom Geldautomatenüberfall am Freitag letzter Woche unterhalten, das mitsamt dem Fahrer und Beifahrer aus dem Stausee gefischt worden war.

Da sich niemand meldete, und die Tür zur Wohnung nicht abgeschlossen war, traten die beiden Ermittler ein und riefen, „Hallo, ist hier jemand“.
Wieder blieb alles ruhig im Haus, wo sie dann im ersten Stock den Besitzer des Anwesens tot und mit Gesicht nach unten in einer mächtigen Blutlache auf dem Boden des Badezimmers vorfanden. Sie sahen das Einschussloch auf der rechten Kopfseite und die apfelgroße Austrittsöffnung links, die Pistole lag am Boden, und sie verständigten die Polizei. Willy sah sich in der Wohnung um, während sich Hans auf Oliver konzentrierte. Obwohl es ein Tatort war, drehte er den Toten aus der Seitenlage auf den Rücken und durchsuchte seine Taschen nach seinem Handy.
Er holte, ohne sich groß etwas dabei zu denken, Olivers Handy aus seiner Hemdtasche heraus, und versuchte es mit dessen Zeigefinger zu entsperren.
Es klappte, aber der Check der Mitteilungen ergab keine wesentlichen Erkenntnisse. Er fand nichts Aufregendes und steckte das Handy zurück in die Hemdtasche des Toten.
Er machte ein paar Fotos von der Leiche, der jetzt in Seitenlage die goldene Halskette samt Anhänger aus dem aufgeknöpften Hemd lugte, das um die Brust des etwas fülligen Oliver ziemlich spannte und klaffte. Der Anhänger war es vor allem, der sein Interesse weckte, weil er ihm bekannt vorkam.
„Mein Gott, das darf doch nicht wahr sein?“, er

beugte sich über den Toten und untersuchte den Anhänger. Die Kette war so lang, dass der Anhänger selbst bei aufgeknöpftem Hemd verdeckt war. Ansonsten hätte Hans ihn zumindest bei seinem Erstkontakt mit Schrotti, als er sein Cabrio gekauft hatte, schon bemerkt. Es war ein russisches Kreuz, und zwar nicht irgendein Kreuz, sondern exakt das von Alina. Sie hatte es trotz ihrer Vergangenheit in einer Art Hass-Liebe getragen, und der Mörder hatte ihr entrissen. Alina hatte es als Symbol der Befreiung von dem Tyrannen betrachtet. Vitali Klimachow hatte ihr so viel Grausamkeit und Schmerz zugefügt, obwohl sie ursprünglich seinetwegen von zu Hause ausgerissen war. Hans hätte es aus hunderten wiedererkannt, nicht zuletzt an der Gravur *‚navsegda moi'*.

Hans war blass, und starr hielt er das Kreuz in der Hand, das er Olivers Leiche einfach abnehmen wollte. Dann riss er sich zusammen, denn das war ja ein Tatort. Hans würgte, sprang auf und lief zur Toilette, wo er sich übergab. Urplötzlich war die Welt für ihn eine andere.

Er hatte endlich einen ersten Ansatzpunkt, wie Alina umgekommen und wer eventuell ihr Mörder war, und der Schmerz und Zorn wühlten ihn stärker auf, als er immer befürchtet hatte. Zwar besaß er immer noch keinen unmittelbaren Beweis für Olivers Schuld, aber die Indizienlage war zunehmend erdrückend.

Er rief sofort beim KHK Dingeldein an und informierte ihn zusätzlich über die Kette, die er um den Hals des toten Oliver Wolff gefunden hatte.
Hans gab an, dass es sich um Alinas verloren gegangenen Anhänger handelte, und er bat ihn, die DNA des von dem vermuteten Mörder seiner Frau zu bestimmen. Außerdem bat er darum, diese DNA mit der 2009 von seinen Ex-Kollegen genommenen Probe in seiner Wiesbadener Wohnung zu vergleichen. Dingeldein versprach, umgehend die notwendigen Anträge an die Staatsanwaltschaft zu stellen, damit die Rechtsmedizin in Frankfurt aktiv werden könnte.
Er meinte noch, sie sollten allmählich ein bisschen langsam machen, sonst würden sie die Rechtsmedizin allein auslasten. Er würde sofort mit den Kollegen der Polizei vorbeikommen, und Oliver Wolffs Wohnung und Büro auf den Kopf stellen.
Willy, der Hans beim Telefonieren zugehört hatte, biss sich auf die Lippen, denn jetzt wusste er auch, was ihm beim vorigen Stammtisch partout nicht einfallen wollte. Nämlich, dass Olivers Anhänger demjenigen zum Verwechseln ähnelte, den er auf dem Foto von Alina mit Emina auf dem Schoß um ihren Hals gesehen hatte.
Er konnte zwar mit dieser Erkenntnis damals nichts anfangen, aber er hätte Hans einen Tipp geben können.
Die Beamten erschienen, die Spurensicherung

arbeitete ihre Routine ab und die Kripo beantragte umgehend bei der für solche Fälle zuständigen Staatsanwaltschaft in Darmstadt eine Obduktion der Leiche durch die Rechtsmedizin in Frankfurt. Auch der Notarzt hatte mittlerweile seine Untersuchung abgeschlossen und ‚unklare Todesursache' angekreuzt und vor ‚Fremdverschulden' ein Fragezeichen gesetzt. Hauptkommissar Dingeldein ließ sich nochmals von Hans die Geschichte von Alinas Mord erzählen und nahm seine Aussage auf.

Man erreichte die Ehefrau, Bettina Wolff bei ihrer Mutter, wo sie seit dem Auszug aus der gemeinsamen Wohnung ihres fremdgehenden Gatten wohnte. Bei der Durchsicht der Büroräume des Autohändlers aus Bad-König fand die Polizei die Personalakten von Wolfgang Wolff und Mike Wiegand, die beide auf den Obduktionstischen der Rechtsmedizin in Frankfurt lagen. Frau Wolff beklagte nicht nur den Tod des untreuen Ehemannes, sondern auch den ihres zweitgeborenen Sohnes. Einen Polizeipsychologen lehnte die Frau kategorisch ab, die anstelle von Trauer eine gewisse Befreiung verspürte, weil sie seit langem überzeugt war, dass die Machenschaften ihrer Männer eines Tages böse enden würden.

Aus den Erkenntnissen der folgenden Untersuchungen schloss die Kripo Erbach korrekterweise, dass die Einbruchserie auf die verschiedenen Geldautomaten von Oliver Wolff

geplant und von den beiden Toten mit den Wagen des Autohändlers und gefälschten Kennzeichen ausgeführt wurde. Es handelte sich demnach nicht um Fahrzeuge, die von Wolffs Firmenparkplatz gestohlen wurden, sondern um gezielt eingesetzte Transporter für die Einbrüche mit folgender Flucht der Diebe. Eine Überprüfung aller Autos vor Ort auf Hinweise zu weiteren Fluchtfahrzeugen aus früheren Geldautomateneinbrüchen ergab jedoch keine Treffer mehr. Die fuhren vermutlich seit einiger Zeit und ungestört auf osteuropäischen Straßen, bei denen es nicht so sehr auf die EU Abgasnorm ankam.
Die beiden Toten waren überdies das fehlende Bindeglied zwischen der Entführung der Mia Jährling und der Seniorenoase ‚Jungbrunnen'. Deren Geschäfte zu untersuchen, war Gegenstand der Agenda der Arbeitsgruppe, welche auf Antrag der KHK'in Simon von der Staatsanwaltschaft Darmstadt in der Polizeidirektion Erbach eingerichtet worden war.

Kapitel 37

*Das Prinzip einer **Stiftung** ist einfach: Ein Stifter möchte sich langfristig für einen gemeinnützigen Zweck engagieren und bringt dazu sein Vermögen in eine Stiftung ein. Oft betätigen sich aber auch Organisationen als Stifter. Die Stiftung legt das ihr übertragene Vermögen sicher und gewinnbringend an. Eine Stiftung ist für die Ewigkeit gedacht und kann in der Regel nicht aufgelöst werden. Den Zweck einer Stiftung bestimmt der Stifter, in unserem Fall Gemeinnützigkeit durch den Betrieb von Alten- und Pflegeheimen. Die Rechtsform GmbH&CoKG ist eine beliebte Form der Nachfolgeregelung, insbesondere für Familienunternehmen steht aber auch internationalen Organisationen und ‚Familien' offen. Dieser Zweck ist fortan festgeschrieben und darf nicht wesentlich geändert werden. Gemeinnützige Stiftungen sind steuerbefreit.*

Michelstadt, Montag 28.9.2020, 14:00

Die Privatermittler waren wieder zurück im Hamplmaierschen Büro und wandten sich ihrem zweiten großen Fall zu, der Überprüfung der Seniorenoase Jungbrunnen.

Willy hatte die Seitenwand des Besprechungszimmers mit großformatigen Notizblättern voll gekleistert, und zum Pflegeheim alles, was sie über Personen, Ereignisse und Hintergrundinfo bisher zusammengetragen hatten, fein säuberlich dargestellt und mit Pfeilen verbunden.

Sie hatten die Stiftungsform, den Namen des Stifters, des Geschäftsführers und der Begünstigten, fasste Willy zusammen, wobei hier Hans direkt einhakte und zu einer längeren Erklärung ausholte und eine mittlere Bombe platzen ließ.
Im Wesentlichen lief es darauf hinaus, zu klären, ob es sich bei der Begünstigten der Stiftung, Alina Modschowa, die vom Hauptkommanditisten Vitali Klimachow vor Jahren eingetragen worden war, um dieselbe Frau handelte, die Hans am 1. September 2003 in kleinstem Kreis und nur mit ihrer Kronzeugen-Beauftragten als Trauzeugin geheiratet hatte. Und die identisch war mit der Frau, die am Sonntag, dem 23. Oktober 2003 in Frankfurt ihre Tochter Emma entbunden hatte.
Die Vermutung wurde zum einen durch die Namensgleichheit und zweitens durch die Nähe zu einer hinter der Stiftung vermuteten kriminellen Organisation genährt. Vitali Klimachow wäre demnach der große und unbekannte Anführer sowohl der Drogenbande, die sich ‚Bratwa' nannte, als auch der lokal in Hessen angesiedelten ‚Gesellschaft'. Ein Anführer, der lange Jahre unsichtbar war und die Fäden aus der Enklave Kaliningrad zog und nach wie vor in der Hand hielt.
Im Raum war es so still, dass man eine Stecknadel hätte fallen hören.
„Und es muss dieselbe Frau sein, deren Asche ich unter Ausschluss der Öffentlichkeit am 20. Oktober

2009 hier im Erbacher Ruheforst bestattet habe?“
Es war keine Frage, sondern eine Erklärung, die Hans mit einem traurigen Kopfnicken bestätigte.
Steffi, die sonst nicht auf den Mund gefallen war, sagte nichts und war fassungslos.
Als sie sich wieder halbwegs gefasst hatte, sagte sie nur, „ach du meine Güte, jetzt wundert mich nichts mehr. Mein Lieber”, sagte sie in Richtung Hans, „da hast du aber allerlei aufzuarbeiten. Meinst du nicht? Vor allem du mit Emma. Die steckt ja völlig im Dunklen.“
Hans nickte nur.
„Aber das ist noch nicht alles. Es gibt da sozusagen noch eine dunkle Kellerecke, die ich trotz meiner Nähe zu Alina und der paar Jahre, die wir miteinander verbrachten, nicht vollständig ausleuchten konnte. In ihrem russischen Reisepass war als Geburtsdatum der 17. April 1981 und als Geburtsort Faizābād in Afghanistan angegeben. Alles, was ich damals herausgefunden habe, war, dass es sich um einen Ort in Masar-i-Sharif handelt, aber ich konnte Alina nicht zu weiteren Angaben zu ihrer Herkunft oder Familie bewegen”.
Er machte eine Pause.
„Bis diese Entführung von Mias Tochter und Georgs Suche im Archiv des Darmstädter Echos eine Verbindung zwischen einem russischen Mafiaboss namens Vitali zu einem Landesfürsten und Kriegsherrn im Norden von Afghanistan nahelegte.

Die beiden hatten über den schwunghaften Drogenhandel eine enge Geschäftsbeziehung entwickelt. Und dieser Landesfürst suchte und sucht offensichtlich intensiv und ebenfalls verdeckt seine Tochter und seine Enkelin."
Die Worte von Georg hingen schwer im Raum.
Willy nickte zustimmen und war sicher, diese Verbindung bestätigen zu können. Die Annahme deckte sich mit Georgs Erinnerungen während seiner Zeit als Begleiter einer Bundeswehreinheit und Investigativjournalist zum Drogenhandel. Insbesondere die Aussagen dieses im Grunde westlich orientierten Landesfürsten war rückblickend von erheblicher Bedeutung, dessen Tochter mit einem russischen KGB Offizier durchgebrannt war. Eine junge Frau, der ihre konservative Heimat wie ein Gefängnis vorgekommen war.
Und der Vater dieser Tochter gab danach – wie sich aus den jüngsten Ereignissen offenbarte - nie auf, ihrer Spur zu folgen. Der Name des Landesfürsten lautete Hafizullah Modschadd, und Willy hatte ihn bereits auf den Notizblättern vermerkt und mit dem Stifter dieser ominösen Stiftung Jungbrunnen verknüpft.
Was fehlte, war ein Nachweis zur Annahme, dass Vitali Klimachow nicht nur Drogen schmuggelte, sondern vor allem als die Nummer 1 der ‚Bratwa' agierte. Und dass er der vielzitierte und in

Afghanistan stationierte KGB Offizier war, der seine Beziehungen zu dem Drogenhändler Modschadd ausgenützt hatte, und mit dessen Tochter, einer Aliyah Bin-Modschadd, nach St. Petersburg und später nach Kaliningrad an den Sitz seiner Mafia Organisation zog.

Hans rekapitulierte, dass der Name des russischen Mafia-Bosses während des ganzen Prozesses niemals erwähnt wurde. Alina war da eisern und hatte sichtbar zu viel Angst vor ihm, obwohl er unstrittig als Samenspender für Emma feststand.

„Sie hielt damals ihre beiden Familien aus dem Verfahren heraus, und ich habe nicht bemerkt, dass es sich nicht nur um ihre eigentliche Familie in Afghanistan, sondern auch um die *Mafia-Familie* in Russland handelte. Ich ging immer nur von einer russischen Seite aus. Klar ist jetzt, dass beide Familien sie mundtot machen wollten."

Er verschluckte den Zusatz, *und die sie töten wollte*, was einer Seite am Ende auch gelang!'

Und jedes Mal ging es um die verletzte Ehre eines aufgeplusterten Gockels mit dicken Eiern.

„Dabei ist das doch glasklar", fiel ihm Steffi ins Wort, „der gute Vitali hat da eine eindrucksvolle Leistung vollbracht, indem er das Mädchen Aliyah als sein Eigentum markierte, mit neuem Namen ausgestattet und komplett umgekrempelt hat. Mich würde es nicht wundern, wenn er die junge Frau damals bewusst geschwängert hätte."

Wieder waren diese blitzenden Augen zu Hans gewandt. „Es tut mir ehrlich leid, aber da hast du ein Kuckucksei im Nest. Oh mein Gott, die arme Emma.“ Sie stockte.
„Wieso überhaupt Emma, das ist ja weder russisch noch afghanisch. Das verstehe ich gleich gar nicht?“, murrte Steffi, als sie merkte, was ihr da so über die Lippen kam.
„Das ist schnell erklärt, wir haben alle neue Identitäten bekommen, an diesem 16. Oktober 2009, und unsere Pässe waren auf die Familie Hämmerle ausgestellt, mit Emma anstelle ihres Taufnamens Emina und Alina wollte künftig als Drittnamen Elsbeth gerufen werden. Aber noch bevor sie den Namen tragen konnte, wurde ihr eine Überdosis Heroin gespritzt und nach den Druckspuren an ihrem Hals wurde sie zudem erdrosselt. Ich weiß bis heute nicht, wer ihr Mörder ist, wobei ich mich auch wegen einer Suche bewusst zurückgehalten habe, um den Mörder nicht auf unsere und vor allem Eminas Spur zu bringen. Ich habe offiziell noch nicht einmal ihren Tod gemeldet, sondern die Polizei nur gebeten eine Vergewaltigung und eine schwere Körperverletzung zu untersuchen. Ich hatte zu viel Angst vor einem Datenleck.“
Hans machte eine Pause.
„Oliver Wolffs Halskette samt Kreuz ist der erste Hinweis, wer der wahre Mörder sein könnte. Und dass Emma nicht meine leibliche Tochter ist, das

wusste ich natürlich, aber ich konnte es Emma einfach nicht sagen. Wenn Alina nicht gestorben wäre, hätte ich es ihr nie gesagt. Das tut mir rückblickend leid, aber jetzt muss sie die Wahrheit erfahren.“

Er machte wieder eine Pause. Keiner unterbrach ihn mit einer weiteren Zwischenfrage.

Hans schnaufte tief und setzte seine Zusammenfassung fort.

„Es sieht so aus, als ob sich allmählich als Tatsache herausschält, dass diese russische Drogenmafia über dieses Stiftungsmodell mit unserer Seniorenoase eine legale Geschäftsbasis aufgebaut hat. Wir haben uns gewundert, warum diese Bande derart brutal wegen eines simplen Zeitungsartikels vorgeht, aber vermutlich hängen da einige Umsatzmillionen an schmutzigem Drogengeld mit drinnen.“

Er fuhr fort, dass als i-Tüpfelchen jetzt diese Presseerklärung dazugekommen sei, welche die Heimleitung mit der anwesenden Prüfungsmannschaft der Heimaufsichtsbehörde veranstaltet hat, und die alle bisher bekannten Fakten des Versicherungsbetruges ins Gegenteil verkehrt hat.

Während Hans sprach, klingelte das Telefon und Willy nahm ab. Es war KHK Dingeldein, der Hans über den Stand der Uraltermittlung zu seiner Anzeige aus dem Jahr 2009 gegen ‚unbekannt‘ wegen der Vergewaltigung und versuchten Tötung

von Alina informierte.
Dingeldein hatte nach Akteneinsicht über die Frankfurter Dienststelle herausgefunden, dass die Kripo Frankfurt, die Untersuchung ergebnislos zwei Jahre später einstellen musste.
Man hatte damals das Fluchtauto, das Hans Hämmerle detailliert mit Kennzeichen beschrieben hatte, zufällig bei einem Autohändler in Bad-König gefunden. Und wie sich jetzt herausstellte, handelte es sich damals schon um Willys Stammtischbruder Oliver Wolff. Identifiziert wurde der Transporter aber nicht aufgrund des Kennzeichens, das offensichtlich gefälscht war, sondern weil ein Käufer des Wagens ein ziemlich verstecktes Einschussloch im Armaturenbrett unterhalb der Lenksäule fand, und dies der Polizei gemeldet hatte. Die vermuteten Spuren, welche Hans damals angegeben hatte, waren zwar nicht entdeckt worden, aber die Kugel stammte einwandfrei aus der Dienstwaffe des damaligen Personenschützers Hans Hamplmaier, der als Hans Hämmerle in den Zeugenschutz gegangen war.
Der Fahrersitz des Transporters war ebenso unbeschädigt vorgefunden worden wie das Heckfenster, und wies trotz akkurater Untersuchung keine Blutspuren auf. Die durchlöcherten Bauteile hatte der Autohändler vermutlich vor dem Verkauf ausgetauscht. Man kam keinen Schritt weiter, die Ermittlungen verliefen im Sand und Oliver Wolff wurde seinerzeit weder verdächtigt noch

einvernommen. Er konnte anhand der Kfz-Papiere nachweisen, dass er das Auto sechs Monate nach Alinas Tod gekauft hatte, aber der Verkäufer war nicht mehr ausfindig zu machen. Und dass er das Auto instand setzte, bevor er es weiterverkaufte, konnte man ihm nicht vorwerfen. Dann wurde der Fall an die Cold-Case-Abteilung abgegeben. Bezüglich der DNA-Feststellung von Oliver Wolff müsste sich Hans noch ein paar Tage gedulden, bis die Laborauswertung durchgelaufen wäre.

Hans nickte und war froh, dass sich wieder ein Puzzlestein ins Bild fügte. Mit der zunehmenden Zahl an Beweisen und Indizien konnten sie die Hauptakteure allmählich einkreisen, wobei Hans sehr wohl wusste, dass damit seine und seiner Familie Gefährdungslage steil nach oben ging.

„Leute, es gibt viel zu tun, und ich weiß auch, dass ich euch noch eine Menge Antworten schuldig bin. Ich werde sie alle beantworten. Gebt mir nur ein bisschen Zeit dazu."

Steffi atmete hörbar ein und aus, zählte im Geist und still bis zehn, wie sie es als Kind gemacht hat, um sich zu beruhigen, und gewann allmählich wieder Grund unter ihren Füssen, „okay, das bist du uns auch schuldig. Was mich anbelangt, werde ich dich beim Wort nehmen!", blitzte sie ihn an, immer noch mit einem hohen Adrenalinspiegel, aber auch mit leichtem Mitleid, denn das Geständnis von eben war ihm sicher nicht leicht gefallen.

Dann wandten sie sich wieder der Notizwand zu.
„Wir müssen beweisen, dass Vitali Klimachow ein russischer Mafiaboss des Drogenhandels ist, und seine familiären Beziehungen ermitteln. Außerdem sind seine Komplizen zu eruieren, denn auch im Drogenprozess blieben viele Namen verborgen, nicht zuletzt, weil die Staatsanwaltschaft eine Rolle spielte, die wir nicht vergessen sollten. Der Tod des damaligen Oberstaatsanwalts, der angeblich in einem erweiterten Suizid sich und seine Frau erschossen hat, könnte sich durchaus zum Versicherungsfall entwickeln. Wenn wir den Sohn des toten Staatsanwaltes befragen könnten, wären wir einen Schritt weiter. Und das schließt die Frage ein, welche Rolle das leitende Personal im Heim in der kriminellen Organisation spielt, die wir hinter der Stiftung vermuten."
Willy dachte laut nach, „vielleicht packt doch das eine oder andere Mitglied dieser ‚feinen' Gesellschaft aus, wenn der Druck zu groß wird. Wie schätzt ihr denn diese Nastasia ein? Die hat sich in der Organisation hochgeschlafen, und Alina war eine Konkurrentin für sie?", Willy mit seinem untrüglichen Instinkt für Beziehungskriminalität zeigte eine Spur auf, die Hans ins Grübeln brachte.
„Könnte es nicht sein, dass sie in Alinas Tod verwickelt war? Irgendwer muss diesen Oliver doch auf Alina gehetzt haben? Und Vitali Klimachow, war das bestimmt nicht. Warum hätte Oliver von sich aus

agieren sollen, das macht ja gar keinen Sinn?“
„Das ist kein schlechter Ansatz“, meint Hans nachdenklich, „die Frage ist, wer ist das schwächste Glied in deren Kette. Habt ihr eine Idee, wie man diese Nastasia etwas durchleuchten könnte?“
„Wir können ja über diese Maria Bitsch versuchen, an Nastasias Personalakte heranzukommen. Die ist zwar sicher frisiert, aber eventuell gibt es ja nützliche Hinweise?“, ergänzte Willy den Gedanken.
Steffi meldete sich und sagte, dass sie die Personalakte zwar in der Hand hatte, aber ungeprüft zurückgelegt hatte. Immerhin existierte eine Akte und sie würde sich sofort mit Frau Bitsch kurzschließen. Dann ergänzte sie, dass als zusätzliche Straftatbestände noch Prostitution insbesondere mit Minderjährigen oder überhaupt Menschenhandel dazu kämen. Sie erzählte, was sie bei der Inspektion der Seniorenoase mit einer vermuteten Prostituierten namens Katra Romanescu erlebt und in ihrem Inspektionsbericht dokumentiert hatte.
Willy war die ganze Zeit still und jetzt schlug er seinem Team etwas Abenteuerliches vor.
„Was haltet ihr davon, wenn ich mich im Seniorenheim für einen Heimplatz anmelde. Ich spiele den dementen Trottel und dann schauen wir einmal, wie regelgerecht das Ganze abläuft, und nehmen gleichzeitig das ganze Heim und die Heimleitung unter die Lupe.“

Hans nickte langsam und grinste.
„Klingt passabel alter Herr, da musst du dich ja nicht einmal anstrengen”, hatte er seinen frechen Humor wiedergefunden und sein Erzeuger war stolz auf seinen Vorschlag.
Sie steckten die Köpfe zusammen und planten, wie sie Willy im Heim anzumelden gedachten, der ausgestattet mit einer leichten Demenz mindestens einer Begleitperson bedurfte. Eine erhebliche Gehbehinderung würde einen Rollstuhleinsatz erforderlich machen, so dass sogar zwei Begleiter kein unüblicher Aufwand wären.
Dann konnten sie sich vor Ort aufteilen, neben der Beobachtung des Einstufungsprozesses auch die handelnden Personen genauer unter die Lupe nehmen und gleichzeitig ein paar Bewohner und Angestellte befragen.
Willy spielte damit auf ein Thema an, das vor einiger Zeit bei der Stammtischrunde für Furore gesorgt hatte.
„Wie wäre es, wenn ich dieses Gerücht vom Stammtisch aufgreifen würde, und einen Hausbesuch einer jungen ‚Spezialbehandlung‘ bei mir zu Hause buchen würde?“
„Chef, das geht mir zu weit”, stöhnte Steffi und verdrehte die Augen, „nicht genug, das sich die alten Zausel im Heim unsittlich verwöhnen lassen, jetzt muss ich mir das hier auch anhören.“
Willy lachte gutmütig, „also den alten Zausel habe

ich überhört. Ich will doch nur mit dem Mädel reden, falls das mit der Terminvergabe überhaupt klappt. Die sucht doch eine Möglichkeit, aus dem Heim zurück nach Rumänien zu flüchten, wenn wir Georgs Tochter richtig verstanden haben?"
„Na gut Chef, aber lass dich bloß nicht verführen, wenn die kleine Schlampe tiefer in das Geschäft verwickelt ist, als sie uns weismachen möchte."
„Wolltet ihr nicht demnächst eure Inspektion in der Oase wiederholen?", unterbrach Hans das Geplänkel der beiden.
„Sicher", sagte Steffi, „nächste Woche werden wir, aber dann unangemeldet aufschlagen und nach dem Rechten sehen. Und einschüchtern lasse ich mich garantiert nicht."
„Das glaube ich", lachte Hans, „je länger ich darüber nachdenke, umso mehr komme ich von der Überlegung einer gemeinsamen Aktion ab. Wir sollten die Anmeldung von Willy von eurer Inspektion trennen, aber dafür begleite ich euch bei der Aktion vom Gesundheitsamt als dein 'Bodyguard', der Laden ist mir zu gefährlich für junge Damen."
„Was treibt dein Freund Dingeldein in diesem Zusammenhang? Planen die nicht demnächst sogar eine Hausdurchsuchung? Ich dachte, ich hätte so etwas Läuten gehört?", fragte Hans den Willy.
„Muss ich ihn fragen", meint der „ich habe das nur andeutungsweise mitbekommen".

Steffi ging sofort daran, alle Dokumente aus dem Internet herunterzuladen, um für einen leicht dementen Willy Hamplmaier in der Seniorenoase einen Antrag auf Unterbringung zu stellen.

Kapitel 38

Margareta Simon, *geboren 25.3.1975 in Darmstadt, KHK'in im Polizeipräsidium Südhessen, Darmstadt. Ledig, Abteilung K 10 zuständig für Gewaltdelikte, teamfähig und durchsetzungsstark, hat sich intern durch ihre Analysestärke und ausgeklügelte und erfolgreiche Vernehmungstaktik bewährt.*

Darmstadt, Montag, 28.9.2020, 15:00 Uhr

Maria Bitsch hatte am Samstagnachmittag psychisch und physisch schwer angeschlagen ihre Wohnung erreicht und sofort ihre Mutter angerufen und gebeten, sich übers Wochenende um die kleine Julia zu kümmern. Sie fieberte leicht mit Anfällen von Schüttelfrost und legte sich geradewegs ins Bett, um durchzuschlafen. Ihre Schlafphasen wurden nur von kurzen Gängen zur Toilette unterbrochen, und wenn sie etwas zu trinken brauchte.

Am Sonntag war es nicht viel besser, und schreckliche Alpträume jagten Maria Angst ein, in denen sie wehrlos und wie gelähmt ihren Vergewaltigern ausgeliefert war. Schweißausbrüche weckten sie nicht nur einmal auf. Sie duschte mehrmals und versuchte vergeblich und kraftlos, die traumatischen Geschehnisse aus dem Kopf zu verbannen.

Es klappte nicht.

Heue morgen ging es ihr zwar etwas besser, aber keine Idee davon ins Büro zu gehen. Sie rief bei

ihrem Hausarzt an, der sie in Pandemiezeiten telefonisch für den Rest der Woche krankschrieb. Er wollte wissen, ob sie Covid-19-Symptome hätte, und als sie verneinte und eine Sommergrippe beschrieb, schickte er die AU-Bescheinigung online, und sie leitete die pdf. Datei an ihren Chef weiter.
Maria lag seither mit offenen Augen auf der Couch, ein Glas mit lauwarmem Tee war auf dem Boden neben der Couch abgestellt. Von Zeit zu Zeit nippte sie daran in der Hoffnung, den Hustenreiz zu unterbinden, der etwas stärker geworden war.
Sie blätterte das aktuelle Heft der Modezeitschrift ‚Birgit' durch, überflog lustlos die Rezeptrubrik und von Zeit zu Zeit fielen ihr die Augen zu. Sie atmete etwas schwerer als üblich, und so ganz allmählich ließ sich ihr Krankheitsbild nicht mehr als Covid-19-Symptom ignorieren. Sie nahm die Finger zu Hilfe als sie ihre Kontakte der letzten Woche überprüfte und der Besuch bei Martin Silbermann blieb als die einzige denkbare Infektionsmöglichkeit bestehen.
Sie suchte in ihrem iPhone seine Telefonnummer heraus, aber auf ihren Anruf meldete sich nur sein Anrufbeantworter. Und obwohl sie in der nächsten Stunde mehrmals hintereinander probierte durchzukommen, hörte sie nur seinen langatmigen Hinweis nach dem Piep eine Nachricht zu hinterlassen.
Sie stand auf und ging in die Küche, um eine frische

Tasse Kamillentee aufzubrühen, dann probierte sie es bei Martin Köberl.
Im Gegensatz zu Martin Silbermann nahm ihr Chef nach dem zweiten Mal Klingeln ab. Er informierte sie mit besorgtem Unterton in der Stimme, dass Kollege Silbermann vorige Woche auf die Intensivstation der Uniklinik in Darmstadt eingeliefert und seither künstlich beatmet wurde. Er hinterfragte sogleich ihre AU-Bescheinigung, und sie schwankte zwischen Scham und Vorsicht als sie ihn mit dem unverfänglichen Hinweis auf eine Sommergrippe beruhigte, ständig bemüht nicht trocken ins Telefon zu husten.
Maria hatte die Nachricht von der Covid-19-Erkrankung ihres Kollegen mächtig erschreckt, und in der Tat sah es so aus, als ob Martin Silbermann in der Infektionskette derjenige war, der sie mit dem Virus angesteckt hatte. Sie beschloss, in die Klinik zu fahren und sich untersuchen zu lassen, trotz der körperlichen Schmerzen als Folge der stundenlangen Vergewaltigung und des unstillbaren Wunsches sich irgendwo zu verkriechen. Sich verstecken würde das Geschehene und die Krankheit nicht ungeschehen machen.
Der Taxifahrer klingelte eine halbe Stunde später an der Tür, gerade als sie mit ihrer Mutter sprach, und diese über ihre Vermutung einer Infektion informierte. Sie bat sie, sich den Rest der Woche, um

Julia zu kümmern. Karsten konnte sie nicht informieren, denn sie telefonierten nur einmal die Woche, das heißt an seinem freien Tag. Und damit würde sie ihn erst am Freitag, dem ‚Sonntag' im Nahen Osten, für ein Skypegespräch erreichen. Wenn er jobbedingt auf der Bohrinsel seinen freien Tag hätte.
Maria hatte ihre Siebensachen in einer Reisetasche zusammengepackt, falls der Aufenthalt in der Klinik über eine ambulante Routineuntersuchung hinausgehen sollte. Sie stieg mit Mund-/Nasenschutz geschützt hinten ein, um den Fahrer nicht auch noch zu gefährden. Von dem Verdacht erzählte sie ihm nichts, sonst würde er sie vielleicht wieder aussteigen lassen anstatt sie in die Klinik zu fahren.
Ein Dr. Celin empfing sie im Isolierbereich der Covid-19-Station, prüfte ihren Allgemeinzustand und nahm einen Abstrich aus dem hinteren Rachenbereich, den das Labor bis morgen früh auswerten würde. Aufgrund ihrer Symptome sollte sie wenigstens die Nacht hier verbringen, und dann wandte sich der Internist ihren anderen Verletzungen zu, die Maria nicht länger vor ihm verheimlichen konnte.
Er musste sie nicht lange fragen und überreden, um auch von ihrem Genitalbereich und rektal einen Abstrich zu machen. Dass es sich bei Maria um Verletzungen infolge einer schweren Vergewaltigung und massiver Gewalteinwirkung an den Armen, im

Brustbereich und den Schenkeln handelte, sah ein Blinder mit Krückstock.
Der Arzt, der bei der Untersuchung eine Kollegin hinzugezogen hatte, riet Maria dringend die Polizei einzuschalten, ansonsten wäre das bei einem Gewaltverbrechen seine Pflicht.
Maria steckte in einem schrecklichen Dilemma, und die Drohung der drei maskierten Vergewaltiger gegenüber ihrer Tochter sowie das Wissen um den Videoclip erschwerten ihr die Entscheidung. Sie fand es besser, dass der Arzt aktiv wurde. Dann brauchte sie sich keine Vorwürfe zu machen, aber es fiel ihr nicht wirklich leicht, den jungen Arzt und seine Kollegin um Hilfe zu bitten.
Es dauerte keine zwei Stunden, bis eine freundliche und resolute KHK'in vom Polizeipräsidium Darmstadt bei ihr am Bett saß, und sie behutsam zu den Einzelheiten der Vergewaltigung am letzten Freitag befragte.
Die KHK'in hieß Margareta Simon, trug wie sie einen Mundschutz und war kaum zu verstehen, weil sie so leise auf Maria einredete, um sie zu beruhigen. Da Maria die Gewalttäter nicht erkannt hatte, konnte sie nur den Ablauf der Ereignisse beschreiben und den Verdacht äußern, dass das Ganze von der Heimleitung ausgelöst oder direkt ausgeübt wurde.
Damit war Margareta Simon darauf angewiesen, das Ergebnis der Kontrollabstriche abzuwarten. Der einzige Hinweis, den Maria liefern konnte, war ein

Tattoo in Form eines achtzackigen Sterns, den sie am Hals unter dem rechten Ohr bei einem ihrer Peiniger sah.
Margareta Simon ließ sich das Tattoo von Maria Bitsch aufzeichnen und nahm die Zeichnung zur Prüfung mit.
Bis zu diesem Zeitpunkt im Gespräch mit der KHK'in unterschlug Maria Bitsch unbewusst, dass die drei Wüstlinge den ‚armen' Tobias ‚zwangen', sich an der Gruppenvergewaltigung zu beteiligen. Vermutlich kämpfte ihr Unterbewusstsein ums Überleben und blendete aus, was ihm nicht in den Kram passte. Inwieweit Tobias in die Vergewaltigung eingeweiht war und wieso er gegen ihren Willen Sex mit ihr hatte, blieb ungeklärt. Sie gestand sich ein, dass ihr ‚nein', nicht eindeutig genug war, so wie sie es sich nachträglich gewünscht hätte.
Als Margareta Simon nach dem möglichen Motiv der Vergewaltigung fragte, denn aus den Begleitumständen war ihr sofort klar, dass das eindeutig mehr war als eine spontane Aktion sexueller Gewalttäter, zögerte Maria Bitsch wieder. Die Bedrohungen insbesondere ihrer Tochter und durch den Videoclip fielen ihr wieder ein, und dass mit ihrer Erklärung alles offengelegt und öffentlich breit getrampelt wird. Sie befand sich mitschuldig, wie es vielen Frauen in einer ähnlichen Situation geht, weil sie schamerfüllt glaubte, die ganze Aktion

wenigstens teilweise provoziert zu haben.
Frau Simon wartete geduldig, weil sie sah, wie es in Maria arbeitete.
Und dann brach alles aus Maria Bitsch heraus.
Die Summe an einzelnen Vergehen einer Unsumme an Pflegebetrugsfällen, die sie mit Tobias Klein akribisch erfasst und auf ihrem Laptop dokumentiert hatte. Den katastrophalen Abschlussbericht ihres Audits, dessen Veröffentlichung die Heimleitung mit aller Gewalt verhindern wollte. Einschließlich dieses lächerlichen Schauspiels einer Pressekonferenz, an der die Heimleitung ihre Ergebnisse ins Gegenteil verkehrte, und die höchsten Qualitätsstandards der Pflege in der Seniorenoase hervorhob. Sie erwähnte die Bestechungsversuche der Heimleitung und stockte erneut. Sie wollte unter keinen Umständen verschweigen, dass ihr Vorgänger Martin Silbermann definitiv von der Heimleitung bestochen wurde, um dem Heim gute Noten zu attestieren. Sie gab an, dass sie Martin Silbermann verdächtigte, sie mit Covid-19 infiziert zu haben.
Dass ihr mitreisender Kollege, Tobias Klein, in die Bestechung des Gutachters damals involviert und vor Jahren ihr junger Liebhaber war, hielt sie ebenfalls zurück.
Als sie fertig war, holte sie tief Luft. Die Zweifel darüber, ob sie das Richtige getan hat, sind ihr anzusehen.
Margareta Simon schloss ihren Besuch mit den

Worten, dass sie direkt nach ihrer Rückkehr ins Büro vom zuständigen Staatsanwalt die Freigabe zu einer Reihenuntersuchung und die Entnahme von Vergleichsabstrichen des männlichen Personals der Seniorenoase beantragen würde. Sie benötigte dafür nur das Ergebnis der DNA-Untersuchung. Sie erwartete keine Probleme, aber es würde ein paar Tage dauern, bis der Staatsanwalt die Maßnahmen abnicken würde. Sie hoffte, dass Maria dann schon wieder auf den Beinen und fit genug wäre, um bei den geplanten Gegenüberstellungen vor Ort mithelfen zu können.
Sie bat Maria Bitsch noch darum, ihr den Laptop mit dem Abschlussbericht und den einzelnen Untersuchungsergebnissen als Basis für die Ermittlung durch die Kripo zu übergeben, und sie versprach ihr, auf sie aufzupassen.
Maria lehnte einen zusätzlichen Personenschutz ab und bedankte sich bei Margareta Simon für ihre Unterstützung.
Wieder zurück in ihrem Büro schloss sich Margareta Simon mit dem Kollegen in Erbach kurz. Nach einer kurzen Abstimmung mit ihm beantragte sie bei dem zuständigen Staatsanwalt in Darmstadt wegen der Komplexität des Falles und des umfangreichen Straftatspektrums in Verbindung mit der Seniorenoase Jungbrunnen in Marbach die Einrichtung einer Arbeitsgruppe. Die AG ‚Oase' sollte die Ermittlung der einzelnen Fälle unter der

Leitung der Kollegen in der Polizeidirektion in Erbach bündeln.
Maria, alleingelassen im Krankenhaus, lag noch lange wach und überlegte, wann und wie sie ihre Familie am besten über ihre Situation informieren sollte.
Am nächsten Morgen bestätigte die Klinik, dass sie Covid-19 positiv war. Wegen minimaler Symptome wurde sie in häusliche Pflegequarantäne entlassen.

Kapitel 39

Koran, Sure 4 (an nisa / die Frauen), Vers 34, *„Männer sind die Versorger [qawwâmûn] der Frauen, weil Gott die einen vor den anderen ausgezeichnet hat, und weil sie von ihrem Vermögen hingeben. Rechtschaffene Frauen sind demütig ergeben [qânitât] und geben acht auf das, was verborgen ist, weil Gott darauf acht gibt. Und jene Frauen, von denen ihr Widerspenstigkeit befürchtet, tadelt sie, verbannt sie in ihre Betten und schlagt sie [adribûhunna]! Und wenn sie euch gehorchen, benehmt euch ihnen gegenüber keinesfalls schlecht. Gott ist erhaben und groß.“*

Michelstadt, Dienstag, 29.9.2020, 17:00 Uhr

Seit dem Ende der Sommerferien stand jeden zweiten Dienstagnachmittag Nachhilfe auf Emmas Kalender.

Als Emma das neue Asylantenheim in der Hauptstraße gegenüber der kommunalen Sportanlage in Erbach betrat, musste sie wie immer ihre Gesichtsmaske anlegen, bevor sie im Gemeinschaftsraum ihre drei Nachhilfeschüler traf. Die drei waren als allein reisende Minderjährige in Erbach angekommen und bewohnen zu dritt eine WG im Asylanten Wohnheim. Die Jungs besuchten die Hauptschule am Sportpark, und sie half ihnen nicht nur beim Erlernen der deutschen Sprache. Auch in Mathe und Geschichte haben Ali, der Schiit ist, Reza vom Stamm der Hazara und Ameer, der

Paschtune, ordentliche Defizite und freuten sich jedes Mal, wenn Emma auftauchte.
„Na, was macht meine multikulti Truppe", begrüßte sie die Drei, die nach Herkunft und Religion drei wesentliche Gruppierungen der afghanischen Nation darstellen.
„Alles klar, Lehrerin", riefen sie unisono.
Sie waren anfangs auffallend zurückhaltend, um nicht zu sagen schwierig, als sie erfuhren, sie würden Nachhilfe von einem Mädchen bekommen, das noch dazu westlich gekleidet war. Das fühlte sich anfangs wie ein Tiefschlag für ihr männliches Selbstwertgefühl an, welches Mädchen automatisch als minderwertig einstufte. Aber Emma machte mit den Vorurteilen der Jungs kurzen Prozess und übernahm von Anfang an die Anführer-Rolle. Sie kam unkompliziert daher, war von Natur aus reifer und bestimmender als die drei und mit ihren Jeans und neuerdings kurz geschnittenen Haaren passte sie ohnehin nicht in ihr ererbtes Mädchenbild. Und intellektuell steckte sie die Burschen allemal ein.
Es dauerte nicht lange, und sie machten Selfies mit ihr und prahlten mit ihrer klugen Lehrerin. Emma freute sich mit ihnen, wenn sie ihr stolz ihre Schularbeiten mit guten Noten zeigten.
Zu ihrer Überraschung nahm diesmal ein eher traditionell afghanisch gekleideter junger Mann am Nachhilfeunterricht teil, der trotz seines jungenhaften Aussehens und eher zierlichen Figur

und seinen dichten krausen, nachtschwarzen Locken über einem sympathischen schmalen Gesicht geschätzt Mitte dreißig war. Das war der erste Eindruck, der sich Emma aufdrängte, als sie das Zimmer betrat. So breitbeinig wie der Typ auf seinem Stuhl lümmelte und so arrogant wie er die Mundwinkel bei ihrem Erscheinen verzog, war er ihr spontan unsympathisch mit seinem Machogehabe. Das war bestimm kein Nachhilfeschüler.
Er hob lässig die Hand zu einer angedeuteten Begrüßung. „Wie heißt du mein Freund", fragte Emma ungerührt, und er stellte sich als Dawoud vor.

„Dawoud, und wie weiter", fragte sie schnippisch, und er antwortet, verblüfft über ihre Frechheit, „ich bin ein Tarbur[1] aus dem Clan der Modschadd Zai."
„Ich heiße Emma", antwortete sie, „Emma Hämmerle. Und was willst du hier, Dawoud vom Clan der Modschadd. Wenn du nicht am Unterricht teilnehmen möchtest, dann du hast dich in der Tür geirrt. Du störst hier."
Die drei von der multikulti Truppe standen seltsam verschüchtert in der Ecke, und der junge Mann namens Dawoud erhob sich mit dunklem Gesicht.
„Pass auf, was du sagst. Du hast wohl vergessen, woher du kommst. Du verletzt meinen Glauben, meine Ehre und die eines jeden afghanischen Mannes, und bist eine Schande für dein Land, so wie

---
1 *bedeutet so viel wie Cousin.*

du dich gibst, anziehst und redest“, Dawoud sprach flüssig Deutsch, jedenfalls flüssiger als Emma Paschto, und er fragte Emma, indem er sich unangenehm nah vor aufbaute, direkt nach ihrer Herkunft.
„Ich glaube, du spinnst Dawoud, geh ganz schnell einen großen Schritt zurück, und verzieh dich aus meiner Komfortzone.“
Sie funkelte ihn an, „was geht dich meine Herkunft an und mich deine verletzte Ehre?“
„E-h-r-e“, sie dehnte das Wort absichtlich „wenn ich das schon höre von einem arroganten Macho, wie du einer zu sein scheinst.“
Pause. Er lachte verächtlich und musterte sie von Kopf bis Fuß.
„Deine Ehre, die kannst du dir sonst wohin stecken, wenn du mich nicht respektierst“, gab Emma, die nur knapp kleiner ist als der Mann, der wenigstens um zwanzig Jahre älter ist als sie, kühl zurück. Sie erwidert fest seinen Blick und weicht keinen Schritt zurück, obwohl sie ein mulmiges Gefühl beschleicht. Fast sah es so aus, als wollte er zuschlagen, aber er beherrschte sich im letzten Moment. Emma dachte an den lebenskundlichen Unterricht in der Schweiz, und sie weiß, dass ein Mann die widerspenstige Frau ins Gesicht schlagen darf, und nahm unbewusst eine Verteidigungshaltung ein.
„Hör gut zu, ich sage das nur einmal, du kleine Bitch“, zischte er.

„Na typisch. Verzieh dich besser, bevor du mir den Tag verdirbst“, Emma versuchte, seine Gedanken zu lesen, und was sie aus seinem Gesicht ablas, das gefiel ihr ganz und gar nicht.
„Du bist eine Frau, und ich darf dich sogar schlagen, wenn du widerspenstig bist“, outete sich Dawoud als Koranschüler, und er forderte sie auf, unterwürfig zu sein und ihm gegenüber Demut zu zeigen.
„Du hörst mir jetzt einmal zu, du Frauenschläger. Nimm zur Kenntnis, wenn du mir nicht denselben Respekt entgegenbringst, wie du es bei deinem Vater oder deinem Onkel tust, werde ich dir keine Sekunde mehr zuhören. Ohne gegenseitigen Respekt und Gleichbehandlung werde ich mit dir genauso umgehen wie du mit mir. Nenne mich nie mehr eine Bitch, sonst bist du für mich nichts anderes als ein aufgeblasener Wichser, der nichts gelernt hat, außer dumme Sprüche nachzubeten, die er nicht verstanden hat“, reflektierte Emma ihren Lebenskundeunterricht.
Dawoud schaltete einen Moment lang mit zusammengebissenen Zähnen einen Gang zurück und sagte, sein Onkel hätte ihn beauftragt nach Familienmitgliedern zu suchen, die aus Afghanistan geflohen waren, und dank des Allmächtigen wäre er endlich fündig geworden.
Das mit dem Onkel stimmte so nicht ganz, denn er wagte nicht offen, seinen Vater zu zitieren und sich als Bruder der gesuchten Frau zu outen, die vor

vielen Jahren aus Afghanistan geflohen war. Der direkte Auslöser für seinen Versuch Emma kennenzulernen, war ein Selfie, das er von seinem über fünf Ecken verwandten Cousin Ameer aus Emmas multikulti Truppe erhielt. Ameer hatte es in seinem persönlichen Netzwerk stolz wie Oskar geteilt. Das Selfie poppte auf Dawouds Handy hoch, als er sich vorbereitete, um einen Rücktransport der Bundeswehr nach Deutschland zu begleiten. Dass er sich gerade jetzt in Deutschland aufhielt, verdankte er Georg Jährling, der ihm versprochen hatte, ihn bei seinem Asylantrag als Leumund eines ihm persönlich bekannten Dolmetschers zu unterstützen.
Was ihre Herkunft anbelangte, so war das tatsächlich ein weißer Fleck auf ihrer inneren Landkarte. Emma wusste zwar, dass ihre Mama, die sie so früh verloren hatte, afghanische Wurzeln hatte, denn von ihr stammten ja ihre Sprachkenntnisse, aber das war auch schon alles, was sie wusste. Ihr Papa hatte, nachdem ihre Mama so plötzlich aus ihrem Leben verschwand, sich weniger über ihre Abstammung ausgelassen, sondern nur betont, wie sehr ihre Mama sie geliebt hatte.
Sie würde sich eher die Zunge abbeißen, als zuzugeben, dass ihre Vergangenheit arg im Dunkeln lag. Dieses Unwissen war ihr, bisher noch nie so unangenehm aufgefallen wie eben jetzt, als der arrogante Macho sie danach fragte.
Dawoud sah sie lange und überlegen grinsend an, als

ob er sie schon lange kennen würde. Mit dem überheblichen Unterton, mit dem ein afghanischer Mann mit einer devoten Frau spricht, insistierte er, „vielleicht weiß ich ja mehr als du?“
„Du bist verrückt, du kennst mich ja gar nicht”, wies sie ihn zurecht. Aber er lachte nur unfreundlich und holte sein Smartphone heraus. Er zeigte ihr eines der Selfies, die Ameer von ihr gemacht hatte, und auf dem sie zugegebenermaßen super getroffen war.
Mit blitzenden Augen fuhr sie Ameer sofort an, wie er dazu käme, ihr Foto herumzuschicken, ohne sie zu fragen. Ameer zuckte schuldbewusst mit den Schultern und stammelte etwas von Familie und Ehre, der er folgen müsste.
Dawoud kam einen Schritt näher, „wenn du dich nicht sofort normal verhältst, und nicht wie eine westliche Schlampe, dann werde ich dich so behandeln, wie es der Balg einer Hure verdient. Es liegt an dir, zu beweisen, dass du kein Schandfleck für meine Familie bist“, herrschte er sie an.
Emma war sprachlos über den Ausbruch.
„Schau mal, kommt dir das bekannt vor?“, fragte er und zeigt ihr zwei weitere Fotos, „ auf dem hier war Aliyah, meine Cousine, so alt wie du jetzt bist, und das hier ist nach Ansicht meines Onkels ein Foto, das dich mit Aliyah, deiner Mutter, zeigt. Siehst du die Ähnlichkeit?“
Emma war platt. Sie war nicht leicht zu erschrecken, aber die Sache wurde allmählich unheimlich, und sie

kam sich allein und hilflos vor.
Sie studierte das erste Bild aufmerksam, das ein trotzig blickendes junges Mädchen zeigte, gekleidet wie eine Milizionärin mit offenem Haar einer Pakholmütze anstelle des üblichen Kopftuches und eine Kalaschnikow lässig über die Schulter geworfen. Sie wurde blass und suchte nach Worten, denn die Ähnlichkeit war zu frappierend, als dass sie es ignorieren konnte.
Auf dem anderen Foto war die Ähnlichkeit genauso prägnant, aber noch schlimmer war, dass sie dieses Bild kannte. Es war exakt das Foto, das sie, ihre Mama und ihren Papa zeigte, und das sie zum ersten Mal vor einigen Wochen auf Opas Schreibtisch entdeckt hatte.
„Wie kommst du zu diesem Foto?“, fragte sie fast ängstlich und meinte das Papa-Mama-Tochter-Bild.
Dawoud zuckte nur die Schultern und log, „das hat mir mein Onkel mitgegeben, aber ich habe keine Ahnung, wo er es her hat.“
Aber Emma erkannte die Lüge sofort, bekam Angst und fröstelte.
„Schick mir die Fotos, ich muss mir die in Ruhe anschauen“, sie bat ihn nicht, sondern sie fuhr in regelrecht an. Dawoud tippte auf seinem Handy herum, und Alina schoss ein Foto von ihm, während er auf das Display starrte. Dumm war Emma sicher nicht.
„Und wenn das der Frauentypus deiner Heimat ist,

der dort tausendfach vorkommt, dann ist Ähnlichkeit ja nicht zwingend ein Beweis?“, zog sie seine Schlussfolgerung in Zweifel.
„Du weißt anscheinend wirklich nicht, woher du abstammst, stimmt's?“, bohrte Dawoud nach und meinte, „wenn du es wüsstest und mit deiner Abstammung vertraut wärst, dann könntest du meine Behauptung klar widerlegen, oder nicht?“
Emma wurde blass, und Dawoud fuhr fort, während sie noch nach Worten sucht,
„Also nochmals, ich bin auf der Suche nach der Tochter meiner Cousine und du siehst genauso aus wie Aliyah. Sie ist vor mehr als fünfzehn Jahren von zu Hause ausgerissen, hat mit einem russischen Gangster herumgehurt und die Ehre des kompletten Clans tödlich verletzt. Sie wurde sogar schwanger und ist seither verschwunden, wie vom Erdboden verschluckt. Und mit diesem Bild hier und dem Selfie, habe ich eine Spur zu dir gefunden. Du solltest wissen, dass du auch von der Schande betroffen bist, die sie über unsere Familie gebracht hat. Du bist und bleibst ein Schandfleck für meine Familie und nur deine Buße und Reue können dich reinwaschen. Damit die Familie dich wieder aufnimmt.“
Emma explodierte jetzt. „Du verdammter Kerl“, schrie sie und unterdrückte mit Macht einen Kraftausdruck, den ihr Papa zu benutzen verboten hatte, „du verschwindest jetzt sofort aus diesem

Raum, oder ich rufe den Sicherheitsdienst. Und wehe, wenn du mir noch einmal zu nahe kommst, mit deinen dämlichen Drohungen“, weiter kommt sie nicht.

Dawouds verletztes Ehrgefühl hat einen emotionalen Sturm in seinem Kopf ausgelöst, und er musste diese schamlose Bitch zum Schweigen bringen. Er hat sie am Hals gepackt und drückte zu.

Emma hat schon früh mit Jiu Jitsu Selbstverteidigung begonnen, was Dawoud leider nicht wusste, und sie hat es bis zum blauen Gürtel geschafft. Nach einem Moment des Schreckens verdrehte sie Dawoud blitzartig den kleinen Finger bis es knackt, eine kurze Drehung, ein Schwung und er lag auf dem Boden.

„Beim nächsten Mal stoße ich dir meine Finger in die Augen. Und jetzt verschwindest du besser.“

Dawoud stand auf, spreizte seine kleinen Finger seltsam ab und hielt ihr das Handy unter die Nase.

„Mein Onkel weiß auch, wer dein Erzeuger ist”, erklärte er.

„Letzte Warnung“, sagte sie „du haust jetzt ab, oder ich rufe echt den Sicherheitsdienst.“

Dawoud verschwand mit schmerzlich verzogenem Gesicht, und die drei von der multikulti Truppe drückten sich hinter ihm zur Tür raus. Heute fiel der Nachhilfeunterricht aus, und Emma lief aufgeregt nach Hause, wo sie nur Steffi vorfand. Ihr Papa war in Darmstadt und würde erst spät zurückkommen.

Kapitel 40

Alina alias Aliyah Modschadd (†), *geboren am Freitag, den 18.4.1981 in Faizābād, zwei jüngere Brüder Dawoud und Omid, verheiratet mit Hans Hamplmaier. Tochter Emina geboren am 23.10.2003. Abgebrochene Kampfausbildung bei der Miliz der Volksmudschaheddin in Baglan, Vater Kriegsherr in Masar-i-Sharif, Afghanistan. Seit 2000 Trainee in der ‚Bratwa' unter dem Anführer Vitali Klimachow, Kronzeugin im Prozess gegen die Mafiabande von 2004 bis 2009, getötet am 16.10.2009 in Wiesbaden unmittelbar bevor sie ihre neue Identität in eine neue Zukunft geführt hätte.*

Erbach, Dienstag, 29.9.2020, 19:00 Uhr

Steffi wunderte sich über Emmas Erregung, als diese völlig aufgelöst und den Tränen nahe zur Tür hereinstürmt, und es dauerte keine Minute, bis Emma sie mit den Fragen löchert, die ihr auf der Seele lagen.

Oh je, dachte Steffi, jetzt wird es ernst. „Du meine Güte Emma, ich verstehe deine Aufregung, aber ich kann dir leider nicht weiterhelfen, denn dein lieber Papa hat mich verlassen, bevor du geboren wurdest."

Jetzt war Emma wieder platt.

„Ihr hattet mehr miteinander, als du mir bisher erzählt hast", schimpfte sie halbherzig.

„Ja schon", gab Steffi zu, die ihr wahres Verhältnis zu Emmas Papa in der Vor-Alina-Zeit bisher immer ziemlich heruntergespielt hat, um sich nicht zu sehr

in die Karten ihrer Gefühlswelt schauen zu lassen.
„Aber erstens bin ich mit mir und deinem Papa immer noch nicht im Reinen über unsere Zukunft, und außerdem gab es wirklich keine Gelegenheit dazu.“ Das stimmte zwar nicht, aber eine bessere Ausrede fiel Steffi nicht ein.
Sie aßen schweigend zu Abend, und Emma half wie immer beim Abwasch. Dann sagte sie Steffi gute Nacht und ging ins Schlafzimmer von Hans, denn sie war fest entschlossen, auf ihn zu warten und zur Rede zu stellen.
Als Hans das Schlafzimmer betrat, nachdem Steffi ihn vorgewarnt hatte darüber, was Emma heute widerfahren war, schlief sie längst und wälzte sich schwer träumend von einer Seite zur anderen.
„Was ist denn los mit meiner kleinen Maus”, fragte Hans und rüttelte sie sanft an der Schulter.
Sie fuhr hoch und starrte ihn mit großen Augen überrascht an. Sie brauchte einen Moment, bis sie wach war.
„Papa, du musst mir bitte einiges erklären“, sagt sie ernsthaft und lässt ihn die Fotos von Dawoud studieren, während das heute Erlebte nur so aus ihr heraussprudelt.
Hans sieht sich die Bilder in Ruhe aber innerlich aufgewühlt an, denn er erkennt Alina sofort auf zwei der drei Fotos, wobei es vor allem das Vater-Mutter-Tochter Bild ist, das ihn emotional aufpeitscht. Es ist das Foto, das in der Mordnacht

von seinem Nachttisch verschwunden ist, und das nur der Täter mitgenommen haben kann. Und von dem ein weiterer Abzug in Willys Schreibtischschublade gelandet war, der jetzt seinen Schreibtisch schmückte. Aber wie kam das Foto in die Hände dieses afghanischen jungen Mannes? Er war von Anfang an felsenfest davon überzeugt, dass es ein Killer der 'Gesellschaft' war, der den Auftragsmord begangen hatte. Nur wozu wäre der an dem Foto interessiert gewesen? Die fehlende Antwort auf diese Frage war immer schon eine Schwachstelle seiner Theorie, in der das passende Puzzlestück fehlte.
Aufseufzend gab er Emma das Smartphone zurück und atmete tief durch.
Was dann folgte, war ein langes Gespräch zwischen Vater und Tochter, von dem Hans wusste, dass es überfällig war, und er schämte sich, dass er solange ein Schutzargument vorgeschoben und lieber geschwiegen hatte, als sie aufzuklären.
Und so erzählte er Emma seine, Alinas und ihre Geschichte, um ihren Fragen zuvorzukommen, die sie Dawoud nicht beantworten konnte. Es war eine Geschichte, die er nach und nach von Alina erfahren hatte, denn auch sie zog es vor, zu schweigen, wenn es um Details und Namen und verantwortliche Personen in ihrer Vergangenheit ging. Das meiste erfuhr er erst kurz vor dem Prozessende, als sie sich auf ihre neue Zukunft vorbereiteten, und sie

glücklich genug war und sich ausreichend sicher fühlte, um ihre Vergangenheit abschütteln zu können.

Das war ihr zuvor endlos schwergefallen, denn die Angst saß ständig auf ihrer Bettkante.

Er erzählte Emma, dass Aliyah, wie sie ursprünglich hieß, in der afghanischen Provinz geboren wurde. Ihre Kindheit musste sie unter der strengen Erziehung, besser gesagt Unterdrückung, in einer extrem konservativen Familie verbringen.

Sie lernte Anfang der neunziger Jahre als junges Mädchen erstmalig einen russischen Geschäftspartner ihres Vaters kennen. Ein oder zweimal pro Jahr tauchte er auf und blieb für ein paar Wochen, um seine Geschäfte als Drogenschmuggler mit ihrem Vater zu verhandeln. Zu Zeiten des Taliban Regimes war diese Art von Geschäften eine lebensgefährliche Angelegenheit. Als sie in die Pubertät kam, begann sie ihn mit anderen Augen zu betrachten. Er verhielt sich so ganz anders, als sämtliche Männer in ihrer Familie und außerhalb des väterlichen Haushaltes. Sie fühlte sein Interesse an ihr, wobei ihn der Altersunterschied nicht zu stören schien, und ihr war sein Respekt wichtiger als sein Alter. Sein kaum verborgenes Interesse an ihr war schon ziemlich grenzwertig noch dazu im Hause seines afghanischen Gastfreundes. Jedenfalls beeindruckte er Aliyah als ‚Vaterfigur‘ mit einer ernsthaften Art, groß und

schlank gebaut mit athletischem Körper, der mit eindrucksvollen Tattoos übersät war, die sie einmal erspäht hatte, als er sein verschwitztes T-Shirt wechselte. Er glaubte an nichts außer sich selbst und erstaunte sie mit seinem Wissen über die Welt jenseits der Grenze. Und weil er ihr, der Neugierigen, immer freundlich zulächelte, fühlte sie sich erkannt, obwohl sie in dieser Zeit kaum mehr als einige Worte wechselten.
Als Mädchen durfte sie nicht einmal im selben Raum wie er sitzen, wenn er zu ihrem Vater wegen seiner Drogengeschäfte kam, aber sie durfte vollverschleiert den Tee servieren und lauschte vom Flur aus dem Gespräch der Männer. Er übte eine seltene Faszination auf sie aus und sie, die sich so sehr nach Freiheit sehnte, träumte von ihm und sah in ihm ihren Fluchthelfer. In dieser Zeit hatte sie ihr Vater gerade in die Miliz der Volksmudschaheddin gesteckt, um den Willen der widerspenstigen Tochter zu brechen. Dass sie dem ‚Ungläubigen' zufällig das Leben rettete, weil sie von einem Taliban Hinterhalt bei einem seiner damals anlaufenden Drogentransporte über die Sowjetunion erfuhr und ihn davor warnte, nötigte ihm Hochachtung ab. Er versprach ihr seine uneingeschränkte Hilfe, wann immer sie welche brauchte.
Dabei war er keineswegs der freundliche Womanizer, für den sie ihn in ihren Träumen hielt. Das stellte sich erst nach und nach heraus, und es

dauerte auch nicht lange, bis sie es selbst merkte, kurz nachdem sie bei Nacht und Nebel St. Petersburg erreicht hatte und bei ihm eingezogen war. Sie war ohne nachzudenken im Alter von achtzehn Jahren mit ihm durchgebrannt und hatte bedenkenlos alle Zelte hinter sich abgebrochen, weil sie endlich dem islamisch-konservativen Druck ihrer Heimat und ihres strengen Vaters entfliehen wollte. Zu ihrem Vater hatte sie in den Jahren nach ihrer Flucht jeden Kontakt eingestellt, denn sie war sich des Ärgers mit ihrer Familie wegen ihrer Verletzung der Familienehre nur zu bewusst. Mehr hatte ihm Aliyah über ihre afghanische Familie und deren Mitglieder nicht erzählt.

Emmas Papa hatte das respektiert und nicht nachgefragt.

Der Ex-KGB Offizier, der im Nebenberuf als Anführer einer ‚Bratwa' agierte, und der damals kurzzeitig nach Karl-Marx-Stadt verlegt wurde, begann, ohne sie groß zu fragen, Aliyah in die Rolle einer Mafiabraut zu drängen. Für ihre Rolle als Frau kam sie damit vom patriarchalisch und streng islamisch geprägten afghanischen Regen in die Traufe der russischen Männermachowelt, die ihren Freiheitswillen diesmal durch die strikten Regeln der ‚Bratwa' und das tyrannische Verhalten ihres Geliebten einschnürten.

Ihr neuer ‚Boss' hatte absolut nichts mit Religion gemein, und so wurde sie wenigstens von der

Zwangsjacke des konservativen Islam befreit. Dafür betrachtete er sie als sein persönliches Eigentum, an dem sich niemand vergreifen durfte. Aufgrund ihrer mentalen Stärke, ihrer Schönheit und trotz oder wegen ihrer angeborenen Widerspenstigkeit dauerte es nicht lange, bis der Boss sie in den Rang einer Lieblingsfrau erhob. Dass Aliyah sich in ihrer Freizeit superschnell die Basiskenntnisse der Computertechnik aneignete, ließ er deshalb zu, weil ihm ihre Kenntnisse bei der Kontrolle seines Vermögens halfen. Unabhängig davon sollte sie gehorsam sein, sich ihrem Besitzer absolut unterordnen und selbstverständlich die russische Sprache lernen. Sie wurde voll und ganz russifiziert einschließlich ihres Namens, den er im Rahmen der Einbürgerung in Alina Modschowa geändert hatte. Aber ihr Status blieb unverändert, sie war keine Ehefrau, sondern nur die Geliebte.

Aliyah oder später Alina war aus Erfahrung klug genug, um sich so weit anzupassen, dass sie seinem Druck standhielt, der darin bestand psychische und manchmal auch körperliche Gewalt auf sie auszuüben. Sie versucht, durch Passivität zu erreichen, dass seine Unterwerfungsmethoden nicht zu sehr schmerzten. Ihre Stärke forderte ihn umso mehr heraus, seinen Machtanspruch auszuleben, je länger sie sich mit ihm auf eine Art Kampf um das letzte Wort einließ.

Sie musste das kriminelle Gewerbe von Grund auf

lernen, und er jagte sie sogar durch gefährliche Einsätze, um ihre Belastbarkeit zu prüfen. Alina ging es damals nicht gut. Sie kam an die Grenzen ihrer Kraft und suchte eine Gelegenheit für eine Auszeit.

In dieser Zeit dachte sie zum zweiten Mal an Flucht. Gleichzeitig sollte sie hingebungsvoll seinen ständigen Sexhunger im Bett stillen. Nach seinen Beteuerungen wären es perfekte Voraussetzungen, falls sie ihn wirklich mit einem Erben beglücken würde, das würde ihre Zukunft als Kandidatin zu seiner Nachfolge absichern. Mit fünfundzwanzig Jahren war sie jung genug, um seine Enkelin zu sein. Den Offiziersrang in der ‚Bratwa' schenkte er ihr zum selben Geburtstag.

Hans hatte jetzt einen kritischen Punkt in seinem Gespräch mit Emma erreicht und wollte ihr möglichst schonend erklären, dass er nicht ihr biologischer Vater war. Er zögerte, und je länger er zögerte, umso mehr merkte er, wie schwierig es war, darüber zu reden.

Er fuhr fort, indem er von Alinas Verhaftung in Klein-Auheim im Frühjahr 2003 berichtete, und wie während ihres Krankenhausaufenthaltes die Idee Gestalt annahm, die er ihr damals über die Chancen einer Kronzeugenregelung vorsichtig eingeimpft hatte. Sie akzeptierte seinen Vorschlag, sich aus dem Zugriff ihres Liebhaber-Bosses zu befreien. Dass sie sich damit auch dem Einfluss ihres patriarchalischen

Vaters und dessen archaischer Familienehre entziehen wollte, ahnte er damals nicht. Sie kannte einige nicht unbedeutende Köpfe der lokalen Organisation und signalisierte ihre Bereitschaft, wichtige organisatorische Details offenzulegen. Wenn sie über ein Zeugenschutzprogramm die Chance hätte, im Westen als Frau respektiert zu werden und endlich ein neues Leben anzufangen.
Und dieses Leben sollte an seiner Seite stattfinden. Hans hatte sich blind in sie verliebt, seine bestehende Beziehung mit Steffi ohne groß nachzudenken über Bord geworfen, und Alina erwiderte seine Gefühle, erst zögerlich und irgendwann gab sie ihm zu erkennen, dass er sie erobert hatte.
Voll und ganz.
Und er war so stolz und verliebt nicht nur in Alina, sondern auch in ihre Tochter, die sie Emina tauften. Als er sich überwand und Emma erzählte, dass er sich als ihr leiblicher Vater fühlte und sich immer fühlen würde, brach sie in Tränen aus. Er betonte, dass er immer für sie da sein würde.
Emma schluckte mehrmals schwer beim Zuhören dieser langen Lebensgeschichte und vor allem, als sie ihren Papa das erste Mal über den Abbruch seiner Liebesbeziehung zu Steffi und über ihren biologischen Vater in Russland sprechen hörte. Sie schwankte zwischen Verständnis und Zweifel an seiner Ehrlichkeit und Treue, weil er, ohne groß

nachzudenken, seine Verlobung mit seiner Sandkastenliebe Steffi platzen ließ.
Emma sah ihn durch tränenverschleierte Augen verstört und gleichzeitig mitfühlend an. Sie verstand ihre Mama. Ihr Papa war damals wie jetzt ein ansehnlicher, sportlich durchtrainierter Mann mit gut geschnittenem Gesicht ständigem Drei-Tage-Bart und vollem dunklem Haar, der mit seiner schlaksigen fast tollpatschigen Art, ein mitleidiges Frauenherz im Sturm erobern konnte. Er war einer, der Freude verbreiten und einen mitreißen konnte mit seinem Optimismus und seinem Charme. Sie bezweifelte allerdings, dass er damit allein Alina so weit brachte, ernsthaft eine Kronzeugenregelung zu bedenken und schließlich anzunehmen. Ihre Mama hatte bestimmt mehr im Sinn mit dieser zweiten Flucht in ihrem Leben.
Für Hans war es in diesem Moment des Eingeständnisses am schrecklichsten, ihr vom gewaltsamen Tod ihrer Mama erzählen zu müssen, den zu vermeiden er so gekämpft hatte. Er blieb sehr kurz in der Beschreibung ihres Todes, denn er wollte ihr all die grauenhaften Details, von dem ‚goldenen Schuss', den ihr irgendwer gesetzt hatte, bis zur nachfolgenden Vergewaltigung und dem Erwürgen durch einen oder zwei unabhängige Täter ersparen.
Er erzählte ihr nicht davon, dass er das Handy von Alina mitgenommen hatte, an dem beide Täter entweder nicht interessiert waren. Oder es nicht

fanden, weil es zum Zeitpunkt der Tat auf Flugmodus stand und nicht zum Auffinden angewählt werden konnte.
Er hatte in der Anrufliste damals die zwei eingehenden und zahllosen ausgehenden Telefonanrufe von und zu einem afghanischen Mobiltelefon entdeckt. Nur konnte er damit nichts anfangen, und eine Recherche bei der Polizei zum Zeitpunkt der Flucht wäre gar nicht möglich gewesen.
Jetzt, als es ihm wieder einfiel, notierte er den Gedanken. Er musste mit Georg checken, ob es eine bekannte und eventuell noch gültige Nummer war, die dann Georg wegen seiner Sprachkenntnisse anzapfen könnte.
Die Tatsache, dass Alinas Grab im Erbacher Ruheforst grad mal ein paar Kilometer entfernt war, sparte er sich in seinem Bericht an Emma ebenfalls für die nächste Gesprächsrunde auf. Für ihn war sie seine Tochter, aber mit all diesen Neuigkeiten, war Emma sichtlich überfordert, und er gab ihr die Zeit, die sie zum Verdauen brauchte. Sie würde in den kommenden Tagen und Wochen noch viel mehr Fragen haben, die nicht weniger Emotionen auslösen würden als dieses erste Klärungsgespräch.
Was er sich noch für die nächste Gesprächsrunde aufsparte, betraf diesen plötzlich hereingeschneiten Cousin von Emma, diesen Dawoud, der ihm irgendwie bekannt vorkam, ohne das er wusste

woher. Er sagte zu Emma nur, dass er sich den jungen Mann gerne genauer anschauen wollte.
Er küsste sie auf die Stirn und hörte sie noch lange schluchzen, obwohl er ihr immer wieder versichert hatte, dass alles gut würde. Schließlich sei sie doch ein Sonntagskind, aber aktuell war Emma nicht nach Märchen zumute.
Am nächsten Morgen, saß eine in sich gekehrte Emma am Frühstückstisch und eine Steffi, die im selben Maß wie Emma erschüttert war über das, was Hans an lange zurückliegenden Ereignissen vom Staub der Vergangenheit befreit hatte.
„Papa, ist es schlimm, wenn ich wieder mit meinem richtigen Vornamen gerufen werden will? Für mich ist es wichtig, dass ich endlich zu mir und meinen Wurzeln finde. Ich möchte kein Etikett tragen, das nicht zu mir gehört. Ich finde, Emina passt gut zu mir, aber meinen oder besser gesagt deinen Namen will ich behalten, weil Du ja mein Papa bist", sie drückte sich an ihn, und er freute sich, dass sie weder zum Mädchennamen ihrer Mama ‚Modschadd' noch zum ursprünglichen Namen ihres Papas, der bekanntermaßen ‚Hamplmaier' lautete, zurückkehren wollte. Der war doch zu bieder, und Hans hatte für sich ebenfalls beschlossen, bei dem Namen seiner neuen Identität zu bleiben. Ihre Bitte klang nach einem guten Kompromiss die Vergangenheit und Gegenwart miteinander auszusöhnen.

Der Vergleich mit dem falschen Etikett hat Hans ordentlich ins Grübeln gebracht, und er gestand sich ein, dass auch er zu lange Jahre mit einem unechten Aufkleber gelebt hatte. Er akzeptierte, dass es wichtig war, authentisch und ehrlich zu sich und seiner Umgebung zu sein.

Hans war klar, dass er kurzfristig und aufrichtig Steffis Fragenkatalog abarbeiten musste, und dass er die Schatten der Vergangenheit, die ihn so plötzlich eingeholt hatten, entfernen musste, damit sie in der Klärung ihrer Fälle weiterkamen. Denn die waren definitiv enger miteinander verknüpft, als es anfangs schien.

Auf dem Weg ins Büro kreisten seine Gedanken um das, was sie bisher gemeinsam in mühsamer Puzzlearbeit herausgefunden hatten, sowie um seine Pläne, Licht in das verbleibende Dunkel zu bringen. Er wollte endlich wieder ein normales und offenes Leben führen und nicht ständig auf der Jagd und Flucht zugleich sein.

Kapitel 41

> ***Quarantäne,*** *wenn der Schnell- oder Selbsttest ein positives Ergebnis zeigt, muss man sich sofort in Quarantäne begeben. Das regelt die Corona-Test- und Quarantäneverordnung. Folgen muss dann ein PCR-Test, der das Ergebnis noch einmal überprüft. Die Quarantäne gilt erst dann als aufgehoben, wenn das negative PCR-Testergebnis der Nachtestung das Gesundheitsamt erreichte.*

Groß-Umstadt, Mittwoch, 30.9.2020, 12:00 Uhr

Steffi war nach der Erkenntnis, um wen es sich bei dem Geschäftsführer der Stiftung *Jungbrunnen* namens Frank Koch in Wahrheit handelt, wild entschlossen, den Herzbuben Frank aufzusuchen. Seine unverhohlenen Drohungen ihr gegenüber wegen ihres Gutachtens zur Seniorenoase mussten aufgeklärt werden. Auch wenn das ein mehrfaches Risiko für sie darstellte, wollte sie nicht nur herausfinden, woran sie war, sondern ihn gleichzeitig auch von unüberlegten Aktionen abhalten.

Dass ihr, während der gesamten letzten Woche, zwei unangenehme Typen auf Schritt und Tritt im Auto oder zu Fuß wie ihr eigener Schatten gefolgt waren, hatte Steffi sehr wohl gemerkt. Auch dass die beiden vor ihrem Haus am Westring in Erbach in aller Früh auf der Lauer lagen, war insbesondere ihrem Hund Django nicht entgangen. Morgens durfte Django immer ohne Leine laufen. Er steuerte gezielt den

geparkten Wagen an, in dem die beiden unauffällig die Umgebung observierten. Sie musste innerlich lachen, als er gegen das rechte Hinterrad pinkelte und dort seine Duftmarke setzte.
Mike und Wolfgang bildeten sich sonst was ein auf ihre professionelle Beschattungstechnik, die so kläglich an Steffis und Djangos Aufmerksamkeit scheiterte. Wer fuhr schon mit einem Auto der Seniorenoase hinter zwei jungen Damen her? Die beiden folgten Steffi und Emina so ausdauernd und *unauffällig*, sodass Steffi anfangs dachte, das wären schüchterne Burschen, die sich nicht trauten, sie oder Emina oder beide anzusprechen. Aber als sie im Gesundheitsamt ihre Unterlagen von der letzten Inspektion des Heims checkte und die beiden Autoinsassen als Mitarbeiter des Wachschutzes der Seniorenoase identifizierte, gingen alle Alarmlampen bei Steffi an.
Sie verfolgte die Aktion der beiden mit sorgenvoller Miene.
Sie konnte sich das Ganze nur so erklären, dass es Leute gab, die einen günstigen Moment herausfinden wollten, um entweder Emina oder ihr etwas anzutun. Die Schlägerei von Georg Jährling und die Entführung seiner Tochter als Folge von Georgs Kritik am Pflegeheim waren ihr in lebhafter Erinnerung geblieben, genauso wie Maxim Mutsonow es bei der Videokonferenz mit seinem Boss vorhersah. Was Maxim nicht vorhersah, war

eine Steffi, die den Kopf nicht in den Sand stecken würde, sondern sich wehren wollte. Und da es ausgerechnet ihr ‚Herzbube' war, der sie als erster im Zusammenhang mit dem Heim bedrohte, und der Druck auf sie seither laufend zunahm und jetzt in einer Observierung gipfelte, wollte sie Klartext mit ihm reden.
Sie hatte den Besuch spontan beschlossen, so wie es ihre Art war. Sie hatte bewusst Hans und Willy nichts davon erzählt, weil sie wusste, die beiden würden sie davon abhalten. Frank schien in der Tat ein unberechenbares Scheusal zu sein, wenn ihre Recherche Ergebnisse stimmen, aber sie hoffte, dass der Zeitpunkt günstig für sie wäre. Denn als sie ihn anrief, versuchte er sie abzuwimmeln. Er würde sich im Moment nicht wohlfühlen, und das deutete Steffi als Schwäche seinerseits, die sie auszunutzen gedachte.
„Vielleicht hat er s 'Corona und schwächelt", murmelte sie.
Etwas aufgeregt war sie schon, als sie jetzt vor seiner Tür stand und klingelte, ein Fläschchen mit KO-Tropfen und ihren Pfefferspray hatte sie vorsorglich in der Handtasche eingepackt. Es dauerte fast eine Viertelstunde, bis ein Frank Koch im Jogginganzug geschlurft kommt und die Haustür öffnet. Er hat leicht gerötete Augen, untypisch dicke Tränensäcke hängen unter seinen Augen, und er macht einen nicht mehr ganz nüchternen Eindruck

auf sie.
„Also, das finde ich ja toll, dass zur Abwechslung du es bist, der hier Hilfe braucht. Hast du dich selbst in Quarantäne begeben?“, eröffnet sie forsch das Gespräch, während Frank in die Armbeuge hustete.
Frank schüttelte den Kopf, aber resolut und willensstark wie Steffi nun mal ist, verschaffte sie sich Zutritt und schaute sich in seiner Luxusvilla erschrocken um, weil es ziemlich vermüllt aussah. Frank verzog sein Gesicht zu einem Grinsen, das entschuldigend wirken sollte. Der athletische Mann mit dem vollen dunklen Haar und sauber rasiertem Kinnbart sah normalerweise straff und deutlich jünger aus, als er war, aber heute machte er einen ziemlich wackeligen Eindruck. Er war nur ein Schatten seiner selbst, und der Schatten verbreitete eine Wodkafahne im Raum.
Sie bot ihm an, frischen Tee zu kochen. Er lehnte dankend ab, weil er meinte, die desinfizierende Wirkung von Wodka sei besser, und er schenkte ihr auch unaufgefordert einen Restschluck aus der Flasche ein, die er wohl allein geleert hatte. Steffi nippte vorsichtig, indem sie ihren Mundschutz herunterzog und überlegte, ob sie Handschuhe anziehen sollte.
„Wie geht es dir? Du siehst ja leicht mitgenommen aus, hast du dich mit ein paar deiner liebeshungrigen Tussis verausgabt“, spottete sie, ohne zu ahnen, wie nah sie der Wahrheit kam, denn seine Amtshandlung

im Dienste des Seniorenheims war erst ein paar Tage her.
„Halt die Klappe, du nervst“, maulte der Herzbube, diesmal wenig einfühlsam, weil es um ihn ging.
„Also ernsthaft, mein Lieber, du hast schon mal besser ausgesehen. Meinst du nicht auch, du solltest mal zum Arzt gehen? Hast du schon Fieber gemessen“, fragte sie, und er nickte.
Auf den fragenden Blick hin murmelte er etwas von, „ich habe bloß ein bisschen über 38 Grad. Nix Aufregendes.“
Das sah Steffi aber ganz anders, und da schlug das Gesundheitsamt bei ihr durch.
„Apropos Gesundheitsamt“, kam sie zum eigentlichen Thema ihres Besuches, „ich möchte jetzt endlich von dir wissen, wieso ich meinen Job am Gesundheitsamt aufgeben sollte? Da bist du mir noch eine Antwort schuldig.“
Aber Frank winkte ab, denn er hatte für solche Spielchen jetzt keinen Nerv.
„Lass das sein und verschwinde lieber. Das war nur ein gut gemeinter Rat, bevor dir etwas Schlimmes passiert wegen deiner Schnüffelei.“
„Was genau soll mir denn Schlimmes passieren?“ Ließ Steffi nicht locker, „du weißt ganz gut, wie wichtig mir meine Schnüffelei ist. Außerdem ist das kein Selbstzweck, denn ich bin in öffentlichem Auftrag und Interesse tätig“, verkündete sie nicht ohne Stolz und es dauerte eine Weile, bis er sich zu

einer Antwort bequemte.
„Die im Heim sind einfach sauer, weil sie Angst haben, ihr macht den Kasten dicht. Die würden schon einiges tun, um das zu verhindern?“
„Was denn zum Beispiel? Meinst du, die entführen mich und stecken mich in ein türkisches Bordell, wie sie es mit Mia machen wollten?“, wurde Steffi jetzt wütend, und Frank wurde blass vor Zorn, denn nun hat sie einen Nerv getroffen, der schmerzte.
„Dich nimmt doch weder ein türkisches noch sonst ein Bordell, meine Liebe, zu alt und zu schwierig“, ließ er sich hinreißen, und Steffi fuhr fort, „aber was würden sie denn machen, mich umbringen?“
„Glaub mir, sie werden dir den Mund stopfen. Die wissen wie das geht, das sind keine Softies, die werden dich kaltblütig zum Schweigen...“, er stockte und merkte, dass er zu weit gegangen war.
„So, und jetzt frage ich dich mal direkt! Wieso schnüffelst du hinter mir her, oder glaubst du, ich habe die zwei Typen von eurem Wachschutz aus der Seniorenoase nicht bemerkt, die ihr mir auf den Hals gehetzt habt“, attackierte sie ihn direkt, die Arme wütend auf die Hüften gestützt.
„Lass einfach gut sein, sei ein braves Mädchen und vergiss, was ich gesagt habe. Vielleicht geht es ja gar nicht um dich, sondern um die kleine Asylantin, die du als Praktikantin dabei gehabt hast“, lenkte er vom Thema ab.
Steffi fröstelte, als er Emina, als das wahre Ziel der

Beschattungsaktion erwähnte.
Er stand auf und holte sich eine neue Flasche Wodka, schenkte sich ein Wasserglas voll ein und bot ihr auch ein Glas an. Sie lehnte dankend ab und dachte, *was für ein Idiot, auch Lukaschenko hat ja öffentlich Wodka und Saunabesuche als Heilmittel gegen Corona gepriesen. Jetzt will er mich betrunken machen, aber so leicht geht das nicht.*
Sie sah ihm zu, wie er das Glas in einem Zug hinunterstürzte.
Sie dachte, dass sie vielleicht die Tropfen nicht bräuchte, wenn er lange genug trank und einschlafen sollte, so müde wie daher kam. Sie würde sein Handy checken und sich wieder raus schleichen. Aus ihm würde sie ohnehin nichts mehr herausbekommen, aber vielleicht gab es ein paar verdächtige SMS Nachrichten.
Sie setzte sich ruhig hin, sah ihm beim Trinken zu und redete leise auf ihn ein, dass er sich von diesen Leuten distanzieren sollte und so. Nach einer Stunde hatte sie ihn in den Schlaf gebabbelt[1], und sie war sicher, dass er fest schlief. Er bekam schlecht Luft und hechelte fast wie Ihr Django, wenn er sich ordentlich verausgabt hat. Gelegentlich schnappte er nach Luft, dann sank sein Kopf wieder zurück.
Sie wartete geduldig noch ein halbes Stündchen, dann stand sie auf und nahm sein Smartphone, das auf dem Tisch lag. Mit seinem Zeigefinger

---

[1] *Mundartlich für geschwätzt.*

entschlüsselte sie es frech und setzte sich wieder still auf ihren Platz. Sie checkte erst die letzten Nachrichten und Telefonnummern und kopierte die E-Mails und seine Telefonliste auf ihr Gerät. Und sicherheitshalber die Fotos.
Sie war so vertieft, dass sie nicht mitbekam, dass Frank sie schon eine ganze Weile mit halbgeschlossenen Augen beobachtete.
Als er sich schwankend erhob, hinter sich griff und mit seinem Baseballschläger in der Hand auf sie zuwankte, war sie schon aufgesprungen und ging vorsichtshalber ein paar Schritte zurück. Als er viel zu früh ausholte und zuschlagen wollte, drehte sie sich schnell weg, und Frank stürzte, weil er sein Gleichgewicht verlor, der Länge nach hin.
Zeit genug für Steffi, sein Smartphone fallen zu lassen, ihres einzustecken und aus der Wohnung und zu ihrem Auto zu sprinten. Sie fuhr los und blieb erst einen Kilometer weiter stehen, um Atem zu holen und sich keuchend von dem Schreck zu erholen.
Dann rief sie den Notarzt u, um ihm etwas Gutes zu tun. Sie meldete einen Covid-19-Patienten mit mittelschweren Symptomen.

Kapitel 42

Dawoud Modschadd, geboren am 4.11.1979, er sollte am 16.10.2009 seine Schwester Aliyah durch einen Ehrenmord töten, um die Familienehre wiederherzustellen. Aliyah, die 2002 mit dem Geschäftspartner seines Vaters durchbrannte, brachte als unverheiratete junge Frau Schande über ihre Familie und entehrte sie dadurch.

Erbach, Donnerstag, 1.10.2020, 08:00 Uhr

Donnerstag sehr früh am Morgen betrat Steffi das Büro des Seniorchefs vom Ermittlerteam. Ihre gute Laune traf auf einen noch nicht ganz wachen Willy Hamplmaier, der sie mit einer Tasse Kaffee in der Hand erwartete. Sie wäre gerne eine Stunde früher gekommen, so dringend erschienen ihr die Neuigkeiten, aber dann war ihrem Django danach, eine ganz große Runde von der Sophienhöhe bis zum Silberbrunnen und zurückzulaufen, sodass es für Willy doch noch ‚erträglich' früh war. Er war definitiv kein Frühaufsteher, es sei denn, es war sehr wichtig.

Sie musste unbedingt ihren Besuch bei Frank Koch ihrem Ex-Herzbuben aufarbeiten. Die ursprünglich vage formulierten Drohungen gegen ihre Tätigkeit beim Gesundheitsamt hatten sich konkretisiert, und wie schon vermutet, war die Heimleitung involviert. Dabei war Steffi zu diesem Zeitpunkt noch nicht bewusst, dass Frank höchstpersönlich in der

Seniorenoase die anspruchsvolle Position des Personalchefs ausübte.
Sie war noch am Abend desselben Tages, nach seinem versuchten tätlichen Angriff auf sie, beim Seniorchef vorbeigefahren, und hatte ihm diverse Dateien, die sie von Franks Smartphone heruntergeladen hatte, auf seinen Computer überspielt.
Als sie in ihren grellbunten, quergestreiften Leggings mit kurzem Trägerrock jetzt ins Büro stürmt, sitzt Hans schon vor dem Bildschirm und checkt Franks Fotos und Mitteilungen, allerdings ohne großartig etwas zu finden. Hans, der wie Willy kein richtiger Frühaufsteher ist, wollte sie heute Morgen eigentlich, wie versprochen, auf ihrer Gassirunde begleiten, aber sie war schon unterwegs, als er zu einem schnellen Frühstück in die Küche kam.
Dafür bekam er zur Abwechslung einen liebevollen Kuss auf die Stirn gedrückt, fühlte ihre feuchten Lippen, und als er ihr seinen Mund für einen weiteren Kuss entgegenstreckte, zeigte sie ihm die Zunge. Er seufzte und freute sich auf heute Abend, dann würde er sich den Nachschlag holen.
Steffi hatte sich mehr von ihrer *Copy-Paste* Aktion von Franks iPhone versprochen und war leicht enttäuscht. Sie erzählte nochmals in ihrer herzerfrischenden Art, wie Frank Koch sie mit dem Baseballschläger bedroht hatte und sie flink wie ein

Wiesel ausgewichen und abgehauen war. Willy, in seiner Sorge um sie, schimpfte ein bisschen mit ihr, weil sie sich unnötig in Gefahr gebracht hatte, und keinem vorher Bescheid gegeben hatte. Auch Hans war ernsthaft besorgt und verbot ihr künftig solche Alleingänge.

Emina protestierte laut und meinte, er solle froh sein, dass Steffi so grandios recherchiert habe, und sie nicht herumkommandieren. Hans versuchte Emina zu erklären, dass seine Sorge um Steffi nicht ihre Ermittlungsleistung schmälern würde, aber manchmal wäre es besser, miteinander zu reden, bevor man sich in Gefahr begibt.

Emina dachte kurz nach, dann sagte sie, „na gut, dann bist du ja gar kein so großer Macho, für den ich dich ab und zu halte“.

Er lächelte stolz über seine so vernünftige Tochter.

Außer Franks wiederholten Drohungen bezüglich Steffis Schnüffelei gegen die Seniorenoase hatten sie nichts in der Hand. Steffi erzählt den beiden, die merkwürdige Diskussion, die sie mit Frank hatte, als sie ihn auf die Beschattung durch die zwei Wachschutztypen ansprach, und Hans schaut ganz ungläubig, denn ihm ist bisher nichts dergleichen aufgefallen.

„Natürlich nicht, weil du nur Steffi im Kopf hast. Und wenn du einmal einen Moment lang nicht an sie denkst, dann lenkt Emina deine Aufmerksamkeit von dem ab, was um dich herum vorgeht“, witzelte

Willy, aber Hans fand das gar nicht lustig.
Als Personenschützer darf ihm so etwas nicht passieren, noch dazu, wo sich die Gefährdungslage seiner beiden Damen täglich verschärft. Er wusste, dass das so nicht weitergehen konnte, und am liebsten würde er Emina zu Hause einschließen, um sicher zu sein, dass ihr nichts passiert. Sein Gefühl und seine Erfahrung sagten ihm, dass die 'Gesellschaft' wieder aktiv und es nur eine Frage der Zeit ist, bis ihre Identitäten aufgedeckt werden. Er musste um alles in der Welt verhindern, dass Emina etwas ausbaden muss, was eigentlich ihm gilt. Das ließ er auch sein Team wissen, und er schlug ergänzend dazu vor, dass sie sich ab jetzt außerhalb von Büro und Wohnung nur noch gemeinsam mit ihm bewegten. Die Mädels sollten niemals allein, sondern wenigstens zu zweit unterwegs sein.
„Na prima, dann wirst du jetzt zu einem richtigen Frühaufsteher, denn Django ist es gewohnt, recht früh seinen Morgenspaziergang zu machen", frotzelte ihn Steffi, und er stöhnte leicht.
Hans fiel dann ein, dass er Daten von Olivers Handy kopiert hatte, die er unbedingt auswerten wollte. Nach Frank Kochs Handy nahm er sich jetzt die Daten vor, die er von Olivers entsperrtem Handy überspielt hatte. Aber auch hier gab es nichts, was Alinas Tod erhellt hätte.
Der Anhänger um den Hals von Oliver war und blieb das einzige Indiz dafür, dass Oliver in Alinas Tod

verwickelt war. Das Indiz war schwach, trotzdem war Hans sicher, dass das kein Zufall war, sondern dass es einen kausalen Zusammenhang gab, den er noch entdecken musste.
Sie brauchten mehr. Hardfacts.
Hans war absolut sicher einen Treffer gelandet zu haben.
Nach einigen Jahren, in denen er sich tot gestellt hatte, hatte er es vor drei Jahren erstmalig gewagt, bei seinen Ermittlerkollegen in Frankfurt nachzufragen. Es war so wichtig, für ihn zu wissen, ob sie einen Datenbanktreffer zu den Proben aus dem Jahr 2009 in seiner Wohnung in Wiesbaden ermitteln konnten.
Und jedes Mal war die Aussage negativ gewesen. Hans riss sich zusammen, denn Geduld war gefragt, jetzt wo sie den DNA-Abgleich erneut angestoßen hatten und auf ein positives Ergebnis hoffen durften.
Sie diskutierten eine Weile, bis Hans Emina noch einmal zu ihrem Treffen mit dem jungen Mann befragte. Wie hieß der nochmal, Dawoud?
Emina verdrehte die Augen und wiederholte die Geschichte wortgleich, und zeigte die Fotos herum, die ihr der junge Mann gezeigt und auf ihr Mobiltelefon weitergeleitet hatte. Auch das Foto ,das den jungen Mann zeigte. Fragende Blicke von Steffi und Willy trafen Hans und der klärte beide darüber auf, was es mit diesen Fotos, die er vorgestern schon mit Emina durchgegangen war, auf sich hatte.

Er wollte darüber aber nicht mehr als notwendig reden, denn er musste die zeitliche Reihenfolge der Ereignisse noch absichern, weil sein bisheriges Verständnis vom Mordablauf durch das Foto, das Emina ihm gezeigt hatte, massiv erschüttert war.
Als Nächstes rief er Georg an, denn die Sache mit dem jungen Afghanen, dessen Foto ihm Emina gezeigt hatte und der als Dolmetscher gearbeitet hatte und auf der Suche nach Alina war, ließ ihm keine Ruhe. Das könnte das fehlende Puzzlestück in die Auswertung von Georgs Recherche im Archiv des Darmstädter Echos sein, die er um die Erinnerungen seines Afghanistanaufenthaltes angereichert hatte.
Er hatte unabhängig davon seine eigenen Aufzeichnungen der Überwachungskamera vom 16. Oktober 2009 in der Tiefgarage ihrer sicheren Wohnung in Wiesbaden überprüft und glaubte dabei in dem männlichen Part des Pärchens, das sich mit abgewandtem Gesicht durch die Tiefgarage drückte, eine Ähnlichkeit mit Oliver Wolff genannt ‚Schrotti‘ erkennen zu können. Und er war sich relativ sicher, dass der Junge mit den krausen Haaren und im Jogginganzug mit Kapuze ein sehr junger Dawoud sein könnte. Er wollte aber erst Georgs Meinung dazu hören, bevor er damit öffentlich wurde.
Georg bestätigte in dem Telefonat, dass ein ‚Dawoud‘ einer der Dolmetscher in Kabul war und ihn nicht nur als Übersetzer unterstützte. Sondern

ihn auch mit hochrangigen Mitgliedern der Stämme und sogar mit Kriegsherren, die teilweise für die Regierung arbeiteten, in Kontakt brachte. Aus heutiger Sicht sah Georg es eher als keinen Zufall, sondern Absicht an, dass sich der Dolmetscher an ihn herangemacht hatte, um über ihn an Informationen zu Aliyah zu gelangen.

Georg verließ sich nicht auf sein Telefon, er kam persönlich vorbei, um die Fragen, deren Beantwortung Hans so dringend machte, direkt zu klären. Außerdem wollte er unbedingt das Foto des jungen Mannes sehen, und die Begleitumstände dieser Attacke von Emma möglichst direkt und unverfälscht erfahren.

Emina wartete aufgeregt und lief zur Tür, als Georg klingelte, um ihm zu öffnen.

„Oh hallo, also du bist Emma“, sagte er und musterte sie aufmerksam.

„Ich nenne mich jetzt Emina“, sagte sie stolz und bat ihn herein.

„Schade, dass ich deine Mama nie kennengelernt habe, Emina“, sagt er, „ich habe ein paar Mal versucht sie zu interviewen, als sie Kronzeugin war, aber dein Papa war so stur, der ließ das nicht zu.“

„Wahrscheinlich war er bloß eifersüchtig“, sagte sie schnippisch in die Richtung von Hans.

„Wenn sie so aussah wie du, dann hatte er allen Grund dazu“, schmeichelte Georg, der neben seiner rauen Schale auch eine charmante Seite hatte.

„Jetzt ist es gut“, grätschte Hans dazwischen, „du wolltest doch das Foto dieses Dawoud checken, der sich als Dolmetscher ausgab.“
„Stimmt“, kam Georg auf den Grund seines Besuches zurück und forderte Hans auf, „lass mal sehen!“
Emma oder Emina, wie wir sie künftig nennen wollen, zückte ihr Smartphone, öffnete ihre Fotogalerie und hielt ihm das Bild hin.
„Da setzt dich nieder“, stieß Georg hervor.
„Das stimmt, das ist mein Dolmetscher. So ein abgefeimter Schurke, der hat sich doch tatsächlich mein Vertrauen erschlichen, und mich ausgehorcht, während ich überzeugt war, ihm die Würmer aus der Nase zu ziehen.“
Georg fasste kurz zusammen, dass er zwar wusste, dass Dawoud ein nicht ganz unwichtiges Familienmitglied des Modschadd Clan war, und er ihn nur deshalb akzeptiert hatte, weil er ein Türöffner zu diversen Kriegsherren der Region war. Sein Bundeswehrführungsoffizier habe Georg immer gewarnt, denn die Militärs waren im Zweifel auf wie vielen Hochzeiten Dawoud oder besser gesagt Dawouds Familie tanzen würde.
Salopp gesprochen.
Hans bat ihn, die Aufnahme der Überwachungskamera aus dem Jahr 2009 anzuschauen, und Georg fand, dass das absolut ein sehr junger Dawoud sein könnte, der durch die

Tiefgarage in Richtung Aufzüge marschierte. Der Zeitstempel der Aufnahme lautete 16:45 Uhr, und demnach wurde der Clip fast drei Stunden, nachdem er mit Emina nach Frankfurt gefahren war, aufgenommen. Und dann kam das Beste, denn die Telefonnummer, von der aus Alina zweimal Ende September und Anfang Oktober 2009 angerufen wurde, existierte immer noch. Und es war die Nummer, unter der Georg seinen Dolmetscher Dawoud abgespeichert hatte.
Mit diesen Erkenntnissen war Hans siedend heiß klar, dass Dawoud als mindestens genauso gefährlich einzustufen war wie die russischen Mafiosi, die er bisher im Blick hatte. Und die Art und Weise, wie er Aliyah und indirekt auch Emina bei seinem Treffen mit ihr massiv beschuldigt hatte, toppte alles.
Innerhalb weniger Stunden zeichnete sich jetzt eine fast schon dramatische Lage ab. Sowohl die 'Gesellschaft' als auch die afghanische Familie mischten mit und waren auf der Suche nach ihm und seiner Tochter. Er fühlte zwar, dass er in einigen Bereichen den Verfolgern einen Schritt voraus war, aber vielleicht hatte er nicht alle Informationen, um unbeirrt den Weg weiterzugehen, der ihn zu Alinas Mörder führen sollte. Auf jeden Fall musste er Emina aus dem Spiel heraushalten. Vielleicht wäre es doch sicherer, wenn Emina die nächsten Tage zu Hause bliebe, Steffi den Aufpasser spielen würde, und dann gab es da ja noch Django, der nicht zu

unterschätzen war.
Dass das so nicht klappte, weil Emina zur Schule musste, und Steffi gerade in letzter Zeit mehr unter der Arbeitslast und den vielen Überstunden im Gesundheitsamt klagte als im Ermittlerbüro, war ebenso unbestritten. Deshalb einigten sie sich auf extreme Vorsicht und auf gemeinsame Wege, soweit das möglich war.
Georg und Willy nickten zustimmend, und beide warnten Emina eindringlich, diesen Dawoud nochmals zu sehen oder zu kontaktieren, und sofort um Hilfe zu rufen, wenn er in Sichtweite war. Willy informierte auch sicherheitshalber seinen Freund Dingeldein und fragte um dessen Rat. Dingeldein legte ihm nahe, dass Emina diesen Dawoud direkt anzeigen sollte, denn die Begegnung der beiden endete bekanntermaßen in einem tätlichen Angriff.
Willy möchte auch noch wissen, ob der KHK in der Sache des Transporters mit den beiden Toten weitergekommen sei, und der erzählt trocken, dass alle Einbruchsfahrten im Auftrag von Oliver Wolff durchgeführt wurden. Der hatte sogar sauber die Geldbeträge, aus den früheren Einbrüchen, unter *Fahrservice* für Bankmitarbeiter verbucht. Ein echter Schlaumeier. Die Bargeldbeute der beiden, würde er in Kürze vom Staatsanwalt freigegeben bekommen, damit man sie den Banken zurückgeben könnte.
Und ich kann dann endlich meinen Bonus kassieren,

dachte Willy.
Willy bedankte sich für die Info und kündigte an, dass Emina schon auf dem Weg zu ihm sei, wegen der Anzeige gegen diesen Dawoud.
Emina hatte mittlerweile das Büro verlassen und war mit Georg auf dem Weg zum Kommissar.
Damit war der Tag für Willy aber noch nicht zu Ende.
Nachdem die Identifizierung der beiden Toten aus dem Stausee abgeschlossen war, hatten die Rechtsmedizin und der zuständige Staatsanwalt die beiden Leichen von Wolfgang Wolff und Mike Wiegand ohne Obduktion und ohne Rückfrage zur Bestattung freigegeben. Name, Herkunft und Alter der männlichen Leichen waren erfasst, wobei die beiden kriminaltechnisch nicht vorbelastet waren. Es gab auch keinen Eintrag ins Vorstrafenregister.
Aktuell lagen die beiden Toten bei Willy in der Vorbereitungshalle auf nackten Metalltischen, und Willy wollte sich die beiden Toten selbst noch einmal genau anschauen. Während Steffi und Hans online mäßig unterwegs waren, zog sich Willy die Latexhandschuhe an, band sich seine Gummischürze um und nahm sich die beiden Toten aus seiner Kühlbox vor.
Als erfahrener Ermittler brauchte er nicht lange zu suchen. Bei Wolfgang, der hinter dem Lenkrad des abgesoffenen Transporters hing, war Fremdverschulden per se auszuschließen. Aber

Mike, der stundenlang im Wasser trieb, wies neben diversen Prellspuren und Platzwunden im Kopfbereich auch eine Brandmarke auf, wie sie typischerweise von einem mehrere Sekunden lang aufgesetzten Elektroschocker verursacht wurde. Die Strommarke konnte leicht übersehen werden, so perfekt war sie in der Wunde über dem Ohr platziert und durch die Haare des Toten verdeckt.
Willy informierte sofort Dingeldein über die Brandmale eines Elektroschockers hinter Mikes Ohr, und der veranlasste auf dem Dienstweg die erneute Überführung beider Leichen in die Rechtsmedizin in Frankfurt, um die Toten nochmals zu untersuchen.
Manfred Dingeldein hatte sich zwischenzeitlich auf die Fersen von Dawoud geheftet, aber dessen Diplomatenstatus hatte ihn erkenntnistechnisch keinen Schritt weiter gebracht. Über die Botschaft war nichts zu erfahren, und den aktuellen Aufenthaltsort des jungen Mannes hatte er nicht ermitteln können.
Seine Leute hatten Hotels und Pensionen in der Umgebung erfolglos abtelefoniert. Die Vermutung lag nahe, dass er irgendwo privat untergekommen war.

Kapitel 43

*Als **Prostitution Minderjähriger** oder Kinderprostitution bezeichnet man das Einbeziehen von Minderjährigen gegen eine Vergütung in sexuelle Aktivitäten oder Handlungen. Während dies heute in allen UN-Mitgliedsstaaten illegal ist, war es jahrhundertelang in vielen Ländern akzeptierte oder zumindest geduldete Praxis.*

Marbach Stausee, Freitag, 2.10.2020, 16:00 Uhr

Nastasia blättert begeistert ihre Kalendereinträge auf ihrem Smartphone für die Spezialhausbesuche ihrer jungen Damen aus der offiziell geschlossenen WELLNESS Oase durch, und freut sich, dass die Mundpropaganda für ihr neues Geschäftsmodell so floriert. Sie managte die Damenriege nicht nur, sie regelte ihren auf rumänischem Lebensstandard basierten Mindestlohn, fälschte ihre Medizintests, denen Sexarbeiterinnen sich regelmäßig unterziehen sollten und vereinbarte insbesondere die Hausbesuchstermine für sie.

Die Sache mit den Gesundheitstests war eine reine Vorsichtsmaßnahme, denn die Damen waren steuertechnisch gegenüber dem Finanzamt und der Sozialversicherung als Reinigungspersonal und einige als Hilfskräfte im Pflegedienst registriert.

Gestern hat ein Freund ihres Patienten Othmar, ein gewisser Markus Schmucker, Katra schon zum zweiten Mal in diesem Monat für zwei Stunden gebucht. Nastasia ließ damit den Hintergrundcheck für Erstkunden entfallen, denn normalerweise bestätigte sie einen Termin erst nach diversen Abklärungen, einer intensiven Befragung und überprüfte ihn in seinem Fall beim letzten Mal sogar persönlich. Sie klärte, ob er tatsächlich alleinstehend, ein pensionierter Lehrer und kein verdeckter Ermittler der Sittenpolizei war. Man konnte nicht vorsichtig genug sein, das war ihre Devise, und die hatte bis jetzt hervorragend funktioniert.

Der Wunschtermin von Markus für die gebuchte Spezialbehandlung war der nächste Sonntag und Nastasia bestätigte den 17:00 Uhr Termin, denn die Abendtermine der Woche waren angeblich schon vergeben.

Das stimmte so nur bedingt, und es gab einige Lücken im Kalender. Das Geschäft lief ja erst an, und sie wollte mit der Terminknappheit auch die Preise hochhalten.

Sie notierte neben seiner Anschrift seine Telefonnummer und E-Mail-Adresse, für den Fall, dass etwas dazwischen käme.

Und vor fünf Minuten telefonierte sie mit einem neuen Gast, der sich als Willy Hamplmaier von Beruf Bestatter vorstellte. Das fand Nastasia schon krass.

Sie hatte in ihrer Karriere einige seltsame Sexwünsche von Kunden erlebt, aber dass jemand mit Katra in einem Sarg seine Sexspielchen treiben wollte, das konnte sie sich schlicht nicht vorstellen. Aber Katra ist ja gelenkig und zwischenzeitlich auch einiges gewohnt, die wird das schon hinkriegen. Als einen Neukunden lehnte sie allerdings einen Termin jetzt und am Telefon zu Willys Bedauern ab, denn sie bestand darauf, ihre oder besser Katras Kunden persönlich kennenzulernen und abzuklären, ob sie zuverlässig sprich verschwiegen genug wären. Willy versprach, sich wegen eines Vorstellungstermins separat zu melden.

Sie spazierte nach dem Telefonat, mit sich und der Welt zufrieden, im Park auf und ab, und rief Katra zu sich, um mit ihr den Einsatzplan für die kommende Woche durchzusprechen. Sie hatte seit einiger Zeit den Eindruck, dass sie Katra schon lebhafter gesehen hat, und wollte herausfinden, ob sie an ihrem Job keinen Spaß mehr hat, indem sie die besorgte Freundin spielte. Katra erschien, sie war freundlich zugeknöpft wie immer und sagte nur, *‚doch sie freue sich auf neue Kunden'*, aber mehr kam nicht aus ihr heraus.

Nastasia schob es dann auf Katras Periode, denn Katra war diese Woche aus ebendiesem Grund von Einsätzen befreit. Sie wechselte noch ein paar Worte mit dem Mädchen, bevor sie Katra wieder sich selbst überließ. Sie war in der irrigen Annahme verfangen, sie sei richtig nett zu der Kleinen gewesen und hätte sogar so etwas wie Dankbarkeit aus Katras Antwort

gehört, weil sie sich um sie kümmerte. Dann lehnte sie sich entspannt zurück und genoss die warmen Strahlen der Sonne mit geschlossenen Augen.
Ihre Zufriedenheit war auch dem Erfolg der letzten Woche geschuldet, insbesondere nach dem Pressetermin und dem Abflug der geläuterten Heimaufsicht nach der mühsamen Überzeugungsleistung, die ihre Chefs bis an den Rand der Erschöpfung gebracht hatte.
Der Stress der letzten Wochen ließ nach, und sie war sicher, dass sie der Tussi vom Gesundheitsamt auch noch ihre Neugier austreiben würde. Und wenn sie es nicht auf die nette Tour schaffen sollte, dann würden Maxim und Frank den harten Part bewerkstelligen, um dieser Beamtenschlampe Nachsicht mit der Pflegedienstleitung beizubringen.
Sie hatte letzte Nacht seit langem wieder einmal mit Vitali geschlafen, und sie hatte den Eindruck, dass es beiden gutgetan hat, dass Vitali neuerdings die sich bietenden Gelegenheiten vermehrt dazu benutzte, um ihr Sex und Leidenschaft abzuverlangen.
Sie war vor einigen Jahren aus Kaliningrad in dieses verschlafene Nest im Odenwald gezogen, um als Pflegedienstleitung Vitali beim Aufbau der Pflegeheimkette zu helfen. In die er über seine Stiftung fast sein ganzes Vermögen gesteckt hatte. In der Zeit sahen sie einander nur sehr selten. Sie war in seinem Dunstkreis in der Organisation seit vielen Jahren aktiv und absolut loyal. Ohne Murren nahm

sie hin, wenn er wieder einmal eine jüngere zur Lieblingsfrau erkor. Sie setzte auf Zeit und wusste, dass sie mit zunehmendem Alter des Bosses den Spieß umdrehen würde, um ihn unter ihre Kontrolle zu bekommen.
Und jetzt war es fast so weit.
Vitali konnte noch nie ihren üppigen weiblichen Formen widerstehen, die sie sehr gezielt und wirkungsvoll einsetzte, auch zu Zeiten, wenn sie nur eine Nebenrolle spielte. Und letzte Nacht hatte sie ihn wieder so weit, dass er sich, soweit es sein Alter zuließ, auf sie stürzte, und sie und sich befriedigte. Der kleine Mann vom Boss war trotz der Jahre, die sein Besitzer auf dem Buckel hatte, noch ganz schön fit im Schritt. Er kam zwar für ihre Begriffe viel zu schnell, aber immerhin reichte es für einen kleinen Höhepunkt.
Sie freute sich auch ehrlich, im Gegensatz zu Maxim, der sich von Vitali unangenehm eng kontrolliert fühlte, dass Vitali seine nächsten Jahre im Heim verbringen wollte. Nur durch persönliche Kontrolle und ‚Augenkontakt' kam sie auch seinem Vermögen näher, und als Altersabsicherung war die Stiftung ihr erklärtes Ziel, das sie seit Jahren fest im Blick hatte. Von Alina und ihrer Tochter als seiner Nachfolgerin war schon lange keine Rede mehr, und sie würde ihn schon so weit kriegen, dass er sie als Begünstigte einsetzen würde.

Kapitel 44

DNA-Reihenuntersuchung *ist seit der Einführung in die deutsche Kriminaltechnik im Jahr 1989 ein wichtiger Sachbeweis geworden. Rechtsgrundlage für die DNA-Untersuchung sind die §§ 81a bis 81h Strafprozessordnung (stopp). Sämtliche erhobenen Daten werden beim Bundeskriminalamt (BKA) in einer Datenbank gespeichert. Nach § 81h stopp besteht schließlich die Möglichkeit einer DNA-Reihenuntersuchung, also des sogenannten Massen-DNA-Tests.*

Marbach Stausee, Montag, 5.10.2020, 09:00 Uhr

Katra war ebenfalls ein Sonntagskind, aber es musste ein verregneter Sonntag gewesen sein, als sie das Licht der Welt erblickt hatte. Das Milieu, in das ein versoffener Vater und eine verhärmte Mutter sie an diesem Sonntag entließen, war genauso deprimierend wie der graue Schleier, der über Rescita, der heruntergewirtschafteten Industriestadt in Rumänien, vom Himmel hing.

Seit sie in die Fänge dieser Menschenhändlerbande geraten war, die von Bukarest aus arbeitete, und die so gut vernetzt in Deutschland operierte, war sie ohne ihren Identitätsausweis und eingesperrt im Wohnheim der Seniorenoase untergebracht. Die Menschhändler, die in großem Stil entweder Schwarzarbeiter als Saisonkräfte zur Erntehilfe beschafften, oder mit lausig ausgestatteten Werksverträgen Personal an Reinigungsunternehmen

und neuerdings im Pflegesektor vermittelten, betrieben auch den Seitenzweig der Prostitution.
Die Mädchen, die zur Vertuschung der illegalen Arbeitsweise für kurze Zeit in speziell angemieteten Apartments herumgereicht wurden, wo sie wohnten und Miete bezahlten, gingen in allen Fällen unangemeldet ihrer Tätigkeit nach. Wo kein Kläger war, gab es auch keinen Richter, und die Kunden, welche durch die Bank aus einer gutbezahlten Mittelschicht mit überwiegend konservativen Familienwerten stammten, hatten keinen Grund, sich zu beschweren. Der Spezialservice mit der minderjährigen ‚Importware' war extrem preiswert im Vergleich zu vielen deutschen Sexarbeiterinnen, die unter gesundheitlichen Gesichtspunkten einen gewissen Minimalstandard anboten, Steuern bezahlten und in einer eigenen Gewerkschaft zur Wahrung ihrer Rechte organisiert waren.
Katra wurde, genauso wie die anderen drei Mädchen in der Seniorenoase, von den Menschenhändlern mit falschen Versprechen hierher gelockt und ihre Familie nahm das schmale Kuvert mit einer erklecklichen Summe an Euros gerne an. Damit hatten sie einen Esser weniger in der Familie, der künftig sogar noch Geld nach Hause schicken konnte. In Deutschland angekommen war Katra schnell klar, in welche Situation sie geraten war, und der Gedanke an Flucht begleitete sie ständig.
Aber es gab zu viele Aufpasser, und sie war ständig

isoliert, mit der Konsequenz minimaler Chancen aus dem Heim auszubrechen.
Der Chef des Hauses hatte sie persönlich auf ihren Einsatz vorbereitet, und dass ihr Kontaktmann, dem sie anfangs blind vertraut hatte, an der Vergewaltigung bei dem sogenannten ‚Eignungstest' teilgenommen hatte, war ein Augenöffner für sie.
Dass sie jedes Mal „willig" gedopt wurde, wie Maxim es ausdrückte, ließ ihren Willen zu fliehen zwar weiter schwinden, aber auslöschen konnten sie ihn nicht. Sie hatte nur noch keine richtige Gelegenheit zur Flucht entdeckt, und im Übrigen lagen ihre Reisedokumente beim Chef im Tresor.
Ihre Aufpasser dopten sie weiterhin regelmäßig, wenn sie Männer beglücken durfte. So eingestellt war Othmar, der erste Kunde, mit dem sie unter der Bettdecke für den Kuschelsex sorgte, auf den er sich schon tagelang vorher gefreut hatte. Ihre Freude hielt sich im Gegensatz dazu in Grenzen. Und das galt für alles, was ihr in der Folge von entsprechend veranlagten Kunden an ‚Spezialservice' abverlangt wurde.
Der Hoffnungsschimmer, der sich für Katra vor einigen Wochen aufgetan hatte, als sie dem fremden Mädchen durch die versperrte Tür ihre Bitte zuflüsterte, war wieder verflogen. Sie hatte so gehofft, dass dieses unbekannten Mädchen, das die Bande neben ihrem Apartment eingeschlossen hatte, helfen könnte, nachdem es so plötzlich, wie es

gekommen war, wieder verschwand.
Seit damals begleitete sie ein Aufpasser, der jeweils aus der Wachschutztruppe der Seniorenoase abgestellt wurde, zu den diversen Hausbesuchen, welche Nastasia für sie vereinbart hatte, denn die „rote“ Abteilung der WELLNESS Oase war schon monatelang wegen Corona geschlossen.
Die Regierung hatte körpernahe Dienstleistungen in der Pandemie untersagt, ohne zu berücksichtigen, dass dieser Service jetzt über Hausbesuche angeboten wurden. Nach den amtlich verordneten Coronaregeln war in Inzidenzspitzenzeiten immer nur und maximal ein haushaltsfremder Besuch gestattet.
Nastasia vereinbarte die Hausbesuchstermine und informierte die Mädchen vorher über etwaige spezielle Wünsche der Kunden. Am einfachsten fielen ihr dabei die Besuche bei den diversen Lustopas, wie sie es nannte. Diese Kategorie von Puffbesuchern, die mehr wollten, als sie konnten, und deren Sexerwartung sich überwiegend auf Kuschelsex und Oralverkehr beschränkte, waren deutlich leichter zu ertragen. Was jedoch nicht bedeutete, dass sie selbst mehr Spaß daran hatte, nur weil sie weniger von sich einbringen musste, als bei den kräftigen Hengsten, die sich an ihrer Jugend und kindlichen Unberührtheit aufgeilten.
Ihr jeweiliger Aufpasser achtete auf Nastasias Anweisung genau darauf, dass sie keinen Kontakt zu

Unbeteiligten bekam, wenn er sie hinbrachte oder abholte.
Katra, die spät morgens immer einen Mordshunger hatte, saß mit all diesen Gedanken, die ihr kreuz und quer durch den Kopf gingen, beim Frühstück im leeren Speisesaal der Seniorenoase. Erstaunt sah sie eine Kolonne von Polizeifahrzeugen mit Blaulicht vor dem Haupteingang vorfahren. Insgesamt zählte sie zwei Kleinbusse der Polizei und eine Menge Beamtinnen und Beamte in zivilen und offiziellen Einsatzfahrzeugen, die jetzt den Haupteingang blockierten, und einige machten sich auf den Weg zum Lieferanteneingang, um das Gebäude von allen Seiten abzuriegeln.
Ihr gegenüber am Frühstückstisch saß wieder einmal Jannis, der angesichts des Polizeieinsatzes sofort aufsprang und sie beim Arm packte. Dann zog er sie im Laufschritt in Richtung Wohnheim, aber Katra in der Erkenntnis einer Fluchtchance riss sich los und stürzte in die nächstgelegene Damentoilette, wo sie sich einschloss.
Jannis rannte fluchend weiter, um die anderen Mädchen des Rotlichtbereichs einzusammeln, in der Annahme, dass die Polizei derentwegen aufgetaucht war. Er befahl den kreischenden Mädels, in ihren Wohnungen zu bleiben und sich absolut still zu verhalten.
Jannis schloss die aufgeregte Meute vorsorglich ein und rannte zurück, um Katra zu holen, die er

ebenfalls einschließen wollte. Aber Katra war weg. Sie ließ die Gelegenheit auf keinen Fall verstreichen, um der Polizei eine Nachricht zukommen zu lassen, die sie auf der Toilette hastig auf ein Stück Toilettenpapier gekritzelt hatte. Fluchend rannte er zuerst zum Hinterausgang und dann in die Tiefgarage, wo er sie vermutete und schließlich auch fand, als sie gerade versuchte, das Garagentor zu öffnen, um nach draußen zur Polizei zu gelangen. Er schimpfte sie aus und brachte sie zu den anderen.
Er konnte ja nicht wissen, dass der Besuch der Kripo Darmstadt mit Unterstützung der Kollegen in Erbach mit dem Vergewaltigungsvorwurf von Maria Bitsch zu tun hatte. Eine richterlich angeordnete DNA-Reihenuntersuchung diente zur Sicherung der Speichelproben aller männlichen Angestellten.
KHK'in Margareta Simon von der Kripo Darmstadt, Abteilung Gewaltverbrechen, konnte den Termin für die Massenentnahme der DNA-Proben erst dann ansetzen, sobald der richterliche Beschluss vorlag. Dieser Beschluss wurde wegen des konkreten Verdachts gegen Mitarbeiter der Seniorenoase und der Möglichkeit weiterer Straftaten verpflichtend für alle erweitert. Außerdem wollte sie unbedingt den Negativtest von Maria Bitschs Infektion abwarten, die sich bei ihrem Kurzbesuch bei Martin Silbermann angesteckt hatte. Und als die zwei Wochen verstrichen waren, und sie zweimal negativ getestet worden war, durfte Maria ihre Quarantäne

verlassen. Margareta Simon legte den heutigen Termin auch deshalb sehr kurzfristig fest, um die Fluchtmöglichkeit aus der Gruppe der Verdächtigen auszuschließen.
Sie ging geradewegs mit zwei Kollegen der Spurensicherung in die Chefetage zu den Büros der Heimleitung. Der Wachdienst des Hauses, der auch den Empfang bediente, hatte ihre Ankunft telefonisch angekündigt, aber Nastasia Korolja hatten die Ankunft der Polizei in Mannschaftsstärke schon vorher bemerkt. Nastasia, ganz die resolute Pflegedienstleitung, stürzte in den Flur, um die KHK'in abzufangen, aber Margareta Simon schob sie zur Seite und orientierte sich am Büro des Geschäftsführers, dessen Türschild ihn als Mag. Jur. Maxim Mutsonow auswies. Nach einem kurzen Klopfen, ohne aufgefordert worden zu sein einzutreten, betrat sie den Raum mit den beiden Kollegen im Schlepptau.
Überrascht sah sie sich zwei Personen gegenüber, von denen eine im Rollstuhl sitzend im Begriff war, den Raum zu verlassen. Margareta Simon informierte Maxim Mutsonow, der mit offenem Mund hinter seinem Schreibtisch thronte, über den Grund ihres Kommens. Sie blieb in der Tür stehen, verlas den richterlichen Beschluss für die DNA-Reihenuntersuchung, wobei die Freiwilligkeit wegen des konkreten Tatverdachtes und der Schwere des Vergehens explizit vom Richter ausgeschlossen

wurde, und bat die beiden Herren, sich auszuweisen. Durch ihre FFP2-Maske klang ihre Stimme dumpf und drohend, und sie forderte die Männer auf ihre Gesichtsmasken abzulegen. Sowohl Maxim Mutsonow als auch der Rollstuhlfahrer, der sich als ein Vitali Klimachow zu erkennen gab, kamen der Aufforderung nach und zückten ihre Personalausweise zur Personenkontrolle.

Margareta Simon kopierte beide Ausweise auf ihr Smartphone, gab sie zurück und fragte die Herren nach dem Grund ihres Treffens. Herr Mutsonow antwortet, dass Herr Klimachow als Vorsitzender des Stiftungsbeirates der Seniorenoase einen Routinebesuch abgestattet habe. Auf ihren fragenden Blick erklärte er, dass es sich dabei um eines von insgesamt drei Pflegeheimen in Hessen handelte, die unter seiner Stiftung „Jungbrunnen" zusammengefasst sind.

Auf die Frage, ob er sich entfernen dürfe, wollte Margareta Simon dem Ansinnen schon zustimmen, da der Behinderte deutlich aus dem Raster eines potentiellen Vergewaltigers zu fallen schien. Um den Verdacht zu entkräften, dass der Rollstuhlgebrauch nur vorgetäuscht sei, bat sie ihn dennoch um eine Speichelprobe, die dieser entrüstet ablehnte. Das wiederum löste bei Margareta Simon die übliche Reaktion der richterlich angeordneten Probeentnahme aus. Sie stellte fest, dass das keine Bitte war, sondern eine Aufforderung den Mund für das Wattestäbchen zu öffnen, das ihr Mitarbeiter schon griffbereit in der Hand hielt. Da Vitali, den Mund fest verschlossen hielt, zog ihm der Beamte die Maske kurz unter die Nase, beugte seinen Kopf zurück und führte ihm das Stäbchen tief in die Nase ein. Der Rollstuhlfahrer saß stocksteif und hielt still, um den Schmerz nicht zu vergrößern.

„Das wird sie teuer zu stehen kommen“, drohte Vitali, als er wieder sprechen kann, und bemerkte auf Maxim zeigend, dass der gleichzeitig als Rechtsanwalt und Syndikus der ‚Gesellschaft‘ ihr die Hölle heißmachen würde, weil sie ihm rechtswidrig eine Speichelprobe abgepresst hatte.

KHK'in Simon nahm aufmerksam zur Kenntnis, dass sich Vitali Klimachow mit der ‘Gesellschaft’ identifizierte.

„Mein Anwalt wird umgehend Rechtsmittel einlegen, und sie werden eine satte Dienstaufsichtsbeschwerde erhalten“, schimpfte er wütend über seine Schulter, denn er hatte den Rollstuhl schon herumgedreht. Er verließ den Schauplatz, auf dem jetzt Maxim Mutsonow dieselbe Prozedur wie sein Chef über sich ergehen lassen musste, bevor auch er losschrie, dass das ein unangemessener Eingriff in seine Persönlichkeitsrechte war.

Aufgeschreckt vom Lärm bei ihrem Kollegen stürmte Nastasia, die sich bisher auf dem Flur herumgedrückt hatte, in den Raum und möchte den

Grund der Probenentnahme erfahren. Margareta Simon erklärte den Vergewaltigungsvorwurf und die richterliche Anordnung einer Reihenuntersuchung ein zweites Mal, ohne Maria Bitsch beim Namen zu nennen, und bat Nastasia und Maxim, die gesamte männliche Belegschaft des Heims antreten zu lassen einschließlich der Hilfsdienste.

Sie bestand darauf, den Personalchef oder die Personalchefin zu sehen, aber Frank Koch war nicht im Haus. Nastasia sagte, die Personalakten könnte auch die Sekretärin der Heimleitung heraussuchen.

Margareta Simon ließ die Herrschaften auf dem Flur vor dem Besprechungszimmer neben den Büros der Heimleitung antreten und bereitete mit ihren Mitarbeitern die Serienprobenentnahme vor.

Sie legte den Stapel der Personalakten, zu denen noch die Liste der Werksvertragsmitarbeiter kam, vor sich auf den Tisch und rief einen Herrn nach dem anderen auf, den Mund zu öffnen. Das Wattestäbchen wurde solange an der Innenseite der Wange gedreht, bis die Probe ausreichte zum DNA-Abgleich. Die Akte der abwesenden Männer legte sie zur Seite oder markierte sie in der Liste.

Es handelte sich insgesamt um fünfzehn Angestellte des Wachdienstes, von denen drei fehlten einschließlich des Chefs der Truppe. Bei den Pflege- und Reinigungskräften handelte es sich überwiegend um Frauen. Von zweiunddreißig Personen des Pflegepersonals waren sechs Pfleger abwesend, wovon vier in der Nachmittagsschicht arbeiteten. Von der Tagschicht waren zwei Pfleger krankgemeldet und nicht anwesend, und aus dem Pool von Reinigungskräften, einem Koch, einem Hausmeister und zwei Lageristen waren ebenfalls zwei Personen nicht aufrufbar.

„Na gut", sagte Margareta Simon zu Nastasia, „die Nachmittagsschicht kommt sowieso gleich, dann warten wir eben und nehmen Proben von allen, die dann eintrudeln. Wir müssen nur einen Weg finden, die acht abwesenden Männer zu testen."

Mitten in der Diskussion mit der Pflegedienstleitung, wie die fehlenden Personen erreicht werden können, brachten die Beamten zwei rumänische Angestellte vorbei, von denen einer der unauffindbare Chef und der andere ein Mitglied des Wachdienstes war. Die beiden wollten unbemerkt aus dem Hintereingang verschwinden. Sie kamen gleich als Nächste dran. Damit fehlten nur noch sechs.

„Wie kann man den Personalchef erreichen, denn als Mann ist er auch verdächtig, und ich möchte einen Abstrich nehmen. Sonst muss ich ihn zur Fahndung ausschreiben", drohte Frau Simon.

Nastasia zuckte die Schultern und Maxim hatte keine Ahnung, denn die Stelle des Personalchefs übte Frank Koch überwiegend auf dem Papier aus. Er war so gut wie nie da, außer es gab Spezialeinsätze, wie zum Beispiel den von voriger Woche, bei dem sie die Gutachterin der Heimaufsicht bearbeiteten, aber

das sagte sie natürlich nicht.
Stattdessen murmelte sie etwas von Krankenstand und zu Hause im Bett, denn tatsächlich zeigte Frank Mitte der Woche mittelschwere Symptome von Covid-19, ohne sich erklären zu können woher. Er stritt aber eine Covid-19-Infektion strikt ab und schob einen Test oder eine Untersuchung in der Klinik vor sich her. Letzte Woche hatte er Maxim angerufen, dass er sicherheitshalber zu Hause bleibt, um die weitere Entwicklung abzuwarten. Dass er seit Mittwoch letzter Woche als Covid-19-Patient in die Uniklinik in Darmstadt eingeliefert wurde, wusste hier noch niemand.
Margareta Simon bat die Heimleitung, den Raum zu verlassen, und wandte sich an Maria Bitsch, die die ganze Zeit über verdeckt hinter einem Flip Chart Ständer saß. Von ihrem Platz aus sah sie einen Herren nach dem anderen kommen und gehen, und hörte sie vor allem sprechen.
Frau Simon wollte Maria Bitsch auf jeden Fall bei der heutigen Razzia dabei haben, um eventuell doch Hinweise auf einen Täter zu geben. Sie sollte beobachten, wie sich die Männer bewegten, wie sie aussahen mit und ohne Gesichtsmaske, und sie sollte ihre Stimmen mit derjenigen, die sie gehört hatte, vergleichen. Es würde schwierig genug werden, aber sie wollte keine Chance übersehen.
Maria Bitsch war leider absolut unsicher, und die einzige Person, die nach ihrer Ansicht mit allem

Vorbehalt bis jetzt in Frage kommen könnte, war einer der beiden Chefs, von denen Maria einen, nämlich Maxim, auch bei der Einführungsveranstaltung erlebt hatte. Alles, was sie an den Heimleiter als möglichen Täter erinnerte, waren die gepflegt manikürten Hände. Er hatte beim Angriff auf sie kein Wort gesprochen, und er machte auch keine typische Handbewegung wie bei der früheren Fernsehreihe ‚Was-bin-ich'. Das Tattoo hatte sie deshalb noch nicht entdeckt, weil sechs Männer der Testreihe fehlten und vorgeführt werden mussten.

Während Maria Bitsch mit der Kommissarin Simon diskutierte, stürmte eine wütende Nastasia ins Zimmer und schrie los.

„Hab ich es doch gewusst, dass diese Bitch dahinter steckt. Nicht nur, dass sie uns verunglimpft und das Seniorenheim durch den Dreck zieht, täuscht sie jetzt auch noch eine Vergewaltigung vor. Das ist echt unglaublich. Und glauben sie ja nicht, dass ich diese Schlampe damit durchkommen lasse", geiferte Nastasia und redete sich in Rage.

„Erst poppt sie fröhlich mit ihrem Assistenten mitten im Besprechungszimmer herum, anstatt ihre Arbeit zu machen, und dann schwärzt sie unser ohnehin am Leistungslimit stehendes Personal an", und es sah so aus, als ob sie sich auf Maria stürzen würde.

„Tut mir leid, nach einvernehmlichem Sex sahen die Verletzungen, die der Amtsarzt nach der

Vergewaltigung diagnostizierte, nicht aus. Sie sollten mit ihrer Behauptung sehr vorsichtig sein, sonst nehmen wir sie auch gleich mit wegen Behinderung der Amtshandlung“, gibt Margareta Simon resolut contra.

Maria saß totenblass auf ihrem Stuhl und brach lautlos in Tränen aus, während Nastasia triumphierend ihr Handy schwenkte und Margareta Simon den Videoclip unter die Nase hielt, den ihre Leute angeblich aufgenommen hatten. Dass Tobias dabei sein Maxim gegebenes Versprechen einlöste, um Maria durch einen Seitensprung mit Sex auf dem Bürotisch zu kompromittieren, erwähnte Nastasia nicht.

Margareta Simon schluckte und fragte, wie sie zu dem Videoclip kam, worauf Nastasia auf die Überwachungskamera in der Ecke des Besprechungszimmers zeigte, und erklärte, dass damit die Aufnahme, die ja auch einen Zeitstempel habe, aufgenommen wurde.

Margareta Simon wendete sich an die Kollegen und bat sie die Computer, Server und vor allem die Daten der Überwachungskameras einzupacken und an die KTU zur Auswertung mitzunehmen. Dann forderte sie Nastasia auf, am nächsten Montag in ihr Büro zu kommen, um ihre Aussage zu protokollieren. Das Handy konfiszierte sie ebenfalls und kündigte an, dass spätestens bis Ende der kommenden Woche die Daten auf dem Computer und im Handy ausgewertet

sein sollten.
Um 14:30 Uhr nach dem Eintreffen der Nachmittagsschicht nahmen sie noch deren Proben, womit sie alle bis auf vier Mitarbeiter getestet hatten, und dann rückte die Truppe ab.
Bevor Margareta Simon auf den Parkplatz zu ihrem Auto ging, musste sie nochmals auf ‚kleine Mädchen', und stolperte dabei über eine an der Innenseite der Toilettentür befestigte Nachricht auf einem abgerissenen Stück Toiletten Papier. Mit Mühe konnte sie „HELFT MIR, KATRA" entziffern, und Katra war wohl ein umsichtiges Mädchen, denn die Nachricht hing an allen drei Türen der Damentoilette.
Margareta Simon überlegte kurz und fragte beim Hinausgehen, den jetzt am Empfang sitzenden Wachschutz, ob er ihr die Katra vorbeischicken könnte. Der Typ log, ohne rot zu werden, dass er im ganzen Heim niemanden mit diesem Namen kennen würde. Also bat sie ihn, sie mit Nastasia zu verbinden, und teilte ihr mit, dass Nastasia am Montag, wenn sie im Präsidium in Darmstadt vorbeikommt, doch bitte die komplette Liste der weiblichen Angestellten mitbringen möge. Nastasia, die erst wissen wollte, wozu das gut sein soll, stimmte seufzend zu. Sie mochte sich nicht noch mehr Ärger mit Margareta Simon einhandeln, seit sie wusste, wie stark die Frau auf Widerspruch regierte.
Als sie im Auto saßen, sagte Margareta Simon zu

Maria, „diese Sache mit ihrem Kollegen ist sehr ärgerlich, und ich werde mir den Herrn umgehend noch einmal vornehmen. Sind sie sicher, dass sie mir alles dazu gesagt haben?“, Maria nickte verzweifelt, und es dauerte einen Moment, bis sie in der Lage war, darüber zu reden.

Maria wischte sich die Tränen aus dem Gesicht, und erst als sie Groß-Umstadt passieren, konnte sie reden. Mit stockender Stimme wiederholte sie die Geschichte so vollständig wie möglich, denn einige Passagen hat ihr Unterbewusstsein schon wieder gelöscht. Eine retrograde Amnesie, ausgelöst durch ein traumatisches Sexerlebnis mit Tobias, hat eliminiert, was ihre Wunschvorstellungen an eine ‚nette‘ Woche sein sollten.

„Tja, dann müssen wir von ihrem Kollegen auch noch einen Abstrich nehmen, mal schauen, was sich da so ergibt“, zeigte sich Margareta Simon nicht sehr glücklich mit der Entwicklung der Situation. „Außerdem müssen wir auf jeden Fall diesen Frank Koch testen, mein Gefühl sagt mir, das könnte wichtig sein. Wir werden das Gespräch aufzeichnen, damit sie es sich in Ruhe anhören können“, sagte sie abschließend.

Dann fragte Frau Simon Maria, ob sie die Liste der Mitarbeiter im Heim auch von ihr bekommen könnte.

„Natürlich“, sagt Maria „warum?“ Margareta Simon erwähnte Katra Romanescu und Maria bestätigte nachdenklich, dass sie sich dunkel entsinnen konnte, den Namen auf ihrer Liste gesehen zu haben.

Kapitel 45

> ***Covid-19*** *kann extrem variieren. Laut Schätzung haben 55 bis 85 % der Infizierten spürbare Beschwerden und zeigen erkennbare Anzeichen oder typische Symptomkombinationen einer COVID-19-Erkrankung; 81 % der Erkrankungen zeigen einen leichten Verlauf mit Fieber, trockenem Husten und Müdigkeit. Bei etwa 14 % der Fälle ist der Verlauf schwerer, und bei 5 % so schwer, dass eine intensivstationäre Behandlung der Patienten erfolgen muss. Bei schwerem Verlauf von COVID-19 erkranken die Infizierten an einer beidseitigen Lungenentzündung, erleiden akutes Lungenversagen und können auch sterben.*

Darmstadt, Mittwoch, 7.10.2020, 15:00 Uhr

Das Labor, welches Marias Vaginalabstrich untersucht hatte, entdeckte mehrere unterschiedlich auswertbare DNA-Spuren, wobei nur eine Probe eindeutige Ergebnisse lieferte. Eine Weitere, die vermutlich von einem verrutschten Kondom stammte, war nur bedingt verwertbar. Es gab keine Übereinstimmung mit den Proben, die Margareta Simon in der Seniorenoase abgenommen und noch am Mittwoch zum Abgleich weitergeleitet hat, jedoch sind interessanterweise drei der getesteten Männer Covid-19 positiv.

Der Vergleichsabstrich von Tobias Klein stimmte erwartungsgemäß mit der vollständigen DNA-Probe aus dem Vaginalabstrich überein. Das überraschte

Margareta Simon nach Marias Erklärung weniger als die Sache mit der Covid-19-Infektion, insbesondere weil die Gruppenvergewaltiger alle Kondome benutzt hatten. Und es standen sechs Kandidaten aus, die zur Fahndung ausgeschrieben und noch zu testen waren.
Mit dem Kondom konnten die Täter zwar verhindern, dass ihre Spuren sich in Marias Vagina wiederfanden, aber umgekehrt waren die Vergewaltiger extrem exponiert gegenüber der coronapositiven Maria, die zum Zeitpunkt der Gewalttat hoch infektiös war. Frau Simon hätte sich gewünscht, dass Marias Viren direkt einen nachweisbaren DNA-Fußabdruck bei den verdächtigen Sexualtätern hinterlassen hätten.
Das wäre für ihre Ermittlung deutlich besser als eine dünne Indizienkette, auf die sie jetzt angewiesen war. Margareta Simon saß grübelnd in ihrem Büro und überlegte die nächsten Schritte.
Die DNA-Feststellung, des zur Fahndung ausgeschriebenen Frank Koch stand noch aus, weil ihn der Notarzt mit mittelschweren Covid-19-Symptomen ins Klinikum nach Darmstadt eingeliefert hatte. Mit Maxim Mutsonow, Frank Koch und dem durch einen Fluchtversuch aufgefallenen Jannis Popescu stieg die Anzahl der durch die Covid-19-Infektion potenziell verdächtigen Personen auf drei.
Die Auswertung der Server für die

Überwachungskameras lief noch, um herauszufinden, ob der Video Clip des Quickies zwischen Maria und Tobias von der Kamera im Besprechungszimmer aufgezeichnet worden war. Nach der Qualität der Aufnahme in der Fotogalerie von Nastasias Handy zu urteilen, stammte die Aufzeichnung von einer festinstallierten Kamera. Die Untersuchung des Handys förderte eine Reihe weiterer aufschlussreicher Details auf Nastasias Handy zutage, unter anderem die Einträge ihrer Kalender.App.

Diese App war erst teilweise ausgewertet, aber es gab einen speziellen Kalender, der offensichtlich Treffen von Damen mit zahlungskräftigen Kunden zu körpernahen Dienstleistungen dokumentiert. Sogar die Honorarzahlungen zwischen 200 und 400€ waren hinter dem Namenskürzel der Kunden vermerkt. Bezeichnenderweise fiel dabei mehrfach der Name Katra. Die Herrennamen waren initialisiert und somit schwierig zuzuordnen. Der nächste Termin am kommenden Samstag betraf einen Hausbesuch von Katra bei einem Herrn mit den Initialen MS um 17:00 Uhr.

Margareta Simon stellte kurz entschlossen ein Team zusammen, welches das Heim am Samstag und Sonntag observieren sollte. Sie wollte prüfen, ob dann Mädchen im Allgemeinen und Katra im Besonderen aus dem Heim unterwegs waren. In den Personalakten, die Maria Bitsch auf ihrem Laptop zu

den Heimmitarbeitern gespeichert hatte, war eine Katra Romanescu, angeblich zweiundzwanzig Jahre alt, mit Lichtbild dokumentiert, die als Reinigungshilfskraft angestellt war. Auf dem Bild sah sie deutlich jünger aus. Das Foto gab Margareta Simon an das Observierungsteam weiter.
Sie hoffte, dass sie Nastasia am Montag schon mit Erkenntnissen konfrontieren könnte, um danach zu entscheiden, ob eine detaillierte Hausdurchsuchung anhand der Sachlage schon durchsetzbar wäre. Beim Staatsanwalt hatte sie einen entsprechenden Antrag bereits eingereicht. Außerdem hatte sie sich mit dem Gesundheitsamt in Erbach kurzgeschlossen, weil der Nachweis einer Covid-19-Infektion eine Quarantäne des gesamten Heims zur Folge hätte.
Eine Steffi Schwaiger, die im Juni die erste Inspektion und danach Anfang September das Re-Audit mit deutlichen Mängeln als Ergebnis durchgeführt hatte, war dankbar für den Hinweis. Sie hatte für die kommende Woche ohnehin eine zweite Wiederholung der Inspektion der Seniorenoase fest eingeplant.
Maria Bitsch hatte sich auch noch einmal gemeldet, nachdem sie sich kurzfristig entschlossen hatte, ein ernstes Wort mit Martin Silbermann zu wechseln. Sie war jedoch nicht einmal in die Nähe der Intensivstation gekommen, auf der er im künstlichen Koma gehalten wurde.
Margareta Simon wollte um jeden Preis den

ebenfalls auf die Isolierstation eingelieferten Frank Koch vernehmen und beantragte bei der Staatsanwaltschaft, dass sie seinen Coronatest für eine DNA-Analyse nutzen dürfte. Sie hatte ein längeres Gespräch mit dem behandelnden Oberarzt, der ihr zusagte, dass sie mit ihm reden könnte, bevor sie den Patienten, dessen Zustand sich zunehmend von leichten nach mittelschweren Symptomen verschlechterte, demnächst ins Koma legen müssten. Die Vernehmung wäre unter Vollschutzbedingungen durchführbar, und das Risiko einer Ansteckung müsste Margareta Simon mit sich selbst ausmachen.
Die KHK machte sich direkt nach dem Mittagessen mit Maria Bitsch im Schlepptau wegen des Stimmenvergleichs auf den Weg in die Klinik. Beide wurden mit Vollschutz-Overall und Gesichtsmaske plus Visier und Handschuhen vor einer Infektion geschützt und saßen kurz nach 15:00 Uhr am Krankenbett eines schweratmenden Frank Kochs. Während Maria Bitsch verdeckt und für den Patienten nicht sichtbar in der Waschecke des Krankenzimmers stehen blieb, führte Margareta Simon die Befragung durch.
Sie stellte sich vor, erklärte ihr Anliegen, dass sie auf seine Zeugenaussage zur Entlastung des Heimleiters angewiesen seien und fragte, ob er sich erinnern könnte, ob und wo genau er am 25. September abends mit Maxim Mutsonow zusammen gewesen wäre. Frank Koch rollte mit den Augen,

und es war nicht zu übersehen, dass er innerlich aufgewühlt war, als er sich zu erinnern versuchte.
„Das war der Freitag vor zwei Wochen“, half ihm Margareta Simon auf die Sprünge, und nach längerem Grübeln erinnerte sich Frank prompt daran, dass sie exakt an diesem Tag abends bei ihm zu Hause waren und ordentlich einen gebechert hätten. Frank Koch sprach langsam, mit heiserer Stimme und musste dazwischen immer mehrmals tief Luft holen, was ihm kaum gelang.
Die beiden Frauen fühlten kein Mitleid mit dem Häufchen Elend in seinem durchgeschwitzten Krankenhaushemd.
„Sind sie sicher, dass es bei ihnen zu Hause war“, hakte Margareta Simon nach, „denn Herr Mutsonow meinte, sie wären in einer Kneipe in Höchst im Odenwald gewesen“, bluffte sie kühl, „und sie hätten beide das dortige *Rote Haus* besucht, um sich ein bisschen abzureagieren.“
Frank Koch grübelte erneut, dann nickte er zustimmend, „doch, ja, sie haben recht. Ich habe mich vertan. Am Freitag haben wir es ungelogen ordentlich knallen lassen.“
„Wissen sie noch wie die Kleine aussah, die sie geknallt haben, damit wir sie als Zeugin befragen können“, fragte Margareta Simon und der schlecht atmende, sportlich durchtrainierte Frank Koch hatte die Chuzpe und beschrieb Maria Bitsch, und sogar den Leberfleck auf der Innenseite von Marias linkem

Oberschenkels vergaß er nicht zu erwähnen.
Margareta Simon verkniff sich ein Lächeln und Maria Bitsch wurde rot vor Wut und Zorn über eine solche Dreistigkeit, denn sie hatte ihn natürlich sofort, trotz der leisen Art zu sprechen, an der Stimme erkannt.
„Danke mein Lieber, sie haben uns sehr geholfen. Werden sie bald wieder gesund“, verabschiedete sich Margareta Simon scheinheilig und in dem Wissen, dass der gute Frank Koch so schnell das Krankenhaus nicht verlassen würde.
„Wollen wir nicht noch kurz ihren Kollegen Silbermann, der auch hier liegen soll, zu den Bestechungsvorwürfen der Heimleitung befragen“, schlug Margareta Simon Maria vor.
Maria zitierte den zuständigen Oberarzt, dass Herr Silbermann seit drei Tagen im künstlichen Koma liegt und leider nicht vernehmungsfähig ist.
Zwei Tage später lieferte die Kriminaltechnik eine 65%ige Übereinstimmung der DNA von Frank Koch mit dem Abstrich von Maria Bitsch.
Und damit gehörte er endgültig zum Kreis der Hauptverdächtigung, was ihre Vergewaltigung anbelangte.

Kapitel 46

Jannis Popescu, *geboren am 30.8.1992, in Bukarest, Ex Mitarbeiter der Securitate, des rumänischen Geheimdienstes. Hausmeister der Seniorenoase, Vermittler und Menschenhändler von Billigarbeitskräften und Sexsklavinnen aus Osteuropa vorzugsweise Rumänien, Zuhälter Chef der WELLNESS Oase*

Michelstadt, Samstag, 10.10.2020, 16:45 Uhr

Normalerweise wäre es die Aufgabe von Olivers Fahrdienstpersonal gewesen, Katra zu ihren Hausbesuchen zu fahren. Aber Oliver Wolff konnte keine Anweisungen mehr geben, und Wolfgang Wolff und Mike Wiegand musste Nastasia, nach ihrem so plötzlichen Ausscheiden aus dem aktiven Dienst, auch von der Liste der Angestellten des Wachschutzes der Seniorenoase streichen.

Ihre Wahl fiel schließlich auf Jannis, der sprach wenigstens rumänisch, um Katra auf die Wünsche ihrer Kunden einstimmen zu können. Jannis verließ nach einer Einweisung durch Nasty pünktlich um Viertel vor sechs das Gelände der Seniorenoase. Er hatte eine leicht bekleidete und frierende Katra auf dem Beifahrersitz, die lustlos den Ausführungen von Jannis lauschte, während er losfuhr, um sie zu ihrem ‚Spezialbehandlungs'-Termin bei Markus Schmucker zu bringen.

Die beiden Polizisten atmeten auf, dass es endlich losging. Sie hatten gelangweilt in einem unauffälligen Zivilfahrzeug im Auftrag des KHK Manfred Dingeldein gewartet, der wiederum in Absprache mit Margareta Simon die Observation angeordnet hatte. Sie waren bereits kurz nach Mittag auf den Parkplatz für Wanderer am Marbachstausee eingebogen und hatten so geparkt, dass sie ungesehen verfolgen konnten, wer das Seniorenheim Gelände verließ oder dort vorfuhr. Sie hatten eine unscharfe Kopie von Katras Passbild aus der Personalakte des Heims dabei, und das Foto vor sich auf das Armaturenbrett gelegt, um sicher zu sein, das richtige Fahrzeug zu verfolgen, falls Katra das Areal verlassen sollte. Von den übrigen Autos notierten sie nur das Kennzeichen und die Abfahrts- und Ankunftszeiten.

Jannis fuhr, als er an der Kundenadresse angekommen war, einmal um den Block und parkte dann hinter der Kurve an der Ecke zu Markus‘ Wohnung. Er begleitete Katra bis zur Haustür, sie drückte auf den Klingelknopf und drinnen ertönte die kleine Nachtmusik als Glockenläuten. Jannis blieb neben der Tür stehen, um sicher zu sein, dass sie die Wohnung betrat.

Markus drückte unmittelbar nach dem Klang der Türklingel auf den Türöffner, als habe er schon hinter der Eingangstür auf sie gewartet. Er trug einen Baumwollbademantel, dessen Gürtel locker verknotet war und knapp seinen Bauch verdeckte, und schlug ihr vor, das Entspannungsprogramm mit einem gemeinsam Badespaß in seiner mit einem Duftschaumbad gefüllten Badewanne zu beginnen. Katra fand das insofern angenehm, weil sie dann wenigstens nicht mehr so fror, denn der Herbsttag hatte sich draußen von seiner unfreundlicheren Seite gezeigt.

Die Badewanne war ein Whirlpool für zwei Personen und Katra schlüpfte behände unter den Schaumberg, während Markus unbeholfen in den Pool kletterte und sich fallen ließ, dass es nur so spritzte. Markus war froh, als er das Lächeln sah, das Katras immer ein bisschen traurige Züge erhellte. Er wollte doch, dass sie den Sex-Spaß mit ihm teilte.

Im Fernseher in der Ecke des Badezimmers lief ein Porno, der sollte Markus helfen, um in Fahrt zu kommen. Katra reagierte wie erwartet, und es dauerte nicht lange, bis er in das schaumige Wasser ejakulierte.

Er benötigte danach eine Weile, bis er wieder zu Kräften kam. Knausrig wie er war, wollte er auf jeden Fall die Zeit ausnutzen, für die er Katra gebucht und bezahlt hatte. Er ließ sich in dem deutlich zu heißen Wasser viel Zeit mit der Erholung. Er wäre fast eingenickt, als er merkte, dass Katra leicht zu zittern begann, weil das Wasser abkühlte, und er trocknete sie behutsam ab. Dann durfte sie ihn mit dem Badetuch trocken rubbeln, und er zog sie hinter sich her in sein Bett im

Schlafzimmer und bestand auf einem zweiten Durchgang.
Kaum dass sie ihn wieder auf Touren gebracht hatte, betätigte er sich als schnaufender Missionar, bis er plötzlich seine ruckartigen Bewegungen einstellte. Mund und Nase nahmen eine leichenblasse Farbe an und er sackte über ihr zusammen.
Katra, die am Rücken liegend seine Anstrengungen mit geschlossenen Lidern über sich ergehen ließ, riss erschreckt die Augen auf, als er mit seinem ganzen Gewicht auf sie plumpste, sodass sie fast erdrückt wurde und keine Luft mehr bekam.
Sein Herzinfarkt hatte sich schon mehrfach angekündigt, aber er wollte die Zeichen nicht verstehen, und sie konnte es nicht. Sie versuchte, ihn zur Seite zu rollen, aber er war zu schwer. Sie musste alle ihre Kräfte aufwenden, um sich unter dem kräftigen Markus herauszuwinden, der keinen Mucks mehr von sich gab.
Katra suchte ihre Kleider zusammen und zog sich verzweifelt an, immer wieder einen Blick auf die blasse Gestalt werfend, die so regungslos auf dem großen Doppelbett lag.
Katra geriet in Panik und verließ das Haus, sie lief zum Auto, in dem Jannis eine Zigarette rauchend auf sie wartete. Sie erzählte, was passiert war, und Jannis rief Nastasia Korolja an, was zu tun sei.
Die wollte wissen, ob irgendwer ihn und Katra beim Betreten der Wohnung beobachtet hätte, und Jannis

zählte eine Nachbarin und zwei Passanten auf, die beim Reingehen ihr Kommen bemerkt haben könnten. Ob sich ihre Gesichter für eine spätere Zeugenaussage tief genug in den Kurzzeitspeicher der Passanten eingebrannt hatten, ließe sich schlecht sagen. Nastasia sagte, er solle warten, während sie Maxim Mutsonow fragte.
Maxim wollte auf gar keinen Fall, dass das Heim im Zusammenhang mit Katras *Hausbesuch* in irgendwelche Todesfallermittlungen reingezogen würde, und schimpfte Nastasia heftig aus, weil sie den Gesundheitszustand des gesundheitlich vorbelasteten Markus nicht sorgfältiger abgeklärt hatte.
Maxim nahm Nastasia das Telefon aus der Hand und wandte sich direkt an Jannis. Er ordnete an, dass er im Schlafzimmer des Toten einen Zigarettenbrand vortäuschen sollte, das wäre am unauffälligsten und würde zuverlässig alle Spuren beseitigen.
Jannis, wartete, bis die Luft rein war, ging in die Wohnung, öffnete das Fenster für eine gute Sauerstoffversorgung. Dann wuchtete er den toten Markus in eine sitzende Position im Bett, drückte ihm ein Buch in die Hand und legte eine brennende Zigarette auf die Bettdecke. Mit seinem Feuerzeug half er noch ein bisschen nach, und sobald die ersten Flammen züngelten, verließ er die Wohnung, schloss die Tür und kehrte unaufgeregt zum Auto zurück, in dem Katra auf ihn wartete. Dann fuhr er, ohne sich

umzusehen, in die Seniorenoase.
Die beiden Polizisten, die auf der Hauptstraße zwei Autos hinter Jannis eingeparkt hatten, sahen einander fragend an. Sie überlegten kurz, ob sie angesichts des Rauchs, der aus dem Schlafzimmerfenster drang, in der Wohnung nach dem Rechten sehen oder dem zu observierenden Auto hinterherfahren sollten.
Sie entschieden sich, angesichts des stärker werdenden Rauchs, die Feuerwehr anzurufen und danach dem Wagen hinterherzufahren.
Die Entscheidung kam zu spät.
Jannis war mit seinem Auto außer Sicht, und obwohl sie die Verfolgung trotzdem aufnahmen, und zielgerichtet zur Seniorenoase zurückfuhren, konnten sie das Fahrzeug dort angekommen nirgends entdecken. Nach einer halben Stunde holten sie sich einen Rüffel des KHK Dingeldein ab, weil sie nicht gleich an dem verdächtigen Fahrzeug drangeblieben waren.
Missmutig fuhren sie zu Markus Wohnung und dem immer noch brennenden Schlafzimmer zurück. Die Feuerwehr hatte die Schläuche ausgerollt und erste Kommandos ertönten, um das C-Rohr zu aktivieren. Sie begannen den Brand mit hohem Wassereinsatz durch das offene Fenster zu löschen. Die Wohnung konnte wegen der Heftigkeit des Feuers und der Rauchentwicklung etwa zwanzig Minuten lang nicht betreten werden. Die beiden Beamten warteten vor

dem Haus, bis der KHK auftauchte. Manfred Dingeldein entschied, nachdem er den Brandherd besichtigt und mit den Ersthelfern der Feuerwehr gesprochen hatte, mit den beiden Beamten dem Heim einen Besuch abzustatten.
Jannis, der nicht bemerkt hatte, dass er auf dem Rückweg verfolgt worden war, hatte das Auto in der Tiefgarage geparkt und Katra an Nastasia übergeben. Das Mädchen, das leicht verwirrt und durcheinander war, benötigte einige Zeit, um sich nach dem Schreck wieder zu erholen. So ein Erlebnis zu verdauen, fiel schon hartgesottenen Damen des horizontalen Gewerbes nicht leicht, und dann erst einem noch so unerfahrenen Mädchen. Nastasia, ganz die sorgenvolle Ersatzmutter mimend, hatte Tee gekocht, und den nahm Katra dankbar an.
Nastasia beglückwünschte sich zur Entscheidung, den Folgetermin mit diesem Bestatter nicht angenommen zu haben, das hätte die Kleine sicher nicht verkraftet.
Als die Polizei dann zum zweiten Mal anrückte, bedurfte es einiger Überredungskünste und kräftiger Argumente seitens der Beamten, bis sie Katra zu Gesicht bekamen und mit ihr unter vier Augen sprechen konnten. Sie entschieden, das Mädchen die Nacht über in Schutzhaft zu nehmen, um sie aus ihrem Umfeld zu befreien.
Bevor sie dem Jugendamt übergeben wurde, befragte der KHK Manfred Dingeldein Katra noch als Zeugin

zum Tod von Markus Schmucker und zur Entführung von Mia, die schon ein paar Tage zurücklag.
Zum Tod von Markus erzählte Katra unter Tränen, dass er mitten im Sex, der ihm sichtbar immer schwerer gefallen sei, bewusstlos über ihr zusammengebrochen war. Und wie knapp sie sich gerettet hatte, aus Angst unter dem Gewicht des reglosen Mannes zu ersticken. Von einem Feuer wusste sie nichts, nur dass Jannis im Auto mit Nasty und wohl auch mit Maxim telefoniert hatte. Danach habe er kurz das Auto verlassen, um angeblich etwas aus der Wohnung zu holen. Dann sei er mit ihr zurückgefahren, denn Markus war ihr letzter Kunde an diesem Sonntag.
An Mia konnte sie sich noch sehr gut erinnern, denn sie war lange Zeit ihre einzige Hoffnung, aus der Seniorenoase befreit zu werden. Sie hatte nur kurzen Kontakt zu dem Mädchen durch eine verschlossene Wohnungstür, aber sie bekam sie niemals zu Gesicht. Sie beschrieb dem KHK, in welcher Wohnung im Wohnheim man Mia gefangen gehalten hatte.
Den Fahrer, der sie zu Markus und zurück in die Seniorenoase gebracht hatte, identifizierte Katra als Jannis Popescu. Die Beamten, die Manfred Dingeldein losgeschickt hatte, nahmen ihn in seiner Wohnung im Seniorenwohnheim fest, um ihn am nächsten Tag dem Haftrichter vorzuführen.
Inzwischen waren die Flammen im Apartment des Markus Schmucker erstickt, und die Feuerwehr

ausgestattet mit schwerem Atemschutz betrat den Raum, um nach Opfern zu suchen.
Die Feuerwehrleute wurden prompt fündig und fanden die durch die Brandeinwirkung entstellte Leiche des Markus Schmucker, der, aufrecht im Bett sitzend, anscheinend beim Lesen eines Buches eingeschlafen und entschlafen zu sein schien. Es sah so aus, als ob eine glimmende Zigarette das Feuer verursacht haben könnte. Genauere Untersuchungen waren notwendig.
Der Notarzt stellte den Tod von Markus Schmucker vorläufig als ‚unklare Todesursache' fest, und der KHK beantragte einmal mehr bei der Staatsanwaltschaft in Darmstadt die Überführung der Leiche in die Rechtsmedizin nach Frankfurt. Der Brandinspektor der Erbacher Freiwilligen Feuerwehr forderte inzwischen die KTU an, um die kriminaltechnische Ermittlung der Brandursache einzuleiten.
Die am nächsten Tag polizeiintern kolportierte Nachricht sprach von einer brennenden Zigarette, die den Tod ausgelöst haben sollte.

Kapitel 47

***Die Kronzeugenregelung** des § 31 BtMG ermöglicht bei Taten im Zusammenhang mit Betäubungsmitteln, die Strafe zu mildern oder – sofern der Täter keine Freiheitsstrafe von mehr als drei Jahren verwirkt hat – von einer Strafe vollständig abzusehen. Die Kronzeugenregelung erstreckt sich sowohl auf Taten, die bereits begangen wurden als auch auf Taten, die erst in der Planung sind. Im Rahmen der Aufklärungshilfe ist insbesondere Voraussetzung, dass ein Aufklärungserfolg herbeigeführt wurde.*

Darmstadt, Montag, 12.10.2020, 08:30 Uhr

Nastasia saß seit einer geschlagenen Stunde bei der KHK'in Margareta Simon in einem Vernehmungsraum und wartete. Sie hatte sich die ganze Nacht von einer Seite auf die andere gewälzt und überlegt, wie sie sich verhalten sollte. Jetzt hatte sie einen Plan, und sie bereute nicht mehr die langen Stunden, die sie wach lag. Sie wollte grundsätzlich alle Vorwürfe glatt abstreiten. Sollte sich die Sache als hoffnungslos herausstellen, dann würde sie ihre Haut retten und ihre Chefs, die ihr ohnehin das Leben nicht einfach machten, sollten den Kopf für die Misserfolge der letzten Zeit hinhalten.

Es wäre ein leichtes für sie, alle schmutzigen Details auszupacken, zu denen ihre Chefs sie gezwungen hatten. Wenn sie es geschickt anstellen würde, hätte sie sogar in der 'Gesellschaft' eine Chance zu überleben, nachdem die Beschuldigten mit saftigen Haftstrafen außer Gefecht gesetzt wären. Bei ihrem Herrn und Meister, an dem der Zahn der Zeit in diesem Jahr tiefe Spuren hinterlassen hatte, war sie absolut zuversichtlich, dass es höchste Zeit war, den Spieß umzudrehen, um ihn unter ihre Kontrolle zu bringen.

Sie war gut eingestellt und wartete ab, was Frau Simon in der Hand hatte, bevor sie die letzte Meile gehen würde, um sich an ihren Chefs zu rächen. Diesen harten Weg wollte sie lieber vermeiden,

Ihre Gedanken an Vergeltung zielten auf ihre direkten Chefs bis auf einen. Vitali würde sie schonen, aber nur soweit, als es für sie nützlich wäre.

Sie sah, dass die Überwachungskamera aktiv war und rot blinkte, aber das störte sie nicht.

Als sich endlich die Tür öffnete, und Margareta Simon eintrat, sah Nastasia sofort an ihrem Gesichtsausdruck, dass die Hauptkommissarin die besseren Karten in der Hand hielt, und sie bereitete sich seelisch vor, auf Plan B umzuschalten.

Margareta Simon verlor keine Zeit mit Vorreden und redete nicht um den heißen Brei herum. Sie sagte Nastasia auf den Kopf die schweren Vergehen zu, bei denen sie zwischenzeitlich über handfeste Beweise verfügen würde, und ihre Aussage nicht unbedingt bräuchte. Sie zitierte die Verhaftung von Jannis, was Nastasia wenig überraschte, und dass die

Kripo Erbach eine Katra Romanescu nach deren umfassender Aussage in Schutzhaft genommen hatte.
Um das Verfahren abzukürzen, ergänzte sie, läge es allein an Nastasia, ob sie in den Genuss von mildernden Umständen kommen wollte, wenn sie ihrerseits auspacken würde. Sie bot ihr eine weitgehende Straferleichterung in Form einer mehrjährigen Bewährungsstrafe an, wenn sie mit einer umfangreichen Aussage der Kripo, die Gelegenheit gäbe, ihre Chefs der Mafiabande anzuklagen.
Die Opferrolle gefällt Nastasia, aber sie bleibt bei ihrem Entschluss, wie schon Alina vor sechzehn Jahren, ihren Liebhaber-Boss Vitali vorerst aus dem Schlamassel herauszuhalten, um stattdessen Maxim Mutsonow und Frank Koch ans Messer zu liefern. Und ob sie Vitali letztlich und tatsächlich schonen wird, das wollte sie von seinem Verhalten ihr gegenüber abhängig machen. Sie genoss ein bisschen das Gefühl von Macht, und dass sie im Moment am längeren Hebel saß.
Sie konnte es sich gut vorstellen, dass Vitali, der zur Abwechslung einmal auf ihre Loyalität angewiesen wäre, seinen Lebensabend unter ihrer fürsorglichen Obhut verbringen müsste. So könnte sie nachdrücklicher daran arbeiten, dass er sie als Begünstigte im Stiftungsvertrag anstelle der vermissten Alina eintragen würde. Das wäre das

Mindeste, was sie ihm abzuverlangen gedachte.
Es wäre nur fair, wenn sie jetzt ihrerseits Kontrolle und Macht über einen Patriarchen ausüben könnte, der zeitlebens alle seine Untergebenen und Geliebten mit harter Hand und nach seinem Willen führte. Man könnte fast von Schadenfreude sprechen, die Nastasias gefühlsarmes Herz bei diesem Gedanken erwärmte.
Sie willigt in das Angebot von Margareta Simon vorbehaltlos ein und stellt sich als Unschuldslamm dar.
Sie gibt als Erstes die gemeinsame Vergewaltigung von Maria Bitsch durch ihren Chef, den Personalchef und den Chef des Werkschutzes zu, und lässt nicht unerwähnt, dass die Herren sich insbesondere daran ergötzten, dass sie den armen Tobias erfolgreich zwangen mitzumachen. Sie bedauerte ihren Versuch, Maria Bitsch neben den physischen Schmerzen noch seelische Grausamkeiten zugemutet zu haben.
Es folgten die Details zum Menschenhandel und der Prostitution mit den drei minderjährigen Mädchen, die Kunden innerhalb der Seniorenoase und bei Hausbesuchen verwöhnen durften. Auch hier drückte sie ihr Mitleid mit den Mädchen aus, denen gegenüber sie als Ersatz-Mama gewirkt habe, um ihnen ihr Los etwas erträglicher zu gestalten.
Zum Drogenhandel hielt sie sich bedeckt, denn sie war dort nie involviert. Sie wusste nicht, wie der

Drogenhandel funktioniert, und wie geschmuggeltes Rohopium und Heroin zu Derivaten wie Opioiden und Opiaten weiterverarbeitet und in Europa legal auf den Markt für rezeptpflichtige Medikamente geworfen wurde. Damit hatte sie rein gar nichts zu tun. Ihre Kenntnisse über das Drogendepot verschwieg sie genauso wie Alina vor fünfzehn Jahren.
Nastasia log sich ihre Unschuld zusammen, und möchte mithelfen, alles aufzuklären. Hauptsache sie kommt aus der Sache heil heraus.
Von einer Mauer des Schweigens war beinahe nichts zu merken, dachte Frau Simon. Sie rätselt ein bisschen über den Grund ihrer Redefreudigkeit, denn dass die ‚Bratwa' so ein Verhalten nicht ungestraft geschehen lässt, ist der KHK'in sehr bewusst.
Last but not least bedauerte Nastasia, dass sie unter dem Druck des Geschäftsführers und des Aufsichtsrates des Heims, den massiven betrügerischen Missbrauch bei der Abrechnung von Pflegeleistungen gegenüber den Kranken- und Pflegeversicherungen über ihre Pflegedienstleitung umsetzen musste. Sie wurde konkret und nannte die Namen von Frank Koch und sogar Oliver Wolff,
Sie gab sogar zu, dass einige vor Monaten verstorbene Heiminsassen, die ohne Anhang ihren Lebensabend im Heim verbracht haben, auf Anweisung von Maxim Mutsonow im Keller in der Tiefkühltruhe liegen, deren Pflegesätze immer noch

abgerechnet würden.
Nastasia heuchelte Mitleid mit sich selbst und fand immer mehr Gefallen an der Opferrolle, denn wenn sie das alles absitzen müsste, wäre es nix mehr mit dem gemütlichen Lebensabend mit Vitali. Also gestand sie unter Tränen, sie hätte immer nur unter dem Zwang der ‚Gesellschaft' gearbeitet und alles auf direkte Anweisung gemacht, weil sie ständig um ihr Leben fürchten musste.
Margareta Simon realisierte, dass Nastasia log, dass sich die Balken bogen, und dass sie definitiv ein gerütteltes Maß an Eigeninitiative entwickelt haben musste. Sonst wäre sie nicht in der Position gelandet, die ihr als Pflegedienstleitung jede Menge Macht und Verantwortung gab. Aber sie war erleichtert, dass die mächtigen Strippenzieher der 'Gesellschaft' endlich und richtigerweise als Schuldige benannt wurden.
Aus der Sicht der Anklagebehörde war der Zugriff und die in greifbare Nähe gerückte Verurteilung der Chefs von Nastasia, als den eigentlich Verantwortlichen für die betrügerischen Aktivitäten der Bande, es wert, den Deal einer Kronzeugenregelung in Erwägung zu ziehen. Als mildernde Umstände rechnete Frau Simon Nastasia an, dass das Leben für sie in einer patriarchalisch geführten kriminellen Bruderschaft sicher kein Honiglecken war. Entscheidend war, dass der Erkenntnisgewinn ihrer Aussage geeignet war,

begangene Verbrechen aufzuklären und künftige zu verhindern. Und eine Mindeststrafe von ein paar Jährchen Kost und Logis auf Staatskosten, unter Umständen sogar auf Bewährung, war trotzdem durchsetzbar.

Frau Simon verpflichtete Nastasia zu absolutem Stillschweigen und Kooperation bei der für Mittwoch früh angesetzten Hausdurchsuchung, wenn es um die Beweissicherung zu den eben besprochenen Vorwürfen ginge.

Nastasia versprach das, und lehnte das Angebot von Polizeischutz ab, sie möchte Aufsehen um jeden Preis vermeiden.

Margareta Simon protokollierte das dreistündige Gespräch und entließ Nastasia am frühen Nachmittag, die sich in ihr Auto setzte und zurück in die Seniorenoase fuhr.

*

Während Frau Simon ihren Bericht durchlas, fiel ihr auf, dass Nastasia den Namen des Oliver Wolff mehrmals nannte, von dem der Kollege aus Erbach einen DNA-Vergleich mit einer Anzeige veranlasst hatte, die viele Jahre zurücklag. Sie fragte beim Labor direkt nach, ob schon ein Ergebnis vorläge.

Es lag eines vor, war aber in dem Wust von Untersuchungen zu Covid-19 schlicht liegen geblieben. Die Datenbankauswertung der

DNA-Probe, die von der Leiche des Oliver Wolff entnommen wurde, lieferte eine 100%ige Übereinstimmung zu dem angezeigten Vergewaltigungsfall aus dem Jahr 2009. Sie informierte umgehend ihren Kollegen Manfred Dingeldein, und der leitete die Nachricht direkt an Hans Hämmerle weiter, erreichte aber nur den Anrufbeantworter. Er sprach ihm die Bitte darauf, ihn zurückzurufen.
Eine halbe Stunde später rief Hans Hämmerle zurück. Das Telefonat war kurz und der Anrufer bedankte sich für die schnelle Ermittlungsarbeit. Margareta Simon rief danach bei der Heimaufsicht an und bat Herrn Köberl, er möge schon mal über einen provisorischen Heimleiter und eine Pflegedienstleitung nachdenken. Es könnte sein, dass sie bei der anstehenden Hausdurchsuchung der Seniorenoase die beiden Verantwortlichen, Maxim Mutsonow und Nastasia Korolja, aus dem Verkehr ziehen könnten.

*

Nastasia wurde nach ihrer Rückkehr aus Darmstadt auf dem Flur vor ihrem Büro in der Seniorenoase bereits von Maxim Mutsonow mit fragendem Blick empfangen. Nastasia behauptete, die Kommissarin habe ihr geglaubt, dass Tobias der eigentliche Übeltäter sei, insbesondere weil nur seine

DNA-Spuren im Vaginalabstrich der liebestollen Maria gefunden worden war. Sie musste aufpassen, nicht zu dick aufzutragen, damit Maxim nicht misstrauisch würde.
Die Verhaftung von Jannis wäre kein Thema bei ihrer Zeugenaussage gewesen, vermutlich war das ein unabhängiger Vorgang der Polizei von Erbach. Wahrscheinlich sei Jannis im Halteverbot gestanden als er auf Katra wartete und in der Folge verdächtig erschienen. Sie bat Maxim sich doch mal in der Polizeidirektion Erbach nach einer abgängigen Angestellten und einem Mitarbeiter des Wachdienstes zu erkundigen.
Maxim zierte sich und Nastasia, versprach sich selbst darum zu kümmern, auf Männer wäre ja wie immer kein Verlass, lenkte sie ihn mit einer schnippischen Bemerkung ab. Maxim grummelte vor sich hin und verschwand in seinem Büro, Nastasia aufatmend in ihrem.

Kapitel 48

Schande. *Die eigenen Verwandten werfen vergewaltigten Mädchen und Frauen afghanischer Familien vor, Schande über die Familie gebracht zu haben. Auch das Baby, das als Mädchen ja ohnehin nicht so viel wert ist, gilt als Schandfleck und unterliegt diesem Schuldspruch. Die Menschenrechtsorganisation Amnesty international hat in einer "Urgent Action" zu Appellen an den afghanischen Staatspräsidenten, den Justizminister und die afghanische Botschaft in Berlin aufgerufen, dass Vergewaltigungsopfer geschützt und "Ehrenmorde" als schwere Straftat behandelt werden.*

Asylanten Wohnheim, Erbach, Dienstag, 13.10.2020, 17:00 Uhr

Emina wollte nach der verpatzten Unterrichtsstunde vor zwei Wochen den Unterricht entweder ganz absagen oder für eine Weile aussetzen, so sauer war sie. Sie schickte noch am Tag nach dem Auftritt von Dawoud eine SMS an die drei, in der sie ihnen den Nachhilfeunterricht aufkündigte, weil sie sich so schlimm verhielten und ihr nicht halfen.

Aber dann erhielt sie heute Morgen die SMS von Ali, der sie darum bat, weiter zu machen. Sie könnten doch nichts dafür, entschuldigte er sich schuldbewusst, und Emina wurde weich und bestätigte den heutigen Termin. So seltsam es klang, sie hatte bei ihren Schülern das Gefühl, dass sie als Mädchen sehr wohl respektiert und anerkannt war.

Vielleicht lag es daran, dass die jungen Herren, nachdem sie aus dem Familienverbund gerissen waren, sich im neuen Umfeld schneller an die Kultur des Landes anpassten, als den Eltern lieb war. Ali versprach auch beim nächsten Mal zu helfen, denn Dawoud hätte sich schändlich und unwürdig verhalten. Da klang zwar wieder ein bisschen althergebrachtes Ehrgefühl durch, aber Emina nahm das Ganze positiv zur Kenntnis und gab ihnen eine zweite Chance.

Jetzt war sie ein bisschen spät dran, denn sie musste warten, bis ihr Papa mit Georg Jährling im Schlepptau vor dem Asylantenwohnheim eintraf. Ihr Papa hoffte auf eine positive Gegenüberstellung beim Wiederauftauchen von Dawoud, und er zweifelte nicht daran, dass der Bursche wieder versuchen würde, zu Emina Kontakt aufzunehmen. Ihr Papa wollte auf dem Parkplatz warten, bis Emina ihm Bescheid geben würde. Sie hatte ihr Handy mit dem Anruf an Hans voreingestellt, und brauchte nur mehr den grünen Knopf zu drücken.

Um halbwegs pünktlich zu sein, joggte sie den langen Flur entlang, an dessen Ende der kleine Unterrichtsraum lag.

Die multikulti Truppe saß schon erwartungsvoll mit Mundschutz und auf Abstand um den Tisch, und Emina packte ihr Nachhilfematerial aus. Sie hatte kaum mit der Wiederholung der Hausaufgaben begonnen, als die Tür aufging und Dawoud

unerwartet und unerwünscht im Zimmer stand.
Er musste schon im Flur versteckt auf sie gewartet haben.
Er trug demonstrativ keine Gesichtsmaske, aber mit seinem gesenkten Blick machte er einen zerknirschten Eindruck, was ihm sichtlich schwerfiel. Er machte einen schuldbewussten Eindruck, aber er entschuldigte sich nicht, wie Emina kühl konstatierte.
Er kam direkt zur Sache.
„Ich habe nach unserem letzten Treffen nochmals mit meinem Onkel telefoniert, und er ist bereit, dir deinen Anteil an der Schande deiner Mutter zu verzeihen, wenn du dich der Autorität der Familie unterwirfst. Aliyah, die dich so ehrlos in die Welt gesetzt hat, überzog mit ihrer Hurerei mit deinem Vater unsere ganze Familie mit einer fast untilgbaren Schande. Du, als das Ergebnis dieser Schandtat, entehrst damit meine Familie ebenfalls. Aber wir wollen dir helfen."
Dawoud sprach über Eminas Vater und dachte dabei, so wie es ihm sein Familienpatriarch eingetrichtert hat, an den russischen Ex-KGB Offizier mit dem Emmas Mutter und seine Schwester durchgebrannt ist. Die Frau, die er an einem sonnigen Oktobertag in 2009 höchstpersönlich und im Auftrag der Familie töten wollte, weil sie nicht bereit war, Abbitte zu leisten, um die Schande zu tilgen.
Was niemand außer Dawoud wusste, war die

Tatsache, dass er seine Schwester an diesem Donnerstag im Oktober 2009 schon tot vorfand, als er ihre Wohnung betrat. Er hatte, wie oft mit ihr telefoniert, wobei sie immer ihn anrief, damit ihr Ehemann nichts mitbekam. Er hatte sie beschworen, zurückzukommen und diese geringe Mühe einer Abbitte auf sich zu nehmen. Aber sie hatte sich standhaft geweigert, bis sie offenbar von diesem russischen Vergewaltiger oder seinen Schergen umgebracht worden war, ohne dass er einen Finger dafür krumm machen musste. Er nahm damals und trotz der Aufregung, die ihn bei ihrem Anblick ergriffen hatte, sicherheitshalber das Foto vom Nachttisch mit, insbesondere wegen der Abbildung ihrer Tochter darauf. Dann verschwand er aus der Wohnung, ohne eine Spur zu hinterlassen. Ihre Schandtat war damit offiziell immer noch nicht gesühnt, denn ihr Tod war nicht durch den notwendigen Ehrenmord, sondern durch eine feige Vergeltung ihres Ex wegen treulosen Verrates zustande gekommen. Aber das wusste keiner, und Dawoud ließ seine Familie im Glauben, den Ehrenmord vollzogen zu haben.

„Dawoud, warum machst du das? Ist das deine eigene Meinung, mit der du mich da beleidigst, oder bist du nur ein Papagei, der nachplappert, was man ihm vorsagt?“, versuchte sie an ihn heranzukommen. Sie wollte ihn als Person erreichen und wissen, ob das authentisch und ernst gemeint war, was er da von

sich gab.
Dawoud schaute verständnislos, bevor er antwortete, „du willst Respekt und spuckst auf meine Familie. So mit mir zu reden, das steht dir nicht zu! So sprechen bei uns weder eine Frau und schon gar keine unwürdige Tochter. Du schweigst jetzt und hörst mir zu. Verstanden!“
Er verfiel in einen Kommandoton, wie ihn Leute benutzen, die keine Argumente mehr haben, bei denen Meinungsfreiheit nicht gilt und die glauben, unwürdigen Personen etwas befehlen zu können.
Er machte eine kunstvolle Pause, bevor er fortfuhr, „der Familienpatriarch hat sich zu einer wohlwollenden Prüfung auf deine Wiedereingliederung in die Familie bereit erklärt. Der Tod deiner Mutter hat die Schande, die auf der Familie liegt, wenigstens zum Großteil getilgt. Er will dir gegenüber großzügig sein, sodass du mit deiner Buße deinen Anteil an der Schande endgültig abzulösen kannst. Dazu musst du diesem westlichen Sündenkult entsagen, in den Schoß der Familie zurückkehren und dem Familienoberhaupt Gehorsam geloben. Und wie gesagt, die Aussichten für eine Wiedereingliederung sind gut, du bist dann auch wieder geschützt, und keiner kann dir etwas tun. Wir suchen dir einen passenden Ehemann aus, und du wirst mit ihm glücklich sein, weil du ihm so dienen kannst, wie es deine Großmutter auch getan hat. Deine Mutter war ja ein Totalausfall. Und bevor du

wieder dumm nachfragst, ich spreche hier für die Familie und den Patriarchen!“ Er sah sie erwartungsvoll an, wie sie die Botschaft aufnehmen würde.
Emina erstarrte.
„Das kann doch nur aus einem kranken Männerhirn stammen“, spuckte sie ihm fast ins Gesicht.
„Wie kommst du dazu, die Ehre meiner Mutter zu beschmutzen. Meine Mutter hat meinen Vater geheiratet, und selbst wenn sie es nicht getan hätte, wäre das kein Grund für dich, von Hurerei zu reden. Das Wort Liebe scheint in deinem Handbuch der Ehre nicht vorzukommen. Dafür beleidigst du mich mit diesen scheußlichen Vorwürfen. Pass lieber du auf, was du da sagst“.
Emina redete sich in Rage. „Stell dir vor, auch wenn es dir schwerfällt, dass meine Mutter froh war, endlich diesem mittelalterlichen Ehrenkodex eurer Familie entkommen zu sein. Wie krank seid ihr denn, zu behaupten, dass die Liebe meiner Mama zu meinem Papa eine Schande über deine Familie brachte. Und wie noch kränker, dass ich dafür büßen soll, um meinen Schandfleck auf der Ehre dieser Familie, mit der ich nichts aber auch gar nichts gemeinsam haben möchte, zu beseitigen? Ihr und eure blöde Familienehre könnt mir sowas von gestohlen bleiben, das glaubst du gar nicht! Sag das deinem herzlosen Patriarchen, ich bin fertig mit euch! Und jetzt verschwinde endgültig aus meinem

Leben!“
Wenn Emina von ihrem Papa redet, dann meint sie Hans und nicht diesen Vitali Klimachow, von dem ihr ihr Papa neulich etwas als ihrem biologischen Erzeuger erzählt hat. Die Existenz eines anonymen Samenspenders war für Emina völlig uninteressant. Dann fiel ihr noch etwas ein.
„Wie kommst du überhaupt dazu, vom ‚Tod‘ meiner Mutter zu reden? Meine Mutter ist nicht tot. Sie ist verschwunden. Kann es sein, dass du weißt wieso?“, sie möchte ihr Geheimnis für sich behalten, und sie war gespannt, wie er reagieren würde.
Emina hakte nach und wollte es genau wissen.
„Außer, sie wurde von euch oder sogar von dir eigenhändig umgebracht wegen eures erbärmlichen Ehrenkodexes Seid ihr vielleicht sogar die unbekannten Mörder, und habt ihr sie verschwinden lassen? WAS WEISST DU DAWOUD?“, sie wurde immer lauter und durchbohrte ihn fast mit ihren Blicken, so dass er überrascht zurückwich.
Und Emina ließ nicht locker.
„Gib mir einen einzigen Beleg dafür, dass sie tot ist, das wäre für mich wirklich eine Erlösung, wenn ich das wüsste. Aber nicht wegen deiner verfickten Ehre, du verdammter Ehrenwächter. Sondern, weil ich mich dann endlich von ihr verabschieden könnte, und die ständige Unsicherheit ein Ende hat. Es würde mich echt nicht wundern, wenn du deine schmutzigen Finger im Spiel hattest, so wie du

agierst. BIST DU EIN MÖRDER, DAWOUD?", schrie sie immer lauter und nahm keine Rücksicht mehr auf eine angemessene Wortwahl für ein gut erzogenes Mädchen.
Das war nun nicht die Reaktion, die er erwartet hatte und er stotterte und log, ‚*dass er nichts wüsste von ihrem Tod, und dass er das nur aus der Aussage des Onkels geschlossen habe*'.
Aber jetzt hat der Gute verkackt, und Emina glaubt ihm kein Wort mehr.
„Du bist doch damals überhaupt nicht in ihre Nähe gekommen, wie denn auch, so beschützt wie sie in dem Zeugenprogramm war", fauchte sie ihn an.
Und er erwiderte.
„Nein, nein, das stimmt nicht. Wir wussten die ganze Zeit, dass sie eine wichtige Zeugin war und dass man sie rund um die Uhr bewachte. Wir lasen ja alles in der Zeitung".
„Und wie willst du mit ihr in Kontakt gekommen sein?", sie wurde unsicher.
„Das war nicht schwierig", behauptete er, „ich habe den Oberstaatsanwalt angerufen und ihm gesagt, ich könnte meiner Cousine ins Gewissen reden, dass sie ihre Aussage zurückzieht, wenn er sie im Gegenzug nach Afghanistan zurückkehren lässt. Er hat mich als Dolmetscher angeheuert, und ich sollte sie zum Reden bringen. Der hat mir alles abgenommen, was ich sagte. Für den war nur wichtig, Aliyah aus dem Prozess zu entfernen. Und so arrangierte der

Staatsanwalt ein Treffen mit ihr."
„Und wie hat sie reagiert", hakte Emina nach.
„Na ja, sie war zu Tode erschrocken, als sie mich sah. Das schlechte Gewissen in Person, ich habe ihr Hilfe angeboten, und sie hat mir sogar ihre Telefonnummer gegeben. Wir haben so oft miteinander telefoniert, aber sie war extrem verbohrt und hat alle meine Vorschläge auf eine Rückkehr in den Schoß der Familie abgelehnt", behauptete Dawoud und war immer noch nahe bei der Wahrheit. Emina glaubte ihm dennoch nicht, und sie sagte ihm das ins Gesicht.
Dawoud war jetzt auch wutentbrannt, denn so sprach keine Frau und schon gar keine Minderjährige mit ihm.
Er fuhr sie an, „du kleine Kröte, du verdienst das Angebot des Onkels überhaupt nicht. Wenn du damals zu Hause gewesen wärst, dann wärst du mit deiner Mutter gemeinsam den Schandtod gestorben. Wenn du jetzt nicht zurückkehrst und dich für deine Fehler entschuldigst, dann gibt es für mich nur einen Weg, der unsere Ehre vollständig wiederherstellt", gab er genauso wütend zurück ohne zu überlegen, was er sagte.
Emina holte ihr Handy raus und drückte die grüne Taste mit Papas Nummer, da stürzte sich dieser schmächtige, aber sichtlich durchtrainierte junge Mann auf Emina. Unerwartet und ohne große Worte, sprangen die drei Nachhilfeschüler auf und stürzten

sich auf Dawoud, denn bitten konnte sie die drei wegen Dawouds Händen um ihren Hals nicht mehr. Sie haben Achtung vor ihr und fanden Dawouds Vorgehen als unpassend, unfair und unmännlich.
Dawoud kannte diesmal keinen Spaß, und durch den Überraschungsangriff verlor Emina nicht nur ihr Handy, sondern auch das Gleichgewicht und fiel auf den Rücken. Dawoud drückte ihr die Daumen gegen den Kehlkopf, und Emina hielt, was sie ihm versprochen hat. Sie rammte ihm beide Zeigefinger in das rechte Auge und drückte den Augapfel fast aus der Höhle.
Dawoud brüllte los, sein Augapfel baumelte unglücklich am Sehnerv, und er löste vor Schmerz den Griff um ihren Hals. Die drei Nachhilfeschüler haben Dawoud an den Armen gepackt und ziehen ihn von Emina weg, die sich hochrappelt und am ganzen Körper zitternd die Verteidigungsposition annimmt.
Das war aber nicht mehr notwendig, denn Dawoud schrie sich den Schmerz aus der Seele und tastete mit den Fingern an seinem rechten Auge herum. Sie zischte ihm zu, die Klappe zu halten, bis die Polizei kommt, sonst risse sie ihm beide Augen aus dem Kopf.
Als Hans mit Georg Minuten später ins Zimmer stürzte, wimmerte Dawoud leise vor sich hin, und der hinzugerufene Notarzt stellte ihn kurz darauf schmerzfrei, damit sie ihn in die Klinik fahren

könnten. Emina fad das zu viel des Guten und gönnte ihm ohne Mitleid seinen Schmerz.
Hans nahm kurzentschlossen Dawouds Smartphone an sich, damit sie es später im Büro auswerten konnten. Er mochte sich nicht ausdenken, was er darauf vorfinden würde. Als er Dawouds Reisepass aufklappte, schüttelte er den Kopf, denn er konnte weder den Namen noch sonst etwas entziffern.
Georg hatte den ganzen Vorgang erschrocken verfolgt, und als Dawoud abtransportiert wurde, sagte er zu Hans, dass das völlig unmöglich sei, aber Dawoud sei in der Tat *SEIN* ehemaliger Dolmetscher, der ihn nach Strich und Faden belogen habe. Und noch etwas machte ihn fassungslos. Denn der Reisepass des jungen Mannes war ein Diplomatenpass, was bedeutete, dass ihn seine Botschaft nach seiner medizinischen Behandlung oder vielleicht sogar vorher, ausfliegen würde, weil er außerhalb des Zugriffs der deutschen Behörden wäre. Seinen Asylantrag könnte er ohnehin vergessen.
Er las laut vor, dass es sich nach dem Pass um Dawoud Modschadd handelte, geboren am 4. November 1979 in Faizābād, Afghanistan. Er ist der Sohn des Kriegsherrn, den Georg, sooft getroffen hat, und damit der ältere Bruder von Aliyah und der Onkel von Emina. Damit rückte er an die Poleposition der Verdächtigen wegen eines kaltblütig geplanten und durchgeführten Ehrenmord

an Eminas Mama.
KHK Dingeldein würde dafür sorgen, dass Dawoud ab jetzt Tag und Nacht bewacht wird, um einen Fluchtversuch zu verhindern, und parallel das Auslieferungsverfahren an die deutsche Justiz veranlassen.
Es würde nicht leicht sein, Dawoud des Mordes an Aliyah zu überführen, aber – wie ein früherer Chef von ihm zu sagen pflegte - *die leichten Jobs, waren sowieso schon alle vergeben.*

Kapitel 49

Odenwald Chronik
Wer im Odenwald stirbt, hat sich schon beizeiten gut darauf vorbereitet. Er hat für eine ***‚schäini Leisch[1]'*** *(eine schöne Begräbnisfeier) mit einem ordentlichen* ***‚Flannerts'*** *(einem Leichenschmaus, abgeleitet von ‚Flennen') gespart. Er kann danach auf die Vorzeichen seines baldigen Ablebens achten, z.B. das Stehenbleiben einer Uhr. So gerüstet kann sich der Odenwälder in Ruhe auf seine letzte Reise begeben.*

Bad-König, Mittwoch, 14.10.2020, 17:00

In der Kneipe „Zur rostigen Gabel", am Ortsrand von Bad-König gelegen, ging es wieder einmal hoch her. Von dem beliebten Stammtisch „Lebensfreude" waren zwei langjährige Mitglieder zu beklagen, deren Leben auf tragische Art und Weise ein selbstgesetztes Ende fand. Jedenfalls war das die offizielle Version. Das Ableben war nicht geplant oder vorhersehbar, deshalb musste Willy als Bestatter und rühriger ‚Flannerts' Planer all sein Können einsetzen, um kurzfristig einen würdigen Leichenschmaus mit Verwandten, Freunden und Bekannten zu organisieren.
Die Gerüchteküche brodelte und die polizeilichen Ermittlungen waren noch nicht abgeschlossen. Die Kripo ermittelte vorerst in einem der beiden Fälle in Richtung einer ungeklärten Todesursache. Dennoch

---

[1] *Eine schöne Leiche,*

sollte es eine ‚schäini Leisch' und einen ordentlichen ‚Flannerts' geben, das war man den Stammtischbrüdern schuldig.
Willy war traurig um den Anlass, aber froh, dass er als Bestatter endlich wieder einen ‚Flannerts' ausrichten konnte. Die Stammtischrunde trank ordentlich auf die beiden Dahingeschiedenen, und vor allem sprachen sie der Witwe Wolff Trost zu, die ja maximal getroffen wurde. Unbeeindruckt und unerwartet schüttelte eine relativ gelöst wirkende Frau Wolff jede Art von Trauer über ihren Nichtsnutz von Ehemann ab, und da der Sohn Wolfgang auch nicht viel besser war als ihr seitenspringender Ex-Raumteiler, trank sie ordentlich mit. Sie redete sich ungeniert ihren Frust über die beiden von der Seele, und dass sie jetzt endlich wieder frei atmen könnte.
Damit war das auch gesagt, und Hans weinte dem verstorbenen Gewalttäter sowieso keine Träne nach. Er hätte ihm eher ein längeres Leiden oder irgendeine schmerzhafte Strafe an den Hals gewünscht als diesen schnellen und schmerzlosen Tod dafür, dass er sich ungestraft an seiner Alina vergangen hatte.
Nachdem man sich also ordentlich über den toten Oliver ausgekotzt hatte, stellte einer der zwischenzeitlich angeschickerten Stammtischbrüder fest, dass es nicht leicht sein werde, auf die Schnelle die entstandene Lücke in der Stammtischrunde zu

schließen. Allgemeines zustimmendes Gemurmel gab Frau Wolff den Mut, auf ihr Erbrecht zu pochen, was den Sitzplatz am Stammtisch anbelangte. Das ließ die Herren sprachlos werden, denn soweit wollten sie im *Ourewall* die Gleichberechtigung denn doch nicht treiben.

Das gab es ja noch nie, eine Frau am Stammtisch. Da gehörte eine Quotenregelung nicht zum Vereinsstatut.

Bevor aus dem einsetzenden Murren jemand protestieren konnte, meldete sich das Stammtischgründungsmitglied Willy Hamplmaier zu Wort und fand den Vorschlag ausgezeichnet. Es wäre kein Widerspruch zur Satzung argumentierte er, wohl wissend, dass es dazu nichts Schriftliches sondern im besten Fall eine mündliche Satzung gab.

„Dann können wir ja überhaupt keine schmutzigen Witze mehr erzählen“, warf einer ein und Hans antwortete trocken, dass die schlimmsten Herrenwitze, die er je gehört hätte, von seiner Internistin stammten, die ihn beim jährlichen Gesundheitscheck aufheitern würde.

Und das Beste kommt noch, denn Ottilie wollte auch ihren toten Papa am Stammtisch beerben.

„Super, dann geht endlich der Altersdurchschnitt ordentlich nach unten, und wir unterhalten uns öfter über lebendige Themen und nicht ständig über Krankheiten, Apotheker Nachrichten und dreckige Witze“, lachte Willy und zwinkerte.

Damit war die Sache durch, und alle freuten sich auf den nächsten Stammtisch.
So wie es aussah, drohte demnächst die dritte Corona Welle mit all den üblichen Beschränkungen, die einer hilflosen Politik einfielen, und die das Problem mit Auf-Sicht-Fahren bekämpfte. Er war froh, dass man im Biergarten der Stammkneipe gerade noch einen schönen Leichenschmaus mit allen Angehörigen und Freunden der beiden feiern konnte.
Es gab neben Bier und Äppelwoi deftiges Essen wie Kochkässchnitzel, Schlachtplatte und grüne Bohnen mit Kartoffeln und Dörrfleisch und kalte Platten im Überfluss.
Zur Unterstützung der Kneipenfamilie hatte Willy seine Assistentin Steffi, deren Freundin Ottilie und Emina gebeten, bei der Bedienung zu helfen. Emina sollte so ein bisschen den Schock des gestrigen Erlebnisses überwinden und auf andere Gedanken kommen, denn gekannt hatten sowohl Steffi als auch Emina die beiden toten Stammtischbrüder, den Oliver Wolff und den Markus Schmucker nur bedingt. Die Mädels hatten alle Hände voll zu tun, den trinkfreudigen Trauergästen die leeren Bembel und Weizenbier Gläser durch volle auszutauschen. Ständig gab ein anderer einen Toast aus, und jedes Mal floss ein ordentlicher Schluck durch Ourewäller Kehlen.
Mitten in diese gemütliche Feier, die Stimmung war

dank Äppelwoi hoch und die Verständigung dank der Lautstärke der Unterhaltung schwieriger, trafen neue Trauergäste ein, die Willy nicht auf dem Schirm hatte.
Was Willy nicht wusste, dass zumindest einer der beiden Toten, nicht nur Stammtischbruder, sondern auch ein ‚Bruder' der nicht ganz so fröhlichen Bruderschaft ‚Bratwa' war. Und die beiden neuangekommenen Trauergäste trauerten um einen Toten, über dessen Tod sie gar nicht traurig waren. Sie suchten jemanden, den sie als Nächsten auf ihrer Abschussliste hatten.
Sie wollten auch keinen Äppelwoi, sondern gaben sich mit gewöhnlichem Wodkaersatz in Form eines Obstlers zufrieden, denn Wodka gab es auf der Getränkekarte der Kneipe auch nicht. Die ‚Brüder' der Bruderschaft ‚Bratwa' waren Vitali Klimachow, die Nummer 1, höchstpersönlich und Maxim Mutsonow sein Syndikus. Die beiden Geschäftspartner des Dahingeschiedenen Oliver suchten sich eine ungestörte Ecke, um aus dem Hintergrund nach den Gesuchten Ausschau zu halten, die der tote Oliver als gefährliche Gegner der 'Gesellschaft' ausgemacht hatte.
Die Bedienung machte eine Pause, und die Mädels Truppe gesellte sich zu Willy und Hans.
Willy musste sich kurz ausblenden und zu seinen Stammtischbrüdern gesellen, die ihn zum Mitsingen herbeiwinkten, und die gerade die dritte Strophe des

Liedes vom Bauern aus dem Odenwald zu Ehren der Toten angestimmt haben:

Der Bauer aus dem Odenwald,
der hat ein schönes Weib,
dazu eine saubere Dienstemagd,
die war dem Bauer sein Freud.
Und als die Bäuerin vom Jahrmarkt kam,
und ging die Trepp hinauf,
da lag die saubere Dienstemagd,
der Bauer oben drauf.
Schiebe nach, schiebe nach,
schiebe langsam nach,
dass nichts passieren tut.

Frau Wolff, die nebenan ihr drittes Glas Bier stemmte, fand das überhaupt nicht lustig, und drohte den Kerlen, wieder aus dem Stammtisch auszutreten, wenn sie nicht sofort aufhörten, worauf kurzes Gelächter einsetzte, bis die 4. Strophe erklang:

Die Bäuerin zum Bauer sprach,
„Mir ist das eben recht!
Wenn du die Magd geliebet hast,
dann liebet mich der Knecht!"
Schiebe nach ...

Damit konnte Bettina Wolff wieder leben, und sie hob ihr Glas in Richtung der Sänger.
„Was macht denn die Pflegeheimleitung hier“, fragte

Steffi ungehalten und schaute in Richtung der beiden Neuankömmlinge, denn sie konnte sich nicht vorstellen, dass Willy sie eingeladen hat.
„Keine Ahnung, ich kenne die beiden nicht", sagte Hans, „die haben sich als Bekannte eines Stammtischbruders vorgestellt, ich würde auf Oliver tippen, nach der Visage der beiden." Steffi gab sich damit nicht zufrieden, aber nachfragen machte auch keinen Sinn.
„Man sagt doch, dass die Mörder schon mal zum Begräbnis kommen. Wenn das kein leerer Spruch ist, dann hat das etwas zu bedeuten", sagte Hans vielsinnig und dachte daran, dass Olivers Tod keine natürliche Ursache hatte.
Wie es halt so geht, im folgenden Gespräch, in dem es auch um den Tod seines Kumpels Markus ging, gab ein Wort das andere. Was war dran an dem Gerücht, dass Markus seine Wohnung mit einer brennenden Zigarette in Brand gesetzt hätte. Das rief den heftigen Widerspruch von Ottilie hervor, und Hans fällt ein, dass Willy eine ähnliche Bemerkung fallen ließ, als das Gerücht von einem Mitglied der Freiwilligen Feuerwehr in Erbach verbreitet wurde. Auch er war davon überzeugt, dass eine brennende Zigarette unmöglich die Brand- und Todesursache sein konnten, weil Markus bekanntermaßen ein fanatischer Nichtraucher gewesen sei.
Das machte einen schon stutzig, und Hans winkte Manfred Dingeldein herbei, um ihm diese neue

Erkenntnis gleich weiterzugeben. Während sich Hans mit Manfred Dingeldein unterhielt, sang der Stammtisch die letzte Strophe des ‚Trauerliedes‘.
Hans bat den KHK, dass er jetzt sofort eine Amtshandlung auslösen sollte, aber der wollte vorher noch im Büro vorbeischauen, um den Bericht der KTU zur Brandursache in Ruhe zu lesen. Er verabschiedete sich und sagte, er würde sich melden, falls er etwas Auffälliges findet.
Kurz darauf hat sich Hans in eine Ecke auf der gegenüberliegenden Seite des Biergartens verzogen, aus der heraus er Vitali und Maxim besser beobachten konnte, denen Emina gerade auf einem Tablett volle Schnapsgläser bringt, welche die beiden bestellt haben.
Maxim fragte Emina ganz uncharmant, ob sie sich als Migrantin in Deutschland wohl fühlen würde. Offensichtlich dachte er, dank ihres unverwechselbaren afghanischen Typus, dass sie als Asylantin hier jobbte. Emina, der es selten die Sprache verschlägt, wurde rot und gab dann patzig und in ihrem besten Russisch eine heftige Antwort zurück, denn sein unverkennbarer russischer Akzent hatte ihn verraten.
„Seltsam, warum sie das fragen. Mir fällt nur auf, dass man als Mädchen mit ausländischen Wurzeln vor allem von männlichen Migranten unhöflich behandelt wird.“ Drehte sich um und ließ ihn stehen. Maxim stand da, mit offenem Mund und Vitali

wurde so blass, dass man denken könnte, der fällt gleich um.
Vitali versuchte beim ersten Anblick von Emina, und das auch nur, weil ihr die Gesichtsmaske ziemlich nach unten gerutscht war, den Gedanken zu verdrängen, dass da eben die jüngere Ausgabe von Alina vor ihm stand. Danach warf ihn der einfache russische Satz völlig um.
Als er sie fragen wollte, wie alt sie ist, war sie schon mit ihrem Tablett im Gewühl verschwunden.
Und langsam aber sicher begriff er, dass eben noch seine Tochter vor ihm stand und ihm Schnaps servierte. Er flüsterte das heiser Maxim zu, dem die Ähnlichkeit zwar auch aufgefallen war, aber offensichtlich waren Vatergefühle notwendig, um so etwas zu erfühlen.
Maxim flüstert zurück, dass er seinerseits einen alten Bekannten unter den Trauergästen erkannt hatte. Einen den Vitali nicht kennt, aber den er liebend gerne mit eigenen Händen umbringen würde. Vitali würde das auch wollen, wenn er wüsste, um wen es sich handelt.
Die Vergangenheit brach bei Vitali durch und all sein Zorn und seine Wut auf diejenigen, die ihm sein Eigentum entführt und geraubt hatten. Wann immer er an seine Geliebte dachte, entwickelte er dieses ‚Mein-Eigentum' Syndrom, das ihm manchmal komplett die Sicht auf die Realität verstellte. Ein kruder Anspruch geboren aus einem schrägen

Ehrbegriff, den ihm seine langjährige Zugehörigkeit zur ‚Bratwa' mit ihren harten Regeln aufgebürdet und eingebrannt hat.
Bevor er sich jetzt noch vergessen und hier ausrasten würde, denn seine eiskalte Professionalität wird von einem Gefühlssturm weggeblasen, drehte er sich um und rang um seine Fassung.
Er musste sofort weg hier, aber Maxim lieferte sich ein längeres Blickduell mit Hans, den Vitali immer noch nicht zuordnen konnte, und verzögerte den Aufbruch.
Hans, seinerseits ließ seine Augen nicht von Maxim, den er erst auf den zweiten Blick erkannt hatte. Er war deutlich älter und korpulenter, sein früher volles blondes Haar war dünn geworden und unter seinen Augen haben sich tiefe Falten eingegraben. Der Verteidiger der Russenmafia hatte sich ansonsten nur unwesentlich verändert, und deshalb hat Hans wenig Mühe ihn schließlich einzuordnen.
Wie übrigens Maxim umgekehrt auch.
Sie tauschten finstere Blicke aus, Hans sah Maxim mit Vitali tuscheln und Vitalis Blick, der sich von fragend und zweifelnd in hasserfüllt verwandelte.
Willy hat Maxim noch immer nicht wahrgenommen und nicht erkannt, obwohl er Georgs erpresserisches Gegenüber war, den er bei der Verhandlung über Mias Entführung allerdings nur von hinten gesehen hat. Fernsicht war zudem nicht Willys Stärke und Maxim und Vitali standen auf der anderen Seite des

Biergartens nahe am Ausgang.
„Was gibt's“ fragte Willy und stellte sich neben Hans. Der sagte, dass ihn fast der Schlag getroffen hatte, als er den Verteidiger in Alinas Drogenprozess eben erkannte. Und sein Begleiter könnte nur der große Unbekannte aus der Machtzentrale der Organisation sein. Ein gewisser Vitali Klimachow. Und dass beide in den Mord seiner Alina verwickelt gewesen wären, wenn nicht sogar hauptverantwortlich.
„Welchen Verteidiger“, wollte Willy wissen, und Hans sagt, „na, den Verteidiger, der die Hauptangeklagten vertreten hat in dem Prozess, in welchem Alina gegen sie ausgesagt hat.“
„Du meine Güte, aber wie soll der denn hierher kommen, zum ‚Flannerts‘ von Oliver Wolff. Das klingt ja fast so, als ob der auch Mitglied der Mafia war?“, fragte sich Willy und Hans konnte nur stumm nicken.
„So eine Scheiße, und da trauen die sich hierher.“, wollte Willy wissen, und Hans zuckte nur mit den Schultern.
„Mach mal langsam“, beruhiget Willy den aufgeregten Hans, „ich ruf den Manfred Dingeldein an und frage ihn, ob die Sachlage schon für einen Haftbefehl für die beiden ausreicht, aber ich fürchte, deine Aussage allein reicht ihm nicht.“
Die beiden Wory haben zwischenzeitlich genug gesehen und schlenderten so unauffällig wie möglich

zum Ausgang.
Willy blickte sich suchend um, bis er Georg am Buffet entdeckte, und er ging zielstrebig auf ihn zu. Er musste ihn fragen, ob er auch die beiden unbekannten Trauergäste gesehen hätte, die soeben im Begriffe waren, den ‚Flannerts' zu verlassen. Und ob er ihm mit dem Namen des Begleiters von Maxim weiterhelfen könnte.
Georg, der weder Vitali noch Maxim bisher zu Gesicht bekam, weil er sich vorwiegend mit Gabel und Teller bewaffnet am Buffet aufhielt, wurde ebenfalls blass, als er die beiden über den Parkplatz zu ihrem dort abgestellten Auto gehen sah. Maxim kannte er mittlerweile bestens, und er meinte auch zu wissen, dass dessen Begleiter ein Vitali Klimachow wäre, der in der ‚Bratwa' ganz oben angesiedelt sein müsste.
Inzwischen haben die beiden ‚Wory' fast den Parkplatz erreicht. Sie haben gesehen, was sie sehen wollten, wobei Vitali einen wichtigeren Moment des Erkennens hatte als Maxim, denn er hatte Emina, die ihm die Schnapsgläser nachfüllte, die sie wie Wasser hinunterstürzten, sofort mit Alina assoziiert. Dass sie auf Maxims überhebliche Bemerkung in russischer Sprache und rotzfrech geantwortet hatte, machte die Angelegenheit eindeutig.
Es hatte Minuten gedauert, bis er sich emotional wieder im Griff hatte.
Jetzt ging es für ihn nur noch darum, das Monster

auszupacken, das Eminas Stiefvater in absolute Verzweiflung stürzen sollte. Und er hatte, so wie in allen früheren Fällen, in denen er Rache und Vergeltung praktizierte, keine Skrupel, um Emina als Geisel zu benutzen. Mit dem Ziel, den Dieb seiner Geliebten durch die Qualen der Hölle zu jagen. Er hatte jahrelang an nichts anderes gedacht. Maxim hatte auf den Gesuchten aus der Ferne gezeigt, und Vitali beschloss seine ‚Wölfe' erst dann auf ihn zu hetzen, wenn er ihn seelisch und psychisch zerstört hatte. Ihn vorher zu töten, wäre eine zu geringe Strafe.

Er hielt es keine Minute länger aus hier und Maxim musste ihn heimfahren, so fertig war der Alte.

Georg, der die beiden zum Auto gehen sah, lief hinter ihnen her zu seinem Wagen und fuhr den beiden nach, bis er sie an der Seniorenoase aussteigen und ins Gebäude gehen sah.

Er fuhr zurück in die Kneipe, wo sich das Flannerts schon aufzulösen begann und die ersten der Trauergäste das Lokal verließen, und unterrichtete Hans und Willy über seine Beobachtungen.

Willy meinte trocken, „das wird übermorgen dann ein fröhliches Wiedersehen", und ließ die Bemerkung im Raum stehen.

Buch 5 Die Erzgrube

Den Bergbau im Odenwald und damit den Zugriff auf förderfähige Erze hat der Einbruch des Rheingrabens bewirkt. Der resultiert aus einer Hebung entlang der heutigen Rheinachse, die zur Dehnung der dortigen Erdkruste, ihrem Zerreißen und Einbrechen führte. So ragen auf beiden Seiten des heutigen Rheingrabens dessen gehobene Grabenschultern heraus und zeigen Gesteine, die zuvor tief in der Erde verborgen waren. Im Bereich des Odenwaldes als nördlichstem Ende des Rheingrabenrandes auf der östlichen Seite sind dies magmatische Urgesteine, die in der Erdkruste erstarrt sind und sodann mannigfaltig umgeformt wurden. Man betrachtet diesen Teil des Odenwaldes auch als „geöffnetes Fenster" in die Erdgeschichte. Über Jahrzehnte bis zur Mitte des zwanzigsten Jahrhunderts wurde im mittleren Odenwald in der Grube Ludwig an Zechstein-Dolomit gebundenes Pyrolusit (Weichmanganerz), Psilomelan (Hartmanganerz) und Wad (Manganschaum) abgebaut. In der Grube Ludwig liegen die Strecken auf mehreren Sohlen und haben eine Gesamtlänge von insgesamt mindestens 1800 Metern. Ca. 30 Bergleute sollen hier, zusammen mit der benachbarten Grube Morgenstern insgesamt 7430 Tonnen Manganerz abgebaut haben. In einem Rückhaltebecken wurde das abgebaute Erz gereinigt und mit Fuhrwerken abtransportiert. Vom Bahnhof Unter-Wald-Michelbach wurde das Erz per Zug zur Verhüttung abtransportiert.

Kapitel 50

Seniorenoase Jungbrunnen.
Senioren, die unter einer Demenzerkrankung leiden, benötigen eine spezielle Betreuung. Die qualifizierten Pflegefachkräfte der ***Wohngruppe für Demenzerkrankte*** *widmen sich dieser Aufgabe mit viel Empathie und Hingabe, nehmen Rücksicht auf die Lebensgewohnheiten, Bedürfnisse und Wünsche der Betreuten. Besonders wichtig ist dem Personal, eine gesunde, gute und zufriedene Lebenseinstellung der Demenzerkrankten zu erhalten und zu fördern.*
Web-Seite: ***Seniorenoase Jungbrunnen***

Erbach, Donnerstag, 15.10.2020, 09:00 Uhr
Hans frühstückt mit Steffi nach der ersten gemeinsam verbrachten Nacht seit vierzehn Jahren, und er war auch noch nicht ganz wach. Dennoch ließ er sich das Frühstück zusammen mit Steffi heute nicht nehmen, dessen Zeitpunkt von Django bestimmt wurde, der sich schon schwanzwedelnd auf seine Morgenrunde freute.
Steffi war die treibende Kraft hinter der Wiederbelebung einer jahrelangen und Jahrzehnte alten Liebesbeziehung, die damals so abrupt und mit schlimmen Folgen für beide endete.
Mit einem Schock für Steffi, die ihren Geliebten verlor, und einem Trauma für Hans, dem sein Trennungsgrund so schrecklich entrissen wurde.

Steffi hatte während des langen Sommers ihr Herz wieder Schritt für Schritt für den Mann ihrer Jugendträume geöffnet, und ließ ihn allmählich in ihre Intimsphäre, nachdem sie sicher war, dass auch er so weit war.
Sie genoss den Vertrauensaufbau, zu dem Emina nicht unwesentlich beitrug. Sie sah in Steffi die große Schwester oder einen Kumpel, mit dem man Pferde stehlen konnte, und das erleichterte es ihr und Hans, an eine zweite Zukunft miteinander zu denken.
Er hielt ihre Hände, und sie blinzelte vergnügt durch ihre großformatige Brille, die sie so aufreizend auf der Nasenspitze trug. „Es war soooooo schön", säuselte er wie ein verliebter Kater, und sie schnippisch wie immer, „mal schauen, ob du das auch verdient hast. Wirst dich schon noch ein bisschen anstrengen müssen, um das alles wettzumachen, was du mir vierzehn Jahre vorenthalten hast."
Er lächelte, als er wieder zurück auf den Boden der Tatsachen kam. „Jaja, ich weiß. Dabei gebe ich mir doch solche Mühe."
„Ich stelle dir auch gerne ein Zeugnis mit der Bewertung aus, dass ‚du immer bestrebt warst und dich bemüht hast'. Du weißt ja, was das heißt."
Sie war gut drauf heute. Und das liebte er so an ihr.
„Ich bin gespannt, wie euer Trick mit der angeblichen Heimpflege für einen rüstigen

Bestatter-Ermittler ablaufen wird, der in der Gegend bekannt ist wie ein bunter Hund. Du kannst nur hoffen, dass er niemandem aus dem Heim über den Weg läuft, der ihn kennt. Gott sei Dank ist ja Katra in Schutzhaft, sonst würde die ihn noch verraten", scherzte Steffi weiter, bis auch Hans laut auflachen musste.
So ging das eine Weile hin und her, bis Hans aufsprang und sagte, er müsste Willy noch auf seine Rolle einstellen. Nicht dass der zu guter Letzt noch vergisst, dass er ein Alzheimer Patient ist. Er musste über seinen eigenen Witz lachen.
Steffi leinte ihren Django an und machte sich auf ihre morgendliche Gassirunde, während sich Hans ebenfalls fertig machte.
„Pass auf Emina auf", rief er abschließend und beide winkten einander zu.
Nach knapp zwanzig Minuten war Steffi wieder zurück und frühstückte gemütlich fertig, während sich Emina, die heute wieder Online-Unterricht hat, noch ausschlief.
Als es klingelte, stürmte Django zu Tür und Steffi schickte ihn zurück in die Küche, wo er seinen Fressnapf fertig leerte.
Steffi öffnete und draußen stand ein Typ, glatt rasierter Schädel, eisblaue Augen im dunklen Anzug, mit einem Tattoo am Hals unter dem Ohr, das zur Hälfte über den Hemdkragen ragt und einen mehrzackigen Stern darstellt. Sie musterte

argwöhnisch die mit allerlei Symbolen tätowierten Hände des lächelnden Mannes, und sie meinte ihn schon einmal gesehen zu haben, wusste im Moment aber nicht wo. Das Lächeln des Mannes passte nicht zu dem kalten Blick seiner Augen, und es war auch nur seine Mundstellung, die ein Lächeln andeutete.
Steffi, die niemals Angst hat, fühlte, wie an ihrem Unterarm die Gänsehaut hochkriecht.
Andrei stellte sich höflich als Andi vor. Er sagte Willy, hätte ihn geschickt und er wäre als Personenschützer jetzt für sie und Emina da.
Als sie überrascht schaute, fragte er und spielte den Ahnungslosen, ob denn Willy ihn nicht angekündigt hätte, so vergesslich konnte man ja nicht sein.
„Nein, hat er nicht. Aber das haben wir gleich“, sagte Steffi, holte ihr Handy heraus, gibt den Code ein und wollte gerade Willys Nummer wählen, als sie hochgehoben und in den Flur gedrängt wurde. Der athletische Mann presste ihr sekundenlang einen Elektroschocker an den Hals, der sie in eine mittlere Ohnmacht versetzte.
Er schleppte sie ins Wohnzimmer und ließ sie auf die Couch sinken. Django schaute verwirrt von seinem Fressnapf auf, denn bei einen Kampf würde er wütend eingreifen und Steffi helfen, aber der Typ, hat sein Frauchen sanft hereingetragen und auf die Couch gelegt. Er schnupperte an ihren Füßen und leckte sie ab, aber keine Hand kam zu ihm, um ihn zu kraulen. Also blieb er brav neben ihr sitzen,

fixierte den fremden Mann und wartete.
Andrei ging unbeeindruckt die Treppe hoch, wo Emina immer noch tief schläft, was nicht verwundert nach den Aufregungen des gestrigen Tages.
Er beugte sich über die schlafende Emina und hielt ihr das chloroformierte Baumwolltüchlein unter die Nase. Als er sie friedlich schlafend in ihrem Bett liegen sah, assoziierte er sie sofort mit einem Bild, an das er niemals vergessen würde. Er wusste, wer sie war. Denn sie war genauso schön wie diese junge Frau, die er vor elf Jahren hätte entführen sollen, deren Bild er nur von diesem Erkennungsfoto kannte und zu deren ‚Rettung' er einen Tag zu spät gekommen war.
Er machte von dem Mädchen im Bett ein Foto, und schickte es Vitali Klimachow auf sein Handy.
Er verließ das Haus auf demselben Weg, wie er hereinkam. Die Eingangstür und die Einfahrt, in der er frech sein Auto geparkt hatte, waren wegen einer mannshohen Eibenhecke von der Straße her nicht einsehbar. Er ging zügig aber ohne Hast zum Auto und hatte sich die schlafende Emina über die Schulter gelegt. Er verstaute sie im Kofferraum seines Fahrzeugs während er einen wachsamen Blick auf die Straße warf. Dann kehrte er noch einmal in die Wohnung zurück und verpasste der immer noch bewusstlosen Steffi auf der Wohnzimmercouch einen abschließenden Chloroformrausch.
Django ist hin und hergerissen, ob er bei Steffi

sitzen bleiben, oder der Duftspur von Emina folgen sollte, die da gerade an ihm vorbeigeschwebt war. Andrei bewegte sich als Hundekenner unaufgeregt und professionell, als er das Haus verließ. Er fuhr ungesehen und unbeobachtet los, wobei er diesmal nicht in die Seniorenoase zurückkehrte, sondern Emina in die Wohnung von Frank Koch verbrachte, der in Darmstadt in der Uniklinik lag, und noch eine Weile dort liegen würde.

Eine knappe Stunde später fixierte er Emina, deren Betäubung er zwischendurch aufgefrischt hatte, mit Kabelbindern locker an das große Bett von Frank Koch und hoffte, dass dessen Corona Viren zwischenzeitlich das zeitliche gesegnet hatten. Er fürchtete nichts mehr als eine Infektion in Zeiten wie diesen.

Dann holte er sich sicherheitshalber einen Wodka zur Desinfektion aus Franks Bar, machte es sich auf der Couch bequem und schickte eine SMS mit Foto der schlafenden Emina an Maxim.

Maxim reagierte sofort und änderte die Weisung ab, die er heute Morgen an Andrei gegeben hat, und er forderte ihn auf, Emina an einen *sicheren* Ort zu bringen, Franks Wohnung wäre nicht sicher genug. Andrei wusste sofort, was er meinte, denn es gab wirklich nur einen Ort der Drogenmafia, an dem niemand suchen würde.

Maxim ergänzte, er solle auch Franks Laptop und seinen PC mitnehmen, und dafür sein Firmen Handy als Ablenkungsmanöver in der Wohnung lassen, und vorher jedoch alle Mitteilungen löschen. Er solle stattdessen sein sicheres Mobiltelefon aus dem Auto benutzen.

*

Kurz nachdem Hans von Willy abgeholt worden war, erreichten sie die Seniorenoase und jetzt rollte Hans Willy in einem Rollstuhl in die Eingangshalle der Seniorenoase, und meldet sich bei der Dame am Empfang an. Er hätte einen Termin wegen einer Aufnahmeprüfung für seinen pflegebedürftigen Vater. Die Dame bat ihn in schlechtem Deutsch, so lange in der Lounge Platz zu nehmen und rief bei der Heimleitung an.
Dann beschrieb sie ihnen den Weg in den dritten Stock, wo sie die Pflegedienstleitung in Empfang nehmen würde. Sie rollten zum Aufzug und Hans drückte den Knopf mit der Aufschrift ‚Pflegedienstleitung'.
Oben angekommen, sahen sie schon eine schlanke dunkelhaarige Frau, mit ausgeprägten weiblichen Formen, um die Mitte Vierzig, adrett gekleidet und vollgeschützt mit einer Gesichtsmaske auf sich zukommen, die sich als Nastasia Korolja vorstellte, und beide freundlich lächelnd begrüßte.
Hans hatte sich gut im Griff und gab sich keine Blöße.

Nastasia bat Hans, vorerst draußen zu warten, sie möchte mit Willy ein paar Fragen ohne Begleiter klären. Hans nickte, und sie übernahm den Rollstuhl und fuhr Willy in ihr Büro. Dabei beugte sie sich zu ihm herunter und flüsterte ihm ins Ohr.
„Schau an, das ging ja schnell mit dem Vorstellungstermin. Weiß Ihr Sohn eigentlich Bescheid, dass sie vor allem hier sind, um einen Termin mit meiner süßen Katra auszumachen?“, fragte sie ironisch.
Willy spielte den Alzheimerpatienten hervorragend, denn er wackelte nur mit dem Kopf und sagte, „welche Katra, meine Frau hieß Marta, und die ist ja schon so lange tot“.
Jetzt war Nastasia platt, „aber *SIE* haben mich doch letzten Sonntag angerufen, weil sie von meiner Katra spezialbehandelt werden wollten, oder nicht“, hakte sie nach, solange Hans noch außer Hörweite ist, aber Willy konnte sich beim besten Willen nicht erinnern, was er am letzten Sonntag abgemacht haben soll.
„Ich hab wohl zu lange am Stammtisch gebechert“, sagte er entschuldigend und war um keine Ausrede verlegen. Nastasia seufzt. Sie holte Hans wieder herein, um die Checklisten für den Aufnahmeantrag für einen Pflegeplatz auszufüllen.
Sie ließ sich nicht anmerken, dass sie Willy, der vor sich hin brabbelt, kein Wort von einer Behinderung oder einer Einschränkung seiner psychischen und physischen Beweglichkeit glaubte. Vitali und Maxim

hatten sie für den Besuch vorbereitet. Sie informierten sie, dass Vater und Sohn sie nur aushorchen wollten, um der Seniorenoase etwas anhängen zu können. Aber nicht mit ihr.
Sie würde den Aufnahmeantrag sauber bearbeiten und sonst keine Fragen der wissbegierigen Ermittler beantworten, die ihre Leute gründlich enttarnt haben.
Hans erschien, und sie sagte beiläufig, „können wir anfangen?“
Und als Hans nickte, nahm sie Willys Daten auf und beginnt den üblichen Fragenkatalog abzuarbeiten, den es braucht, um den Pflegegrad zu ermitteln, der dann später vom Medizinischen Dienst der Krankenversicherung überprüft wird. Und diesmal wollte sie nicht den Pflegegrad künstlich hochsetzen, sondern übertriebene Angaben der beiden Antragsteller herausfinden. Denn dass Willy auch nicht im Ansatz in die Nähe von Alzheimer einzuordnen ist, das hatte Nastasia sofort gecheckt.
Nastasia ließ sich auf keine Diskussionen ein und war zudem überzeugt, dass sie damit bei der Krankenversicherung wieder Boden gut machen würde, wenn sie professionell mit der Einstufungsprüfung umginge.
Nach dreieinhalb Stunden intensiver Befragung, brachen Hans und Willy den Besuch ab und sagten, sie würden sich lieber in einem anderen Heim umsehen. Hier würden sie nicht adäquat behandelt, und es würde sich leider der schlechte Ruf

bewahrheiten, den die Seniorenoase draußen genießen würde.
Vor allem Willy war anzumerken, dass er vom Besuch enttäuscht ist, was Nastasia darin bestärkt, einen guten Job gemacht zu haben. Außerdem war er hungrig und freute sich auf ein Kochkäseschnitzel in seiner Stammkneipe um die Ecke. Und er wollte endlich raus aus diesem Rollstuhl.

*

Noch bevor Hans und er sich unfreundlich verabschieden konnten, piepste das Handy von Hans und der warf einen Blick aufs Display. „SIE HABEN EMINA ENTFÜHRT“ stand da, gesandt von Steffis Telefon.
Hans meinte in Nastasias Augen ein spöttisches Grinsen gesehen zu haben, während er sich umdrehte und Steffi zurückrief.
Nastasia wusste, mit wem er jetzt sprach und worum es in dem Telefonat ging, denn Maxim hatte Andreis SMS, das er sofort nach Eminas Entführung geschickt hat, an Nastasia weitergeleitet.
Nastasia beobachtete aufmerksam seine Reaktion, während er mit langsamen Schritten den Rollstuhl vor sich her schob. Das Telefon zwischen Ohr und Schulter eingeklemmt, rollte er nach knappem Gruß Willy in Richtung Ausgang und hörte sich Steffis atemlosen Bericht an.

Steffi hatte eine total heisere Stimme und klang unglaublich schwach, als sie in knappen Worten zusammenfasste, was vor einigen Stunden passiert sein musste, unmittelbar nachdem er das Haus verlassen hatte.
Der Entführer kam ihr bekannt vor und hatte sie in Null-Komma-Nix überwältigt. Sie wusste auch nicht genau, wie lange sie ohnmächtig auf der Couch lag und erzählte, dass sie sich jetzt erst aufrappeln konnte. Sie hatte vor fünf Minuten den Überfall der Polizei gemeldet.
Hans bemühte, sich seine Fassung zu bewahren, und schlug einen unverbindlichen Plauderton an, solange er im Heim noch den Flur entlang lief. Er beruhigte Steffi und bat sie, doch den Onkel Manfred zu bitten, sich solange selber darum zu kümmern, weil er am Vormittag keine Zeit hätte, die Akten zusammenzustellen.
Laut sagte er nur, „das ist wieder typisch, wenn man nicht alles selber macht, dann wird das nix", und steckte sein Handy wieder ein. Nastasia ging sofort zu Maxim ins Büro und informierte ihn brühwarm über den erfolglosen Versuch des Ermittlerduos, sie auszuhorchen.
Dann erkundigte sie sich nach dem Stand der Entführung von Emina, aber Maxim wartet noch auf die nächste Rückmeldung von Andrei.

Kapitel 51

> ***Manfred Dingeldein,*** *geboren 25.3.1955 in Michelstadt, KHK der Polizeidirektion in Erbach im Odenwald. Verwitwet, Ex-Drogenpolizist, Kumpel von Willy Hamplmaier der sein Ex-Kollege ist, jovialer, teamfähiger Kriminalist. Er erinnert seine Kollegen an Inspektor ‚Columbo' und sollte wie der nicht unterschätzt werden.*

Groß-Umstadt, Herrnberg, Donnerstag, 15.10.2020, 13:45 Uhr

Steffi war fix und fertig.

Ein Blick auf ihr iPhone zeigte 11:45 Uhr, als sie Eminas Abwesenheit und das zerwühlte Bett samt mittlerweile trockenem Betäubungstuch bemerkte, das aber, wie sie selbst, immer noch nach Chloroform stank.

Steffi fühlte sich wie gerädert mit einem dumpfen Gefühl im Kopf, so ausgeknockt hatte sie dieser dämliche Bully, der sie an der Haustür überrascht und überwältigt hatte. Ihr Kopf war gefüllt mit weicher Watte, ihr Wahrnehmungsvermögen war eingeschränkt, und der Nebel lichtete sich nur ganz langsam.

Sie streichelte beruhigend ihren Hund Django, der diesmal echt keine Hilfe war, und überlegte, ob er doch nicht der Schutzhund war, den sie in ihm sah. Aber sie verwarf den Gedanken so schnell, wie er gekommen war, und wuschelte den treuherzig

blickenden Wolfsspitz durch, der sich nicht von ihrer Seite gerührt hatte, seit sie aufgewacht war. Auf jeden Fall war es tröstlich, dass er um sie herum schwänzelte und offensichtlich froh war, dass sie jetzt wieder wach war.
Sie fuhr dann sofort ins Büro, kaum dass sie sich etwas von der Betäubung erholt hatte und wieder einen halbwegs klaren Gedanken fassen konnte.
Dort suchte sie aufgeregt auf Willys Schreibtisch herum, um die Telefondurchwahl des KHK Dingeldein im wüsten Durcheinander an Telefonzetteln und hingekritzelten Notizen auf Willys chaotischem Schreibtisch aufzutreiben. Endlich fand sie seine Nummer und klingelte durch, aber eine nette Frauenstimme, die einer Kollegin von Manfred Dingeldein gehörte, informierte sie, dass er unterwegs wäre, und sie würde ihn bestimmt unter seiner Mobilnummer erreichen.
Tatsächlich klappte es, und der KHK nahm beim dritten Mal Klingeln ab. Steffi zeigte an, dass sie überfallen worden war, und erklärte das Problem mit der Entführung von Emina. Der KHK veranlasste sofort, dass alle heute früh am nächsten Funkmast zum Tatort eingeloggten Telefone erfasst werden sollten. Es würde dauern, denn sie müssten erst alle infrage kommenden Nummern ermitteln.
Dann fuhr Steffi kurz ins Gesundheitsamt, um die Personalunterlagen der Werkschutztruppe nochmals durchzuforsten, die hatten sie schließlich auch

observiert und ausspioniert. Der Nebel in ihrem Kopf hatte sich fast vollständig aufgelöst, nachdem sie sich unterwegs am Kiosk einen Döner einverleibt und eine Cola-Light getrunken hatte. Obwohl sie sehr sicher war, das Gesicht des Besuchers von heute Morgen anlässlich ihrer Notfallplanprüfung der Seniorenoase dort gesehen zu haben, konnte sie seine Daten beim Durchblättern der Personaldaten nicht finden.

Wieder im Hamplmaierschen Büro startete Steffi, die Willys PC höchstpersönlich und perfekt mit Software zum Geotracking von Mobiltelefonen eingerichtet hatte, als erstes ihren eigenen Suchlauf nach Telefonnummern. Sie suchte nach denen, die in dem kurzen Zeitfenster, als sie die Tür nach dem Klingeln des Entführers geöffnet hatte und einer Viertelstunde danach, im Funkmastenbereich ihrer Wohnung eingeloggt waren.

Es dauerte länger als eine Stunde, bis sie alle Nummern identifiziert hatte, um danach prüfen zu können, ob sich etwas Verdächtiges darunter befand. Sie atmete auf, denn es waren um diese Uhrzeit nur eine Handvoll mobile Telefone eingeloggt, und nur eines davon kommunizierte mit einer prepaid Simkarte, was ihr gleich verdächtig vorkam. Aber sie zwang sich zur Ruhe und ging der Reihe nach vor, um die erfassten Nummern zu lokalisieren, und auf verdächtige Bewegungen zu prüfen. Ungeduldig starrte Steffi auf den Bildschirm ihres PC und folgte

der Anzeige der ‚GPS-Tracker. App'.
Gleich als erste Telefonnummer hatte sie diejenige, der verdächtigen prepaid Simkarte eingetippt, die als unbeweglich blinkendes Symbol verriet, dass sich das besagte Telefon stationär an einem Ort aufhielt.
Es handelte sich um einen Ort, der ihr nur zu vertraut war.
Das konnte doch unmöglich der Fall sein, denn die blinkende Position des Handys lag zentral auf dem Grundstück und Frank Kochs Villa. Sie schüttelte ungläubig den Kopf, denn die Wohnung ihres Herzbuben war ja unbewohnt, seit der Hausherr im Krankenhaus lag, wo er eine Covid-19-Infektion auskurierte, falls er sie überlebte.
Steffi wählte mit zitternden Fingern die Nummer des KHK und teilte ihm ihr Suchergebnis mit. Der KHK, dessen Mitarbeiterin zwischenzeitlich zum selben Ergebnis gekommen war, fand ihre Schlussfolgerung und Annahme, dass sich der Entführer in Franks Wohnung versteckte, ziemlich plausibel und beorderte gleich zwei Streifenwagen dorthin, die vor Ort auf ihn warten sollten. Bis nach Groß-Umstadt würde er knapp 20 Minuten brauchen.
Es war kurz nach 16:00 Uhr, als die Kripo vor der Luxusvilla von Frank Koch eintraf und Steffi informierte, dass es so weit sei. Dann rief er die prepaid Nummer des vermuteten Entführers an und wartete, aber niemand meldete sich.
Er presste sein Ohr an die Tür und wählte nochmal.

Drinnen war es mucksmäuschenstill, bis auf den leisen Klingelton mit der Melodie von ‚Kalinka'. Wie einfallsreich.
Ein Beamter setzte das Brecheisen an, die Tür flog auf und vor ihnen lag eine leere Wohnung. Alles sah danach aus, dass sie jemand bis vor kurzem benutzt hatte und dann, ohne aufzuräumen, aufgebrochen war. Der Boden im Wohnzimmer und alle Möbelstücke machten einen vermüllten Eindruck, und man konnte annehmen, dass ein bettlägeriger Frank Koch die meiste Zeit auf der Couch verbracht hatte, bevor er ins Krankenhaus ging.
Eine zerknüllte Cashmirdecke hing zur Hälfte von der Couch, das Tischchen davor war mit zerknitterten Chips Tüten, leeren Bierflaschen und benutzten Papiertaschentüchern bedeckt. Der KHK suchte vergeblich einen Laptop oder PC des an Covid-19 erkrankten Wohnungsinhabers.
Aus dem Fehlen der Computer und dem Vorhandensein des gesuchten iPhone, das unter einem Kissen auf der Couch lag, schloss Manfred Dingeldein, dass der Entführer für die Mitnahme der Geräte verantwortlich war, und das Telefon verloren hatte. Von Emina war nichts zu sehen, und ob sich Haare oder Flusen ihres Schlafanzuges, in dem sie entführt worden war, in der Wohnung finden würden, musste die angeforderte Spurensicherung klären.
Eine detaillierte Untersuchung ergab keine

Resultate. Der Entführer von Emina war mitsamt seinem Opfer spurlos verschwunden.
Zurück im Büro bereitete der KHK mit seiner Arbeitsgruppe ‚Oase' alles für die morgige Hausdurchsuchung der Seniorenoase vor. Der Durchsuchungsbefehl war ausgestellt, und ein Zug der Bereitschaftspolizei angefordert. Manfred Dingeldein, holt sich zu Hause angekommen ein kühles Schmuckerbier aus dem Kühlschrank und legt vor dem Fernseher die Beine hoch, denn der kommende Tag würde lange dauern. Margareta Simon würde mit ihren Leuten um Punkt 09:00 Uhr aufschlagen, denn sie wollten ein vollbesetztes Heim mit allen Angestellten unter die Lupe nehmen, und die Liste der angezeigten Straftaten war lang.

*

Steffi saß mit untergeschlagenen Beinen auf der Couch ihres Wohnzimmers. Django war auf die Couch gesprungen, was er sonst nie durfte, und lag eingerollt und an sie gelehnt neben ihr, und sah ihr mit seinem traurigen Hundeblick zu, wie sie weinte.
Sie war wie ein Häufchen Elend ins Haus geschlichen, nachdem ihr der KHK vom Auffinden der leeren Wohnung berichtete, und dass die Polizei die Suche nach Emina auf den ganzen Kreis ausdehnen würden.
Sie fühlte sich schuldig an der Entführung, hätte

aber nicht sagen können, was sie dagegen hätte tun können.
Als die Tür aufging und Hans hereinkam, der bis jetzt mit Willy und Manfred Dingeldein in einer Telefonkonferenz überlegt hatte, wie sie die Spur des Entführers wiederfinden könnten, setzte er sich neben sie, und nahm sie in den Arm.
Seine bloße Anwesenheit gab ihr genug Kraft, um die Tränen abzuwischen, und als sie sich für ihr Versagen heute früh entschuldigte, küsste er sie nur und tröstete sie, denn was hätte sie schon tun können. Es war seine verdammte Pflicht, auf seine beiden Frauen aufzupassen, er hatte versagt, und jetzt nimmt er die Schuld auf sich.
Steffis Seele hat trotz ihres Schmerzes seine Wortwahl so gutgetan, als er von seinen ‚zwei Frauen' spricht. Es war schon seltsam, dass eine gewaltsame Entführung, den in Liebeserklärungen bisher eher zurückhaltenden Hans dazu brachte, seine Gefühle in Worte zu fassen.
Steffi lehnt sich an ihn und genießt den Moment an seiner Schulter, bis sie sich wieder sammelt und schnäuzt, bevor sie sagt, „Hans, wir MÜSSEN sie finden, und zwar schnell, ich habe ein echt ungutes Gefühl bei der Sache. Jetzt wo diese lange im Keller vergrabenen Leichen aus Racheaktionen, Vergeltungsmaßnahmen und Ehrenmorden wegen erlittener Familienschande wieder wie Zombies zum Leben erwachen".

Hans sieht das genauso, aber er sagt auch, dass sie im Moment nicht mehr tun könnten, als die wenigen Spuren, die sie hätten, konsequent abzuarbeiten und zu verfolgen. Er vertraute fest auf die Fähigkeiten des Kommissars und beruhigte sie. Morgen stünde ein langer Tag bevor, und er hoffte, bei der Hausdurchsuchung in der Seniorenoase konkrete Spuren zu finden.

„Du wirst sehen, sie werden ihr nichts tun, die wollen nur mich und sie werden mich bekommen. Aber anders, als sie denken!"

Kapitel 52

*Die Teilnahme an einer solchen genetischen **Reihenuntersuchung** nach § 81h StPO[1] ist freiwillig. Das Verfahren muss richterlich angeordnet werden. Praktisch ist es so, dass Personen, die in das üblicherweise sehr weite Fahndungsraster passen, entweder „freiwillig" an dem Gentest teilnehmen oder von der Polizei auf ein Alibi überprüft werden. Falls sie kein absolut sicheres Alibi vorlegen können, wird ein Anfangsverdacht unterstellt und ein Beschluss des Amtsgerichts zur zwangsweisen Teilnahme beantragt, der üblicherweise bewilligt wird. Personen, die zur Teilnahme aufgefordert wurden, aber nicht auffindbar sind, werden zur Fahndung ausgeschrieben.*

Erbach, Freitag, 16.10.2020, 10:00 Uhr

Am Freitag früh um 10:00 Uhr begann die konzertierte Aktion der Hausdurchsuchung der Seniorenoase durch die Arbeitsgruppe ‚Oase' unter der Leitung der KHK Dingeldein und Simon. Beigezogen wurden als neutrale Zeugen der Durchsuchung das Gesundheitsamt Erbach, vertreten durch Steffi Schwaiger, und die hessische Heimaufsichtsbehörde Darmstadt, welche Hans Hämmerle gebeten hatte, als Versicherungsinspektor und neutraler Zeuge einzuspringen.

Außerdem nahm ein Corona-Team des Gesundheitsamtes ausgerüstet mit Schnelltest Ausrüstung und Schutzmaterial an der Untersuchung

---

[1] *Strafprozessordnung*

teil, denn es galt, die Corona-Auflagen zu überprüfen und Testabstriche anzufertigen und registrieren.
Ziel der Hausdurchsuchung waren Unterlagen und elektronische Datenspeicher, welche Informationen zu den angezeigten Straftaten Drogenhandel, Vergewaltigung, Erpressung und Entführung, Prostitution und Menschenhandel sowie Pflege- und Sozialbetrug gegenüber der Pflegeversicherung und den Pflegeverträgen mit den Heimbewohnern liefern sollten. Außerdem sollte die Untersuchung Belege zu mehreren Todesfällen mit vermutetem Fremdverschulden miteinschließen.
Aufgrund der aktuellen Covid-19-Infektionen von drei Mitarbeitern sollte gegebenenfalls das komplette Heim unter Quarantäne gestellt werden. Außerdem drohte die Verhaftung der Heimleitung, zur Verhinderung weiterer Straftaten, so dass man im Gesundheitsamt und der Heimaufsicht überlegte, wie man eine provisorische Heimleitung installieren könnte, um einen Notbetrieb zur Betreuung der Heimbewohner aufrecht erhalten zu können.
Die Polizeimaßnahmen erfolgten strikt nach dem Regelbuch, und so wurden wieder als Erstes alle Eingänge blockiert, dann die Büros zusammen mit den neutralen Zeugen besetzt und das Besprechungszimmer in einen Verhörraum umfunktioniert.
Hans Hämmerle trug ein Namensschild der

Heimaufsicht und Steffi Schwaiger ihren Ausweis vom Gesundheitsamt um den Hals. Beide agierten im Hintergrund und waren als neutrale Zeugen passive Teilnehmer der Suchaktion. Die beiden waren neben ihrer offiziellen Zeugenaufgabe vor allem und so ganz nebenbei an Details über die Entführung von Mia und zum möglichen Aufenthaltsort von Emina in der Oase interessiert. Das würde angesichts der dürftigen Beschreibung von Mia nicht einfach werden. Sie hofften, wenigstens die Wohnung, in der sie eingesperrt war, ausfindig zu machen. Dann könnte die Spurensicherung nach konkreten Hinweisen mit Glück sogar DNA-Spuren von Mia finden.

Coronabedingt fanden alle Maßnahmen unter strenger Einhaltung der Abstandsregel statt, alle trugen Gesichtsmasken und Handschuhe und desinfizierten alle Bereiche, von denen Gegenstände untersucht oder entnommen wurden. Jedem Mitarbeiter und Heimbewohner der Seniorenoase wurde die Temperatur gemessen, und alle mit coronaähnlichen Symptomen, durften am Schnelltest teilnehmen.

Parallel zur Sichtung und Mitnahme von Beweismaterial, das noch Wochen der Auswertung in Anspruch nehmen würde, bereiteten die Kommissare Simon und Dingeldein eine erste Einvernahme der ausgewählten Zeugen vor. Neben dem Pflegepersonal und den Leitungsfunktionen

gehörten dazu auch der Wachschutz und einige betroffene Heimbewohner.
Die Kripo hatte die Videoaufzeichnungsgeräte in dem zu einem Verhörraum umfunktionierten Besprechungszimmer der Heimleitung aufgebaut. Zuerst war Maxim Mutsonow dran, den sie intensiv zu den Entführungen und zum Vergewaltigungsvorwurf von Maria Bitsch befragen wollten, von den anderen Straftaten wie Drogenhandel und Prostitution und insbesondere zum Thema Pflegebetrug einmal abgesehen.
Der Chef des Heims berief sich auf sein Aussageverweigerungsrecht und schwieg die beiden Beamten eine geschlagene Stunde lang an. Unterdessen waren die Polizeibeamten dabei, alle relevanten Unterlagen aus der Verwaltung und Buchhaltung sowie Dokumente im Zusammenhang mit der Alten- und Krankenpflege zu beschlagnahmen und zur nachfolgenden Prüfung mitzunehmen.
Nastasia öffnete den Beamten freiwillig nicht nur alle Aktenschränke, sondern auch die Safes der Heimleitung und zur Freude von Maxim ein geheimes Unterlagen- und Bargeldversteck, welches er für vertrauliche Informationen und Schmiergeldzahlungen, die ‚Bratwa' betreffend, angelegt hatte. Sie fanden Bargeldbestände in Höhe von 275.000 € aber keine Spuren von Rauschgift oder anderen Drogen, abgesehen von Medikamenten,

wie sie im Rahmen der Pflege anfielen. Geschäftsunterlagen einer Firma ,Pharmatecc – GmbH & Co. KG' in Darmstadt, die offensichtlich Schmerzmittel produzierte und irgendwie zur Stiftung ,Jungbrunnen' gehörte, wurden konfisziert, um eventuelle Verstöße gegen das Betäubungsmittelgesetz zu eruieren.
Hans schloss sich währenddessen Steffi an, die sich mit den Beamten zur Durchsuchung des Wohnbereichs der Angestellten des Seniorenheimes in den angrenzenden Seitenflügel des Gebäudekomplexes begeben hatte, in dem sich auch die sogenannte WELLNESS Oase befand. Dieses öffentliche aber jetzt geschlossene Bordell war baulich getrennt in einem separaten und nicht besonders gekennzeichneten Nebengebäude in der Verlängerung zum Wohnheim untergebracht. Im Kellerbereich gab es eine gemeinsame Verbindung und über die Tiefgarage je einen Zugang ins Wohnheim und ins Bordell.
Die Beamten entdeckten neben fünf erwachsenen auch drei minderjährige Mädchen, von denen sie die Personalien aufnahmen, weil sie zur Sexarbeit gezwungen wurden und als Pflege- und Reinigungskräfte angemeldet waren. Die Mädchen konnten keine Aussage zum Aufenthaltsort der entführten Mia machen.
Katra, die seit ihrem Besuch bei Markus Schmucker vom Jugendamt Erbach betreut wurde, war die vierte

Minderjährige, die allerdings von Margareta Simon im Beisein von Steffi Schwaiger schon vorher einvernommen wurde. Katra hatte unter Schluchzen ihre Leidenstour erzählt und wie sie von Jannis, der der eigentliche Menschenhändler der Organisation war, aus Rumänien von ihren Eltern weggelockt und verkauft worden war, um angeblich im Heim als Pflegekraft ausgebildet zu werden. Jannis war es auch, der ständig für den erforderlichen Nachschub aus Rumänien sorgte und die Mädchen wieder zurückbrachte, wenn sie ausgelaugt waren. Einige wurden innerhalb Deutschlands von der Organisation an andere Bordelle vermittelt, damit die Kunden Abwechslung genießen konnten.
Es war ein extrem schmutziges Geschäft, das von der rücksichtslosen Sexgier einer untadeligen Mittelschicht und einer uneinsichtigen Elite profitierte, dass Steffi beim Gedanken daran übel wurde. Sie übernahm es auch, die Mädchen, die noch im Heim waren, beim Jugendamt abzuliefern.
Dank Katras Hinweis bei der Vernehmung durch den KHK Dingeldein war die Spurensicherung dabei, in dem fraglichen Raum nach Beweisen zu Mias Aufenthalt zu suchen, nachdem die Lokalität eindeutig als Mias Gefängnis identifiziert worden war. Die DNA-Auswertung würde ein paar Tage dauern, aber Steffi war sicher, der Nachweis würde gelingen.
Margareta Simon nahm danach auch noch die

Aussagen der übrigen Mädchen auf, und Manfred Dingeldein knöpfte sich die männlichen Angestellten vor. Allen voran Jannis Popescu, den allgegenwärtigen Hausmeister der Seniorenoase, der sich hauptberuflich um die Beschaffung von Frischfleisch für die WELLNESS Oase kümmerte (Originalton Maxim), und der sich nach seiner Sicherungshaft vom 6. Oktober wieder auf freiem Fuß befand.
Jannis war offensichtlich nicht der einzige Mitarbeiter der Oase, den Nastasia über die Razzia und die Möglichkeit informiert hatte, aber er war anwesend und mühte sich durch ein Geständnis, um Strafminderung zu erreichen. Die Gesprächigkeit von Jannis beschränkte sich darauf, dass er zwei Mafiosi anschwärzte, die bisher im Heim nicht geortet werden konnten, vermutlich weil sie vorgewarnt waren.
Der eine war ein gewisser Andrei Wolkow, seines Zeichens Chef des Sicherheitsdienstes und Top-Killer der Bratwa, der allerdings nur alle paar Wochen hier eingeflogen kam, weil er in allen Einrichtungen der ‚Gesellschaft' seiner Profession nachging. Er war bei der DNA-Reihenuntersuchung durchgerutscht und trotz Fahndungsaufruf seither nicht aufgetaucht. Und jetzt stand er in dringendem Verdacht Emina entführt zu haben.
Dieser Andrei war wohl hauptberuflich bei speziellen Aufträgen des Anführers in

Tötungsmission unterwegs. Als Kapitän und Sicherheitsoffizier hatte er sich in vielen Jahren vom Täter solcher Spezialaufträge als ‚Wolf', an dessen Händen das Blut unzähliger Opfer der ‚Gesellschaft' klebte, zum Chef und Organisator solcher Aktionen hochgedient.
Obwohl Andrei sich laut Jannis zurzeit in der Gegend aufhielt und eine der ‚Gästewohnungen' in der Seniorenoase belegte, konnte ihn Frau Simon nicht stellen oder befragen. Der Vogel war ausgeflogen. In den Heimunterlagen fanden sich auch keine Angaben zu seiner Person, geschweige denn ein Foto, das man für die Fahndung nutzen konnte. Er war so wenig greifbar wie ein Phantom. Also war man auf die fadenscheinige Beschreibung des Jannis Popescu angewiesen, dessen direkter Chef dieser Andrei war.
Die andere Person war der große Anführer des Unterweltsyndikats selber, der ebenfalls und nur zeitweilig im Heim seinen Nebenwohnsitz hatte, unangemeldet natürlich. Dessen Namen Jannis aber angeblich nicht wusste und nicht, wo er sich hier und jetzt aufhielt.
Nastasia hatte, unbemerkt von den vernehmenden Kommissaren, Jannis erlaubt auszupacken, weil sie nach einigen Überlegungen meinte, den Anführer in einer kurzen Sicherungshaft besser kontrollieren zu können. Allerdings wollte sie selber nicht als ‚Whistleblowerin' erkannt werden.

Sie gab bei ihrer Vernehmung nur zu, was offenkundig war.
Das Problem von Jannis war leider, dass Margareta Simon auf den ersten Blick denselben achtzackigen Stern an seinem Hals unter dem rechten Ohr entdeckte. Ein gleichartiges Tattoo hatte sich auch sein Chef Andrei stechen lassen, wobei ein hoher Hemdkragen die Markierung nicht verdecken konnte.
Die Tätowierung ähnelte in Form und Größe exakt der Beschreibung, wie sie Maria Bitsch in ihrer Zeugenaussage angegeben hatte, die den Stern unter der leicht verrutschten Strumpfmaske eines der Vergewaltiger gesehen hatte. Typus und Größe des Täters stimmten ebenfalls mit der Erscheinung des Jannis Popescu überein. Dass Jannis so wie Maxim Mutsonow leichte Covid-19-Symptome aufwies, machte ihn noch verdächtiger. Obwohl Margareta Simon in der Befragung nicht locker ließ, stritt Jannis alles ab und meinte, das Tattoo hätten viele seiner Kollegen, so wie Andrei, sein Chef, und dass es ganz harmlos sei. Das Tattoo stamme noch aus der Zeit, in der er, so wie einige seiner Kameraden, als Marinesoldat diente. Es symbolisiere eine Kompassrosette, wie sie unter Seeleuten üblich sei, und hätte nichts mit der Mafia zu tun.
Margareta Simon hatte das Logo bereits im Büro sorgfältig studiert und das Internet erlaubte auch den Vergleich mit passender Mafiasymbolik, wobei der

Vergleich zuungunsten von Jannis Erklärung ausfiel. Da hatte er wohl Pech mit seinen Lügen.
Margareta Simon hoffte, dass eine neuerliche Gegenüberstellung mit Maria Bitsch erfolgreicher als der erste Versuch verlaufen würde, und terminierte eine solche Täterbesichtigung für den kommenden Montag in Darmstadt. Ohne sich mit dem Menschenhändler noch auf weitere Diskussionen einzulassen, verhaftete sie Jannis angesichts des Belastungsmaterials zum Menschenhandel und zur Prostitution erneut. Er wurde in Handschellen in einem Polizeifahrzeug auf dem Parkplatz der Seniorenoase zwischengelagert.
Da Jannis nur sehr nebulöse Angaben zum Aufenthaltsort des Anführers machen wollte oder konnte, sprang der Führer der Hundestaffel in die Bresche, dessen Hund vor einer nicht als Wohnung erkennbaren bunkerähnlichen Einrichtung im Keller der Seniorenoase laut bellte. Mit Mühe brachen die Spezialisten der Polizei die mehrfach gesicherte Tür auf und befreiten den eingeschlossenen Vitali Klimachow unter Protest aus seinem Verlies. Es stellte sich als Luxusapartment mit freiem Zugang zum Park und ausgestattet mit eigenem Swimmingpool heraus, das im Wohnbereich mit Panzerglasfenstern, die vom Boden bis zur Decke reichten.
Auch der Anführer zog es vor, zu schweigen, und wurde in Sicherungshaft mit aufs Revier genommen,

um dort wegen der Entführung von Emina in die Zange genommen zu werden. In der Angelegenheit war man nicht einen Millimeter weiter gekommen. Der andere Verdächtige, den Jannis als Andrei Wolkow identifiziert und angeschwärzt hatte, war wie vom Erdboden verschluckt und mit ihm Emina Hämmerle.
Der Mannschaftswagen der Polizei, die KTU und die Hundestaffel waren abgerückt, die Herren Mutsonow, Jannis und Klimachow wurden in Polizeigewahrsam genommen. Nur Nastasia wurde vorerst auf freiem Fuß gelassen, weil sie den Betrieb des Pflegeheims trotz der verhängten Quarantäne übergangsweise aufrechterhalten musste.
Die Heimaufsicht hatte in Absprache mit der zuständigen Pflegeversicherung in einem Eilantrag durch das Amtsgericht in Erbach Hans Hämmerle als Kurator sowohl für die Stiftung als auch die Seniorenoase Jungbrunnen vorgeschlagen. Frau Maria Bitsch sollte bereits ab der kommenden Woche und bis auf weiteres und kommissarisch die Pflegedienstleitung übernehmen, wobei sie zumindest vorläufig von Nastasia Korolja unterstützt werden sollte.
Die Verträge der Pflegekräfte sollten samt und sonders überprüft und gegebenenfalls an geltendes Recht angepasst werden. Genauso wie alle weiteren Verträge, die das Heim abgeschlossen hatte, auf den Prüfstand kommen sollten. Nach der Aktion saßen

die Kommissare zusammen und Willy und Hans gaben ihre bisherigen Erkenntnisse an Manfred Dingeldein und Margareta Simon weiter, die jetzt in der Hand der Kripo lagen. Die Kripo entschied, sich in den folgenden Tagen und Wochen intensiv mit dem beschlagnahmten Material beschäftigen durften. Unabhängig von den gewonnenen Erkenntnissen in der Seniorenoase würden alle verfügbaren Kräfte mit höchster Priorität Emina suchen.

Kapitel 53

*In der **Grube Jungbrunnen** beträgt die mittlere Temperatur 8 bis 11 °C und die Luftfeuchtigkeit liegt bei 100%. Seit 2014 ist die Grube als Reha Anlage deklariert. Die Betreiber nutzen sie angeblich für die Krankenpflege bei schweren Atemwegserkrankungen und berechnen dafür spezielle Pflegekosten.*

Grube Jungbrunnen, Samstag, 17.10.2020, 08:00 Uhr

Andrei hatte alle paar Stunden nach Emina geschaut und peinlich darauf geachtet, dass ihre Wasserflasche immer ausreichend mit Apfelschorle gefüllt war, der er ein leichtes Sedierungsmittel beigemischt hatte, damit sie ihm nicht zu viel Arbeit und Stress machte. Wie jedes Mal vorher hatte sie auch an diesem stillen Samstagmorgen die belegten Brote, die er ihr hingestellt hatte, seit er sie am Donnerstagabend ins Depot gebracht hatte, nicht angerührt.

Emina war zwischendurch immer wieder aus dem dicken Nebel wach geworden, der ihren Kopf einhüllte wie Watte, und allmählich hatte sie jedes Zeitgefühl verloren. Es fühlte sich an, als hätte sie mehr als vierundzwanzig Stunden hier verbracht. Ihre Augen waren gerötet und tränennass, weil sie zwischendurch weinen musste. Trotzig wie sie war, weigerte sie sich zu essen.

Unmittelbar nach Maxims telefonischen

Anweisungen von vorgestern Abend, die Andrei penibel umsetzte, hatte er die sedierte und gefesselte Emina mit einer Stofftüte über dem Kopf auf den Rücksitz seines Autos verladen. Dann war er auf direktem Weg von Groß-Umstadt über die B 426 nach Brensbach gefahren. Über die B 38 und Reichelsheim erreichte er fünfundvierzig Minuten später ungestört Wald-Michelbach, wo die 'Gesellschaft' seit mehr als zwei Jahrzehnten ihr Drogendepot führte.

Maskiert und offiziell registriert für die Rehabilitation von Lungenkrankheiten lag die Anlage den größten Teil des Jahres in einem Dornröschenschlaf, mit dem Betriebsgebäude und dem Zugang zur Stollenanlage versteckt in einem außerhalb des Ortes liegenden Waldstück. Die Zufahrt war so abgeschieden, dass nicht einmal ältere Anwohner hätten bestätigen können, ob die Grube existiert. Zulieferungen erfolgtem meistens einmal im Monat an unterschiedlichen Wochentagen und dann vorwiegend nachts. Die Weiterleitung an die diversen Hotspots und Unterverteiler sowie an die Opiatküche in Darmstadt erfolgte während der Arbeitswoche mit unauffälligen Pick-ups, ähnlich denen wie sie auch die Forstwirtschaft nutzte.

Wegen des aktuellen Trauerfalls in der Familie waren die Transporte vorerst bis auf weiteres eingestellt worden, und Maxim suchte den Nachfolger für Oliver Wolffs Autohaus noch.

Andrei hatte die Schranke auf dem asphaltierten Zufahrtsweg von Hand hochgehievt und wieder gesichert. Als er vor dem eigentlichen Grubeneingang ankam, öffnete er das massive Metalltor mit dem Funksignalgeber. Das in eine hohe Mauer aus Sandsteinblöcken eingelassene Tor schwang langsam auf und gab die Zufahrt in einen schmalen gepflasterten Hof frei. Die Mauer führte rund um das Grundstück und endete auf beiden Seiten an dem felsigen Berghang.

In dem niedrigen zweistöckigen Betriebsgebäude, das ebenfalls aus Sandsteinblöcken gebaut war und sich satt an den Berghang schmiegte, befanden sich vier gut ausgebaute Apartments. Sie waren mit soliden Eisengittern gesichert. Hölzerne Fensterflügel schlossen die Fenster zum Hof. Die Wohnungen dienten normalerweise den Drogenkurieren als Übernachtungsmöglichkeit. Die Wohneinheiten waren voll möbliert mit Küche, Bad und einem gemeinsamen Kühlschrank gefüllt mit einer Notration. Es gab einen zentralen Technikraum, in dem die Bilder der Überwachungskameras aus dem Außenbereich und in der Stollenanlage zusammenliefen. Die Bilder wurden per Fernübertragung und auf Abruf an die Wachschutzzentrale in der Seniorenoase übertragen.

Andrei hatte Emina in eine der beiden Erdgeschoss Wohnungen geschleppt, sie aufs Bett gepackt und ihr etwas zu Essen und Trinken gebracht. Er schloss sie

dort ein, denn sie würde sowieso die meiste Zeit vor sich hindämmernd im Bett verbringen.
Donnerstag Abend hatte er das Objekt verlassen und war kurz in die Seniorenoase gefahren, um die weitere Vorgehensweise mit dem Chef zu besprechen. Als er aus dem Büro von Maxim gekommen war, hatte ihn Nastasia beiseitegezogen und ihn gewarnt, dass am nächsten Tag in der Seniorenoase eine Razzia stattfinden würde, und er sich übers Wochenende im Depot verschanzen sollte. Vitali plante das Heim zu verlassen, um in Frankfurt im dortigen Bordell der 'Gesellschaft' abzuwarten, bis die Luft wieder rein wäre.
Den Freitag verbrachte Andrei dann vorwiegend vor dem Fernseher und mit Videospielen, zerlegte und reinigte seine Makarov und schaute gelegentlich auf den Bildschirm, der ihm einen Überblick über Eminas Wohnung zeigte.
Dazwischen ging er mit einem Computerausdruck zum aktuellen Inventar im Depot die Lagerbestände durch und fand, dass nichts fehlte. Maxim hatte ihm den Auftrag gegeben, den Bestand an Drogen zu prüfen, und nachzuschauen, ob alles in Ordnung wäre.
Samstag frühmorgens erschien plötzlich Nastasia in der Grube, die neben Maxim und den Drogenkurieren die Einzige war, die noch Zugang zur Anlage hatte. Sie wollte sich persönlich von Eminas Zustand überzeugen und sie an eine Infusion

hängen, damit Andrei übers Wochenende ein paar Aufträge von Vitali erledigen konnte.
Sie hatte alles, was sie dazu brauchte, aus der Seniorenoase mitgebracht. Sie legte der schlafenden Emina einen Venenzugang am Handrücken, fixierte ihre Hände am Bett und schloss einen Infusionsbeutel an, aus dem langsam eine ‚angereicherte' Nährlösung tropfte und in die Venen geleitet wurde. Das sollte Emina erstmal bis Montag früh ruhigstellen, dann würde sie weitersehen. Alles hing jetzt von Vitali und seinen Versprechen ihr gegenüber ab, denn sie wollte sich nicht mehr so einfach abspeisen lassen.
Sie gab dann Andrei, den Rest des Tages frei, und er könnte gerne im Depot übernachten, aber am Sonntagmorgen sollte er als Rechtsanwalt der ‚Gesellschaft' auftreten und Vitali im Polizeigewahrsam besuchen. Er war überrascht zu hören, dass sich Vitali nicht rechtzeitig vor der Polizei in Sicherheit gebracht hatte. Nastasia erklärte das damit, dass die Razzia wenigstens drei Stunden früher als man ihr gesagt hatte, und im frühen Morgengrauen stattfand.
Er versprach morgen um 07:00 Uhr im Seniorenheim aufzuschlagen, um sich danach mit Vitali zu treffen.
Am Abend des Samstag zog er sich einen Porno rein und überlegte, was Emina von einem kleinen Besuch seinerseits halten würde. Zu dumm, aber Maxim Mutsonow hatte ihn streng ermahnt, dass Emina

Vitali gehörte. Also vergaß er ganz schnell wieder seine geilen Gedanken.

Kapitel 54

*Die **Grube Jungbrunnen,** wurde so von der gleichnamigen Stiftung nach ihrer Übernahme 2002 benannt. Das ehemalige Erz-Bergwerk mit circa 100 Metern Stollenlänge wurde in der Nachkriegszeit in ein temperaturstabiles Depot empfindlicher Waren (Kartoffeln und Apfelwein) umgewandelt. Seit 2003 ist der Stollen über die gesamte Stollenlänge in ein mit Elektrokarren befahrbares Lager für maximal 10 t Rohopium und Opium Derivate ausgebaut.*

Büro Hamplmaier, Samstag, 17.10 .2020, 11:00

Verzweifelt zerbrachen sich die drei Ermittler im Büro Hamplmaier die Köpfe, wie sie den Aufenthaltsort der entführten Emina eruieren könnten.

Sie saßen seit Stunden zusammen und die Kaffeemaschine war heiß gelaufen. Der viele Kaffeegenuss führte zwar zu hohem Blutdruck und einer gereizten Atmosphäre, brachte aber wenig bis nichts an Erkenntnissen.

Im Falle der entführten Emina war die Erkenntnislage am dünnsten. Sie kannten weder ihren Aufenthaltsort noch den Entführer, und die Auftraggeber waren trotz aller Indizien, die von Andrei Wolkow zu Vitali Klimachow zeigten, pure Vermutung. Allen war klar, dass die Zeit drängte, und die vermuteten Auftraggeber, die soeben in Gewahrsam genommen worden waren, schwiegen eisern. Die Unruhe und Nervosität auf Seiten des

kleinen Ermittlerteams stieg rasant an. Willy war der ruhende Pol, und er tat sein Bestes, um den Druck im Kessel zu reduzieren.
Was alle bedrückte, war die Tatsache, dass Emina überall sein konnte, und wer weiß, ob sich nach der Razzia und den erfolgten Festnahmen noch jemand um sie kümmern würde.
Bei Alina sah es ermittlungstechnisch wesentlich besser aus, sie hatten mindestens zwei Hauptverdächtige identifiziert. Alles deutete auf einen Ehrenmord, während Hans immer von einem Mafiaracheakt ausgegangen war. Allerdings fehlten nach wie vor entscheidende Infos zum Ablauf und vor allem zu den Hintermännern. Naturgemäß gab es in Alinas neuaufgerollten Fall weniger Zeitdruck, außer dass Hans nach elf Jahren die Hoffnung nicht aufgegeben hatte, die wahren Schuldigen zur Rechenschaft ziehen zu können.
Mias Entführung und das Thema Menschenhandel und Prostitution mit Minderjährigen waren de facto aufgeklärt und die Mädchen hatten ihre Pässe zurückerhalten. Die Polizei und das Jugendamt betreuten sie aktuell und prüften, ob eine Rückkehr nach Rumänien im Interesse der Mädchen wäre. Spontan hatten alle vier Minderjährigen eine Rückreise in ihr desolates familiäres Umfeld kategorisch abgelehnt, sie wollten sich hier um eine Ausbildung und einen Job bemühen. So könnten sie ihre Familien besser unterstützen und wären außer

Reichweite, denn ein unkompliziertes Familienleben hatte keine von den ihnen. Alle waren von der Aussicht einen Pflegeberuf zu erlernen angetan, und baten die Behörden, ihnen dabei zu helfen.
Die Einbruchsserie war auch so gut wie aufgeklärt, und was die Betrügereien auf dem Pflegesektor anbelangte, so sollte dort, nach Auswertung aller beschlagnahmten Unterlagen, eine Anklage innerhalb der nächsten Monate möglich sein. Die Verdächtigen waren identifiziert, und was blieb, war die Frage, wie es mit dem Heim weitergehen sollte. Nastasia schied als längerfristige Pflegedienstleitung definitiv aus, und die Situation der Stiftung ließ sich nur gerichtlich klären.
Hans hatte der Vorschlag der Heimaufsicht über das Amtsgericht Erbach, ihn als Kurator einzusetzen, sichtlich überrascht, weil er trotz seiner kaufmännischen Ausbildung an der Frankfurter Berufsakademie nicht sicher war, die dafür notwendige Kompetenz mitzubringen. Er war hingegen ganz sicher, dass Maria Bitsch dem Heim gut über die Runden helfen würde.
Blieb noch das große Thema Drogenschmuggel und das In-den-Verkehr-Bringen harter Drogen, und hier sah es bis jetzt ganz schlecht aus. In dem Fluchtfahrzeug der Einbruchserie hatte die Spurensicherung zwar Drogenspuren nachgewiesen, aber es gab keine weiteren Hinweise, wo die Drogen zwischen gelagert waren und wie sie verteilt wurden.

Trotz Einsatzes einer Drogenspürhundestaffel, gab es auch keine Erkenntnisse über verbotene Substanzen auf dem gesamten Grundstück der Seniorenoase, wenn man von den Medikamentenschränken auf den einzelnen Stationen des Heims absah und Haschisch Spuren im geschlossenen Edelpuff. Die Hoffnung war, dass sich in den beschlagnahmten Firmenunterlagen dieser ‚Pharmatecc' in Darmstadt etwas finden ließ. Es gab also für die Kripo einiges zu tun, bevor sie Beweise sichern könnten, um die Anklage gegen die Hauptverdächtigen vorzubereiten.
Während die Herren Ermittler die Ergebnisse des gestrigen Tages resümierten, hatte sich Steffi ohne große Worte mit ihrem Hauptproblem beschäftigt, nämlich der Suche von Eminas Aufenthaltsort.
Als erstes hatte sie mit dem GPS Tracking Tool versucht herauszufinden, welches Mobiltelefon nahe der Groß-Umstädter Wohnung eingeloggt war, aber die Suche ergab kein brauchbares Ergebnis.
Bis es wiederum Steffi war, die die zündende Idee hatte. Sie lud die Datei des Navigationsgerätes des Fluchtfahrzeuges aus dem Marbachstausee erneut hoch, um sie nach oft angefahrenen Zielorten abzuklappern. Nach dem Bericht der KTU waren in dem Fahrzeug minimale Drogenspuren gefunden worden. Ob das das Fahrzeug auch für weitere Straftaten eingesetzt worden war blieb unklar.

Sie fand nichts Auffälliges.
Sie probierte als Nächstes die Startpositionen, aber auch das führt zu keinem Ergebnis.
Als sie die Zwischenziele checkte, tauchte erstmals so etwas wie ein Verdacht auf. Sie überprüfte die GPS-Koordinaten auf der ‚Kuckmal.Maps', und wieder einmal *Bingo*, erweist sich das Navi als extrem hilfreich. Sie schauten sich überrascht an, denn bei dem Ort, der auf der Karte südlich von Wald-Michelbach aufpoppte, handelte es sich um ein aufgelassenes Bergwerk, in dem früher Manganerz abgebaut wurde.
Weder im Drogenprozess von 2009 noch später konnten irgendwelche Hinweise zum Drogenzwischenlager der Organisation gefunden werden. Das Lager mit seiner geschätzt hohen Kapazität für Opium von zig Tonnen und dessen Standort blieben seither ebenso im Dunkeln wie die Identitäten der Bosse.
Sie müssten das Grundbuchamt der Gemeinde Wald-Michelbach kontaktieren, das erst am folgenden Montag wieder erreichbar ist, denn Steffi hat keinen Zugang trotz ihrer Administratorenrechte vom Gesundheitsamt.
Sie prüften nochmals im Internet die Flurstückzuordnung und stellten fest, dass das Bergwerk am Standort einer früheren Grube, welche Anfang der neunziger Jahre zu einem Besucherbergwerk ausgebaut worden war, als Reha

Einrichtung für Atemwegserkrankungen deklariert war.
Ob es sich dabei um ein Drogendepot handeln könnte?
Die Grube wurde ja schon nach dem Krieg als Lager benutzt, allerdings für so unauffällige Produkte wie Kartoffeln und Apfelwein.
Willy, der im Zusammenzählen von eins plus eins immer schon fixer war als bei einer Internetsuche, zögerte nicht lange und informierte seinen alten Bekannten Dingeldein. Der bedankte sich für den vielversprechenden Hinweis, denn das Drogendezernat hatte seit langem den südlichen Odenwald im Verdacht, den vermuteten Drogen Standort zu beherbergen. Er versprach gleich am Montag in aller Frühe die Gemeindeverwaltung in Waldmichelbach zu kontaktieren und gegebenenfalls die Anlage mit schwer bewaffnetem Begleitschutz zu besuchen.
Hans und Willy wollten nicht so lange warten und setzten sich ins Auto, um die angezeigte Position genauer unter die Lupe zu nehmen. Steffi sollte die Stellung im Büro halten.
Hans tippte die Daten ins Navi ihres Autos, und Willy saß am Steuer, denn er kannte die Gegend wie seine Hosentasche.
Als sie die einzig mögliche Zufahrt zur Grube erreichten, stellte sich heraus, dass die private und ordentlich asphaltierte Forststraße mit einer

Schranke blockiert werden kann, die aber jetzt offen ist.
Sie stellten ihr Auto auf dem naheliegenden Wanderparkplatz ab, sodass es von der Straße und dem Forstweg aus nicht zu sehen ist. Dann gingen sie auf dem Forstweg so weit, bis sie nach einem knappen Kilometer das verschlossene Metalltor vor sich sehen.
An der Tür sahen sie weder ein Namensschild, noch gab es eine Klingel oder irgendetwas, um sich bemerkbar zu machen. Allein die Außenkameras waren nicht zu übersehen.
Um nicht gesehen zu werden, kletterten sie die Böschung in den Wald hoch, um einen Blick über die Sandsteinmauer werfen zu können.
Im Hof standen zwei Fahrzeuge, eines davon mit dem Logo der Seniorenoase. Sie fotografierten das Areal, das absolut still in der niedrig stehenden Nachmittagssonne an dem Berghang lag, in den sich wohl die Stollenanlage in den Berg bohrte.
Gerade als sie abbrechen und zum Auto zurückkehren wollten, betrat Nastasia den Hof und kletterte in ihr Gefährt, das Metalltor schwang auf und Nastasia fuhr weg. Als sie beim Rückweg an der Schranke vorbeikamen, war diese jetzt geschlossen, und das Vorhängeschloss glänzte in der Abendsonne.
Sie fuhren zurück, um Bericht an die Polizei zu erstatten.
Sie waren gerade losgefahren, als von Steffi die

Nachricht kam, dass der KHK angerufen hatte. Vitali möchte reden, aber nur mit Hans und nur unter vier Augen und ohne Aufzeichnungsgeräte. Der Kommissar hatte Zweifel, ob das eine gute Idee wäre, aber Willy überredete ihn, das Gespräch zuzulassen, denn vielleicht erhielten sie so wichtige Informationen zu Eminas Aufenthaltsort.
Hans und Willy schauten sich verwundert an.
„Was will der denn jetzt, all die Jahre hat der sich unsichtbar gemacht, und sein Imperium von einigen sporadischen Reisen ins Ausland abgesehen aus Kaliningrad geführt, ohne dass man ihm irgendetwas hätte beweisen können. Gehst du hin“, fragte Willy sorgenvoll und ging automatisch vom Gas.
„Ich meine, der Boss ist alt geworden, der muss jetzt Mitte siebzig sein. Du hast ihn ja auf dem Flannerts gesehen, der sah mehr nach Rollator als nach Muskelpaket aus. Dem muss es schwer an die Nieren gehen, dass ihn einer seiner eigenen Leute angeschwärzt hat. Ich möchte ja nicht in der Haut des Jannis Popescu stecken. Der ist jetzt schon so gut wie tot. Auf jeden Fall steckt er hinter der Entführung, und der kann auch aus dem Knast heraus operieren, da gebe ich mich keiner Illusion hin?“, sorgte sich Hans eher wenig, „ich halte die Idee für nicht schlecht. Ich wette, der Alte steckt bis über beide Schultern im Dreck. Vielleicht entdeckt er auf seine alten Tage sein Gewissen“, und er grinste boshaft über die Idee.

„Das glaubst du doch selbst nicht. Der hat etwas vor, der hat noch eine Rechnung mit dir offen. Und vor allem stellt sich mir die Frage, was will er mit der Entführung bezwecken? Der wird dir alles Mögliche androhen, und das ist verdammt gefährlich, Sohnemann“, sprach Willy seine Gedanken aus.
„Ja, das stimmt. Und gerade deshalb muss ich wirklich mit ihm reden. Denn dann werde ich dem Mal zeigen, wo im Odenwald der Hammer hängt.“
Hans war dabei, sich in Rage zu reden, und Willy warnte ihn genau davor.
„Lass deine Gefühle aus dem Spiel, Sohnemann. Verdammt noch einmal, du bist ein Profi. Wenn der dich bei deinen Emotionen packt, dann hat er dich bei den Eiern. Dreh den Spieß um, lass ihn auf der heißen Platte tanzen wie einen Wassertropfen auf der heißen Herdplatte!“
„Vadder[1], du hast gut reden. Aber ich nehme den Rat mal mit“, dann schwiegen sie, und im Büro angekommen schickten sie eine müde Steffi nach Hause.
Willy beschloss, seinen Freund Manfred Dingeldein anzurufen, und der bestätigt, dass er am Montag ein SEK[2] mit Hubschraubereinsatz nach Wald-Michelbach schicken wird.

---

[1] *Vater*
[2] *Sondereinsatzkommando*

Kapitel 55

*Für die ‚**Bratwa**‘ **ist Vergeltung das Gesetz** und es gilt Auge um Auge, Zahn um Zahn und ein Leben für ein Leben. Derjenige, der sich am Eigentum eines führenden Bandenmitglieds vergreift, indem er dessen Geliebte schändet oder tötet, verdient ein schlimmeres Schicksal als den Tod. Er wird in dem Wissen weiterleben müssen, dass an seinen Kindern oder Enkeln ein Exempel statuiert wird, und an ihnen wird schrecklich Rache genommen.*
Derjenige muss wissen, dass er völlig machtlos dagegen ist.

Polizeigewahrsam in Erbach, Sonntag, 18.10 .2020, 08:00 Uhr

Vitali verbrachte eine unruhige zweite Nacht seit seiner Unterbringung im Sicherheitsgewahrsam. Der Amtsrichter in Erbach hatte wegen der Schwere der infrage kommenden Vergehen und insbesondere wegen Drogenhandels den Polizeigewahrsam für Vitali Klimachow für 72 Stunden festgelegt, und diesen ausnahmsweise in der Polizeidirektion Erbach zugelassen. Die Kriminalpolizei wollte ihn wenigstens über das Wochenende hinaus solange aus dem Verkehr ziehen, bis man Emina gefunden hatte. Im Odenwald hatte man ja nicht alle Tage einen großkalibrigen Mafiaboss am Haken.
Am Samstagnachmittag hatte Vitali solange an die Tür getrommelt, bis der Diensthabende den zuständigen KHK Dingeldein kontaktierte. Auch dann erforderte es eine halbe Stunde heftiges

Gezeter seinerseits, bis der zusagte, Hans Hämmerle zu fragen, ob er am Sonntag zu einem Vieraugengespräch mit seinem Lieblingsgefangenen zur Verfügung stünde. Und das auch nur, weil Vitali seine Bereitschaft zu einer umfassenden Aussage signalisiert hatte.

Punkt acht Uhr saß dann ein angespannter Hans Hämmerle im Vernehmungsraum, als zwei Polizeibeamte einen übernächtigen Vitali Klimachow ins Zimmer eskortierten, der trotz seiner gebeugten Haltung eine kalte Mimik und machtbewusste Körpersprache ausstrahlte.

Die beiden Männer fixierten einander schweigend über eine Minute, bis Hans nachgab und Vitali fragte, warum er auf einem Treffen mit ihm allein bestanden hätte.

„Ich hoffe, sie erleichtern endlich ihr Gewissen und machen reinen Tisch am Ende ihres verpfuschten Lebens, alter Mann", begann Hans ziemlich unsanft und wollte ihn damit aus der Reserve locken. Er dachte an die unzähligen Verbrechen, die Vitali, während seiner Verbrecherkarriere beging, auch an die Gewalt gegenüber Familienangehörigen. Alina war in der Zeit, als sie noch seine Geliebte war, ständig psychischer und sexueller Gewalt durch Vitali ausgesetzt und das Ganze endete mit einem Mord an ihr, nachdem sie aus Vitalis Umklammerung ausgebrochen war und Hans geheiratet hatte. Und jetzt gipfelte Vitalis

Rachefeldzug gegen ihn in der unsäglichen Entführung von Emina.
Vitali war kein Freund von langen Vorreden, aber er legte erst los, als das blinkende LED-Lämpchen an der Überwachungskamera erlosch.
„Du weißt ganz genau, was ich von dir will. Schließlich jage ich dich, seit meine Frau in deiner ‚Geiselhaft' zu Tode kam. Du hast mir genommen, was mir gehört, und jetzt ist Zahltag. Du bist für ihren Tod verantwortlich, selbst wenn du sie nicht selber getötet haben solltest, du…", er unterdrückte ein Schimpfwort.
„Die ganze verdammte Zeit über, in der ich dich gesucht habe, wollte ich meine Tochter zurückholen und dir Auge um Auge vergelten, was du zu verantworten hast. Ich werde dich mit derselben schrecklichen Angst quälen, mit der du mich gequält hast. Bei uns gilt die Regel, dass derjenige, der sich am Eigentum eines führenden Bandenmitglieds vergreift, indem er dessen Geliebte schändet oder tötet, ein schlimmeres Schicksal als den Tod verdient. Er wird in dem Wissen weiterleben müssen, dass an seinen Kindern oder Enkeln ein Exempel statuiert wird, und an ihnen wird schrecklich Rache genommen. Und jetzt ist es endlich so weit. Glaub bloß nicht, dass diese paar Tage im Sicherungsgewahrsam mich davon abhalten können."
Er pausierte, bevor er fortfuhr, „schlimm für dich ist

nur, dass meine früheren Rachepläne nicht mehr ausreichen. Du kannst es ja nicht genug sein lassen. Dadurch, dass du mich jetzt komplett vernichten möchtest, bist du einen kleinen Schritt zu weit gegangen."

Hans wartete geduldig ab, bis er sich ausgekotzt hat.

Vitali atmete tief aus und holte Luft, bevor er fortfuhr, „was ich dir jetzt sage, das sage ich nur einmal, und du solltest dir gut überlegen, was du darauf antwortest."

Dann trug er vor, was er sich als ultimatives Angebot an Hans überlegt hatte.

„Wenn du tust, was ich von dir will, dann lasse ich eventuell mit mir reden, und dich am Leben. Ansonsten passiert dem Mädchen, das du als deine geliebte Tochter ansiehst, etwas sehr Schlimmes, was du nicht wissen möchtest, du verdammter Ehebrecher und danach stirbst du genauso qualvoll", stellte Vitali seine Forderung im Glauben, dass er am längeren Hebel saß.

Smalltalk schien in der ‚Bratwa' kein Ausbildungsstandard zu sein, dachte Hans. Und da er in einem Verhandlungsseminar einmal gelernt hatte, dass Schweigen ein erprobtes Mittel sei, um seinen Gegner aus der Reserve zu locken, schwieg er ihn jetzt an, ohne seinen Blick von Vitalis Augen zu lassen.

Er lehnte sich zurück, verschränkte die Arme vor der Brust und gab sich cool. Er wartete, als ob nicht er,

sondern Vitali unter Zeitdrucks stünde.
Aber nach fünf langen stillen Minuten, in denen die Miene Vitalis sich immer weiter verdunkelte, gab er nach und versuchte seinerseits, Druck aufzubauen.
„Was für eine stolze Leistung eines Gangsterbosses, vor dem seine Mitglieder zittern, wenn er sie nur anblickt, seine eigene kleine Tochter zu entführen. Du gibst also tatsächlich zu, dass du Emina entführt hast. So weit war ich aber schon vor deinem Geständnis. Wir wissen auch, wo Emina gefangen gehalten wird“, bluffte Hans.
„Du musst deine Traumwelt verlassen und von deinem hohen Ross heruntersteigen. Du bist hier nicht mehr in deiner Machtzentrale, falls dir das entgangen ist. Und du bist nicht in der Position, um mir zu drohen oder etwas anzubieten. In der harten Realität hast du nur eine Wahl, um halbwegs straffrei und eventuell auf Bewährung aus dem Gefängnis zu kommen. Du musst ein umfassendes Geständnis ablegen und sie sofort freilassen, bevor das SEK sie aus deinem Versteck herausholt. Wir warten nur noch auf den richterlichen Beschluss, das Areal zu stürmen.“
Hans schwieg, und Vitali wiederholte hartnäckig den Vorwurf, dass Hans sein Eigentum an der Rückkehr zu ihm mit Tücke und Gewalt gehindert habe, wahrscheinlich habe er Alina sogar unter Drogen gesetzt. Und an Emina würde er ein Exempel statuieren, dass Hans sich wünschen würde, nicht

geboren worden zu sein.
Hans hielt seinem Blick stand und erwiderte kalt, „Alina wollte nichts mehr mit dir zu tun haben, und dein Anspruch auf sie als dein Eigentum war schon immer lächerlich, alter Mann. Mir kannst du damit nicht mehr drohen. Und was Emina anbelangt, so sind deine Drohungen noch irrsinniger. Du willst offensichtlich nur mich am Boden sehen, wenn du mir Angst machen willst. Falls du echt darauf spekulieren solltest, dass du mich mit deinen monströsen Drohungen quälen kannst, dann irrst du. Und wenn du glaubst, dass du als ihr Erzeuger ein Anrecht darauf hast, dass sie ihr künftiges Leben mit einem Gangstervater deines Kalibers verbringt, der rücksichtslos mordet, vergewaltigt und erpresst, dann ist dir nicht zu helfen. Und selbst wenn sie dir folgen wollte, wird sie dich niemals mehr kennenlernen können, weil du deine Zelle aller Voraussicht nach in einem Sarg verlassen wirst."
Pause.
Die Worte von Vitali fielen wie Kegel, „Du bluffst doch nur du mickriger Detektiv. Egal, wie du es darstellst, du bist für mich an Alinas Tod schuld, und dafür wirst du bezahlen. Wenn ich dir M-E-I-N-E Tochter weggenommen hätte, was ja schon ein Widerspruch in sich ist, dann würde ich sie zu mir holen und basta. Und du könntest nichts, aber auch gar nichts dagegen tun. Aber so ist es eben nicht, du liebst Emina, und du trittst für sie als ihr Vater auf.

Du solltest nicht den Fehler machen, mir Skrupel zu unterstellen, die Kleine vor deinen Augen in Stücke reißen zu lassen. Du hast keine Ahnung, was ich für ein Monster sein kann. Ein Fingerschnippen von mir, und du bist Eminas Beschützer gewesen. Glaub mir, du wirst zusehen, wie sie krepiert, und dann bist du dran."
Hans nahm sich zurück und lachte ihn aus.
„Alter Mann, du bekommst hier kein Bein auf den Boden, das weißt du. Wir sind ja nicht in Kaliningrad, wo du die Polizei und Justiz nach Belieben korrumpieren kannst. Es wäre besser für dich, wenn du jetzt Klartext redest. Wenn du verdammt noch einmal etwas von mir willst, dann musst du schon mit mir umgehen. Du bist doch sonst kein verdammter Feigling, wenn du jemanden fertig machen willst. Du kannst mich nicht mit den Qualen deiner Tochter einschüchtern. Wahrscheinlich ist sie schon befreit, und du weißt es nur nicht. Du kannst ja Emina eine SMS schicken und fragen, ob sie deine Gene anziehend findet, und sie ein Gefühl für dich entwickelt?", provozierte Hans weiter und hatte sich sichtlich erholt. Unter Druck war er immer am besten. Und jetzt würde er Vitali weichkochen.
Und seine Argumente wirkten, denn Vitali schwenkte um, als er merkte, dass er mit übertriebenen Drohungen nicht weiterkam. Immerhin hatte er noch Emina als Geisel. Dass Hans ihren Aufenthaltsort kannte, das glaubte er nicht,

denn sonst hätte man sie schon herausgeholt.
Vitali unterschätzte eindeutig die Handlungsweise deutscher Bürokratie, deren Mühlen langsam aber sicher mahlten.
„Na gut. Im Grunde ist mein Problem sehr einfach“, gab sich Vitali beherrscht, „du und dein Vater und wer sonst noch involviert ist, ihr lasst eure Finger von meinem Unternehmen. Und ihr zieht alle eure Verdächtigungen und Anzeigen gegen mich und die ‚Gesellschaft’ zurück. Als Gegenleistung ändere ich meine Vergeltungspläne dir gegenüber ab. Ich schenke dir dein erbärmliches Leben. Dafür gibst du aber vollumfänglich deine Ansprüche an Emina auf. Wir bekommen freie Rückreise nach Kaliningrad, und du wirst sie mir überlassen, denn sie gehört zu mir wie Blut zu Blut. Und wenn ich erst einmal mit ihr geredet habe, wird sie eher auf mich als auf dich hören. Ich kann sehr überzeugend sein, wenn ich will. Ich werde ihr schon klarmachen, dass du allein ihre geliebte Mutter auf dem Gewissen hast.“
Dann fügte er spöttisch hinzu, „falls du denkst, ich bluffe, dann denk daran, wie einfach es war, Emina und deine neue Partnerin zu überwältigen und Emina zu entführen. Mein ‚Mann für das Grobe‘ hat seit Tagen deine Knie und deine Gonaden im Visier und seinen Zeigefinger am Druckpunkt der Waffe. Wie gesagt, ein Fingerschnippen von mir genügt, und er zieht durch. Und du wirst leiden wie ein Hund, aber nicht sterben, also nicht gleich. Du wirst dir noch

wünschen, tot zu sein, um deine Tochter nicht leiden zu sehen?“
„Was für ein Schwachsinn. Du stellst Forderungen auf und versprichst Dinge, die jenseits deiner Möglichkeiten liegen. Vergiss das gleich wieder.“
Pause.
„Aber wir können gerne und zur Abwechslung über Alinas Tod reden, dann klären wir endgültig, wer hier woran schuld ist“, packte Hans jetzt seine Totschlagargumente gegen Vitali aus. „Fakt ist, dass du für Alinas Flucht in eine sichere Zukunft selber verantwortlich bist. Sie hat es unter deiner Gewaltherrschaft nicht mehr ausgehalten, und das weißt du auch, du bist nur zu eigensinnig und überheblich, es zuzugeben. Also gib mir nicht die Schuld dafür, dass Alina vor dir geflüchtete ist, so wie sie Jahre zuvor vor den Fesseln ihrer Familie geflohen ist.“
Hans legte erneut eine Kunstpause ein.
„Was Alinas Tod anbelangt, so weißt du vielleicht nicht, dass man ihr an diesem schlimmen Tag im Oktober 2009 zuerst eine Überdosis Heroin gespritzt hat, die allein zu ihrem sicheren Tod durch Atemstillstand geführt hätte. Der Killer, den du geschickt hast, der kam eindeutig zu spät, aber dafür hat er eine halbtote, junge Frau vergewaltigt und ihren Tod durch Erwürgen beschleunigt, und das alles in deinem Auftrag, du verdammter Mörder. Und weil du dich vor deiner Schuld drücken willst,

möchtest du, dass ich jetzt dafür den Kopf hinhalte. Die Situation am Tatort zeigte eindeutig, dass zwei unabhängig voneinander handelnde Täter für ihren Tod verantwortlich waren, und einer davon war dein ‚verspäteter' Auftragsmörder".

Vitali schwieg verdutzt über die Wendung, die das Gespräch genommen hatte. Diese Darstellung des Tatherganges passte nicht zu dem Bericht, den ihm sein ‚Wolf' übermittelte, der Alina und ihre Tochter nur entführen sollte.

Hans sah in seinen Augen, dass er ins Schwarze getroffen hatte. Der wusste wirklich nicht, wer seine Ex-Geliebte auf dem Gewissen hatte.

„Sagt dir der Name Oliver Wolff etwas", fragte Hans scheinheilig, und weil Vitali nicht reagierte, fuhr er fort, „das war der Täter, der in deinem Auftrag kam. Leider kam er zu spät, nachdem ihm einer zuvorgekommen ist", Hans wunderte sich, wie sachlich er ihm den rekonstruierten Tathergang schildern konnte. Vitalis Augenlider zuckten, und er sah ehrlich schockiert aus.

„Das kann nicht sein. Ich habe nicht Oliver geschickt, sondern…", er unterbrach den angefangenen Satz, ohne zu verstehen, dass er gerade ein Geständnis anklingen ließ, „Oliver hatte niemals einen solchen Auftrag von mir. Das konstruierst du dir zusammen, um mir etwas anzuhängen, was ich niemals gewollt und gemacht hätte. Oliver war bestimmt nicht die hellste Kerze

auf der Torte, aber immer loyal. Das stimmt einfach nicht“, entgegnete Vitali schnaubend vor Zorn.
Andrei, das war sein Auftragstäter, der zu spät kam, um Alina zurückzuholen, und der ihm die verschiedenen SMS von Karl Miltners Handy weitergeleitet hat. Der zweite Teil der Geschichte über den Zweittäter, die sein Gegenüber erzählte, passte sauber und nahtlos zu der Geschichte, welche die SMS seines ‚Wolfs‘ erzählten. Auch wenn er diese Tat Oliver niemals zugetraut hätte. Aber die Sache mit dem Ersttäter war ihm ungeheuer.
„Es tut mir leid, aber wir haben nicht nur einen, sondern mehrere eindeutige Beweise“, unterbrach Hans die Gedanken, die Vitali durch den Kopf schossen.
„Erstens, als Oliver neben seiner Badewanne starb, was sicherlich auch auf dein Konto geht, hatte er noch Alinas Anhänger an seiner Protzkette um den Hals hängen. Mit der Originalgravur, die von dir stammt. Und zweitens haben wir eine 100%ige Übereinstimmung seiner DNA mit dem Vaginalabstrich von Alina nach seiner Vergewaltigung. Die Rechtsmedizin in Frankfurt hat vorgestern seine DNA festgestellt und mit den Spuren verglichen, die er am 16. Oktober 2009 im Bett von Alina hinterlassen hat“, klärte ihn Hans auf und fragte ironisch nach, „das muss doch sogar einem verstockten Lügner, wie du einer bist, als Beweis ausreichen, oder nicht?“

Insgeheim war Vitali, trotz seiner absoluten Blindheit was den Tathergang anbelangt, mit seiner Entscheidung zufrieden, dass er Andrei befahl, dieses Schwein Oliver zu erledigen, denn die Verdächtigung, die Nastasia ausgesprochen hatte, stellt sich im Nachhinein als richtig heraus. Er konnte zwar immer noch kein Tatmotiv von Oliver erkennen. Vielmehr musste er sich eingestehen, dass Nastasia ein besseres Motiv für einen Mord hatte, so eifersüchtig wie sie immer war. Trotzig wischte er den Zweifel an Olivers Beteiligung am Mord zur Seite, denn an den Fakten war nicht mehr zu rütteln.
„Warum hätte Oliver das machen sollen, das ergibt keinen Sinn“, behauptete er starrsinnig, denn Olivers Motiv ist der Knackpunkt in der Sache.
„Wer soll denn der andere Verdächtige sein, der sich angeblich als erster an Alina verging?“, fragte er, statt eine Antwort auf die eigene Frage zu geben.
„Sag du mir zuerst, wen du wirklich geschickt haben willst, das wäre dann der dritte Mann, wenn ich richtig gerechnet habe. Der große Unbekannte. Das glaubst du doch selbst nicht“, griff Hans den unterbrochenen Satz von Vitali auf.
Vitali blieb stur bei seiner Linie, „ich habe niemanden mit einem Tötungsauftrag geschickt. Basta. Wer war der Ersttäter, den du angeblich kennst?“
„Tja, das möchtest du gerne wissen. Bei dem Mann, den du suchst, handelt es sich um Alinas eigenen

Bruder, der seine jüngere Schwester mit einer Überdosis Heroin umbringen wollte, weil du sie zu deinem Sexspielzeug gemacht hast. Du hast sie als junges Mädchen von zu Hause entführt, und ab diesem Zeitpunkt gilt dein Sex mit ihr als Vergewaltigung. Damit hast du die Ehre ihrer afghanischen Familie so massiv geschändet, dass für die nur mehr ein Ehrenmord als Ausweg übrig blieb. Und du hast Alinas Tochter, die aus deinem Verkehr mit Alina gezeugt wurde, in einen weiteren Schandfleck derselben archaischen Familientradition verwandelt. Dieser Bruder, der übrigens im Moment unter strenger Bewachung in der Augenklinik in Heidelberg liegt, wollte vor einer Woche allen Ernstes deine Tochter umbringen. Weil sie zum erweiterten Schandfleck auf dem ‚Ehrenkleid' von Alinas Familienclan gehört!"
Hans hatte alles auf Vitali ausgekippt, und der sackte wie ein geprügelter Hund in sich zusammen.
„Nein, nein und nochmals nein. Du verdammter Lügner, das sagst du nur, um mich fertig zu machen", stöhnte Vitali und Hans legte sofort nach.
„Und wenn du mir nicht sofort beschreibst, wo ihr Emina gefangen haltet, dann bist du schuld, wenn dieser durchgeknallte Ehrenmörder sie vor mir findet. Der kommt morgen wieder aus dem Krankenhaus", bluffte er wieder.
Das saß.
„Ich gebe dir Bescheid", sagte er und klopfte an die

Tür, weil er in seine Zelle zurückwollte. Hans hatte in diesem Moment sogar so etwas wie Mitleid mit dem um Jahre gealterten Anführer, der aber weit entfernt davon war aufzugeben.
Hans atmet tief durch und hofft auf eine schnelle Antwort, aber Vitali hat noch einen Termin an diesem tristen Sonntag.
Um 11:30 Uhr trug sich Andrei Wolkow unter falschem Namen und im dunkelgrauen Business Anzug mit dezenter Krawatte in das Besucherbuch der Polizeidienststelle in Erbach ein. Sein Ausweis wies ihn als Anwalt der Sozietät der ‚Rechtsanwälte Mutsonow & Partner' aus, und er konnte eine Vollmacht vorlegen, denn sein Mandant Vitali Klimachow wollte ihn sprechen.
Der Diensthabende murrte etwas von Zumutung am Sonntag, und dass er sich hätte ordentlich und rechtzeitig anmelden müssen, wenn er seinen Mandanten sehen will. Aber das stimmte natürlich nicht, und Andrei lässt sich nicht so einfach abwimmeln.
Vitali kommt zum zweiten Mal an diesem Tag ins Vernehmungszimmer, in dem ihn Hans vor zwei Stunden über Alinas Todesumstände aufgeklärt hat, und bespricht sich mit Andrei leise und verklausuliert wegen des in der Ecke des Raumes sitzenden Beamten. Der Aufseher ist so in sein Videospiel vertieft, dass er nichts mitbekommt.
Vitali hatte keine Zweifel mehr, dass Oliver ihn

betrogen hat, und er konnte nur vermuten, dass Oliver von langer Hand auf seine Nachfolge als Anführer der ‚Bratwa' hingearbeitet hatte. Wenn alles mit rechten Dingen zugegangen wäre, dann hätte er ihn demnächst offen um seinen Platz an der Spitze der ‚Gesellschaft' herausgefordert.
Aber er hat ja rechtzeitig reagiert, und so brauchte er sich keine Gedanken mehr über eine fällige Strafaktion gegen seine Nummer 3 im deutschen Ableger der Organisation machen. Das Klingeln seiner unterbewussten Alarmglocke, die eine Verbindung von Nastasia zu Alinas Tod herzustellen versuchte, blendete er aus. Es konnte nicht sein, was nicht sein durfte. Basta.
Aber dieser angebliche Ersttäter, an den er sich noch sehr gut als den älteren Bruder Alinas namens Dawoud erinnern konnte, der musste weg. Und dann besprach er die Einzelheiten für diesen und den nächsten und vorläufig letzten Auftrag an Andrei. Er wollte nicht riskieren, dass dieser verdammte Ermittler tatsächlich den Aufenthaltsort seiner Tochter herausfände. Andrei sollte die Geisel am besten sofort in das Frankfurter Bordell der Gruppe verlegen, das erscheint ihm im Augenblick ein sicherer Ort als die Grube zu sein. Danach sollte er sich um diesen Hans Hämmerle kümmern.
Andrei nickte.
Er war wie immer stolz, seinem Herrn zu dienen, und verließ die Polizeidirektion in Richtung

Wald-Michelbach.
Vitali wurde wieder in seine Zelle zurückgeführt und grübelte noch lange, ob sein blindes Vertrauen in Nastasias Loyalität gerechtfertigt war.
Sein Gefühl sagte ihm, dass Nastasia mehr wusste, als sie ihm glauben machen wollte, und ihre Bereitschaft, sich ihm nach wie vor willig hinzugeben und Liebessignale auszusenden, könnte auch durch ihre Gier nach seinem Vermögen erklärt werden.
Sein Versprechen, sich bei Hans zu melden, war vergessen.

Kapitel 56

Nastasia Korolja, geboren 30.6.1970 in Kaliningrad, ledig. Krankenschwester im Straflager in Wologodski Pjatak bekannt als Todesengel, Mitglied der ‚Bratwa' und Geliebte von Vitali Klimachow, seit 2007 Pflegedienstleitung der Seniorenoase Jungbrunnen.

Polizeigewahrsam Erbach, Sonntag, 18.10.2020, 17:00 Uhr

„Die Polizeidirektion Erbach ist doch kein ‚Bienenstock'", schimpfte ein aufgebrachter Wachhabender am Empfang der Polizeidienststelle Erbach in Anlehnung an einen bekannten Puff. Der Wachhabende wurde von einer aufgedonnerten Nastasia Korolja heftig bearbeitet, welche auf ihrem Besuchsrecht bestand, weil Vitali Klimachow sie entsprechend benachrichtigt hatte er hat auf dem Besuch von Nastasia und seinem Rechtsanwalt bestanden, um seine Freilassung zu besprechen.

„Erst war dieser Privatschnüffler hier, dann sein Anwalt und jetzt kommt noch sein Betthupferl, damit dem Herrn nicht langweilig wird", erregte sich der Beamte weiter unbeugsam, bis sein Chef auftauchte und ihn beruhigte.

„Lass sie rein, dann macht der Alte wenigstens keinen Terror mehr", sagte er und lachte.

Nastasia erschien im hautengen Sommerkleid, mit schwarzer Netzstrumpfhose wegen der milden Ende-Oktober Temperaturen und einem Dekolleté fast bis zum Bauchnabel, ohne BH und ihr Gesicht ist dezent aufgepimpt. Sie hat zumindest den Chef der Wachmannschaft damit beeindruckt, und der warf nur einen kurzen Blick in ihre gut gefüllte Umhängetasche, in der sie allerlei eingepackt hat, was sie für eine Geburtstagsüberraschung benötigt. Vitali liebte Champagner und Kaviar, und das und noch mehr hatte Nastasia dabei. Angesichts des Geburtstages von Vitali drückte der Wachhabende alle Augen zu und erlaubte Nastasia ihre Mitbringsel zu behalten.

Alle Blicke wanderten von ihren Brüsten zu ihrem knackigen Po, als sie sich umdrehte und in Richtung des Vernehmungszimmers stöckelte, wobei der Chef sogleich die Überwachungskamera wieder einschaltet, um sich nichts von der Geburtstagsüberraschung entgehen zu lassen.

Sie begrüßte Vitali, als der zur Tür hereinkommt mit einem Kuss, der einen Toten zum Leben erweckt hätte, und trällerte mit einer überraschend guten Singstimme ‚Happy Birthday, lieber Vitali'. Mittlerweile starrte die gesamte Besetzung der Polizeiwache auf den Überwachungsmonitor, bis ein wütender Vitali in die Kamera drohte, worauf hin der Chef des Wachdienstes die Kamera wieder abschalten ließ. Dem Beamten in der Ecke deutete Vitali mit den Augen den Raum zu verlassen, und der Mann verschwand augenblicklich.

Es hatte sich posthum offensichtlich doch gelohnt,

dass Oliver einige Herren der Polizeidirektion mit Schmiergeldern bediente.
Nastasia hatte Sekt und eine große Dose Kaviar mitgebracht und erfreulicherweise durch die Eingangskontrolle geschleust.
Vitali war genauso überrascht, wie der Chef des Wachdienstes, denn er hatte neben Andrei heute nur den Besuch dieses ehebrecherischen Schnüfflers eingeplant, dem er die Hölle heiß machen wollte wegen seiner Tochter.
Mit Nastasia hatte er überhaupt nicht gerechnet, und seine Geburtstage erwähnte er am liebsten nicht mehr, seit die Zahl mit einer 7 begann.
In Gedanken war er immer noch nicht über den Schock hinweg gekommen, den ihm der Kerl versetzt hatte. Seine Story klang unglaublich und war doch im Bereich des Möglichen.
Er war dermaßen geschockt, dass gerade Oliver Wolff, den er zwar dauernd wegen seiner Eigenmächtigkeiten zur Räson rufen musste, auch in den Mord an seiner geliebten Alina verwickelt sein sollte. Und noch mehr, dass er als Anführer unfähig war, den Kerl früher zu durchschauen. Am liebsten hätte er alles kurz und klein geschlagen.
Die Schilderung dieses Ermittlers klang nicht nur real, sie war absolut plausibel, wenn er sie mit den ihm bekannten Details wie der SMS verglich, die ihm Andrei aus dem Büro des Maulwurfs geschickt hatte. Und als ob das nicht genug wäre, kam ihm

offensichtlich noch dieser afghanische Ehrenmörder in die Quere. Dabei hatte er damals alles Griff, auch Alina, die der Kronzeugenregelung nur zugestimmt hatte, um ungeschoren aus dem Prozess zu kommen, und die zu ihm zurückkehren wollte. Das war so besprochen, und er war sicher, Alina hätte sich daran gehalten, obwohl dieser sogenannte Beschützer sie massiv manipuliert hatte.
Das alles erzählte er Nastasia nicht, und er sah zu, jetzt wo die Kamera ausgeschaltet ist, wie Nastasia den Champagner entkorkte, den Kaviar auftischte und mit vollem Körpereinsatz auf ihn zukommt.
So ganz spurlos waren die Einblicke ohnehin nicht an ihm vorbeigegangen, die sie ihm gewährte, als sie sich bei dem Begrüßungskuss an ihn drückte. Jetzt trieb sie seinen Hormonschub auf die Spitze, indem sie sehr routiniert die Strumpfhose auszog und lächelnd um seinen Hals schlang. Sein Hormonspiegel war nach Tagen der Enthaltsamkeit wieder hoch genug geklettert, um eine Entlastung zu vertragen. Sie drängte sich an ihn, küsste ihn und ihre Zunge streichelte seinen Gaumen.
Vitali ging das dann doch zu weit, und er fürchtete, dass die Kamera still mitläuft.
„Nicht so schnell, mein Kätzchen. Und jetzt spuck schon aus, weshalb du hier bist. Du bist doch nicht nur wegen meines Geburtstages hier aufgetaucht?“, lenkte Vitali Nastasia ab, die einen roten Kopf bekam, weil sie an ihren Verführungskünsten

zweifelte, so kühl wie er sie abblitzen ließ.
Also beschloss Nastasia, gleich zur Sache zu kommen.
Wann, wenn nicht jetzt, konnte sie sich ihren Lebenstraum erfüllen. Der große Boss, der ihr über all die Jahre so viel versprochen hat, und sie dabei ständig drangsalierte und ausgequetscht hat, saß jetzt so hilflos im Knast, und wie lange er noch einsitzen würde, darüber konnte sie ein Wörtchen mitreden. Er brauchte sie jetzt definitiv mehr als je zuvor.
Und sie hoffte sehr, dass er das auch so sah.
Noch hatte sie als absoluten Trumpf den Zugriff auf seine Tochter in der Hinterhand. Wenn sie es nicht schaffte, ihn zu überzeugen, dann würde er ihr Emina direkt vor die Nase setzen. Sie überlegte, wann der richtige Zeitpunkt wäre, um ihm anzudeuten, dass das Leben von Emina im Moment mit jedem Tropfen schwächer wurde, der aus dem Infusionsbeutel in ihre Venen lief. Und dass es von Vitalis Entscheidung über die Absicherung ihres finanziellen Lebensabends abhing, wie sein Rentnerdasein und Eminas Zukunft verlaufen würden. Natürlich wusste Nastasia sehr wohl, dass man Vitali nur erpressen konnte, wenn man ihn zerbrach. Und vielleicht nicht einmal dann.
Sie hatte sich am Ende ihrer nächtlichen Grübelei dazu durchgerungen, ihn mit ihren Reizen zu verführen, und sie wollte seine Reaktion abwarten. Sobald sie andeuten musste, dass sie im Moment die

Kontrolle über Emina hatte, würde das Gespräch ohnehin schwierig.
„Vitali, mein Lieber, ich bin so froh, dich bei guter Gesundheit zu sehen. Das tut mir so leid, dass du deinen Geburtstag in so einem Loch verbringen musst, nur weil dieser dämliche Jannis so offen mit der Polizei gesprochen hat. Der ist halt kein Mitglied der ‚Gesellschaft', sondern nur ein dummer Zuträger", flötete sie ihn an, und er wartete ab, weil ihm seit seiner Verhaftung nicht der Gedanke aus dem Kopf ging, dass irgendjemand in der ‚Gesellschaft' flötete, dass eine Razzia anstand.
„Ich war schon in schlimmeren Gefängnissen", knurrte Vitali.
„Ich würde ja alles für dich tun, du musst mir nur sagen, was ich tun kann. Ich habe nicht einmal die Handynummer von Maxims Partner in seiner Anwaltskanzlei, damit ich ihn anrufen könnte. Auf jeden Fall habe ich dir die Vollmacht für die Kanzlei mitgebracht, damit sie dich gegen Kaution oder sonst irgendwie hier rausholen. Du musst nur unterschreiben, dann bist du morgen früh schon nicht mehr hier", bot sie ihm mehrdeutig ihre Hilfe an, und Vitali nickte.
Den Kontakt mit den Anwälten wollte er aber selber wahrnehmen. Er hatte schon versucht, sie wegen eines Antrages auf Haftverschonung aus gesundheitlichen Gründen zu kontaktieren, aber die Herren Rechtsanwälte waren im Wochenende und

hatten ihre Mobiltelefone abgeschaltet.
Während Nastasia redete, legte sie ihm die Unterschriftenmappe vor, die sie aus ihrer Umhängetasche zaubert, klappte sie auf und zeigte auf Stelle der Vollmacht, wo er unterschreiben sollte. Sie klappte Seite für Seite um, und Vitali wunderte sich, dass die Vollmacht so viele Kopien mit Originalunterschrift benötigte. Die sind für das Amtsgericht und die Kripo, erläuterte sie ihm, und er nickte.
„Und wegen dieser albernen Unterschriften bist du hier“, fragte er immer noch misstrauisch nach.
„Aber nein, natürlich nicht, aber deine Freilassung ist jetzt erst einmal das Wichtigste. Du weißt doch, dass ich immer loyal war, nicht so wie dein guter Freund Oliver, der dich seit Jahren schamlos verraten hat. Für deine Verhaftung kann ich nichts, und von mir werden die Bullen, im Gegensatz zu dieser Alina Schlampe damals, auch nichts und absolut gar nichts, erfahren. Ich habe in der Seniorenoase alles, was an Belastungsmaterial in deine Richtung zeigte, vorsorglich vernichtet, bevor die Razzia stattfand. Die finden nichts mehr, wo dein Name drauf steht. Wünschst du dir denn nicht auch, dass wir wieder so ein Paar wären, wie wir es damals auf der Krankenstation waren, als ich dir dein Leben gerettet habe? Das wäre doch ein tolles Geburtstagsgeschenk“, sie lief um den Tisch, beugte sich zu ihm und küsste ihn wieder auf den Mund,

während sie ihm tief in die Augen schaute und um Zustimmung bettelte.
Vitali spürt ihre vollen Lippen, und er nickt schwach, denn allmählich dämmerte ihm, worauf seine liebe Nastasia hinaus wollte. Außerdem wurde ihm klar, dass sie von der anstehenden Razzia etwas wusste, bevor die Kripo überhaupt aufgetaucht war.
„Mein liebes „Кисулечка“ [kißúlitschka][1], du weißt, dass du mir alles bedeutest. Was willst du mir denn damit sagen mein Schatz?“, versuchte er, sie einzulullen und aus der Reserve zu locken.
Nastasia war glücklich. So hatte er sie schon lange nicht mehr genannt.
„Du bist mein „Золото моё“ [zólata majó]“[2], frohlockte Nastasia und kam damit der Wahrheit schon sehr nahe.
Sie holte zwei Gläser aus ihrer Tasche und schenkte sie voll. Sie wollte ihm zuprosten, aber Vitali winkte ab und möchte vorher einiges klären.
Auch Nastasia liebte die direkte Rede und kam ohne Umschweife auf den Punkt.
„Was hältst du davon, mein Goldstück, wenn du mich zur Frau nimmst. Hier und jetzt. Wir lieben einander schon so lange, und du hast mir vor 25 Jahren schon einmal ewige Treue geschworen. Das ist doch so gut wie ein Eheversprechen, nicht wahr? Ich wünsche mir nichts sehnlicher, als das Ganze

[1] *Kätzchen*

[2] *Goldstück*

endlich auch auf Papier und schwarz auf weiß zu bekommen. Wenn du willst, kann ich morgen den Ehevertrag mitbringen, den mir Maxim vor ein paar Tagen aufgesetzt hat, nachdem du mich beim letzten Mal so herrlich verwöhnt hast. Dann wären wir endlich auch vor dem Gesetz (wobei sie an das Gesetz der ‚Bratwa' dachte, in der die Frau eines Anführers eine maßgebliche Rolle spielte) Mann und Frau, mein Goldstück. Wäre das nicht wunderbar?"
Sie sah ihn erwartungsvoll an, und Vitali schluckte.
Von Olivers Verrat im Zusammenhang mit der Ermordung von Alina vor elf Jahren hatte er vor ein paar Stunden selber erst erfahren. Der erste und entscheidende Tipp dazu kam überraschenderweise auch von Nastasia, und instinktiv war er schon immer argwöhnisch, wenn Mitglieder der 'Gesellschaft' einander gegenseitig anschwärzten.
„Mein Kätzchen, bevor wir das tun, würde mich ehrlich interessieren, woher und seit wann du weißt, dass Oliver etwas mit Alinas Verschwinden zu tun hat", fragte er schärfer, als er es beabsichtigte.
„Also, davon weiß ich gar nichts, außer dass mir Olivers Anhänger kürzlich aufgefallen ist und mich an Alina erinnert hat. Das ist alles, mehr weiß ich nicht", versuchte sich Nastasia herauszureden, und sie verschwieg, dass sie Emina an ihrer Ähnlichkeit zu Alina erkannt hat und, dass sie und Oliver damals gemeinsame Sache gemacht hatte, als es um die Beseitigung von Alina ging.

Vitali, der seinerzeit sehr wohl mitbekommen hat, wie sehr Nastasia darunter litt, dass er Alina ihr vorgezogen hat, wurde immer misstrauischer. Und wenn er einmal misstrauisch war, dann kannte er weder Freund noch Feind, so hatte er schließlich überlebt.
Seine Fantasie ging mit ihm durch, und er stellte sich ein Komplott von Nastasia und Oliver gegenüber Alina vor. Dazu kam, dass Oliver damals allen Verantwortlichen am Tod seines Sohnes Kenny, der als Fahrer des Drogentransportes eingeteilt war, Vergeltung angedroht hatte.
Vitali wusste nur zu gut, dass die Regeln der ‚Bratwa' manchmal mehr hinderlich als hilfreich waren, wenn sich die Vergeltungsschraube erst einmal zu drehen begann.
„Stopp. Das möchte ich jetzt genau wissen. Also nochmal, woher weißt du, dass Oliver etwas mit Alinas Tod zu tun hat", und er bohrte nach, „sei so nett und lüg mich nicht an. Ich weiß genau, wann du lügst!"
Nastasia fühlte, dass ihr Sexappeal nicht mehr ausreichte als Argument, so verlegte sie sich zusätzlich auf die Mitleidstour.
„Ich lüg dich nicht an. Warum sollte ich das tun? Ich weiß wirklich nichts, sonst hätte ich es dir schon viel früher gesagt", sie wischte sich ein paar imaginäre Tränen aus den Augen.
„Ich habe dich noch nie angelogen, und das weißt du

sehr gut. Ich habe Alina noch nie gemocht, das ist kein Geheimnis, aber meine Liebe zu dir ist viel älter als ihre, und ich habe stillschweigend geduldet, dass du sie mir eine Zeitlang vorgezogen hast. Wo du doch viel zu alt für sie warst. Aber jetzt bist du wieder zu mir zurückgekehrt. Da ist es nur recht und billig, noch dazu in deinem Alter, dass wir unsere Eheversprechen einlösen, mir ist doch völlig gleichgültig, wie alt du bist, ich liebe dich, wie du bist", sie weinte jetzt fast.

Sie stand am Tisch und setzte sich frontal vor ihm auf die Tischkante. Ihre nackten Schenkel sind unübersehbar.

Vitali war zornig. Den Bezug auf sein Alter hätte sie nicht bringen dürfen, und er wurde richtig wütend.

„So, du denkst, ich war zu alt für sie und bin jetzt zu alt für dich. Mag ja sein, dass ich alt bin, aber ich bin nicht senil, du dumme Kuh,“, griff Vitali auf einen anderen Kosenamen aus dem Tierreich zurück. „Das muss ja damals ordentlich in dir gekocht haben. Und es stimmt, du hast dir das niemals anmerken lassen. Ich hielt dich immer für loyal. Aber vielleicht hast du am Ende selber den naiven Oliver zu dem Mord an Alina angestiftet, oder hat er es dir vorgeschlagen?“

Wutentbrannt entwarf er ein Worstcase Szenario.

Nastasia glaubte nicht mehr an die friedliche Einigung, sie drehte sich um und griff nach den Gläsern. Während sie ihm den Rücken zudrehte,

tropften die KO-Tropfen in sein Champagnerglas, bevor sie sich mit beiden Gläsern in der Hand wieder ihm zuwandte.
„Mein liebes Goldstück, davon möchte ich jetzt nichts mehr hören, das stimmt alles nicht, was du da herum spintisierst. Ich denke, es ist am einfachsten, wenn wir jetzt endlich auf deinen Geburtstag anstoßen. Ich habe den teuren Champagner ja nicht umsonst mitgebracht", griff sie zu ihrem letzten Mittel und gab ihm das volle Glas in die Hand, solange sein Blick noch von ihren schlanken Beinen abgelenkt war.
Mit einem fröhlichen, „na sdorowje[1], mein Goldstück", stieß sie mit ihm an, und er stürzte das Glas so schnell hinunter, wie sie ihres. Sie beugte sich zu ihm und ihr offener Mund berührte seine Lippen.
„Mein lieber Vitali, jetzt hör mir einmal gut zu. Wenn dir irgendetwas an deiner Tochter liegt und wenn du willst, dass sie am Leben bleibt, dann heiratest du mich jetzt", sagte sie zuckersüß und giftig zugleich.
Er sah sie nur an, und sie fuhr im gleichen sanften Tonfall fort, als würde sie eine Liebeserklärung abgeben, „du solltest wissen, dass das Gift, das seit 24 h in ihre Venen tropft, ihr in weiteren 24 h einen tödlichen Atemstillstand verursachen wird. Außer ich hänge die Infusion wieder ab, die ich ihr gestern

---

[1] *Prost oder zum Wohl.*

verpasst habe. Nur dann baut sich das Muskelrelaxans ganz automatisch wieder ab. Du darfst entscheiden, mein Goldstück".
Sie merkt, dass seine Augenlider wegen der Wirkung der KO-Tropfen zu flackern beginnen, und dass er Mühe hat, aufrecht zu sitzen. Sein Blick erschlafft, und sie gibt ihre Verführungspose auf.
„Wunderbar mein Schatz. Ich sehe, du stimmst zu. Ich wusste doch, dass wir etwas zu feiern haben", und mit diesen Worten hob sie ihr ihr Glas und prostete ihm zu.
Vitalis Glas fiel unausgetrunken zu Boden und zersplitterte, während Nastasia seelenruhig ihre sorgfältig vorbereitete Einmalspritze aus ihrer geräumigen Tasche holte, seine Vene suchte und den Inhalt der Spritze gekonnt in seine Blutbahn pumpte. Sie drückte ein Wattebäuschchen auf die Einstichstelle und wartet geduldig, bis die Blutung aufhört. Sie packte alles wieder ein, lief zur Tür und schrie, dass es Vitali nicht gut ginge und dass er wohl den Champagner nicht gut vertragen hätte.
Vitali saß zusammengesunken auf seinem Stuhl und konnte nicht mehr alleine aufstehen. Eine Wachebeamtin zog sein Augenlid hoch, prüfte seinen Puls und man beschloss, ihn in seine Zelle zu bringen. Nastasia bestand darauf, einen Arzt zu holen, aber die Beamten beruhigten sie und wollten jede halbe Stunde nach ihm schauen. Sie versprachen, wenn es notwendig wäre, würden sie

den Notarzt holen, und sie verständigen.
Nastasia packte ihre Unterschriftenmappe mit den Vollmachten und dem blind unterschriebenen Ehevertrag ein und verließ die Polizeidirektion mit hoch erhobenem Kopf.
Vitali lag auf seiner Pritsche, konnte sich nicht mehr bewegen und seine Augen blickten starr gegen die weiß gekalkte Zellendecke. Er atmete schwach und mit weit offenem Mund. Sein Atem wurde langsam aber sicher immer schwächer.

Kapitel 57

Andrei Wolkow, *geboren 1985, in Obninsk, eiskalter Killer und langjähriger Chef des Sicherheitsdienstes der ‚Bratwa'. Ledig spricht deutsch militärische Nahkampfausbildung im KGB Ausbildungszentrum von Chemnitz (ehemals Karl-Marx Stadt), früher Vitalis Mann für alle groben Fälle als ‚Wolf', oberster Sicherheitsoffizier der ‚Bratwa', Schwerpunkt Auftragsmorde und Entführungen.*

Augenklinik Heidelberg, Sonntag, 18.10 .2020, am Nachmittag

Andrei Wolkow hatte alles dabei, was er braucht.

Er hat Heidelberg kurz nach 13:00 Uhr erreicht, bei einem Döner Kiosk eine Kleinigkeit gegessen und eine eiskalte Zero Cola gezischt, bevor er ins Neuenheimer Feld fuhr. Die Parkmöglichkeiten im dort waren bekannt schwierig, aber es gab genügend Parkhäuser, die zudem besser geeignet waren, um Anonymität zu gewährleisten.

Er parkte im Parkhaus ‚Im-Neuenheimer-Feld-200' vor der Augenklinik der Heidelberger Universitätskliniken und ging schnurstracks durch den Haupteingang in den zweiten Stock zur Augenklinik.

Weil es Sonntag Nachmittag ist, herrschte trotz der immer noch laufenden Corona Einschränkungen ein relativ lebhafter Besucherverkehr auf den Fluren der einzelnen Stationen. Die Gesichtsmasken erzeugten einen Eindruck von Anonymität. Er folgte den Hinweisschildern zur Augenklinik – Chirurgie, und auf der Station brauchte er nicht einmal zu fragen, in welchem Zimmer Dawoud liegen könnte.

Er sah den Beamten, der vor der Tür des Einzelzimmers eingenickt war, und der ab und zu hochschreckte und den Kopf hob, in dem Versuch wach zu bleiben. Er zog sich auf der Besuchertoilette den zusammengefalteten blauen Arztkittel und die Latexhandschuhe über, die er sich aus der Seniorenoase vorsorglich mitgenommen hatte. Unauffällig schnappte er sich aus einem Postfach am Infopunkt der Station eine Patientenmappe. Das sah nicht nur professioneller aus, es gab ihm auch die Zeit, auf den richtigen Moment zu warten. Er wechselte zweimal das Stockwerk, kam wieder zurück und schlendert den Gang entlang. Er wartet, bis der Polizist vor dem Krankenzimmer gähnend aufstand und sich einen Kaffee holte.

Er würde exakt fünfundvierzig Sekunden für sein Vorhaben brauchen. Unaufgeregt ging er in das Krankenzimmer, in dem ein einzelner Patient mit einem Kopfverband lag, der das rechte Auge abdeckte. Das krause, nachtschwarze Haar, das unter dem Verband hervorlugte, erleichterte die Identifizierung eindeutig.

Er schloss die Tür hinter sich, und der Patient, das linke Auge geschlossen, schlief mit einem leisen

Schnarchen weiter den Schlaf des Gerechten, ohne sein Eintreten zu bemerken.
Andrei tippte ihn mit der Fingerspitze an und sagte, „Dawoud?“
Das Augenlid des linken Auges hob sich langsam, der Blick war weit in die Ferne gerichtet und der Patient versuchte, auf die Nähe zu fokussieren. Er nickte. Ein letztes Mal.
Andrei nahm ein Kissen, legte es ihm aufs Gesicht und schoss einmal mit seiner schallgedämpften Makarov den jungen Mann in den Kopf. In das gesunde Auge.
Dawouds Körper zitterte leicht und erschlaffte. Andrei steckte die Pistole weg und verließ das Zimmer so leise, wie er gekommen war.
Der Beamte bog mit einem dampfenden Kaffeebecher um die Ecke des Ganges.
Gemessenen Schrittes passierte Andrei den Mann, der einen Alarmruf nicht überleben würde. Aber der Beamte fand nichts Verdächtiges an dem vermeintlichen Arzt, der ihn kalt musterte und grußlos an ihm vorbeiging.
Genauso unaufgeregt, wie er sie verlassen hatte, betrat er wieder die Toilette und deponierte Handschuhe und Kittel im Müllsack.
Andrei ging ins Parkhaus und lässt den Motor an, als er die ersten Polizeisirenen der Einsatzfahrzeuge hörte, die vermutlich seinetwegen das Polizeirevier Heidelberg-Mitte in der Römerstraße in Richtung

Krankenhaus verließen.
Er fuhr auf der anderen Seite über die Berliner Straße zur A 5 nach Darmstadt bis Weinheim durch den Saukopftunnel in Richtung Wald-Michelbach zu seinem Versteck.
Als er ankam, duschte er, und dann schaute er nach Emina, die immer noch am Tropf hing, den Nastasia ihr in die Armvene gelegt hatte.
Gleichmäßig tropfte die Infusionslösung in ihren Blutkreislauf und Emina schlief dauerhaft und tief. Sie war ganz blass um den Mund und ihre Brust hob und senkte sich langsamer als normal.
Andrei wärmte sich ein Fertiggericht aus dem Kühlschrank in der Mikrowelle und zog sich nach den Nachrichten einen Porno rein, bevor er zu Bett ging.

Kapitel 58

Der Wolf ist zurück im Odenwald – spektakuläre Wolfssichtung bei Wald-Michelbach: *Nach 150 Jahren wurde jetzt zum ersten Mal wieder ein Wolf im Odenwald gesichtet. Früher musste man ins Eberbacher Stadtmuseum gehen, wenn man einen leibhaftigen Odenwald-Wolf sehen wollte. Und zwar den Letzten, der im März 1866 erlegt wurde.*

Waldgebiet Wald-Michelbach, Montag, 19.10 2020, 07:00

Nastasia hat sehr gut geschlafen. Sie hätte Vitali lieber einvernehmlich in den Hafen der Ehe geführt, aber sie trauert ihm nicht nach und ist mit dem Ergebnis eines künftigen Witwendaseins sehr zufrieden. Der emotionale Unterschied zwischen dem Zustand der fröhlichen Ehefrau und dem der trauernden Witwe war ohnehin marginal.

Sie sagte sich, dass sie das nachgeholt hatte, was sie besser vor fünfundzwanzig Jahren auf der Krankenstation im Straflager gemacht hätte. Als Todesengel hatte sie damals einen Ruf zu verteidigen, und die Rettung von Vitali war ihr von einigen Lagerinsassen als ein Zeichen von Schwäche bis hin zum Verrat ausgelegt worden.

Dieses Stigma war sie jetzt los, und sie würde die neue Stärke sehr bewusst in der ‚Gesellschaft' künftig einsetzen.

Sie lag dennoch lange wach und grübelte. Die aus

ohnmächtigem Zorn entstandene Idee, Emina zu töten, nachdem Vitali sein mehrfach geäußertes Versprechen brach, musste sie jetzt definitiv durchziehen. Das Problem ‚Vitali‘, hatte sie schon gelöst, und sie war sicher, dass man seine Leiche in der Zelle mittlerweile gefunden hatte.
Zuletzt war Vitalis Imperium zumindest was den hessischen Ableger der Organisation anbelangte schwer angeschlagen und nach der letzten Polizeiaktion seiner wichtigsten Führungsleute beraubt worden. Oliver war tot, und Frank war so gut wie tot. Wann Maxim aus dem Gefängnis kommen würde, war schwer zu sagen, aber unter zehn Jahre würde er es wohl nicht schaffen. Frank war derjenige in der ‚Gesellschaft‘, der die besten Chancen auf eine Nachfolge in der ‚Bratwa‘ hatte. Eigentlich wäre sie dank ihrer Kenntnisse und als Strippenzieherin im Hintergrund prädestiniert für die Nachfolge. Aber die ‘Gesellschaft’ war eine Männerwelt, und sie würde gewaltig aufdrehen müssen, um das Podest zu erklimmen.
Aber sie war im Besitz des Ehevertrages und konnte seine Nachfolge antreten, wenn sie es richtig einfädeln würde. Seine Führungsmannschaft in Deutschland hatte sie aus dem Verkehr gezogen.
Wenn Emina tot wäre, gäbe es niemanden mehr, der irgendwelche Ansprüche an sein Erbe stellen könnte. Nastasia war Emina an sich völlig egal. Sie stand ihr bloß im Weg.

Es war ein kalter Montagmorgen, und sie frühstückte herzhaft, danach sah sie klarer und alle Zweifel waren verflogen. Sie fuhr zum Depot und begrüßte Andrei wie gewohnt herzlich, der heute später als üblich aufgestanden war und sich gerade mit mürrischer Miene seinen Kaffee aufbrühte.
„Wie geht es unserer kleinen Gefangenen“, fragte sie heiter und ergänzte mit einer Frage, „Vitali hat mit dem Schnüffler geredet, weißt du, was dabei heraus kam?“
Sie versuchte, ihn auszuhorchen.
Andrei zuckte die Schultern. „Nicht wirklich, ich habe ihn so verstanden, dass der Schnüffler den Ernst der Lage immer noch nicht erkannt hat.“
„Hast du schon mal nach deiner Gefangenen geschaut? Schläft sie noch?“, fragte Nastasia und Andrei schüttelte den Kopf.
„Ich geh mal rüber“, sagte Nastasia und schnappte sich ihre Umhängetasche.
Andrei machte keine Anstalten sie zu begleiten und schenkt sich eine zweite Tasse Kaffee ein.
Als Nastasia verschwunden war, schaltete er den Fernseher von TV auf die Kamera in Eminas Zimmer um und beobachtete Nastasia.
Die packte aus ihrer Tasche einen frischen Infusionsbeutel aus, klemmte den alten Beutel ab, der ohnehin fast leer ist, und befestigte den neuen auf dem Infusionsständer. Die zweite Dosis des Muskelrelaxans hatte sie vorsorglich in der

Seniorenoase in den Infusionsbeutel injiziert. Nach ihrer Berechnung würde es in der verabreichten Konzentration innerhalb von 24 Stunden zu einem irreversiblen Atemstillstand kommen.
Andrei holte tief Luft, und es gefiel ihm nicht, dass Nastasia die Kleine mit irgendeiner Lösung abfüllt, ohne ihm Bescheid zu sagen. Noch dazu, wo der Alte ihm aufgetragen hat, die Kleine heute Vormittag nach Frankfurt zu verlegen.
Er war verunsichert, ob der Boss wusste, dass sie hier war, und was sie tat.
Er sprang auf und raste in den Nebenraum.
„Was wird denn das, wenn es fertig ist“ herrschte er Nastasia an, die verblüfft die Arbeit einstellte und ihn perplex ansah.
„Wonach sieht es denn aus, mein Freund“, konterte Nastasia kühl und ergänzte scherzhaft aber unklug, „ich werde sie schon nicht umbringen. Wenn sie schläft, dann brauchen wir sie nicht dauernd zu verpflegen, und du kannst dich anderen Dingen widmen“, versuchte sie ihn anzuturnen, aber Andrei ist im Verteidigungsmodus, und da passt kein anderes Thema dazwischen.
Andrei sagte ihr, *‚sie solle vom Bett weggehen, denn er hätte den Befehl, auf Emina aufzupassen, und er würde sicherstellen, dass ihr nichts passiert. Auch nicht von ihr‘.*
„Außerdem muss ich sie in einer Stunde an einen sicheren Ort bringen, und dann wäre es besser, wenn

du nicht mehr hier bist."
„Kein Thema. Und jetzt entspann dich, Andrei. Nicht mein Weg ist mit Leichen gepflastert, sondern deiner. Du bist der ‚Wolf' in der Organisation, ich bin bloß die Pflegerin. Hast du das vergessen. Und jetzt lass mich meine Arbeit machen", sie nahm den Schlauch in die Hand und wollte ihn mit dem Zugang auf Eminas Handrücken verbinden.
„Glaubst du, weil du den Boss ab und zu ficken darfst, kannst du mich herum kommandieren? Du lässt jetzt die Kleine in Ruhe, oder ich muss dich hier rausschmeißen", drohte Andrei.
„Himmel noch mal, Andrei! Jetzt komm runter. Ich werde der Kleinen schon nichts antun", beschwichtigte Nastasia Andrei, suchte seinen Blick und legte ihm die Hand auf den Arm, mit dem er nach der Waffe greifen wollte.
„Bevor du noch Gewissensbisse kriegst, muss ich dir was Ernstes sagen", sie stand kerzengerade und fixierte ihn mit festem Blick.
„Der Boss ist tot", sagte sie mit unbewegtem Gesicht, „und ich bin noch fix und fertig, denn gestern war er noch putzmunter, und wir haben eine ganze Flasche Champagner auf unsere Ehe geleert. Er hat sich zu seinem Geburtstag gewünscht, dass ich seine Frau werde. Offiziell. Und heute früh ist er urplötzlich gestorben. Vermutlich hat ihn die Hochzeitsnacht im Knast so aufgeregt, dass sein Herz versagt hat."

Sie machte eine kleine Pause und wartete, wie er die Nachricht aufnimmt, aber Andrei sagte nichts und sah sie nur stumm an. Er ließ die Arme sinken, und dann wollte er einen Beweis für Vitalis Tod.
Nastasia ging nicht darauf ein und fuhr unbeirrt fort, „und du solltest auch wissen, dass er mich damit zu seiner Witwe gemacht hat. Es war unglaublich, erst unterschreibt er den Ehevertrag und hat damit endlich sein Eheversprechen eingelöst, das er mir vor 25 Jahren gab, und dann zieht er die Reißleine und lässt mich als seine rechtmäßige Witwe zurück".
Und da Andrei immer noch schwieg, forderte sie ihn unmissverständlich auf, sich ihrem Befehl zu unterstellen.
„Andrei, du musst dich jetzt entscheiden und mir sagen, ob du mich als deinen Boss anerkennst. Wenn du darüber hinaus eventuell auch mein Mann sein willst, denn als Partner wärst du mir zehnmal lieber als dieser alte Sack, der mich nur geheiratet hat, damit ich ihm als kostenlose Pflegekraft dienen kann. Ich könnte dir damit viel mehr anbieten, als Vitali dir je geboten hat. Du könntest mein Stellvertreter und Partner werden? Wir hätten das Geschäft perfekt im Griff, und zu zweit setzen wir uns in der ‚Gesellschaft' als Führungsduo bedingungslos durch. Der Einzige, der unsere Wahl durch die Mitgliederversammlung verhindern kann, ist Leonid Demchokovsky, und der ist zu alt und krank."

Andrei schwieg immer noch.
„Wenn du willst, dann kann ich dir gerne beweisen, wie ernst es mir mit dem Angebot einer Partnerschaft ist. Und zwar jetzt gleich."
Während sie sprach, machte sie ihm klar, wie sehr sie dazu bereit ist.
Andrei, der auch nur ein schwanzgesteuerter Mann ist, wird von der Summe der Neuigkeiten überfordert. Er kann nicht nein sagen, wenn sich ihm eine Frau so offen anbietet.
Er war zwar überrascht, dass ihre Trauer so schnell in ein sexuelles Angebot mündete, aber solange es ihm Entspannung gab, hatte er kein Problem damit. Er würde ihr schon zeigen, was er so drauf hatte.
Als ‚Wolf' führte er ein einsames Leben und nur Porno zu schauen, half nicht immer über die Hormonstaus hinweg.
Als die grauen Zellen seiner linken Gehirnhälfte kurzzeitig wieder die Herrschaft über sein Lustzentrum im Limbischen System und dem Hypothalamus übernahm, bestand er dann doch auf einem Beweis für Vitalis Tod, bevor er Nastasias Angebot annahm.
Nastasia sagte kühl, „ruf doch bei der Polizei in Erbach an, sag du bist sein Anwalt und frag nach, wie es ihm heute geht".
Andrei zögerte keine Sekunde, rief an und stellte sich als Vitalis Anwalt vor. Es vergingen fünf lange Minuten, bevor der Beamte in der Zentrale sich

wieder meldet und ihm sagte, sein Mandant wäre heute Morgen komatös aufgefunden worden und sei auf dem Weg ins Krankenhaus verstorben.
Nastasia beobachtete seinen Gesichtsausdruck und realisiert die Bestätigung, dass Vitali tot ist.
„Na, siehst du? Wie ich es gesagt habe. Und wie sieht das jetzt mit uns aus? Bist du fit genug, es deinem neuen Chef ordentlich zu besorgen?“, und als sie merkte, dass er auf ihr Angebot anspringt, heizt ihm Nastasia weiter ein, „sollen wir in dein Zimmer gehen?“
„Die Kleine ist ja jetzt erst mal ruhig gestellt“, sie schaute über ihre Schulter, während sie den Tropf auf mittlere Frequenz einstellt. Es sollte nach ihrer Berechnung ein paar Stunden dauern, bis der gewünschte Atemstillstand eintreten würde.
„Gehen wir lieber in mein Apartment, da sind wir ungestört, man sagt ja, sogar die Leute im Koma kriegen einiges mit, was um sie herum abgeht“, meinte er unbehaglich über eine mögliche Zeugin und deutete auf Emina, die wachsbleich und regungslos im Bett lag, wobei ihre schwarzen Haare einen unnatürlichen Kontrast zum blassen Gesicht bildeten.
Nastasia räkelte sich kurz darauf auf dem Bett und Andrei ist dabei, die Hosen runterzulassen, als sie das Rotorengeräusch der Hubschrauber hörten, die urplötzlich über dem Haus aufzutauchen schienen.
Die Blickwinkel sämtlicher Kameras ließen keine

Sicht auf den Himmel über dem Gebäude zu, so dass ihnen ein Blick aus dem Fenster genügen musste, um alle Alarmglocken zum Klingen zu bringen.
Zwei Polizeihubschrauber tauchten auf und Strickleitern fielen aus dem Rumpf der Helikopter.
Die Erstarrung der beiden dauerte nur Sekunden, Andrei zog die Hose wieder hoch und Nastasia sprang aus dem Bett. Sie schnappte sich ihre Tasche, Andrei seinen Rucksack und packte das Nötigste zusammen. Dann rasten sie los und ließen eine schwach atmende Emina zurück, denn die geplante Verlegung nach Frankfurt, ließ sich leider nicht mehr realisieren.
Als die ersten SEK Beamten die Füße auf den Boden des Hofes setzten, stürmten Andrei und Nastasia bereits die Treppe im Gebäude hinunter und betraten den Stollen der Grube.
Die Polizei umstellte das Gebäude und der KHK, ausgestattet mit Megaphon, forderte die Hausbewohner auf, das Gebäude mit erhobenen Händen zu verlassen.
Lauschmikrophone an der Tür des Objektes meldeten eine unheimliche Stille innerhalb des Gebäudes, und der Einsatzleiter bereitete den Angriff auf die massive Eingangstür vor, indem er eine exakt dosierte Sprengladung im Bereich der Türangeln anbringen ließ.
Der KHK wiederholte seine Aufforderung an die nicht mehr vorhandenen Hausbewohner noch

zweimal, bis er den Befehl zum Stürmen des Gebäudes gab.
Die Tür lag in Trümmern, die Beamten warfen Blendgranaten und stürmten das Objekt, aber die Entführer waren verschwunden. Emina wurde wegen Nastasias Muskelrelaxans in der Nährmittellösung mit schwach bläulichen Lippen und einsetzender Atemlähmung gefunden und per Hubschrauber direkt in das Kreiskrankenhaus Erbach zur Reanimation und künstlichen Beatmung geflogen.
Hans und Steffi warteten stundenlang in der Klinik auf die Rückmeldung der untersuchenden Ärzte.
Emina wurde nach einer längeren künstlichen Beatmung und einer parallel verlaufenden Blutuntersuchung, die keinerlei Toxizität im Blut außer einem minimalen Restspiegel des Muskelrelaxans nachwies, wieder zurückgeholt.
Nastasia und Andrei waren mittlerweile tief in den alten Teil der Grube eingedrungen, in dem in früheren Zeiten Manganerz abgebaut wurde. Der Hauptstollen war fast zwei Kilometer lang und immer noch in relativ gutem Zustand. Von ihm zweigen Seitenstollen ab, deren Mundlöcher schon lange zugeschüttet und von außen unkenntlich gemacht wurden. Bis auf einen Seitenstollen, der zu einem gut getarnten Mundloch führte, das mit einer Metalltür verschlossen war, die sich nur von innen öffnen lässt.
Es erforderte gute unterirdische Ortskenntnisse, und

die hatte von ihnen beiden nur Nastasia, um den richtigen Stollen zu finden und durch die Metalltür mitten im Wald zu landen.
Bis zum nächsten Forstweg führte kein richtiger Pfad, und sie mussten sich durch das Unterholz kämpfen und ein gutes Stück laufen, bis sie zur Landesstraße L 3105 kamen. An der Bushaltestelle warteten sie auf den Bus nach Grasellenbach.
Sie hatten im Bus genügend Zeit, um ihre nächsten Fluchtschritte zu planen, denn Andrei hat noch ein offenes Flugticket von Frankfurt nach St. Petersburg und genügend Geld sowie seine diversen Kreditkarten. Nastasia hatte ihren Reisepass in der Umhängetasche, die sie immer dabei hatte, und Bargeld in ausreichender Höhe. Sie freute sich, wieder die russische Heimat zu sehen. Dort standen ihr voraussichtlich nicht ganz einfache Zeiten bevor, denn sie wusste, dass die Übernahme der Führung der ‚Bratwa' kein Selbstläufer war.
Aber sie war wild entschlossen und fühlte sich stark genug, um gegenüber der Führungsriege der ‚Bratwa' ihren Führungsanspruch anzumelden und durchzusetzen.
Danach würde sie sich überlegen, wo die neue Machtzentrale anzusiedeln wäre, denn noch lag das Stiftungsvermögen in den Händen der ‚Gesellschaft' und über Strohmänner wäre sie in der Lage, die Pflegeheime weiter führen.
Andrei hatte inzwischen kurz mit Leonid

Demchokovsky telefoniert und berichtete ihm, was vorgefallen war, und dass er mit Vitalis Witwe auf dem Weg nach Kaliningrad sei, um die Neuausrichtung der ‚Gesellschaft' mit ihm zu besprechen.
Leonid zeigte sich entsetzt, denn das bedeutete, dass er die ganze deutsche Organisation neu aufsetzen musste, und das könnte Jahre dauern, wenn sie dann nicht von der Konkurrenz komplett aus dem Markt gedrängt wären.
Leonid wollte umgehend Kontakt zur Anwaltskanzlei von Maxim aufnehmen, um ihn gegen Kaution aus der U-Haft zu befreien und nach Kaliningrad zu beordern, damit er der Neuausrichtung das juristische Format geben könnte. Er stimmte ihrer sofortigen Rückkehr zu, um sie vor dem Zugriff der Behörden zu schützen und die Mitgliederversammlung vorzubereiten. Er versprach auch jemanden zu schicken, der sich um Jannis Popescu ‚kümmern' würde, der im Moment der gefährlichste Angriffspunkt einer Anklage wäre. Nastasia atmete auf und bereitete sich innerlich auf die bevorstehende Versammlung vor.
Sie blieben im Bus nach Heppenheim sitzen, wo sie den Regionalexpress nach Frankfurt Flughafen nahmen, um mit der Aeroflotabflugzeit 14:30 Uhr das Land in Richtung St. Petersburg zu verlassen.

Kapitel 59

Wer in Untersuchungshaft sitzt, ist noch lange kein Straftäter. Deshalb kann der Verdächtige u.U. ***auf Kaution freikommen****. Richter sind mit dieser Maßnahme aber zurückhaltend.*
Zwar kennt auch das deutsche Recht so ein Verfahren. Aber deutsche Gerichte sind eher zurückhaltend, wenn es darum geht, einen Angeklagten nach der Strafprozessordnung (stopp) gegen Geld frei zu lassen.

Polizeigewahrsam, Montag, 19.10.2020

Am Montag kurz nach Mitternacht fand der Wachdienst, der den Häftling zwar jede halbe Stunde auf seinen Gesundheitszustand kontrollieren sollte, aber wegen einer Fußballübertragung im Fernsehen davon abgehalten worden war, diesen bewegungslos auf der Pritsche liegend vor. Er konnte sich offensichtlich nicht mehr bewegen, seine Augen starrten blicklos ins Leere, und er schien nicht mehr zu atmen.
Der sofort gerufene Rettungsdienst und der Notarzt konnten dem komatösen Vitali Klimachow mit ihrer Ausrüstung nicht mehr helfen, und man transportierte ihn in das Kreiskrankenhaus in Erbach. Dort scheiterte die Reanimation etwa zwanzig Minuten später, noch ehe sie begonnen hatte, und das Behandlungsteam brach um 01:15 Uhr alle Wiederbelebungsversuche ab.
Vitali Klimachows Leben und sein Vermächtnis waren in einem schwarzen Loch verschwunden, und

der Tod entzog ihm jede Einflussnahme im Rennen um seine Nachfolge.
Seine Leiche wurde zur Obduktion nach Frankfurt gebracht, denn der behandelnde Arzt auf der Intensivstation, der den Tod festgestellt hatte, markierte die Rubrik ‚Fremdverschulden' mit einem fetten Kreuz.
Er hatte bei dem Verstorbenen eine irreversible Muskelerschlaffung konstatiert und damit eine vermutete Fremdeinwirkung bestätigt. Der Rechtsmedizin in Frankfurt gelang danach der explizite Nachweis geringer Spuren eines Muskelrelaxans in seinem Blut, das zu einem langsam aber unaufhaltsam fortschreitenden Atemstillstand geführt hatte.
Vitalis nackte Leiche, die im Kühlschrank der Rechtsmedizin in Frankfurt lag, war übersät mit Tattoos, welche die schaurige Geschichte eines Lebens erzählten, in dem der Tod nie weit entfernt war.
Und während seine sterblichen Überreste auf die Überführung nach Kaliningrad warteten, bemühte sich KHK Dingeldein um die Aufklärung der Todesumstände. Er ordnete eine sofortige Untersuchung an, denn es gab zu viele Ungereimtheiten, bevor die von Nastasia zu Hilfe gerufenen Beamten den Schwächezustand von Vitali erfassten und dokumentierten.
Das Hauptproblem war, dass es keine Aufnahmen

der Überwachungskamera von Nastasias Treffen mit Vitali gab, welche das Wachpersonal auf Vitalis Wunsch ausgeschaltet hatte. Die Untersuchung sollte auch klären, warum und in welchem Umfang Nastasia Gegenstände in den Vernehmungsraum schmuggeln konnte. Und durch welche genauen Umstände der Tod von Vitali herbeigeführt wurde.
Eminas Entführer waren identifiziert und zur Fahndung ausgeschrieben worden, denn die Polizei konnte Nastasia Korolja und Andrei Wolkow bei der Razzia des Depots leider nicht festnehmen. Mit 100%iger Sicherheit konnte Steffi diesen Andrei Wolkow anhand von Fotos einer Flughafenüberwachungskamera auf dem Flughafen Frankfurt, als ihren Angreifer identifizieren.
Er war eindeutig der eiskalte Entführer von Emina, der frühmorgens bei ihr geklingelt und sie danach außer Gefecht gesetzt hatte, bevor er Emina mitnahm. Auch Emina hatte diesen Andrei Wolkow als ihren Entführer erkannt, obwohl sie ihn nur kurz in der Wohnung in Groß-Umstadt mit wachen Sinnen erlebt hatte.
Später stellte sich zudem heraus, dass er Vitali am Sonntagvormittag als dessen angeblicher Anwalt besucht hatte, eine Stunde nachdem dieser im Polizeigewahrsam Hans traf, der ihm die Wahrheit über Alinas Tod mitteilte. In der Heidelberger Uniklinik war es ebenfalls eine Kamera, die einen Andrei zeigte, der einfach ins Krankenzimmer von

Dawoud spazierte und eine Minute später wieder herauskam, als ob nichts geschehen wäre. Kein Mitarbeiter der Station der Augenklinik und nicht der zur Beachtung abgestellte Beamte hatten auch nur bemerkt, dass in dieser Minute ein Auftragsmord geschah.

Die konkrete Rolle Dawouds am Mordgeschehen im Jahre 2009 in Wiesbaden in Alina Hämmerles Wohnung ließ sich im Nachhinein praktisch nicht mehr verifizieren. Es war weder beweisbar, dass er als erster am Tatort war, um seinen Ehrenmord auszuüben, oder ob er derjenige war, der zu spät kam, und sich fälschlicherweise mit dem Mord brüstete. Unstrittig war allein seine Anwesenheit vor Ort, denn das Nachttischfoto konnte nur er mitgenommen haben.

Wie sich bei der Untersuchung des Rauschgiftdepots herausgestellt hatte, führte ein langer und verwinkelter Fluchtstollen aus der Grube Jungbrunnen an einer abgelegenen Stelle ins Freie. Die Kripo war sich sicher, dass Nastasia und Andrei sich über diesen Weg der Festnahme entzogen hatten. In dem unbenutzten Teil der Grube entlang des Hauptstollens waren deutliche Fußspuren von zwei Personen zu erkennen, die zu einem durch eine Metalltür verschlossenen Mundloch führten.

Und danach verlor sich ihre Spur. Die Warnung an Flughäfen und Polizeidienststellen ging zu spät raus, und wie sie anhand der Passagierliste eines

Aeroflotfluges vom Montag sehen konnten, waren sowohl Nastasia Korolja und ein Andrei Wolkow an Bord dieser Maschine.
Dafür gelang Dingeldein und seinen Mannen der größte Rauschgiftfund im Bundesland, größer noch als die gesamte Menge an Rauschgift, die damals im März 2003 in dem Transporter gefunden wurde. Mit dem heutigen Wissen war dieser Transporter damals zum Zielort Grube ‚Jungbrunnen' unterwegs. Einem Drogendepot, das mehr als zwanzig Jahre betrieben wurde, ohne entdeckt zu werden.
Mit Nastasia war die wichtigste Hauptzeugin der Kripo gegen den verstorbenen Vitali Klimachow und Maxim Mutsonow verschwunden. Es gab zwar eine protokollierte Aussage vor der KHK'in Simon in Darmstadt, aber die Beweislage gegen Vitali war extrem dünn. Da die Überwachungskamera im Polizeigewahrsam während Nastasias Besuch von Vitali am Sonntagabend ausgeschaltet war, ließ sich auch kein Nachweis einer Täterschaft von Nastasia als Vitalis Mörderin führen. Und das, obwohl sie die Einzige war, die ihm das Muskelrelaxans spritzen konnte, so wie sie es bei Emina gemacht haben musste. Polizeiintern gab es eine disziplinarische Untersuchung, weil Nastasia jede Menge an Gerätschaften einschleusen konnte, die normalerweise von Besuchern einbehalten werden sollten.
Nastasias Verhaftung wäre vor allem deshalb wichtig

gewesen, denn als einzige überlebende Beteiligte am Mordanschlag auf Alina Hämmerle, hätte sie bezeugen können, dass der Mafiakiller, an einem de facto unschuldigen Dawoud Modschadd seinen Vergeltungsanschlag ausgeführt hatte.
Seiner Ansicht nach war Dawoud sehr wohl schuldig, denn wenn er nicht an diesem Donnerstag im Oktober 2009 zu spät gekommen wäre, hätte er seinen Auftrag gnadenlos ausgeführt und seine Schwester getötet. Nastasia hingegen hatte es wieder einmal geschafft, die Schuld von sich abzulenken und Andrei als Unterstützer ihres Führungsanspruchs zu gewinnen.
Der andere Belastungszeuge, Jannis Popescu, der nach 24 Stunden aus dem Polizeigewahrsam entlassen worden war, wurde von einem Pilzsammler tot mit zwei Kopfschüssen unter einem Reisighaufen im Waldgebiet zwischen Beerfelden und dem Marbachstausee gefunden. Die Tatwaffe war wieder einmal eine nicht registrierte Makarov.
Maxim Mutsonow war nach dem Stand der Ermittlungen der Verlierer in dem Spiel. Die Auswertung der Unterlagen und Server aus der Seniorenoase lieferte harte Beweise, die eine Anklageerhebung in allen Punkten vom Pflegebetrug, über Drogenhandel, Menschenhandel und Prostitution bis hin zur Entführung und Erpressung zuließen.
Zu den Beweisen gehörten auch die Aufnahmen, die

von Mias Laptop in die Zentrale der Seniorenoase übertragen, und von der Kripo auf den Servern der ‚Gesellschaft' gefunden und ausgewertet wurden.
Ein Haftrichter hatte ihn danach freundlicherweise, entsprechend dem Antrag seiner Rechtsanwaltskanzlei, gegen eine Kaution von 100.000 € unter scharfen Auflagen und täglicher Meldepflicht bei der zuständigen Polizeidirektion in Erbach auf freien Fuß gesetzt, und er durfte das Land nicht verlassen. Der Richter unterschätzte eindeutig die kriminelle Energie des Maxim Mutsonow und vernachlässigte das Risiko, dass Maxim sich der Strafverfolgung durch Flucht entziehen könnte.
Als sich Maxim nicht mehr, wie die Auflage es vorsah, täglich bei der Polizei in Erbach meldete, wurde er zur Fahndung ausgeschrieben, aber zu diesem Zeitpunkt war er bereits in Kaliningrad, um an der Neuausrichtung der ‚Gesellschaft' mitzuarbeiten.

Epilog: Der Geburtstag

Erbach Sophienhöhe, Freitag, 23.10.2020

Emina blies die Backen auf, soweit sie konnte, damit die Luft zum Ausblasen der siebzehn Kerzen auf ihrer Geburtstagstorte reichen würde. Sie war in allem ehrgeizig, also auch im Kerzenausblasen auf der Torte, die Steffi anlässlich des 17. Geburtstages des Sonntagskindes gebacken hatte.

Sie hatte alle Freundinnen und Freunde der Schule eingeladen, sogar ihre Multikulti Truppe vom Asylantenheim, die sie wenigstens im zweiten Angriff auf ihr Leben vor Dawoud beschützten.

Eigentlich hätte sie einen dreifachen Geburtstag feiern können, sooft wie sie in den letzten Wochen ihr Leben wieder geschenkt bekam. Dawouds Attacke, die sie unbeschadet überstand, war einer davon, die Befreiung aus ihrem Verlies, und dass sie Nastasias Versuch sie umzubringen überlebt hatte, war dann der Zweite.

Es war das letzte Wochenende vor dem mit großem Tamtam angekündigten erneuten Lockdown vor der ängstlich erwarteten 3. Welle der Corona Pandemie. Hans und Steffi hatten die große Streuobstwiese hinter Steffis Haus in eine Partymeile verwandelt, mit der Möglichkeit zu wahrhaft ‚meilenweiten‘ Abständen der Partygäste untereinander. Eine ‚Outdoor-Party‘ mit Siebzehnjährigen erschien Hans

relativ uncool, weil die Kids für die meisten Spiele, die sich anboten, zu erwachsen waren. Also generierten sie eine Outdoordisco und legten den Platz unter den Bäumen mit Schalbrettern aus, montierten LED Ketten zwischen den Obstbäumen und Lautsprecher an strategisch günstigen Stellen.
Das Büffet hätte gereicht, um in das ‚Ourewäller' Guinness Buch der Rekorde aufgenommen zu werden, so weitläufig war es angeordnet, Fingerfood und Getränke bunt gemischt für eine durch Mindestabstände gekennzeichnete Tanzfläche.
Hans betätigte sich als DJ und nahm die Musikwünsche der Gäste auf, die er dann spontan auf sein iPhone herunterlud, und die Verstärkeranlage tat das Ihre, um die Nachbarschaft wach zu halten.
Die Polizei in Gestalt des KHK Dingeldein war vorsorglich gleich miteingeladen, um die Anrufe empörter Nachbarn abzufedern. Aber da Steffi vorher alle um Nachsicht wegen der Geburtstagsparty gebeten hatte, und weil es überdies das erste Mal war, dass so ein Fest auf ihrem Grundstück gefeiert wurde, waren Störgeräusche seitens der Nachbarn nicht zu erwarten.
Der Kommissar Dingeldein war ursächlich auch nicht wegen der Abwehr möglicher Anzeigen der Nachbarschaft eingeladen worden. Er trug einen Wesentlichen, wenn nicht gar den Hauptanteil dazu bei, dass die Party, nach Eminas Befreiung aus den

Fängen dieser Mafiabande, überhaupt so stattfinden konnte, so wie sie seit langem geplant war.
Nach der Rettung von Emina hatte es glücklicherweise nur zwei Tage gedauert, bis das Mädchen das Krankenhaus wieder verlassen durfte, in das es am Montag früh bewusstlos und mit einer schweren Vergiftung eingeliefert wurde. Dann war Emina wieder entgiftet und stürzte sich mit einem Heißhunger auf alles, was Steffi ihr zum Essen hinstellte. Insgesamt musste sie fast vier Kilo wettmachen, welche sie mit der unfreiwilligen Diät im Depot abgenommen hatte.
Jetzt war sie wieder fit und konnte auch schon wieder ihr schüchternes Lächeln zeigen, während sie sich angeregt mit ihren Freundinnen unterhielt. Zu denen zählte jetzt auch Mia Jährling, die wie sie dasselbe Schicksal einer Entführung durch die Drogenmafia erleiden musste.
Für Georg Jährling, der als stiller Beobachter an der Feier teilnehmen durfte und für die Partyfotos sorgte, war es ein Volksfest und eine Befriedigung all seiner journalistischen Urtriebe. Mit seinen Veröffentlichungen durfte er ab jetzt der Erste sein, der die Titelseiten der ‚Odenwald Zeitung‘ während der nächsten Tage mit Neuigkeiten und Enthüllungen zu den aufregenden Ereignissen der letzten Wochen füllen konnte.

Bemerkung des Autors

Leider sind mit der Flucht der Witwe des Anführers und ihres Begleiters die Gefahren noch nicht vorbei, aus denen sich das Ermittlerteam um Willy Hamplmaier durch die Aufklärung der Straftaten und die Rettung von Emina befreien konnte.

Aber eines ist sicher.

Das Ermittlerteam wird sich weiter um die Aufklärung ungelöster Verbrechen im Odenwald engagieren.

Die Fortsetzung der Mordskrimigeschichten aus dem Odenwald mit dem zweiten Band wurde unter dem Titel „Todgeweiht im Odenwald“ veröffentlicht.

Danksagung

Ich möchte mich vor allem bei meiner Familie und meinen Freunden für die vielen Anregungen und Ideen zum Konzept und insbesondere für die mühsame Arbeit des Korrekturlesens bedanke.

Mein spezieller Dank gilt der Polizeipressestelle in Darmstadt, die mir wertvolle Hinweise zu allen Fragen der Polizeiarbeit und der damit zusammenhängenden Prozeduren gab.

Mein Dank gilt vorab allen Lesern, die mir ihr Feedback zum Buch geben.

Wichtige Charaktere

Protagonisten

Willy Hamplmaier, *geboren 30.1.1955, in Erbach, verwitwet, er hat einen Sohn, Hans, und ist ein Ex-Drogenpolizist, der über gute Kontakte zur Kripo in Erbach verfügt. Er hat das Unternehmen als Bestatter von seinem Vater übernommen, ist nebenberuflich ein umtriebiger Privatermittler in Michelstadt, Gründungsmitglied im Verein „Lebensfreude“.*

Steffi Schwaiger, *geboren 20.6.1986 in Groß-Umstadt, ledig, flippig und selbstbewusst, Abitur in Beerfelden, Ausbildung zur kaufmännischen Angestellten im Gesundheitswesen, Sachbearbeiterin im Gesundheitsamt Michelstadt, sie hat wenig Glück mit Männern aber unverzagte Optimistin, die Rückschläge wegsteckt.*

Hans Hämmerle, *geboren 11.12.1979 in Michelstadt, heiratet am 1.9.2003 Alina (†), Vater einer Tochter Emma /Emina, von 2001 bis 2006 im mittleren Polizeidienst, Berufsakademie Betriebswirtschaft in Frankfurt, Dienst quittiert Ende 2008, im Rahmen eines Kronzeugenprogramms erhielt er eine neue Identität.*

Emma Hämmerle, *geboren als Emina am Sonntag, den 23.10.2003 in Frankfurt. Emma lebte elf Jahre mit ihrem Vater in der Schweiz unter neuer Identität. Selbstverteidigungskurs in Jiu Jitsu bis zum blauen Gürtel, seit dem Umzug in den Odenwald im Juni besuchte sie das Gymnasium in Michelstadt, arbeitet als Ferienpraktikantin im Gesundheitsamt Michelstadt und gibt Nachhilfe.*

Alina alias Aliyah Modschadd (†), *geboren am Freitag, den 18.4.1981 in Faizâbâd, verheiratet mit Hans Hamplmaier, Tochter Emina geboren am 23.10.2003, abgebrochene Kampfausbildung bei der Miliz der Volksmudschaheddin in Baglan. Vater Kriegsherr in Masar-i-Sharif, Afghanistan. Seit 2000 Trainee in der Bratwa unter dem Anführer Vitali Klimachow, Kronzeugin im Prozess gegen die*

Bratwa von 2004 bis 2009, getötet am 16.10.2009 in Wiesbaden unmittelbar, bevor sie eine neue Identität in eine neue Zukunft geführt hätte.

Georg Jährling, *geboren 30.6.1962 in Darmstadt, verwitwet, eine Tochter Mia (geboren am Sonntag 6.8.1995 in Erbach), Studium der Journalistik, freiberuflicher Investigativjournalist bei der Frankfurter Zeitung und dem Odenwälder Boten, begleitete die Bundeswehr zweimal auf Afghanistan Einsätze, Mitglied am Stammtisch „Lebensfreude".*

Manfred Dingeldein, *geboren 25.3.1955 in Michelstadt, KHK der Polizeidirektion in Erbach im Odenwald. Verwitwet, Ex-Drogenpolizist, Kumpel von Willy Hamplmaier der sein Ex-Kollege ist, jovialer, teamfähiger Kriminalist.*

Margareta Simon, *geboren 25.3.1975 in Darmstadt, KHK'in im Polizeipräsidium Südhessen, Darmstadt. Ledig, Abteilung K 10 zuständig für Gewaltdelikte.*

Martin Köberl*, geboren 1970, in Darmstadt, alleinstehend, Jurist, Chef der Heimaufsichtsbehörde in Darmstadt.*

Maria Bitsch, *geboren 30.7.1989 in Pfungstadt, verheiratet, eine Tochter Julia (geboren am Sonntag 6.7.2015). Abitur, Ausbildung zum Pflegemanagement, integre Gutachterin der Hessischen Heimaufsichtsbehörde in Darmstadt, die Inspektion der Seniorenoase ist ihre erste Außenprüfung.*

Othmar Scheuermann*, geboren 2.4.1951 in Michelstadt, verwitwet, pensionierter Lehrer am Gymnasium Michelstadt. Leichte Anzeichen von Demenz (Pflegegrad 4), lebt seit einem Jahr im Seniorenheim „Jungbrunnen".*

Ottilie Scheuermann*, geboren am 30.9.1990, in Erbach, Tochter von Othmar. Lehrerin am Gymnasium in Michelstadt für Sport und Englisch, Klassenlehrerin von Emina Hämmerle.*

Markus Schmucker, *geboren 2.1.1954, alleinstehend mit stressbedingten Herzproblemen aus seiner aktiven Lehrerzeit, Schwager von Othmar Scheuermann.*

Katra Romanescu, *geboren am Sonntag 27.11.2004 in Rescita, ledig, Vater Konstantin, arbeitslos, alkoholabhängig, Mutter Valentina, Putzfrau, mittlere Reife in der Realschule in Rescita abgebrochen, minderjährig, träumt von Modelkarriere in Deutschland, wird in der Seniorenoase als Sexsklavin gehalten.*

Antagonisten

Hafizullah Modschadd*, geboren 1958 in Kabul, verheiratet, zwei Söhne Dawoud und Omid, geboren 1985 und 1986 sowie eine Tochter, Alina, geboren 1981, die 2002 mit seinem Geschäftspartner Vitali Klimachow durchbrannte. Kriegsherr seit der russischen Intervention in Afghanistan und Stammesfürst in der Region Masar-i-Sharif*

Dawoud Modschadd, *geboren am 4.11.1979, er sollte am 16.10.2009 seine Schwester Aliyah durch einen Ehrenmord töten, um die Familienehre wiederherzustellen.*

Vitali Klimachow, *geboren 18.10.1947 in Podolsk, ledig, seit 1965 Mitglied der Bratwa, Jura Studium in Moskau, Straflager in Wologodski Pjatak wegen Mordes, seit 1990 Anführer mit dem Rufnamen ‚Boss' agiert seit 2000 von der Operationsbasis in Kaliningrad.*

Andrei Wolkow, *geboren 1985, in Obninsk, eiskalter Killer und langjähriger Chef des Sicherheitsdienstes der ‚Bratwa'. Ledig spricht deutsch militärische Nahkampfausbildung im KGB Ausbildungszentrum von Chemnitz (ehemals Karl-Marx Stadt), früher Vitalis Mann für alle groben Fälle als ‚Wolf'.*

Karl Miltner*, geboren 4.7.1965 in Karl-Marx-Stadt. Verheiratet, ein Sohn, Jura Studium in Dresden. Seit 1990 Oberstaatsanwalt in Frankfurt am Main*

Leonid Demchokovsky, *geboren 6.1.1953 in Moskau, ledig, Straflager in Wologodski Pjatak wegen Mordes, Mitglied des KGB, Jura Studium in Moskau, seit 1968 Offizier der ‚Bratwa', seit 1998 Nummer 2 als stellvertretender Anführer in Kaliningrad.*

Maxim Mutsonow, *geboren 27.2.1963 in Puschkin, Eltern eingewanderte Wolgadeutsche 1990, ledig. 1995 Jura Studium in Dresden, danach Wohnsitzwechsel nach Dieburg, seine Rechtsanwaltskanzlei vertritt die ‚Bratwa', deren Syndikus er seit 2001 ist, kaufmännischer Leiter der Seniorenoase ‚Jungbrunnen'*

Nastasia Korolja, *geboren 30.6.1970 in Kaliningrad, ledig, Krankenschwester im Straflager in Wologodski Pjatak, bekannt als Todesengel, Mitglied der ‚Bratwa' und Geliebte von Vitali Klimachow, seit 2007 Pflegeleitung der Seniorenoase Jungbrunnen.*

Frank Koch, *geboren 11.7.1960 in Michelstadt, ledig, Geschäftsführer der Stiftung Jungbrunnen, Personalchef der Seniorenoase. Nummer 1 des deutschen Ablegers der ‚Bratwa'. Bietet als Womanizer mit eigener Webseite seine Fähigkeiten für liebebedürftige Damen jeden Alters an.*

Oliver Wolff, *geboren 6.10.1965 in Erbach, verheiratet mit Bettina, zwei Söhne Denny geboren am 1.6.1990 und Kenny († am 26.3.2003) geboren am 23.3.1987. Auto- und Menschenhändler, agiert als Logistiker und als Nummer 3 des deutschen Ablegers der Bratwa und ist zuständig für Prostitution und zugehörige Dienstleistungen, Mitglied am Stammtisch „Lebensfreude", Spitzname ‚Schrotti'.*

Wolfgang Wolff und Mike Wiegand*, geboren 1990 und 1995 in Höchst beziehungsweise in Bad-König im Odenwald. Ledig, mittlere Reife und eingespielte mobile Einsatztruppe aus dem Wachschutz der Seniorenoase.*

Jannis Popescu*, geboren am 30.8.1992, in Bukarest, Ex Mitarbeiter der Securitate, des rumänischen Geheimdienstes. Hausmeister der Seniorenoase, Vermittler und Menschenhändler.*

Veröffentlichungen von Werner Kellner:

Band 2: „Todgeweiht im Odenwald“.

Erschienen am 18.2.2022 (ISBN978-3-754941-61-4): neobooks/epubli.

Kurzbeschreibung: Wie kam es dazu, dass eine mondän gekleidete Dame an einem sonnigen Ostersonntag in Wald-Michelbach an einer auf Rot geschalteten Fußgängerampel getötet wurde? Steffi Schwaiger aus dem Ermittlerteam von Willy Hamplmaier wird vom Schicksal einer jungen Drogenabhängigen beunruhigt. Die Ermittler werden mit der Klärung einer simplen Bedrohung durch einen Stalker beauftragt, die urplötzlich eskaliert. Ein Mann und eine Frau werden auf einem Parkplatz nahe Michelstadt mit einer Rauchgasvergiftung aus ihrem Auto entführt. Die Ermittler stoßen bei ihren Recherchen auf eine Verbindung, deren Handlung weit zurückreicht ins Mittelalter und die Odenwälder Sagenwelt. Welche Rolle spielt die Hibiskusklinik dabei? Steffi Schwaiger begibt sich auf die Suche nach den Tätern und gerät selbst in Lebensgefahr...

Bericht der Weinheimer Nachrichten/Odenwaldzeitung am 24.2.2022: Werner Kellner gelang es schon mit Band 1 der Odenwald-Thrillerreihe in beeindruckender Weise ernste Themen mit spannender Geschichte und einem kleinen Schuss Humor zu verflechten. Mit dem Band zwei der Krimireihe „Mordskrimigeschichten aus dem Odenwald“ kam ein Roman heraus, der mühelos die Spannung bis zum Ende halten kann, für die eine oder andere Wendung sorgt und den Leser bestens unterhält.

Chronologie einer Albtraumreise

(Aufzeichnungen des Odenwälder Privatermittlers Willy Hamplmaier):erschienen am 11.4.2022 bei neobooks / epubli.

Das Leben des Paul Brunner und seiner Frau Claudia ist eine Reise mit unbekanntem Ziel. Das ist an und für sich nichts Besonderes, denn wie jedes natürliche System unterliegt die Chronologie seines Lebens chaotischen Spielregeln und wird von Zufällen beeinflusst. Paul, ein ehrgeiziger Manager eines florierenden, globalen Familienunternehmens in Darmstadt, in das er eingeheiratet hat, reist zu der Niederlassungen der Firma in Seattle. Seine Ehefrau, Claudia, ist die Erbin einer reichen Industriellenfamilie aus dem Odenwald. Wie für alle labilen Systeme ist die Zukunft der Ehe von Paul und Claudia zwar grundsätzlich planbar, aber extrem unwahrscheinliche Ereignisse, sind in ihren Auswirkungen leider nicht vorhersagbar. In Augenblicken extremer Vorkommnisse liegt es umso mehr an der Fähigkeit der Protagonisten, das Geschehen zu beeinflussen, die Folgen der Störung zu verstärken oder zu beruhigen. Für Paul ist nicht der katastrophale Flugzeugabsturz eine solch unvorstellbare Weichenstellung der Reise, sondern der drohende Rauswurf durch seinen Chef. Unstrittig ist, dass der berufliche Druck durch den Vorstandsvorsitzenden auf ihn bedrohliche Ausmaße angenommen hat. Ob ihm der irre Zufall, durch den er dem todbringenden Unfallflug entgeht, eine Tür zur Freiheit öffnet? Oder ob die chaotische Entwicklung in eine völlig andere Richtung führt? Immer entschlossener, versucht er verzweifelt sich aus seinem Beziehungskonflikt und dem Netz krimineller Intrigen zu befreien, und lässt sich auf ein riskantes Spiel ein.

Impressum

Verantwortlich
für den Inhalt: Werner Kellner
Lindenstraße
64646 Heppenheim

E-Mail: werner-kellner@t-online.de oder
info@buecherwerkstatt-werner-kellner.de

WEB Seite:
https://buecherwerkstatt-werner-kellner.de

Druck: neobooks – ein Service der Neopubli GmbH, Berlin

ISBN 978-3-7541-5155-6
www.epubli.com